화차

KASHA
by MIYABE Miyuki

Copyright ⓒ 1992 MIYABE Miyuki
All rights reserved.
Originally published in Japan by FUTABASHA PUBLISHERS LTD., Tokyo.
Korean translation rights arranged with OSAWA OFFICE, Japan
through THE SAKAI AGENCY and IMPRIMA KOREA AGENCY.

Korean translation copyright ⓒ 2012 MUNHAKDONGNE Publishing Corp.

이 도서의 국립중앙도서관 출판예정도서목록(CIP)은
서지정보유통지원시스템 홈페이지(http://seoji.nl.go.kr)와
국가자료공동목록시스템(http://www.nl.go.kr/kolisnet)에서 이용하실 수 있습니다.
(CIP제어번호: CIP2012000482)

화차

火車

미야베 미유키 장편소설 ─ 이영미 옮김

문학동네

화차〔火車〕
생전에 악행을 저지른 망자를 태워 지옥으로 실어나르는 불수레

일러두기
1. 본문 중의 주석은 모두 옮긴이주입니다.
2. 강조의 의미로 쓴 고딕체는 원서의 방점 표시에 따른 것입니다.

1

전철이 아야세 역을 벗어났을 무렵 비가 내리기 시작했다. 반쯤 얼어붙은 빗줄기였다. 어쩐지 아침부터 무릎이 욱신거린다 싶었다.

혼마 슌스케는 맨 앞 차량의 가운데 출입문 옆에서 오른손으로는 손잡이를 붙잡고, 왼손으로는 긴 우산을 짚고 서 있었다. 뾰족한 우산 끝을 바닥에 디디고 지팡이 삼아 서 있는 셈이다. 그런 자세로 창밖을 내다보고 있었다.

평일 오후 세시, 조반 선 전철 안은 한가했다. 마음만 있다면 앉을 자리도 많다. 교복 차림의 여고생 두 명과 큼지막한 핸드백을 끌어안고 조는 중년 여자, 앞쪽 운전석 근처 문가에서 이어폰을 꽂고 음악에 맞춰 리드미컬하게 몸을 흔드는 젊은이…… 한 사람 한 사람의 세세한 표정까지 보일 정도로 승객은 몇 되지 않았다. 굳이 무리하면서까지 서 있을 필요는 없었다.

사실 앉는 게 훨씬 편하다. 오전에 집에서 나와 착실하게 물리치료를 받은 후 수사과에 들렀다 오는 길이었다. 그러는 동안 택시도 타지 않고 전철과 도보로만 이동했다. 몹시 피곤했다. 등이 뻣뻣하게 굳어서 꼭 철판이라도 댄 것 같았다.

수사과 동료들은 다 자리에 없었지만, 사무실을 지키던 계장이 마치 죽은 사람이 살아 돌아온 것마냥 요란하게 환대해주었다. 그러면서도 암묵적으로는 '빨리 돌아가라'고 재촉하는 게 훤히 보였다. 작년 말에 퇴원한 후로 직장에 얼굴을 내비친 게 오늘이 고작해야 두번째인데, 그런 과장된 반응을 접하니 혹시 무슨 꿍꿍이속이라도 있나 싶어 기분이 영 좋지 않았다. 일은 정정당당한 운동경기와 달라서, 페널티를 받아 퇴장하면 자기 대신 뛸 교체선수가 들어가는 게 아니라 규칙 자체가 바뀌어서 포지션이 아예 사라지는 경우도 충분히 있을 수 있다. 휴직하지 말걸 그랬나 싶은 생각이 들어 순간 처음으로 따끔한 후회를 맛보았다.

차 안에서 이렇게 쓸데없는 고집을 부리며 줄곧 버티고 서 있는 것도 분명 그 때문이다. 누가 지켜보는 것도 아닌데. 아니, 아무도 보지 않아서 이러는 건지도 모른다. 아무래도 상당히 힘들어 보이시는데요, 하는 말을 들을 염려가 없으니까.

그런 생각을 하다 불현듯 옛날 일이 떠올랐다. 오래전 소년과에 근무하던 무렵 선도했던 아이 중 상습절도범 소녀가 있었다. 오해의 소지가 있는 표현이지만, 솜씨가 좋은 아이였다. 친구의 밀고가 없었다면 아마 붙잡지 못했을 것이다. 아이는 젊은이들 취향의 고급 브랜드 전문점에서 도둑질을 했지만, 훔친 옷을 입고 남들 앞에 나설 수는 없었다. 과감하게 팔아치울 수도 없었다. 그렇지만 꼬리가 잡힐까 두려워하지도 않았다. 대신 아무도 못 보게 방문을 걸어 잠그고 커다란 전신거울 앞에서 이것저것 번갈아 입어보았다. 이런저런 코디네이션을 궁리해보고, 옷뿐만 아니라 시계나 액세서리까지 완벽하게 맞춰 패션잡지 모델처럼 꾸민 후 포즈를 취했다. 오로지 자기 방의 거울 앞에서만. 그러면 어울리지 않는다는 핀잔을 들을 염려도 없으니까. 정작 밖에 나갈 때는 늘 무릎이 튀어나온 청바지만 입었다.

아무도 없는 곳에서만 자기주장을 한다. 찔리는 구석이 있으면 다 그렇게 된다는 걸 새삼 깨달았다. 그 소녀는 지금 어떻게 지낼까. 벌써 이십 년도 더 지난 옛날 일이다. 어쩌면 당시의 자기 나이 또래 아이의 엄마가 되어 있을지도 모른다. 입을 굳게 다물고 한마디도 하지 않는 그녀에게 설교를 늘어놓으려 애쓰면서 변변히 말도 제대로 잇지 못하던 풋내기 형사의 얼굴 따윈 잊은 지 오래겠지만.

멍하니 생각에 잠겨 있는 와중에도 비는 계속해서 내렸다. 더 거세질 기미는 없었지만 전철 문에 부딪치는 굵은 빗방울이 차가워 보였다. 차창 밖으로 흘러가는 거리 풍경도 나지막이 깔린 구름 밑에서 추위에 목을 움츠리고 있는 것 같았다.

재미있게도 이 비가 눈으로 변하면 지저분한 거리가 하얀 솜으로 뒤덮여 오히려 따뜻해 보이기까지 한다. 눈의 진정한 무서움을 모르는 간토 사람들이나 그런 감상을 품는 거라며 아내 지즈코는 코웃음을 쳤지만, 혼마는 아무래도 그런 느낌이 들었다. 지금도 눈이 쌓일 정도로 많이 내린다면 역시나 또 그렇게 생각할 것이다.

가메아리 역에 도착하자 승객 몇 명이 올라탔다. 일행으로 보이는 중년 부인 너덧 명이 혼마 옆을 우르르 스쳐 지나갔다. 부딪히지 않게 몸을 살짝 틀었다. 단지 그것뿐인데도, 왼쪽 다리에 체중이 실리지 않게 우산을 지팡이 삼아 벋디디며 움직이는 순간 무심결에 신음소리를 흘린 모양이다. 신나게 수다를 떨던 여고생들이 힐끔힐끔 시선을 던졌다.

좀 이상한 아저씨라고 생각했을지도 모른다.

나카 강을 건널 때, 붉은색과 흰색이 섞인 미쓰비시 제지공장 굴뚝에서 새하얀 연기가 솟아오르는 모습이 왼쪽으로 보였다. 굴뚝이 뿜어내는 공장의 숨결은 인간의 그것과 마찬가지로 계절과 기온에 따라 분위기가 달라진다. 어쩌면 이 진눈깨비가 눈으로 바뀔지도 모르겠다.

가나마치 역에 내릴 때도 또다시 한 고생이었다. 몸이 이렇게 되고 나서야 비로소, 공공 교통기관은 경로석이니 뭐니 하는 망국적 제도를 실시할 게 아니라 노인이나 신체장애자를 위한 전용 차량부터 만들어야 마땅하다는 생각이 절실히 들었다. 그러면 타고 내릴 때 다른 승객들과 부딪칠 염려도 없다. 그 차량은 출입문 여닫는 속도도 늦춰야 한다. 허둥거리지 않고 느긋하게 움직일 수 있게.

쓸데없는 고집을 부린 대가로 역 계단을 내려가는 일이 거의 고문처럼 느껴졌다. 결국 역에서 집까지는 택시를 타야 할 것 같았다. 어처구니가 없었지만 웃을 여유조차 없었다. 자칫 방심했다가는 빗물에 젖은 역 광장 바닥에 우산 끝이 미끄러져서 넘어질 지경이었다.

택시 승차장에서 미즈모토 공원 남쪽에 있는 공단 아파트 단지까지는 자동차로 고작 오 분 거리다. 가는 길에 있는 수로 근처에서 이 추위에도 방한복과 조끼를 껴입고 낚싯줄을 드리운 남자를 발견하고는 갑자기 자신이 몹시 늙어버린 기분이 들었다.

엘리베이터를 타고 3층 복도로 올라가자 동쪽 끄트머리 집 현관문을 열고 서 있는 사토루가 보였다. 택시가 도착하는 것을 위에서 내려다본 모양이다.

"늦었네"라며 가까이 다가왔다.

손을 내미는 것을 "괜찮아" 하고 거절했다. 아들은 이제 고작 열 살이다. 기대어 걷기에는 너무 작다. 넘어지기라도 하면 두 사람 다 다칠

게 뻔하다. 그런데도 사토루는 아빠가 쓰러지면 곧바로 붙잡을 수 있도록 두 팔을 활짝 벌리고 천천히 옆으로 걸었다.

사토루를 대신해서 이번에는 이사카 쓰네오가 현관문을 잡아주었다. 모두의 마중을 받아야 하는 신세인가 생각하니 씁쓸한 미소가 번졌다.

"고생했습니다." 이사카가 말했다. "도중에 비가 내려서 걱정했는데, 왜 우산 안 쓰셨어요?"

"구멍이 나서요."

우산 끝으로 바닥을 디디며 현관문을 통과한 후에야 혼마가 대답했다.

"우산이 고물이라 지팡이로밖에 못 쓰네요."

"아하."

작고 통통한 몸에 썩 잘 어울리는 앞치마를 두른 반백의 이사카가 어깨를 내주었다.

"지팡이를 사긴 아깝잖아요. 어차피 금방 안 쓰게 될 테니까."

"그야 그렇죠."

남자만 사는 3LDK*에 어울리지 않게 달콤한 냄새가 감돌았다. 이사카가 단술을 만든 모양이다. 벽에 손을 짚고서야 안도의 한숨을 내쉰 혼마는, 옷을 갈아입으러 들어가기 전에 뒤를 돌아보며 사토루에게 물었다.

"별일 없었니?"

가족끼리 예의상 건네는 인사 같은 말이었다. 신혼 때부터 출장 가서 집으로 전화를 걸 때, 혹은 한동안 숙직을 하거나 한밤중에야 들어오는 바람에 오랜만에 얼굴을 볼 때면 지즈코에게 늘 그렇게 물었다. 아내

---

*방 세 개에 거실, 식당, 부엌이 딸린 집.

지즈코가 삼 년 전에 세상을 떠나고 사토루와 둘만 남겨진 후로는 사토루에게 똑같은 질문을 했다. 오늘은 별일 없었니?

그리고 대답은 늘 이랬다. 응, 딱히. 그런데 오늘은 달랐다.

"있었어."

혼마는 반사적으로 아이가 아니라 이사카의 얼굴을 보았다. 그러나 정작 대답한 사람은 사토루였다.

"으음, 전화가 왔었어. 구리사카 형한테."

구리사카 형? 누구를 말하는 건지 금방 떠오르지 않았다. 사토루도 그걸 알아챘는지 "왜 있잖아, 은행 다니는 사람"이라고 덧붙였다.

구리사카 집안은 세상을 떠난 아내의 친정 쪽 친척이다. 이런저런 이름과 얼굴들을 떠올리다가 가까스로 감을 잡았다.

"아, 알았다. 가즈야 말이구나."

"응, 맞아. 키 큰 사람."

"용케 기억했네. 목소리만 듣고 누군지 금방 알았니?"

사토루가 고개를 저었다. "아는 척 대답하면서 생각해봤지."

이사카가 옆에서 웃었다.

"전화가 몇시쯤 왔는데?"

"한 시간쯤 전에."

"용건은?"

"나한테는 말할 수 없대. 밤에는 아빠가 집에 있느냐고 물었어. 중요한 볼일이 있다면서 직접 찾아오겠대."

"오늘밤에?"

"응."

"대체 무슨 일일까?"

이사카도 옆에서 고개를 갸웃거렸다. "저도 직접 통화는 못 해봤는데요. 꽤나 급한 일 같았지?"

사토루를 바라보며 그렇게 물었다. 사토루는 고개를 끄덕였다.

"도중에 전화카드가 다 됐는지 한 번 끊겼어. 그러고는 허겁지겁 다시 걸어서 무지 빠르게 얘기하던데."

"허 참…… 별 희한한 일도 다 있군. 뭐, 하는 수 없지. 온다고 했다니 그런 줄 알고 기다리는 수밖에."

옷을 갈아입고 부엌으로 나오자, 사토루가 김이 모락모락 나는 잔 두 개를 조그만 쟁반에 얹어 들고 조심조심 걸음을 떼는 중이었다. 혼마를 보더니 묻기도 전에 대답했다.

"갓짱 집에 다녀올게."

그거야 상관없다만.

"그애가 단술 같은 걸 먹을까?"

"먹어본 적 없대."

갓짱은 5층에 사는 사토루의 친구다. 부모가 맞벌이라 바빠서 늘 아이 혼자 집을 지킨다.

"엘리베이터에 쏟지 마. 청소하기 힘들어."

"알았어."

사토루가 나가준 덕분에 의자를 끌어당기고 앉을 때는 마음껏 얼굴을 찡그릴 수 있었다. 이사카가 찻잔을 앞에 내려놓으며 말했다.

"너무 무리하지 않는 게 좋을 텐데요."

"그런데도 물리치료사는 힘든 훈련만 시킨다니까요."

"엄격한가요?"

"프로 사디스트라고나 할까요."

이사카가 둥근 얼굴로 싱글벙글 웃었다. "뭐, 무슨 일이든 좋은 경험이라 생각하세요."

이사카의 웃는 얼굴이 반들반들하게 닦인 탁자 위에 비쳤다. 그는 탁자에 그릇 자국이나 커피 얼룩이 생기는 걸 굴욕으로 여기는 꼼꼼한 살림꾼이었다.

"그럼, 저녁은 3인분 준비해두죠." 이사카가 말했다. 두툼한 손바닥으로 찻잔을 감싸쥐고 있다.

"죄송합니다. 수고스럽게 해드려서."

"2인분이나 3인분이나 별 차이 없어요. 그런데 구리사카 씨…… 가즈야 씨라고 했던가요? 그분은 친척입니까?"

"뭐라고 불러야 하는지 모르겠어요. 집사람 사촌의 아들인데."

"아하, 그래서 사토루가 '형'이라고 불렀군요."

"촌수 관계가 하도 복잡하니까요. 애당초 그리 가깝게 지내던 사이도 아니고."

그건 그렇고, 무슨 일인데 굳이 집에까지 찾아오겠다는 걸까.

"그 친구, 벌써 몇 년째 얼굴도 제대로 본 적이 없어요."

"부인 장례식에도 안 왔습니까?"

"네. 안 왔더군요. 지즈코하고는 꽤 가까웠던 모양인데."

거실 옆에 있는 다다미 여섯 장짜리 방에 밝은 창 쪽으로 작은 불단을 마련해두었다. 그쪽으로 시선을 던지자 검은 액자 테두리 속 지즈코의 얼굴이 눈을 맞춰주었다. 물론 기분 탓이겠지만, 영정 사진 속의 그녀도 '대체 무슨 일이지?'라며 고개를 갸웃거리는 것처럼 보였다.

"저런, 눈으로 변해버렸네."

창 쪽을 바라보며 이사카가 중얼거렸다.

2

구리사카 가즈야가 집으로 찾아온 것은 그날 밤 아홉시가 다 된 무렵이었다.

눈은 줄기차게 내렸다. 길거리와 평평한 지붕 위에는 눈이 오 센티미터가량 쌓였다. 날이 저물 무렵부터 매서운 북풍이 휘몰아쳤다. 창밖으로 시선을 던지니 차디찬 바깥공기를 가르는 무수한 하얀 빗금이 보였다.

저녁 여섯시쯤 되자 혼마는 가즈야가 오늘밤에 못 올 것 같다는 생각이 들기 시작했다. 그후로는 따로 전화도 없고, 텔레비전 뉴스와 뒤늦게 배달된 석간신문 사회면을 보니 폭설로 인해 교통기관 운행에 차질이 생긴 모양이었다. NHK 일곱시 뉴스에서도 야마노테 외부 순환선과 주오 선, 소부 선이 지체되고 있다고 했으니, 이래서야 아무래도 오기 힘들 것이다.

가즈야의 집은 니시후나바시에 있다. 아주 오래전에 딱 한 번 방문한 게 다라서 기억이 희미하지만, 역에서 다시 버스를 타고 이십 분 넘게 가야 하는 곳인 건 분명하다. 이런 궂은 날씨에, 게다가 밤중에 사이타마 현을 지척에 둔 가쓰시카 구 언저리까지 왔다가 지바의 니시후나바시로 돌아가는 건 만만찮은 일일 게 틀림없다. 날씨가 좋을 때도 환승에다 기다리는 시간까지 고려하면 족히 한 시간 반은 각오해야 하니까.

그러나 반대로 생각하면, 가즈야가 오늘밤 그런 수고도 마다않고 굳이 찾아온다면 그것은 요컨대 그가 말하는 '중요한 일'이 심상치 않은 것이라는 증거인 셈이다.

예감이 안 좋은데…… 사토루와 둘이 저녁을 먹고 그런 생각에 잠겨 있을 즈음 초인종이 울렸다.

　기억 속 얼굴보다 야위어 보였다.

　한겨울에는 사람이 원래보다 작아 보이게 마련이다. 추위 때문에 몸이 움츠러들기 때문이다. 그러나 얼굴은 별로 달라지지 않는다. 가즈야의 뺨이 홀쭉해 보이는 까닭은 눈과 바깥바람 때문만은 아닐 것이다.

　'어허, 이런……'

　좋지 않은 예감이 적중한 듯했다.

　가즈야가 "저녁은 먹고 왔어요"라고 하자 사토루는 그와 혼마에게 커피를 내주고는 재빨리 목욕하러 들어가버렸다. 따로 허락이 없는 한 어른들 대화에 끼어들면 안 된다는 게 혼마의 철칙임을 잘 알기 때문이다. 게다가 가즈야와는 그다지 친한 사이도 아니었다. 지금은 편의상 '형'이라고 부르지만, 사토루가 스무 살이 되어서도 그렇게 부를지는 심히 의심스럽다.

　좁은 거실에서 마주 서자, 이렇게 컸던가 하고 새삼 놀랄 정도로 청년은 키가 컸다. 혼마도 키가 큰 편이지만 가즈야는 그보다 머리 절반 정도는 더 컸다.

　"지금 몇 살이나 됐지?"

　외투를 벗어 의자에 내려놓은 그에게 맨 먼저 그렇게 물었다.

　"스물아홉입니다." 청년이 희미하게 웃었다. "혼마 씨를 뵙는 게 아마 칠 년 만이죠. 지즈코 고모가 취직 축하 자리를 마련해줬을 때 뵙고 못 뵀으니까."

　그래, 그런 일도 있었지. 어렴풋이 기억이 떠올랐다. 지즈코는 은행에 취직한 조카에게 뭘 선물해줄까 고민했었다. 현금이 낫지 않겠냐고 혼마가 말하자 참 재미없는 사람이라며 웃었다.

"지금도 간다 지점에서 일하나?"

가즈야가 근무하는 은행 이름도 기억나지 않았다. 다이이치칸교 은행인지 산와 은행인지…… 여하튼 맨 처음 발령받은 곳은 분명 간다 지점이었지 싶었다.

"전근한 지가 언젠데요. 간다, 오시아게를 거쳐서 지금은 요쓰야 지점에 있습니다. 올해 안에 슬슬 다시 이동하겠지만요."

"힘들겠군."

"어쩔 수 없죠, 금융기관이니까. 각오한 일입니다. 저는 외근도 싫어하지 않아서 저한테 맞는 일이라 생각하고 받아들이고 있습니다."

외근, 다시 말해 영업 담당자라는 뜻인가. 알겠다는 표정으로 고개를 끄덕인 바람에 은행 이름은 더더욱 물어볼 수 없는 상황이 되어버렸다.

"혼마 씨도 여러 지서로 옮겨다니시잖아요. 아, 참!"

난데없이 말이 뚝 끊기더니, 이목구비가 또렷한 청년의 얼굴에 그늘이 드리워졌다. 한차례 형식적인 의식이 시작되리라는 걸 혼마는 예상했다.

"제가 아직까지 조의도 표하지 않았네요."

삼 년이나 지났으니, 말 그대로 '아직까지'다.

가즈야는 고개를 숙이더니, 수입품으로 보이는 고급스러운 넥타이를 맨 가슴 언저리를 바라보며 나지막이 중얼거렸다.

"고모 일은 애석하기 이를 데 없습니다. 경야經夜에도 장례식에도 참석하지 못해서 죄송스러울 뿐입니다."

"어쩔 수 없지. 게다가 좋은 일도 아니잖아. 축하할 일이라면 많이 와주는 게 좋겠지만."

"고모는 늘 안전운전을 하셨는데, 설마 그런 일이 생길 줄은 몰랐습니다."

"혼자서 그런 게 아니니까. 이쪽이 가만히 있어도 상대 쪽에서 부딪치는 경우도 있지."

겸연쩍은 표정으로 허둥지둥 자리에서 일어난 가즈야가 말했다. "참, 분향이라도 하게 해주십시오. 그게 먼저일 테니까."

불단에 인사를 올린 후에는 더는 사고와 관련된 질문을 하지 않았다. 배려하는 마음인지, 아니면 자기 고민으로 머릿속이 꽉 차서인지는 확실치 않지만, 어느 쪽이든 간에 혼마에게는 다행스러운 일이었다.

"그건 그렇고, 어쩐 일이야?"

가즈야가 다시 의자에 자리를 잡고 앉자 혼마가 말문을 열었다.

"중요한 볼일이란 게 뭐지? 이런 궂은 날씨에 여기까지 찾아올 정도면 예삿일은 아닐 텐데. 우선 그 얘기부터 들어보는 게 좋겠군."

가즈야가 다시 눈을 내리깔았다. 한동안 입술 가장자리가 바르르 떨렸다. 나오려다 말고 입술에 짓눌린 말들이 산 채로 꼬리만 꿈틀거리는 것 같았다.

이윽고 고개를 숙인 채 입을 열었다.

"좀처럼 결심이 서지 않아서 늦어지고 말았습니다."

혼마는 말없이 커피를 저었다. 욕실 쪽에서 사토루가 들고 들어간 방수 라디오에서 흘러나오는 음악 소리가 들려왔다. 꼬맹이가 음악까지 틀어놓고 목욕을 즐기는 풍습은 대체 언제부터 시작됐을까.

그후로 가즈야는 말이 없었다. 둘 다 영원히 입을 다물고 있을 수도 없는 노릇이라 혼마가 먼저 물었다.

"그 결심이란 나를 찾아올 결심이라는 뜻인가?"

가즈야가 고개를 끄덕이더니, 마침내 얼굴을 들었다.

"어쩌면 매우 실례되는 부탁일지 몰라서…… 그래서 망설였습니다. 그렇지만 혼마 씨는 이런 방면에는 전문가시니까요. 평소 같으면 바쁘셔서 도저히 무리겠지만, 지금 휴가중이시라는 얘기를 어머니에게 듣고……"

혼마는 자기도 모르게 양쪽 눈썹을 치켜올렸다. 휴직중인 형사에게 '전문가' 운운하며 부탁하는 일이라면 내용은 들어보나마나 빤하다.

"폭력단과 얽혔다거나, 가볍게 맡아준 친구의 물건이 알고 보니 장물이었다거나, 도난당한 차가 번호판만 감쪽같이 바뀌어서 팔렸다거나…… 뭐, 그런 일인가?"

"아니, 그런 일은 아닙니다."

곧바로 부정하는 말이 날아들었다.

"그럼, 대체 무슨 일이지?"

침을 꿀꺽 삼키고 나서 가즈야가 말했다. "저 약혼했습니다."

너무나 심각한 표정으로 입을 열어서 웃어넘길 수도 없었다.

"아하, 그래, 축하하네."

"그런데 전혀 축하받을 상황이 아닙니다." 가즈야는 여전히 심각한 표정으로 말을 이었다. "그 약혼자가 사라져버렸으니까요. 그래서 그녀를 찾아달라는 부탁을 드리러 왔습니다. 혼마 씨가 하시는 일에는 사람 찾는 것도 있지 않나요? 이런 데 익숙하실 테고, 저 같은 놈이 혼자 버둥거리는 것보다는 훨씬 빨리 찾을 수 있을 것 같아서요. 그러니 부탁드립니다. 그녀를 찾아주십시오."

애원하듯 탁자 위에 손을 얹고 몸을 앞으로 내민 채 자신을 뚫어져라 쳐다보는 가즈야를 보며, 혼마는 잠시 할 말을 잃었다. 눈을 깜박거리며 시선을 피한 후 창을 올려다보았다. 눈발이 세차게 쏟아지고 있다.

"전후 사정을 잘 몰라서……"

그렇게 말문을 열자 가즈야가 달려들 듯한 기세로 나섰다.

"그건 자세히 설명하겠습니다."

혼마가 한쪽 손을 들었다. "잠깐, 잠깐만. 우선 내 말부터 듣고 시작하지."

"네."

가즈야가 자세를 바로잡았다. 이루 말할 수 없이 진지하고 심각한 태도였다.

"자네 약혼자가 사라져버렸다. 요컨대 실종됐다는 뜻이지?"

"네, 그렇습니다."

"그러니 그녀를 찾아달라?"

"네."

"내가 아무리 형사라 해도 그런 일을 무조건 덥석 받아들일 순 없어. 그 정도는 알고 있겠지?"

가즈야는 무슨 말인가를 하려다 말고 턱을 앞으로 내밀며 고개를 끄덕였다.

"그러니 우선 사정 얘기부터 좀 해주겠나? 일을 맡기로 결정한 건 아니지만, 이런 예사롭지 않은 일을 그냥 못 들은 척할 수도 없고. 어떤가?"

가즈야도 누군가에게 속내를 털어놓고 싶은 마음이었는지 망설이는 기색 하나 없이 "네" 하고 대답했다.

"그럼, 미안하지만 저쪽 작은 서랍에서 종이랑 볼펜 좀 꺼내주게. 그래, 거기야. 고마워."

혼마는 평소 사토루의 노트를 메모지 대신 썼다. 볼펜에는 문구점 이름이 새겨져 있다.

"저어, 그런데…… 얘기를 어디부터 시작해야 할지."

이상하게도 상대가 진지하게 들을 자세를 갖추면 오히려 더 얘기를 꺼내기가 힘들어진다. 가즈야는 어쩔 줄 몰라 하는 듯 보였다.

"그럼, 내가 질문을 해볼까. 약혼녀 이름은?"

가즈야는 마음이 놓인 듯 어깨를 힘없이 늘어뜨렸다.

"세키네 쇼코."

펜을 건네주며 한자로 적어달라고 했다.

"나이는?"

"올해 스물여덟 살이 됐습니다."

"사내 연애였나?"

"아니요. 저희 거래처 직원입니다. 아니, 직원이었습니다. 실종돼서 회사도 그만둔 상태니까요."

"그 회사는?"

"'이마이 사무기기'라는 곳입니다. 금전등록기를 취급하는 도매상이죠. 최근에는 사무자동화 기기도 대여하는 것 같은데, 직원이 단둘인 조그만 회사입니다."

"그 둘 중 하나였단 말이군. 언제쯤 알게 됐지?"

처음으로 가즈야가 잠시 생각에 잠겼다.

"으음, 재작년이니까 헤이세이* 2년이군요. 10월 무렵이었습니다. 아니, 9월 연휴 전이었나. 그때 첫 데이트를 했으니까요."

혼마는 메모지에 '1990년 9월 무렵'이라고 썼다. 연호가 바뀐 후로 되도록이면 서기로 연도를 쓴다.

오늘이 1992년 1월 20일이니, 사귄 지 일 년 하고도 넉 달가량 지났다. 이 정도라면 약혼을 너무 서둘렀다고 할 수는 없을 것이다. 표준적인 교제 기간인 셈이다.

"그리고 약혼했다?"

---

* 平成, 일본의 현재 연호.

"네. 작년 크리스마스이브에."

자기도 모르게 미소가 번졌다. 제법 로맨틱한 구석이 있는 친구다.

"그럼 정식으로 약혼 절차를 거쳤다는 뜻인가?"

가즈야가 말을 머뭇거렸다. "아닙니다. 우리 두 사람만의 약속이었어요. 그래도 반지는 선물했습니다."

혼마는 펜을 쥔 채로 눈동자만 움직여서 가즈야를 올려다보았다.

"부모님이 반대했나?"

가즈야가 천천히 고개를 끄덕였다.

"자네 부모가? 아니면 상대 쪽이?"

"저희 쪽입니다. 쇼코는 완전히 천애고아니까요."

"흐음……"

스물여덟 살의 젊은 나이치고는 드문 일이다.

"원래 외동딸이었습니다. 초등학교 때 아버지가 돌아가셨죠. 병으로 돌아가신 것 같은데, 기억을 떠올리기가 괴로운지 자세한 얘기를 해준 적은 없습니다. 어머니는 이 년 전쯤 돌아가셨고요."

"역시 병으로?"

"아뇨, 무슨 사고였다던데……"

세키네 쇼코의 이름 밑에 '양친 사망'이라고 적어넣었다.

"그럼 혼자 살았겠군."

"그렇습니다. 스기나미 구 호난초에 있는 빌라에 살았습니다."

"고향은 어딘가? 물어본 적 있겠지?"

"네. 우쓰노미야 시내라고 했습니다. 그렇지만 조금 전에도 말씀드렸듯이, 아버지가 일찍 돌아가시는 바람에 생활이 어려웠고 친척들도 냉정해서 좋은 추억은 없었던 모양입니다. 두 번 다시 돌아가고 싶지 않다고 했고, 고향 얘기를 들려준 적도 거의 없습니다."

"그럼 친척들과의 교류는……."

"전혀 없었습니다. 쇼코는 정말로 외톨이였죠."

'쇼코'와 '외톨이'에 유독 힘이 들어갔다. 자기만이 그녀의 유일한 아군이었음을 넌지시 주장하듯이.

"그녀의 과거 이력은 알고 있나?"

가즈야는 자신 없는 표정을 지었다. "우쓰노미야에서 고등학교를 졸업하고 곧바로 도쿄로 왔다는 것 정도밖에……."

그리고 변호하는 투로 말을 이었다.

"사람을 만나는 데 학력이나 직업 같은 것까지 일일이 고려하진 않잖습니까."

"과연 그럴까?" 혼마가 진지한 표정으로 되물었다. "전혀 고려하지 않는다면 그게 오히려 거짓말 같은데."

차츰 기억이 떠올랐다. 지즈코가 가끔씩 흘리는 말을 들은 적이 있다. 가즈야의 아버지인 그녀의 사촌오빠와 그 일가는 친척 중에서도 유난히 엘리트 의식이 강해서 상대의 학력이나 직업을 따지는 경향이 있다고 했다. 지즈코가 혼마와 결혼했을 때도 "경찰이라 해도 간부로 승진할 게 아니면 장래성이 없어"라며 꽤 얕봤다고 들었다.

그런 말을 한 당사자는 유명 대학을 나와 일류 기업에 들어갔고, 상사의 주선으로 거래처 중역의 딸과 결혼했다고 하니, 마음에 들지는 않지만 일관성이 있는 것만은 분명하다. 부인도 보나마나 그와 인생관이 일치하는 여자일 것이다.

가즈야는 그런 부모 사이에서 태어났다. 영향을 받았을 게 틀림없다.

혼마가 뚫어져라 쳐다보자 가즈야는 마음이 편치 않은지 시선을 피하며 커피 잔을 들었다. 차갑게 식어서 표면에 얇은 우유 막이 생겼다.

"저는 부모님과 사고방식이 다릅니다."

잔을 내려놓더니 살짝 화가 난 투로 말을 이었다.

"품성이 좋고 함께 살아갈 수 있겠다고 판단한 여자라면, 학력이나 직업 같은 하찮은 조건은 아무 의미도 없습니다."

"하찮다고 할 순 없지." 혼마가 조용히 말을 이었다.

"그렇게까지 말하는 것도 좀 지나친 표현 아닐까. 다른 의미에서 보자면 큰 실수야."

사토루가 목욕을 마쳤는지 웅웅대는 라디오 소리는 어느새 들리지 않았다. 고요히 가라앉은 거실에서 혼마의 목소리가 묘하게 크게 울렸다.

"그렇다면 자네 부모님은, 당신들 사고방식에 비춰보았을 때 쇼코 씨는 자네에게 어울리지 않는 상대라고 생각했겠군."

"……그렇습니다."

"소개해준 적은 있나?"

"딱 한 번. 작년 가을이었습니다."

"분위기가 어땠지?"

"캄보디아 평화협정이 훨씬 우호적이었을 겁니다."

혼마는 웃고 말았다. 가즈야가 고집스러운 말투로 이야기를 계속했다.

"그래서 저는 제 판단으로 그녀와 약혼한 겁니다. 결혼도 반대를 무시하고 강행할 작정이었습니다. 결혼식 따위에 연연할 필요도 없고요. 요즘은 그런 부부도 많으니까."

"그래도 자네 회사 상사를 대하기에는 좀 난처하지 않을까?"

가즈야가 처음으로 빙그레 웃었다. 대담한 분위기를 풍기는 웃음이었다.

"저는 그 정도 일로 인상이 나빠질 만큼 무능하진 않습니다."

실제로 머리도 좋고 행동력도 있을 것이다. 외모에서도 추측할 수 있었다. 이십 년 넘게 인간을 상대하는 일을 하다보면 그 정도 감식안은 생기게 마련이다. 칼 가게 주인이 직접 시험해보지 않고도 무딘 칼을 단번에 알아보는 거나 마찬가지다.

이 청년이 이렇게까지 빠져든 걸 보면 세키네 쇼코는 상당히 매력적인 여자일 것이다. 머리도 좋을 게 틀림없다. 젊은 나이에 천애고아가 된 처지에서도 유흥업 쪽으로 엇나가지 않고, 소박하고 담담히 일하며 생활했다는 것만으로도 심지가 강한 사람이라는 걸 짐작할 수 있다.

그러나……

"어쨌거나 결과적으로는 그녀가 자네 부모님과의 불화를 견뎌내지 못했나보군. 그래서 모습을 감췄나?"

옛날식대로 말하자면 '물러났다'고 해야겠지……라고 말하려다 혼마는 입을 다물었다.

가즈야의 눈빛이 어두워졌기 때문이다. 눈은 흔히 마음의 창이라고 하지만, 때로 백열전구 하나 켜지 않은 움막 안처럼 심오한 어둠이 깃들기도 한다.

"자네는 그녀가 실종된 이유를 알고 있나?"

가즈야는 꽤 오랫동안 침묵을 지켰다. 목욕수건을 어깨에 걸치고 조심스레 고개를 내밀며 훔쳐보는 사토루에게 혼마는 눈짓으로 들어가 있으라고 주의를 주었다. 사토루는 고개를 끄덕이고는 얌전히 나갔다.

"그런……「춘희」의 여주인공 같은 이유가 아니라는 것만은 확실합니다."

가즈야는 가까스로 그렇게 말하고, 혼마의 얼굴을 보았다.

"그럼 다른 이유를 안다는 거군. 그녀가 편지라도 남겼나?"

가즈야는 고개를 저었다. "아무것도 남기지 않았습니다. 그저 제가 추측했을 뿐입니다. 그것도 완전하진 않지만."

"대체 무슨 일이 있었지?"

한숨 섞인 질문에 가즈야가 설명하는 투로 대답하기 시작했다.

"새해 연휴에 둘이서 쇼핑을 하러 갔습니다. 신혼집으로 회사 사택을 빌릴 예정이라서 가구나 커튼 같은 걸 준비해두려고요."

"흠, 그랬군."

"그래서 이것저것 장을 보고 내친김에 옷도 구경했죠. 그녀가 스웨터를 사서 계산하려고 했는데, 어느새 돈을 다 써서 남은 현금이 없었습니다."

뭐가 그리 괴로운지 가즈야는 천장을 한 번 올려다보고 뜸을 들였다.

"결국 제가 계산했지만, 처음부터 그럴 생각이었기 때문에 문제될 건 전혀 없었습니다. 그런데 그때 처음으로 쇼코한테 신용카드가 한 장도 없다는 얘기를 듣고 놀랐습니다. 우리 은행에도 카드회사가 있고 영업 할당량도 있지만, 저는 공사 구분을 확실히 하고 싶어서 그녀는 물론이고 친한 친구에게도 회사 카드를 만들어달라는 부탁을 해본 적이 없으니까요."

그런데도 상사에게 유능하다고 인정받는 영업 담당자라고 하니, 반대로 친구나 지인이 아닌 고객에게는 상당히 강인하게 밀어붙이는 편일지도 모른다. 혼마는 불현듯 그런 생각을 하고 속으로 씁쓸하게 웃었다.

"그래서 그날 의논했습니다. 앞으로도 결혼 준비를 하려면 물건을 살 일이 많을 텐데 매번 나랑 함께 다닐 수는 없다. 그렇지만 쇼코 혼자 큰 돈을 들고 다니는 건 위험하다. 그러니 이참에 신용카드를 만들어두자, 라고요. 어차피 결혼하면 성姓 변경 신청서만 내고, 그녀가 쓰던 은행 계좌를 생활비 계좌로 쓸 예정이었으니까요. 저도 제 재량으로 쓸 수 있는 계좌와 카드가 필요할 테고."

이것이 요즘 젊은 부부들의 사고방식일 것이다. 가즈야는 가정을 꾸리더라도 경제권을 다 넘겨줄 생각은 없는 것이다.

"제가 그렇게 말하자 쇼코는 순순히 승낙했어요. 그래서 다음 날 다시 만나서, 제가 가져간 우리 회사 카드 발급 신청서를 바로 작성해서 지점으로 들고 갔습니다."

그 신청서는 담당자에게 전달되었고, 그쪽에서 은행 계열사인 카드 회사로 보내졌다.

"카드를 만들려면 보통 한 달쯤 걸립니다. 그렇지만 저는 그 카드회사에 아는 사람이 있었죠. 알고 계실지도 모르지만 은행 계열 카드회사에는 정년퇴직한 옛 관리직이나 소위 말하는 창가족*, 그리고 다양한 사정으로 은행에서 밀려난 파견사원들이 꽤 많습니다. 그 파견사원 중한 사람이 제 동기인 다나카라는 친구죠."

가즈야가 변호하듯 눈썹을 누그러뜨리며 말했다.

"우수한 친구지만 병이 좀 있어요. 머리가 지나치게 좋다고 할까요. 뭐, 가벼운 신경증 같은 거죠. 그래서 일시적으로 카드회사 쪽에 적을 두고 있습니다."

혼마는 고개를 끄덕였다. "그래서 그 사람한테?"

"쇼코의 카드를 되도록 빨리 발급해달라고 부탁했습니다. 다나카는 흔쾌히 승낙했죠. 그런데 지난주 월요일에 전화가 왔습니다."

월요일이면 13일이다. 곁눈으로 슬쩍 달력을 보고 확인했다.

"미안하지만 발급할 수 없다고 하더군요."

가즈야의 입술이 또다시 떨리기 시작했다.

"그뿐이 아니었어요. 그 여자랑 결혼할 생각이라면 좀더 찬찬히 알아

---

* 딱히 업무도 없이 창가 자리만 지키고 있는 직원을 뜻하는 말.

보는 게 낫겠다고 충고까지 하는 겁니다."

"무슨 이유로?"

깊은 한숨을 토해내고, 스스로를 격려하듯 어깨를 위아래로 들썩거린 후에야 가즈야는 대답했다.

"은행과 신용판매회사의 신용정보기관 양쪽 모두에서, 세키네 쇼코라는 이름이 '요주의자 명단'에 올라 있었기 때문입니다."

신용카드를 만들거나 할부로 물건을 구입할 때는 누구나 신용정보기관의 신원조회를 통해 체납 경험이나 미결제액이 없다는 것, 혹시 있더라도 악질적인 종류가 아니라는 것을 확인받는다. 그 정도는 혼마도 알고 있었다. 그렇지만 약간 마음에 걸리는 부분이 있었다.

"은행과 신용판매회사라니…… 그 기관들은 하나로 통합돼 있는 게 아니었나?"

"네, 종류가 다양합니다. 은행 계열, 신용판매회사 계열, 소비자금융 계열이 있죠. 또 도쿄와 오사카도 조직이 별개예요. 하지만 정보는 서로 주고받습니다. 그래서 단 한 번이라도 카드나 대출을 이용한 적이 있다면, 그 고객의 결제 상황을 알아내려고만 들면 못 알아낼 게 없는 겁니다."

따라서 신원보증도 되는 셈이다.

"그런데 요주의자 명단에 올랐다는 건 다시 말해, '결제 상황이 안 좋은 요주의 인물'로 간주됐다는 뜻입니다."

"그래서 카드도 못 만들고 은행 대출도 신청할 수 없다?"

"네. 저는 너무 놀랐습니다. 쇼코는 그때까지 신용카드를 단 한 번도 만든 적이 없다고 했으니까요. 그런 사람이 어떻게 요주의자 명단에 오를 수 있겠습니까?"

"사람을 착각한 거 아닌가?"

"저도 제일 먼저 그런 생각이 들었습니다. 실제로 발끈해서 말투도 거칠어졌던 모양입니다. 다나카도 제 말에 기분이 상해서 시비조로 받아쳤으니까요. '난 그따위 실수는 안 해'라고."

가즈야는 그때의 흥분이 되살아났는지 숨결까지 거칠어졌다.

"다나카가 말하더군요. 절대 착각한 게 아니다. 나도 너에게 알리기 전에 혹시라도 잘못된 게 없는지 꼼꼼히 확인해봤다."

본인에게 직접 물어보라는 말에 가즈야는 파랗게 질리지 않을 수 없었다.

"그렇지만 틀림없이 뭔가 잘못된 거라 믿었습니다. 신용정보기관에 등록된 정보는 이름과 생년월일, 직업, 그리고 고작해야 주소 정도잖아요? 본적지가 올라가는 게 아니니 주소 따윈 이사해버리면 아무 소용 없죠. 직장도 얼마든지 옮길 수 있고. 이름과 생년월일만 놓고 따지자면 우연의 일치가 생길 수도 있잖아요."

분명 있을 법한 일이다. 실은 혼마의 동료 중에도 난데없이 전혀 모르는 신용판매회사에서 전화가 와서 담보대출을 확인받은 사람이 있었다. 깜짝 놀라 조사해보니 이름이 같은데다 전화번호도 거의 비슷해서 생긴 착오였다. 완전한 동명이인, 게다가 전화번호도 지역번호만 빼고 같았던 것이다.

"그건 나도 알아. 그래서 어떻게 됐지?"

"이렇게 불쾌한 일은 쇼코에게 알리고 싶지도 않았습니다. 무엇보다 그건 너무 부당한 대우이니까요. 그래서 저는 곧바로 다나카에게 다시 전화를 걸어서 사과하고, 좀더 자세히 알아봐달라고 부탁했습니다. 어디서 그런 정보가 들어왔는지, 무슨 근거가 있는지…… 그것만 자세히 조사해도 이상한 점을 금방 밝혀낼 수 있을 거라 믿었으니까요."

혼마는 미간을 살짝 찡그렸다.

"그런 걸 간단히 알아볼 수 있나?"

"있습니다. 아니……"

가즈야가 말을 머뭇거렸다.

"사실 금방 알아낼 순 없습니다. 그런 착오에 이의를 제기할 수 있는 사람은 원칙적으로는 본인뿐이니까요. 원칙대로라면 쇼코가 직접 신용 정보기관에 등록정보 열람을 요구하고, 그다음에 본인 확인을 위한 여러 가지 성가신 수속을 밟아야 합니다만……"

"상황이 급해서 생략했다?"

가즈야가 어깨를 움츠렸다. "저에게는 쇼코를 대신해 이의를 제기할 권리가 있다고 믿었고, 다나카 위치에서는 곧바로 그런 정보를 얻을 수 있었으니까요."

그런데 조사 결과가 예상을 뒤엎는 내용이었던 모양이다. 가즈야는 굳은 얼굴로 이야기를 계속했다.

"실제로는 별로 수고스러운 일도 아니었습니다. 다나카는 불 보듯 훤한 일이라고 했습니다. 사람을 착각한 게 아니었어요. 증거도 있었고."

"무슨 증거?"

가즈야가 양복 안주머니를 뒤적이더니 종이 한 장을 끄집어냈다. 팩시밀리 용지 같았다.

"이건 원래, 이름은 밝힐 수 없지만, 어느 대기업 신용판매회사의 고객관리 부장 앞으로 온 우편물입니다. 다나카가 그걸 신용정보 센터를 통해 입수해서 저에게 팩스로 보낸 거죠."

혼마는 그것을 받아들었다.

B4 크기 종이였다. 워드프로세서로 입력한 문장이 세로로 늘어서 있었다.

본인은 도쿄 도 스미다 구 고토바시 4-2-2 캐슬맨션 긴시초 405, 세키네 쇼코에게 직무를 위임받은 대리인으로서 이 글을 올립니다.

세키네 씨는 쇼와 58년(1983년) 9월 무렵 신용카드를 취득해 일상적인 쇼핑이나 현금서비스 등에 이용해왔으나, 계획성이 결여된 카드 이용과 금리에 대한 무지로 인해 쇼와 59년(1984년) 여름부터 매달 상환액이 서서히 늘어났습니다. 그런 상태에서 벗어나고자 수입을 늘리기 위해 아르바이트를 시작했으나 오히려 과로로 건강이 악화되어 당장의 생활비도 부족한 형편이 되었고, 그로 말미암아 부채는 더욱 늘어나고 말았습니다. 매달 결제할 카드 대금을 염출하기 위해 소비자금융에서 빚을 얻게 되었고 돌려막기 등으로 대출금이 불어난 결과, 현재 채권자 30명, 부채 총액 약 일천만 엔에 이르고 말았습니다. 세키네 씨에게는 이렇다 할 자산도 없습니다. 따라서 부득이하게 오늘 날짜로 도쿄 지방법원에 파산 신청을 냈습니다.

따라서 각 채권자께서는 모쪼록 세키네 씨의 위와 같은 사정을 참작하시어 파산 수속 진행에 협조해주시기를 부탁드립니다. 또한 일부 대출업자는 현재 여전히 가혹한 채권추심 행위를 계속하고 있습니다만, 앞으로 그러한 행위를 계속할 시에는 즉각 민형사 등의 법적 수단에 호소하겠으니 부디 넓은 이해를 청하는 바입니다.

쇼와 62년 5월 20일

도쿄 도 주오 구 긴자 9-2-6
산와 빌딩 8층 미조구치 · 다카다 법률사무소
세키네 쇼코 대리인
변호사 미조구치 고로 (인)

혼마는 눈을 휘둥그레 뜨고 가즈야의 얼굴을 바라보았다.

"그녀는 개인파산을 한 겁니다." 가즈야가 말했다.

"이걸 보고 나서 어떻게 했지?"

가즈야가 힘없이 대답했다. "쇼코에게 물어봤죠."

"아는 게 있냐고?"

"네."

"언제?"

"15일에요."

"이땐 아직 사람을 착각했을 가능성도 있었다면서?"

"그렇게 믿었습니다. 아니, 그러길 바랐죠." 가즈야가 괴로운 듯이 고개를 저었다. "그래서 저도 이걸 쇼코에게 보여줬던 겁니다."

혼마는 다시 한번 종이로 시선을 떨어뜨렸다.

"그랬더니 그녀가 사라져버렸다는 말인가?"

가즈야가 고개를 끄덕거렸다.

"자네가 이걸 보여줬을 때, 그녀가 부정하진 않았나?"

"그저 새파랗게 질리기만 했습니다."

가즈야는 입술만이 아니라 목소리까지 떨리기 시작했다.

"……그녀를 찾아주세요." 가즈야가 작은 목소리로 말했다. "혼마 씨밖에 기댈 곳이 없습니다. 흥신소 같은 데 부탁했다간 부모님에게 들킬 위험이 큽니다. 저는 지금 부모님과 같이 살고 있으니까요. 그렇다고 직장에서 전화를 받기도 곤란하고요."

"흥신소야 그럴 테지."

그러나 친척은 괜찮다는 뜻이다. 게다가 휴직중이라 시간이 남아도는 형사다.

"저는 쇼코와 이야기를 해보고 싶습니다. 이 종이를 보여줬을 때 그녀는 '복잡한 사정이 있어서 지금 당장은 얘기할 수 없다. 그러니 조금만 시간을 달라'고 했습니다. 저는 동의했습니다. 쇼코를 믿었으니까요. 그런데 바로 다음 날 그녀가 감쪽같이 사라져버렸습니다. 집에도 없었습니다. 회사도 나가지 않았고요."

가즈야는 한 마디 한 마디 입 밖에 낼 때마다 고개를 흔들었다. 마치 지금 눈앞에 있는 세키네 쇼코에게 직접 호소하는 듯한 열기가 느껴졌다.

"쇼코가 변명을 하는 일도, 저희가 싸우는 일도 없었습니다. 그건 너무해요. 저는 그녀의 입으로 직접 설명을 듣길 원합니다. 그리고 같이 이야기를 하고 싶어요. 비난할 생각은 전혀 없습니다. 정말로 단지 그것뿐입니다. 그런데 제 힘으로는 어쩔 도리가 없습니다. 쇼코는 주소록 같은 것을 남기지도 않았고, 저는 그녀의 교우관계를 거의 모르니 찾을 방법이 없습니다. 그렇지만 혼마 씨라면 어떻게든 손을 쓸 수 있잖아요? 부탁드립니다. 쇼코를 찾아주세요."

단숨에 감정을 쏟아내어 할 말이 바닥난 뒤에도, 가즈야는 뒤집힌 후에도 관성 때문에 계속 헛바퀴를 도는 장난감 자동차처럼 턱을 바르르 떨었다. 위아래 턱이 맞닿을 때마다 희미한 소리가 났다. 이가 부딪치는 소리였다.

혼마는 말없이 그를 바라보았다. 머릿속에서 두 가지 다른 생각이 싸우고 있었다. 격렬하게 승부를 겨루는 것은 아니지만, 양쪽 다 나설 차례를 노리며 서로를 노려보고 있다.

하나는 순수한 호기심이었다. 직업병이라고 해야 할지도 모른다.

젊은 여성의 실종 자체는 드문 일이 아니다. 도시에서는 길거리에 방치된 쓰레기통 뚜껑이 도난당하는 것과 맞먹을 정도로 빈번하게 여자들이 모습을 감춘다. 그러나 젊은 여자의 단독 실종에 '개인파산'이 얽혀 있는 경우는 별로 들어본 적이 없다. 가족이 다함께 야반도주를 했다면 또 모르지만, 남자가 아니라 빚 때문에 여자 혼자 도망을 치다니.

아니, 그게 아니지. 생각을 고쳤다. 세키네 쇼코는 개인파산을 했으니 빚은 이미 사라졌을 것이다. 아니면 파산해도 빚은 여전히 남는 걸까?

다른 하나는 그 호기심의 밑바닥에서 고개를 빳빳이 쳐드는 씁쓸한 불쾌감이었다. 지즈코가 생전에 무척이나 귀여워했는데도 가즈야는 바쁘다는 핑계로 장례식에도 얼굴을 비치지 않았다. 삼 년간 연락 한 번 없었고, 조의를 표하는 전화 한 통 하지 않았다. 그런 주제에 자기가 부탁할 일이 생기자 휘몰아치는 눈발을 뚫고 찾아온 것이다. 정말이지 이기적인 녀석이다.

혼마가 입을 다물고 있었기 때문일까. 가즈야가 눈을 치켜뜨고 혼마를 올려다보았다. 그제야 겨우 자기 처지와 혼마의 상황을 생각해볼 여유가 생겼는지 머뭇머뭇 조심스러운 말투로 물었다.

"혼마 씨, 아직 몸이 안 좋으셔서 돌아다니시는 건 무리일까요……"

"아냐."

최대한 짧고 무뚝뚝하게 대답했다. 가즈야도 많이 쑥스러웠는지 고개를 숙였다.

"어머니 얘기로는 총을 맞으셨다던데……"

"자세히 알고 있군."

사건 자체는 별것 아니었다. 신문에도 큰 기사가 나지 않았다. 심야 영업을 하는 찻집이나 작은 술집만 전문적으로 노리는 소심한 강도가 (흉기로 사람을 위협하지만 실제로 상처를 입히지는 않는) 하나 있었을 뿐이다. 그리고 그 소심한 강도가 싸구려 개조 권총 한 자루를 마치 부적인 양 남몰래 품속에 넣고 다녔을 뿐이다.

그리고 자기를 체포하러 온 두 형사 중 한 사람에게 그것을 들이댔고, 본인 얘기를 따르자면 '쏠 생각은 없었는데 자기도 모르게 그만' 방아쇠를 당기고 말았다. '정말로 총알이 튀어나가는 바람에 질겁'해서 눈앞이 캄캄해졌고, '반사적으로 또 한 방을 쏘고 말았다'는 시시한 사건이었다. '자기도 모르게 그만' 당겨버린 방아쇠에 무릎을 맞은 혼마 역시 실로 어이없고 시시한 사건이라고 생각했다. 그러나 그 소심한 강도 녀석이 잇달아 두번째 총알을 날리자 주인을 닮아 본성이 비뚤어진 개조 권총이 폭발하는 바람에 녀석의 오른손 손가락이 날아가버렸다는 얘기를 나중에 전해들을 때는, 어쩌면 후유증이 남을지도 모르겠다고 염려하면서 깁스를 한 왼쪽 다리를 내려다보며 실소를 흘렸다. 그리고 고백하자면, 지금보다 훨씬 고통스러운 재활치료를 받던 회복기에는 수도 없이 후회했다. 그때 아예 배를 움켜쥐고 실컷 비웃어줄걸 그랬다고.

가즈야가 입술을 깨물었다.

"죄송합니다. 제 문제에만 정신이 팔려서 거기까지 생각이 미치지 못했습니다. 저는……"

입을 다문 가즈야를 혼마는 여전히 말없이 바라보았다. 그러나 어느새 자기가 살짝 흥분했다는 것을 알아차렸다.

큰맘 먹고 휴직한 이유는 가즈야 말대로 현재 몸 상태로는 오히려 동료들에게 방해가 되기 때문이다. 완벽하게 일을 소화해낼 수 없다면 아예 처음부터 합류하지 않는 게 다른 사람들에게도 이롭다. 고되고 힘든 설산 등반대에서 부상자가 되고 싶지는 않았다. 그것은 자기 자신이나 주위 사람들이나 익히 아는 바였다.

그러나 오늘 집으로 돌아오는 전철 안에서 맛본 짜증과 초조함은 그런 논리로 온전히 씻어낼 수 없는 묘한 감정이었다. 논리의 테두리 밖에 있는 무언가였다.

"도움을 줄 수 있을지도 모르겠지만……"

아직 결심도 서지 않았는데, 정신을 차려보니 그렇게 말하고 있었다. 가즈야가 고개를 번쩍 쳐들었다.

"다만 너무 기대하면 곤란해. 그리고 부탁을 정식으로 받아들인 건 아니야. 아직 모르는 게 많으니, 일단은 지금 상황을 어떻게든 해결할 수 있을지 없을지 알아보는 정도라고 해야겠지. 그래도 괜찮다면."

굳어 있던 가즈야의 얼굴이 아주 조금 풀어졌다.

"그래도 괜찮습니다. 부탁드립니다."

3

구리사카 가즈야에게 혼마는 날이 풀리고 눈이 녹아서 길을 걸어다니기 편해져야 움직일 수 있다고 말해두었다. 그도 고개를 끄덕였다. 그래서 아침에 일어나보고 여전히 눈이 내리고 있거나, 눈이 그쳤어도 날씨가 안 좋으면 세키네 쇼코의 뒤를 쫓는 작업을 하루 더 미룰 생각이었다.

그런데 눈은 한밤중에 이미 그치고, 오늘 아침에는 어이가 없을 만큼 해맑은 하늘이 펼쳐져 있었다. 집 창문에서 밖을 내려다보기만 해도, 포장도로의 눈이 말끔하게 녹아 있고 젖은 콘크리트가 햇빛을 받아 반짝거리며 점점 말라가는 게 눈에 보였다. 집 지붕이나 건물 처마에 널빤지처럼 매달린 딱딱한 눈덩이도 땀을 뚝뚝 흘리며 녹아내렸다.

아침을 다 먹은 사토루가 책가방을 들고 현관으로 뛰어가다 뒤를 돌아보았다.

"아빠, 오늘 밖에 나갈 거야?"

혼마는 신문을 읽던 시선을 들고, 간단히 "응"이라고만 대답했다.

"구리사카 형이 아빠한테 뭐 부탁했지?"

"그래."

"몇시쯤 들어와?"

"글쎄…… 아직 모르겠다. 나가봐야 알겠지."

복도 중간에 서서 이쪽을 바라보면 동쪽 창을 정면으로 보게 된다. 그러나 사토루가 얼굴을 찡그리는 건 눈부신 아침 햇살 때문만은 아닌 듯했다.

"괜찮겠어?"

"괜찮도록 조심할게."

"구리사카 형이 무슨 부탁 했는데?"

혼마는 텔레비전 시계로 시각을 확인했다. "지각하겠다."

사토루는 마지못해 책가방을 등에 멨다.

"아빠는 정말 집에 가만있질 못하는구나"라며 어이없다는 표정을 지었다.

"나 혼자 폭력단을 때려 부수러 가는 것도 아니니까 걱정할 거 없어."

"넘어져서 성한 다리까지 부러져도 난 몰라."

"너나 조심해."

"그거야말로 쓸데없는 걱정이거든. 다녀오겠습니다. 다녀오세요." 그러고는 뽀로통하게 덧붙였다. "뒤의 '다녀오세요'는 아빠 나갈 때 다시 재생해서 들어."

혼마는 웃었다. "예, 예."

투덜투덜 화를 내며 학교에 가는 사토루에게 미안한 마음이 들었지만, 날이 이렇게 화창하게 갠 이상 어쩔 수 없다. 약속은 약속이다.

사토루가 나간 후 곧바로 의자에서 일어나 창밖을 내려다보았다. 아파트 단지에 사는 초등학생들은 동별로 삼삼오오 모여서 4구역 남쪽에 있는 학교로 향한다. 얼마 후 사토루를 비롯한 아이들 일곱 명이 나무 옆에서 빠져나와 단지 내 보행로로 걸어가는 모습이 보였다.

아이들은 길가 여기저기에 삽으로 퍼서 모아둔 더러운 눈 더미를 만지며 소리쳤다.

"땡땡해."

"질척질척한데, 뭐."

"에이, 더러워."

저마다 심하게 배신당한 양 큰 소리로 불평을 쏟아놓는다. 아이들 입장에서는 저녁 무렵부터 내리다가 한밤중에 그쳐버리고, 아침에는 스르르 녹아내리는 눈을 절대 용서하기 힘들 것이다. 한껏 들뜨게 해놓고 매번 약속을 어기는 거짓말쟁이가 여자나 다를 바 없다. 모처럼 신나게 놀고 싶었는데.

출근 시간대를 피하고 싶어서 열시까지 집에서 느긋하게 시간을 보냈다. 그동안 지도를 꼼꼼히 살피며 목적지를 확인했다. 최단 경로로 이동하기 위해서다.

또 한 가지, '개인파산'의 정확한 의미를 알고 싶어서 그것도 찾아봤다. 국어사전에는 실려 있지 않았다. 그 외에 집에 있는 사전은 현대용어사전 정도라 별 기대 없이 들척여봤는데 의외로 자세한 설명이 실려 있었다.

개인파산 법원이 주최하여 채무자의 전 재산을 채권자에게 공평하게 나눠주는 제도를 '파산'이라고 하며, 채무자는 파산 수속 완료 후 '면책'에 의해

채무에서 해방된다. 그중에서 채무자 본인이 신청을 제기하는 것을 '개인파산'이라 하는데, 최근 신용카드 남용이나 대출로 인한 다중채무자의 구제를 목적으로 신청하는 건수가 급격히 증가하고 있다. 이러한 개인의 파산은 일반적인 기업파산과 구별하여 '소비자파산'이라고도 한다. 파산자는 몇 가지 자격 제한을 받지만 이것도 면책으로 '복권'할 수 있다. 또한 파산 사실은 호적 등에 기재되지 않으며 선거권, 피선거권 등의 참정권을 정지당하지도 않는다.

솔직히 말해 마지막 몇 줄은 뜻밖이었다.

지금까지는 일단 파산을 하면 그 사실이 언제까지고 따라붙는다고 막연하게 생각했기 때문이다. 타인의 사생활 조사가 업무의 연장선상인 혼마조차 그렇게 생각했을 정도니, 일반인 중에는 훨씬 더 많은 사람이 잘못 알고 있을 게 틀림없다. 그래서 이런 용어사전에서도 그렇지 않다는 설명을 굳이 덧붙였을 것이다.

'그 말인즉슨, 감추려 들면 간단히…… 아니, 굳이 감추려 들지 않아도 입만 다물고 있으면 다른 사람은 알 수 없다는 뜻이다.'

세키네 쇼코도 신용카드를 만들려고만 하지 않았다면 과거의 파산 사실이 폭로되지 않았을 것이다. 실제로도 그녀는 그때까지 카드가 없었다.

혹시 그녀는 가즈야가 카드를 만들라고 권유했을 때, 파산한 지 오년이나 지났으니 이제 괜찮을 거라고 생각했을까. 그런데 그 예상이 빗나간 걸까.

묵직한 사전을 다시 책꽂이에 꽂아놓고 나갈 채비를 시작했다. 아침 댓바람부터 미안스럽다는 서민적인 죄책감을 품고, 역으로 나가기 위해 택시 회사에 전화를 걸었다.

경비를 청구하겠다는 요청도 가즈야는 군말 없이 받아들였다. 상식적으로 보면 당연한 일이지만, 친척 사이에서는 '별것도 아닌 일에 쩨쩨하게 군다'고 해석될 수도 있다. 영수증만 잘 챙기면 되니까 택시는 실컷 이용할 생각이었다.

수화기를 내려놓은 후 담배 한 대를 피우고 재떨이에 물을 붓고서 집을 나섰다. 도중에 1층 이사카 씨 집에 들러서 열쇠를 맡기고 인사를 나눈 후 밖으로 나왔다.

어제와 마찬가지로 우산을 말아 지팡이 대신 짚고 걸어가면서 보행로 여기저기에 쌓인 눈 더미를 만져보았다. 양지 쪽 눈은 '질척질척'하고 음지 쪽은 '땡땡'하다. '더러운' 것은 마찬가지지만 양지 쪽 눈 더미가 훨씬 작고, 만지면 금세 무너져내렸다.

길가에서 마지막으로 만져본 눈 더미는 '땡땡'했다.

다행이다. '질척질척'보다는 좋은 징조 같았다.

'이마이 사무기기'는 신주쿠 역 서쪽 출구에서 건강한 사람의 걸음으로 오 분 정도 걸리는 곳에 있었다.

고슈 가도 변에 있는 5층짜리 공동빌딩의 2층이었다. 정면으로 난 좁고 긴 여덟 개의 창문 안쪽에 색 테이프로 회사 이름을 한 자씩 붙여놓았다. 아무것도 붙어 있지 않은 여덟번째 유리창에는 커튼이 드리워져 있었다. 묘하게 고지식한 분위기가 풍겼다.

빌딩 1층은 금고 매장이었다. 위층 회사와 결탁해서 장사를 하는 것일지도 모르겠다. 얼굴을 내밀고 엘리베이터 위치를 묻자, 신문을 읽고 있던 직원이 "계단이⋯⋯"라며 입을 열었다가 말을 삼키고 가르쳐주었다.

오타키바시 거리의 완만한 내리막길이 오히려 더 버거웠던 모양이다. 오르막길보다 내리막길이 무릎에 부담이 가서 더 힘들다. 전철 안에서는 줄곧 앉아서 왔지만, 이틀 연속으로 외출해서인지 아직 오전인데도 벌써부터 허벅지가 뻐근하게 당겼다.

접수대와 응접실, 사무실이 한 층에 다 있어서 한눈에도 훤히 훑어볼 수 있는 조그만 회사였다. 짙은 남색 사무복을 입은 여자 하나가 책상에 앉아 있다가 재빨리 일어서서 밖으로 나와주었다.

"저는 여기서 근무했던 세키네 쇼코 씨의 약혼자인 구리사카 가즈야의 친척 되는 사람입니다. 세키네 씨 일로 잠깐 여쭤보고 싶은 게 있어서 찾아왔습니다."

사무복을 입은 여자는 이제 갓 스무 살이나 되었을까. 둥근 얼굴에 커다란 눈, 그리고 코언저리에는 주근깨가 흩어져 있다. 그 눈을 휘둥그레 뜨더니 말했다.

"아, 네에, 네, 알겠습니다." 어린애 같은 목소리였다. 몸집도 작다.

"될 수 있으면 사장님이나 세키네 씨의 상사였던 분을 만나 뵙고 싶은데요. 가능할까요?"

"세키네 씨 얘기는 들었어요, 네." 여자는 조급하게 대답했다. "사장님은 지금 맞은편 건물 찻집에 계세요."

"상담중이신가요?"

"상…… 아뇨, 그냥 잠깐 커피 드시러 가신 거예요. 늘 그러시거든요. 저는 사무실을 지키는 중이고. 지금 바로 불러올게요."

말이 끝나기도 전에 문으로 향한다. 그러더니 황급히 뒤를 돌아보고 물었다.

"저어, 혹시 제가 없을 때 전화가 오면 어쩌죠?"

오히려 이쪽이 묻고 싶은 말이었다.

"어떻게 하면 좋을까요?"

그녀는 잠시 생각했다. "됐어요, 아마 안 올 거예요."

성가신 일은 금세 뒤로 미뤄버리는 성격인 듯했다.

"금방 올 테니까 편한 데 앉아서 기다리세요. 외투는 벗어서 저쪽에 걸어주시고요."

그 말을 남기고는 참새가 포르르 날아오르듯 뛰어나갔다.

좁은 실내는 말끔하게 정돈되어 있었다. 같은 크기의 사무용 책상 세 개가 서로 마주 보게 놓여 있다. 책상 위에는 저마다 장부나 파일 종류가 잔뜩 놓여 있었지만, 언제든 자유롭게 꺼내볼 수 있도록 등 표지를 바깥쪽으로 두고 가지런하게 세워져 있었다. 그 작고 오밀조밀한 분위기에서 역의 구내매점이 연상되었다.

세 개의 책상 중 조금 전 여자가 앉아 있던 곳 맞은편이 세키네 쇼코의 자리였을 것이다. 책상 위는 말끔히 정돈되어 있었지만, 맨 위 서랍을 열어보니 볼펜과 자와 메모지와 함께 '세키네關根'라고 새긴 막도장이 있었다.

창문을 등지고 사무용 책상 세 개를 바라보는 위치에 보조 책상이 붙은 널찍한 책상 하나가 놓여 있었다. 아마 사장의 책상일 것이다. 의자 등받이에는 손뜨개 털실 덮개가 씌워져 있다. 책상 위에는 빈 서류상자 하나와 표지가 흰 잡지 한 권이 있었다. 가까이 다가가서 보니 〈재계통신〉이었다.

창고가 따로 있을 테지만, 아무리 그래도 지나치게 조용하고 한가한 회사였다. 세키네 쇼코가 있었을 때는 아까 그 아가씨까지 여직원 둘이서 일한 셈이다. 과연 그 정도 업무나 있을까 의심스러웠다.

이래서야 월급도 빤하겠군. 그런 생각을 할 즈음 여직원이 사장을 데리고 돌아왔다.

"어허, 오래 기다리셨습니다."

목소리가 큰 노인이었다. 와이셔츠에 털실 조끼와 볼로타이, 원근양용 안경을 쓰고 있다. 발에는 두툼한 양말에 새것 같아 보이는 건강 샌들을 신었다.

"세키네 씨 가족이시라고요?"

"아닙니다, 그 사람 약혼자의 친척입니다."

문제는 어느 쪽이었을까. 참새 같은 여직원의 전달 능력일까. 아니면 사장의 청취 능력일까.

"아하, 그렇군요. 구리사카 씨 말이죠."

어느 쪽이든 별 차이 없다는 표정이었다.

"자, 앉으시죠."

사장은 창가에 있는 응접세트 쪽으로 손을 내밀고는 먼저 자리를 잡고 앉았다. 혼마가 다리를 끌며 다가가자 난데없이 "류머티즘이죠?"라고 물어서 살짝 놀랐다.

"아닙니다. 사고 후유증 때문에……"

"아하. 그래서 우산을 들고 오셨군요."

"아무래도 지팡이는 사고 싶지 않아서요."

"병원에서 빌려주지 않나요?"

"네, 억지로 받아오긴 했습니다. 그런데 그걸 짚고 다니면 기분이 영 좋질 않아서요. 실제보다 훨씬 심하게 다친 것 같고."

사장은 훤하게 벗어진 머리를 부드럽게 어루만졌다. "흐음, 그렇죠. 그 기분 알 것 같습니다."

어젯밤 가즈야에게 지금 가지고 있는 명함을 다 꺼내서 뒷면에 자필로 '혼마 슌스케 씨는 저의 친척이며, 이번 일에 조사를 부탁했습니다. 잘 부탁드립니다'라고 쓰라고 시켰다. 적어도 가즈야가 세키네 쇼코의 약혼자라는 사실을 아는 곳에서는 그것을 소개장 대신으로 쓸 수 있기 때문이다.

그 작업을 하면서 가즈야는 '이런 게 왜 필요한가' 하는 표정을 지었다. 혼마는 형사이니 경찰 신분증만 슬쩍 보여주면 누구나 협조적으로 아는 걸 술술 털어놓을 거라고 생각했을 것이다. 그래서 부탁하러 온 것이다. 그러나 그것은 큰 착각이다.

정식으로 신청서를 내고 휴직한 신분이기 때문에 경찰 신분증은 형사 사무실에 맡겨둔 상태다. 그래서 빈손이었다. 그리고 신분증도 없이 '경찰에서 나왔습니다'라고 말하는 것은 가짜 신분증을 내보이며 경찰이라고 거짓말하는 것보다 훨씬 위험하다. 불필요한 소동을 일으키기 쉽다.

그래서 어젯밤에도 가즈야가 명함 뒷면에 글을 다 쓰고 난 후에 그런 사정을 설명해주었다. 가즈야는 배신당한 듯한 표정을 지었지만, 그래도 '그럼 차라리 흥신소에 부탁하는 게 낫겠다'는 말은 하지 않았다. 이번 일이 부모나 직장에 노출될까봐 어지간히도 두려운 모양이었다.

가즈야의 명함, 그리고 자기 이름과 자택 주소, 전화번호만 찍힌 명함을 나란히 사장에게 내밀었다. 상대는 그것을 차례대로 천천히 살펴보았다. 그러는 동안 예의 참새 같은 여직원이 차를 내왔다.

사장이 건넨 명함에는 '(주)이마이 사무기기 대표이사 이마이 시로'라고 적혀 있었다.

"구리사카 씨의 친척이라면, 관계가 어떻게 되시는지?"

사장이 가장 먼저 관심을 보인 것은 그 부분이었다.

"가즈야는 제 아내 사촌오빠의 아들입니다."

"아하, 네에……"

"매번 고민됩니다. 정확히 호칭이 어떻게 되는지."

"육촌지간인가? 맞나, 미짱?"

참새 같은 직원을 올려다보며 물었다. 그녀는 미짱이라 불리는 듯했다.

미짱은 또다시 조급하게 대답했다. "사전 찾아볼게요."

사장은 이어서 지극히 당연한 질문을 했다.

"실례지만 명함에 직함이 없는데, 선생님은 어떤 일을 하시나요?"

거짓말은 미리 준비해두었다. "잡지 자유기고가 비슷한 일을 하고 있습니다. 그렇다보니 이리저리 알아보고 다니는 데 익숙해서 가즈야가 이번 일을 부탁한 겁니다. 세키네 씨를 좀 찾아달라고요."

"나도 잡지에 자주 기고합니다."

사장이 자랑스러운 듯이 말해서 혼마는 고개를 끄덕였다.

"〈재계통신〉 말이죠."

"호오, 알고 계셨습니까?"

혼마는 미소만 지을 뿐 대답은 하지 않았다. '사장님 이름을 본 적 있습니다'라고 말하면 거짓말이겠지만, 미소만 지으면 속이는 게 아니기 때문이다. 〈재계통신〉은 기고한 사람들만 읽는 잡지의 대표주자 격이라는 얘기를 전에 들은 적 있었다.

"자, 그건 그렇고."

옅은 차를 한 모금 마시고 나서 사장이 본론으로 들어갔다.

"세키네 씨 일로 오셨다고 했는데, 아직도 안 돌아왔나요?"

가즈야가 이곳으로 전화해서 세키네 쇼코가 모습을 감췄다는 얘기를 한 것은 나흘 전인 1월 17일 아침 아홉시 무렵이었다고 한다. 가즈야는 그날 점심 무렵 외근중에 잠깐 들러서 좀더 자세한 사정을 설명했고, 그녀가 갈 만한 곳 중 혹시 짚이는 데가 없냐고 물었다.

"16일에 안 나왔을 때는 공휴일 다음 날이라 그냥 무단결근이겠거니 하고 가볍게 넘겼어요. 그래서 구리사카 씨한테 전화를 받고서 깜짝 놀랐죠."

"세키네 씨는 전에도 무단결근을 한 적이 있었습니까?"

"한 번 있었어요. 열이 나서 드러눕는 바람에 전화도 못 했다고 하더 군요. 그렇지, 미짱?"

미짱이 고개를 갸웃거렸다. 사장이 웃었다.

"참, 그렇지. 그때는 아직 미짱이 없었나."

"사장님은 가즈야를 잘 아시죠?"

"네. 그렇다 해도 거래하는 은행 사람일 뿐이죠. 그래서 세키네 씨랑 약혼했다는 소릴 들었을 때는 깜짝 놀랐어요."

"약혼 소식은 여기서 들으셨나요?"

"아니, 술자리에서 들었어요. 보시다시피 우리는 영세기업이라서 송 년회나 신년회 같은 모임도 썰렁합니다. 그래서 그런 자리가 생기면 여 직원들에게 친구나 애인을 데리고 오라고 하죠. 두 사람의 기쁜 소식을 들은 건 올해 신년회 때였나. 그렇지, 미짱? 신년회 때였지?"

자기 책상에서 열심히 사전을 뒤적거리던 미짱이 허겁지겁 "네, 네" 라고 대답했다.

"그때 반지도 구경했어요. 루비였던가? 세키네 씨 탄생석이었죠."

"사파이어예요." 미짱이 처음으로 먼저 끼어들었다. "만날 금세 잊어 버리고 딴소리를 하신다니까. 사파이어예요. 파란색 보석이었잖아요."

"아하, 그렇군." 사장이 또다시 자기 머리를 어루만지며 (그러면 머 릿속에 든 기억을 수정할 수 있는 걸까) 말했다. "그래, 사파이어, 사 파이어였어. 세키네 씨가 모습을 감췄을 때도 그 반지는 가져갔다던데 요."

"그렇습니까? 그건 처음 듣는 얘기군요."

가즈야와 오늘밤 둘이서 쇼코가 살았던 빌라를 조사하기로 약속해두 었다. 소지품 등에 관해서는 그때 자세히 물어볼 예정이었다.

"구리사카 씨 얘기로는 15일 밤에 다투었다고 하더군요. 그래서 16

일 아침에 집으로 전화를 걸었는데 받지 않았다고요. 계속 연락이 안 돼서 그날 밤에 집으로 가보니, 세키네 씨는 이미 신변을 정리하고 나간 후였다고 들었습니다."

"사실 그대로입니다. 가즈야는 지금 새파랗게 질려 있습니다."

"반지를 가지고 떠났다는 건, 구리사카 씨와 다시 시작할 마음이 아직 있거나 단지 고가품이라 가져갔거나 그 둘 중 하나겠지만…… 그래도 조금 다툰 정도라면 조만간 돌아오지 않을까요? 일을 너무 시끄럽게 만들면 세키네 씨 입장이 오히려 더 민망해질지도 모르죠."

나이가 지긋한 남자 중에는 이같은 경우에 이런 식으로 생각하며 젊은 여성을 배려해주는 타입이 있다. 그러나 결코 사람이 좋아서 그런 건 아니다. 단지 여자에게 아직 따끔한 맛을 본 경험이 별로 없기 때문이다. 그렇게 봐도 좋을 거라고 혼마는 생각했다.

"그런데 그게 예사로운 싸움이 아니었나봅니다." 혼마가 신중하게 말했다. "그거야말로 세키네 씨 입장을 생각하자면 쉽게 언급할 문제가 아닙니다만…… 그래서 가즈야도 새파랗게 질린 겁니다."

사장이 몸을 살짝 앞으로 내밀었다. "심각한 일인가요?"

"그렇죠. 두 사람에게는."

사장은 그 애매한 표현 이면에 감춰진 것을 헤아린 듯했다.

"안타까운 일이지만, 상황이 그렇다면 우리는 아무 도움도 드릴 수 없겠군요. 얘기라고 해봐야 구리사카 씨에게 알려준 것과 똑같은 내용뿐이니까요. 안 그래, 미짱?"

미짱이 고개를 끄덕였다. 시선은 여전히 사전에 고정된 채였다. 그러고는 말했다. "육촌지간은 아닌 것 같아요, 사장님."

그만하라고 할 때까지 한 가지 일에 집요하게 매달리는 성격인 모양이다. 그러나 사장이 아무 말도 안 해서 혼마도 신경 쓰지 않기로 했다.

게다가 그런 미짱이 살짝 마음에 들기도 했다.

"세키네 씨는 언제쯤 이 회사에 채용되었습니까?"

사장이 "흐음" 하고 신음소리를 흘렸다. 그가 '미짱, 그게 언제쯤이었지?'라고 묻기 전에 혼마가 제안했다.

"세키네 씨 이력서를 좀 보고 싶은데, 가능할까요? 상황이 이러니 그녀가 예전에 근무한 회사도 찾아가보고 싶습니다."

"아, 그야 물론이죠." 사장은 부탁한 사람이 맥이 빠질 정도로 흔쾌히 대답하며 자리에서 일어섰다. 자기 책상의 맨 아래 서랍을 열더니, 별로 힘들게 찾는 기색도 없이 서류철에서 종이 한 장을 빼들고 돌아왔다.

흔하디흔한 양식의 이력서였다. 증명사진이 제일 먼저 눈에 들어왔다. 어수룩하게도 어젯밤 가즈야는 세키네의 사진을 들고 오지 않았다. 그러니 혼마는 이제야 처음으로 그녀의 얼굴을 보는 셈이었다.

미인이라는 생각이 들었다.

이런 종류의 사진은 누구든 약간은 지명수배자처럼 나오게 마련이다. 그런데도 미인으로 보인다면 실물은 평균 이상의 미모라고 생각해도 좋을 것이다.

머리는 살짝 긴 쇼트커트. 짧은 보브커트라고 하는지도 모르겠다. 콧날이 오뚝하고, 화장으로 그린 건지 어떤지는 사진으로 알아볼 수 없지만 부드러운 곡선을 그리는 눈썹이 준수한 이마와 시원스러운 두 눈 사이에서 적절한 균형을 이루고 있다. 살포시 다문 입술은 엷은 미소를 머금고 있었다.

"예쁘죠?" 사장이 말했다. "실물은 훨씬 미인이에요. 특히 구리사카 씨랑 사귄 후로 점점 더 예뻐졌죠. 그렇지, 미짱?"

미짱은 어느새 사전 찾기를 멈췄다. 회전의자에 앉아 이쪽을 바라보며 말했다.

"같이 쇼핑하러 나가면 남자들이 자주 말을 걸었어요."

그랬을 법하다.

"키는 큽니까?"

"이런, 만나본 적이 없습니까?"

"네, 못 만났습니다. 가즈야 녀석이 약혼 사실을 친척들에게도 비밀로 했으니까요."

"세키네 씨도 그런 얘기 했어요." 미짱이 끼어들었다. "구리사카 씨 댁에서 반대한다고. 학력이 딸려서 안 된다고 했대요."

"그렇군요." 혼마가 미짱에게 시선을 던졌다. "속상해하던가요?"

"네. 한동안 정말 비쩍 마를 정도로 고민했어요. 구리사카 씨가 부모님 신경 쓰지 말고 결혼하자면서 반지를 줄 때까지는 내내 힘들어했어요. 약혼한 뒤로는 완전히 달라졌지만."

혼마는 고개를 끄덕이며 다시 이력서로 시선을 돌렸다.

세키네 쇼코의 생년월일은 1964년 9월 14일. 본적은 도쿄 도로 되어 있다. 가즈야 얘기로는 우쓰노미야에서 태어났다고 하니 그뒤에 호적을 옮겼을 것이다.

경력 사항을 훑어보니 고등학교까지는 우쓰노미야 시내에서 다녔다. 그후의 직장경력 칸에 세 곳의 회사 이름이 쓰여 있었다. 맨 처음이 사무기기 회사인 듯한 '미요시 리스 기기'. 소재지는 시부야 구 도겐자카. 취직한 시기는 1983년 6월. 1985년 3월에 퇴직. 고등학교를 졸업하자마자 상경했다고 했으니 취직까지 두 달쯤 공백이 있지만, 직장을 찾으려면 그 정도 기간은 걸렸을 것이다.

다음은 '(주)이시이'. 회사 이름만 봐서는 업종을 짐작할 수 없지만, '타이피스트로 근무'했다고 본인이 덧붙여두었다. 소재지는 지요다 구 미사키초. 취직은 1985년 4월. 퇴직은 1986년 6월.

세번째가 '아리요시 공인회계사무소'. 소재지는 미나토 구 도라노몬. 1986년 8월부터 1990년 1월까지 일했다. 퇴직 사유는 모두 '개인 사정'이었다.

그리고 이력서의 날짜는 헤이세이 2년, 즉 1990년 4월 15일이었다.

"전에는 회계사무소에 근무했군요."

"그렇군요."

사장이 고개를 내밀고 이력서를 들여다보다가 새삼 기억이 떠오른 듯한 표정으로 말했다.

"왜 그곳을 그만뒀는지 구체적인 이유를 물어보셨습니까?"

"뭐라더라…… 일이 너무 많아서 건강이 나빠졌다죠, 아마."

경영자치고 무방비해 보일 정도로 느긋한 사람이다. 혼마의 그런 생각을 사장도 눈치챈 모양이었다. 두 손으로 머리를 어루만지며 활짝 웃었다.

"아니, 그 뭐냐, 여기는 보시다시피 이렇게 작은 회사 아닙니까. 과거 경력까지 꼬치꼬치 캐물으면 좀처럼 일해줄 사람을 구할 수가 없어요. 그렇다보니 사람 됨됨이를 보고 괜찮겠다 싶으면 다른 질문은 잘 안 합니다. 누구에게나 사정이 있게 마련이니까."

충분히 이해가 갔다. 또한 그런 식으로 직원을 고용해도, 이 사장이라면 사람을 잘못 보는 일이 별로 없겠다는 생각도 들었다.

뭐니 뭐니 해도 이렇게 조그만 회사를 신주쿠 최고의 노른자위 땅에서 유지하고 있는 사람이다. 작은 회사일수록 더욱 남다른 능력이 요구되는 법이다.

대기업을 굴리는 일은 어떻게 보면 컴퓨터로 작동되는 자동조종장치가 설치된 점보제트기를 움직이는 것과 같다. 매번 심각하게 조종사의 능력을 검증받지는 않는다.

그러나 영세하다 못한 이런 회사는 굳이 비유하자면 로톨Rotol의 프로펠러기다. 유시계비행밖에 할 수 없다. 컴퓨터에 기댈 수가 없다. 오로지 조종사 한 사람의 역량에 기대며, 이착륙 때마다 목숨을 건다. 한 차례 한 차례의 비행에 생사가 달려 있는 것이다. 조종사의 실력에 따라서 곧바로 추락할 수도 있다.

"이곳에선 어떤 식으로 사람을 구하십니까?"

"구인광고죠, 뭐. 신문에다."

"세키네 씨가 채용된 것은 언제였나요?"

사장이 이력서를 들여다보았다.

"면접 다음 날에 채용 통지를 보냈습니다. 20일쯤부터는 출근했지 싶은데요."

"그녀는 여기서 일반사무를 담당했나요?"

"그렇죠. 타자기나 워드프로세서를 쳤죠."

"동료는……" 하며 미짱 쪽을 바라보자, 그녀가 깜짝 놀란 표정을 지었다.

사장이 대답했다. "그 당시에는 세키네 씨 혼자였어요. 미짱이 우리 사무실에서 일하게 된 지는 아직 반년밖에 안 됐으니까. 그렇지, 미짱?"

미짱이 고개를 끄덕였다.

"다른 사람은……"

"없습니다. 세 사람뿐이에요. 이따금 드나드는 사람이야 있지만, 세키네 씨와는 인사나 나누던 사이니까 행방을 알 수는 없을 겁니다."

"사장님은 혹시 짚이는 데가 없으십니까?"

그는 안타까운 듯 고개를 옆으로 저었다.

"구리사카 씨 말고 세키네 씨가 가깝게 지낸 친구가 있었는지 같은 것도…… 물론 있었겠지만, 나는 잘 모르죠. 죄송합니다."

"아닙니다, 별 말씀을."

혼마가 시선을 돌리자, 미짱은 이번에는 준비하고 있었던 듯 놀라지도 않고 곧바로 대답했다.

"저도 짚이는 게 없어요."

"친구 이름 같은 것도 들어본 적 없나요?"

잠시 생각하고 나서 고개를 저었다.

"구리사카 씨 얘기는 많이 들었지만…… 전 세키네 씨랑 퇴근길에 가끔 차를 마시거나 백화점에 들른 게 다니까요."

"그렇군요……"

"고향에 돌아간 건 아닌가?" 사장이 물었다.

"세키네 씨는 이미 부모님이 안 계십니다."

사장이 손바닥으로 이마를 탁 쳤다. "아 참, 그랬지."

"물론 일단 조사는 해볼 생각입니다."

혼마가 이력서를 집어들었다.

"죄송하지만, 이걸 좀 복사해 갈 수 있을까요?"

사장이 가볍게 손을 흔들었다.

"아, 그냥 가져가세요. 구리사카 씨에게 빌려주는 거라면 상관없습니다. 전에 근무했던 곳에 가서 물어보면 뭔가 알아낼 수 있을지도 모르죠."

호의를 감사히 받기로 했다.

"세키네 씨를 빨리 찾으면 좋을 텐데."

"이쪽에서 먼저 찾아서 연락하면 본인도 돌아오기 쉬울 거라는 기대를 해봅니다만."

"그래요. 싸우고 헤어지는 건 좋지 않아요."

자리에서 일어서자 미짱이 친절하게도 혼마의 외투를 들고 입는 걸 도와주려 했지만, 키 차이가 너무 나서 수월하지 않았다. 혼마는 웃으며 외투를 받아들고 직접 입었다. 우산은 그동안 미짱에게 맡겼다.

"아내의 사촌오빠의 아들을 어떻게 부르냐는 얘기 말인데요." 미짱이 고지식한 표정으로 입을 열었다. "육촌지간이 아니라는 것밖에 못 알아냈어요."

꽤나 안타까운 듯했다.

"그럼, 나중에 알게 되거든 가르쳐주시죠." 그렇게 말할 수밖에 없게 만드는 구석이 있었다.

"네." 미짱이 대답했다. 사장은 싱글벙글 웃고 있었다.

세키네 쇼코는 월급은 적을지 몰라도 그리 나쁘지 않은 회사에서 근무했다는 생각을 하며, 혼마는 계단으로 내려왔다.

4

일단은 전화부터.

세키네 쇼코가 이력서에 기재한 회사 세 곳을 다 조사해볼 필요는 없다. 이마이 사무기기 전에 근무한 '아리요시 공인회계사무소'만 알아봐도 충분할 것 같았다. 쇼코는 그곳에 사 년 정도 적을 두었다. 지인이나 친구가 있을 가능성도 그곳이 가장 높다.

인도와 차도 모두 완전히 마르고, 길가에 긁어모아둔 눈 더미도 북쪽 지방으로 돌아가는 장거리 트럭이 흘린 것만한 크기로 녹아 있었다.

고슈 가도와 오타키바시 거리 교차점까지 와서 맨 먼저 눈에 띤 찻집 문을 밀고 안으로 들어갔다. 전화기는 출입문 바로 옆에 있었지만, 일단 자리를 잡고 한동안 다리를 쉬며 커피를 주문한 후에 다시 일어섰다.

쇼코는 단정하고 깨끗한 글씨로 이력서를 썼다. 달필이라고는 할 수 없지만, 한 자 한 자 정성스럽게 써내려간 것이 느껴졌다. 일기나 가계부 같은 것도 꼼꼼하게 쓰는 타입이겠군…… 전화번호 안내원이 전화를 받을 때까지 그런 생각을 했다.

이윽고 여자 안내원의 목소리가 들려왔다. 혼마는 '아리요시 공인회계사무소'의 소재지를 밝히고 전화번호 안내를 부탁했다. 대답이 들려올 때까지 사오 초쯤 틈이 생겼다.

"그 주소로는 아리요시 공인회계사무소가 등록되어 있지 않습니다."

살짝 허를 찔린 기분이었다.

"전혀 없습니까? 비슷한 이름의 사무소도 없나요?"

"잠시만 기다려주세요."

요즘 번호 안내 서비스는 모두 컴퓨터로 조회하기 때문에, 지지직거리는 통화 잡음 너머로 희미하게 키보드 두드리는 소리가 들렸다.

"없네요. 주소가 확실한가요?"

주소를 다시 한번 읽어주며 확인했다. 잘못 읽은 건 아니었다. 하는 수 없이 일단 전화를 끊었다.

회계사나 변호사, 법무사처럼 독립적으로 간판을 내걸고 의뢰인을 받아 일하는 사업은 여간해서는 사무실을 이전하지 않는다. 뿌리를 뽑아내는 것과 다를 바 없으니까. 그들이 하나같이 맨 처음 개업할 장소를 까다롭게 고르는 이유는 한번 자리를 잡으면 쉽사리 이동할 수 없기 때문이다.

선배 사무소 같은 데서 더부살이를 하다가 적당한 시기에 독립하는 새내기라면 이전 가능성도 생각해볼 수 있다. 그렇지만 '아리요시'라는 단독 명칭을 내걸고 영업하는 사무소가 전화번호부에서 감쪽같이 사라져버리다니……

나이 든 회계사가 은퇴하면서 사무소를 정리해버린 걸까? 그러나 조금 전 이마이 사장 말로 쇼코가 사 년씩이나 근무한 그 사무소를 그만둔 이유는 '일이 너무 많아 건강이 나빠져서'라고 했다. 그렇다면 폐업 가능성은 희박하다.

'하긴, 그만둔 진짜 이유를 감추려고 적당히 꾸며낸 거짓말일 수도 있겠지……'

그 주소지로 찾아가서 주변 회사 같은 데 물어보면 어느 정도 사정을 밝혀낼 수 있을지도 모른다. 그러나 그것만 해도 꼬박 하루가 걸릴 일이다. 조금 귀찮다는 생각을 하며 다시 한번 수화기를 들었다.

'(주)이시이'. 지요다 구 미사키초. 쇼코는 이곳에서는 일 년 이 개월 정도밖에 근무하지 않았지만, 곧바로 연락만 닿는다면 이쪽이 빠르다.

그러나……

"이 주소로는 그런 회사 이름이 등록되어 있지 않습니다."

조금 전과 다른 여자 안내원의 목소리가 또랑또랑한 목소리로 대답했다. 혼마는 아까처럼 '비슷한 회사 이름도 없느냐'고 물어보려다가 입을 다물었다.

"여보세요?"

상대가 부르는 소리에 정신을 차리고, 나지막이 기침을 했다.

"죄송합니다. 하나 더 부탁드리겠습니다."

미요시 리스 기기. 이번에는 번호를 알려달라고 하지 않았다.

"이 주소로 그런 회사가 등록되어 있습니까?"

전화번호 안내원은 "없습니다"라고 대답했다.

자리로 돌아와서 미지근한 커피를 마시며 이력서를 찬찬히 점검해보왔다.

난처하게 됐다.

이마이 사장의 성격은 방금 보고 온 대로다. 쇼코를 첫눈에 마음에
들어했고 믿을 만하다고 판단했다면 예선 직장에 전화를 걸어 이력서
에 기재된 내용을 확인하지는 않았을 것이다. 그래서 지금까지 여기 쓰
인 것들이 새빨간 거짓말이라는 사실을 아무도 눈치채지 못한 것이다.

그러나 그것은 전적으로 요행이었다. 위험한 줄타기다. 지금껏 들통
나지 않은 것은 순전히 운이 좋아서다.

세키네 쇼코도 그 정도는 처음부터 알고 있었을 것이다. 그렇지 않다
면 좀더 신경을 썼을 게 틀림없다. 적어도 실제로 존재하는 회사 이름
을 적었을 것이다.

그녀는 이력서에 실제 직장경력을 쓰고 싶지 않았다. 그래서 거짓말
을 늘어놓았다. 그리고 직원 수가 많고 인사담당자가 까다로울 듯한
곳은 피하고 영세회사만 찾아다녔다. 만에 하나 신원조사를 당해서 이
력서에 거짓을 쓴 사실이 밝혀져도 어쩔 수 없다고 각오하고 있었다.
어차피 발각 날 거라면 빠를수록 좋을 테니 애써 공들여서 거짓말을 하
지도 않았다. 그렇게 몇 군데를 방문하던 중 운이 좋게 이마이 사무기
기에서 채용해준 것이다…… 그런 내막이 아닐까?

그녀의 변호사가 신용판매회사에 개인파산 사실을 알리는 편지를 보
낸 것은 쇼와 62년, 즉 1987년 5월이었다.

역시 그것이다. 혼마는 생각했다. 그 사실을 감추고 싶었기 때문에
이력서에 거짓말을 쓸 수밖에 없었던 것이다.

당연히 파산한 당시에도 쇼코는 일을 하고 있었을 게 틀림없다. 그리
고 신용판매회사나 소비자금융에서 근무처를 찾아내 독촉 전화나 통지
를 퍼부었을 테고, 때로는 담당자가 직접 찾아오기도 했을 것이다. 회

사에 더없이 면목이 없었을 게 틀림없다. 상식 수준이지만, 혼마는 업무상 그런 비은행권 금융기관의 채권회수 담당자들의 수법에 관해 조금이나마 알고 있었다. 쇼와 58년 11월, 즉 1983년 11월에 소비자금융 규제법이 실시된 후로는 한때 '사채 지옥'이라고까지 불리던 폭력적인 채권추심 행위가 불가능해졌다. 그로 인해 표면적으로는 온순해졌지만 대신 독촉 방식이 더욱 음습하고 교묘하게 바뀌었다. 예를 들어 직장 팩시밀리로 독촉장과 함께 '지금 바로 연락바랍니다. ○○신용' 등의 글귀를 보내면, 당하는 쪽은 견뎌낼 재간이 없다.

이력서에 진짜 이력을 쓴다면, 새 고용주가 옛 회사 인사과에 전화 한 통만 걸어도 어떻게 되겠는가?

"세키네 씨요? 아, 그 사람 말이죠, 글쎄 빚 때문에……"

그런 말이라도 한다면 절대 고용되지 못할 것이다. 개인파산 사실이 밝혀져도 상황이 안 좋긴 마찬가지다. 경제관념이 없는 사람으로 아예 못박혀버린다.

그래서 거짓을 쓴 것이다.

입고 벗기가 귀찮아서 혼마는 줄곧 외투를 입고 있었다. 약간 더웠다. 찬물을 마시고, 다시 이력서로 시선을 떨어뜨렸다.

쇼코가 무슨 사정으로 개인파산을 했는지 모르니 예단할 수는 없지만, 가엾다는 생각이 드는 한편으로 가즈야가 하루빨리 그녀와의 관계를 청산하는 게 좋겠다는 생각도 들었다.

자, 그럼 이제 어떻게 해야 할까. 효율적으로 움직이는 방법을 생각해보자.

그건 그렇고 거짓말을 참 정성스럽게도 써놓았다. 이 회사 이름과 주소들은 어디서 따왔을까.

그 순간, '아, 그렇지!' 하고 정신이 퍼뜩 들었다.

그녀가 이마이 사무기기에 오기 전에도 어딘가에서 근무했다면 분명히 고용보험에 들었을 것이다. 직업안정소에서 관리하는 고용보험 사무 처리는 이미 십 년도 더 전부터 컴퓨터로 온라인화되었다. 그래서 시스템이 바뀐 후에 등록된 피고용자들은 피보험자증에 적힌 번호만 입력하면 예전의 피고용 기록을 모두 조회할 수 있다. 물론 이때 '바뀐 후에 **등록된**'이라는 말은 꼭 신입사원에 한정되는 것은 아니다. 이직을 했든 정년퇴직을 했든 마찬가지다. 새 피보험자증을 발급받는다. 혼마도 한 번 본 적이 있는데, 전철 정기권 정도 크기에 위조를 막기 위해 복잡한 문양을 인쇄했던 옛날 피보험증과 비교하면 왠지 좀 실망스러운 얄팍한 종잇조각이었다.

세키네 쇼코도 그것을 가지고 있었을 것이다. 이마이 사무기기에 채용되었을 때 그것을 제출했을 테고, 사장 혹은 쇼코 본인이 그것을 들고 신주쿠 직업안정소에 가서 피보험자 전근 신고를 했을 게 틀림없다.

다시 일어서서 전화기 옆으로 갔다. 이마이 사무기기로 전화를 걸자 미짱이 받았다.

사정 설명을 들은 미짱은 깜짝 놀란 듯했지만, 고용보험에 관련해서는 별로 힘들이지 않고 금방 알아봐주었다. 그녀가 수화기에서 멀찍이 떨어져서 사장과 뭐라고 대화하는 소리가 들렸다.

"여보세요? 보험증 찾아봤어요."

"내용이 어떻던가요?"

"고용보험, 피보험자증." 미짱이 읽어주었다. "세키네, 쇼코. 피보험자증 발행일은 헤이세이 2년, 4월 20일이에요."

쇼코가 이 이력서를 작성한 날짜는 같은 해 4월 15일이다. 그렇다면……

미짱이 말했다. "저어, 세키네 씨는 우리 회사에 들어와서 처음으로 고용보험을 들었다고 했어요."

"정말로?"

"네."

"그럼 그때까지는 안 들었다는 얘긴가요?"

"맞아요. 제가 여기 들어왔을 때, 수속 절차를 잘 모르는 저 혼자 가면 창구 직원한테 한소리 들을 것 같아서 세키네 씨가 직업안정소에 같이 가줬거든요. 그때 들었어요."

부스럭거리는 잡음이 들리더니 사장이 전화를 받았다.

"아까는 실례가 많았습니다. 미짱 얘기가 맞아요. 그나저나 직장경력이 거짓말이었을 줄이야."

"그러게 말입니다. 참 이상한 일이군요."

"고용보험에 관해서는, 세키네 씨는 예전 근무처에서는 줄곧 아르바이트 대우를 받아서 들지 않았다고 했어요. 정규직으로 일한 적이 없다고 했죠. 요즘으로 치면 그, 크리터라는 거겠지."

"아하, 네……"

'프리터'를 잘못 말한 걸 테지만, 개의치 않고 얘기를 이었다.

"왜 정규직이 아니었을까요. 그에 관해 얘기한 적은 없습니까?"

사장은 미짱과 한두 마디 나눈 후 대답했다.

"아르바이트 쪽이 급료가 더 좋다는 얘기는 했었죠."

"그렇다면 유흥업소에서 일했을 가능성도 있을까요?"

이번에는 사장 혼자 "흐음" 하며 생각에 잠겼다.

"글쎄 어떨지. 요즘 세상에는 꼭 그렇게 단언할 수만은 없겠죠. 게다가 세키네 씨는 그쪽 일을 하다 온 것 같은 분위기가 없었으니까. 냄새가 안 났어요."

그거야말로 요즘 세상에는 꼭 그렇다고 장담할 수 없는 일이다. 낮에는 학생으로, 밤에는 고급 술집의 호스티스로 사는 여대생들이 널린 세상이니까.

게다가 세키네 쇼코는 미모도 뛰어나다. 가즈야 같은 남자를 푹 빠지게 한 그 매력을 수준 높은 가게에서 수준 높은 손님들에게 발휘했다면 벌이도 썩 좋았을 것이다.

그래서 굳이 고용보험의 보호를 받을 필요가 없었다……

그런데도 개인파산을 했다. 그녀에게 대체 무슨 일이 있었던 걸까?

수화기를 내려놓고 자리로 돌아와서, 역시나 조금 싫은 내색을 하며 이쪽을 바라보는 웨이트리스의 시선을 무시한 채 등받이 깊숙이 몸을 파묻었다.

오 년이라. 혼마는 생각했다. 인생이 극에서 극으로 격변하기에 충분한 세월이다. 그리고 그 사이에 무슨 일이 있었든 간에, 가즈야의 입으로 들은 세키네 쇼코의 인상과 본인이 근무했던 이마이 사무기기의 분위기로 짐작건대 그녀는 좋은 쪽으로 변한 게 틀림없었다.

동전을 세며 한숨을 내쉬고 다음 행선지로 이동할 방법을 궁리했다.

변호사에게 의뢰해 개인파산 통지를 신용판매회사에 보냈을 무렵 쇼코는 과연 어떤 생활을 하고 있었을까. 멀리 돌아가는 것처럼 보일지라도, 그녀의 행방을 찾으려면 그쪽부터 치고 들어가는 쪽이 빠를지 모른다. 그녀가 숨기고자 했던 과거. 그것을 미처 다 감추지 못하고 노출시켰던 무렵으로 거슬러올라가보면 금세 무언가가 드러날지도 모른다.

가즈야가 알고 지낸 세키네 쇼코는 그녀가 신중하게, 온 힘을 다해 만들어낸 모습이다. 본래 모습 그대로의 쇼코가 아니다. 그녀가 꾸며낸 부분을 발판 삼아 탐색하다보면 전혀 엉뚱한 방향으로 끌려가버릴지도 모른다.

이런 전개가 펼쳐질 줄은 꿈에도 몰랐다. 가장 원만하게 풀린다면 이마이 사무기기에서 쇼코의 친구나 지인의 이름을 알아내어 그들에게 물어보아 금방 찾을 수도 있을 거라는 생각까지 했었다. 가즈야에게는 '큰 기대는 안 하는 게 좋다'고 말했지만, 그것은 단순한 견제이자 형식적 태도일 뿐이었다.

그녀는 가즈야의 추궁을 받자마자 곧바로 자취를 감췄다. 돈은 있을지 몰라도 심정적으로는 몸에 걸친 옷밖에 없는 상태나 마찬가지다. 보나마나 친구들에게 의지해 몸을 숨기고 있을 거라 확신했다.

그러나 그녀가 이 정도로 과거에 휘둘리고, 과거를 은폐하려 애썼다는 사실을 안 이상, 설령 실종 전에 친하게 지낸 친구나 지인을 찾아낸다 해도 별 도움이 안 되겠다는 예감이 들었다. 쇼코는 자신의 과거가 눈앞에 들이대어졌기 때문에 도망친 것이다. 그런 상황에서 그녀의 과거를 전혀 몰라 하나부터 열까지 설명해야 기댈 수 있는 사람이나, 그녀의 과거를 다 알아서 그녀에게 경멸이나 비난의 시선을 던질 가능성이 있는 사람을 찾아갈 수는 없다.

그렇다면 상대는 자연스럽게 한정되는 셈이다.

하는 수 없다. 세키네 쇼코가 파산 신청을 의뢰한 미조구치라는 변호사를 만나보기로 하자. 긴자에 있으니 여기서 마루노우치 선을 타면 환승 없이 갈 수 있다.

5

복잡한 사정이 있어서 지금 당장은 얘기할 수 없다. 그러니 조금만 시간을 달라.

미조구치 법률사무소 문 앞에 서자 머릿속에 그 말이 떠올랐다. 오

년 전의 개인파산 사실과 관련해서 가즈야의 추궁을 받고 세키네 쇼코가 한 말이다.

북적이는 긴자 거리에서 두 블록 정도 안쪽으로 들어간 곳에 있는 조그만 공동빌딩 8층이었다. 건물 모퉁이에 자리 잡은 사무실이라 정면과 오른쪽 두 군데에 출입문이 있었다. 불투명한 유리문을 통해서 내부가 흐릿하게 보였다.

정도의 차이는 있겠지만, 법률사무소를 방문하는 사람은 '복잡한 사정'을 떠안은 이들이 대부분이다. 위압적인 문 하나만 있는 것보다 이렇게 돼 있는 편이 안도감이 느껴져서 더 좋을지도 모르겠다. '이곳은 최후의 도피처다, 다른 퇴로는 없다'는 분위기를 풍기지 않기 때문이다. 설령 그것이 단지 심정적인 문제일지라도.

정면 문에는 크고 굵은 글씨로 '미조구치·다카다 법률사무소'라고 쓰여 있었다. 노크를 하자 곧바로 대답 소리가 들리고, 활기차 보이는 청년이 문을 열어주었다.

"죄송합니다. 잠깐만 기다려주십시오."

그는 그렇게 말하고 잰걸음으로 문 옆을 벗어나더니, 바로 뒤에 있는 책상으로 몸을 내밀고 전화를 받았다. 통화중이었던 모양이다.

입구 옆에 사무원들의 책상 네 개가량이 어수선하게 모여 있고, 그옆 캐비닛 위에 디지털식 자명종이 오후 세시 이십칠분을 표시하고 있다. 아니, 지금 막 이십팔분으로 바뀌었다.

한눈에도 자명종이란 걸 알아볼 수 있었다. 직원 중 누군가가 여기서 밤을 샐 때가 있겠지. 아니면 '한 시간만 자고 다시 일하자'며 맞춰놓는 경우도 있을 것이다. 알람은 새벽 두시로 맞춰져 있었다. 자명종을 그런 식으로 활용하는 인종은 극히 일부다. 어떤 분야에 있든 살인적인 일정표를 감당해야 하는 인종이다.

사무실 안에 눈코 뜰 새 없이 바빠 보이는 공기가 가득했다. 이마이 사무기기의 미짱처럼 괜히 조급해하는 게 아니라, 실제 시간과 경쟁하기 위해 정신없이 바쁘게 돌아가는 듯한 사무소였다. 너울거리는 먼지와 티끌 한 알갱이까지도 시간을 쪼개가며 움직이는 느낌이었다.

L자형 사무실 중 세로 쪽이 사무소 직원들을 위한 공간이고, 가로 쪽에 고객 응대를 위한 장소가 마련되어 있었다. 응접실 같은 형태가 아니라 병원 진료실에 있을 법한 칸막이 공간이 셋으로 나뉘어 있고 각각 탁자와 의자가 놓여 있었다. 법률사무소 간판으로 추측하건대 변호사는 두 사람뿐일 테니, 그중 두 개는 의뢰인과 상담하는 공간이고 나머지 하나는 다음 차례를 기다리는 고객을 위한 대기 공간일 것이다. 지금은 세 개 다 닫혀 있었다. 따라서 실내는 꽤 소란스러웠다. 인간의 육성이 어지러이 날아다녔다.

청년이 이윽고 전화 통화를 끝내고 혼마 쪽으로 급히 돌아섰다. 그 바람에 옆에 있던 워드프로세서 프린터의 종이 받침대가 요란한 소리를 내며 바닥으로 떨어졌다.

"아, 이런, 죄송합니다."

허둥지둥 다시 끼우면서 말한 탓에, 혼마가 아니라 떨어진 종이 받침대에다 대고 사과하는 것처럼 보였다.

"앉아서 잠깐만 기다려주십시오. 미조구치 선생님의 상담이 좀 길어져서요."

"걱정 마십시오. 제 시간은 괜찮으니까."

그러나 신주쿠 역 앞에서 전화를 걸었을 때 들은 바로는 미조구치 변호사가 갑작스러운 방문객에게 할당할 수 있는 시간은 오후 세시 반부터 네시까지 삼십 분뿐이라고 했다. 그리 느긋한 상황은 아니었다.

"자, 앉으시죠."

청년은 한 손으로는 메모를 하면서 다른 한 손으로 빈 회전의자를 밀어주었다. 혼마는 감사한 마음으로 의자에 앉았다. 우산은 바깥 복도에 세워두고 들어왔다.

청년 말고도 스물일고여덟 살쯤 돼 보이는 여직원이 있었는데, 그쪽도 아까부터 전화에 매달려 있었다. 상대가 흥분했는지 쉴새없이 달래고 있다. 세키네 쇼코도 맨 처음 이곳을 방문했을 때는 불안과 걱정으로 가득해서 격해지기 쉬운 상태였을 거라는 생각이 들었다.

청년이 메모를 끝내고 고개를 들자 혼마가 물었다.

"최근 여기에 세키네 쇼코라는 사람이 찾아온 적이 있습니까?"

청년이 눈동자를 굴리며 기억을 더듬는 표정을 지었다.

"세키네 씨요?"

"네. 이름 한자는 1장, 2장 할 때의 장章에다, 그 뭐냐, 삼수변을 거꾸로 한 것 같은 부수가 붙은 겁니다만."

"아하, 후지와라 쇼시의 쇼彰 말이죠?"

어느새 통화가 끝났는지 여자 사무원이 말했다.

"후지와라 미치나가의 딸이자 이치조 천황의 황비였던 쇼시."

"더 모르겠는데요." 청년이 혼마에게 미소를 지었다. 혼마가 허공에 글씨를 써보였다.

"맞아요, 그거예요." 여자 사무원이 고개를 끄덕였다.

"쇼시라는 사람은 무라사키 시키부*가 모셨던 황비였던가요?"

혼마가 묻자 그녀는 미소를 머금었다.

"네, 맞아요."

청년은 점점 더 모르겠다는 표정이었다. 머리를 긁적이더니 하던 일

---

* 『겐지 이야기』의 작가.

을 계속하려는지 커다란 서류첩을 펼쳤다.

혼마도 고전에는 매우 약했지만, 예전에 지즈코가 문화센터에서 '겐지 이야기 읽기'라는 강좌를 들은 적이 있어서 한동안 툭하면 그 얘기를 듣곤 했다.

"경쟁자인 데이시라는 황비 곁에서는 세이 쇼나곤*이 시중을 들었죠? 당시 조정에 시대를 대표하는 두 재녀才女가 있었잖습니까."

"그랬죠. 나중에 데이시의 생가인 나카노칸파쿠 가문이 허망하게 몰락해버려서 두 재녀의 처지는 완전히 달라졌지만."

스스로도 별걸 다 기억한다 싶어 놀랐다. 지즈코가 그런 이야기를 할 때는 한쪽 귀로 듣고 한쪽 귀로 흘리며 건성으로 대답하기만 했는데.

그 기억을 떠올리자 무심코 웃음이 나왔다. 정신을 차리고 본론으로 돌아갔다.

"사진이 있습니다."

주머니에서 세키네 쇼코의 이력서를 꺼내 사진만 보이도록 접어서 내밀었다. 다시 흥미가 생겼는지 청년이 일어서서 책상을 돌아 나왔다.

"……낯선 얼굴인데요. 최근에 왔던 사람들은 대체로 기억하는데."

"저도 보여주세요." 여자 사무원이 말했다. 청년이 혼마에게 이력서를 받아들더니 접은 상태 그대로 들고 가서 보여주었다.

"딱 뵈선 모르겠네요. 우리 의뢰인이었던 분인가요?"

"오 년 전쯤에 미조구치 선생님에게 개인파산 수속을 의뢰했습니다."

"오 년 전이면 제가 없었을 때군요."

청년이 그렇게 말하며 이력서를 돌려주었다. 이번에야말로 자기가

_____

* 헤이안 시대의 여성 작가.

더이상 쓸모없겠다는 표정으로 의자로 돌아갔다. 여자 사무원이 책상에 양 팔꿈치를 짚고 생각에 잠겼다.

"우리 사무실에 들어오는 의뢰의 90퍼센트 정도가 그런 일이라 내용으로는 판단할 수 없지만…… 이름은 기억이 나는 것도 같은데."

수많은 사람들이 드나드는 장소이니 이렇다 할 반응이 없는 것도 당연하다. 혼마는 이력서를 다시 주머니에 넣었다.

"쇼코, 쇼코라…… 흐음, 분명히 들어본 것 같은데……"

"보나마나 그때도 이치조 천황이 어쩌니저쩌니 했겠죠?"

청년이 놀리자 여자 사무원이 웃었다.

"그랬겠지. 드문 이름이잖아. 보통은 그냥 평범하게 아키코라고 읽지 않겠어?"

심각하게 고개를 갸웃거렸다.

"……혹시 덧니 있던 그 사람인가?"

이렇게까지 시간이 걸린다는 건 쇼코가 최근에 이곳을 찾아오지는 않았다는 뜻이다. 변호사에게 의지하지는 않았다는 건가.

그때 이름을 부르는 소리가 들렸다.

"혼마 씨인가요? 이거 오래 기다리셨습니다."

순간적으로 엉거주춤 일어서며 소리가 나는 쪽을 바라보자, 정확히 눈높이가 일치하며 시선이 마주쳤다. 노인이 서 있었다.

직장인이었다면 일단 정년퇴직한 후 고문이나 촉탁으로 몇 년 더 근무하고 나서 이제 정말로 은퇴를 생각할 만한 연배였다. 반올림하면 일흔 정도 되겠지. 그런데도 표정에는 활기가 넘치고, 통통한 체형에 혈색도 좋았다. 나이를 실감하게 하는 것은 늘어진 목덜미와 왼쪽 뺨에 보이는 자잘한 주름, 그리고 콧잔등에 살짝 걸친 원근양용 안경뿐이다.

바쁘고 믿음직한, 양복을 차려입은 작은 구원의 신.

혼마는 마음이 조급해졌다. 네시까지 십오 분밖에 남지 않았기 때문이다. 그렇다고 조사를 부탁받은 경위를 생략할 수는 없는 노릇이었다. 자기가 형사라서 가즈야가 부탁했다는 부분은 덮어두고, 또다시 '자유기고가라 조사하는 게 업무의 일부'라는 식으로 둘러대며 가능한 한 간단명료하게 설명했다.

"선생님, 여기서 개인파산 신청을 한 의뢰인의 채권자 앞으로 통지서를 보내는 일이 있습니까?"

변호사는 지체 없이 대답했다. "있습니다. 개인파산을 신청했으니 협력해달라는 안내문을 보내죠. 그렇게 해두면 대부분 독촉이 약해집니다. 오히려 서둘러 강제집행하려 드는 업자도 있지만, 그런 경우는 드물고 따로 대처 방법이 있으니까요."

혼마는 어젯밤에 본 통지서를 꺼내 보였다.

"이거 선생님이 보내신 것 같은데요."

변호사가 고개를 끄덕였다. "맞습니다. 우리 사무실에서 보낸 서류군요. 세키네 쇼코 씨라. 흐음."

옛 기억을 더듬는 표정을 지었다. 역시나 하는 실망감이 다시금 밀려들었다.

"최근에 다시 선생님을 찾아온 적은 없는 모양이군요."

"없었습니다. 모습을 감춘 게 16일이니 아직 일주일도 안 지났죠? 나도 그렇게 최근 일까지 잊어버릴 정도로 늙진 않았으니까요."

연달아 상담을 해서인지 변호사는 목이 쉬어 있었다. 여자 사무원이 내온 차를 천천히 마시며 고개를 갸웃거렸다.

"게다가 세키네 씨는 확실히 기억하니까, 얼굴을 보면 금방 압니다."

그렇게 말하고 찻잔을 내려놓고 나서 고개를 들었다.

"그렇지만 아무리 친척…… 세키네 씨 약혼자의 친척이라고 해도 순순히 그녀에 관해 말씀드릴 수 없습니다. 선생님도 그 점은 잘 아시겠죠?"

"네, 잘 알고 있습니다."

변호사의 비밀 준수 의무를 말하는 것이다.

"저는 그저 어떻게든 세키네 씨를 찾아내서 차분히 대화를 나눠보고 싶을 뿐입니다. 그래서 그녀가 혹시 선생님께 상의하러 오지 않았을까 해서……"

"안타깝지만 저는 도움을 드릴 수가 없겠군요. 세키네 씨와는 그뒤로 이 년 전쯤에 딱 한 번 만난 게 마지막이었으니까."

그뒤로? 이 년 전? 그녀가 개인파산을 한 것은 오 년 전이었다.

그 말이 혼마의 마음에 걸린 것이 얼굴에도 드러났던 모양이다. 미조구치 변호사가 순간 난처한 표정을 지었다.

어림짐작이긴 했지만 일단 물어보았다.

"이 년 전이면 세키네 씨 어머니가 돌아가셨을 때 아닌가요?"

안경 속에서 변호사의 눈이 휘둥그레졌다. 이미 알고 있었군, 하는 투로 대답했다.

"그렇죠."

"당시 근무했던 곳을 알고 계시면 가르쳐주시겠습니까? 최근에는 신주쿠에 있는 이마이 사무기기라는 회사에 다녔는데, 사장님 말고는 그녀와 다른 여직원 한 명만 있는 조그만 곳입니다. 게다가 사장님과 나머지 여직원은 그녀의 교우관계에 관해 거의 아는 바가 없었습니다."

쇼코를 비난하는 투로 들리지 않도록 주의하며 이야기를 계속했다.

"회사에 제출한 이력서를 찾아봤는데, 기입한 직장경력이 모두 거짓이었습니다. 과거가 밝혀지면 취직할 수 없을 거라 판단했기 때문이겠죠. 그걸 비난할 생각은 없습니다. 다만 이런 상태에선 세키네 씨 찾는 일을 어디서부터 시작해야 할지 갈피조차 잡을 수 없어서요."

"약혼자인 구리사카 씨는 어떤가요?"

"그 친구 역시 아무것도 모릅니다. 뭔가 알고 있었다면 애당초 저에게 부탁하러 오지도 않았겠죠. 세키네 씨는 개인적인 얘기를 별로 안 했던 모양입니다."

변호사는 이마에 살짝 주름을 잡으며 생각에 잠겼다.

너무 뚫어져라 쳐다보면 상대가 위협적인 느낌을 받을 것 같아서 혼마는 자기 손 언저리로 시선을 돌렸다. 탁자 위에 볼펜으로 써놓은 낙서가 눈에 띄었다. '바보바보바보'라고 쓰여 있었다. 의뢰인 중 하나가 변호사가 오기를 기다리다 끼적거린 낙서일 것이다.

바보, 바보, 바보.

이 탁자가 오 년 전부터 이 자리에 있었다면 설령 세키네 쇼코가 남긴 낙서라 해도 이상한 일은 아니다. 적어도 파산 후의 생활상으로 추측하건대 세키네 쇼코는 과거의 자신과 완전히 연을 끊고 인생을 다시 시작하기로 결심한 게 분명하며, 또한 틀림없이 그것에 성공했을 것이다. 가즈야 같은 남자를 끌어당긴 지적 매력은, 과거가 어땠든 간에 현재 생활이 타락해 있다면 절대 생겨날 수 없을 테니까.

그리고 그 원동력이 된 것은 이 사무실을 방문해서 개인파산 수속을 밟았을 때 품었던 격렬한 후회와 자기혐오였을 것이다. 그것이 건설적인 방향으로 작동하지 않았다면 새로운 시작은 불가능했을 것이다.

그렇기 때문에 더더욱, 가즈야의 추궁을 받고서 그녀는 새파랗게 질렸던 것이다. 제대로 말도 나오지 않았던 것이다. 그런 생각이 들었다.

"잠깐 실례하겠습니다."

변호사는 그렇게 말하고 자리에서 일어섰다. 혼마가 건넨 가즈야의 명함을 들고서 잰걸음으로 사무원 책상 쪽으로 걸어갔다.

구리사카 가즈야라는 인물이 실제로 근무하는지 은행에 전화를 걸어 확인할 작정이겠지. 혼마의 전화번호가 대충 꾸며낸 게 아닌지도 확인할 것이다.

혼마는 의자에 등을 기대고 앉아 기다렸다. 이삼 분쯤 지나서 변호사가 돌아왔다. 자리에 앉더니 난데없이 물었다.

"이마이 사무기기라는 곳은 평범한 회사죠?"

이마에는 여전히 주름이 잡혀 있었다. 그러나 말투는 우호적으로 변했다.

"네. 작은 도매상입니다. 금전등록기를 취급하죠."

미짱의 얼굴이 떠올라서 뒷말을 덧붙였다.

"직원은 수수한 사무복을 입고 있었고요."

변호사는 천천히, 깊이 음미하는 듯한 말투로 입을 열었다.

"그렇다면 세키네 씨는 유흥업 쪽과 완전히 연을 끊은 모양이군요."

혼마는 말없이 상대의 얼굴을 바라보았다. '흐음, 좀 꺾여줄까, 가지 끄트머리 정도지만' 하는 생각인 듯 변호사가 말을 이었다.

"오 년 전에 파산 상담을 하러 나를 처음 찾아왔을 때 그녀는 작은 술집에서 일하고 있었습니다. 긴자였나 신바시였나, 아무튼 그 주변 가게였어요."

"누구 소개를 받고 온 건가요?"

변호사는 온화한 얼굴로 웃었다.

"아뇨, 아니에요. 나는 쇼와 50년대 후반의 이른바 소비자금융 대란 무렵부터 개인 다중채무자나 파산자 구제활동에 전념해왔습니다. 강연회에 참가하거나 잡지 취재를 받는 일도 많았죠. 세키네 씨는 미용실에 비치된 여성잡지 기사를 보고 우리 사무실을 알았다고 하더군요."

혼마는 들고 온 수첩에 메모를 하면서 천천히 고개를 끄덕였다. 변호사가 물었다.

"세키네 씨 고향이 아마…… 우쓰노미야죠?"

"네, 맞습니다. 고등학교를 졸업하자마자 도쿄로 온 듯하지만."

"맞아요. 그리고 처음에는 평범한 회사에서 근무했죠. 맨 처음 신용카드를 만든 것도 그 회사에 다닐 때였어요. 카드대금 결제에 쫓겨서 술집에서 아르바이트를 하기까지 했는데, 그러는 사이에도 빚 독촉이 심해져서 결국 회사를 그만둘 수밖에 없었습니다. 그러던 중에 어느새 물이 들어버렸다고 할까요. 그래서 파산 후에도 곧바로 평범한 회사 생활로 돌아갈 수 없었죠. 내가 아는 한은 계속 그쪽 일을 했습니다. 적어도 본인은 그렇게 말했어요. 그런데 용케 견실한 직장으로 돌아갔군요."

변호사는 안경을 벗고 손가락으로 콧잔등을 문질렀다.

"아무리 그래도 과거 경력을 거짓으로 꾸미면 좋은 결과가 없을 텐데 말입니다."

찻잔을 들려다 비었다는 걸 알아차리고 "어이, 사와키 씨, 차 좀 부탁해"라며 불렀다. 아까 본 여자 사무원이 찻잔을 들고 나가 재빨리 새로 차를 내왔다.

차를 한 모금 마시고 나서 변호사가 말했다.

"그래요, 이 년 전에 어머니 보험금 건으로 상담하러 왔었죠. 확실히 기억납니다."

쇼코의 어머니는 간이보험을 들어두었기 때문에 사망 후에 이백만 엔 정도의 보험금이 나왔다고 한다. 물론 그 돈은 그녀가 받기로 되어 있었다.

"그것을 받아도 되는지 물으러 왔었습니다. 불안했겠죠. 파산한 후의 수입은 자유로이 소유할 수 있으니 괜찮다고 말해줬습니다. 조금 야위긴 했어도 건강해 보여서 마음이 놓였던 기억이 납니다."

수많은 고객 중 한 사람일 뿐인데 노변호사는 쇼코를 생생하게 기억하고 있었다. 걱정해주었다. 그런 생각이 들자 마음이 놓였다. 쇼코에게 그런 대접을 받을 만한 구석이 있었다는 뜻이기 때문이다.

"나는 내 일에 관해선 한 시간 전에 먹은 점심 메뉴도 잊어버리지만, 의뢰인 일은 잘 잊지 않아요."

이 변호사라면 틀림없이 그럴 것이다.

"게다가 세키네 씨의 경우는 파산 수속 자체가 좀 힘들었죠. 본인이 심하게 허둥거렸으니까. 이 년 전에 다시 상담하러 왔을 때는 여유가 좀 생겨서 그런지 태도도 차분하고 꽤 밝아졌더군요."

헤이세이 2년. 1990년이다.

"세키네 씨가 찾아온 게 몇월쯤이죠? 실은, 그녀는 같은 해 4월에 이마이 사무기기에 취직했습니다. 어쩌면 어머니의 보험금으로 여윳돈이 좀 생겼으니 그걸 계기로 술집 일을 그만뒀다고 추측해볼 수도 있을 것 같아서요."

미조구치 변호사는 가볍게 한숨을 내쉬었다.

"기록을 보는 게 확실하겠죠. 그 당시 주소와 근무처도 알 수 있을 테고. 잠깐만 기다려주십시오."

변호사는 다시 자리를 떴고, 이번에는 십 분 넘게 돌아오지 않았다. 시계를 보니 네시 이십오분이었다. 혼마가 오히려 더 신경이 쓰였다.

네시 이십칠분에 변호사가 돌아왔다. 작은 메모지를 들고 있었다.

"이 년 전에 이곳을 방문한 건 딱 이 무렵이었어요. 새해가 밝고 얼마 지나지 않았을 때였죠. 1월 25일입니다."

그러면서 메모지를 내밀었다.

"이것이 당시 세키네 씨의 근무처 주소입니다."

혼마는 정중하게 감사인사를 하며 그것을 받아들었다. 큼직한 글씨로 '라하이나'라는 술집 이름과 신바시 쪽 주소, 그리고 그 밑에 '자택' 주소로 '사이타마 현 가와구치 시 미나미초 2-5-2 401'이라 적혀 있었다.

그리고 몇 줄 띄우고, '주식회사 가사이 통상'이라는 이름과 에도가와 구 주소를 써놓았다.

"이건 세키네 씨가 빚 독촉 때문에 어쩔 수 없이 그만둔 회사인가요?"

변호사가 고개를 끄덕였다.

"고맙습니다. 큰 도움이 되었습니다."

혼마가 메모지를 챙겨넣자 변호사가 말했다.

"나중에 일이 어떻게 마무리됐는지 저에게도 알려주시겠습니까? 정보를 제공한 이상 신경이 쓰여서요."

"약속드리겠습니다."

다음 고객이 기다리고 있는 모양이다. 변호사는 의자 옆에 선 채로 말했다. 혼마도 자리에서 일어섰다.

"도저히 못 찾겠다 싶으면 신문에 세 줄짜리 광고라도 내보는 게 어떨까요?"

"'쇼코, 대화하고 싶다, 당장 돌아와라' 같은 식으로요?"

"뜻밖에 효과가 있을지도 모르죠. 세키네 씨가 평소 보던 신문에 내보면 좋을 것 같은데."

해볼 가치는 있을지도 모른다.

"세키네 씨가 돌아와서 구리사카 씨를 만난 뒤 왜 개인파산을 할 수밖에 없었는지에 관한 설명이 필요하다면 제가 얼마든지 협력할 수 있습니다. 그건 꼭 그녀만의 잘못이 아니니까요. 현대사회의 신용대출 파산은 어떻게 보면 공해 같은 겁니다."

공해.

흥미로운 말이었다. 혼마는 시간이 더 없는 게 못내 아쉬웠다.

"혹시 나한테 연락이 오면, 구리사카 씨와 당신이 찾고 있다고 전해드리죠."

그러나 그녀가 어디 있는지 당신에게 가르쳐줄 수는 없다. 변호사는 무언중에 그렇게 말하고 있었다.

"세키네 씨가 당신들을 만나느냐 아니냐는 어디까지나 본인 스스로 결정할 일입니다. 하지만 나도 설득은 해보죠. 무작정 피한다고 해결될 일은 아니니까."

"감사합니다."

"혹시라도 연락이 왔을 때 얘깁니다."

변호사가 희미하게 웃으며 말했다.

"이 년 전에 만난 뒤로 세키네 씨는 소식을 전하지 않았어요. 그러니 그후에 다시 이사한 것도, 술집 일을 그만둔 것도 모를 수밖에요."

"이마이 사무기기는 분위기가 좋은 회사였습니다. 편안한 느낌이었어요."

"구리사카 씨는 성실한 청년인가요?"

"매우 성실합니다."

조금 독선적이지만, 이라고 마음속으로 덧붙였다.

"그렇군요. 하긴 은행에 근무한다니까."

변호사가 감탄한 듯이 말했다.

"세키네 씨는 일상생활부터 직업, 차림새까지 다 변했나보군요. 내가 이 년 전에 만났을 때만 해도 술집에서 일한다는 걸 한눈에 알아볼 수 있는 옷차림에 화장도 진했는데."

혼마가 웃었다. "그럼 완전히 변한 거겠군요. 아니, 옛날로 돌아갔다고 해야 할까요. 남자가 말을 거는 일은 많았던 것 같지만, 가즈야나 이마이 사무기기 사람들이 들려주는 얘기로 상상하거나 이력서 사진을 본 바로는 실로 지적인 인상을 풍기는 미인이었습니다."

"호오······" 변호사가 턱을 비틀듯이 움직이며 말했다. "완전히 다른 사람이 됐군. 여자는 역시 마성의 존재인가 봅니다."

"아무래도 좀 유연하겠죠."

"뭐, 잘된 일이지만."

변호사를 방문한 것은 1990년 1월 25일. 이마이 사무기기에 취직한 것은 그로부터 석 달 후인 4월 20일. 아닌 게 아니라 짧은 기간에 180도 방향 전환을 한 셈이다. 역시 어머니의 보험금 덕분이었을까.

둘이서 통로 중간쯤까지 걸어갔다. 다음 고객 두 사람이 이쪽으로 등을 돌리고 약속이나 한 것처럼 나란히 고개를 숙이고 앉아 있었다.

"이런 말은 좀 실례가 되겠지만, 세키네 씨는 소위 남자를 좋아하는 타입이라 일단 그 업계에 빠져든 이상 좀처럼 헤어나오기 힘들겠다 싶었는데 말입니다. 아, 그렇지, 돈을 모아서 치아교정을 하겠다고 했어요. 덧니가 있었거든요. 나는 개성적이라 오히려 좋지 않냐고 했지만 본인은 고치고 싶어했죠."

그렇지 않아도 천천히 걷고 있던 혼마는 그 말에 걸음을 멈췄다.

덧니라.

조금 전에 사와키라는 여자 사무원도 그런 말을 하지 않았던가.

'혹시 덧니 있던 그 사람인가?'

그 정도로 큰 특징이었던 셈이다. 조금 과장되게 해석하자면, 이름보다도 깊은 인상을 남길 정도다.

그러나 가즈야는 세키네 쇼코의 외모 이야기를 할 때 덧니에 관해서는 한마디도 언급하지 않았다. 단순히 깜박 빠뜨렸던 것일까?

이력서 증명사진 속의 그녀는 미소를 머금었지만 입은 다물고 있다. 그러니 이가 어떻게 생겼는지는 알 수 없다. 활짝 웃으면 눈에 띄는 덧니가 드러날지도 모른다.

아니면 가즈야와 사귀기 전에 그녀는 덧니 교정을 했을지도 모른다. 어머니의 죽음으로 얻은 보험금을 거기에 썼다고 추측해볼 수도 있다.

그러나……

1990년 1월 25일에서 4월 20일 사이에 180도 방향 전환.

설마. 말도 안 된다.

당치도 않은 상상을 다 하는군. 스스로도 어이가 없었다. 너무 어처구니없는 상상이다.

무엇보다 이건 사건이 아니다. 고작해야 친척이 부탁한 일일 뿐이다.

"왜 그러시죠?"

살짝 긴장감이 묻어나는 목소리로 미조구치 변호사가 물었다.

단기간에, 완전히 다른 사람처럼.

혼마는 자기 이마를 내려치고 싶은 심정이었다. 현장을 떠난 지 고작 두 달 만에 이렇게 무뎌졌단 말인가.

수사에서 어떤 인간에 관해 탐문하고 다닐 때, 가장 먼저 해야 하는 일이 무엇인가?

바로 인물 확인이다. 이것저것 실컷 질문하고 나서 뒤늦게 사람을 잘못 짚었음을 알아채는 멍청한 실수를 하지 않도록, 맨 먼저 그것부터 확인한다.

이름과 얼굴이 일치하는가 아닌가.

사실 사소한 문제다. 덧니 한둘쯤은 아무래도 상관없다. 가즈야가 깜박 잊고 말하지 않은 것뿐일지도 모른다.

그러나 아무리 사소해 보여도 마음에 걸린 이상 확인해두는 게 좋다. 그런 습관이 있었기 때문에, 그것이 본능처럼 몸에 배어 있기 때문에 혼마는 어젯밤 가즈야가 쇼코의 사진을 들고 오지 않은 것을 두고 어수룩하다고 생각한 것이다. 그리고 이마이 사무기기에서 그녀의 이력서를 복사해달라고 부탁했다. 사진이, 그녀의 얼굴이 필요했기 때문이다.

"죄송합니다. 한 가지만 더 부탁드리겠습니다."

혼마는 쇼코의 이력서를 꺼내 변호사에게 내밀었다.

"이 사진 속 사람이 세키네 쇼코 씨 맞죠?"

미조구치 변호사가 이력서를 내려다보았다. 혼마가 열까지 헤아릴 동안 찬찬히 살펴보았다.

그 시간의 길이에, 좋지 않은 예감이 들어맞았음을 실감했다.

설마.

단기간에, 완전히 다른 사람처럼.

"아닙니다."

변호사는 천천히 고개를 흔들고, 그것이 순식간에 더러운 것으로 변하기라도 한 것처럼 이력서를 혼마 쪽으로 밀쳐내며 말했다.

"이 여자는 내가 아는 세키네 쇼코 씨가 아닙니다. 만난 적도 없어요. 누구인지 모르겠지만, 이 여자는 세키네 쇼코 씨가 아니에요. 다른 사람입니다. 당신은 다른 사람 얘기를 했어요."

6

마루노우치 선 호난초 역에서 걸어서 십오 분 정도. 최근 유행하는 단순한 디자인에 나무블록을 쌓아올린 모양새의 외관, 귀여운 돌출창이 달린 빌라다. 그것이 가즈야의 약혼녀 집이었다. 1층 103호, 남동향 집, 창 바로 밖에는 입주자들의 자전거 보관소가 있었다.

시각은 저녁 여덟시를 지난 참이었다. 혼마는 건물 앞에서 내리고, 가즈야는 이웃사람들에게 피해가 안 갈 자리를 찾아 길가에 차를 세우고서 돌아왔다.

원래도 그녀의 집을 조사하러 갈 때 혼마의 집까지 차로 데리러 오겠다고 약속해뒀지만, 오는 내내 혼마가 별로 말이 없고 오늘 조사 내용과 관련해서도 알려주려 들지 않자 가즈야는 눈에 띄게 불만스러운 표정을 지었다. 운전도 거칠었다.

"사실은 야근을 해야 하는 상황인데 눈치 보면서 여섯시에 나온 겁니다. 그런데 사정 얘기도 안 해주고 이게 뭡니까."

바지 뒷주머니에 손을 넣고 열쇠를 찾으며 입을 비죽 내밀었다.

"자네는 야근 거부 정도로 인상이 나빠질 만큼 무능하진 않을 텐데?"

현관 앞 차양 기둥에 기대서며 그렇게 받아쳤다.

"왜, 열쇠가 없나?"

그녀가 가즈야에게 집 열쇠를 건네준 것은 반년 전쯤이라고 한다. 그는 그 열쇠를 지갑 속에 넣고 다녔다. 집 열쇠랑 같이 달고 다니면 어머니에게 들통 나서 잔소리를 들을 게 뻔하기 때문이라고 했다.

"찾았어요."

가즈야는 계속 부루퉁한 눈치로 열쇠를 꺼냈다. 필요 이상으로 큰 소리를 내며 거칠게 문을 열더니 말했다.

"업무시간에 갑자기 전화해서 이래라저래라 하시면 저도 깜짝 놀랄 수밖에 없잖습니까. 무슨 설명이라도 좀 해주시던가요."

혼마는 그를 지나쳐서 먼저 현관 안으로 발을 들여놓았다.

"불은 어디서 켜지?"

가즈야가 등뒤에서 스위치를 누르자 천장에 달린 둥그런 전등이 켜졌다. 두 사람은 신발을 벗고 짧은 복도로 올라섰다.

미조구치 변호사 사무소에서 나온 뒤 혼마는 맨 먼저 가즈야의 직장으로 전화를 걸었다. 급한 용무이니 무선호출기로 연락해달라고 부탁해서 찻집 전화로 통화했다.

"이봐, 세키네 쇼코의 주민등록지가 어딘지 혹시 아나?"

난데없이 묻자 수화기 너머의 가즈야는 말문이 막힌 듯했다. 잠시 후에 그가 물었다.

"그런 걸 왜 묻죠?"

"알아, 몰라?"

"아…… 압니다. 호난초에 있는 빌라예요. 전부터 계속 살던 곳이죠."

"……정말이야?"

"틀림없습니다. 구의회 의원 선거 때 엽서까지 왔으니까요. 그 지역 주소로 주민등록을 해야 선거인 통지가 오잖습니까?"

가즈야의 말이 맞다.

그녀는 선거에 참여했다. 세키네 쇼코의 이름으로, 공식적으로.

서서히 잉크가 번지듯 불길한 예감이 퍼져나갔다.

"그럼 그녀의 주민표*를 좀 떼어줬으면 해. 외근할 때 그 정도 시간은 뺄 수 있겠지?"

"그런 게 왜 필요하죠?"

"이유는 아직 설명할 수 없어. 자네는 약혼자니, 본인에게 부탁받았다고 설명하면 관공서에서도 아마 거절하지 않을 거야. 신분을 증명할

---

* 일본에서 각 지역별로 관리하는 주민기록. 현주소 증명, 선거인 등록, 인구조사 등에 쓰인다.

만한 걸 들고 가. 혹시 안 된다고 거절하면 하는 수 없지만, 최대한 얘기를 잘해서 떼어오라고."

"……아, 네. 일단 해볼게요."

그렇게만 전달하고 일단 다시 집으로 돌아왔다. 돌아오는 전철 안에서 머리가 견딜 수 없이 지끈거렸다. 지금도 그 두통의 여운이 여전히 남아 있었다.

가즈야가 일곱시쯤 데리러 왔을 때, 혼마는 집 안에서 작은 폭탄을 안고 있었다. 사토루였다. 아빠가 밤에도 집을 비울 예정이라는 걸 알고 화가 났기 때문이다.

물론 걱정하는 마음 때문이라는 것은 잘 안다. 그러나 그와 동시에 두렵기도 한 것이다. 사토루는 엄마를 교통사고로 잃고 난 후로 줄곧 그랬다. 하나 남은 아빠마저 사라져버린다면…… 그런 생각을 하면 두려워서 견딜 수가 없는 것이다. 그래서 혼마가 조금이라도 무리하거나 위험한 일에 얽히는 게 싫은 것이리라.

짧은 시간 동안 최선을 다해 다독여봤지만 사토루는 보나마나 오늘 밤 내내 뿔이 나 있을 게 뻔했다. 혼마가 집에서 나올 때는 아예 자기 방에 틀어박혀서 내다보지도 않았다.

혼마가 차에 올라타자마자 가즈야가 조급하게 입을 열었다.

"죄송해요. 주민표를 못 뗐습니다."

순간 혼마는 자기도 모르게 안도하는 표정을 짓고 말았다.

"그래, 못 뗐군. 그럼 주민등록지가 호난초라는 건 자네의 착각이었나?"

"아닙니다. 거절당했어요. 아무리 약혼자라고 해도 그걸 증명할 게 없다면서…… 위임장이 없으면 안 된다고 하더군요."

발끈 화가 치솟았다.

"뭐? 그런 뜻이었어?"

"네, 그런데요. 다른 뜻인 줄 아셨어요?"

깐깐한 담당자에게 걸린 모양이다. 그야 어쩔 수 없지만……

"그녀랑 집을 같이 쓰는 사람은 없었나?"

가즈야가 핸들을 꺾으며 희귀한 동물이라도 보는 듯한 시선으로 혼마를 돌아보았다.

"누구랑 같이 살았냐는 뜻인가요? 천만에요."

"자네가 집주인을 만나본 적은?"

"인사 정도야 나눴죠. 근처에 사니까. 쇼코는 길에서 이따금 주인을 만나면 잠깐씩 멈춰 서서 얘기를 나누곤 했어요."

그렇다면 도중에 사람이 바뀌었을 가능성은 사라진다. '세키네 쇼코'는 처음부터 세키네 쇼코로서 호난초의 빌라에 살았고, 주인과도 사이 좋게 지냈고, 주민등록지도 옮겼고, 선거에도 참여했다.

가짜 주제에 그토록 떳떳하게 행동했다면, 자기가 어떤 행동을 하더라도 진짜 세키네 쇼코가 항의할 염려가 없다는 것을 확실하게 알고 있었다는 게 아닐까.

맨 처음에는 호적 매매 가능성을 떠올렸다. 개인파산 후에도 곧바로 새로운 생활을 시작할 수는 없었던 세키네 쇼코가, 호적을 원하는 동년배 여자에게 그것을 판 것일까?

혹은 좀더 좋지 않은 방향으로 상상한다면, 진짜 세키네 쇼코는 이미 죽었을지도 모른다. 사망신고도 되지 않고, 시체도 발견되지 않은 상태로.

어느 쪽이든 섣불리 입 밖에 낼 수 있는 가설은 아니지만 달리 생각할 여지가 없다. 그렇기 때문에 혼마는 오는 내내 흔들리는 차에 몸을 맡긴 채 입을 다물고만 있었다. 가즈야는 점점 더 기분이 상하는지 거칠게 속도를 높였다.

그리고 지금, 혼마는 가즈야와 함께 그의 약혼녀가 살던 집에 발을 들여놓았다. 그 집의 공기는 혼마의 마음과 마찬가지로 냉랭하게 얼어 붙어 있었다.

짧은 복도 왼쪽이 화장실과 욕실. 오른쪽이 조그만 부엌이었다. 벽 쪽에 냉장고와 그릇장과 전자레인지 받침대가 있고, 간신히 한 사람이 움직일 수 있을 만한 공간이 있었다. 모든 것이 깔끔하게 정돈되어 있었다. 스테인리스 싱크대는 얼룩 한 점 없이 반들반들하게 닦여 있고 만져보니 손가락이 스르륵 미끄러졌다. 개수대 안에 아무렇게나 던져 놓은 맥주 캔이 보였지만, 그것은 분명 가즈야가 지난번에 다녀갔을 때 던져놓은 것일 테다. 그 외에는 음식물 쓰레기 냄새도 나지 않고 전체 적으로 매우 청결한 느낌이었다.

바깥바람 때문인지 환풍기 날개가 천천히 두 바퀴 돌고 멈췄다. 날개 가 반짝거렸다. 혼마는 부엌에서 나왔다.

거실 역시 정갈하게 정돈되어 있었다. 넓이는 다다미 여덟 장쯤 될 까. 가로로 긴 직사각형 공간이고, 오른쪽 안쪽에 침대가 놓여 있다. 베 개 위까지 커버를 끌어올려서 정돈해놓았다. 침대 헤드보드 부분은 작 은 선반처럼 되어 있는데 거기에 둥근 갓을 씌운 스탠드와 문고본 두 권이 놓여 있었다. 『북미 나 홀로 여행』과 『최신 유럽 쇼핑 정보』. 두 권 다 기행물이지만 내용은 대조적인 듯했다. 표지가 휘어질 정도로 열심 히 읽은 티가 나는 책은 『북미 나 홀로 여행』이었다.

침대 바로 옆에 원기둥 모양의 쓰레기통이 창 쪽으로 놓여 있었다. 이것도 안이 깨끗하게 비었다.

방에 본래 설치된 붙박이장 외에는 조금 큰 의류용 서랍장 하나와 조 립식 책꽂이. 바퀴 달린 작은 서랍장 하나. 그리고 그 위에 무선 전화기

가 올려져 있었다. 바닥에는 카펫이(감촉으로 보아 소재는 면 혼방이
다) 깔려 있고, 둥근 원목 탁자와 그와 쌍을 이루는 의자 두 개도 보였
다. 탁자 밑에는 옥수수 껍질로 짠 커다란 바구니가 있고, 그 안에 뜨다
만 스웨터와 뜨개바늘이 꽂힌 털실 뭉치 몇 개가 들어 있었다. 혼마가
그것을 손에 들자 가즈야가 작은 목소리로 말했다.

"저 주려고 뜬다고 했어요. 다음 달에 스키장에 갈 예정이었거든요."

"스키를 갖고 있었나?"

가즈야가 고개를 끄덕였다. "베란다 다용도실에 있습니다."

창문을 열고 베란다로 나가보니, 원래는 물건을 놔두면 안 되는 옆집
과의 경계면에 통신판매 카탈로그 등에서 흔히 보이는 로커형 수납장
이 놓여 있었다. 열어보니 새 스키와 스키 부츠가 든 커다란 케이스가
있었다. 양쪽 다 먼지막이 비닐 커버를 씌우고 셀로판테이프로 붙여놓
았다.

"스키를 언제부터 탔지?"

어깨 너머로 묻자 가즈야가 곧바로 대답했다.

"재작년부터예요. 저랑 사귀고 나서 탔으니까. 저는 학생 때부터 탔
지만."

"그녀가 스키 도구를 갖춘 시기는?"

"그것도 재작년이죠. 처음에는 스키복만 샀고, 작년 여름과 겨울 보
너스로 스키와 부츠도 마저 구입했어요. 같이 사러 가서 분명히 기억해
요."

그러고 나서 무척이나 중요한 얘기를 하는 표정으로 나지막이 덧붙
였다.

"쇼코는 늘 현금으로 물건을 샀어요. 가게에서 할부를 권해도."

혼마는 아무 말도 하지 않았다. 개인파산한 사람은 네가 알고 있는

'세키네 쇼코'가 아니라고 말해주는 건 어렵지 않지만, 지금은 아직 때가 아니라고 판단했기 때문이다.

스키에는 '로시뇰', 부츠에는 '살로몬'이라는 상표명이 보였다.

"이건 스키 용품 중에서 비싼 편인가?"

가즈야가 부츠 케이스를 살짝 만지며 말했다.

"그렇게 고급은 아니에요. 특히 조금 지난 모델들은 저렴한 편이고요. 새 모델도 한꺼번에 다 갖추긴 힘들지 몰라도 하나씩 사면 별로 부담되지 않죠. 초보자에게는 적당한 브랜드일 겁니다. 스키복은 '크레송'이었던가?"

그녀는 분에 넘치는 사치를 하지 않았다는 뜻이다.

부츠 케이스를 치워보니 뚜껑에 '가정용 공구세트'라고 적힌 상자가 한쪽 구석에 세워져 있고, 그 옆에 걸레로 꽁꽁 싸매둔 작은 병 하나가 있는 게 보였다. 손에 들기만 해도 코끝을 찌르는 자극적인 냄새가 났다.

"뭘까요?"

가즈야가 들여다보며 물었다.

"가솔린이야." 혼마는 대답하고서 병을 제자리에 내려놓았다.

고작 오 분 정도 밖에 있었을 뿐인데 벌써부터 손끝이 곱았다. 베란다는 이웃한 맨션의 벽 쪽으로 나 있고, 사생활 보호 차원인지 칸막이 위에 가리개용 울타리가 설치되어 있었다. 아무래도 채광이 몹시 나쁠 것 같았다.

"빨래는 어떻게 했을까?"

베란다에는 조그만 건조대 하나 보이지 않았다.

"빨래방을 이용했어요." 가즈야가 대답했다. "이 집에는 세탁기를 둘 공간이 없습니다. 빨래를 말릴 만한 곳도 없고, 게다가 1층이라 속옷을 널기 꺼려진다고 했어요."

실내로 들어온 혼마는 의자를 꺼내 앉았다. 다시 한번 주위를 둘러보았다. 가구도 커튼도 별다른 고급 제품이 아니다. 다만 서랍장만은 푸조나무로 만든 듯한, 값이 꽤 나가는 물건 같았다. 오래 쓸 물건이니 좋은 걸로 마련하고 싶어 큰맘 먹고 산 건지도 모른다.

"여기 월세가 얼마쯤 하는지 아나?"

몸통 부분이 완성된 스웨터를 펼쳐놓고 바라보던 가즈야가 멍한 표정으로 고개를 들었다. 혼마가 다시 똑같은 질문을 했다.

"아, 네…… 육만 엔이 좀 넘는다고 했습니다."

"싸군."

좁고 햇볕도 잘 안 들고 경비실도 없지만, 그래도 어쨌거나 도쿄 도내인데다 아직 지은 지 얼마 안 되는 건물이다.

"땅주인이 상속세 대책으로 지은 건물인가 봅니다. 이익이 너무 나도 곤란하겠죠. 쇼코는 이런 집을 찾아내는 게 특기라면서 은근히 자랑한 적이 있어요."

그렇게 말하고 가즈야는 의아해하는 눈길을 던졌다.

"그런 건 왜 물어보시죠?"

혼마는 서랍장에 정신이 팔려 있었다. 조금 전에는 몰랐는데 살짝 비껴 서서 보니 정면 손잡이 옆에 덧칠한 흔적 같은 큰 얼룩이 보였다. 아마도 저것 때문에 가격이 깎였을 것이다.

이 집의 주인은 매우 합리적인 쇼핑을 할 줄 아는 여자였던 모양이다.

"그녀가 나갈 때 어떤 물건들을 챙겨갔는지 혹시 아나?"

침대 위에 걸터앉아 있던 가즈야가 고개를 천천히 움직여 옷장 쪽을 바라보았다.

"옷가지 조금이랑 여행 갈 때 늘 쓰던 보스턴백이 없어졌어요. 그리고 통장이랑 인감도."

"틀림없나?"

"네. 쇼코는 그런 귀중품을 빈 과자상자에 넣어서 침대 밑에 감춰뒀거든요."

가즈야가 침대에서 내려와 밑으로 손을 집어넣더니 사방 이십 센티미터 정도 크기의 상자를 끄집어냈다. 긴자에 있는 고급 제과점 상자였다.

뚜껑을 열어보니 안은 거의 비어 있었다. '거의'라고 한 것은 막도장 하나가 덩그러니 굴러다녔기 때문이다. '세키네'라고 새겨져 있었다.

'세키네'라는 이름은 이곳에서도 버림받았다는 생각이 들었다.

"찾아줬으면 하는 물건이 세 가지 있어."

"뭡니까?"

"먼저 그녀의 앨범."

"앨범은 책꽂이에 있습니다."

"그리고 학창시절 졸업앨범."

가즈야가 눈을 깜박거렸다. "그런 걸 왜요?"

"자네는 본 적 있나?"

가즈야는 콧잔등에 뭐가 묻었다는 지적이라도 받은 것처럼 갑자기 움츠러들었다.

"본 적 있냐고?"

천천히 고개를 저었다. "없습니다. 고향 일은 떠올리고 싶지도 않다고 했으니 그 때문이겠죠."

"그래도 보통은 가지고 있는 게 정상이지. 아니면 혹시 별도로 보관 서비스 같은 걸 이용하는 것 같진 않았나?"

"없습니다. 그럴 필요가 없잖습니까. 혼자 사는 사람이고, 쇼코는 절대 부자가 아니었어요. 이마이 사무기기에도 가보셨잖아요? 거기서 받는 월급만으로 살아갔단 말입니다. 허튼 데 돈을 쓸 만한 형편이 아니었어요."

"알았네. 아무튼 졸업앨범이나 그 비슷한 게 필요해."

"세번째는요?"

가즈야는 불안해 보였다. 눈을 감고 걷는 사람처럼 벽에 손을 짚고서 있다. 혼마의 목적을 전혀 모르니 어디로 끌려갈지 걱정스러워서 미리부터 조심하는 것 같았다.

"파산했을 당시에 분명히 미조구치 변호사나 법원에서 갖가지 서류를 받았을 거야. 그런 것들이 남아 있는지 좀 찾아봐줘."

가즈야는 무슨 말을 하려고 입술 끝을 꿈틀거렸지만, 결국 아무 말 없이 물건을 찾기 시작했다.

둘이서 삼십 분 정도 묵묵히 수색 작업을 벌였다. 집이 좁아 수납공간도 매우 제한되어 있었다. 그녀는 꼼꼼한 성격인 듯 옷장 안도 말끔하게 정돈되어 있었고, 가즈야의 말대로 옷가지를 빼낸 공간이 비어 있었다.

결국 가즈야가 찾아낸 것은 원래부터 위치를 알고 있었던 앨범뿐이었다. 혼마는 책꽂이 빈틈에 꽂아둔 작은 향수병을 찾아냈다. 뚜껑을 열자 짙은 향기가 감돌았다. 이마이 사무기기에서 이런 냄새를 풍겼다면 사장이나 미짱이 어지간히 놀랐을 것이다.

"그녀는 평소 이 향수를 썼나?"

병을 내밀며 묻자 가즈야가 인상을 찌푸렸다.

"이렇게 강한 향은 쓰지 않았어요. 훨씬 가벼운 오드콜로뉴였던 것 같은데. 작은 스프레이식 병을 늘 가방 안에 넣고 다녔어요."

혼마는 향수병을 도로 책꽂이에 올려놓고, 꽂혀 있는 책들을 한 차례 훑어보았다. 문고본이 많았고, 대체로 여성 작가가 쓴 소설들이었다.

과연 이런 책들 사이라면 향수병을 놓아두는 게 이상하지 않다. 여학생이 속옷 서랍장에 미용 비누를 넣어두는 거나 마찬가지다.

집은 청결하고 아늑했다. 혹시라도 이곳에 살고 싶어하는 여자가 나타난다면 이대로 고스란히 세를 놓을 수도 있을 정도다.

전에 살았던 사람의 냄새는 남아 있지 않다.

그녀는 정말로 사라졌구나, 새삼 그런 생각이 들었다. 문득 자기 집을 망가뜨리고 흔적을 말끔히 없앤 후 이동하는 거미가 떠올랐다. 유쾌하지 않은 연상이었다.

"그만 나가지." 가즈야에게 말했다. "그 앨범만 잠깐 빌릴 수 있을까. 볼일이 끝나면 돌려줄 테니까."

"어디에 쓰시게요?"

"그런 것까지 일일이 설명해야 하나?"

가즈야는 앨범을 옆구리에 끼고 시선을 피했다.

"제 약혼녀의 사진입니다."

"현재 행방불명중인 약혼녀야. 그 사람을 찾겠다는 거 아니었나?"

가즈야는 짜증난다는 듯 한숨을 내쉬고 나서야 앨범을 건네주었다.

"아 참, 이마이 사장님한테 들었는데, 그녀가 자네한테 선물 받은 반지는 갖고 나간 모양이지?"

가즈야가 뚱한 표정으로 고개를 끄덕였다. 그리고 방에서 나가는 순간 더는 못 참겠다는 듯 입을 열었다.

"혼마 씨, 왜 아까부터 쇼코를 이름으로 안 부르죠? 왜 자꾸 그녀, 그녀라고만 하냐고요."

"내가 그랬나?"

"대체 무슨 목적으로 이 집을 조사한 겁니까?"

혼마는 대답하지 않았다. 말없이 문을 닫았다. 가즈야의 그 질문은 불꺼진 방 안에 남겨져버렸고, 버림받은 탁자, 의자, 침대, 책꽂이에 꽂힌 책들이 그들의 주인이던 여자를 대신해 그 질문을 들었다.

그들도 혼마의 대답을 궁금해할지도 모른다. 무슨 목적으로 이 방을 조사했는지.

그러나 그들은 어쩌면 이미 답을 알고 있을지도 모른다. 혼마가 진정으로 알고 싶어하는 그 답을.

이 방에 살았던 여자는 과연 누구였나 하는 사실을.

7

앨범을 들고 집으로 돌아온 것은 열시 무렵이었다. 차로 이동했기 때문에 우산은 들고 가지 않았다. 낮 동안의 피로가 몰려와서 한 발짝 한 발짝 떼기가 고역이었다. 로비에서 한 번, 3층 복도 중간에서 한 번 멈춰 서서 다리를 쉬어주었다.

뜻밖에도 현관 자물쇠가 풀려 있었다. 열쇠를 꽂고 거꾸로 문을 잠가버린 후에야 알아차렸다. 다시 열쇠를 돌리자 발소리가 들렸다. 이사카가 현관까지 나와서 문을 열어주었다.

"사토루랑 같이 계셨어요?"

"히사에가 신년회라 늦게 들어와요. 혼자서 집 보기도 따분해서 사토루랑 같이 텔레비전 봤습니다."

쑥스러운 듯이 그렇게 말했지만, 실은 사토루가 토라졌거나 울거나 난리를 쳐서 혼자 둘 수가 없었을 것이다.

"죄송합니다." 고개를 숙이고는 목소리를 낮추고 물었다. "사토루 녀석이 철없는 소리를 해서 이사카 씨한테 폐를 끼친 건 아닌가요?"

이사카는 고개를 저었다. 그리고 사토루의 방으로 슬쩍 턱짓을 하며 말했다.

"이미 잠들었어요. 아빠가 들어와도 절대 깨우지 말라고 하더라고요."

"화가 많이 났나보군요."

혼마가 씁쓸하게 웃었다. 이사카도 덩달아 미소를 지었지만 소리는 내지 않았다. 둘은 발소리를 죽이고 텔레비전 소리가 새어나오는 거실로 걸어갔다. 혼마가 거실에 들어서자 먼저 들어온 이사카가 텔레비전을 끄고 환하게 불을 켰다. 손님의 체형을 가늠하는 양복점 주인 같은 표정으로 혼마를 찬찬히 훑어보았다.

"어지간히 피곤해 보이네요."

"한꺼번에 너무 많이 돌아다녔나봅니다. 좀 성가신 일이 생기는 바람에."

혼마가 앨범을 탁자 위에 내려놓자, 이사카가 고개를 살짝 갸웃거리며 내려다보았다. 그리고 물었다.

"맥주라도 가져올까요?"

이사카는 술을 전혀 못한다. 혼마는 퇴원 후 줄곧 금주 금연 상태였지만 요즘 들어 조금씩 다시 시작했다. 밤에 잠이 안 올 때는 수면제보다 알코올을 조금 섭취하는 게 낫다고 생각하기 때문이다.

그러나 오늘밤 이 상태에서 알코올까지 들어가면 내일 하루는 온종일 드러누워 있을 것 같았다. 그래서 고개를 저었다.

"그럼 커피라도 내오죠." 이사카가 부엌으로 갔다. 지금은 앞치마를 두르지 않았지만 가스레인지나 그릇장 앞에 서 있는 뒷모습이 상당히 그럴듯했다. 몸집이 작고 포동포동해서 원래도 별 위화감이 없었지만 그래도 역시 문득문득 감탄하곤 했다.

이사카는 1층 동쪽 끝에 있는 2LDK 집에 부부 단둘이 살고 있다. 올해로 딱 쉰 살이 되었지만 겉보기에는 훨씬 늙어 보인다. 부인인 히사에는 혼마보다 한 살 위인 마흔세 살인데, 이사카와 달리 아직 삼십대 중반으로 보였다. 인테리어 디자이너로 친구와 함께 미나미아오야마에서 사무실을 운영하고 있고, 연말연시 때밖에 못 쉴 정도로 바쁘게 사는 여자다. 두 사람 사이에 자녀는 없다.

이사카는 원래 그녀의 사무실 거래처인 내장재 전문 건축회사의 직원이었다. 사장의 한쪽 팔이자 한쪽 다리이자 두뇌의 반쪽이기도 한, 신뢰가 두터운 직원이었다.

그런데 사장이 갑작스럽게 세상을 떠나고 2대째인 도련님이 뒤를 이으면서 회사 경영은 흔들리기 시작했다. 젊은 사장은 고객과 날씨 얘기도 변변히 주고받지 못하는 성격이었지만 의욕만은 남들 못지않았던 모양이다. 결과적으로 벽지 한 장 못 붙이는 그 젊은 사장 덕분에 회사는 도산했다. 가업을 멀리하고 눈앞의 화려함에만 이끌려 주식이며 선물거래에 손을 댄 게 문제였던 모양이다.

숙련된 기술자이자 밑바닥부터 착실하게 경력을 쌓아온 이사카는 다음 일자리를 찾는 데 아무 문제가 없었다. 그런데 방해꾼이 나타났다. 실질적인 경영 책임자였던 이사카를, 젊은 사장이 아무런 근거 없이 배임횡령으로 고소한 것이다. 그게 벌써 오 년 전쯤의 일이다.

애당초 아무 잘못도 없었기 때문에 조사는 금방 마무리되고 이사카는 무죄 석방되었다. 회사 부채의 대부분은 젊은 사장이 제멋대로 행동하다 진 것이었으니 당연한 결과였다. 그러나 '실패의 모든 책임을 남에게 돌리라'는 교훈을 모유 대신 먹고 자란 젊은 사장은 좀처럼 그 사실을 인정하려 들지 않고 온갖 수단을 동원해 이사카를 괴롭혔다. 자연히 이사카의 새로운 직장생활에도 영향이 미쳤다. 행실이나 됨됨이를 의심받은 것은 아니었지만, 경찰 출두나 변호사 상담으로 시간을 빼앗기는 일이 많았기 때문이다.

히사에의 일은 순조로웠고, 두 사람 다 모아둔 돈도 있었다. 그럼 성가신 일이 정리될 때까지 한동안 집에 있기로 하자. 아내와 그렇게 합의한 이사카는 처음에는 그 정도 생각만으로 직장을 그만두고 전업주부 일을 시작했다고 한다. 결혼 초부터 되도록 공평하게 집안일을 분담해왔기 때문에 당혹스럽거나 곤란한 부분은 없었다고 한다. 그런데 두세 달이나 그런 생활을 계속하다보니, 자기에게 의외로 가사노동이 잘 맞는다는 재발견을 하게 된 것이다. 그는 그것을 직업으로 삼기로 했고, 가사도우미로 일하기 시작했다.

현재는 혼마 집 말고도 다른 두 곳에서 청소와 세탁만 하는 내용의 계약을 맺고 있다. 물론 자기 집의 가사는 예전에 직장생활을 하던 때와 마찬가지로 아내 히사에와 공평하게 분담한다.

"그거야 당연하잖아요?" 히사에는 그렇게 말했다.

혼마가 이들 부부와 가까워진 것은 때마침 이사카가 배임횡령 누명을 써서 소란이 절정에 다다랐을 무렵이었다. 절정이라지만 지금 보면 마지막 고비였던 셈이다. 경찰에서 상대를 안 해주고 자기가 고용한 변호사도 손을 떼버리자 애당초 많지도 않았을 두뇌회로가 몇 개쯤 끊어져버린 젊은 사장이 쇠방망이를 들고 이사카의 집을 습격한 것이다.

평일 밤 아홉시 무렵이었다. 혼마는 평소와 달리 그 시각에 집에 있었다. 곧바로 다시 나가봐야 할 일이 있어서 옷을 갈아입으러 잠깐 들른 것이다.

지즈코는 나중에 그때를 떠올리며 "어디서 폭탄이라도 터진 줄 알았어"라고 했다. 젊은 사장이 쇠방망이를 휘둘러서 이사카 집 현관문 옆에 있는 창문이 산산조각 나는 소리였다.

유리 파편이 흩어지는 소리와 함께 히사에의 비명과 남자의 신음소리가 이어졌다.

"아래층 부인이에요." 지즈코의 말이 채 끝나기도 전에 혼마는 이미 현관으로 향하고 있었다. 따라나오는 사토루의 엉덩이를 때려서 쫓아내고 발끝을 신발에 밀어넣는 순간, 현관문을 내려치는 두번째 일격 소리가 들려왔다. 두 번 다 제대로 맞지는 않은 듯했다.

"죽여어버리겠어어!"

아우성치는 소리가 이어졌다. 엉망으로 취해 있었다. 목소리에서까지 술 냄새가 풍기는 기분이 들 정도였다.

"110번으로 신고해."

지즈코에게 그 말을 남기고 혼마는 부리나케 계단으로 달려갔다.

깨진 창 안으로 몸을 반쯤 밀어넣고 이사카의 멱살을 움켜쥔 젊은 사장을 제압하는 것은 어렵지 않았다. 시끄럽게 꽥꽥 소리를 질러대기에 목덜미를 움켜잡고 가스 계량기에 코를 한 번 박아주자 금세 조용해졌고, 나중에 항의를 받지도 않았다. 누구에게 당했는지도 정확히 기억할 수 없었을 것이다.

그나저나 히사에도 여간내기가 아니었다. 용감하게 젊은 사장에게 응전했던 것이다. 손에 프라이팬을 들고서. 혼마도 자칫하면 얻어맞을 뻔했다.

히사에는 상당한 미인인데, 혼마는 지금도 이따금 "우리 남편한테 무슨 짓이야!"라고 부르짖으며 젊은 사장의 옆얼굴을 내리치려고 프라이팬을 치켜들던 때의, 이를 훤히 드러낸 그녀의 얼굴이 떠오르곤 한다. 그리고 옷을 잘 차려입고 미소를 머금었을 때보다 그 모습이 훨씬 미인으로 보였던 것도 떠오른다.

"사토루가, 구리사카 형이 아빠한테 엉뚱한 부탁을 했다면서 화를 냈어요."

이사카가 이쪽으로 등을 보이고 커피를 준비하며 말했다. 혼마는 의자에 등을 기대고 두 손으로 얼굴을 문지르며 웃었다.

"정말 엉뚱한 부탁을 받았습니다. 제 머리까지 이상해질 지경이에요. 벌써 녹이 슬어버렸나봅니다."

지즈코가 갑작스럽게 세상을 떠난 후에도 혼마는 일을 쉴 수 없었기에 사토루는 물리적으로나 심리적으로나 외톨이가 되어버렸다. 그때 맨 먼저 아이를 보살펴주겠다며 나서준 사람들이 이사카 부부였다. 그들은 사토루의 심신이 안정될 때까지 등하교부터 오줌 싼 것 뒤처리까지 도맡아 챙겨주었다. 혼마와 사토루가 간신히 새로운 생활을 시작하고 현재 상태까지 올 수 있었던 것은 모두 이사카 부부의 덕분이었다.

그렇다보니 지금껏 사소한 일까지 모두 상담하고 의논해왔다. 이번에 입원했을 때도 또다시 신세를 지는 바람에 혼마는 그들 부부에게 여간해서는 갚지 못할 큰 빚을 졌고, 그만큼 신뢰도 깊었다.

"무슨 일이죠? 사람을 찾는 것 같던데."

설탕을 두 숟가락 넣고 커피를 휘저으면서 이사카가 물었다. 혼마는 고개를 끄덕이며 말했다.

"약혼자가 도망쳤어요…… 뭐, 달리 말할 방법은 없군요."

"저런, 딱하기도 하지. 그렇지만 찾아내는 게 쉽진 않을 텐데요."

"그러게 말입니다. 처음에는 별로 어렵지 않을 줄 알았는데."

"젊은 아가씨라면…… 아, 설탕을 넣는 게 좋아요."

혼마는 커피 잔을 들던 손을 멈췄다. 이사카가 말을 이었다.

"피곤할 때는 설탕을 넣는 게 좋아요. 난 아내에게도 늘 그렇게 말해요. 다이어트한다고 설탕은 안 넣으면서 피곤하다고 드링크제를 마신다니까요. 그러면서 항상 예민하게 곤두서 있어요. 그렇게 부자연스러운 일도 없을 겁니다. 누가 뭐래도 피곤할 때는 설탕이 최고예요."

그가 권하는 대로 달착지근한 커피를 한 모금 마시자, 피로가 금방 가시진 않아도 기분이 좀 누그러졌다. 흐음, 과연.

"어쩐지 일이 묘하게 게임처럼 흘러가서 말이죠."

혼마가 입을 열자 이사카는 탁자에 손을 얹고 경청할 자세를 취했다.

"게임이라뇨?"

"왜, 눈을 가리고 물건을 만져서 뭔지 알아맞히는 게임 있잖습니까? 물건을 상자나 천으로 덮어씌우기도 하고."

이사카가 고개를 살짝 갸웃거리고는 끄덕였다. "아하, 알아요. 그런 게 있죠. 삶은 문어나 우무나 작은 동물을 놓고 하는 거 말이죠?"

"맞아요, 바로 그겁니다. 눈을 가리면 뭘 만지든 섬뜩하게 마련이죠. 그래서 다들 야단법석을 떨잖아요."

"히사에도 송년회 자리에서 그 게임을 한번 해본 적 있어요. 뭘 만졌는지 아세요? 주판이었답니다. 그런데 마치 외계인한테 공격이라도 당한 양 소리를 질러대서……"

이사카가 머리를 흔들며 웃더니 눈가를 훔쳐냈다. 새삼 떠올리니 어지간히 우스운 모양이다.

"그런데 그게 왜요?" 다음 이야기를 재촉하면서도 눈가에 여전히 웃음이 남아 있었다.

혼마도 미소를 지으며 이야기를 계속했다.

"제가 지금 이상하다고 느끼는 것도 눈을 가렸기 때문인지 모릅니다. 다시 말해 아직 상황을 잘 몰라서죠. 소란은 금물이라고 생각합니다. 뚜껑을 열어보면 주판이 나올지도 모르죠. 다만, 지금 단계의 감촉이…… 영 좋질 않아요."

자기 머릿속을 정리할 요량으로 혼마는 천천히 사정을 이야기했다. 이사카는 이따금 고개를 끄덕이며 들었다.

"그렇지만…… 남의 이름을 쓰고 살다니."

놀랍다는 듯 중얼거리고는 둥그런 목덜미를 어루만졌다.

"이름만이 아니에요. 신분을 고스란히 사칭한 겁니다. 그런 예가 과거에 전혀 없었던 건 아닙니다. 아주 오래전…… 쇼와 30년 무렵이었을까요. 다른 사람의 호적을 차용해서 살던 남자가 씨명권* 침해로 고소당한 일이 있었습니다."

그러나 그 남자는 본래 호적이나 주민표까지 멋대로 주무르지는 않았다.

아니, 할 수 없었다. 그랬다가는 언제 발각될지 모르니까. 이름을 도용당한 본인이 자기가 모르는 새에 주민등록지가 이전된 사실을 알기라도 하면 곧바로 소란이 일어날 게 뻔하다. 그래서 숨을 죽이고서 아무 짓도 하지 않은 것이다. 그저 신분만 빌려 썼을 뿐.

그 점이 '세키네 쇼코'와는 다르다.

"요즘 같은 세상에 호적 매매도 있을 법하지 않나요?" 이사카가 그렇게 물으며 허공을 향해 인상을 찌푸렸다. "동남아시아에서 온 여성이 일본에서 일하고 싶다는 이유만으로 일본 남자와 위장결혼을 하는 세상 아닙니까."

일리는 있다.

이사카는 혼마의 표정을 보고 자기가 의외로 정확한 곳을 짚었다는 것을 알아차린 모양이었다. 얼굴에 미소가 번졌다.

"그런데, 새삼 생각해보니 호적 같은 게 왜 필요한지 모르겠군요."

"하긴 유럽이나 미국에는 없으니까요."

---

* 氏名權, 인격권의 일종. 권리자의 성명 사용권을 방해하는 자나 부당하게 사용하는 자에 대해 방해 배제 또는 손해배상을 청구할 수 있는 권리.

"그렇죠? 일본뿐인가?"

"하지만 전혀 도움이 안 되는 건 아닙니다. 호적은 형법에 저촉되는 어떤 범죄를 막아주니까요."

이사카가 눈을 깜박거렸다. "그게 뭡니까?"

"중혼重婚이죠." 혼마가 웃었다. "외국 영화나 소설에 곧잘 나오잖아요. 그쪽에는 출생증명과 결혼증명밖에 없고 무엇보다 나라가 워낙 넓다보니 중혼이 생기기 쉽다고 할까, 저지르기 쉬운 겁니다. 그런데 일본에서는 호적을 조사하면 곧바로 혼인 사실이 드러나죠."

"상대 여성을 속일 수 없다는 얘기군요."

"그렇죠. 기껏해야 호적을 옮겨서 이혼 경험을 감추는 정도예요."

"아하. 하지만 효과라 해도 그 정도 아닙니까. 번거롭기만 한 제도라면 없애는 게 나을 텐데."

이사카의 말을 들으니 새삼 그런 생각이 들었다. 좀더 간편하고, 사생활을 확실하게 보호해줄 수 있는 제도가 마련된다면……

"그렇죠…… 양자결연 사실을 호적에 올리네 마네 하는 문제도 있었고. 특별양자제도가 도입된 것도 불과 사오 년 전이잖아요."

이사카는 고개를 끄덕이면서도 표정이 살짝 굳었다. 아무렇지 않은 척하지만, 역시나 마음을 쓰고 있는 것이다.

사토루는 혼마와 지즈코의 친아들이 아니다. 아직 젖먹이일 때 양자로 들인 아이였다. 특별양자제도라는, 아이의 친부모 성명을 호적에 기재하지 않는 제도가 인정되기 전의 일이었다.

인간은 본래 잔혹한 존재이기 때문에 자신과 조금이라도 다른 점을 누군가에게서 발견하면 흠을 들춰내며 괴롭히려 든다. 사토루가 유치원에 다닐 때, 어떤 경로로 새나갔는지 몰라도 (아마도 유치원에 들어가면서 제출한 호적등본 때문이겠지만) 사토루가 양자라는 소문이 퍼졌다. 아직 네 살 때라 아이들 사이에서는 문제가 되지 않았지만 엄마들 사이에서는 역시나 화제가 되었는지, 지즈코가 한동안 몹시 화를 내거나 풀이 죽어 있곤 했다.

그때 둘이 상의해서, 어차피 언젠가 알게 될 일이고 남의 입으로 듣는 게 더 가여우니 사토루가 열두 살이 되면 사실을 털어놓기로 결정했다. 그런데 그러고 나서 삼 년쯤 지나 지즈코가 변을 당하는 바람에 결국 혼마 혼자 사정을 밝혀야 할 처지가 되고 말았다. 기한까지는 앞으로 이 년 남았다.

이사카가 목덜미를 어루만지던 손을 멈추고 이쪽을 바라보았다.

"가즈야 씨의 약혼자였던 여자는, 세키네 쇼코라는 사람이 개인파산한 사실을 몰랐던 겁니까?"

혼마는 퍼뜩 제정신을 차렸다.

"아마 몰랐겠죠. 본인이 가장 놀라지 않았을까요."

큰 오산이었을 게 틀림없다. 그래서 더더욱 새파랗게 질린 것이다.

"파산 건을 조사하면 자기가 신분을 위장했다는 것, 사실은 세키네 쇼코가 아니라는 것이 들통 날 테니까 곧바로 도망쳤다는 거군요."

"매우 다급하게."

"혼마 씨는 그런 행동에서 안 좋은 느낌을 받는 거고요."

이사카가 확인하듯 천천히 물었다. 표정이 살짝 진지하게 변해 있었다.

"상당히 느낌이 안 좋죠. 그건 그렇고 주민표는 어떻게 해야 할지."

"가즈야 씨는 고지식한 성격일 겁니다." 이사카가 말했다. "꺼림칙한 마음에 관공서 창구에서 긴장했을 테죠."

그 일이 얼마나 중요한지 몰랐기 때문에 필사적으로 매달리지 않았을 것이다. 하지만 사실대로 털어놓지 않은 건 혼마이니 그를 비난할 수는 없는 노릇이었다.

"수사과 사람한테 부탁해서 입수하는 방법이 있긴 합니다. 과장님도 문서 조회 신청서 같은 걸 일일이 점검하고 도장을 찍진 않으니까요. 그러면 간단하긴 하겠지만……"

"그런 방법은 쓰고 싶지 않다?"

"네. 어쨌거나 이건 사적인 조사니까요. 게다가 도쿄 도내 일이고. 다른 지방 일이라면 귀찮아서 부탁했겠죠."

"혼마 씨가 창구에 가서 사정 설명을 하면 뗄 수 없을까요?"

"안 됩니다. 관공서는 그런 면에서 상당히 엄격하니까요. 또 당연히 그래야 할 테고."

이사카가 어린애처럼 턱을 괴고 생각에 잠겼다.

"세키네 쇼코 씨 또래의 젊은 아가씨가 가서 '본인'이라고 말하면 어떨까요? 신분을 증명할 만한 걸 보여달라고 하려나요?"

혼마는 고개를 저었다.

"그렇게까지 철저하게 확인하진 않겠지만…… 아니, 그건 모를 일이죠."

"그럼 됐어요." 이사카가 싱글벙글 웃었다. "히사에 사무실의 여사원한테 부탁해보죠, 뭐. 호난초라면 미나미아오야마에서 별로 멀지도 않으니까."

"아니, 그건 안 됩니다. 본래 해서는 안 되는 일이고……"

"비상사태인데다 밀져야 본전 아닙니까. 내가 히사에한테 얘기해보겠습니다."

슬슬 히사에가 돌아올 시간이라면서 이사카는 열한시 무렵에 집으로 돌아갔다. 혼자 남은 혼마는 아직 잠을 청할 생각이 없어서 앨범을 꺼내 천천히 페이지를 넘겨보았다.

가즈야나 그의 약혼자나 별로 사진을 좋아하는 편이 아닌 듯했다. 보아하니 두 사람이 가깝게 교제를 시작한 후부터 찍은 사진들 같았다. 그런데 일 년 반이라는 기간 동안 모았음에도 불구하고 앨범은 절반밖에 차 있지 않았다.

그게 아니라면…… 혼마는 페이지를 넘기던 손을 멈추고 생각에 잠겼다.

가즈야의 약혼자는 타인의 신분, 타인의 이름을 사칭한 것에서 비롯한 본능적인 경계심을 갖고 있었을지도 모른다. 사진을 남기지 말 것. 흔적을 남기지 말 것.

가즈야가 추궁하자 그녀는 불과 하룻밤 사이에 살던 곳을 말끔히 정리하고 모습을 감췄다. 평소부터 어느 정도 그런 사태를 예기했기 때문에 그토록 감쪽같이 사라질 수 있었던 게 아닐까. 그런 일이 생기는 걸 원치 않는다, 생각조차 하기 싫다, 그렇지만 만에 하나 내가 진짜 '세키네 쇼코'가 아니라는 사실이 들통 난다면 곧바로 행방을 감출 수 있도록 준비해두자, 라고.

그녀의 교우관계가 좁아 보였던 이유도 그렇게 생각하면 납득이 간다. 그녀는 언제든 전선에서 재빨리 철수할 수 있는 태세를 갖추고서 싸워온 것이다.

그녀의 호난초 집에 남아 있던 작은 가솔린 병을 떠올렸다. 집안일을 완전히 어머니에게 맡기고 사는 가즈야는 그게 뭔지 잘 모르는 듯했지만, 혼마는 금방 감이 왔다. 지즈코가 예전에 쓰던 모습을 봤기 때문이다.

그 가솔린은 환풍기 날개에 찌든 기름때를 벗겨내기 위한 것이다. 날개가 반짝반짝 빛났던 건 그 때문이다.

집에서 도망칠 때 환풍기 날개까지 청소할 여유가 있었을 리 없다. 가즈야의 약혼자는 일상적으로 꼼꼼하게 청소를 해왔을 것이다. 집 상태만 봐도 충분히 짐작이 갔다.

그건 단순히 깔끔한 성격 때문일까…… 과연 그것뿐일까.

흔적을 남기지 말 것.

그러나 그대로 별일 없이 가즈야와 결혼해서 가정을 꾸렸다면, 그때는 어떻게 됐을까? 온전히 뿌리를 내린 후에 과거를 들킨다면 그녀는 어떻게 할 작정이었을까? 그래도 도망쳤을까?

그럼에도 도망쳐야만 하는 사정이 있는 걸까?

우연히도 앨범 마지막에 꽂혀 있는 사진은 그녀의 얼굴을 클로즈업한 것이었다. 왼쪽 귀 바로 옆으로 조명이 밝혀진 신데렐라 성의 첨탑이 보였다. 둘이 도쿄 디즈니랜드에 가서 찍은 사진이겠지. 밤인 듯하니 어쩌면 작년 크리스마스나 한 해의 마지막 날이었을지도 모른다.

그녀는 웃고 있었다. 가지런한 이를 드러내고서. 덧니는 없었다.

자기 몸을 치장하는 것 못지않게 열심히 집 안을 치우고 정돈했던 젊은 여성. 혼마는 그 모습을 떠올렸다. 청소기를 돌리는 그녀의 모습을. 가정용 공구상자에 든 드라이버로 조립식 가구를 만드는 모습을. 가솔린을 묻힌 낡은 걸레로 환풍기 날개를 닦는 모습을.

세제를 써도 되지만 짧은 시간에 말끔하게 닦아내는 데는 역시 가솔린이 최고야, 지즈코도 그렇게 말했다. 그리고 날개 청소를 마친 후에는 손이 상할까봐 핸드크림을 듬뿍 바르곤 했다.

혼마의 마음속 어딘가에는 '이건 업무가 아니다'라는 감각이 아직 남아 있었다. 그래서 마음이 느슨해졌을 것이다. 지즈코와 같은 식으로 집안일을 하는 여자가 뒤가 켕기는 과거를 숨기고 있다는 생각은 하고 싶지 않았다. 가솔린이 든 작은 병과 반짝반짝 빛나던 환풍기 날개. 그렇게 야무진 여자가, 도망쳐야 하는 과거에 쫓기고 있다는 사실을 인정하고 싶지 않았다.

등뒤에서 어렴풋한 인기척이 느껴져서 앨범에서 눈길을 들고 돌아보았다. 사토루가 고개를 내밀고 서 있었다.

"어, 아직 안 잤니?"

사토루는 말이 없었다. 열 살 안팎의 아이나 할 수 있는, 다리를 비비꼬는 듯한 아슬아슬한 자세로 서서 살짝 뾰로통한 표정으로 목을 움츠리고 바닥을 노려보았다.

"일어났으면 뭐 좀 걸치고 나와. 화장실 가려고?"

여전히 입을 다물고 있다. 혼마가 목소리를 살짝 낮췄다.

"불만이 있으면 말해. 토라져만 있으면 알 수가 없잖아."

꽤 오랫동안 사토루의 숨소리만 들려왔다. 저런, 또 코감기 걸렸군.

"오른쪽 코 막혔지?"

그렇게 묻자 사토루는 터무니없는 소리라는 듯한 표정을 지었다.

"안 막혔어."

"찬 바닥에 맨발로 서 있으면 십 분도 안 돼서 막힐 거야."

"괜찮아?"

턱으로 의자를 가리키며 물었다. 혼마가 얼굴을 찡그리자, "앉아도 되냐고"라고 고쳐 말하며 손으로 의자를 가리켰다.

"물론이지."

손을 뻗어 사토루 쪽으로 온기가 가도록 난로 방향을 틀었다. 사토루는 기어오르듯이 의자로 올라가더니 날쌘 다람쥐 같은 얼굴을 이쪽으로 돌렸다.

"어디 갔다 왔어?"

"여기저기."

"이건 뭐야?" 앨범을 가리킨다.

"가즈야가 잠시 맡겨둔 물건이야."

"구리사카 형한테 무슨 부탁을 받았는데? 몸도 다 안 나았는데 나다녀야 할 만큼 중요한 일이야? 몸이 좋아질 때까지는 아무 데도 안 가고 집에만 있겠다고 약속했잖아."

말이 점점 빨라지더니 마지막에는 짜증처럼 변했다. 이제껏 이불 속에서 아빠가 돌아오면 뭐라고 말해줄까 열심히 궁리했을 게 틀림없다. 그러나 막상 입을 열자 생각해둔 말들은 까맣게 잊어버리고 당연하다는 듯이 비난의 말만 쏟아져나온 것이다.

"미안하다." 혼마가 순순히 사과했다. "너랑 한 약속을 깬 건 사실이야. 그건 아빠 잘못이야."

사토루가 눈을 깜박거렸다.

"그렇지만 가즈야는 지금 굉장히 난처한 상황이야. 어떻게든 해결하려면 아빠가 손을 빌려줄 수밖에 없어."

"구리사카 형은 우리집에 해준 게 아무것도 없잖아. 그런데 아빠는 왜 해줘? 이상해."

그건 실로 정당한 주장이었다.

"정말로 그렇게 생각하니?"

"응."

"그럼 난처한 사람들을 하나도 도울 수 없겠구나."

사토루는 입을 다물었다. 두세 번 코를 훌쩍거리는 척하더니 말을 이었다.

"그래도 그걸 꼭 아빠가 할 필요는 없잖아. 구리사카 형이 다른 사람한테 부탁할 수도 있잖아?"

"어디? 예를 들면?"

사토루는 생각에 잠겼다. "경찰서에 가면 어때?"

"경찰은 지금 단계에서 아무것도 해주질 않아. 아빠가 하는 말이니까 그건 틀림없어."

사토루가 불만스러운 듯이 다리를 대롱대롱 흔들었다.

"사람을 찾는 일이지?"

"응."

"그 사람이 이 앨범에 있어?"

어법상으로는 부정확한 표현이지만, 혼마는 고개를 끄덕였다.

"봐도 돼?"

집에 있겠다던 약속을 저버리게 한 상대의 얼굴이 궁금한 것이다. 혼마는 앨범의 마지막 사진을 가리켰다.

"이 여자야."

한참 동안 뚫어져라 바라보고서 사토루가 말했다.

"여긴 디즈니랜드잖아."

"아마 그렇겠지."

"이 사람 예쁘네."

"너도 그렇게 생각하니?"

"아빠는?"

"뭐, 그렇지."

"구리사카 형도 예쁘다고 생각했겠지?"

"그야 당연히 그럴 테지."

"형 애인이 형을 버리고 도망쳐버린 거지?"

혼마는 잠시 입을 다물었다. 그러고 나서 말했다.

"남을 배려하는 마음이 없는 사람이라면 그런 표현을 쓰겠지."

사토루는 눈을 내리깔았다. 그리고 또다시 다리를 대롱대롱 흔들었

다. '언짢음'이라는 눈에 보이지 않는 슬리퍼를 그렇게 해서라도 벗어
던지려는 듯이.

"사실은 오늘," 나지막이 입을 열었다.

"오늘 뭐?"

"갓짱네 멍청이가 없어졌어."

스테이플러로 연달아 서류를 찍다가 심이 바닥나면 그냥 헛돌기만
한다. 혼마의 머릿속은 지금 딱 그런 상태였다.

"뭐라고?"

"멍청이가 없어졌다니까. 저녁때부터 집에 안 들어왔대. 보건소에 끌
려간 걸까?"

사토루의 반들반들한 뺨에 불안이 얼어붙어 있었다.

멍청이는 갓짱 집에서 키우는 잡종 개의 이름이다. 석 달 전쯤 공원
에 버려진 것을 사토루랑 갓짱이 데리고 왔다.

사토루도 키우고 싶어했지만 혼마가 허락하지 않았다. 본래 이 단지
에서는 애완동물을 못 키우게 되어 있을뿐더러, 집 안에서 키우면 이사
카에게 괜히 더한 수고를 끼치게 되기 때문이다.

갓짱 집에서는 부모의 맞벌이 때문에 늘 열쇠를 목에 걸고 다니는 아
이의 간절한 소원을 들어주지 않을 수 없었던 모양이다. 그후로 그 개
는 멍청이라는 이름을 얻고 갓짱 집에서 살게 됐지만, 사토루도 자주
같이 산책하곤 했다.

"멍청이도 이제 많이 컸을 테니 하루이틀 정도는 안 들어올 수도 있
어." 혼마는 그렇게 말해보았다.

머나먼 선조 대에서 시바견의 피가 섞인 듯한 작은 개였다. 이미 다
컸다고 봐도 되겠지만, 그래도 성인 남자가 한 손으로 들어올릴 수 있
는 크기였다. 사람을 아주 잘 따라서 경계심이 없었고, 아는 사람이든

모르는 사람이든 이름만 불러주면 쏜살같이 달려들어 얼굴과 손을 할짝할짝 핥아댔다. 그러면서도 아무리 가르쳐도 '손'이나 '앉아'는 알아듣지 못했다. 그래서 '멍청이'였다.

그런 개다보니 지나가는 사람 누군가를 냉큼 따라가버렸을지도 모른다. 설마하니 보건소의 떠돌이 개 포획에 걸려들지는 않았을 것이다.

"너무 걱정 말고 좀더 기다려봐. 내일 아침에 보면 돌아와 있을지도 몰라."

결국 이 이야기가 하고 싶었던 거군. 물론 아직 무릎이 완전히 회복되지 않은 혼마가 밖에 나다니는 것도 불안했겠지만, 사라져버린 멍청이 얘기를 털어놓고 위로받고 싶은 마음도 그에 못지않게 절실했을 것이다.

"안 들어오면 찾으러 다녀도 돼?"

"되고말고."

잠시 머뭇거리다 사토루가 말을 이었다.

"아빠도 사라진 구리사카 형 애인이 걱정돼?"

"걱정되지." 멍청이의 경우와는 전혀 다른 성격의 걱정이지만.

"알았어." 고개를 살짝 끄덕이고 나서 사토루가 말했다. "알았다고. 그래도 무리하면 안 돼. 조사 때문에 피곤하다고 재활치료 빼먹으면 또 전화 온단 말이야."

재활치료가 너무 힘들어서 한 번 빼먹은 적이 있었다. 그때 혼마의 담당 치료사인 여자가 처음에는 전화로, 이어서 집에까지 찾아와서 (공교롭게도 그녀의 집은 한 정거장 거리인 가메아리 역 근처였다) 설교를 늘어놓았다. 아빠로서는 체면을 구기는 일이었다.

"명심하고 주의할게."

헤헤 웃더니 사토루가 의자에서 미끄러지듯 내려갔다. 그 순간 사토루의 무릎이 앨범을 치는 바람에 탁자에서 툭 떨어지고 말았다.

"앗! 미안."

사토루가 허둥지둥 앨범을 주워들었다. 순간 앨범 가장자리에서 사진 한 장이 미끄러지듯 바닥으로 떨어졌다. 혼마는 그것을 주워들었다.

컬러 폴라로이드 사진이었다. 날짜는 찍혀 있지 않았다. 사방 팔 센티미터 정도 크기의 종이 한가득 집 한 채가 찍혀 있었다.

"뭐야, 이게?"

사토루가 사진을 들여다보며 물었다.

세련된 양옥집이었다. 초콜릿색 외벽에 창틀과 문틀은 흰색이고, 현관으로 이어지는 두 단짜리 계단 옆에는 화분이 놓여 있다. 귀부인의 모자처럼 신중하게 계산된 각도로 기울어진 지붕에는 조그만 천창이나 있었다.

사진 앞쪽에는 오른쪽에서 왼쪽으로 지나가는 여자 둘이 찍혀 있었다. 두 사람 다 그 집 앞을 지나다 카메라의 존재를 알아챈 분위기였다. 한 사람은 진행 방향을 보고 있지만 다른 한 사람은 카메라 쪽으로 고개를 돌리고 가볍게 손을 드는 듯해 보였다. 사진 찍는 사람을 알아보고 손을 흔들려는 것인지도 모른다.

두 여자는 밝은 파란색 조끼 정장을 입고, 하얀 긴팔 블라우스 가슴에 연지색 리본이 묶여 있었다. 아마 유니폼일 것이다.

집과 두 여자. 그 밖에 화면 왼쪽 구석으로 잘려나간 파란 하늘과 철탑 같은 게 보였다. 극히 일부분밖에 찍히지 않았지만 한동안 찬찬히 살펴보니 야구장 조명등 같았다. 혼마는 사토루에게도 물어보았다.

"그러게…… 야구장에 있는 거네."

앨범을 다시 한번 살펴보니, 그 사진은 표지 안쪽 주머니에 들어 있었던 듯했다. 필름을 넣어두는 종이 주머니라 속이 보이지 않아서 발견하지 못했던 것이다.

사토루가 자기 방으로 돌아간 후, 혼마는 다시 한번 그 폴라로이드 사진을 찬찬히 살펴보았다.

집 한 채를 클로즈업해서 찍은 것뿐이다. 앞쪽 가장자리의 두 여자는 우연히 찍힌 것이고, 주요 피사체는 어디까지나 그 집이다. 인물을 찍으려 했다면 피사체가 좀더 좋은 위치에 올 때까지 기다렸을 것이다.

가즈야의 약혼자는 왜 이런 사진을 간직했을까?

그녀의 고향집일까? 그렇다면 약간 실마리가 될지도 모르지만, 가족 사진도 아니고 집 사진을 들고 다니는 건 아무래도 유별난 취미다.

흐릿하게 찍힌 이 조명등.

'어디일까?'

야구장 바로 옆에 있는 집이라는 건가? 그러나 이것만 가지고는 도저히 어딘지 알아낼 수 없다. 일본 전국에 야구장이 몇 개나 있는지조차 짐작할 수 없었다.

혼마는 일단 가즈야의 약혼자 얼굴이 크게 나온 사진과 그 폴라로이드 사진만 앨범에서 따로 빼서 갖고 있기로 했다. 사진 두 장을 수첩 사이에 끼웠을 때, 사토루 방에서 비둘기시계가 자정을 알리는 소리가 들려왔다.

8

이사카 히사에가 주민표와 호적등본을 들고 찾아온 것은 다음 날 오전 열시 무렵이었다.

현관문 밖을 청소하던 이사카와 먼저 만나 대화를 나누는 소리가 들려서 혼마도 자리에서 일어나 현관으로 나갔다. 오늘 아침 추위가 매서 운지 히사에의 뺨은 빨갛게 얼어 있었다. 뿜어내는 숨결처럼 새하얀 새 운동화를 신고 있었다.

그녀는 이런 차림으로 새빨간 아우디를 몰고 정신없이 돌아다니며, 비서 한 명과 디자이너 세 명을 부양할 정도의 매출을 올리는 것이다.

"우리 사무실의 리에가 다녀왔어요. '본인'이라고 하니까 정말로 그 냥 떼줬다더라고요."

씩씩한 목소리로 말하며 겨자색 재킷을 벗었다.

"꼭 어디서 막 구조된 포로 같네요."

히사에가 부엌에서 혼마의 얼굴을 찬찬히 뜯어보며 그런 말을 던졌다.

"그렇게 초췌해 보입니까?"

피로가 조금 남아 있긴 하지만 아침에 일어났을 때의 느낌은 나쁘지 않았다. 수염이 깨끗이 안 깎였나 싶어서 손으로 턱을 문지르자 히사에 가 웃었다.

"그게 아니라, 반대예요. 이제야 자유로워졌다는 표정이란 뜻이었어 요. 집에 틀어박혀 있는 게 어지간히 힘들었나보죠?"

"밖에 돌아다닐 대의명분이 생겼잖아." 이사카가 현관에서 비질을 하며 덧붙였다.

"하긴, 노틸러스 머신만 상대하는 건 이제 지긋지긋합니다."

"노틸러스?"

"근육 트레이닝용 기계 말입니다. 재활훈련에 사용해요. 피트니스 머 신이라고도 하던가."

"호오……" 히사에가 놀랍다는 듯이 눈을 휘둥그레 떴다. "그런 괴 수 같은 이름이 있었나? 난 몰랐네."

큼지막한 핸드백에서 관공서 이름이 새겨진 봉투에 든 주민표, 봉투에 채 들어가지 않은 호적등본과 부표* 등을 모두 꺼내 탁자 위에 올려놓았다.

"확인해보세요."

혼마는 곧바로 손을 내밀 수 없었다. 히사에가 살며시 고개를 끄덕이고는 확인하듯이 손가락을 꼽으면서 말했다.

"본적지가 기입된 주민표랑 호적등본, 호적 부표예요. 부탁받은 서류 모두 수월하게 뗄 수 있었어요. 관공서 한 군데서 한 번에 끝냈대요. 이 사람 주민등록상의 주소랑 본적지가 같던데요."

히사에는 컬이 강하게 들어간 머리칼을 어깨 위로 쓸어올리며 살며시 웃었다. 즐거워서가 아니라 분위기를 누그러뜨리기 위한 미소였다.

"어젯밤에 남편한테 들은 얘기로는 아무래도 예감이 안 좋네요."

이사카가 씻은 손을 앞치마에 문지르며 부엌으로 돌아왔다. 서류를 들여다보며 아내에게 물었다.

"까다롭진 않았고?"

"전혀."

"흠. 역시 맹점이 있었군."

이사카의 말이 옳았다. 이런 서류들은 정당한 이유가 없는 한 타인의 열람이나 복사본 반출이 법률로 엄격히 규제되어 있는데, 나이가 비슷한 사람이 창구에서 '본인'이라고 말하는 정도로 간단히 손에 넣을 수 있다니.

물론 창구에서 본인 확인을 위해 면허증 등의 신분증 제시를 요구하는 암묵적인 규정이 있을지도 모른다. 그러나 실제 운용에서는 철저히 지켜지지 않는 것이다. 또한 시민도 그런 규정을 잘 모른다. 그런 사람

---

* 附票. 호적에 기재된 사람의 과거 주소 이전 내역을 기록한 서류.

이 급한 볼일이 생겨서 관공서에 갔는데 창구에서 너무 빡빡하게 군다면 불평 한마디쯤 내뱉고 싶어질 것이다. 말썽도 늘어날 것이다. 때문에 어지간히 신중한 직원이 아닌 이상, 바쁜 시간대에 딱히 수상한 구석이 없는 시민에게 이것저것 요구하기는 인정상 힘들게 마련이다. 특히 창구 담당자가 남성이고 등본을 신청하는 사람이 젊은 아가씨일 경우에는 더욱 그렇다. 신분증을 가지고 다시 오라며 불친절하게 내쫓아서 미움받고 싶지는 않을 테니까.

창구 담당자도 정신적 부담을 느끼지 않고 시민에게도 크게 불친절하다는 인상을 주지 않을 만한 확실한 사생활 관리 제도나 법률을 돈과 시간을 들여 정비해두지 않았기 때문에 이런 일이 생기는 것이다. 혼마는 새삼스레 사토루의 유치원 시절 겪었던 소동을 떠올리며 생각에 잠겼다.

옆에 자리를 잡고 앉은 이사카도 어젯밤 이야기가 떠올랐는지 살짝 긴장한 표정이었다.

히사에가 물었다. "호난초로 이전한 건 헤이세이 2년 4월인데, 어제 들은 얘기대로라면 새 일자리도 그때 구한 거죠?"

호적등본을 읽으면서 혼마가 고개를 끄덕였다.

"이마이 사무기기라는 회사예요."

주민표에는 물론 세키네 쇼코 한 사람밖에 올라 있지 않았다.

세대주 세키네 쇼코
주소 스기나미 구 호난초 3가 4-5

그리고 '1'이라고 적힌 칸에 다음과 같이 기재되어 있었다.

성명 세키네 쇼코

생년월일 쇼와 39년 9월 14일

성별 여

세대주와의 관계 본인

주민등록일 헤이세이 2년 4월 1일

본적 도쿄 도 스기나미 구 호난초 3가 4-5

    헤이세이 2년 4월 1일 사이타마 현 가와구치 시 미나미초 2가 5-2

    에서 전입

　그렇다면 이 년 전 1월 25일 미조구치 변호사를 방문했을 당시 살았던 가와구치 시의 집에서 곧바로 이곳으로 옮겼다는 뜻이다. 이로써 적어도 그녀가 언제부터 '세키네 쇼코'의 이름과 신분을 사칭했는가 하는 사실은 밝혀낸 셈이다.

　헤이세이 2년, 1990년 4월.

　호적등본을 집어들자, 혼마는 곧 자기가 착각했었다는 사실을 알아차렸다.

　"호적을 옮긴 게 아니네. 호적 분가군요."

　"무슨 소리예요?" 이사카가 몸을 앞으로 내밀었다.

　"이력서에는 우쓰노미야에서 출생한 세키네 쇼코의 본적이 '도쿄 도'로 되어 있길래 호적을 옮긴 줄 알았습니다. 그런데 이걸 보니 그게 아니군요. 분가해서 그녀 혼자 호난초 주소로 호적을 만들었어요."

본적 도쿄 도 스기나미 구 호난초 3가 4-5

편제기준인 성명 세키네 쇼코

호적 사항 헤이세이 2년 4월 1일 편성 (인)

신분 사항 쇼와 39년 9월 14일 도치기 현 우쓰노미야 시 이초자카초에서 출생, 동월 20일에 부친 출생신고, 입적 (인)

헤이세이 2년 4월 1일 분가 신고, 도치기 현 우쓰노미야 시 이초자카초 2001번지 세키네 쇼지 호적으로부터 입적 (인)

부모 부 사망 세키네 쇼지

　　　 모 사망　　　 요시코

부모와의 관계 장녀

이름 쇼코

출생년월일 쇼와 39년 9월 14일

　호적을 옮긴 게 아니라 분가한 것이기 때문에 부표에는 아래의 사항만 기재되어 있었다.

주소 도쿄 도 스기나미 구 호난초 3가 4-5

주소등록일 헤이세이 2년 4월 1일

이름 쇼코

　호적 부표는 그 호적에 올라 있는 인물의 현주소를 확인하기 위한 것이므로, 분가 이전 우쓰노미야의 호적, 즉 현재는 제적된 '세키네 쇼지'가 편제기준인인 호적의 부표에는 쇼코가 지금껏 주민표를 이전해온 주소지가 모두 기재되어 있을 것이다.

　그리고 그 마지막 주소는 '가와구치 시 미나미초 2가 5번지 2호'일 게 틀림없다. 그곳은 진짜 세키네 쇼코가 '라하이나'라는 술집에서 일하며 어머니의 보험금을 받아도 괜찮겠냐는 상담을 하기 위해 미조구치 변호사를 찾아왔을 당시 살고 있던 장소다.

나열된 글자 위로 시선을 이리저리 옮기던 중에 혼마는 위팔에 소름이 돋는 것을 느꼈다.

이곳으로 갓 이사 왔을 무렵, 갓난아기인 사토루를 안고 미즈모토 공원을 산책하다가 길가에 떨어진 긴 끈을 발견한 적이 있었다. 대수롭지 않게 건너뛰어 넘어갔는데, 왠지 이상한 느낌이 들어서 뒤를 돌아보니 끈이 꿈틀꿈틀 움직이며 길가에 쌓인 낙엽 더미 사이로 막 사라지려는 참이었다. 야윈 뱀이었는지 거대한 지렁이였는지는 아직도 확실치 않다.

현실에서는 그런 일도 있게 마련이다. 멍하니 지나치면서 왠지 이상하다고 느꼈던 것이 실은 엄청난 물건이었다는 사실을, 초점이 맞는 순간에야 알아차리게 된다.

"너무 깊이 파고드는 건지도 모르지만⋯⋯" 히사에가 작은 목소리로 입을 열었다.

"뭐가요?"

"이 호적등본을 본 순간 그런 생각이 들었어요. 구리사카 가즈야 씨의 약혼자는 단순히 '세키네 쇼코'라는 사람의 호적을 이용한 것만이 아니라, 그걸 모조리 자기 걸로 만들어버리고 싶었던 게 아닐까 하는 생각⋯⋯"

"굳이 분가까지 했으니까요?"

혼마도 똑같은 생각을 하고 있었다. 분가 사실에 어렴풋이 싸늘한 기운이 감돌았던 것이다.

"네, 그리고 부모란의 이 '사망'이라는 글씨도 그래요. 이건 신고자의 희망이 없으면 굳이 붙이지 않거든요."

이사카가 "허어, 그래?"라며 놀랐다.

"우리 어머니도 일찍 돌아가셔서 잘 알아요. 사망신고서를 내면 담당자가 물어요. 호적 부모란에 '사망' 표기를 하겠느냐 안 하겠느냐, 라고."

혼마는 슬쩍 이사카를 쳐다보았다. 섬뜩하다는 듯 눈썹을 찡그리며 호적등본을 내려다보고 있다.

"그런데 굳이 표기했다는 건…… 뭔가 주장하려는 것처럼 보이지 않나요? 이 호적에는 나 혼자라는 주장. 아니면 설령 서류상일지라도 남의 부모 이름을 같이 올리는 게 싫어서 적어도 두 사람이 죽었다는 사실은 분명히 밝혀두고 싶었거나…… 좀 지나친 생각일지도 모르지만, 당신은 그런 생각 안 들어?" 히사에가 쳐다보며 묻자 이사카는 고개를 갸웃거렸다.

혼마는 다시 한번 나란히 늘어선 '사망'이라는 글씨를 내려다보았다. 히사에가 하려는 말이 뭔지 알 것 같았다. 결코 지나친 생각이 아니다.

타인의 호적. 타인의 부모. 타인의 신분.

돈으로 샀을까. 아니면……

'어떤 방법을 써서 가로챘을까.'

어느 쪽이든 이 '세키네 쇼코'는 주도면밀하게 손을 써서 감쪽같이 진짜 행세를 한 것이다.

"그렇지만 한 인간이 완전히 다른 타인의 행세를 하는 게 그렇게 쉬운 일일까요?"

추운 듯 어깨를 움츠리며 이사카가 말했다. 사실은 추운 게 아니다. 실내는 적당한 온도로 난방이 돌아가고 있고, 한기로 빨갛게 얼어붙었던 히사에의 뺨도 원래의 빛깔을 되찾았다.

이사카는 섬뜩해하고 있는 것이다.

"분명 쉬운 일은 아니죠. 그렇지만 급소만 잘 짚어낸다면 불가능하지도 않아요." 혼마가 말했다.

"그런데…… 호적은 둘째 치더라도 취직하면 건강보험이나 국민연금을 들어야 하잖아요?"

"일단 건강보험은 사업장 단위의 사회보험인 경우 채용 때 이력서에 쓴 성명과 주소가 기준이 되니까, 거기에 문제가 없는 한 걸림돌이 될 건 없겠죠. 사회보험 사무소는 행정단위별로 담당 구역이 나뉘어 있지만 회사에서 퇴직하면 바로 자동적으로 보험조합에서 탈퇴되고 보험증도 반납해야 하니 혹여나 중복되는 문제가 생기긴 힘듭니다. 그러니 엄밀히 크로스체크를 할 필요가 없는 거죠."

이사카가 질문을 던지듯 히사에를 쳐다보았다. 그녀는 고개를 끄덕였다.

"우리 사무실에서는 리에가 그런 사무를 맡고 있는데, 크게 엄격하지 않아요."

"개인적으로 가입하는 국민건강보험에서도 기본이 되는 것은 주민등록지고, 이전한 주소지에서 새롭게 가입하는 경우에는 국민건강보험이든 사회보험이든 예전에 들었던 보험을 탈퇴했다는 증명만 있으면 그만이죠. 연금도 기본적으로 같은 구조고 점검은 훨씬 허술합니다. 예를 들어 국민연금에 들어야 하는데도 안 든 사람들이 상당히 많잖아요. 어차피 자기들이 수혜 대상자가 될 무렵에는 잔고가 바닥나 못 받을지도 모른다면서."

이사카가 새삼 등본을 찬찬히 살펴보았다.

"진짜 세키네 쇼코는 가와구치 시 미나미초에 살던 당시 술집에서 일했죠. 그렇다면 아마도 국민건강보험에 들었을 겁니다. 그렇다면 그녀의 신분을 사칭한 가짜 쇼코가 이마이 사무기기에 취직해 자동적으로 사회보험에 가입된다 해도, 옛날 보험증을 들고 가와구치 시청의 국민건강보험 담당자에게 가서 '취직했으니 국민건강보험을 정지하고 싶다'고만 하면 그만입니다. 보험료 정산 같은 사사로운 절차가 있겠지만 보통 금방 처리해주죠."

"아하……"

"그러니 중요한 점은 어떤 경우든 A라는 관공서에 와서 '회사에 근무하게 됐으니 국민건강보험을 정지하고 싶다'고 신청한 여자가 정말로 그 보험에 가입한 사람인지 확인하는 데 사진을 사용하지는 않는다는 것입니다. 막도장과 건강보험증만 가지고 가면 그만이에요. 다른 사람이 가도 알 도리가 없죠. 등본을 떼는 것뿐만 아니라 자격 취득 상실에 관련해서도, 나이나 성별이 눈에 띄게 다르지 않고 증명서류만 제대로 갖추었다면, 설령 다른 사람이 가서 '본인'이라고 하더라도 문제없이 통한다는 얘기죠."

이것은 비단 국민건강보험에만 한정된 얘기가 아니다. 호적 분가든 주민표 이전이든 다 마찬가지다. 서류로 신원을 확인하는 경우는 있어도 얼굴까지 조회하지는 않는다.

따라서 본적과 현주소 등 대략적인 정보만 파악하고 있으면, 그다음에 무엇을 하든 거의 발각 날 염려가 없는 셈이다.

다만 조건이 있다. 실제 본인이 가만히 있어야 한다는 절대조건이.

이사카는 입을 다물어버렸다. 어디 조그만 빈틈이 없는지 열심히 머리를 굴리고 있는 듯했다.

"그 사람이 혹시 민간 생명보험에 들어 있었다면 어떻게 되나요? 조사해보면 계약자의 얼굴이 다르다는 걸 알 수 있잖습니까. 그쪽 영업사원은 고객 얼굴을 거의 기억하니까."

잠시 생각하고 나서 혼마가 고개를 저었다. "요새 보험은 대부분 은행계좌로 납입하잖아요. 그런 경우는 자동이체 계좌를 장악하고 돈만 제대로 빠져나가게 해두면 의심받지 않죠. 만기 후에도 자동 갱신되면 아무 문제 없습니다. 담당 영업사원을 만날 일도 없어요. 오히려 십 년, 십오 년 만기의 간이보험 같은 거라면 제아무리 뛰어난 영업사원이라도 십 년 전 고객의 얼굴을 기억할 수 없을 테고."

"그 말이 맞아." 고개를 끄덕거리며 히사에가 말했다.

"위험하다 싶으면 해약하면 그만이잖아. 간단해. 담당자야 물론 해약을 원치 않을 테니 이런저런 설득을 하겠지만, 증서를 들고 보험회사 창구에 가면 금방 처리해주고 신원확인도 안 하거든."

이사카는 아내의 말에 깊은 한숨을 몰아쉬었다.

"어쩐지 얘기가 자꾸 섬뜩한 방향으로 흘러가는군요."

"그렇지만 이게 위험한 줄타기라는 건 분명합니다." 혼마가 히사에를 바라보았다.

"사실 이 건에서도 한 가지 걸리는 점이 고용보험이에요."

이마이 사무기기의 미짱 얘기에 따르면 '세키네 쇼코'는 1990년 4월에 고용보험에 처음 가입했고, 그전까지는 아르바이트만 했다고 한다. 따라서 고용보험증 발행일도 1990년 4월로 되어 있는 것이다. 그러나 미조구치 변호사는 세키네 쇼코가 고등학교를 졸업하고 도쿄로 올라와, 가사이 통상이라는 회사에 취직했었다고 말했다.

"진짜 세키네 쇼코가 가사이 통상에 취직한 것은 1983년입니다. 이미 고용보험의 온라인화가 시작됐을 때죠. 칠 년 후 가짜 세키네 쇼코가 이마이 사무기기에 취직해서 직업안정소에 피보험자격 신고를 하러 갔을 때 혹시 문제가 되지 않았는지, 그 점이 걸립니다."

히사에가 고개를 갸웃거렸다. "우리 직원들한테 물어보면 확실하게 알 수 있을 텐데…… 대개 이름하고 피보험자 번호로 조회하거든요. 그래도 본인이 '첫 취업'이라고 하면 그냥 넘어가기도 하나?"

그러나 그것은 반대로 말하면, 직업안정소 데이터를 샅샅이 뒤져서 쇼와 39년 9월 14일생 세키네 쇼코라는 이름이 중복으로 등록되어 있다는 걸 알아내면, 사람이 뒤바뀌었다는 증거가 된다는 뜻이기도 하다. 아무리 건망증이 심한 인간이라도 자기가 예전에 취직했던 회사의 이름이나 취직 경험이 있다는 사실을 잊어버릴 리는 없기 때문이다. 혼마가 그런 말을 하자 히사에가 고개를 끄덕였다.

"진짜 쇼코 씨가 가사이 통상을 그만둔 게 언제일까요?"

"아마도 개인파산 직전일 겁니다. 더는 빚 독촉을 견디기 힘들어서 그만뒀다고 하니까."

"그렇다면 빨라도 1986년이네요. 그럼 괜찮아요. 직업안정소 데이터는 칠 년간 보존되니까. 세무사한테 들은 적 있어요. 고용기록은 곧 인건비 기록이기도 하잖아요. 그래서 세금 관계 때문에 장부나 전표나 영수증하고 똑같은 기간 동안 보관하나봐요."

혼마가 그 말을 메모하는데, 이사카가 '맞다!' 하듯이 손뼉을 짝 쳤다.

"여권이나 운전면허증은 어떨까?" 큰 소리로 물었다. "사진이 붙어 있잖아요? 바꿔치기하면 금세 들통 날 텐데?"

혼마가 곧바로 대답하지 않자 히사에가 물었다. "구리사카 씨에게 그 부분은 확인하셨나요?"

"아뇨, 아직 못 했습니다."

이사카의 말이 옳다. 혹시 진짜 세키네 쇼코가 운전면허증을 가지고 있었다면, 가즈야의 약혼자는 '나는 면허가 없다'고 했을 것이다. 아무리 권해도 절대 '면허를 따겠다'고 하지 않았을 것이다.

여권도 마찬가지다. 혹시 진짜 세키네 쇼코가 이미 여권을 가지고 있다면 가즈야의 '쇼코'는 여권을 발급받을 수 없다. 해외로 신혼여행을 갈 수도 없다.

거기 붙어 있는 사진 한 장만 조회하면 모든 게 드러나기 때문이다.

"우선 진짜 세키네 쇼코가 살았던 가와구치 시 미나미초의 집부터 찾아가볼 생각입니다."

주민표에 그 주소가 기록된 부분을 손가락으로 톡톡 두드리며 혼마가 말했다.

"그녀가 그곳에서 어떤 식으로 나갔는지 알아내면 여러 가지 실마리가 잡힐지도 모르죠."

히사에가 남편의 얼굴을 바라보며 나지막이 중얼거리듯 말했다.

"나 사실 어젯밤 당신 얘기 듣고 몹시 안 좋은 상상을 했어……"

이사카가 그녀의 얼굴을 들여다보았다. "안 좋은 상상?"

"이 년 전 일 말이죠?" 혼마가 물었다. 히사에는 하얀 이마에 살며시 주름을 잡으며 고개를 끄덕였다.

"세키네 쇼코 씨 어머니가 그때 돌아가셨다면서요?"

이사카가 헉 하고 숨을 삼켰다. "설마, 그럴 리가……"

"그렇지만 보험금도 나왔다며?"

"그럼, 돈을 노리고……"

"아니, 그것만은 아니죠. 꼭 돈 문제만은 아니에요."

서류를 모아 의자에서 일어서며 혼마가 말했다.

"세키네 쇼코는 홀어머니의 외동딸이었습니다. 다시 말해 어머니가 죽으면 쇼코의 생활을 세심하게 신경 써줄 사람이 가까이에 없다는 뜻이죠."

실로 호적을 가로채기에 안성맞춤인 상황이 아닌가.

우연이라고 하기에는 석연치 않은 점이 너무 많다. 혼마도 어젯밤 내내 그런 생각을 했다.

먼저 가족, 그리고 이어서 서서히 본인을…… 없앤다.

"당신은 얼른 청소부터 해요. 이따 점심이나 같이 먹게. 난 혼마 씨를 역까지 바래다주고 올게요." 히사에가 일어섰다. 몹시 심각한 표정이었다.

9

가와구치 시 미나미초 2가 5-2에는 낡은 4층짜리 맨션이 서 있었다. '코포 가와구치'라는 이름이다. 1층에는 개업한 지 얼마 되지 않은 듯 삐까번쩍한 편의점과, 그와 대조적으로 거리 쪽으로 칙칙한 창을 낸 '바커스'라는 찻집이 나란히 간판을 내걸고 있었다.

대충 훑어본 바로 코포 가와구치에 상주하는 관리인은 없는 듯했다. 편의점 계산대에 활달해 보이는 젊은이가 서 있었지만, 혼마는 바커스 입구 쪽으로 발길을 돌렸다. 편의점 직원은 워낙 자주 바뀌고, 그렇지 않더라도 보통 지역 사정에 어둡게 마련이다. 고독한 사람, 혹은 고독을 오히려 편하게 느끼는 사람들이 들르는 장소이기 때문에 이렇다 할 정보가 들어오지 않는다. 또한 들어온다 해도 집어갈 사람도 없다. 전에 어느 강도사건을 수사하며 편의점만 집중적으로 탐문하고 다닌 적이 있는데, 직원들이 손님의 얼굴을 거의 기억하지 못한다는 사실에 적잖이 놀랐었다.

바커스 출입문에 '준비중' 팻말이 걸려 있었지만 개의치 않고 문을 열었다. 인사를 건네며 안으로 들어가자, 카운터 너머에서 젊은 아가씨와 큰 소리로 웃으며 장난을 치던 중년 남자가 고개를 들었다. 두 사람 다 팔꿈치까지 온통 거품투성이였다.

"죄송합니다. 아직 안 열었는데요."

남자는 뜻밖일 정도로 높은 목소리로 말하더니 손목으로 코밑을 슬쩍 문질렀다. 가지런하게 기른 수염에 거품이 묻었다.

혼마가 출입문 바로 앞에 서서 용건을 설명했다. 예전에 여기 살았던 지인의 소식을 알아보는 중인데, 집주인이나 이 건물을 관리하는 부동산 중개소를 가르쳐줄 수 있느냐고.

그러자 남자는 말했다. "우리가 주인인데요."

양손의 거품을 닦아내며 카운터를 돌아 나왔다. 젊은 아가씨는 설거지를 계속했다. 그러나 시선은 혼마 쪽을 향하고 있었다.

"예전에 살았다는 게, 정확히 언제쯤이죠?"

"1990년이니까 재작년이군요. 재작년 1월까지는 여기 살았던 게 확실합니다. 401호였고요. 이름은 세키네 쇼코. 술집에서 일했죠."

남자가 "네?"라며 소리를 높이더니 혼마를 빤히 쳐다보았다. "꽤 상세하게 아시는데…… 당신 혹시 세키네 씨 가족인가요?"

혼마는 또다시 찾아온 용건을 간략하게 설명했다. 남자는 고개를 끄덕이며 끝까지 듣더니, 설거지하는 아가씨 쪽을 돌아보며 말했다.

"아케미, 엄마 좀 불러와라. 맨션 파일도 들고 오라고 해. 얼른."

"네"라고 대답하며 아가씨가 카운터에서 나왔다. 깜짝 놀랄 만큼 짧은 치마를 입었고, 다리 또한 깜짝 놀랄 만큼 늘씬하고 아름다웠다. 이두 사람 부녀지간이었구나 싶으면서도 한동안 묘한 인상이 가시지 않았다.

"일단 앉으시죠." 남자가 혼마에게 가까운 쪽 자리를 권했다. 그리고 먼저 자리를 잡고 앉았다.

찻집 이름으로 '바커스'는 좀 어울리지 않는다 싶었는데, 내부장식은 이름을 따랐는지 비품과 벽지, 그리고 새카맣게 칠한 카운터가 언뜻 보면 바를 연상시켰다.

"그나저나 고생이 많으시겠군요."

주머니를 여기저기 뒤적거리며 간신히 담배를 찾아내 불을 붙이면서 남자가 말했다. 혼마가 명함을 내밀자 담배를 입에 물고 또다시 허둥지둥 주머니를 두드렸다. 그러나 결국 못 찾았는지 고개를 살짝 숙이며 말했다.

"제 명함이 다 떨어졌나봅니다. 곤노라고 합니다."

"귀찮게 해드려서 죄송합니다. 슬슬 가게 여실 시간 아닌가요?"

열한시가 다 된 참이다. 곧 다가올 점심시간이 피크일 것이다. 그러나 곤노는 웃으며 고개를 저었다.

"우리는 오후 늦게 엽니다. 절반은 펍 같은 곳이죠. 노래방 기계도 있고요."

좁은 가게 한구석에 커튼을 쳐둔 곳이 보였다. 저기에 노래방 장치가 있는지도 모르겠다.

"세키네 쇼코라는 사람을 기억하십니까?"

"글쎄요…… 저는 맨션 쪽 일에 별로 관여하질 않아서요. 아내에게 다 맡기고 있거든요. 곧 올 테니 얘기를 들어보시죠."

곤노의 말이 끝나기가 무섭게 조금 전에 본 아케미라는 아가씨가 돌아왔다. 가게 안쪽으로 들어가는 문에서 몸을 내밀더니 말했다.

"아빠, 손님 모시고 같이 들어오시래요. 엄마한테 세키네 씨 가족이 왔다고 했더니 놀라서 펄쩍 뛰지 뭐야."

곤노 노부코는 가게 안쪽에 있는 작은 사무실에서 장부에 파묻혀 있었다. 얘기를 들어보니 곤노 부부는 이곳 외에도 맨션 두 채를 더 소유하고 있고, 모두 노부코 혼자서 관리하고 있다고 했다.

두 사람을 소개해준 후 남편 곤노는 서둘러 가게로 돌아갔다. 처음

봤을 때는 서글서글하고 사교적인 남자 같았는데 아내와 나란히 있으니 소심한 남편처럼 보였다. 재미있는 원근법이다.

인사가 끝나자마자 노부코가 종이상자 하나를 들고 왔다. 귤 상자만 한 크기에, 뚜껑에는 '로즈 라인'이라는 회사 이름과 로고로 보이는 장미 모양 마크가 찍혀 있었다. 둘 다 분홍색이었다.

"아무래도 신경이 쓰여서 창고에 계속 보관해뒀어요."

노부코가 종이상자 뚜껑을 탁 소리가 나게 두드리며 말했다.

"이건 세키네 씨 개인물품이에요. 여기서 나갈 때 남긴 것들이죠. 사정이 어떻든 이런 물건을 맘대로 처분할 순 없잖아요."

"무슨 말씀인지?"

노부코가 뜻밖이라는 듯 양쪽 눈썹을 치켜올렸다. 손질하거나 그리지 않은 자연 그대로의 상태였다.

"세키네 씨가 401호에서 나갈 때, 가재도구니 뭐니 모조리 그냥 두고 나갔잖아요. 모르셨어요?"

노부코가 권한 회전의자를 삐걱거리며 혼마가 황급히 몸을 앞으로 내밀었다.

"그럼 곤노 씨한테 아무 말도 없이 나가버린 겁니까?"

노부코가 힘주어 고개를 끄덕거렸다. "편지만 남겼어요. 괴로운 일밖에 없는 도쿄를 떠나 새로운 곳에서 처음부터 다시 시작하고 싶다. 그래서 옛날에 쓰던 물건들을 다 남겨두고 떠나니 알아서 처분해달라…… 그런 내용이었죠. 우리도 임대업을 꽤 오래 해왔지만, 세입자한테 그런 일을 당하긴 처음이었어요."

"그럼 그녀는 가방 하나 정도만 달랑 들고 여기를 떠났다?"

"그랬겠죠."

"못 만났습니까?"

"네. 그런 의미에서 보면 야반도주나 다를 바 없죠. 밤중에 몰래 사라져버렸으니까. 우리는 여기 살지 않으니 알 도리가 없었어요. 세키네 씨가 나갔다는 것도 다음 날 아침 가게에 나와서 신문꽂이 안에 401호 열쇠랑 편지봉투가 들어 있는 걸 보고 나서야 알았다니까요."

"그게 언제쯤이었죠?"

노부코가 파일을 집어들었다. 등표지에 '코포 가와구치 임대'라고 적혀 있고, 서류들로 불룩하게 부풀어 있었다.

"헤이세이 2년이니까 재작년이네요. 어머나, 벌써 그렇게 됐나."

진짜 세키네 쇼코가 가와구치 변호사를 찾아간 것은 그해 1월 25일이다. 가짜 쇼코가 이마이 사무기기에 나타나 취직하고 호난초에 집을 빌린 것은 4월. 호적 분가는 4월 1일 날짜로 되어 있다. 그러니 두 사람이 뒤바뀐 시기, 다시 말해 진짜 세키네 쇼코가 이곳에서 모습을 감춘 시기는……

"3월경 아닌가요?"

노부코가 파일 내용을 눈으로 좇으며 고개를 끄덕였다. "맞아요. 3월 18일. 일요일이었어요. 그날 아침에, 조금 전에 말했듯이 편지를 발견했죠."

그렇다면 그녀는 그 전날인 토요일에 이곳을 떠난 셈이다.

가구도 짐도 모두 남겨두고 달랑 몸뚱이 하나로. 집주인에게 인사 한마디 없이……

"그 편지는요?"

"죄송해요.. 버렸어요."

뭐, 어쩔 수 없는 일이다.

"세키네 씨라는 사람은 그런 행동을 할 만한 세입자였습니까? 말하자면 평소에도 야무지지 못했다거나……"

노부코는 잠시 기억을 더듬듯 고개를 갸웃거리고는 대답했다.

"딱히 그렇지는 않았어요. 그래서 더 놀랐죠. 뭐, 한밤중에 쓰레기를 내놓는다거나 밤늦게 계단을 시끄럽게 올라간다거나 하는 일은 있었지만."

"집세는 미루지 않고 냈습니까?"

"네. 매달 꼬박꼬박."

"세키네 씨는 술집에서 일했잖습니까? 그런 점 때문에 입주할 때 문제가 있진 않았나요?"

노부코가 웃었다. 웃을 때 잡히는 주름이 매력적이었다.

"그런 걸 일일이 따지면 오히려 좋은 세입자를 만나기 어려워요. 우리는 석 달 치 월세 금액을 보증금으로 받고, 계약서도 확실하게 작성해요. 이웃에 폐를 끼치지 않는 한 세입자의 직업이나 사생활까지 조건을 달진 않아요."

곤노 노부코라는 사람은 철저한 비즈니스형 인간일 것이다. 화장기가 없고 머리도 대충 묶었지만, 내면에서 배어나오는 기분 좋은 긴장감 같은 것이 그녀를 젊어 보이게 했다.

"세키네 씨는 얌전하고, 비교적 좋은 세입자였어요. 마주치면 인사도 잘했고."

노부코의 말에 혼마는 천천히 고개를 끄덕였다. 그랬을 것이다. 미조구치 변호사가 이 년 전에 만났을 때도 그녀는 완전히 안정을 되찾은 느낌이었다고 했다.

그런데도 아무런 예고도 없이, 가재도구를 그대로 남긴 채 모습을 감춰버렸다.

예상했던 전개 중에서도 최악의 사태라는 생각이 들었다.

혹시 진짜 세키네 쇼코가 가짜 쇼코에게 호적을 팔았다면 야반도주를 하다시피 사라질 필요는 없다. 이사하고 싶었으면 평범한 절차를 밟으면 된다. 백 보 양보해서 그녀가 가구나 살림살이를 모조리 새것으로 바꾸고 싶었다 하더라도 좀더 상식적인 방법을 택했을 것이다. 그런 뜻을 주인에게도 직접 얘기했을 것이다.

진짜 세키네 쇼코는 이 년 전 3월 17일을 마지막으로 이곳에서 사라졌다. 그 누구에게 한마디 말도 없이 소식을 뚝 끊어버렸다. 그리고 다음 달 초, 완전히 다른 여자가 그녀의 이름을 사칭해 호난초에서 살기 시작한 것이다.

서서히 위장이 꼬이는 느낌이 들었다.

눈가리개 게임 상자에 들어 있던 것은 주판이 아니었다. 섣불리 만졌다가는 손이 베이는, 기괴한 형태의 위험한 날붙이였다.

곤노 노부코가 의아한 듯 혼마를 쳐다보았다. 혼마는 종이상자를 가리키며 물었다.

"내용물을 좀 봐도 될까요?"

"네, 보세요."

접대용 탁자 위에서 상자 뚜껑을 열었다.

"가구 같은 건 팔거나 대형쓰레기로 내놨는데, 이런 건 좀."

내용물은 그리 많지 않았다. 카세트테이프 세 개와 싸구려 귀걸이 다섯 개. 상자에 든 진주 브로치도 보였다. 첫 장만 쓴 가계부(모서리가 누렇게 변해 있었다)와 기한이 지난 국민건강보험증 하나. 헤이세이 원년(1989년) 3월 31일이 기한이고, 주소는 이 맨션으로 되어 있다.

후줄근한 미용실 멤버십카드. 문고본 두 권. 두 권 다 시대소설이었다. 가벼운 추리물인데, 뜻밖의 취미였다.

"카세트테이프는?"

"음악을 녹음한 것 같아요. 우리 딸이 한번 들어보았는데, 라디오에서 녹음한 것 같다더군요."

나머지는 서류 몇 장…… '환자분들께'라는 제목의 도내 병원 팸플 릿이었다. 외래 접수시간과 각 진료과 위치를 표시한 배치도, 예약 방 법, 약 타는 방법 등 환자에게 요구하는 주의사항이 적혀 있었다.

팸플릿 사이에 계산서가 끼어 있었다. 쇼코는 1988년 7월 7일 날짜 로 내과에서 외래진료를 받았다. 그것뿐이면 별스러운 일이 아니겠지 만, 여백에 볼펜으로 쓴 전화번호가 있었다.

"이건……" 그 번호를 가리키며 노부코에게 물었다. "여기로 전화해 보셨습니까?"

노부코가 고개를 끄덕였다. "네. 전화해봤죠. 혹시 세키네 씨 친구 번 호인가 해서."

"어떻던가요?"

노부코가 상자를 탁 두드렸다. "여기였어요."

"네?"

"로즈 라인이요. 카탈로그 통신판매 회사의 전화번호더군요. 세키네 씨가 병원 대기실에 비치된 잡지 같은 걸 보고 메모한 게 아닐까요? 나 중에 여기로 전화해서 카탈로그를 신청했겠죠."

혼마는 종이상자 뚜껑을 다시 내려다보았다. "이게 통신판매 회사 이 름입니까?"

"네. 남자들은 잘 모를 거예요. 여성 이너나 양말 같은 걸 전문으로 취급하는 곳이니까."

"이너?"

"속옷 말이에요." 노부코가 웃었다.

"그럼 이 상자도 그 방에 있었습니까?"

"그렇죠. 그래서 버리기 곤란하다 싶은 걸 여기 넣어둔 거예요. 액세

128

서리 같은 건 팔기도 어렵고, 책은 버리기 뭣해서."

병원 팸플릿 밑에 또다른 팸플릿 하나가 놓여 있었다. 컬러사진이 들어간 공원묘지 광고지였다. 우쓰노미야 시내에 있는 '미도리 공원묘지'다.

어머니가 돌아가셨을 때 묘지를 사려고 했던 걸까?

"어머님 묘를 사려고 한 걸까요?" 노부코가 물었다.

"세키네 씨 어머니가 돌아가신 걸 알고 계셨습니까?"

"물론이죠. 입주시 보증인이 어머니였으니까. 돌아가셨을 때 세키네 씨가 알려줬어요."

"사고사였다던데요."

노부코가 얼굴을 찡그렸다. "술 취해서 집 근처 돌계단에서 굴러떨어졌대요."

"우쓰노미야에서?"

"네. 어머님은 거기서 혼자 사셨으니까요. 일도 하고 건강했다던데."

"세키네 씨는 어머니가 돌아가셔서 많이 슬퍼하는 것 같던가요?"

"그야 물론 충격을 받은 것 같아 보였죠. 사이가 나쁘진 않았던 모양이니까."

그야 그럴 테지, 혼마는 속으로 생각했다. 진짜 세키네 쇼코가 어머니와 사이가 나빴고 정말로 두 번 다시 고향에 돌아가고 싶지 않아 했다면, JR선으로 환승 없이 한 번에 우쓰노미야까지 연결되는 가와구치 시에 살 까닭이 없다. 인정상으로도 그럴 것이다.

가스야는 그의 '쇼코'가 고향 얘기를 하는 것조차 싫어했다고 말했다. 그러나 그것은 뒤바뀐 후의 '쇼코'다. 그리고 가짜 '쇼코'에게는 우쓰노미야 근처에 가는 것도 가당치 않은 일이었을 게 틀림없다. 화제로 삼는 것조차 싫었을 것이다. 당연하다.

내용물을 다시 상자 안에 넣으며 혼마는 말했다. "이걸 한동안 더 맡아주시겠습니까?"

"그러죠, 뭐. 세키네 씨를 찾고 나서 저희한테 연락주시면 되니까."

"꼭 그러겠습니다."

"전부 다요?"

내용물을 확인하듯 손으로 가리키는 노부코에게, 혼마는 잠시 생각한 후 대답했다.

"카세트테이프만 빌려갈 수 있을까요?"

"편할 대로 하세요. 들어보시는 게 좋겠죠."

남은 물건들을 상자에 돌려놓고 로즈 라인 이름이 새겨진 뚜껑을 닫은 후, 혼마는 만약을 위해 질문을 던졌다.

"세키네 씨 방에 옛날 사진이나 학창시절 앨범 같은 건 없었습니까?"

노부코가 고개를 저었다. "그런 게 있었으면 당연히 보관했죠. 하지만 아무리 몰래 나갔어도 그런 기념품들은 챙겨가지 않았겠어요."

"그렇겠군요."

노부코에게 부탁해서 파일에 보관된 세키네 쇼코의 입주 계약서에 보증인으로 기재된 그녀 어머니의 생전 주소를 받아 적었다.

"여기에 세키네 쇼코 씨 사진은 없겠죠?"

"없죠. 세입자 분들하고 개인적으로 교류하지는 않으니까."

"특별히 친하게 지낸 입주자는 없었습니까?"

"글쎄요……" 노부코는 생각에 잠겼다. "어쨌거나 지금 이 건물에 사는 사람들은 세키네 씨가 살던 무렵의 사람들이 아니에요. 여기는 세입자들이 자주 바뀌거든요."

입주자를 빠르게 회전시키는 것도 노부코의 수완 중 하나일 것이다. 그만큼 보증금이 많이 들어올 테니까.

"그녀가 일하던 곳에는 연락해보셨습니까? 신바시에 있는 '라하이나'라는 술집인데."

노부코는 파일로 시선을 떨어뜨리고 고개를 끄덕였다.

"네, 연락했죠. 가게에서도 깜짝 놀랐어요. '뭐라고요? 그럼 여기도 그만둘 생각인가?'라면서."

"그런데 정말로 그만뒀다……"

"네. 월요일에도 나오지 않았다고 우리집으로 전화를 했더군요. 정산하지 않은 급료가 있었던 모양인데, 그것도 내버려두고 떠났다면서."

또다시 위장이 배배 꼬이는 감각에 사로잡혔다. 이제 확실하다. 진짜 세키네 쇼코는 자기 의사로 사라진 게 아니다.

사라질 수밖에 없었던 것이다.

"집에 드나드는 남자는 없었습니까?"

가까이 지낸 남자가 있다면 그녀의 행방을 걱정하고 있을지도 모른다.

노부코는 고개를 저었다. "있었어도 우리야 알 수 없죠. 가게 쪽에 물어보시는 게 낫지 않을까요?"

노부코가 먼저 일어서서 사무실을 나섰다. 가게로 통하는 문을 열어주면서 물었다.

"상당히 힘들어 보이는데, 관절염인가요?"

"아뇨, 사고 때문입니다."

"어머나, 그런데도 힘들게 조사하고 다닐 건 없잖아요. 경찰에 신고하면 어때요? 실종자 신고를 하면 찾아주지 않을까요?"

혼마가 쓸쓸하게 웃었다. "신고는 받아주겠지만, 찾아주진 않습니다."

"저런, 냉정하네."

가게에서는 남편 곤노가 카운터 안쪽에서 커피를 내리고 아케미가 유리창을 닦고 있었다. 세 사람이 다 모인 참에 혼마가 마지막 질문을 던졌다.

"한 가지만 더 여쭙겠습니다."

가즈야의 약혼자인 '쇼코'의 사진을 꺼내들고 물었다.

"이 여자를 보신 적 있습니까? 세키네 씨가 여기 살았을 무렵에요."

맨 먼저 노부코, 이어서 아케미, 마지막으로 곤노가 사진을 손에 들고 찬찬히 살펴보았다. 그러고는 셋이 동시에 고개를 저었다. 언뜻 봐서는 전혀 딴판이지만 틀림없는 가족임을 증명하듯, 세 사람이 고개를 흔드는 모습은 판에 박은 것처럼 똑같았다.

"그렇군요. 고맙습니다."

하긴 그렇게 간단히 풀리면 고생할 일도 없다.

헤어질 때 퍼뜩 무언가가 떠올라 물어보았다. 세키네 쇼코가 남기고 간 가구나 의류는 모두 팔렸냐고.

"네. 벼룩시장 같은 걸 열었거든요." 노부코가 대답했다. "대체로 잘 팔렸어요. 가격을 아주 싸게 매겼으니까. 편지에는 물건을 처분한 돈은 수고비로 받아두라고 쓰여 있었지만, 그런 걸로 돈을 벌 생각은 없었으니까요."

"참, 이것도 그거예요." 아케미가 자기가 입은 스웨터를 잡아당겼다. "이거 그때 내가 가진 거잖아, 엄마. 기억 안 나?"

검은색 바탕에 꽃무늬 스웨터였다. 아케미의 가슴팍, 정확히 심장 바로 위에서 이름 모를 새빨간 꽃이 활짝 입을 벌리고 있었다.

오후에 집으로 돌아오는 길에 역 앞 사진관에 들렀다. 폴라로이드 사진 확대를 부탁하기 위해서였다.

가게에는 아직 학생 같아 보이는 젊은 남자가 있었다. 아르바이트생이 아니라 가게 주인의 아들 같았다. 초콜릿색 집을 클로즈업해 찍은 사진을 건네자 청년이 물었다.

"이게 뭐죠?"

"그걸 알고 싶어서 확대하려는 건데."

"아, 네에. 원본은 바로 돌려드릴까요? 으음, 한 삼십 분 정도 기다리시면 바로 돌려드리겠습니다. 확대본은 내일모레에나 나오겠지만."

"그럼 부탁하네. 기다리지."

가게 안의 의자는 작고 덜컹거렸다. 기다리는 동안 다른 손님은 한 명도 오지 않았다. 외풍이 들어 몹시 춥다.

문득 생각이 나서 가게 밖으로 나와 바로 앞에 보이는 공중전화로 미조구치 변호사 사무실에 전화를 걸었다. 여자 목소리가 들렸다. 사와키라는 사무원인 듯했다.

변호사는 자리에 없었다. 며칠간 지방 출장을 떠났다고 했다.

"내일모레에는 사무실에 나오세요."

"만나 뵙고 싶은데, 일정이 어떠신지요?"

한동안 뜸을 들이고 나서 대답했다.

"일정이 꽉 찼네요."

"그럼 힘들겠군요."

상대가 쿡 하고 웃었다. "미조구치 선생님은 항상 같은 식당에서 점심을 드세요. 사무실 근처에 있는 우동 가게인데, 그쪽으로 가보시는 게 어떨까요? 삼십 분 정도는 얘기할 수 있을 거예요."

식당 이름은 '나가토로'라고 했다. 장소를 가르쳐주는 걸 메모하고 고맙다는 인사를 한 후 수화기를 내려놓자, 마침 사진관 청년이 밖으로 나와 행방을 감춘 손님을 찾듯 주위를 두리번거리는 참이었다.

집으로 돌아와 시계를 보니 오후 세시가 지나 있었다. 이사카는 없었다. 다른 집에 일하러 갔거나 장을 보러 나갔을 것이다. 물을 끓여 인스턴트커피를 타고, 부엌 의자에 앉아 잠시 이런저런 생각을 하다 전화 한 통을 걸었다.

수사과 직통 번호다.

바로 받을 것 같지는 않았다. 아니나 다를까 자리를 비우고 없었다. 전화를 받은 다른 반 형사와 한참 근황을 주고받은 후 일단 수화기를 내려놓고 커피를 마셨다.

집으로 전화가 온 것은 이십 분쯤 뒤였다. 첫번째 신호음이 채 끝나기도 전에 전화를 받자, 걸걸한 목소리가 들려왔다.

"오호, 빠른데. 아직 안 죽고 살아 있었나?"

혼마의 동료 형사인 이카리 사다오였다. 경찰학교 동기지만 졸업 후의 진로는 전혀 달랐다. 그런 이카리가 본청 수사과에 배속되면서 우연하게도 혼마와 같은 강력반에 들어온 것은 불과 이 년 전이었다.

"뭐야, 결국 똑같은 데로 올라왔잖아." 그때 이카리는 그렇게 말하며 웃었다.

"전화했다며? 지금 일부러 밖에 나와서 전화하는 거야. 계장이 귀를 쫑긋 세우고 있는 데서 얘기하긴 그러니까. 무슨 일이라도 생겼어?"

이카리는 덩치는 작지만, 벽에 집어던져도 곧바로 튕겨져나와 상처 하나 없이 말짱하게 다시 설 것 같은 탄탄한 근육질의 남자다. 말이 빠르고 타고난 목소리가 크다. 부모는 이나리초에서 불단 가게를 하고 있다.

"바쁜 데 방해해서 미안한데, 부탁이 좀 있어."

이카리가 껄껄 웃었다. "얼마든지 말해. 장부에 잘 적어뒀다 돌아오면 그만큼 일을 시켜줄 테니까."

"문서 조회를 신청해줬으면 하는데. 과장 눈을 피할 수 있을까?"

"그야 간단하지. 그 양반이 그런 걸 제대로 보기나 하나. 대상이 어디야, 은행이야?"

"아니, 직업안정소야. 그리고 시청 주민과."

이마이 사무기기에서 등록한 '세키네 쇼코'의 고용보험 피보험자번호와 생년월일, 그리고 담당 직업안정소 위치를 일러주고 말했다.

"이 인물의 고용기록이 필요해. 내 생각이 틀리지 않았다면, 동일인물이 두 회사에서 신규로 고용보험을 가입했을 거야."

"좋아, 무슨 말인지 알았어. 그 두 회사 이름은?"

이마이 사무기기와 가사이 통상, 그리고 각각의 주소지를 불러주었다. 이카리는 한 번도 되묻지 않고 척척 받아 적었다.

"시청 쪽 용건은?"

"같은 인물의 제적등본이야. 부표도 필요하고."

세키네 쇼코가 호적 분가를 하기 이전의 우쓰노미야 본적을 불러주었다. 이카리가 이번에는 혼마의 말을 따라하며 주소를 받아 적었다.

"일은 간단한데……" 그의 목소리가 살짝 낮아졌다. "너, 대체 뭐 하고 다니는 거야? 재활센터 아가씨랑 데이트하는 거 아니었어?"

"친척한테 부탁을 받아서 사람을 좀 찾고 있어. 사실 너까지 번거롭게 할 일은 아니었는데, 흘러가는 추세가 아무래도 심상치 않군."

"그렇다면……" 이카리의 콧김 소리가 들려왔다. "사건일 수도 있다는 뜻인가?"

"응."

"그럼 돌아와. 공무로 돌리면 귀찮을 것도 없잖아. 혼자 처리하긴 힘들 텐데."

"그런데 아직 그 정도 확신까지는 없어. 아니, 확신은 있지만, 어떻게 된 영문인지 도통 알 수가 없다고 할까."

"복잡하군."

"아무튼 한동안은 혼자 조사해볼 생각이야. 미안하지만 부탁한다."

이카리는 부스럭거리는 소리를 내며(보나마나 머리를 긁적였을 것이다) 그 요청을 받아들였다.

"알았다. 그런데 설마 사토루랑 관계된 일은 아니겠지?"

이카리는 사토루의 팬이다. 남남 사이라 더 대놓고 어리광을 받아줄 수 있다고 했다.

"사토루와는 상관없어. 먼 친척 일이야. 지즈코 사촌오빠의 아들이지. 혹시 뭐라고 불러야 하는지 알아?"

"그깟 것 알 게 뭐냐."

이카리가 웃으며 전화를 끊으려 해서 혼마는 조급한 목소리로 물었다.

"이봐, 최근에 맞선 또 봤나?"

이카리는 마흔둘 나이에 아직까지 독신이다. 그가 폭소를 터뜨렸다.

"그럼, 봤지. 그것도 바로 지난 일요일에. 무려 미망인 아니겠냐. 스무 살짜리 아들까지 있다더라."

"마음에 들었지?"

"그걸 어떻게 알아?"

"목소리에 활기가 넘치는구만."

"자식, 거짓말도 잘하네. 난 그렇게 단순한 놈이 아니야."

웃으면서 받아치더니 이카리는 갑자기 진지하게 물었다.

"참, 너 사람 찾는다고?"

"그래."

"여자지?"

단번에 알아맞혔다.

"응. 잘 아는군."

"그 여자, 살아 있어?"

혼마는 씁쓸하게 웃으며 말을 삼켰다. 예리한 녀석이다. 뭔가 수상쩍은 냄새를 맡은 듯했다.

진짜 세키네 쇼코는 십중팔구의 확률로 이미 사망했을 것이다. 그것이 살인인지, 아니면 어떤 사정에서 파생된 죽음인지, 지금 단계에서는 뭐라 단정할 수 없지만……

그러나 그녀의 이름을 사칭한 여자는 어딘가에 살아 있다. 혼마는 스스로에게 들려주듯 천천히 말했다.

"산 채로 찾아내야 해. 반드시 팔팔하게 살아 있을 여자지."

이카리는 한동안 말이 없었다. 잠시 후 "조심해"라는 말을 남기고 전화를 끊었다. 혼마도 수화기를 내려놓았다.

잠시 동안 그렇게 탁자에 팔을 괸 채 가만히 앉아 있었다. 그리고 힘겹게 일어서서 사토루의 방에서 조그만 녹음기를 꺼내와 세키네 쇼코가 남긴 카세트테이프를 틀어보았다.

가요뿐이었다. 밝은 사랑 노래가 많았다. 모두 휑하니 머릿속을 스쳐가기만 했다. 그러나 곤노 아케미가 입고 있던 스웨터, 세키네 쇼코의 옷이었다는 스웨터, 그리고 가짜 쇼코가 남기고 간 스웨터의 그 새빨간 무늬가 감은 눈 안쪽에서 언뜻언뜻 떠올랐다.

10

구리사카 가즈야는 이번에도 밤 아홉시가 넘어서야 찾아왔다. 정말로 일이 바쁜 건지, 한가해도 상사가 퇴근할 때까지 자리를 뜰 수 없는 건지, 언짢은 그의 표정만으로는 판단할 길이 없었다.

저녁 무렵에 그의 직장으로 전화를 걸어서 '보고할 내용과 네 의견을 물어봐야 할 일이 있다'고 예고해두었다. 그 말이 머릿속을 떠나지 않았는지 가즈야는 외투도 벗지 않고 다짜고짜 입을 열었다.

"제 의견이 필요하다는 게 무슨 뜻이죠?"

나쁜 소식에는 약간의 준비가 필요하다. 가즈야에게는 천지가 뒤집힐 만큼 충격적일 사실을 보자마자 들이댄다면 오히려 믿지 않을지도 모른다. 진지하게 받아들이지 않을지도 모른다.

"일단 앉아. 설명이 길어질 테니까."

"쇼코를 찾았나요?"

혼마는 고개를 저었다. "미리 말해두는데, 좋은 얘기는 아니야. 각오하고 들어야 할 거야. 준비됐나?"

가즈야가 눈썹을 찡그렸다. "너무 오버하시는 거 아닙니까. 대체 뭔데요?"

"웃을 일이 아니야."

"압니다. 됐으니 그만 말씀하시죠. 저도 그리 한가한 몸이 아닙니다."

사토루에게는 자기 방에서 얌전히 있으라고 일러두었다. 게임을 하는지 독특한 전자음이 간간이 흘러나왔다. 부엌에서는 냉장고 모터가 끈덕지게 돌아가고 있다. 혼마는 그 두 소리를 배경에 깔고 지금까지의 경위를 순서대로 차분히 설명했다.

'세키네 쇼코'의 이력서. 호적등본. 주민표. 그것들을 탁자에 늘어놓고 보여줄 무렵에는 가즈야의 얼굴에서 표정다운 표정이 모조리 사라져버렸다. 그는 자신의 얼굴을 본뜬 가면을 쓰고 눈동자만 움직이는 것처럼 보였다.

"농담이죠?"

이야기를 다 들은 가즈야가 맨 처음 내뱉은 말이었다. 그 말을 입 밖에 내기 위해 줄곧 숨을 멈추고 있었던 듯 살짝 가쁜 숨을 몰아쉬었다.

"안타깝지만 농담도 거짓말도 아니야. 사실이야."

"그렇지만……"

예상했던 대로 가즈야는 이쯤에서 웃음을 터뜨렸다. 두 손을 가볍게 펼치더니 손가락을 갈고랑이처럼 굽혀 허공을 움켜쥐듯 움직이며 말했다.

"어처구니가 없군. 쇼코가 쇼코가 아니라니, 그게 말이나 됩니까?"

혼마는 말없이 그의 얼굴을 바라보았다. 지금은 무슨 말을 해도 들리지 않을 것이다.

"전 그녀와 결혼할 생각이었어요. 제가 선택한 여자란 말입니다."

구리사카 가즈야라는 남자가 아내로 삼기로 결정한 여자에게 허투루 그런 생트집을 잡지 말라는 말투였다. 나는 완벽하다. 그러니 나의 선택도 완벽하다.

"그러나 그 여자는 세키네 쇼코가 아니었어."

입을 반쯤 벌리고 멍하니 엉뚱한 쪽을 바라보는 가즈야에게 혼마는 차근차근 타이르듯 말해보았다.

"다른 사람이었어. 그래서 오 년 전에 개인파산했단 사실도 전혀 몰랐던 거지. 그러니 자네가 그 통지서를 내밀었을 때 새파랗게 질렸을 수밖에. 그것은 그녀에게도 그야말로 청천벽력 같은 소식이었을 테니까."

혹시라도 가즈야의 '쇼코'가 세키네 쇼코의 개인파산 사실에 대해 알고 있었다면, 가즈야가 아무리 강하게 권유해도 절대 카드를 만들지 않았을 것이다.

"오늘 찾아갔던 가와구치 시의 맨션에는 진짜 세키네 쇼코라는 여자가 과거에 개인파산 선고를 받았다는 사실을 증명해줄 만한 서류가 남아 있지 않더군. 아마 그런 건 처음부터 없었을 거야. 어떤 형태로든 그녀가 그것을 눈에 띄게 보관했다면, 자네 약혼자가 신분을 가로챌 때 그걸 보고 파산 사실을 알았을 테니까."

진짜 세키네 쇼코는 안 좋은 기억을 떠올리기 싫어 파산과 관련된 서류를 몽땅 처분해버렸을지도 모른다. 그렇다면 본인이 입 밖에 내지 않는 한 타인이 파산 사실을 알아낼 길이 없다.

"자네에게는 물론 충격이겠지. 그렇지만 나도 여기까지 알아낸 이상 모른 척할 수 없어. 그러니 자네가 더는 이 일에 관여하고 싶지 않다고 손을 떼더라도 난 조사를 계속할 생각이야."

말을 끊고 가즈야의 눈을 바라보았다. 그는 여전히 현실을 보고 있지 않았다. 눈은 뜨고 있지만 의식은 다른 곳으로 날아가고 없었다.

"자네는 어떻게 하겠나. 그만 손을 떼겠나? 아니면 계속하겠나? 나로서는 가능하면 자네 도움을 받고 싶긴 해. 자네 약혼자 일은 자네가 가장 잘 알 테니까. 그녀에 관한 정보를 가장 많이 갖고 있는 사람은 자네야. 난 그게 필요해. 그녀가 어디서 진짜 세키네 쇼코라는 여자를 만났는지, 무슨 목적으로 세키네 쇼코의 신분을 사칭했는지 조사하는 데 필요한 내용을, 아무리 작은 실마리라도 좋으니 자네가 알려줬으면 해."

가즈야는 꽤 오랜 시간이 지나서야 입을 열었다. "저는…… 아무것도 모릅니다."

고요히 가라앉은 공기 속에서 사토루가 한창 열중하는 게임의 효과음만 울려퍼졌다.

가즈야가 천천히 고개를 들었다. 길가에 누워 자던 부랑자가 행인에게 던지는 듯한, 흐리멍덩하고 생기 없는 시선을 처음으로 혼마의 얼굴에 보냈다.

"알았다."

"알았다니?"

"당신, 쇼코한테 부탁받은 거지?"

사그라지던 불꽃이 다시 타올랐다. 가즈야가 눈을 크게 떴다.

"뻔해. 당신이 쇼코를 찾아냈지만, 그녀가 입을 다물어달라고 부탁한 거지? 그렇지? 쇼코는 나랑 헤어지고 싶은 거야. 그래서 나한테 이런 터무니없는 얘기를 해달라고 부탁한 게 틀림없어. 쇼코에게 다른 남자가 생겼나? 그런 거야? 어? 그래서 이런 엉터리 같은 소리를 꾸며낸 거냐고!"

벌떡 일어서서 달려들듯이 따지고 들었다. 그 바람에 탁자가 크게 흔들렸다. 재떨이가 떨어지며 요란한 소리가 났다. 가즈야의 입에서 침이 튀었다.

"말해! 어떻게 된 거야!"

게임기 소리가 멈추고, 사토루의 방문이 열렸다. 곧바로 조그만 얼굴이 나와서는 휘둥그레 뜬 두 눈으로 혼마를 쳐다보았다.

혼마는 사토루 쪽을 보지 않으려 애쓰며 천천히 몸을 일으켜 가즈야의 팔을 붙잡았다.

"진심으로 그렇게 생각하나?"

장난감 나무블록으로 쌓은 탑이 무너져내리듯이, 가즈야는 의자에 털썩 주저앉았다. 그와 동시에 머리를 감싸쥐며 몸을 웅크렸다.

사토루가 살며시 문에서 빠져나오더니 복도 중간에서 걸음을 멈췄다. 잠시 생각하다 오른쪽으로 돌아 현관으로 향했다. 그리고 부리나케 달려나갔다.

얼마 후 가즈야의 뒤통수가 흔들리기 시작했다. 우는 줄 알았지만 그건 아닌 듯했다. 이윽고 그가 고개를 들었다.

"이따위 얘기는 이제 질렸어."

내뱉듯이 말하더니 떨리는 손으로 입가를 훔쳐냈다.

"당신을 믿고 맡긴 게 잘못이야. 다른 사람한테 부탁하지. 난 이따위 엉뚱한 소리를 듣고도 가만있을 만큼 멍청한 사람이 아니야."

자리에서 일어나 옷걸이에 걸린 외투를 난폭하게 낚아채더니 그대로 움켜쥔 채 나가버렸다. 혼마는 가만히 앉아 있었다. 가즈야가 그대로 돌아갈 리는 없다. 아직 할 말이 더 남았을 것이다.

예상은 적중했고, 가즈야는 거실 입구에서 멈춰 섰다. 이쪽을 돌아보더니 들러붙은 것을 떨쳐내는 듯한 기세로 양쪽 어깨를 쫙 폈다. 그러고는 웃옷 안주머니에서 지갑을 꺼내 미친 듯이 지폐 몇 장을 빼들었다.

"이제까지의 경비야. 이거면 충분하겠지?"

움켜쥔 지폐를 혼마를 향해 집어던졌다. 만 엔짜리 지폐 몇 장이 위엄이라고는 찾아볼 수 없는 모습으로 팔랑팔랑 춤추며 바닥에 떨어져내렸다.

오호, 돈이었군. 혼마는 생각했다. 아무리 욕을 퍼부어도 성에 차지 않는다는 양, 그의 약혼자에게 던진 의혹에 분노의 말 한마디쯤 던질 줄 알았는데, 설마하니 돈 생각을 떠올릴 줄이야. 역시 은행에서 일하는 사람답다.

그는 자존심이 상한 것이다. 구리사카 가즈야처럼 우수한 인간이 선택한 여자에게 출세도 못 한 형사 따위가 트집을 잡다니 도저히 용납할 수 없다는 걸까.

"혹시 그녀가 폴라로이드 사진을 보여준 적 있나?"

가즈야는 우뚝 멈춰 선 채 거친 숨을 토해냈다.

"집 사진 말이야. 초콜릿색 외벽의 세련된 서양풍 건물이지. 본 적 있어?"

"그따위 사진……" 가즈야의 목소리는 갈라져 있었다. "있을 리가 없어."

그 말을 마지막으로, 그는 등을 돌리고 나가버렸다.

현관문이 난폭하게 열렸다가 닫혔다. 곧이어 어지러운 발소리가 들리더니 사토루가 이사카를 데리고 뛰어들어왔다.

"아빠, 괜찮아?"

두 사람 다 얼굴에 눈밖에 안 보일 정도로 두 눈을 휘둥그레 뜨고 있다. 혼마는 엉거주춤 일어서서 바닥에 떨어진 지폐를 주워들었다.

"응, 괜찮아."

"정말로 괜찮아요? 다친 데는 없어요?"

이사카는 조금 창백해 보였다.

"놀랐어요. 사토루가 와서 아빠가 위험하다고 하길래 엘리베이터 타고 올라왔더니 그 청년이 막 나가는 참이더군요. ……그게 뭡니까?"

지폐에 시선이 멎은 채로 이사카가 물었다.

"수수료라고 하네요."

"집어던진 거야? 정말 너무해!"

사토루는 분개했지만, 이사카는 곧바로 웃기 시작했다.

"그래도 나름 야무지군요. 지갑 속에 있는 걸 다 던지고 간 것도 아니네. 삼만 엔이야."

"걱정을 끼쳐드려서 죄송합니다." 혼마도 함께 웃었다. "이거 너무 많은데. 나머지는 공탁을 걸어둬야겠어요. 나중에 고소당할지도 모르니까."

"뭐 저런 게 다 있어!" 사토루는 여전히 혼자 화내고 있었다. 혼마는 아들의 머리를 툭툭 쳤다.

"그렇게 화낼 거 없어. 저 친구도 충격 때문에 제정신이 아니었을 테니까."

그러고 나서 눈썹을 살짝 치켜올리며 물었다.

"그건 그렇고 너 게임에 아주 푹 빠져 있던데, 이번 주 게임 시간 얼마나 남았지?"

사토루가 게임기를 가지고 놀 수 있는 시간은 일주일에 일곱 시간뿐이다. 십 분이라도 초과하면 그다음 일주일은 게임기를 압수한다. 그것이 혼마의 철칙 중 두번째 조항이었다.

"앞으로 두 시간 남았어." 사토루가 입을 삐죽 내밀었다. "확실하게 계산해줄 거지?"

"당연하지."

사토루가 입을 삐죽 내밀고는 게임기를 정리하러 들어갔다. 둘만 남자 이사카가 물었다.

"나가는 모습을 보아하니 교섭은 결렬됐나보군요. 앞으로 어떻게 할 건가요?"

"조사해야죠. 그냥 둘 순 없으니까."

"사라진 여자를 찾을 겁니까?"

"네."

혼마는 창밖으로 시선을 던졌다. 깊은 밤이 단지 전체를 휘감고 있다.

똑같은 밤하늘 아래 사라진 '세키네 쇼코'가 있다. 지금 이 순간에도 그녀의 숨결이 어둠을 하얗게 물들이고, 그녀의 목소리가 어딘가에서 울려퍼지고 있다.

"어떻게 찾을 거죠?"

이사카도 혼마처럼 창밖으로 시선을 던지며 물었다.

"진짜 세키네 쇼코의 생활을 더듬어볼 생각입니다. 그녀가 어떤 생활을 했는지, 어떤 상황에 처해 있었는지 알아내면 그녀의 신분을 가로채려 했던 여자의 존재도 자연스럽게 드러나겠죠."

"파산한 여자 아닙니까. 생활이 꽤 어지러웠을 텐데. 조사가 잘 될까요?"

불안해하는 이사카에게 혼마는 미소를 지어 보였다.

"글쎄요…… 그래도 그녀가 어떤 인간이었는지 알아내는 건 그녀로 변신하려던 여자를 알아내는 일과 연결될 겁니다. 일단은 거기에서 시작할 수밖에 없는 상황이고."

세키네 쇼코는 타인의 신분을 원하는 여자가 주목할 만한 뭔가를 가지고 있었을 것이다.

별안간 이사카가 노래하는 듯한 말투로 중얼거렸다.

"화차여……"

"화차?"

뒤를 돌아보며 고개를 갸웃거리는 혼마에게 이사카가 천천히 뒷말을 이었다.

"화차여, 오늘은 내 집 앞을 스쳐 지나, 또 어느 가여운 곳으로 가려 하느냐."

온화한 미소를 머금고 말했다.

"어젯밤에 집사람이랑 개인파산 얘기를 나누던 중에 문득 떠올랐어요. 옛날 노래예요. 『슈교쿠슈*』에 있던가."

돌고도는 불수레.

그것은 운명의 수레였는지도 모른다. 세키네 쇼코는 거기서 내리려 했다. 그리고 한 번은 내렸다.

그러나 그녀로 변신한 여자가 그것도 모르고 또다시 그 수레를 불러 들였다.

＊拾玉集. 무로마치 시대의 개인 시가집.

당신은 지금 어디에 있지? 혼마는 밤의 어둠 저편을 향해 마음속으로 질문을 던졌다. 그녀는 어디에 있을까?

그리고 과연 어떤 사람이었을까?

11

포렴을 걷고 '나가토로'에 들어서자 수증기가 밀려들었다. 눈이 시릴 만큼 새하얀 조리복을 차려입은 주인이 원목 카운터 안쪽에서 막 솥뚜껑을 열어젖히는 순간이었다.

미조구치 변호사는 제일 안쪽의 2인용 탁자에 오도카니 앉아 있었다. 온기로 안경알이 부옇게 흐려져 있다. 혼마가 좁은 통로를 지나 가까이 다가가자 인기척을 느꼈는지 고개를 들었다.

"아, 오셨군요." 사근사근하게 맞은편 의자를 손으로 가리켰다.

"식사하시는 중에 방해해서 죄송합니다."

"괜찮습니다. 사와키 씨한테서 당신이 올 거라는 얘기 들었습니다."

안경을 벗어 손수건으로 닦으며, "이 집은 튀김우동이 맛있어요"라고 말했다. 물잔을 들고 온 여자 종업원에게 혼마는 그걸 주문했다.

한창 붐빌 점심시간이 지났는데도 가게 안은 여전히 혼잡하고 소란스러웠다. 그러나 대화에 방해가 될 정도는 아니었다. 오히려 지금 하려는 얘기를 나누기에는 딱 적당한 것 같았다.

"그후로 무슨 진전이 있었던 모양이죠?"

안경을 콧잔등에 걸치며 변호사가 물었다. 노변호사는 안경을 쓰지 않은 편이 더 젊어 보였다.

"복잡한 진전이 있었습니다."

안경 속에서 변호사의 눈이 살짝 커졌다.

"당신이 사람을 착각한 게 아니고요?"

혼마가 고개를 끄덕였다. 사정 얘기를 들려줄 수 있겠느냐고 변호사가 물었다.

"얘기가 좀 깁니다." 그렇게 전제한 뒤 혼마는 이야기를 시작했다.

뭐든 하다보면 익숙해지게 마련인지, 바로 전날 밤에 가즈야에게 같은 얘기를 들려준 덕에 보다 요령 있게 정리할 수 있었다. 수사회의에서 발표할 때보다 훨씬 조리 있게 이야기하는 느낌이었다.

그러는 사이 주문한 우동이 나왔다. 변호사는 젓가락을 들고 혼마에게도 권했지만 입은 열지 않았다. 처음부터 끝까지 평정을 잃지 않은 표정이었고 깜짝 놀라는 모습은 한 번도 보이지 않았다. 하긴 귀신의 집에 들어간 어린애처럼 모퉁이를 돌 때마다 튀어나오는 새로운 사실에 일일이 놀란다면 변호사로 일하는 것이 불가능할지도 모른다.

혼마가 이야기를 마친 것은 변호사가 우동을 다 먹은 후였다. 그는 고개를 한 번 끄덕이고 나서 말했다.

"사정은 잘 알았습니다. 이번에는 당신이 식사하세요. 내가 잠깐 얘기하죠."

혼마가 시계를 보자 미조구치 변호사가 고개를 저었다.

"내 일정은 걱정하지 마세요."

다시 안경을 벗어 손수건으로 닦으며 잠시 머릿속을 정리하듯 입을 다물었다. 그러고 나서 담담한 목소리로 말하기 시작했다.

"당신은 세키네 쇼코 씨가 어떤 생활을 해왔는지 알고 싶다고 했죠. 내가 아는 것에 한해서는 가르쳐드릴 수 있어요. 그리고 몇 가지 오해도 풀어드릴 수 있을 겁니다."

"오해요?"

"그래요. 아마도 당신은 이렇게 생각하겠죠. 세키네 쇼코는 개인파산을 한 인간이다. 게다가 술집에서 일했다. 돈을 함부로 써대고 어지간히 칠칠치 못한 여자였겠지. 보나마나 평소 생활도 엉망이었을 테니 인간관계를 더듬어가는 일은 꽤나 피곤할 것이다. 아닙니까?"

혼마는 젓가락을 살짝 들어올리며 긍정의 뜻을 표시했다. 분명 그랬다. 그것은 이사카도 똑같이 예상한 바다. 이사카뿐만 아니라 보통사람이라면 누구나, 세키네 쇼코에 관한 데이터에서 '개인파산'이라는 어휘를 발견한다면 대개 그렇게 생각하지 않을까.

변호사가 미소를 머금었다. 나이에 비해 가지런한 작은 이가 살짝 엿보였다.

"그게 바로 오해라는 겁니다. 오늘날 같은 현대사회에 신용카드나 대출 때문에 파산에까지 내몰린 사람은 오히려 상당히 고지식하고 겁이 많고 마음이 약한 경우가 많아요. 그런 점을 이해시키려면 먼저 이 업계의 구조부터 설명해야 할 겁니다."

변호사는 양복 안주머니에서 모서리가 닳은 검은색 가죽수첩을 꺼내더니 탁자 위에 내려놓았다.

"혼마 씨, 당신은 몇년생입니까?"

"1950년, 쇼와 25년생입니다."

"그럼 올해 마흔두 살인가요? 흐음, 더 젊은 줄 알았는데."

그렇게 말하며 웃었다.

"그렇다면…… 당신이 열 살 때겠군요. 일본에 처음으로 '크레디트'라는 말이 등장한 시기 말입니다. 마루이 기업의 빨간 카드였죠. 그 회사가 '할부' 대신 '크레디트'라는 말을 쓰기 시작한 겁니다. 쇼와 35년, 즉 1960년은 미국과 안전보장조약을 체결한 해였죠. 다이너스카드도 그해에 탄생했어요. 다이너스는 가입 심사가 엄격해서 회원들의 사회

적 지위가 높다는 이유로 일본에서 가장 신뢰받는 카드 중 하나인데, 생겨난 시기도 그만큼 빨랐다는 얘깁니다."

그렇다면 어느덧 삼십이 년이 지났다.

"1960년, 그해는 일본 고도성장기의 원년이기도 하죠. 그만큼 이 나라가 풍요로워지기 시작한 시기였어요. 크레디트 산업의 탄생은 시대의 필연적 결과이기도 했습니다." 변호사는 말을 이었다. "또한 앞으로도 그러한 민간금융 업계의 존재 없이는 우리나라의 경제와 국민생활이 성립될 수 없겠죠. 이미 돌이킬 수 없는 일입니다."

수첩의 중간쯤을 펼치더니 슬쩍 시선을 던졌다.

"자, 방금 민간금융이라고 말씀드렸습니다만, 정확하게는 '소비자신용'이라고 합니다. 그것은 다시 크게 두 가지로 나뉩니다. 하나는 '신용판매', 즉 카드를 이용해서 물건을 사거나 하는 것이죠. 다른 하나는 '소비자금융'. 이것은 정기예금이나 우체국저금을 담보로 한 대출, 즉 은행계좌의 당좌대월 같은 겁니다. 그리고 소비자대출, 즉 신용대출이나 신용카드 현금서비스도 포함됩니다. 다 적었습니까?"

혼마도 식사를 마치고서 메모를 하고 있었다.

"첫번째 말한 '신용판매'는 다시 '할부방식'과 '일시불방식'으로 나뉩니다. 왜, 은행 계열 신용카드는 분할 결제가 안 되지만 신용판매회사 계열은 분할 결제가 가능하잖습니까? 그걸 말하는 겁니다. 그리고 꼭 카드를 쓰지 않더라도 어떤 물건에 대해서만 할부 결제 계약을 맺을 수도 있잖아요? 그렇기 때문에 이 '할부방식'과 '일시불방식'은 또다시 각각 '개별품목'과 '카드'로 나뉘게 되죠."

그런데, 라며 몸집이 작은 변호사는 앉은 자세를 고쳤다. "헤이세이 원년(1989년)의 통계를 보면, 먼저 '신용판매'의 '할부방식' 신규신용 공여액…… 알기 쉽게 말하자면 그해의 매출이겠죠, 이것이 11조 4082

억 엔입니다. '일시불방식'은 11조 8572억 엔이고. 다음으로 '소비자금융'의 같은 해 통계가 33조 9511억 엔이죠. 이것들을 합하면……"

이미 암기하고 있을 테니 딱히 계산할 필요는 없을 것이다. 변호사는 강조하기 위해 잠시 뜸을 들이다 말했다. "헤이세이 원년의 소비자신용 신규공여액은 57조 2165억 엔에 이릅니다. 어떻습니까? 이건 국가예산 규모의 산업이에요."

"과연 그렇군요." 혼마가 말했다.

"약 57조 엔. 이 액수는 그해 국민총생산의 14퍼센트에 해당합니다. 또한 국민 한 사람당 가계 가처분소득의 20퍼센트죠. 미국과 거의 같은 비율입니다. 소비자신용이 명실상부하게 일본의 경제활동을 지탱하는 하나의 기둥이 되었다는 뜻입니다."

게다가 성장 추세도 실로 놀랍다며 변호사는 말을 이었다.

"소비자신용 신규공여액의 증가는 그야말로 경이적입니다. 쇼와 55년(1980년)에는 총합계가 21조 359억 엔이었습니다. 이것을 지수 100으로 놓죠. 그러면 오 년 후인 쇼와 60년에는 지수 165, 총액 34조 7060억 엔이 됩니다. 그리고 방금 말씀드린 헤이세이 원년의 숫자, 그것을 지수로 바꾸면 272죠. 십 년도 채 지나지 않아서 세 배 가까이 부풀어오른 겁니다."

변호사가 탁자 위에 손가락으로 선을 그려 보였다.

"소비자신용의 신규공여액 성장과 국민총생산 성장을 그래프로 그려 비교해보면, 국민총생산 쪽은 이런 상황이에요."

그러면서 30도 정도 각도로 빗금을 그렸다.

"소비자신용은……"

이번에는 45도 정도 되는 선을 그렸다.

"보세요, 꼭 스키장 직할강 슬로프 같죠? 좀 비정상이지 않습니까?

과연 어떤 산업 분야에서 이런 성장세를 찾아볼 수 있겠습니까?"

"전형적인 거품현상이라는 뜻인가요?"

변호사는 잠시 생각하고 나서 고개를 저었다. "당신이 말하는 거품이 세간에서 작년에 터졌다고 일컫는 그 거품이라면, 그것과는 좀 다르다고 봅니다. 금융시장이란 애당초 환상입니다. 본래 실체가 없는 거죠. 원래 화폐라는 것부터가 그래요. 그냥 종잇조각, 평평하고 둥근 금속 덩어리일 뿐이죠. 안 그래요?"

미조구치 변호사가 담담한 말투로 이야기를 이어나갔다.

"그러나 현실에서 만 엔짜리 지폐에는 그만한 가치가 있습니다. 가게 밖으로 나오면 쓸 수 없는 오락실 코인과 달리, 백 엔짜리 동전은 일본 전국의 모든 자동판매기에서 받아들입니다. 그것이 약속이기 때문이죠. 초등학생도 학교 수업에서 배워 알고 있을 겁니다. 화폐경제가 어떤 것인지를요. 원래는 환상이라는 것을. 돈의 실체는 나라에서 만든 약정이라는 것을. 그러나 우리는 그 덕분에 가족의 옷과 채소 한아름과 쌀로 교환하려고 멧돼지 한 마리를 산 밑으로 들고 내려가야 하는 생활에서 해방된 겁니다. 사회 기반에 화폐경제가 존재하기 때문에 나도 타인들의 분규를 해결해주며 먹고살 수 있는 거고요. 그렇지 않나요?"

혼마는 고개를 끄덕였다.

"앞서 말했듯이 금융시장은 본래 환상입니다." 변호사가 다시 한번 반복했다. "그러나 그것은 말하자면 현실사회의 '그림자'로서의 환상이죠. 때문에 자연히 한계가 있어요. 사회가 허용하는 한계가. 그걸 생각하면 소비자신용의 이런 비정상적인 팽창 양상은 아무래도 수상쩍어요. 본래 부풀 일이 없는 곳을 무리한 방식으로 부풀리지 않는 한, 이 정도로 급격하게 성장할 리가 없죠. 이 환상은 정상적인 크기보다 훨씬 크게 팽창하고 있습니다. 예를 들어 혼마 씨, 당신은 키가 꽤 크지만 그렇다 해도 이

미터는 안 되잖아요? 그런데 당신의 그림자가 십 미터나 드리운다면 아무래도 이상하지 않습니까."

딱히 힘주어 말하는 것도 아닌데, 미조구치 변호사의 말에는 듣는 이의 주의를 사로잡는 흡인력이 있었다.

"예를 들어 신용카드 발행 매수만 봐도 그렇습니다. 쇼와 58년(1983년) 3월말 통계에서는 5705만 장이던 것이 쇼와 60년에는 8683만 장, 헤이세이 2년(1990년) 3월말에는 1억 6612만 장으로 늘어났습니다. 성장률 16.5퍼센트예요. 해마다 그렇게 많은 카드가 발행되고, 그것을 가진 소비자가 존재한다는 뜻입니다."

지즈코는 신용카드를 가지고 있었던가? 혼마는 잠시 생각에 잠겼다. 아마 그녀 명의로 된 카드는 없었겠지만……

"내가 지금 한데 묶어 신용카드라고 말했지만, 이것도 몇 가지로 나뉩니다. 크게 세 종류인데, 먼저 은행 계열 카드로 UC그룹, DC그룹, JCB그룹, VISA저팬 등등 10개 사를 들 수 있습니다. 이것이 가장 보급률이 높고, 매수와 이용자 수도 많습니다. 쇼와 58년부터 헤이세이 2년까지의 성장률이 무려 20.2퍼센트이니까요. 다음은 신용판매회사 계열 카드죠. 일본신용판매, 오리엔트파이낸스, 다이신판…… 이것도 대기업만 8개 사예요. 성장률 16.1퍼센트니까 역시나 눈이 번쩍 뜨이죠. 다음은 유통 계열 카드라고 불리는 겁니다. 마루이도 물론 여기에 들어가는데, 왜 백화점이나 대형 슈퍼마켓에서 만들어주는 거 있잖아요? 세존이나 다카시마야 같은 곳. 이건 이용 범위가 계열사 점포로 한정되기 때문에 그만큼 불리하지만, 상품 할인이나 연회비 면제, 그리고 느슨한 자격 심사로 매장에서 즉석으로 카드를 발행해주는 등의 다양한 혜택을 붙여 앞선 두 종에 대항하고 있습니다. 요즘은 웬만한 역 빌딩 상가에서도 만들 수 있을 정도니까요. 이쪽 성장률은 19.2퍼센트입니다. 대단한 약진이죠? 상황이 이렇다보니 길거리를 걷다보면 발에 차이는 게 카드 광고예요. 참, 당신은 신용카드가 있습니까?"

갑작스러운 질문에 혼마는 순간적으로 말문이 막혔다.

"그, 글쎄요…… 한 장은 있습니다. UC카드였던가."

"아무래도 있는 게 편리하죠. 특히 당신처럼 한밤중에도 자주 튀어나가야 하는 직업을 가진 분들에게는 더더욱 그럴 겁니다."

변호사가 빙그레 웃으며 말했다.

"내게 딸이 둘 있는데, 전에 둘째딸이 날치기를 당한 적이 있어요. 범인은 못 잡았죠. 그후로는 현금을 들고 다니는 게 무섭다며 오로지 신용카드에만 의존합니다. 카드는 만에 하나 도난을 당해도 피해를 최소한으로 줄일 수 있으니까요."

"해외여행 가서도 그렇죠."

"맞습니다. 게다가 신원증명도 될 테고. 그런 이점은 분명히 있어요. 나처럼 신용파산을 전문으로 다루거나 피해자 구제활동을 하는 이들은 카드가 만악의 근원이니 모조리 폐기해야 옳다는 생각을 갖고 있을 거라 지레짐작하시는 분들이 있습니다. 물론 그렇지는 않습니다. 그건 이해하시겠죠?"

"네, 물론입니다."

변호사는 고개를 끄덕이고 말을 이었다. "자, 그런데 키 이 미터의 소비자신용이 십 미터짜리 그림자를 드리워버린 가장 큰 원인은, 지금부터 말씀드릴 무차별 과잉여신과 고금리, 과도한 수수료 때문입니다. 지금부터가 본론입니다."

예를 들면, 하고는 잠시 생각에 잠겼다가 다시 입을 열었다.

"일 년 전쯤 내가 개인파산 상담을 받은 사례인데, 스물여덟 살의 한 직장인이 당시 소지한 신용카드가 서른세 장에 부채 총액은 무려 삼천만 엔에 이르렀습니다. 매달 손에 쥐는 급료는 이십만 엔이었고, 다른 자산은 없습니다. 이 얘기를 듣고 어떤 생각이 드십니까?"

삼천만 엔…… 일개 지방공무원인 혼마로서는 퇴직금으로도 만져볼 수 없는 금액이다.

"매달 이십만 엔을 버는 사람이 어떻게 삼천만 엔이나 되는 빚을 졌을까. 누가 그렇게 큰돈을 빌려줬을까. 어떻게 빌릴 수 있었을까. 이게 바로 과잉여신, 과잉융자라는 겁니다."

물잔을 들었다가 빈 것을 알고 다시 내려놓으며 말을 이었다.

"부채가 불어나는 과정은 일반적으로 이렇습니다. 먼저 신용카드를 만들죠. 편리하게 사용합니다. 쇼핑, 여행, 뭐든 카드 한 장으로 간편하게 할 수 있죠. 그러는 사이 매수가 점점 늘어납니다. 평범한 직장인이라면 일단 심사에서 걸리지는 않으니 백화점, 은행, 슈퍼마켓 할 것 없이 앞다퉈 카드를 만들라고 권유합니다. 카드 회원이 되면 할인이나 우대 등 각종 다양한 혜택이 따라오죠. 그래서 카드 매수를 늘려나가는 겁니다. 조금 전에도 말씀드렸듯이 신용카드의 '공급처'는 사방에 널려 있으니까요."

변호사는 포동포동한 손을 들어올리고, 한 장 두 장 헤아리듯 손가락을 꼽았다.

"그러다보니 쇼핑만이 아니라 현금서비스까지 이용하게 됐죠. 편리하니까요. 다시 말해 '신용판매'뿐만 아니라 '소비자금융'에도 손을 뻗치게 된 겁니다. 그렇다고 딱히 대단한 각오가 필요한 것도 아니에요. 은행 계열 카드의 경우에는 계좌의 돈을 인출하는 은행 CD기에서 바로 현금서비스를 받을 수 있으니까요. 판매나 유통 계열 같으면 은행 CD 코너같이 알록달록한 인출기가 가게 안팎에 설치되어 있죠. 신용카드를 넣고 비밀번호를 누르기만 하면, 자기 계좌에서 돈을 꺼내듯 간단히 빚을 낼 수 있다는 뜻입니다."

여자 종업원이 그릇을 치우고 컵에 물을 따라주었다. 변호사는 가볍게 손을 들어올리며 감사의 뜻을 표했다.

"이건 상징적인 예입니다만, 내가 맡은 다른 사례에서도 현금서비스를 시작한 계기가 '실수' 때문이었다고 말한 의뢰인이 있었습니다."

"실수요?"

"네. 그 의뢰인은 원래 자기 은행 계좌에서 돈을 찾을 생각이었어요. 그래서 CD기에 현금인출카드를 넣었는데, 잘못해서 실제로는 신용카드를 넣었던 겁니다. 그리고 마침 그 두 카드의 비밀번호가 똑같았기에 그대로 돈이 나와버린 거죠. 그 사람은 거래명세서가 안 나오는 걸 이상하게 생각했지만 그다지 크게 신경 쓰진 않았어요. 그러다가 그달 신용카드 청구서가 날아온 후에야 비로소 자기 실수를 알아차렸다고 합니다."

"놀랐겠군요. 이자도 붙었을 텐데."

"그렇죠. 그런데 '어, 뭐야, 현금서비스도 생각보다 간단하네'라고 생각한 모양입니다. 이자도 그때는 별로 안 높다고 느꼈고요. 십만 엔을 빼서 썼는데, 삼천 엔이 조금 넘었다고 합니다. 약 한 달 동안요. 이 점을 기억해주세요. 그때는 이자가 별로 높지 않다고 생각한 겁니다. 그래서 그때부터 가끔씩 이용하게 됐죠."

잔에 든 물을 단숨에 절반쯤 마시고 변호사는 말을 이었다. "쇼핑, 현금서비스. 계속 편하게 쓴 겁니다. 한 번에 왕창 쓰는 게 아니니까 낭비한다는 느낌도 없어요. 그래도 어쨌거나 빚은 빚이죠. 기한이 오면 반드시 갚아야 합니다. 점점 쌓일수록 재정 상태가 힘들어집니다. 예를 들어 갓 입사한 직장인이 매달 손에 쥐는 돈이 십오만 엔이라 가정한다면, 갚을 금액이 한 달에 이삼만 엔이면 문제가 없습니다. 사오만 엔이면 좀 힘들겠죠. 그러나 조금만 방심하면 금방 그 정도가 됩니다. 그러면 필연적으로 현금서비스에 의지하게 되죠. A사에 결제하기 위해 B사 카드로 현금서비스를 받는 겁니다. 일단 이러기 시작하면 그뒤로는 눈덩이처럼 빚이 늘어나서, 얼마 지나지 않아 현금서비스만으로는 손 쓸 수 없게 됩니다. 자, 그럼 어떻게 할까요?"

"신용대출인가요?"

"맞습니다." 변호사가 단호하게 말했다. "그리고 여기에서도 또다시 같은 과정이 반복되죠. A사에서 빌린 돈을 갚기 힘들어집니다. 그래서 B사로 갑니다. 이어서 C, D, E사를 찾게 되죠. 신용대출회사에 따라서는 자사의 빚을 갚게 하기 위해 고객에게 다른 회사를 소개해주는 곳까지 있으니까요. 물론 훨씬 수준이 낮고, 자금력이 딸리고, 따라서 대출 심사가 느슨한 회사죠. 경영이 힘들다보니 무제한으로 자꾸 빌려주는 겁니다. 그리고 이자를 거둬들이죠. 대략 그런 구조입니다."

그쯤 되면 고객의 머릿속은 온통 내일 결제할 금액, 그다음 결제 기한에 관한 고민뿐이다. 돈만 빌려준다면 어디든 달려갈 심리 상태로 내몰릴 것이다.

"고지식하고 마음 약한 사람이 쉽게 걸려든다는 게 그런 뜻이었습니까."

혼마가 묻자, 변호사는 고개를 힘차게 끄덕였다.

"맞아요, 바로 그겁니다. 그런 사람들은 나 몰라라 내팽개치거나 도망가는 건 상상도 못 하니까요. 어떻게든 갚아야 한다. 오로지 그 생각뿐입니다. 그러다보면 점점 더 깊은 수렁으로 떨어집니다. 몸을 망치고, 날이 갈수록 비참해지죠."

"세키네 쇼코도?"

"전형적인 예였습니다."

한때는 회사에 근무하면서 밤에 아르바이트까지 했다.

"그렇게 점점 안 좋은 쪽으로 굴러가다 막바지에 다다르는 최악의 장소 중 하나가, 소위 말하는 '카드깡'입니다. 혼마 씨는 직업관계상 이미 알고 계실지도 모르겠군요. 고객이 신용카드를 만들어 물건을 구입하게 한 후, 그것을 70퍼센트 정도 가격으로 사들여서 결제액을 충당하는 방법입니다. 대상 물품은 전자제품에서 장식품까지 다양하지만 대부분은 신칸센 차표죠. 그것이 티켓 할인판매점으로 흘러들어서 값싸게 팔리는 겁니다. 나 같은 사람도 그런 차표를 사서 출장을 가곤 하죠. 어쨌든 싸니까요."

일그러진 듯한 미소가 변호사의 입가에 번졌다.

"이렇듯 한번 빠져들면 쉽게 빠져나올 수 없는 구조인 겁니다. 고지식한 사람일수록 여기에 발목이 잡히면 옴짝달싹도 못 합니다. 그렇게 쫓기고 쫓기다 마지막에는 가장 나쁜 형태로 마음을 먹고는 범죄를 일으키기도 하죠."

혼마가 희미하게 씁쓸한 미소를 짓고는 말했다. "경찰관 비리의 거의 대부분에 신용·대출 문제가 얽혀 있는 것도 그런 이유일까요?"

변호사는 이번에는 웃지 않았다. "맞습니다. 사회적 체면을 지켜야 하는 직업이니까요. 그 밖에도 목사나 군인, 각계 공무원……"

분명 웃을 일은 아니다.

"상식적으로 보면 스무 살 안팎의 젊은이들에게 천만 엔, 이천만 엔씩 빌려주는 업자가 있다는 것부터가 비정상적이죠. 그러나 실제로 존재합니다. 그것은 이 업계 자체가 장렬한 자전거조업*을 하고 있기 때

---

* 만성적으로 자기 자본이 부족하여 타인의 자본을 잇달아 거두어들여서 가까스로 이어가는 조업을 비유적으로 이르는 말.

문이죠. 그래서 빌려주고, 빌려주고, 또 빌려주는 겁니다. 마지막에 뒤집어쓰는 게 자기네 회사만 아니면 그만이라고 생각하니 그럴 수 있는 겁니다. 사실 은행이든 신용판매회사든 신용대출이든 대기업은 좀처럼 마지막 차례가 되지 않아요. 지금 얘기한 구조 속에서 피라미드 상층에 있는 업자는 절대 당하지 않으니까요. 그래서 청구서는 아래로, 또 아래로 밀려갑니다. 그에 짓눌려 채무자는 점점 더 나락으로 떨어지고, 다중채무자라는 이름에 옥죄어서, 두 번 다시 떠오를 수 없는 곳까지 침몰해갑니다."

온화한 변호사의 얼굴에 처음으로 험상궂은 주름이 새겨졌다.

"시곗바늘을 몇십 년 전으로 되돌려보십시오. 그 옛날의 정겨운 전당포 시대로 말입니다. 그 시절에는 무제한으로 돈을 빌릴 수가 없었어요. 간신히 변통해서 물건을 전당잡히거나, 기껏해야 월급을 가불하는 정도였죠. 번화가에서 일반인을 상대로 무담보 융자를 해주는 기관은 한 군데도 없었습니다. 그러나 차라리 그 편이 나았다고 말하기도 어렵습니다. 그 무렵에 비하면 훨씬 살기 편한 시대가 되었으니까요."

가게는 아까보다 한산해졌다. 카운터 너머에서 또 한차례 새하얀 수증기가 피어올랐다.

"오해를 피하기 위해 다시 한번 반복하지만, 나는 소비자신용 같은 게 없었던 옛날로 돌아가자는 게 아닙니다. 그도 그럴 것이 무려 57조 엔이란 말입니다. 그렇게 큰돈이 움직이는 산업을 어떻게 없앨 수 있겠습니까. 불가능해요. 이것은 이미 일본의 경제를 지탱하는 하나의 큰 기둥입니다. 내가 하고 싶은 말은, 그 기둥을 지탱하기 위해 해마다 몇만 명씩 되는 사람 기둥을 세우는 어리석은 짓을 이제 그만두자는 겁니다. 자살하거나, 가족이 동반자살하거나, 야반도주를 하거나, 범죄로 치달아 다른 사람까지 끌어들이는 비극을 초래하는 사태로 내몰리는,

다중채무자라는 인간 기둥을 말입니다."

"그러기 위해서는 지금의 구조를 바꿔야 한다는 말씀인가요?"

"그렇죠. 그리고 아무리 봐도 비정상적인 고금리를 단속하자는 겁니다. 대기업 신용대출의 금리는 연이자로 무려 25퍼센트에서 35퍼센트에 이르는데, 이것은 이자제한법과 개정출자법 틈에 끼어서 '바람직하지 않지만 일일이 탓할 수는 없다'는, 이른바 그레이 존에 속하는 금리가 되었습니다. 그렇지만 채무자 개개인에게는 매우 심각한 문제입니다. 예를 들면……"

변호사가 손을 뻗어 탁자 위에 다시 빗금을 그었다. 20도 정도 각도로 시작해서 완만하게 상승하다 마지막에는 45도 정도로 바뀌는 빗금이었다.

"카드로 현금서비스를 받다가 상환이 힘들어져 신용대출에까지 손을 뻗는다. 이런 패턴으로 빚이 이백만 엔이고 연이자가 30퍼센트라고 가정한다면, 칠 년째에는 천육백만 엔 정도로 불어나죠. 이것이 그 곡선입니다." 다시 한번 손가락으로 빗금을 그었다.

"내 의뢰인 중에 천이백만 엔의 부채를 떠안은 삼십대 남성이 있었는데, 그중 무려 구백만 엔 정도가 이자였습니다. 그야말로 뺑튀기죠. 눈깜짝할 사이에 불어난 겁니다. 처음 빌릴 때는 금리의 무서움을 알지못해요. 현금서비스 기계는 카드를 꽂을 때 금리까지 설명해주진 않으니까."

변호사는 입매를 살며시 비틀며 웃는 듯한 표정을 지었다.

"으음, 그리고 이건 내가 말하는 세번째 해결책과도 연결됩니다. 바로 철저한 교육과 지식의 확대입니다. 아까 처음 현금서비스를 받았을때는 이자가 그리 높다고 느끼지 못했다는 사람 이야기를 했죠?"

"네. 그 점을 기억해두라고 하셨죠."

"그래요. 처음에는 별 느낌이 없습니다. 금리란 등에 업힌 귀신 같은 거라서 갈수록 무거워지죠. 그리고 또 한 가지, 현금서비스라는 말의 마술 때문입니다. 신용대출을 받는 건, 특히 젊은이들에게는 볼썽사납게 여겨집니다. 그러나 신용카드로 현금서비스를 받는 건 스마트한 느낌이 들죠. 게다가 금리도 신용대출에 비해 싼 것 같은 느낌이 들어요. 그러나 그건 어처구니없는 착각입니다. 신용카드의 현금서비스 금리는 연이자로 환산하면 25퍼센트에서 35퍼센트. 대기업 신용대출 금리와 비슷하죠. 그런데도 그 사실을 모르면 왠지 막연하게 신용카드의 현금서비스가 안전하다고 믿어버리는 겁니다. 그것이 실수의 첫걸음이죠."

미조구치 변호사의 물잔이 또다시 비었다.

"특히 젊은 사람들이 이런 속임수에 걸려들기 쉽습니다. 소비자신용은 젊은 층 이용자 개척에 힘을 쏟고 있으니까요. 어느 업계나 마찬가지겠지만, 기업은 고객에게 달콤한 말밖에 안 합니다. 이쪽이 현명해지는 수밖에 없어요. 그런데 현 상태에서는 그 부분이 뻥 뚫려 있는 겁니다. 대형 도시은행에서 학생용 신용카드를 발행한 지 올해로 딱 이십 년째인데, 그 이십 년 동안 어느 대학교가, 고등학교가, 중학교가 이 신용사회에서의 올바른 카드 사용법을 지도했습니까? 그것이야말로 지금 당장 시작해야 하는 일인데 말이죠. 도립 고등학교에서는 졸업을 앞둔 여학생들을 모아 메이크업 강습을 하는 모양인데, 그렇게 멋을 부릴 여유가 있으면 신용사회로 나가는 데 필요한 기초 지식을 가르치는 강습도 같이 해야 옳은 거 아닙니까?"

화가 나는 건, 하며 탁자를 탁 소리가 나게 내리쳤다.

"나는 뭐든 정부 탓으로 돌리는 건 좋아하지 않지만, 역시나 화가 나는 건 이 문제 역시 행정 관청의 수평적 업무 분할이라는 함정에 빠지고 말았다는 겁니다. 소비자신용 업계 전체를 관장하는 감시 역할이 현재 없단 얘기죠."

"없다니……"

"신용판매는 통산성, 소비자금융은 대장성 담당입니다. 국가 예산 규모의 산업을 엄중하게 감시 감독해야 마땅할 두 관청이 둘로 나뉘어 있고, 소통도 매번 잘 안 됩니다. 그렇다보니 빈틈없고 발 빠른 대응을 할 수 없는 겁니다. 현실에서는 하나의 은행이 신용판매도 하고 현금서비스도 하는데 말입니다. 한 장의 카드로 다."

제 말 이해하시겠습니까, 라면서 미조구치 변호사가 몸을 앞으로 쑥 내밀었다. 혼마는 주인이 카운터에서 이쪽을 힐끔 쳐다보며 살며시 미소를 머금는 모습을 놓치지 않았다. 이런 광경이 익숙한지도 모른다.

"당신은 세키네 쇼코 씨가 어떤 사람인지 알고 싶다고 했죠. 앞으로 조사할 예정이고요. 나는 내가 알고 있는 범위 내에서 협력할 생각입니다. 그래서 이런 얘기까지 꺼낸 겁니다. 이것은 기나긴 서론이라고 생각하셔도 좋습니다."

"소비자신용의 산업구조 말이죠?"

"그렇죠. 당신은 지금 이런 생각을 할지도 모릅니다. 그래, 소비자신용 세계에 여러 가지 문제점이 있다는 건 잘 알았다. 구조적인 문제, 금리 문제, 서투른 행정, 부족한 교육. 그건 충분히 이해했다. 그러나 아무리 그렇더라도 갚을 수 없다는 걸 뻔히 알면서 돈을 빌리고 곤경에 빠지는 건 결국 개인의 문제가 아닌가. 그 개인에게 약점이 있으니까, 세상을 우습게 보는 면이 있으니까 그렇게까지 추락하는 것이다. 그 증거로 일본 국민 전체가 다중채무자가 된 건 아니지 않은가. 나만 해도 그런 상황에 처하지 않았다. 성실하고 제대로 된 인간이라면 전혀 문제될 게 없다. 다중채무를 떠안은 것은 역시 본인에게 어떤 결함이나 단점이 있기 때문이다. 아닙니까?"

정곡을 찔렀다. 혼마는 뭐라고 대답해야 좋을지 몰라 카운터에 있는 주인 얼굴을 바라보았다. 그는 웃고 있었다.

"내 말이 맞습니까?"

"맞습니다."

기침을 하며 잠깐 뜸을 두고서 미조구치 변호사가 갑작스럽게 물었다.

"혼마 씨, 당신은 운전을 합니까?"

"네?"

"운전이요. 면허가 있습니까?"

고개를 끄덕이며 대답했다. "네, 있습니다. 하지만 운전은 안 합니다."

"일이 바빠서 여유가 없기 때문인가요?"

"그건 아니고……"

이유를 설명하기 곤란한 까닭은 상대가 놀랄까봐서다. 그러나 이 자리에서는 밝히기로 했다.

"실은 삼 년 전에 아내가 사고를 당했습니다. 비 오는 날 반대편 차선에서 뛰어든 트럭에 부딪혀서 차가 완전히 박살이 났죠."

미조구치 변호사가 눈을 휘둥그레 떴다. "그래서요?"

"죽었습니다. 거의 즉사였던 모양입니다. 그후로는 저도 운전을 안 합니다. 차도 없고, 아무래도 마음이 무거워서요. 시기가 되면 면허 갱신은 해두지만."

변호사는 말없이 몸을 뒤로 뺐다. 그리고 마치 초등학생처럼 고개를 푹 숙였다. "모르고 꺼내긴 했지만, 대답하기 힘든 질문을 해버렸군요."

"아니, 괜찮습니다. 신경 쓰지 마십시오."

매우 진지한 사람이구나, 하는 생각이 들었다.

"그보다, 운전이 왜요?"

다음 이야기를 재촉하자 자세를 바로잡은 변호사가 말을 이었다. "실례되는 얘기를 여쭙고 말았습니다만, 그 말을 들으니 당신이라면 내가 하는 말을 더 잘 이해해주겠다는 생각이 드는군요."

"무슨 얘기죠?"

"부인은 평소 안전운전을 하셨나요?"

"네. 아이를 태우는 일도 많았으니까요. 지나치게 신중할 정도였습니다."

"상대 트럭 운전기사는?"

"졸음운전이었다고 합니다. 단지 과로 때문에…… 그 말을 들으니 솔직히 뭐라고 못 하겠더군요. 누가 근무를 빠졌다던가 뭐라던가 해서 꼬박 이틀 동안 한숨도 못 자고 규슈에서 도호쿠까지 갔다 오는 길이었답니다."

변호사가 고개를 끄덕이고 물었다. "사고 현장에 중앙분리대가 있었습니까? 도로 폭은 어느 정도였나요? 여차했을 때 부인이 반대편 차선의 차를 피할 수 있는 여유 공간이 있었습니까?"

변호사의 질문에 혼마는 말없이 고개를 가로젓는 것으로 대답을 대신했다.

"그런 경우에 잘못은 누구에게 있을까요?" 변호사가 말했다. "물론 졸음운전을 한 트럭기사에게 과실이 있는 건 분명합니다. 그러나 그를 그런 근무상태로 내몬 고용주에게도 문제가 있습니다. 대형 트럭과 일반 승용차가 같이 주행하는 도로에 충격을 막아주는 중앙분리대를 설치하지 않은 행정 측도 잘못입니다. 도로 폭이 좁은 것도 문제예요. 길을 넓히고 싶어도 넓힐 수 없었던 것은 자치체의 도시계획이 잘못되었기 때문이고, 땅값이 손쓸 수 없이 뛰어올랐기 때문이기도 하죠."

변호사는 중얼거리듯 거기까지 늘어놓고 고개를 들었다.

"그렇게 생각해보면 사고에는 무수한 원인과 이유가 있습니다. 개선해야 할 점도 수없이 많죠. 가령 내가 지금 여기서 그런 요소들을 다 무시하고, '그래도 결국 사고를 일으킨 건 운전자 잘못이다. 피해자나 가해자나 마찬가지다. 제대로 된 사람이라면 사고 따위 일으키지 않는다. 사고를 당한 것은 운전이 미숙했기 때문이다'라고 말한다면 당신은 어떤 심정일까요?"

수사적인 질문이라는 걸 알았기 때문에 혼마는 대답하지 않았다. 변호사의 얼굴을 바라보았다. 그리고 처음 만났을 때 그가 '신용대출 파산은 공해 같은 것'이라고 했던 것을 떠올렸다.

"비슷한 얘깁니다." 미조구치 변호사가 고개를 끄덕였다.

"다중채무자들을 한데 싸잡아서 '인간적으로 결함이 있기 때문'이라고 단죄하는 것은 쉽습니다. 그러나 그것은 자동차 사고를 당한 운전자에게 전후 사정을 전혀 참작하지 않고 '너희 운전이 시원찮았기 때문이다. 이런 인간에게는 면허를 내주지 말았어야 한다'고 쏘아붙이는 거나 마찬가지입니다. 봐라, 그 증거로 한 번도 사고를 안 낸 사람들이 허다하지 않느냐, 그런 사람들을 보고 배우라고 말이죠."

혼마는 머릿속으로 사고 후 병원에서 퇴원해 교통과 형사와 같이 분향을 올리러 온 그 운전기사의 얼굴을 떠올렸다. 이상하게도 얼굴 생김새는 또렷하게 기억나지 않았다. 유일하게 기억나는 것은 그가 마지막까지 자신의 눈을 보려 하지 않았다는 것이다. 그리고 계속 손을 떨었다. 덜덜 떨던 그의 손끝에서 떨어진 재를 치우려고 나중에 그가 무릎을 꿇었던 다다미 위에 무릎을 대자, 그 자리에서 이상하리만큼 따뜻하게 남아 있는 그의 체온이 느껴졌다.

그제야 '아아, 그자는 살아남았구나' 하는 생각이 들었다. 그때 처음으로 한동안 말이 나오지 않을 정도로 분노가 치솟아서 견딜 수가 없었다.

그 분노는 지즈코를 죽인 게 그 운전기사만이 아니라는 사실을 깨달았기 때문에 치솟은 것이었다. 잘못이 있는 사람은 그 운전기사만이 아니라는 사실을 깨달았기 때문이다.

알지만 어찌할 방법이 없었기 때문에, 그래서 분노가 솟구친 것이다.

몸집이 작은 변호사는 말을 끊고 혼마의 얼굴을 바라보았다. 불과 몇 초 동안이긴 하나 넋을 놓았던 모양이다.

"선생님 말씀은 충분히 이해가 갑니다"라고 말해보았다. 그 말을 하는 자기 목소리를 듣고서야 간신히 현실로 돌아온 기분이 들었다.

변호사가 천천히 말을 이었다.

"교통사고에서 운전자의 책임론만 운운하고, 무성의한 자동차 행정과, 안전성보다 겉모습과 경제성에만 집착해서 잇달아 새로운 모델을 만들어내는 자동차 업계의 생리에 주목하지 않는 것은 잘못입니다. 그렇죠?"

"네."

"물론 일부 문제가 있는 운전자도 있습니다. 면허를 취소하는 편이 사회를 위해 도움이 되는 사람들이죠. 그러나 아무런 과실도 없는데 사고로 목숨을 잃은 당신의 부인 같은 운전자를 그런 운전자와 똑같이 취급해서 '사고를 당한 것은 본인 잘못이다'라고 단순하게 말해버린다면 그것은 훨씬 더 큰 잘못입니다. 소비자신용과 다중채무자도 완전히 같은 경우죠."

아닌 게 아니라 본인에게 문제가 있는 경우도 있다. 일부는 그런 사례다. 그러나 그것만이 다가 아니다. 간단히 치부해버리고 나 몰라라 내동댕이칠 만한 문제가 아닌 것이다.

말투를 살짝 바꾸더니, 아주 약간이지만 개인적인 감상을 섞어서 변호사가 말했다.

"현행 파산법에는 개선해야 할 문제점이 많습니다. 일부 매스컴에서 '빚을 맘껏 떼어먹는 개인파산'이니 '무책임 풍조를 조장하는 도피식 파산'이니 하며 요란하게 공격하는 것도 그런 부분 때문이겠죠. 개인파산 수속에 관해서는 알고 계십니까?"

"대강은요."

"수속 자체는 간단해요." 그는 그렇게 말하고 설명해주었다.

먼저 관할 지방법원에 파산신청을 한다. 필요사항을 기입한 파산신청서에 호적등본, 주민표, 재산 목록, 채무자 목록을 첨부하고, 채무를 지게 된 사정을 상세하게 쓴 문서와 함께 제출하면 된다. 그후 법원 호출을 받고 출두해서 재판관과 면접하고, 구두로 사실 확인을 받는다. 이것을 '심문'이라고 한다.

법원의 조사나 이 심문에는 그리 긴 시간이 걸리지 않는다. 개인파산의 경우는 신청 후 한 달 반에서 두 달 안에 파산선고가 내려지는 경우가 많다.

"개인파산이라도 자기 집 같은 재산이 있어서 어느 정도 배당이 예상되는 경우에는, 파산선고가 내려진 후 기업파산과 마찬가지로 법원 위탁을 받은 파산관재인이 채권자 조사, 정리, 배당 수배에 들어갑니다. 그동안 파산자는 법원의 허가 없이 이사나 여행을 할 수 없으며 우편물도 관재인 앞으로 전송되곤 해요. 그것이 일반적입니다. 그러나 파산자가 이십대 젊은이일 때는 좀처럼 이런 과정이 없죠. 그도 그럴 것이 팔아서 배당할 만한 자산이 없잖습니까. 의류나 가구, 오디오 따위는 매각해봐야 몇 푼 되지도 않으니까요. 그런 유의 물건은 대개 본인 수중에 남게 됩니다."

배당에 충당할 만한 재원(이것을 '파산재단'이라고 부른다)이 존재하지 않으면 당연히 '파산'이라는 상태를 지속하는 것에 별 의미가 없다. 그래서 이런 경우에는 대체로 '동시파산폐지'라고 해서 선고와 동시에 파산이 폐지된다. 그렇게 되면 거주제한 같은 것도 받지 않는다.

그러나 아직 이것은 채무가 없어졌다는 뜻이 아니다. 동시파산폐지 결정으로부터 한 달 이내에 다시 '면책' 신청을 내야 한다. 그것이 인정되어야 비로소 채무 지급 의무에서 해방되는 것이다. 이 결정에는 반년에서 칠 개월 정도 걸린다.

개인파산의 경우 면책이 되지 않는 사례는 거의 없다고 한다. 몇 가지 조건이 있지만.

"우선 그 파산자가 과거 십 년 이내에 파산·면책 결정을 받은 일이 없을 것. 요컨대 한 사람당 십 년에 한 번뿐이라는 게 최소한의 규정이라는 뜻입니다."

또한 악질적으로 자산을 은닉하거나 파산 신청 준비중에 채권자에게 거짓말을 하고 돈을 더 빌리거나 하는 사기적인 행위를 한다면, 이것도 면책 불허가의 원인이 될 수 있다. 그러나 그런 일만 없다면, 설령 파산의 원인이 지나친 유흥이나 도를 넘은 사치라 해도, 그 부채가 어느 정도의 세월에 걸쳐 쌓인 것이고(단기간에 갑자기 생긴 부채는 작위적인 파산으로 여겨질 수 있다), 파산자에게 '다시 시작하고 싶다'는 의욕만 있다면 문제없다고 한다.

"파산 수속에서 가장 우선시하는 것이 채무자의 구제이기 때문이죠." 변호사가 말했다. "그런데 오늘날에는 이 점 때문에 오히려 오해를 받기 쉽습니다. 낭비로 생긴 부채까지 면책해주는 게 말이 되느냐는 거죠."

한숨을 내쉬었다. 그 순간만큼은 미조구치 변호사가 갑자기 늙어 보였다.

"하긴 고령 연금생활자나 생활력 없는 미성년자는 그렇다 치더라도, 한창 일할 나이의 직장인이나 젊은이들에게까지 선고 하나로 부채를 깨끗이 없애주는 건 좀 그렇긴 해요. 도의적인 관점에서 문제가 있을 테죠. 그런 채무자에게는 법외적인 금리만 제외시켜주고, 일해서 원금만이라도 나눠 갚게 하는 구조로 바꾸는 편이 적절하다고 봅니다."

그렇지만 말이죠, 라고 웃으며 말을 이었다.

"지금 당장 눈앞에서 불길이 치솟고 수많은 사람들이 도움을 구하고 있어요. 그런 절박한 상황에서 사다리차 주차위반을 운운할 수야 없죠. 일단은 도와야 합니다. 그러고 나서 개정해야 할 부분을 개정해나가면 됩니다."

혼마가 고개를 끄덕였다. "선생님 말씀이 옳습니다."

"개인파산이라는 법적 수속에 관한 지식이 없다보니 어떤 이들은 빚에 시달리다 자살하거나 가족이 뿔뿔이 헤어지거나 야반도주를 하죠. 믿기지 않겠지만 그런 비극은 지금 이 순간에도 수없이 일어나고 있습니다. 최근에는 우리가 노력한 보람이 조금이나마 있는지, 그런 사태가 벌어지기 전에 상담하러 찾아오는 의뢰인이 늘어나긴 했지만요."

"얼마나 됩니까?"

변호사가 수첩을 힐끗 보고 나서 대답했다. "개인파산 신청 건수는 빠른 추세로 상승하고 있습니다. 법원 파산과에 불이 날 지경이죠. 쇼와 59년(1984년) 당시 신용대출 대란 무렵에는 전국적으로 연간 2만 건이 넘었습니다. 그후로 완만하게 줄어들었는데, 최근 몇 년간 다시 상승 경향을 보이고 있어요. 헤이세이 2년(1990년)에는 1만2천 건 정도였지만, 작년에는 2만3천 건이었고, 올해는 확실하게 그 수를 넘어설 전망입니다. 얼마 전 우리 사무실에서 도쿄 지구의 '신용문제 110번'이라는 행사를 했는데, 이틀 동안 여섯 대의 전화가 쉴새없이 울려댔죠. 이십대 젊은이가 많았고, 자식이 빚을 지고 가출해버렸다는 부모의 전화도 눈에 띄었습니다."

결국 교육이 관건인가. 혼마는 생각했다. 과연 학교에서 가르쳐도 될 법하다. 신용카드 CM이나 광고가 이렇게 범람하는 세상이니까.

"그러고 보니 신용대출 대란도 어느새 십 년이 더 지난 일이군요. 쇼와 58년(1983년) 11월에 신용대출 규제법이 만들어져서 대출업자가 폭력적인 빚 독촉을 할 수 없게 된 후로는 우리 사무실에 상담하러 오는 사람들 분위기도 많이 변했습니다. 말랑말랑해진 반면 더 넓게 확산되었다고 할까요. 비장한 느낌은 줄었지만, 그만큼 자각증상이 나타나기 시작했을 때는 이미 손쓰기 늦어버린 겁니다."

"오히려 더 질이 나빠졌을지도 모르겠네요."

변호사가 큰 소리를 내며 웃었다.

"난 말이죠, 강의 같은 데서 '어쨌거나 야반도주를 하기 전에, 죽기 전에, 사람을 죽이기 전에 파산이라는 수단이 있다는 사실을 떠올리십시오'라고 이야기합니다. 청중들은 그걸 듣고 웃죠. 그러나 이것은 결코 웃을 일이 아닙니다. 파산에 관한 지식이 없기 때문에 가족이 뿔뿔이 흩어지고 직장을 잃어버리는 겁니다. 호적이나 주민표를 옮기면 빚쟁이들에게 발각되니까 아이 학교도 가입학시킬 수밖에 없습니다. 숨죽이고 살아가는 거죠. 한 예로 원자력발전소에서 청소 작업을 하는 노동자 중에 그런 사람들이 많이 섞여 있다는 얘기를 들은 적도 있어요. 과거를 숨겨야 하기 때문에 위험한 일을 할 수밖에 없는 겁니다. 그런 '버려진 이들'이 이삼십만 명이나 된다고 합니다. 도저히 그냥 두고 볼 수만은 없죠."

살아 있는 유령이라는 생각이 들었다. 부富의 강물에 떠내려가는 버려진 이들의 무리.

가게 안에는 이제 미조구치 변호사와 혼마 두 사람뿐이었다. 으쌰 하는 소리와 함께 자리에서 일어선 변호사가 가게 주인에게 인사말을 건넸다.

"매번 죄송합니다."

그 말에 가게 주인이 빙그레 웃었다. 역시 이런 데 익숙한 듯했다.

가게에서 나오자 긴자의 뒷골목이 화려한 밤의 모습과는 또다른 얼굴로 맞아주었다. 묘하게 자전거가 눈에 많이 띄고, 쓰레기가 여기저기 산더미처럼 쌓여 있었다. 밤 동안 이 거리의 무수한 가게들이 게걸스럽게 빨아들인 돈은 낮 시간인 이 무렵 이미 은행으로 들어가버렸을 것이다. 그 탓인지 낮의 긴자는 편안한 거리였다. 경쾌하고 가벼워 보였다.

돈의 멍에는 거리의 발목까지 휘감는다. 하물며 사람의 발목에는 얼마나 강하게 얽혀들까. 낚아채인 인간이 바짝 말라 죽어갈 때까지일까. 아니면 죽을힘을 다해 칼을 휘둘러서 발목을 끊어내고 도망칠 때까지일까.

미조구치 변호사가 외투 주머니에 손을 넣고 뒤를 돌아보았다.

"오 년 전에 개인파산 수속을 시작하고 부채가 늘어난 과정을 문서로 작성할 때, 세키네 씨가 나에게 이런 말을 한 적이 있어요."

······선생님, 어쩌다 이렇게 많은 빚을 지게 됐는지 나도 잘 모르겠어요. 난 그저 행복해지고 싶었을 뿐인데.

"행복해지고 싶었을 뿐이다."

혼마가 그렇게 중얼거리자 변호사가 미소를 지었다.

"그렇게 말했습니다. 별 참고는 안 되겠지만."

걸음을 다시 내디디며 말했다.

"그녀가 근무한 회사의 주소 등, 우리 사무실에서 아는 건 다 가르쳐드리겠습니다. 언제든 연락하세요. 사와키 씨에게 미리 말해둘 테니까."

"감사합니다. 큰 도움이 될 겁니다."

"그 대신이라고 하면 뭣하지만, 일의 경과를 알려주셨으면 합니다. 저도 마음에 걸리는군요."

"네. 꼭 말씀드리겠습니다."

"세키네 쇼코 씨는…… 무사할까요?"

그 질문은 표면적으로는 별다른 생각 없이 불쑥 입 밖에 낸 것처럼 들렸다. 그런 식으로밖에 물어볼 수 없었을지도 모른다.

혼마는 대답하지 않았다. 변호사도 그 이상 묻지 않았다.

긴자 4가 교차로에서 헤어졌다. 인사를 주고받은 후, 변호사가 재차 확인하듯 말했다.

"제가 한 얘기를 부디 잊지 말아주십시오. 세키네 쇼코 씨는 유달리 낭비벽이 심한 여자가 아니었습니다. 나름대로 열심히 생활했어요. 그녀 신상에 일어난 일은 상황이 조금만 바뀌면 나나 당신에게도 얼마든지 일어날 수 있는 일입니다. 그녀를 둘러싸고 있던 주위 상황을 늘 염두에 두시기 바랍니다. 그러지 않으면 나무만 보고 숲은 못 볼 수도 있으니까요. 그러면 그녀도, 그녀 행세를 한 여자도 찾을 수 없을 겁니다."

"알겠습니다. 명심하겠습니다."

손을 들어 보이고 변호사는 등을 돌렸다. 때마침 신호가 바뀌어서 조그만 그의 등은 곧바로 인파 속에 파묻혀버렸다.

무수한 나무들 속으로. 숲속으로.

보이지 않는 흐름에 떠밀려가는, 의심할 줄 모르는 사람들의 무리 속으로.

12

일찍부터 꼭두서니 빛을 머금기 시작한 저녁 햇살 아래에 아이들 예닐곱 명이 모여 있다. 단지 안 놀이터 입구에서 울타리에 올라타거나 웅크려 앉거나 손을 뒤로 돌려 등을 긁거나 제자리걸음을 떼거나 하면서. 그 중심에서 몸집이 작은 남자 하나가 두 손을 허리에 얹고 큰 소리로 뭐라고 연설을 하고 있다. 아직 거리가 멀어서 내용까지는 들리지 않지만 제법 위세 당당한 말투였다.

어린아이들은 나름 열심히 듣고 있고, 공원 안에 있는 다른 사람들도 주의를 기울이는 듯했다. 바로 옆 그네에 나란히 앉아 나이가 엇비슷한 아기를 무릎에 앉힌 젊은 엄마 둘이 입가에 미소를 머금고서 연설하는 남자를 바라보고 있다.

"자, 이런 순서로 조사해보는 게 어떻겠나, 여러분?" 남자가 아이들에게 물었다. 그 말이 끝나기가 무섭게 끄트머리에 웅크리고 있던 남자아이가 벌떡 일어서며 물었다.

"그건 알겠는데요, 근데, 아저씨는 누구예요?"

남자가 씩씩하게 대답했다. "나? 난 아케치 고고로*다!"

아이들이 서로 얼굴을 마주 보았다.

아까 뒷모습을 봤을 때부터 알아채긴 했지만, 그 목소리를 듣고 나니 남자가 누구인지 확실해졌다. 혼마는 발걸음을 재촉하며 공원 울타리 옆을 몰래 스쳐 지나려 했다.

"아케치 고고로라뇨?"

아니나 다를까 아이들이 그렇게 물었다.

---

* 에도가와 란포의 추리소설에 등장하는 탐정. 일본의 셜록 홈스라 불린다.

"명탐정 말이야. 그것도 모르냐? 한심한 녀석이군."

"알긴 아는데, 아저씨는 아니에요."

아이들 사이에서 맞아, 아니야, 하는 중얼거림과, 빈정거림만 살짝 곁들여지면 '실소'라고 부를 수 있을 만한 나지막한 웃음소리가 일었다. 그러자 그에 동조하듯 주위 어른들도 웃음소리를 흘렸다. 젊은 엄마 둘은 손으로 입을 막고 깔깔거렸다.

남자는 형세가 불리해진 것을 알아챘는지 다시금 소리 높여 말했다.

"그런 건 지금 상황과 아무 상관도 없다. 아무튼 지금 설명한 대로 각자 분담해서 수색한다. 알았나? 그럼 해산!"

남자가 짝 소리 나게 손뼉을 치자, 아이들은 그다지 의욕이 없는 발걸음으로 뿔뿔이 흩어졌다.

혼마는 9동으로 들어가는 코너를 막 돌려는 순간이었다. 그때 뒤에서 부르는 소리가 들렸다.

"어이!"

혼마는 뒤도 돌아보지 않고 발걸음도 늦추지 않았다. 그러나 왼발을 끌며 걷다보니 아무리 서둘러도 결과는 빤했다. 남자가 성큼성큼 뒤따라왔다.

"왜 이래? 모른 척하고 갈 건 없잖아?"

혼마가 손을 뒤로 돌리며 손사래를 쳤다.

"몰라, 몰라. 난 당신을 몰라. 생판 모르는 사람이라고."

"에이, 또 이런다."

이카리 사다오가 호쾌하게 웃으며 따라오더니 금세 나란히 섰다. 절뚝거리는 혼마에게 맞춰 걸으며 말했다.

"고생이 참 많겠구만?"

"쓸데없는 참견 마."

"대신해줄 수만 있다면 내 다리라도 내주고 싶군. 진짜야."

"시끄러워!"

결국 웃음이 터지고 말았다. "대체 꼬맹이들 데리고 뭘 한 거야?"

이카리가 가슴을 활짝 펴며 말했다. "수색 지도 좀 해줬지. 소년 탐정단에게 전문가로서 한수 가르쳐줬다고 할까."

"뭘 찾는데?"

"개야, 개. 길을 잃어버린 모양이야."

혼마가 걸음을 멈췄다. "혹시 멍청이 얘긴가?"

이카리가 '어라, 알고 있었네' 하는 표정을 지었다.

"그래, 맞아. 무슨 개 이름을 그리 인정머리 없이 붙이나? 그러니 잃어버릴 수밖에."

그렇다면 멍청이는 아직도 집에 돌아오지 않았다는 뜻이다.

"사토루한테 들었어. 사람을 잘 따르는데 머리는 별로 안 좋다더군. 누가 주워가버렸을까?"

"차에 치이지나 않았으면 다행일 텐데." 이카리가 조금 작은 목소리로 말했다.

그는 유난히 동물을 좋아했다. 예전에 자기 집에 자리 잡고 살기 시작한 시궁쥐한테까지 일일이 이름을 붙여줬을 정도다. 그러다 어느새 발소리만 들어도 누군지 구별할 수 있게 되었다. 밤낮으로 깔아놓는 이불 위에 드러누워 천장을 올려다보며 "아, 지금 이 소리는 크리스틴이다. 저 녀석 요즘 앨런이랑 눈이 맞은 모양이야" 하는 걸 처음 들었을 때는 제정신인지 살짝 의심스러웠을 정도였다.

엘리베이터 앞까지 와서 간신히 한숨을 돌렸다.

"멍청이 얘기는 누구한테 들었어?"

"물론 사토루한테 들었지." 이카리가 대답했다. 자기 아들처럼 친근하게 부른다. 사토루도 그를 잘 따라서 딱히 신경이 쓰이지는 않지만, "이카리 아저씨가 날 부르면 꼭 혼날 것 같은 기분이 들어"라고 한 적은 있었다. 그 정도로 그의 목소리는 위압적이다.

"널 만나러 삼천리 길도 멀다 않고 찾아왔더니만 정작 너는 집에 없고, 사토루가 친구들이랑 머리를 맞대고 개 찾을 궁리를 하고 있잖아. 그래서 내가 지혜를 좀 빌려줬지."

"아까 본 소년 탐정단에는 사토루가 없던데."

이카리가 작은 코를 벌름거렸다. "고바야시 소년*은 특별 취급이지. 너희 집에서 일하는 이사카 씨랑 갓짱이랑 셋이서 보건소에 다녀오라고 했어. 그곳에서 멍청이를 보호하고 있을지도 모르니까."

이카리는 언제 봐도 늘 똑같은 양복을 입고 있다. 실제로는 똑같은 디자인과 옷감의 양복을 세 벌 사두고 바꿔 입는 모양이지만, 남이 볼 때는 말 그대로 단벌 신사다. 낯익은 칙칙한 갈색 웃옷을 열어젖히더니 마술이라도 하듯 큼지막하고 두툼한 봉투를 꺼내 보였다.

"자, 부탁했던 거야."

집 거실에는 아직 난로의 온기가 남아 있었다. 이카리는 익숙한 태도로 복도를 가로질러 불단으로 가서 향을 올렸고, 혼마는 그동안 봉투에든 내용물을 살펴보았다.

세키네 쇼코의 우쓰노미야 제적등본과 고용기록이었다. 과장에게 들킬지도 모른다는 염려는 역시나 기우였다.

"고마워, 소중한 자료야."

이카리는 불단 옆에 놓인 조그만 징을 땡땡 울리곤 손을 들어 응답했다.

---

* 에도가와 란포의 어린이용 탐정소설에 나오는 탐정단의 대장.

"지즈코, 네 남편이 또 이상한 일을 시작했다." 이카리가 불단을 향해 말했다. 이카리와 지즈코는 소꿉친구로 초등학교 때부터 같이 다녔다. 혼마가 그녀를 알게 된 것도 경찰학교 시절 이카리의 소개를 통해서였다.

나중에 본인도 자백했지만, 이카리는 처음부터 그 둘을 연결해줄 작정으로 소개한 거라고 했다.

"나한테는 소중한 여동생 같은 존재를 아무 데에나 시집보낼 순 없으니까."

"그럼 네가 아내로 맞으면 되잖아." 혼마가 되받아치자, 이카리는 무척 진지하게 생각에 잠긴 후 입을 열었다.

"너무 가까워서 안 돼." 그렇게 대답했다. "너무 가까워."

그도 많이 바빠서 집까지 찾아오는 일은 좀처럼 없다. 그래도 어쩌다 한번 찾아오면 한동안 불단 앞에서 떠날 줄을 몰랐다. 혼마는 늘 이카리가 충분히 시간을 보내도록 내버려두었다.

의자를 끌어다 앉은 후, 탁자 위에 봉투 속 내용물을 펼쳐놓았다.

제적등본은 한눈에 알아볼 수 있었다. 진짜 세키네 쇼코는 가짜 '쇼코'가 호난초로 분가하기 전 한 번도 호적을 옮기지 않았다. 본적지는 아버지가 편제기준인 '우쓰노미야 이초자카초 2001번지'였다. 그리고 부표에는 진짜 쇼코가 이사 다닌 곳의 주소가 순서대로 가지런하게 기록되어 있었다. 맨 처음 것은 도쿄 도 에도가와 구 가사이미나미초 4가 10-5, 주소등록일은 쇼와 58년(1983년) 4월 1일이다.

아마 가사이 통상에 취직했을 당시의 주소일 것이다. 회사 주소지와는 번지수가 다르지만 인접한 곳이다.

도쿄 지도를 찾아보는 것과 전화를 거는 것, 어느 쪽이 더 가까울까. 전화다. 손을 뻗으면 닿는 거리다. 혼마는 수화기를 집어들고 메모지를 뒤적여 가사이 통상 대표번호를 찾아 전화를 걸어보았다.

여자 목소리가 들렸다. 그쪽으로 우편물을 보내고 싶은데 주소를 확인하고 싶다고 용건을 밝히고 부표에 있는 주소를 읽어주었다. 그러자 상대는 그건 회사가 아니라 직원 기숙사 주소라고 대답했다.

전화를 끊고 고개를 들자, 이카리가 다다미방과 거실의 경계에 서서 이쪽을 보고 있었다.

"다시마차가 마시고 싶은데."

"맨 아래 여닫이문 선반." 그렇게 대답하자 이카리가 그릇장으로 가서 시키는 대로 여닫이문을 열고 작은 통을 꺼내들었다. 이어서 찻주전자에 물을 채워 가스레인지에 올리고 불을 켰다.

"셀프서비스야?"

"그래."

"그렇게 안 움직이면 금세 할아버지 된다."

"이미 된 심정이야."

부표 다음 칸에 기재된 주소는 세키네 쇼코가 파산 신청을 했을 당시 살고 있던 긴시초의 캐슬맨션이었다. 모르긴 해도 세키네 쇼코가 가사이 통상 기숙사에서 나와 이 맨션으로 입주할 때는 상당한 지출이 필요했을 것이다. 어쩌면 그 무렵부터 이미 경제적인 문제를 겪었을지도 모른다는 생각이 들었다.

젊은 사람이 직원 기숙사 같은 데 살다보면, 통금 시간을 까다롭게 따지는 기숙사 관리인이나 심술궂은 선배의 감시가 없는 자유로운 자취 생활을 동경하게 된다. 그러나 그런 자유를 획득하려면 어느 정도 돈이 필요하다는 '현실'은 거의 깨닫지 못한다. 설령 깨닫더라도 실감하기 어렵다. 별도 비용이 없는 기숙사 생활을 하는 중에는 바깥세상에서는 전기도 가스도 화장실 물도 다 돈이라는 사실이, 돈을 안 내면 그런 기본적인 것조차 손에 들어오지 않는다는 가혹한 현실이 피부에 와 닿지 않기 때문이다.

부표 마지막에 기재된 주소는 그녀가 파산한 후 이사해서 1990년 3월 17일에 갑자기 모습을 감출 때까지 살았던 코포 가와구치였다.

어머니가 돌아가신 후 세키네 쇼코는 변호사를 찾아가 보험금에 관해 물었지만, 따로 부동산에 관한 이야기는 하지 않았다. 그렇다면 어머니 혼자 살았다는 그녀의 고향집은 아마도 빌린 집이었을 것이다. 아버지를 일찍 여의고 모녀 둘만 사는 가정이었으니 충분히 고개가 끄덕여지는 일이다.

제적등본과 부표 상으로 볼 때 그녀의 어머니는 1989년 11월 25일에 사망할 때까지 세 번 이사를 했다. 모두 우쓰노미야 시내다. 사망 당시의 주민등록지였던 이초자카초 2005번지에서는 십 년 정도 쭉 정착해 살았다. 본적지와도 가깝다.

어머니가 줄곧 우쓰노미야를 떠나지 않은 이유는 고향에 대한 애착 때문이었을까. 아니면 혼자 도시로 나간 딸을 생각해서, 그녀가 언제든 돌아올 수 있는 '둥지'를 지키려는 심경이었을까.

이카리는 대각선 맞은편 의자에 자리를 잡고 앉았다. 혼마가 살펴본 제적등본으로 손을 뻗더니 팔랑팔랑 넘겨보았다. 별다른 말은 없었다.

직업안정소에서 받은 그녀의 고용기록 내용도 혼마가 예상한 대로였다. 역시 세키네 쇼코의 고용보험 피보험자번호는 중복으로 발행되어 있었다.

하나는 진짜 쇼코가 가사이 통상에 취직했을 때 발행된 번호, 다른 하나는 1990년 4월 가짜 쇼코가 이마이 사무기기에 채용되어 '처음으로 고용보험에 든다'며 발행받은 번호다.

"서류를 받고서 직업안정소 담당자랑 통화해봤는데," 이카리가 입을 열었다. "번호가 중복 발행된 사실을 알고 그쪽에서도 깜짝 놀라더군. 그렇지만 과거 고용기록을 숨기고 싶어하는 사람이 아예 없는 건 아니래. 창구에 찾아와서 처음 취직한다고 말한다는 거야. 부정수급을 막으려고 집요하게 확인하는 경우도 있지만, 평범한 직장인인데다 젊은 여성이면 정말로 처음 취직하는 것일 가능성도 충분하잖아. 그러니 대체로 그냥 통과된다는 거지. 조사하려면 수고스럽기도 할 테고. 네 말대로 기록은 보통 칠 년밖에 보존되지 않아서, 세키네 쇼코라는 여자가 가사이 통상에 취직했을 때의 기록은 이제 없고 그만뒀을 때 기록만 있었어. 그후로 한동안 실업급여도 받았고."

혼마는 고개를 끄덕이고 생각에 잠겼다.

이마이 사무기기에 채용되었을 때 가짜 쇼코는 진짜 세키네 쇼코의 취업 기록을 알아낼 수 없었고 그녀의 고용보험 피보험증을 손에 넣을 수도 없었기 때문에 어쩔 수 없이 창구에다 처음 취직한다고 말한 걸까. 아니면 이런저런 일들을 깊게 생각하지 않고 그냥 적당히 둘러대면 되겠거니 생각했을까.

지금까지의 그녀의 행동으로 추측하건대 후자같이 안이한 생각을 했을 것 같지는 않다. 아마도 전자일 것이다. 진짜 세키네 쇼코의 고용보험 피보험자증이 없어서 어쩔 수 없이 거짓말을 했을 것이다. 진짜 세키네 쇼코는 가사이 통상을 그만둔 후 빚과 빚쟁이들에게 쫓기다 파산 수속을 밟았고, 도망치듯 가와구치로 이사했고, 그후로 술집 일에 물들어갔다. 격렬한 지진과도 같은 삶 한복판에 있던 쇼코가 얄팍한 피보험자증을 분실했을 가능성은 충분하다. 그러니 가짜 쇼코가 가와구치에 있는 진짜 쇼코의 집을 아무리 뒤져도 찾아낼 수 없었던 것이다.

찻주전자의 물이 끓었다. 이카리가 급히 일어나 익숙한 손놀림으로 다시마차를 우려서 찻잔 두 개를 들고 돌아왔다.

"용건은 해결됐어?" 차를 후후 불면서 물었다.

"응. 고마워."

서류를 정리하고 슬쩍 곁눈질을 하니 이카리도 이쪽을 바라보고 있었다.

"아직 남았어?"

"이 여자가 여권이나 운전면허증을 가지고 있었는지도 알려주면 큰 도움이 되겠는데."

이카리는 "흐음" 하고 대꾸하고는 전화 쪽으로 시선을 던졌다.

"여기서 조회해봐도 되겠지만, 여권 쪽은 좀 번거로워. 대하기 불편한 사람이 받으면 곤란할 테니 나중에 연락하지. 오늘 밤까지만 알아내면 충분하겠지?"

"물론이지."

이카리는 대체 뭘 조사하느냐고 묻지 않았다. 그의 마음이 훤히 짐작되었다. 지금 단계에서 이 일은 아직 혼마의 친척과 관련된 말썽에 불과하다. 자기는 그저 힘을 조금 빌려주는 것뿐이다. 그러니 미주알고주알 캐물을 수는 없다. 일이 커지겠다 싶으면 혼마 쪽에서 먼저 얘기할 게 틀림없다고 생각하는 것이다.

"빚을 너무 많이 졌군. 꼭 갚을게."

그러자 이카리는 말했다. "지금 당장 갚아."

혼마가 쳐다보자, 이카리는 아랫입술을 쭉 내밀며 떨떠름한 표정을 지었다.

"지금 좀 난감해. 네 지혜 좀 빌리자."

현재 수사중인 살인사건에 관한 일이라고 했다.

"사건 현장은 나카노야. 역에서 버스로 십 분쯤 떨어진 곳에 있는 단독주택이고, 사건 발생 시각은 새벽 두시경. 강도사건이었어. 부부 둘만 사는 집인데, 남편은 칼에 찔려 죽었고 아내는 묶여 있고 강도는 도 망쳤지. 도망치는 모습을 이웃사람이 목격했고."

"흐음."

"부잣집이야. 남편은 쉰세 살, 아내는 서른 살. 후처지."

"아이는?"

"지금 아내와의 사이에는 없어. 그러나 돈은 흘러넘칠 정도야. 찻집 두 군데에 비디오가게 하나, 편의점 두 군데를 경영하고 있고."

"호화롭군."

"그리고 남편한테 일억 엔짜리 생명보험이 있더군. 두 사람이 결혼한 지는 일 년 반이 지났고. 결혼 때도 남편 친척들 사이에서 악평이 들끓었지. 아내가 재산을 목적으로 남자를 꾀었다며 말이야. 하긴, 그게 상식적인 견해일지도 모르고."

혼마가 씁쓸하게 웃었다. "그런데?"

"그런데 내 생각에는 아무래도 위장강도사건 같단 말이야. 아내가 남편을 없애려고 꾸민 일이겠지. 아내에게 다른 남자가 있다는 소문도 파다해. 그래서 그 남자가 여자를 위해 직접 나선 게 아닐까 하는 거야."

"타당한 가설이군."

"그렇지?" 이카리가 탁자를 두드렸다. "그런데 말이야, 여기부터가 문제야. 용의자가 없단 말이지."

"뭐?"

"없다니까. 엑스레이 찍듯 사생활을 샅샅이 뒤져봐도 아내한테서 애인의 '애' 자도 찾아볼 수 없어. 남자 그림자가 전혀 보이질 않아. 털끝만큼도 없다고. 어처구니가 없을 정도로 청렴결백해."

"아내의 외모는?"

"그야 물론 누가 봐도 확 끌어안고 싶은 타입이지. 그러니 그 남편도 푹 빠졌을 테고."

본인이 알면 화내겠지만, 혼마의 머릿속에 떠오른 것은 코포 가와구치에서 만났던 곤노 노부코의 얼굴이었다. 그녀도 미인이었다. 그리고 빈틈없고 야무진 사람이었다.

"도무지 믿기지가 않아." 이카리가 탄식했다. "아무리 봐도 남자가 있다고밖에 생각할 수 없어. 그런데 막상 조사해보니 없단 말이지. 이런 말도 안 되는 일이 어디 있냐고. 조금만 건드려도 넘어올 것 같은 요염한 여자라니까? 게다가 남편보다 스무 살이나 어리고……"

혼마는 이카리의 목소리를 배경음으로 깔고서 멍하니 생각에 잠겼다. 한쪽 무릎으로 파일을 받치고 혼마의 질문에 또박또박 대답하던 노부코의 얼굴이 머릿속에 떠올랐다. 그러는 동안 남편은 딸과 설거지를 하며 신나게 떠들고 있었다.

'아케미, 엄마 좀 불러와라.'

"이봐." 혼마가 입을 열었다. 한참 한탄을 쏟아놓다 제지당한 이카리가 "어?" 하고 놀라며 대답했다.

"아까 말했던 가게 말인데. 경영 주도권을 쥔 건 남편이었나, 아니면 아내였나?"

이카리는 국수집 카운터 자리에서 프랑스 요리를 받기라도 한 듯한 표정을 지었다.

"어느 쪽이야?" 혼마가 다시 물었다.

"……남편이겠지."

"이겠지? 추측이야?"

"어. 그래도 경제권을 남편이 꽉 쥐고 있었던 건 확실해. 실은 세무서에서도 눈여겨보던 사람이었지. 탈세 의혹을 풍겼다고 하니까."

"경제권을 남편이 꽉 쥐고 있었다." 혼마가 천천히 되풀이했다. "그렇지만 그것만으로는 '경영을 도맡았다'고 할 수 없어. 예를 들면 가게 인테리어도 그렇고, 비디오가게에 어떤 종류 영화를 비치하느냐 하는 문제도 있을 테고, 고민할 사항이 한두 가지가 아니잖아. 그런 일들은 어느 쪽이 했을까?"

이카리가 곧바로 대답했다. "아하, 그거야 남편 일이었지. 그런 문제에는 아내가 참견 못 하게 했나봐. 나이 많은 자상한 남편이 '당신은 골치 아픈 데 신경 쓸 거 없다'며 어린애 다루듯 한 거지."

"그런 문제로 두 사람 사이에 다툼이나 갈등이 있었던 흔적은?"

이카리가 고개를 저었다. "조사해본 바로는 없어. 무엇보다 아내는 그런 일을 하고 싶어하는 타입으로는 안 보였으니까. 남편 하나 잘 잡아서 팔자 고치겠다는 작전이 제대로 먹혀서, 평생 놀고먹을 수 있겠다고 좋아할 법한 여자라니까."

"정말 그럴까……"

"물론이지." 이카리가 웃었다. "다만 직원들은 의외로 그 여자한테 호의적이었어. 참, 찻집에서 일하던 지배인이 그러는데, 가게에 트는 음악에 대해 그녀가 재미있는 의견을 내곤 했다더군. 그 여자는 요즘 식으로 말하자면 '갸루*' 같은 이미지였으니까, 젊은 층을 대상으로 하는 가게에서 어떤 점에 중점을 두어야 할지 잘 알고 있었겠지. 손님으로서의 경험에서 말이야."

혼마가 고개를 크게 끄덕거렸다. "두 가지만 더."

"뭔데?"

"그 여자의 결혼 전 직업은?"

"그냥 평범한 직장 여성이었어."

---

* 패션이나 라이프스타일이 돌발적이고 화려한 젊은 여성을 가리키는 말.

"사무직?"

"응. 뭐 보나마나 누구나 할 수 있는 잡일이었겠지. 전문직은 아니었어. 부기 같은 것도 했다니까 아주 멍청하진 않겠지만."

또다시 곤노 노부코의 얼굴이 떠올랐다.

"두번째. 아까 아내에게 애인이 있다는 소문이 떠돌았다고 했지? 그건 근거 있는 소문인가?"

"이웃사람이나 가게 종업원들한테 들은 얘기야. 아내가 이따금 유난히 멋을 내고 몰래 외출하는 모습을 봤대."

"그런데 상대 남자가 누군지는 알 수 없다?"

"그렇다니까. 그래서 죽을 맛이라고."

"아내는 그럴 때 어떤 차림으로 외출했을까?"

"옷차림?"

"그래. 정장? 기모노? 하늘거리는 원피스? 향수는 뿌렸는지, 화장은 짙었는지, 그리고 어떤 핸드백을 들고 나갔는지도 문제야. 화장품과 손수건만 겨우 들어가는 액세서리 같은 것인지, 아니면 공책이나 장부 같은 것도 들어가는 크고 기능적인 것이었는지. 구두도 문제가 되겠지. 번쩍거리는 화려한 구두냐, 아니면 실용적인 구두냐."

중간부터 경찰수첩을 꺼내 메모를 하던 이카리가 안 그래도 큰 눈을 휘둥그레 떴다.

"그건 또 뭔 소리야?"

혼마는 머리 뒤로 양손을 깍지 끼고, 의자 등받이에 기대며 말했다.

"남자 그림자가 전혀 안 보인다고 하니 그걸 전제하고 하는 말인데, 혹시 그 여자가 다른 사람 눈을 피해 외출할 때 언제나 반듯하고 단정한 옷차림에 화장과 향수를 절제하고 실용적인 핸드백에 간편한 구두를 신었다면, 만날 법한 상대는 몇 안 돼."

이카리가 달려들듯이 몸을 앞으로 내밀었다. "누군데?"

혼마가 눈을 가늘게 떴다. "가장 가능성이 높은 건……"

"높은 건?"

"은행이야." 혼마가 말했다. "남편이 주거래 은행으로 삼았던 곳과는 다른 은행. 새로운 곳일 거야. 자기가 거래하는 은행이겠지. 그러니 몰래 만나러 갈 수밖에. 남편한테 들키면 큰일이잖아?"

이카리가 살집이 좋은 조그만 손을 펼치며 말했다. "그게 말이 되나. 그 여자가 은행 사람을 만나서 뭘 어쩌겠다고?"

"사업 얘기였겠지. 융자."

"왜?"

"그녀는 자기 손으로 가게를 해볼 생각이 있었던 거 아닐까? 직접 경영해보고 싶었던 거지. 찻집이나 비디오가게를."

펼쳤던 손을 내려뜨린 이카리에게 혼마가 미소를 지었다.

"너나 나나 너무 오랫동안 이 일을 하다보니 선입견이 생겼어. 여자가 범죄를 저지를 때는 반드시 배후에 남자가 있다. 다시 말해 여자는 남자 없이는 범죄로 치닫지 않는다. 범죄는 남자를 위한 것이다. 여자의 범죄에는 모두 치정이 얽혀 있다. 만에 하나의 예외도 없다는 굳은 믿음이지. 영아살해도 넓은 의미에서 보자면 치정 범죄니까."

"……그렇지. 실제로도 그랬고."

"맞아. 그런데 요즘은 달라. 아니, 요즘이 아니야. 현실은 이미 오래전부터 달라지기 시작했어. 여자 중에도 남자 못지않은 동기로, 예를 들면 사업을 하고 싶으니 그것을 방해하는 인간을 배제해야겠다는 식의 생각으로 움직이는 사람이 생겨났다는 말이지."

이카리는 반론을 하려다가 어정쩡하게 입을 닫아버렸다. 혼마가 뒷말을 이었다.

"그 여자는 원래도 남편의 재산에 이끌려서 결혼한 게 아닐지도 몰라. 남편의 사업에 더 이끌렸을지도 모르지. 그래서 결혼하면 자기도 남편을 통해 그런 사업에 관여할 수 있으리라 믿었던 거 아닐까."

직장 여성이라도 이십대 후반이 되어서까지 잔심부름이나 하는 업무를 맡다보면 나름대로 비참하고 괴로운 경험이 많을 것이다. 예전에 그것에서 빠져나오는 수단은 '결혼'뿐이었다.

지금은 다르다. '유학' '독립' '사업' 등등 여러 가지 길이 열려 있다. 그러나 그런 것들에도 돈이 든다. 적지 않은 목돈이. 그래서 디딤대로 나이차가 많이 나는 위세 당당한 사업가와의 '결혼'을 선택한 것이다.

이카리가 천천히 눈을 깜박이더니 물었다. "그런데 막상 결혼해보니 뜻대로 되지 않았다?"

"그렇지. 남편은 아내에게 돈을 주고 응석도 받아줬지만 경영에는 간섭하지 못하게 했어. 당신의 예쁜 머리를 그런 데 쓸 수야 없다는 식으로 말이야. 그래서야 회사의 꽃 역할만 하면 그만이던 직장 시절과 다를 게 없어. 아무런 변화도 없지."

"그렇지만 내가 볼 때 그런 '갸루짱'들은 그걸로 만족하는 것 같던데."

이카리가 끈질기게 저항했다. 그나저나 이카리가 '갸루짱'이라는 표현을 쓰다니 실로 놀랍다.

"물론 그런 여자도 있겠지. 그렇지만 안 그런 여자도 있어. 사실 그건 남녀 차이만은 아닐 테지."

"그럴까."

"독립심과 기개가 있는 여자에게 '됐어, 이해도 못 할 어려운 일 때문에 그 예쁜 머리로 고민할 필요는 없어. 그런 건 나한테 맡기고 넌 손톱 손질이나 해'라는 남자의 말은 견딜 수 없이 모욕적이지 않을까?"

"그렇지만 그 여자는 남편이랑 전혀 싸우지 않았다니까."

"싸울 수 없었겠지. 남편이 진지하게 상대해주질 않았을 거야. 우리 귀여운 아가씨, 왜 그렇게 토라졌을까, 하는 식이었겠지. 그래서 화가 난 거야. 자존심에 상처를 입었을 테고. 어떻게든 방법을 모색해보려고도 했을 거야. 그런데 이대로는 도저히 돌파구를 찾을 수 없어서 난폭한 수단을 쓴 거지."

말을 잠깐 끊고 혼마는 뜸을 들이며 어휘 선택을 고민했다.

"그리고 자기에게도 남편 못지않은 능력과 결단력이 있다는 걸 증명하고 싶었던 것 아닐까. 남편을 교묘하게 제거함으로써. 어쩌면 공범자와 함께 남편을 죽일 때, 그때까지 가슴속에 묻어뒀던 울분을 쏟아내서 그를 놀라게 했을 수도 있고."

이카리는 국수집 계산대에서 프랑스 요리 풀코스 값을 청구당한 듯한 표정을 지었다.

"그래도 공범은 있었겠지?" 후퇴하는 소대가 마지막 남은 토치카 하나를 사수하는 듯한 절박한 표정으로 이카리가 물었다. "아마 애인이겠지? 남자가 틀림없어. 애인한테 도와달라고 부탁했을 게 뻔해. 해결사는 역시 남자야."

"남자 흔적이 전혀 없다면서?"

"우리 조사가 부족했을지도 모르지."

혼마가 단호하게 말을 받았다. "꼭 그렇다고 볼 순 없어. 남자 흔적이 없다면, **공범자도 여자야**. 직장 다닐 때 친하게 지냈던 동료일 수도 있지. 나랑 같이 사업하자, 그리고 방해가 되는 남편을…… 그런 솔깃한 제안을 했을지도 몰라. 여자들끼리 만나는 거야 아무도 수상쩍게 여기지 않으니 눈에 띌 염려도 없을 테고, 둘이서 습격하면 깊이 잠든 남자 하나쯤은 충분히 찔러 죽일 수 있지. 그런 쪽으로 캐보면 어때?"

이카리는 한동안 말이 없었다. 이윽고 어처구니가 없다는 투로 불쑥 입을 열었다.

"그 아내한테 굉장히 친한 여자 친구가 있긴 해. 장례식 때도 열심히 일을 도왔지."

"그럼 그 사람일지도 모르겠군."

이카리가 혼마를 힐끗 보며 말했다. "나도 총이나 한 방 맞아볼까?"

썩 괜찮아, 라고 가볍게 되받아치려다가 혼마는 급히 입을 다물었다.

여자가 꼭 치정 문제로만 범죄를 저지른다고 단정할 수는 없다. 세상은 변했다.

그런 생각을 하게 된 건 '세키네 쇼코' 때문인지도 모른다.

그녀는 타인의 호적을 훔치고, 신분을 위장하고, 그것이 노출될 위기에 처하자 눈앞의 결혼을 과감히 내팽개치고 도망쳐버렸다. 목적이 뭔지, 무슨 일이 있었는지는 아직 알 수 없지만, 그 행동이 소위 사랑을 위한, 남자를 위한, 욕정을 위한 것이 아니라는 사실만은 확실하다.

순서상으로 볼 때 그녀가 세키네 쇼코 행세를 시작한 것은 가즈야와 결혼하고 싶어서가 아니다. 가즈야와의 연애는 나중에 생긴 일이다. 그녀의 가짜 이름과, 그 위에 쌓아올린 가짜 삶 속에서.

그리고 그 삶의 솔기 한쪽이 터지자, 버림받은 가즈야의 아픔이나 이마이 사무기기 사람들의 놀라움과 그들이 받을 피해도 전혀 고려하지 않고 그대로 모습을 감춰버렸다.

혼마는 그녀가 쫓기는 몸이라는 생각이 들었다. 그건 확실하게 단언할 만했다. 그녀는 도망치고 있다. 정체는 아직 알 수 없지만, 집요하게 그녀를 추적하는 무언가로부터 필사적으로 도망치고 있는 것이다. 지혜를 짜내고 신경을 날카롭게 곤두세우며.

그리고 그녀는 그런 곤경을 온전히 혼자 힘으로 감당해왔다. 그럴 거란 예감이 들었다. 그녀는 단독으로 움직인다. 그녀는 혼자다. 그 누구의 심정을 헤아릴 필요도 없거니와, 그 누구의 지시도 따르지 않는다.

밝은 꽃무늬 벽지 한 장을 뜯어내면 그 안에는 철근으로 지탱되는 단단한 콘크리트 벽이 감춰져 있다. 누구도 쉽게 돌파할 수 없고 무너뜨릴 수도 없는 굳건한 벽이.

그 철벽 같은 존재의지.

오로지 자기 자신만을 위해서. 그런 여자다. 그리고 그런 여자는 불과 십 년 전까지만 해도 이 사회에 존재하지 않았을지도 모른다.

"우리 머리가 벌써 굳어버린 걸까?" 이카리가 중얼거렸다.

이카리가 돌아가자 그와 교대하듯 이사카와 사토루가 돌아왔다.

"멍청이를 못 찾았어." 사토루는 이만저만 실망한 게 아니었다.

"어디서 죽었을까? 이카리 아저씨는 이미 죽었으면 청소과나 보건소에서 뒤처리를 했을 테니 금방 알 수 있다고 했는데."

"그럼 그쪽은?"

"없었어요, 멍청이하고 비슷한 개를 취급한 기록이 없답니다." 이사카가 대답했다. 사토루를 배려해서 어휘를 골라 썼다.

"멍청이는 워낙 순둥이잖아요. 지나가던 운전기사 같은 사람이 귀엽다고 데리고 갔을지도 모르죠."

사토루는 벽에 기댄 채 아무 말이 없었다. 혼마와 이사카는 얼굴을 마주 보았다.

"있잖아, 아빠."

사토루가 작은 목소리로 말했다.

"왜?"

"보건소에 개들이 가득해."

혼마는 '골치 아프게 됐군' 싶었다. 부모로서, 어른으로서 대답하기 매우 곤란한 질문을 받을 게 빤했기 때문이다.

"그 개들 다 죽어? 왜 그렇게 개를 많이 버려? 그런 사람들이 개를 어떻게 키웠지?"

이사카는, 곤란한 건 알지만 나도 대답하고 싶지는 않다는 표정으로 이마를 문지르며 천천히 고개를 숙였다.

"글쎄다." 혼마가 대답했다. "아빠도 그런 사람들이 왜 그렇게 심한 짓을 하는지 알 수가 없구나. 알 수는 없지만, 우리집에서는 그런 짓을 하지 않고, 만약 그런 짓을 하는 사람을 보면 무슨 좋은 방법이 없을까 고민하겠지. 아빠 혼자 힘으로 할 수 있는 일은 그 정도뿐이야. 안타깝지만."

허리를 살짝 굽히고 사토루의 얼굴을 들여다보며 이사카가 말했다.

"히사에 아줌마가 말했지? 세상에는 한심한 녀석들이 넘쳐난다고. 키우던 개를 무책임하게 버리는 사람들도 바로 그런 한심한 녀석들이야."

그렇게 말하며 사토루를 가볍게 밀었다.

"손 먼저 씻어라. 바로 물 받아줄 테니까 목욕도 하고. 많이 피곤하지?"

사토루는 천천히 몸을 틀어 부엌에서 나갔다. 남겨진 어른 둘은 누가 먼저랄 것 없이 긴 한숨을 내쉬었다.

"보건소 같은 곳에선 나도 우울해지더군요." 이사카가 나지막이 말했다.

"죄송합니다."

"아뇨, 아닙니다. 괜찮습니다. 아무튼 버려진 개가 너무 많아요. 정말 가슴 아픈 일이에요."

개수대 쪽으로 가려다 걸음을 멈추고 이사카가 "참, 깜박 잊어버릴 뻔했네"라고 말했다. 웃옷 안주머니로 손을 넣더니 사진관 이름이 새겨진 봉투를 꺼냈다.

"집에서 막 나가려는데 전화가 왔어요. 확대본이 나왔다고. 어떻게 할까 생각하다 마침 보건소 가는 길목이고 혼마 씨가 일부러 나가기도 힘들 것 같아서 대신 찾아왔습니다."

오히려 혼마는 까맣게 잊고 있었다. 예의 폴라로이드 사진이었다. 특별한 실마리가 되지 않을 거라 포기하고 있었기 때문에 자기도 모르게 주의가 멀어져버린 것이다.

"아, 고맙습니다. 실은 잊고 있었어요."

봉투에서 내용물을 꺼내는데 이사카가 말했다. "점원이 그러는데 원판이 초점이 안 맞아서 너무 크게 확대하면 오히려 뭐가 찍혔는지 알아볼 수가 없다더군요. 그게 한계인가 봅니다."

복사지로 말하면 B5 용지의 삼분의 이 정도 크기일까. 그 초콜릿색 집이 크게 찍혀 있었다.

확대했다고 해서 극적인 변화가 있는 건 아니었다. 점원 말대로 오히려 더 흐릿해진 것도 같았다. 사진에 찍힌 것은 집과 두 여자와 어렴풋한 조명등뿐……

그 순간 퍼뜩 정신이 들었다.

처음에는 잘못 본 줄 알았다. 허둥지둥 옆의 서랍을 뒤져서 사토루가 어디선가 경품으로 받아온 돋보기를 꺼내 사진을 다시 살펴보았다.

역시 맞다. 착각이 아니다.

그러나 과연 이런 일이 가능할까?

"왜 그래요?"

이사카의 질문에 혼마가 고개를 들고 사진을 내밀었다.

"이사카 씨, 야구 보십니까?"

"아, 네."

"야구장에도 가시나요?"

"물론 가죠. 수도권에 있는 큰 야구장은 다 가봤어요."

그 말을 듣자 살짝 흥분되었다.

"그럼, 이사카 씨가 아는 야구장 중에 조명등이 반대 방향, 그러니까 야구장 밖을 보고 있는 곳이 있나요?"

이사카는 눈을 깜박거렸다. "네? 그게 무슨 소리죠?"

곧장 돋보기안경을 꺼내 코에 얹더니 사진을 받아들었다. 혼마가 조명등 부분을 손가락으로 가리켰다.

"이거 야구장 조명등 맞죠?"

"그렇군요. 네, 맞아요."

"그러니까 이 집은 야구장 바로 옆에 있는 겁니다. 그렇죠?"

"그렇겠군요."

"찬찬히 잘 살펴보세요."

전구 하나하나에 불이 밝혀진 조명등을 손가락으로 두드렸다. 사진 왼쪽 위 가장자리를 살짝 스치는 정도로만 찍혀 있었다.

"확대해보고 나서야 알았습니다. 이 조명등 전구들이 전부 이 집 쪽을 향하고 있잖아요? 그렇다면 밖을 보고 있는 거죠. 야구장 안에 집이 있을 리는 없으니까."

사실이 그랬다. 조명등 불빛은 이쪽을 향하고 있다. 초콜릿색 집 쪽을 향하고 있는 것이다.

이사카가 사진에 코가 닿을 만큼 바짝 다가가 들여다보았다.

"그렇……군요."

"혹시 마음에 짚이는 곳이 있습니까?"

이사카가 사진을 손에 든 채 한동안 고개를 갸웃거렸다. 그러고는 천천히 입을 열었다.

"혼마 씨는 야구에……?"

"별로 관심 없습니다."

이사카가 고개를 끄덕였다. "그렇겠죠. 야구장에서 실제로 조명등을 본 적이 있다면, 그 방향을 바꾸는 게 얼마나 힘든 일인지 금방 알 테니까."

"아하…… 그렇구나. 그렇겠네요."

"조명등은 보통 야구장 안을 비추죠. 그렇지 않으면 제 역할을 못 할 테니까. 그런데 밖을 향해 있다는 건……"

"목이 돌아가는 방식일까요?" 묻긴 했지만 스스로 생각하기에도 우스운 질문이었다.

이사카도 웃었다. "그런 대단한 조명등이 도입된다면 엄청난 뉴스거리가 되겠죠. 진구가이엔 구장 같은 곳은 주위가 어두우니까, 시합이 끝난 다음에 조명등을 밖으로 돌려서 돌아가는 관객들 발밑을 비춰주면 상당히 큰 도움이 될 테니까요."

혼마는 사진을 탁자 가장자리에 내려놓고 머리를 긁적였다.

그러나 어쨌든 그 사진에 묘한 현상이 찍혀 있는 것만은 틀림없는 사실이다.

"바깥쪽을 향한 조명등이라……"

이사카는 여전히 생각에 잠겨 있었다.

13

전화로 위치를 물어보자 여자가 신바시 역 앞의 기관차 광장에서 찾아오는 길을 일러주었다. 진짜 증기기관차 C11이 전시되어 있는 신바시 역 히비야 출구 앞의 이 광장은, 시부야의 하치코 동상 정도는 아니어도 나름대로 인기 있는 만남의 장소다.

스낵* '라하이나'는 현재도 영업을 하고 있었다. 개업한 지 십 년, 주인과 마담도 계속 똑같다고 전화를 받은 여자가 살짝 자랑하듯 말했다.

그것은 운이 좋은 일이었다. 물장사 쪽은 워낙 변동이 심하니 불과 이 년 사이일지라도 경영자나 가게 이름이 변했을 가능성이 높다고 각오하고 있었기 때문이다.

미조구치 변호사가 미리 얘기해둔 모양인지, 사무소에 세키네 쇼코의 직장경력을 문의하자 사와키라는 여자 사무원이 친절하게 답해주었다. 그것을 정리하면 아래와 같다.

1983년 3월 상경, 가사이 통상에 취직

1984년 여름 무렵부터 신용카드 부채가 늘어나기 시작, 기숙사에서 나와 캐슬맨션 긴시초로 이사

1985년 4월부터 신주쿠 3가에 있는 술집 '골드'에서 아르바이트 시작

1986년 봄 과로로 감기에 걸려 열흘간 입원, 경제 상태는 더욱 악화

1987년 1월 빚 독촉에 시달린 끝에 가사이 통상 퇴직

---

* 간단한 식사를 할 수 있는 술집.

194

1987년 5월 파산 신청, 캐슬맨션에서 나와 '골드'의 동료인 미야기 후미에의 집에 기거

1988년 2월 면책 결정, '골드'를 그만두고 신바시의 '라하이나'로 옮김. 미야기의 집에서 나와 코포 가와구치로 이사

1989년 11월 25일 어머니가 우쓰노미야에서 사고사

1990년 1월 25일 보험금 건을 상담하기 위해 미조구치 변호사 방문

그리고 3월 17일, 실종.

혼마는 일단 이 표를 거꾸로 되짚어나갈 생각이었다. 미조구치 변호사 사무실을 방문했으니 다음은 '라하이나'다. 그후에 우쓰노미야로 갈 것이냐, 아니면 '골드' 또는 그곳 동료이자 세키네 쇼코를 잠시 자기 집에 살게 해준 '미야기 후미에'를 찾아갈 것이냐는 '라하이나'에서 얻는 수확에 따라 결정하기로 했다.

멍청이의 수색 성과가 없어서 사토루는 저녁도 거의 먹지 않고 완전히 시무룩해 있었다. 나가면서 방 안을 들여다보니 친구와 한창 전화 통화를 하는 중이었다. 요즘 혼자 두는 일이 많으니 전화 정도는 눈감아주는 수밖에 없다.

또다시 역까지 택시, 거기서 전철을 타는 여정이지만 오늘은 우산을 들고 나갈 필요가 없다. 완벽하게 걷지는 못했지만 맨 처음 이마이 사무기기에 갔을 때처럼 불안하게 비틀거리지도 않았다.

구리사카 가즈야가 이 이야기를 하러 집으로 찾아온 것이 월요일이다. 오늘은 금요일이니 이제 고작 나흘째다. 그런 단기간에 부상당한

무릎이 극적으로 회복될 리 없으니, 이것은 어디까지나 기력의 문제다 싶었다.

재활치료는 일주일에 두 번으로 정해져 있다. 원칙상으로는 월요일과 금요일이니 오늘은 무단으로 빠지는 셈이지만, 다리 상태를 고려하면 그다지 죄책감이 느껴지지 않았다. 오히려 어딘가 미덥지 않은 프로그램에 따라 물리치료사에게 시달리는 것보다는 이렇게 돌아다니는 쪽이 훨씬 회복이 빠를지도 모른다고 열심히 자기정당화를 하는 스스로에게 쓴웃음이 나왔다.

'어쩌면 또 전화해서 뭐라고 할지도 모르지만.'

재활이라지만 병원에서 하는 건 아니다. 경찰병원에서 퇴원한 후 기능회복 트레이닝을 받는 게 어떻겠냐며 지인이 추천해준 스포츠클럽에 다니고 있는 것이다. 사립병원 몇 군데와 제휴를 맺어서 의사와 직접 연락을 취하며 체계적인 트레이닝을 해준다고 했다.

공립 사립을 막론하고, 도쿄 도내나 근교 의료기관은 하나같이 인력 부족과 자금 부족, 그리고 설비 부족으로 고민하고 있다. 그리고 고민의 마지막 원인은 당연히 가파른 땅값 상승이다. 부지를 넓혀 건물을 증축하고 새로운 설비를 도입하려면 억 단위의 돈이 날아간다. 하늘의 별 따기나 마찬가지다. 따라서 맨 먼저 포기해야 하는 재활시설 등은 외부 기관에 위탁하거나 제휴하는 추세인 모양이다.

혼마의 담당자는 올해 서른다섯 살이 된 오사카 출신의 여자 트레이너였다. 전국 규모 지점망을 가진 외식산업에 종사하던 남자와 삼 년 전 결혼했고, 남편의 전근 때문에 도쿄로 왔다. 인상도 좋고 소탈했지만 혼마가 굵은 땀방울을 뚝뚝 흘리며 끙끙거리고 있자면 카운터에 한쪽 손을 짚고 매정한 표정으로, "참말로 못 쓰겠네. 도쿄 남자는 이리 근성이 없다니까" 하는 밉살스러운 말을 툭툭 던지곤 했다.

뭐든 꿀꺽 삼켜서 곧바로 동화시켜버리는 도쿄라는 도시에 들어와도, 간사이 사람만은 신기하게 타고난 제 빛깔을 잃지 않는다. 간사이 사투리에도 강인한 생명력이 있다. 말끝이 이른바 '표준어'로 바뀌어도 억양만은 절대 사라지지 않기 때문에 금세 간사이 출신임이 드러난다. 그리고 혼마는 그런 면에 일말의 동경을 품기도 했다. 자기는 도쿄에서 태어나긴 했지만 완전한 도쿄 사람이 아니고, 그렇다고 출신의 근거로 삼을 만큼 강렬한 '고향'의 소리를 들어본 적도 없기 때문일 것이다.

도호쿠의 외딴 시골 마을에서 가난한 농가의 셋째아들로 태어난 혼마의 아버지는 스무 살 때 일자리와 먹을거리를 찾아 종전 직후의 도쿄로 나와서 경찰관이 되었다. 아니, 정확하게는 도쿄로 나오고 싶어서 경찰관이 된 것이다. 당시 도쿄는 혹독한 식량 사정 때문에 지방에서 이주 오는 것을 제한했지만, 경찰관이 되겠다고 하면 무조건 옮겨올 수 있었기 때문이다.

아버지는 이렇다 할 확고한 목표가 있었던 것도 아니고, 사회 정의를 위해 열의를 다해 일한 것도 아니다. 먹고사는 일, 하루하루의 생활을 위해 경찰관이 되었다.

그럴 수도 있었겠다고 혼마는 생각했다. 그 당시 일본인은 그때까지 굳게 믿어왔던 대의를 잃고, 끈 떨어진 목각인형처럼 그저 망연히 주위를 둘러볼 수밖에 없었다. 추가로 나온 음식 접시를 받아드는 것 같은 가벼운 마음으로 선뜻 새로운 대의를 찾을 수는 없었다.

아버지는 일을 시작했을 당시의 심경을 그대로 연장시킨 듯 지극히 담담하게 경찰관 인생을 보냈다. 마치 그런 아버지에게 감화된 양 혼마 역시 경찰관이 된 것을 어머니는 무척이나 신기해했다.

"이런 것도 핏줄 때문인가?" 살짝 불길한 것이라도 대하는 표정으로 그렇게 말했다.

자기가 고생하고 살아서 그런지, 며느리인 지즈코에게는 처음부터 이상하리만큼 동정적이었다.

"헤어지고 싶으면 망설일 것 없다. 사토루 키우면서 살아갈 정도의 위자료는 내가 대신 슌스케한테 받아서 줄 테니까"라고 당당하게 공언했고, 혼마는 그런 행동에 적잖이 분개했었다. 지즈코는 그럴 때마다 대개 그냥 웃어넘겼지만.

그런 부모님도, 지즈코도 이제 이 세상에 없다.

세 사람은 모두 북쪽 사람이었다. 어머니는 아버지와 고향이 같았고, 지즈코는 니가타의 폭설 지역 출신이었다. 그래서 혼마는 부모님 댁을 방문해서 잡담을 나누다가도 문득문득 자기 혼자 겉도는 기분을 느끼곤 했다. 이중에서 '고향'의 기억이 없는…… 뿌리가 없는 사람은 나뿐이구나, 하고.

지즈코는 "당신은 도쿄 사람이잖아"라고 했지만 혼마는 지금껏 단 한 번도 스스로를 도쿄 사람이라고 생각한 적이 없다. 가정을 꾸린 지리상의 도쿄와, '도쿄 사람' '도쿄 토박이'라는 말에 붙는 '도쿄' 사이에는, 너무도 명백해서 정의할 필요조차 없는 차이가 존재하는 것 같았다. 그 차이는 예를 들면 '삼대가 잇달아 살지 않고서는 에도* 토박이라 할 수 없다'는 식의 천박한 구분법에서 비롯한 것은 아닐 게 분명했다.

그 사람이 '도쿄와 피가 이어져 있다'고 느낄 수 있느냐 없느냐. 전적으로 그 한 가지에 달린 일이다. 그리고 그때의 '도쿄'는 '고향으로서의 도쿄' '인간을 낳아 키울 수 있었던 도쿄'다.

그러나 현재의 도쿄는 더이상 인간이 뿌리를 내리고 살아갈 수 있는 토지가 아니다. 땅의 기운이 사라지고, 비도 내리지 않고, 경작할 괭이

---

* 江戶. 도쿄의 옛 이름.

도 없는 척박한 황무지다.

이곳에 존재하는 것은 대도시로서의 기능뿐이다.

그것은 자동차와 매우 흡사하다. 제아무리 고급 사양에 성능이 뛰어나다 해도 사람이 그 안에서만 살아갈 수는 없다. 자동차는 타고 다니며 편리하게 사용하고, 이따금 정비를 맡기고 세차를 해주고, 수명이 다 되거나 질리면 새것으로 바꾸면 그만이다. 그것뿐이다.

도쿄도 그와 마찬가지다. 어쩌다보니 이 도쿄라는 차에 필적할 만한 성능을 지닌 다른 차가 거의 없었기 때문에, 있더라도 개성이 너무 강했기 때문에 많은 사람들이 꾸준히 사용하게 된 것뿐이지, 본래는 언제든 갈아끼울 수 있는 부품 같은 것이다.

인간은 새것을 사서 대체할 수 있는 대상에 뿌리를 내리지 않는다. 새로 바꿀 수 있는 것을 고향이라고 부르지 않는다.

그러므로 지금 도쿄에 있는 인간들은 너 나 할 것 없이 모두 뿌리 없는 풀이며, 대부분은 부모, 혹은 그 부모의 부모가 가지고 있던 뿌리의 기억에 매달려 살아가는 것이다.

그러나 그 뿌리의 대부분은 이미 힘을 잃었고, 이들을 부르는 고향의 소리도 이미 쉬어버린 지 오래다. 그렇기 때문에 그 어디에도 뿌리를 내리지 못하는 부초 같은 인간이 늘어만 간다. 혼마는 자기도 그중 한 사람이라고 생각했다.

그래서일까. 업무상 이 대도시를 돌아다니며 수많은 사람들의 얘기를 듣다가 상대의 말 속에서, 어미에서, 억양에서, 어휘 선택에서 그 사람의 '고향'을 또렷하게 추측하게 만드는 부분이 느껴질 때면 조금 쓸쓸한 기분이 들곤 했다. 무리지어 놀다 어느새 해가 지고, 친구들은 하나둘 어머니가 부르는 소리를 듣고 집으로 돌아가는데 자기를 불러주는 사람은 아무도 없고, 정신을 차려보니 혼자 덩그러니 남겨진 어린애 같은 심정이었다.

저녁 여덟시 삼십분. '라하이나'의 문을 밀고 들어갔을 때 맞아준 스무 살가량의 아가씨는 말투에서 어렴풋하게 하카타 억양이 느껴졌다. 그렇다, 규슈도 흡인력이 강한 토지다. 그곳에서 태어난 사람들을 절대 놓아주지 않는다.

여기서 일할 때 세키네 쇼코는 고향 우쓰노미야 이야기를 했을까 하는 생각이 들었다.

"잘못 짚은 거라면 미안하지만…… 당신, 형사죠?"

라하이나의 마담은 혼마 맞은편에 앉은 지 오 분도 지나지 않아 그렇게 물었다.

"정답!" 혼마는 웃었다. "어떻게 알았지?"

상대는 훤히 드러난 어깨를 움츠렸다. 원숄더 드레스를 입어서 둥그런 오른쪽 어깨와 쇄골 절반쯤이 도드라져 보였다. 목덜미에 작은 점 하나가 보였지만, 그것은 의상과 어울리도록 일부러 그려넣은 것일지도 모른다.

열 평쯤 되는 좁고 긴 실내에 말굽 모양 카운터와 칸막이 좌석 두 개가 있었다. 내부장식은 단순해서 벽에 포스터 크기의 사진 한 장이 걸려 있는 게 다였다. 거대한 나무 사진이었다.

아르바이트생으로 보이는 젊은 웨이터와 역시 아르바이트생인 듯한 젊은 호스티스 두 사람이 있었다. 하나는 하카타 억양을 쓰는 아가씨였고, 다른 한 사람은 그녀의 선배뻘 같았다.

혼마는 카운터 맨 끝자리에 앉았다. 카운터 안에는 마담 외에도 이쪽에서는 옆얼굴밖에 안 보이는 바텐더 한 사람이 있었다. 이사카랑 조금 닮아서 우스웠다.

스낵이라는 간판을 내걸었지만 별로 떠들썩한 느낌은 없다. 바커스와 달리 노래방 기계도 없었다. 그러나 '바'라고 할 수 있을 정도로 내부 장식이나 비품에 돈을 들이지도 않았다. 그런 가게였다. 카운터 반대편 끝에 묵직하게 놓여 있는 커다란 화병에 꽃이 꽂혀 있지만 가만 보니 조화 같았다. 고급 바에서는 반드시 생화를 꽂는다.

대중적이라고 할 수는 없지만 뜨내기손님이 오기도 힘든 가게다. 기업의 중간관리직, 그것도 그다지 월급이 세지 않은 사람이 남몰래 혼자 마실 만한 술을 키핑해둘 것 같은 가게였다. 지금 가게 안에 있는 손님 네 명도 일행은 아닌 듯했다.

소수를 위한 마음 편한 장소. 그러니 이 자리에서 십 년씩이나 버텨온 것이리라.

예전에 여기서 일한 여자를 아는데, 라는 말을 꺼냈을 뿐인데도 마담은 순식간에 눈치챈 듯했다. 첫 질문을 던지자 "누굴 찾고 있죠?"라고 물었다.

"형사인지 어떻게 알았냐는 질문에 아직 대답을 안 했는데." 혼마가 말했다. "여기서 일했던 여자하고 사귀었던 남자가 옛일을 그리워하며 찾아온 건지도 모르잖아."

마담이 하하하 소리를 내며 웃더니 말했다. "이런 가게에는 그렇게 기특한 손님이 없어요. 게다가 난 우리 아가씨들 남자관계를 대부분 장악하고 있으니까, 낯선 남자가 거짓말을 해봤자 소용없죠."

"장악이라." 손가락으로 관자놀이를 슬쩍 긁으며 말했다. "설마 알선하는 건 아니겠지."

"어머, 정말 싫다. 그런 소리 하는 걸 보니 형사가 틀림없네."

카운터 위에서 뭔가를 털어내는 듯한 몸짓을 했다.

"경찰 신분증 안 보여줘요?"

"다른 손님들이 놀랄 텐데."

"그건 그러네. 흥이 깨지겠지."

마담은 그렇게 말하고, 펄이 들어간 립스틱을 바른 입술을 깨물며 잠시 생각에 잠겼다.

"경시청 쪽에서 나왔어요? 아니면 이 근처…… 음, 마루노우치 경찰서?"

"마루노우치 경찰서 사람이 이 근처까지 마시러 오나?"

"담당구역 밖이니 오히려 편하고 좋지 않을까요? 물론 형사라는 말은 안 해요. 그렇지만 우리는 알아채죠."

"어떻게?"

"냄새가 난다고 할까. 다들 눈빛이 예리해요. 손님은 그렇지도 않지만." 마담은 팔꿈치를 쭉 펴고 몸을 뒤로 빼더니 관찰하는 표정을 지었다.

"그건 고마운 얘기군."

"맞아요, 경시청?"

"응."

"살인? 설마 조폭 전담은 아니겠죠. 그쪽 사람들은 이런 직장인 같은 차림새는 안 하니까."

"살인."

경찰 신분증 없이 수사를 하려니 암중모색밖에 되지 않는다. 안주머니에서 직함이 없는 명함을 꺼내 카운터 위에 올려놓았다. 마담은 그것을 두 손으로 들고 살펴보았다.

"혼마 씨라. 그런데 무슨 용건이죠? 우리 가게에서 일했던 아가씨랑 관계가 있나요?"

혼마는 의자에 고쳐 앉았다.

"혹시 이 년 전 3월까지 여기서 일했던 세키네 쇼코라는 여자를 기억

하나?"

마담은 먼저 혼마의 얼굴을 바라보고, 이어서 바텐더 쪽을 돌아보았다. 옆얼굴만 보이던 그 역시 줄곧 귀 기울여 이야기 내용을 듣고 있었는지 이쪽으로 고개를 돌렸다.

"기쿠치 씨, 들었어? 쇼코래." 마담이 바텐더에게 말했다. 기쿠치라는 바텐더는 잔을 닦는 손을 멈추지 않고 고개만 끄덕였다.

"네, 들었습니다."

"기억에 남아 있는 이름인가 보군." 혼마가 말을 이었다.

"급료도 정산하지 않고 갑자기 소식을 뚝 끊어버려서?"

"네, 맞아요."

마담이 몸을 앞으로 내밀었다. 카운터에 몸을 찰싹 붙이는 바람에 드레스 끈이 왼쪽 어깨 깊숙이 파고들었다.

"그런 일은 우리 가게에서는 처음이었으니까. 나는 스스로 사람 보는 눈이 있다고 생각하는 편이라 더 충격이었어요."

아직까지 충격이 남아 있는지 마담은 오른손을 심장 위에 얹었다. 문득 떠오른 듯 고개를 들고 물었다.

"쇼코를 찾는 거예요?"

"그렇지."

"그애가 무슨 짓을 저질렀나요?"

"아니, 그런 건 아니야. 그런 일이 아니니까 신분증도 안 보여줬지."

여기에서는 가즈야에게 먹칠을 할 수밖에 없다.

"그녀가 우리 조카랑 약혼했는데, 막판에 마음이 변했는지 도망쳐버렸어. 뭐, 조카는 버림받아도 별수 없을 만한 녀석이니 그녀한테 뭐라고 할 생각은 없어. 오히려 조카 녀석이 그녀에게 돈을 빌려서 그걸 갚는 게 우선이라 찾아다니는 것뿐이야. 조카 녀석은 '그런 건 떼어먹어도 된다'느니 어쩌느니 하지만, 일이 잘 풀렸으면 내가 두 사람 중매인이 될 뻔했으니 가만있을 수 없더군."

마담과 바텐더가 또다시 얼굴을 마주 보았다. 정면으로 보니 바텐더는 이사카보다 잘생긴 편이었다.

"쇼코가 약혼을 했다고?"

마담이 중얼거리듯 말했다.

"조카분도 형사?"

"아니, 은행원이야."

"그렇군요…… 쇼코가 은행원 사모님이 될 뻔했구나."

"그런 타입이 아니었나?"

"아니, 그런 건 아니에요. 그렇지만…… 뭐라고 해야 할까. 별로 배려심 있는 성격은 아니었으니까, 예민한 남편을 만나면 고생할지도 모르죠."

"가정적이지 않았다는 뜻인가?"

"조금." 마담이 미소를 지었다. "청소나 세탁 같은 걸 열심히 하는 편은 아니었어요."

그 점은 호난초의 빌라에서 도망친 '세키네 쇼코'와는 크게 다르다.

마담은 슬슬 사십대에 가까워진 나이로 보였다. 약간 통통하고, 각도에 따라서는 턱살이 겹쳐 보이기도 했다. 체중계를 볼 때보다 훨씬 더 열기를 띤 시선으로 한동안 혼마를 관찰한 후 말했다.

"나는 쇼코가 어디 있는지 몰라요. 여하튼 이 년 전에 그렇게 그만둔 후로는 연하장 한 번 안 보냈으니까."

그 말은 액면 그대로 받아들일 수도, 깊은 의미가 담긴 것으로 받아들일 수도 있었다.

일단 당신의 신원은 분명한 것 같지만 지금 하는 얘기가 진짜인지 아닌지는 알 수 없다. 그러니 만에 하나 내가 쇼코가 사는 곳을 안다고 해도 쉽게 말할 수는 없다.

그렇게 말하는 것처럼 들렸다. 혼마는 씁쓸하게 웃었다.

"물론 그런 목적으로 찾아온 건 아니야. 여기서 일했을 무렵의 모습이나, 혹시 가능하다면 친구 이름 같은 걸 알려주면 도움이 되겠다 싶었을 뿐이지."

마담이 반응하기 전에 한발 앞서 덧붙였다.

"조카는 그녀가 술집에서 일했던 것도 알아. 최근에는 술집에서 아르바이트하는 직장인 여성도 많으니까 딱히 신경 쓰진 않았어. 그것 때문에 혼담이 어그러진 건 아니야. 조카 녀석이 워낙에 철부지라 그녀 마음이 식어버린 거지."

"그거야말로 요새 흔한 일이죠." 마담이 살짝 웃었다.

"쇼코 씨는 검소한 사람이잖아?" 넌지시 떠보았다. "우리 조카보다 훨씬 야무졌어. 돈을 함부로 쓰지도 않았고."

파산 후의 일이다. 생활방식을 바꿨을 게 틀림없다. 예상했던 대로 마담은 고개를 크게 끄덕거렸다.

"돈에 관해서는 좀 심하다 싶을 정도로 알뜰했죠."

"지금 이 가게에 있는 아가씨들은 그녀가 있을 때부터 일했나?"

"마키는 그래요." 마담이 선배격 호스티스를 가리켰다. 혼마가 어깨 너머로 바라보니 그녀는 직장인으로 보이는 점잖은 초로의 남자 손님과 시종 귓속말을 나누고 속닥거리며 함께 웃고 있었다.

"세키네 씨는 동료와 잘 지냈나?"

마담은 아름다운 곡선을 그리는 눈썹을 치켜올렸다. "착한 애였어요"라고 애매한 대답을 했다.

"술이 묽어졌네." 마담이 새 잔을 집어들어 얼음을 넣었다.

"아가씨들 남자관계를 파악하고 있을 정도면, 혹시 친구관계도 아나?"

이번에는 앨범에서 빼온 가짜 '세키네 쇼코'의 사진을 꺼내 마담 쪽으로 내밀었다.

"세키네 씨 친구 중에 이런 여자 없었나? 아마도 지금 이 아가씨 집에 있는 것 같은데."

마담이 사진을 찬찬히 들여다보았다. 그러고는 고개를 살짝 돌려 바텐더에게 신호를 보내 그에게도 보여주었다.

"마키, 이것 좀 갖다드려." 선배격 호스티스를 불러내더니 초콜릿 막대과자가 든 컵을 건네며 작은 목소리로 물었다.

"애, 너 혹시 세키네 쇼코 기억나니?"

마키라고 불린 아가씨는 깜짝 놀랄 정도로 마스카라가 짙었다.

"글쎄……"

"왜, 어느 날 갑자기 사라져버린 애 말이야."

"아아, 기억나요." 그렇게 말하는 마키의 입에서 오렌지 냄새가 풍겼다. 그녀는 혼마 쪽으로 힐끗 미소를 던졌다.

"너, 쇼코한테 이런 친구가 있었던 거 기억하니?"

"얼굴을 본 적이 있다거나, 아니면 세키네 씨가 친구 얘기를 했다거나." 혼마가 보충 설명을 달았다.

마키는 사진을 보았다. "모르겠어요. 꽤 오래전 일이잖아요."

"그럼 친구 중에 어떤 사람이 있었는지도 기억 안 나?"

마키가 고개를 저었다. 이번에는 향수 냄새가 났다. 머리에 뿌린 건지도 모른다.

"기억 안 나죠. 그애는 우리 가게에 오기 전 일을 얘기한 적이 거의 없으니까."

"가와구치 시의 맨션에 살던 건 기억나고?"

"가와구치? 그랬나? 아무튼 사이타마 현이었어요. 택시비가 비싸다고 늘 막차 끊기기 전에 돌아갔으니까. 그렇죠, 언니?"

마담이 말없이 고개를 끄덕였다. 혼마가 물었다. "여기 오기 전에 어디서 일했는지는 말했나?"

"그냥 회사에 근무했다고 했어요."

"가사이 통상이라는 회사지."

"그래요? 이름까진 몰라요. 그러고 보니 에도가와 구 쪽이라고 했던 것도 같고."

역시 골드에서 일한 경험은 숨겼던 것이다.

그곳에 근무했을 당시 파산했으니 빚 독촉으로 인한 좋지 않은 기억이 남아 있어서일 것이다. 진짜 세키네 쇼코 역시 파산 후 새로운 일을 시작할 때 과거 경력에 거짓이나 생략을 가했던 셈이다.

그러니 당연히 개인파산 사실도 이곳 사람들에게 밝히지 않았을 것이다.

"남자친구는 없었나?"

마담은 웃으면서도 단호한 말투로 대답했다. "내가 파악한 한에서는 없었어요."

"그애는 좀 특이했으니까." 마키도 끼어들었다. "굉장히 소극적인 성격이라 손님이 따로 만나자고 해도 좀처럼 오케이를 안 했어요. 그 손님은 착한 사람이니까 맛있는 거나 얻어먹고 오면 된다고 제가 귀띔해 줘도 응하질 않았다니까요."

그때까지 말이 없던 바텐더 기쿠치가 조용히 입을 열었다. "억측만으로 얘기하면 안 되겠지만, 돈 때문에 고생한 경험이 있는 것 같았습니다."

혼마는 바텐더의 눈을 똑바로 올려다보았다. 상대는 이쪽을 보지 않고 카운터 위의 사진만 내려다보고 있다.

"왜 그런 생각을 했죠?" 혼마가 묻자 그제야 고개를 돌렸다.

"글쎄요…… 그냥 느낌이죠."

"근거는 없다?"

"네."

"남자에게 속아서 돈을 뜯겼다거나?"

마키가 흥미진진한 기색으로 혼마의 얼굴을 들여다보며 물었다.

"그런 건 아니야."

"그래요?"

마키는 실망스럽다는 표정을 지으며 과자를 들고 카운터를 떴다.

"세키네 씨는 별로 붙임성이 좋은 편이 아니었나보군." 혼마가 확인하듯 말했다.

"맞아요. 우리끼리 여행 갈 때도 같이 안 갔어요."

집에서 나올 때 이카리가 전화로, 세키네 쇼코가 운전면허는 갖고 있었지만 여권은 발급받지 않았다는 정보를 알려주었다. 혼마는 그 말을 머릿속에 떠올리며 물었다.

"해외여행 때도 안 갔고?"

마담이 곧바로 대답했다. "네. 그렇지만 그건 붙임성이 없어서가 아니었어요. 그애는 비행기를 싫어했어요. 국내선도 안 탔으니까."

"절대로?"

"네, 절대로. 음, 저 사진 속 나무가 뭔지 알아요?"

마담이 벽에 걸린 사진을 가리켰다. 커다란 나무를 찍은 것이었다.

"저건 하와이 마우이 섬의 '라하이나'라는 지역에 있는, 도시의 상징 같은 나무예요. 내 여동생이 미국인이랑 결혼해서 마우이에 살거든요.

해마다 한 번씩은 방문해요. 그때마다 가게 아가씨들이랑 같이 가는데 쇼코만 못 갔죠. 아무리 같이 가자고 해도 비행기가 너무 무서워서 못 가겠다고 했어요."

그래서 여권이 없었다는 말이군. 가짜 세키네 쇼코는 그런 사실을 알고 있었을까?

진짜 쇼코가 여권을 발급받지 않았다면, 가짜 쇼코는 가즈야와 함께 얼마든지 해외에 나갈 수 있다. 그것을 알고서 세키네 쇼코의 신분을 노린 걸까.

그렇다. 여기에는 근본적인 문제가 내포되어 있다.

가짜 쇼코는 진짜 쇼코의 신분을 가로채기 전에 그녀의 개인정보를 조사할 필요가 있었다. 그렇게 주도면밀한 여자가 여권이나 운전면허를 염두에 두지 않고 행동했을 리 없다. 반드시 필요한 정보를 먼저 손에 넣은 후에, 이 정도면 괜찮다고 판단하고 세키네 쇼코의 신분을 가로챘을 것이다.

그렇다면 그녀는 세키네 쇼코의 개인적인 정보를 손에 넣을 수 있을 만큼 가까운 곳에 있었던 사람이라는 말이 된다.

역시 골드나 가사이 통상에 다닐 무렵의 동료일까. 그렇지만 그래서는 앞뒤가 맞지 않는다.

골드나 가사이 통상에서 알게 된 여자라면, 세키네 쇼코의 여권과 운전면허 소지 유무, 어쩌면 호적지 주소까지도 간단히 알아낼 수 있다. 그러나 동시에 그녀가 개인파산 경험이 있다는 사실도 알고 있을 게 빤하다.

골드의 동료라면 반드시 알고 있었을 것이다. 가사이 통상은 파산신청 전에 퇴직했으니, 그곳 사람들은 빚 때문에 고통받은 것은 알아도 개인파산한 사실까지는 모를지도 모른다.

그래도 쇼코의 신분을 노리고 그녀가 되려고 마음먹었다면, 사전에 빚에 관해 캐묻는 게 자연스러울 것이다. 그후에 빚 문제는 잘 해결됐느냐고.

그때 쇼코는 뭐라고 대답했을까. 사실대로 대답했다면 쇼코가 되려한 여자도 개인파산 사실을 알게 된다. 그러나 어머니에게 빌려서 갚았다거나, 술집에서 일하다 후원자가 생겨서 그 남자가 대신 갚아줬다는 식으로 적당히 둘러댔다면……

그래도 가짜 쇼코는 한 번 더 확인하지 않았을까. 그것은 중대한 문제다. 신분을 가로채는 것까지는 좋았어도, 큰 빚이 남아 빚쟁이들에게 쫓기고 진짜 쇼코가 아니라는 사실까지 발각 나면 돌이킬 수 없는 실수가 되기 때문이다.

그리고 조금만 신경 써서 조사하면 세키네 쇼코의 개인파산 사실을 밝혀내는 건 결코 어려운 일이 아닐 것이다. 작정하고 캐묻는 것만으로 본인에게 자백을 받아낼 수 있을지도 모른다.

그렇게 파산 사실을 알면서도 굳이 쇼코로 변신했다면, 지금 와서 누가 그걸 들이댄다고 기겁을 하며 도망칠 이유는 없다. 또한 가즈야가 아무리 권해도 신용카드를 만들려 하지 않았을 것이다.

개인정보를 손에 넣을 수 있을 정도로 가까운, 그러면서도 파산을 한 과거는 알 수 없을 정도의 거리.

과연 그런 동성 친구가 있을 수 있을까.

다시 한번 가짜 쇼코의 사진을 마담에게 보였다.

"정말 이 여자 모르겠나? 꼭 세키네 씨 친구가 아니더라도 손님으로 온 적이 있다거나, 여기서 잠깐 일했다거나."

마담은 한 치의 망설임도 없이 단번에 고개를 저었다. "그렇다면 내가 얼굴을 잊어버렸을 리가 없죠."

바텐더 기쿠치도 같은 말을 했다.

"여기에 세키네 쇼코 씨 사진은 없나?"

마담이 하얀 어깨를 움츠렸다. "사진 찍을 기회가 없었는걸요."

"그럼 이 사진."

혼마는 초콜릿색 집이 찍힌 폴라로이드 사진을 꺼냈다.

"이런 집을 아나? 아니면 여기 찍힌 여자가 입은 유니폼을 본 기억이 있다거나."

또다시 같은 문답의 반복, 돌아오는 것은 부정의 대답뿐이었다. 칸막이 자리의 손님이 돌아가서 배웅을 하고 온 마키도 사진을 보더니 "몰라요"라고 대답했다.

"이 집이 말이죠, 이상한 데 세워졌어요."

직업 성격상 견문이 꽤 넓을 듯한 바텐더에게 기대를 품으며 혼마는 말했다.

"야구장 옆이에요. 봐요, 여기에 조명등이 보이죠? 그런데 이 조명등은 야구장 안이 아니라 바깥쪽을 향하고 있단 말입니다. 이런 야구장이 어디 있는지 압니까?"

마담과 마키는 혼마가 답을 알면서 일부러 묻는다고 생각한 듯했다. 그러나 바텐더는 한동안 진지하게 생각에 잠긴 후 되물었다.

"그게 가능한가요?"

"그래요. 불가능한 일이라 난처한 겁니다."

이 문제는 어느 누구에게 확인해도 막다른 곳에 부딪힐 수밖에 없을 듯했다.

"세키네 쇼코 씨가 여기서 일할 때 어머니가 돌아가셨지? 충격을 많이 받은 것처럼 보였나?"

이 질문에는 반응이 뚜렷했다. 마담이 등을 꼬집힌 것 같은 표정을 지었다.

"끔찍한 얘기였어요. 술에 취해서 계단에서 굴러떨어지다니."

"어디 있는 계단이었을까? 난 자세히는 몰라서."

"신사神社였나? 아니면 공원?"

"난 기억 안 나요." 마키가 쌀쌀맞게 대답했다. 그러고는 술잔을 치우고 탁자를 닦는 등 한동안 멀리 떨어져서 일에 몰두했다.

그러다 갑자기 "아" 하고 소리를 높이더니 마스카라를 짙게 칠한 눈꺼풀을 휘둥그레 뜨며 돌아보았다.

"맞다, 쇼코가 그때 어떤 아가씨 얘기를 한 적 있었지. 언니는 기억안 나요?"

마담은 기억이 안 나는 듯했다. 바텐더도 마찬가지였다.

"무슨 얘기지?" 혼마가 물었다. 마키가 그의 팔꿈치를 부드럽게 붙잡고 가까이 다가왔다. 손톱이 뾰족했다.

"쇼코 어머니가 돌아가셨을 때, 한 젊은 여자가 사고 현장을 맨 먼저 발견하고 구급차를 불러줬었대요. 그 아가씨 얘기를 잠깐 했었어요. 신세를 많이 졌다고."

"이름도 말했나?"

마키는 살짝 애교를 섞으며 고개를 숙였다.

"안 했어요. 아니, 말했어도 난 잊어버렸겠죠."

결국 다음 주사위 눈은 '우쓰노미야'인 듯했다.

14

도호쿠 신칸센을 타면 도쿄에서 우쓰노미야까지 한 시간 안에 갈 수 있다. 환승 연결이 뜸한 시간대에는 혼마가 사는 조반 선 가나마치에서

야마노테 선 신주쿠 역까지 나가는 데도 그 정도가 걸리니 많이 편리해진 셈이다. 신칸센으로 출퇴근하는 직장인이 늘었다는 것도 고개가 끄덕여질 만한 얘기다.

정오가 지난 무렵이었다. 금연 차량의 빈자리를 찾아 앉고 자료가 든 가방을 발밑에 내려놓은 순간 전철이 움직이기 시작했다. 정시 출발이었다.

차 안에는 혼마와 동년배로 보이는 양복 차림의 남자가 많이 눈에 띄었다. 외근을 나가는 직장인일 것이다. 그것만 봐도 낮 시간대 신칸센이 도쿄라는 상업도시의 혈관임을 실감할 수 있었다.

대각선 앞쪽 통로 좌석에 기대앉은 젊은이가 휴대전화를 귀에 대고 정신없이 떠들어대고 있다. 일부러 소리를 높여 명령하는 투로 떠드는 것을 보아하니 어엿하게 남을 부리는 위치인 듯했다. 그나저나 공공장소에서 휴대전화로 떠들어대는 인간들은 왜 하나같이 목소리가 크고 멍청해 보일까.

도호쿠 신칸센은 도쿄 역을 벗어나자마자 지하로 들어간다. 우에노에서는 지하 플랫폼에 정차했다. 통화 상태가 나빠졌는지 젊은이는 조급하게 혀를 차며 휴대전화 스위치를 껐다.

모르긴 몰라도 휴대전화는 꽤 비싼 물건이다. '저것도 대출이나 신용카드로 샀을까' 하는 생각이 들었다.

혼마는 자기 집에 할부로 산 물건이 얼마나 있을까 생각해보았다. 대형가구나 전자제품 대부분이 그럴 것이다. 그러나 빚이 아니라 가게와 개별적인 계약을 맺어 조금씩 갚아나간 것 같은 기분이 들었다. '기분이 들었다'는 것은 관리를 모두 지즈코에게 맡겼었기 때문이다. 그러니 당연히 가구 색깔이나 전자제품의 기능 등은 모두 그녀의 취향대로 결정되었다. 혼마에게 상담하는 건 예산뿐이었다.

남자들은 대체로 그럴 것이다. 가정이 없는 독신자 중에서도, 까다롭게 가구를 고르거나 융단을 감정하는 남자는 좀처럼 본 적이 없다. 어지간히 취향이 뚜렷한 사람이 아니면 집 인테리어 같은 데 신경을 쓰지는 않을 것이다.

그러나 나이 문제도 있겠다는 생각이 들었다. 요즘 이십대 젊은이는 자기가 생활하는 원룸맨션의 내부장식이나 그 안에 배치할 가구와 가정용품을 선택하는 데 공을 들일 것도 같다. 현재 본청 수사1과에는 혼마가 그런 것을 가볍게 물어볼 만한 이십대 젊은 형사가 없기 때문에 그저 상상하는 수밖에 없지만.

신문 사이에 끼어오는 광고지나 통신판매 카탈로그, 텔레비전의 쇼핑몰 광고 등을 보면, 요즘처럼 좋은 가구나 세련된 물건들이 넘쳐나면 가지고 싶은 마음이 생기는 게 당연하다는 생각도 든다. 그런데다 계산대에 카드 한 장을 내고 영수증에 사인하는 것만으로 그런 것들을 곧바로 구입할 수 있다면, 공중에 붕 뜬 기분으로 이것저것 사들이고 싶어지는 게 인지상정이다.

문제는 그에 제동을 걸어줄 만한 장치가 없다는 것이다. 이거 정말 좋죠? 멋있죠? 갖고 싶죠? 자, 어서 사세요…… 그렇게 부채질은 할지언정, 금리나 누적된 결제금액을 생각해서 오늘은 이 정도로 해두는 게 좋아요, 라고 충고해주는 점원은 없다.

파는 쪽에서는 그런 바보 같은 짓을 왜 하냐고 할 테지. 그것이 바로 상업주의다. 자기를 절제하지 못하는 손님의 관리까지 해줄 수는 없는 것이다.

열차는 우에노 역에 잠깐 정차했다 곧바로 다시 출발했다. 지상으로 나와 빌딩 사이를 빠져나갔다. 정차역 안내에 이어 식당차 안내가 나왔다.

창밖으로 도쿄가 스쳐 지나갔다.

그러고 보니 몇 개월 전쯤에, 혼마를 생각에 잠기게 한 일이 있었다.

혼마가 소속된 수사과 동료들이 자주 이용하는 선술집에 막 고등학교를 졸업하고 아르바이트로 일하기 시작한 여자애가 하나 있었다. 그 또래의 자식을 둔 단골손님은 모두 그애를 귀여워했다. 한번은 그 아이가 눈빛을 반짝이며 이런 말을 했다.

"긴자나 롯폰기에 있는 고급 부티크에 가면 쇼윈도에 진열된 옷들 있잖아요? 매장 직원들이 벨트랑 액세서리까지 세트로 완벽하게 코디해둔 거요. 그런 걸 말이죠, 단 한 번만이라도 좋으니 손가락으로 쓱 가리키면서 '이거 위에서 아래까지 다 주세요' 하고 말해보고 싶어요."

혼마는 웃으면서 들었지만, 옆에 있던 이카리가 "그런 행동은 시골 촌뜨기나 하는 거야. 감각이 떨어진다는 증거라서 오히려 매장 직원한테 바보 취급 당한다고"라며 대꾸하자 그녀는 김이 샌다는 듯 입을 다물어버렸다.

이카리가 무슨 뜻으로 그러는지는 충분히 이해할 수 있었고, 아마도 그의 말이 옳았을 것이다. 그러나 그때 혼마는 어린애처럼 토라진 아르바이트생의 얼굴 이면에 감춰진, 짜증에 가까운 뭔가를 본 듯했다.

'그런 말이 아니야, 내 말뜻도 모르면서'라고 항의하는 것 같았다.

그건 뭐였을까, 혼마는 새삼 다시 생각했다.

그 아르바이트생은 꿈을 이루기 위해 신용카드를 움켜쥐고 긴자로 달려가지는 않을 것이다. 그런 무모한 짓을 하면 어떻게 되는지 확실하게 계산할 수 있는 아가씨일 테니까.

'그런데도⋯⋯'

실제로는 '확실하게 계산할 수 있다'고 보이던 사람들이 다중채무자가 되어간다. 성실하고, 소심하고, 고지식한 사람들이. 미조구치 변호사는 그렇게 말했다.

그때 계기가 되는 것은 무엇일까. 어떤 내적 원인이 있을까.

그것은 분명 한 번에 오는 것일 리 없다. 상사에게 야단을 맞아 기분이 상했다거나, 실연당해 자포자기한 심정으로 마구 쇼핑을 한다거나 하는 일상적인 것일 리도 없다. 그런 거라면 그나마 스스로 조절할 수 있는 범위에 들어가니까.

그런 게 아니다. 그런 평범한 감정론으로는 결론지을 수 없는 것이다.

정상적으로 원만하게 달리는 기관차를 서서히 위험한 언덕길로, 썩은 다리가 걸려 있는 벼랑 끝으로 유도하는 조그만 선로 전환기. 하나, 또 하나가 소리도 없이 변환되면서 진로를 바꿔나간다.

채무를 끌어안은 본인도 자기를 움직인 그 전환기가 무엇이었는지, 그것이 어디에 있었는지 의식하지 못하는 게 아닐까?

'어쩌다 이렇게 많은 빚을 지게 됐는지 나도 잘 모르겠어요.'

세키네 쇼코는 미조구치 변호사에게 그렇게 말했다.

'난 그저 행복해지고 싶었을 뿐인데.'

개인파산 급증 경향을 한탄하고 빚을 떼어먹는 풍조에 분노하는 사람들은 이 말을 액면 그대로로만 받아들이는 건 아닐까. 혼마는 생각했다. 모른다고? 그런 무책임한 말이 어디 있어! 그래서 정말로 낭비를 밥 먹듯이 한 범죄자적 파산자와 세키네 쇼코 같은 피해자를 한데 묶어 비난한다.

그런 세간의 통념과 '파산'이라는 말이 풍기는 낙인 같은 어두운 이미지에 겁을 먹고, 진정으로 구원의 손길을 찾는 다중채무자들은 '어쩌다 이런 일이 벌어졌는지 모르겠다'고 중얼거리며 집을 버리고, 직장에서 쫓겨나고, 고향을 떠나는 것이다.

'나무만 보고 숲은 못 보는 우를 범하지 말아주십시오.'

생각하던 중에 세키네 쇼코의 경력을 조회할 때 미조구치 변호사 사무실의 사와키 사무원과 나눴던 얘기가 떠올랐다. 그녀는 미조구치 변호사 밑에서 일한 지 벌써 십 년이 되었다고 한다. 그래서 쇼와 50년대 후반 신용대출 대란 당시의 일을 생생하게 기억하고 있었다.

"그 무렵에는 아직 신용대출 규제법이 없었기 때문에…… 아니, 소동이 그렇게 커진 다음에야 간신히 신용대출 규제법이 만들어졌기 때문에 채권추심도 난폭했어요. 우리 선생님은 채권추심 청부를 받은 폭력단에게 위협당한 적도 있었어요. 그 당시 미조구치 선생님이랑 같이 일했던 선생님은 자택 현관이 권총에 맞기까지 했다니까요. 다치지 않은 게 불행 중 다행이지만."

채무자 본인에 대한 위협이나 폭력 행위도 많으나, 피해를 입은 쪽에선 '빚'이라는 부담 때문에 좀처럼 표면화하지 못한다. 대개는 억울해도 꾹 참고 넘어갈 수밖에 없다.

"협박당하다 못해 경찰에 전화하잖아요? 그럴 때는 경찰이 와주기도 하지만, 채권자가 사정 얘기를 하면 금세 흐지부지돼버려요. 폭력단도 머리가 좋으니까 확실한 증거가 될 짓은 피하죠. 그러니 밖에서 보기에는 그저 채권추심을 둘러싼 말썽 정도인 거예요. 그러면 경찰에서는 늘 판에 박힌 소리만 꺼내죠."

혼마가 먼저 "민사 불개입의 원칙이겠죠?"라고 말하자 사와키 사무원이 웃었다.

"바로 그거예요. 그 말에 눈물깨나 흘린 사람이 많을 거예요. 우리 사무실에 와서 '그냥 빨리 죽어버려라, 그러면 수사해주겠다는 말이냐'며 눈물을 흘린 채무자도 있었어요."

폭력뿐만이 아니다. 악질적인 불법 채권추심원이 찾아와서 빚을 안

갚으면 아내나 딸을 유흥업소로 보내겠다고 협박하는 예도 셀 수 없을 정도로 많다고 한다.

"그런데도 경찰은 정말로 유괴해서 팔아넘기지는 않을 거라고 말하죠. 채권추심원은 말로만 협박할 뿐이라 녹음이라도 하지 않는 한 그런 말을 했다는 명백한 증거가 없어요. 그러나 한 번이라도 협박을 당한 쪽은 견디기 힘들죠. 그건 심리적인 문제예요. 그야말로 하루하루 생활이 지옥이나 다를 바 없어요. 겁에 질려 사는 걸 더는 견디지 못하고 야반도주를 하게 되죠."

도망간 곳에서 자리를 잡고, 아이를 학교에 보내거나 새로운 일자리를 찾아 취직하기 위해 원래 살던 곳에서 주민표를 옮긴다. 그러면 대부업자 쪽에서 곧바로 알아채고 들이닥친다. 학교 교문 앞에서 망을 보다가 등하교하는 아이를 미행해서 집을 알아내는 일까지 있다.

"그러니 주민표를 옮길 수도 없어요. 그러면 제대로 된 일자리를 잡을 수 없죠. 살 곳을 구하는 것도 쉽지 않아요. 선거권도 사실상 없는 거나 마찬가지고. 자기가 사는 지역에서 국민건강보험을 들 수도 없죠. 결국 언덕에서 굴러떨어지듯 점점 더 나쁜 쪽으로 휩쓸려갈 수밖에 없는 거예요."

그렇게 해서 생겨난 '버려진 이들'에 관해서는 미조구치 변호사도 얘기한 바 있다.

"다만 그 당시와 비교해서 지금이 그나마 나은 점은, 개인파산한 다중채무자 중에 십대 이십대 젊은이가 압도적으로 많다는 거예요. 이 사람들은 비교적 쉽게 다시 시작할 수 있고, 적어도 가족이 뿔뿔이 흩어질 일은 없으니까요. 신용대출 대란 당시에는 한 가정의 기둥이 몇천만 엔씩이나 빚을 져서 꼼짝 못하게 된 경우가 대부분이라, 아내나 아이들까지 고스란히 그 피해를 입게 된 거죠."

"쇼와 50년대 후반 신용대출 대란의 원인은 어디에 있었을까요? 지금과는 무슨 차이가 있나요?"

사와키 사무원은 잠시 생각한 후 대답했다. "당시 대란의 저류에는 주택자금대출이 있었다고 봐요. 내 집을 갖고 싶어서 무리하게 대출을 받는 바람에 일상생활이 힘들어지고, 그래서 또다시 신용대출을 받는 유형이었죠."

"그로 인해 한 가정이 통째로 파산한다?"

"네. 맞아요. 그래서 도시보다는 그 주변부의 건수가 더 많았어요. 그런데 지금의 대란은 젊은이가 중심이잖아요? 그러니 도쿄를 포함한 대도시에서 흔히 일어나죠. 이건 역시 일회용 소비 같은 사회 분위기 탓이 아닐까 저는 생각해요. 분에 넘치는 소비 행태 말이에요. 사람들 생활은 모두 풍요로워졌는데, 돈의 사용에 관한 교육은 이뤄지고 있지 않잖아요."

아이러니한 얘기지만, 주택자금대출에 의한 파산이 현재 두드러지지 않는 이유는 땅값이 폭등했기 때문이라고 했다.

"너무 많이 올라서 이젠 아무리 노력해도 내 집 마련을 꿈도 꿀 수 없게 된 거죠. 그렇다보니 거주 목적으로 집을 사려는 보통 사람들은 무리해서 대출을 받지 않아요. 현재 상황에서 부동산 관련으로 파산하는 사람들 중에는 투자 목적으로 빚을 내서 부동산을 사들인 경우가 압도적으로 많아요. 원룸맨션을 잘 굴려서 돈을 벌 생각으로 큰 빚을 내는 거죠. 그런데 어쩌다보니 거품이 꺼지고 맨션 값이 폭락해버린 거예요. 지금 팔면 원금도 못 받아요. 하지만 어쨌든 빚에 대한 이자는 내야 하잖아요. 이런 게 아니었는데, 아아 괴롭다…… 그렇게 되는 거죠. 그래서 아무래도 젊은 사람들이 많아요. 십대는 거의 없지만, 이십대에서 삼십대 정도. 그리고 한참 간격이 벌어져서 퇴직금이나 연금을 다 쏟아

부은 중년들. 주식으로 날려버린 사람도 많고요."

그녀는 또다시 잠시 생각에 잠겼다가 이야기를 계속했다.

"이건 저의 개인적인 감상이지만, 쇼와 50년대 후반의 대란 이면에는 '좋은 집에서 살고 싶다, 남들보다 좀더 호화롭게 살고 싶다, 안락한 생활을 하고 싶다'는 욕구가 있었던 것 같아요. 물론 허영심도 있었겠죠. 그러한 심리에, 무시무시한 기세로 팽창해가는 소비자신용이 발판을 제공한 느낌이랄까요. 그렇지만 지금 상황은 완전히 '정보파산'이란 생각이 들어요."

"정보파산?"

"네. 이렇게 저렇게 하면 돈을 왕창 벌 수 있다. 주식을 해라, 아니, 집을 사라, 아니, 골프회원권이다 하는 식으로요. 그리고 한창 놀고 싶을 나이의 젊은이들은 요새는 어느 나라가 재미있다느니, 어디로 여행을 가는 게 현대적이라느니. 사는 곳도 이 지역에서 살아야 폼이 난다, 맨션도 이런 세련된 곳이 좋다, 입는 옷은 이게, 차는 저게 좋다……이런 것들이 다 정보잖아요? 다들 들떠서 정보를 좇기에 여념이 없어요. 그런 상황에서 아직 제도와 법률이 제대로 정비되지 않은 소비자신용이 자기 회사의 이익만 노리고 돈을 빌려주죠. 정말 어처구니없는 얘기를 해드릴까요. 지금 은행이 개별회사를 만들어서 신용대출 같은 형태로 무담보 융자를 해주잖아요? 그건요, 은행이 경영하면 신용대출 규제법에 안 걸리기 때문이에요."

전화 통화를 하는 중에도 그녀의 등뒤에서 사람들 목소리와 전화기 벨소리가 어지럽게 날아다녔다. 이런 사무실이 마지막 남은 선로 전환기를 지나쳐 나락으로 떨어지는 기관차를 아슬아슬하게나마 세워주는 브레이크가 되고자 애쓰는 것이다. 당장 눈앞에서 솟구치는 불길을 잡기 위해, 제대로 쉬지도 자지도 못하고 일하는 것이다.

"지난번에 혼마 씨가 오셨을 때, 이치조 천황의 황비 얘기를 했잖아요? 거기 자극받아서 최근 다시 『겐지 이야기』를 읽고 있어요."

사와키 사무원은 마지막에 밝은 목소리로 그렇게 말하고 전화를 끊었다. 그렇게 정신없이 일하면서 어떻게 이런 여유를 가질 수 있는지 신기할 정도였다.

정보파산.

설득력이 있는 것 같았다. 그러나 그것만으로는 설명할 수 없는 부분이 있다.

사람들은 왜 그런 정보를 좇는 걸까. 거기에 뭔가가 있다고 믿고 따라가는 것이리라. 거기에서 뭔가를 보고 있으리라.

그리고 그 '뭔가'는 바로 선로 전환기이자, 선술집 아르바이트생의 불만스러운 표정 뒤에 숨겨진 것이 아니었을까.

그것이 세키네 쇼코를 비롯한 '성실하고 소심한', 그리고 나이 어린 다중채무자들을 움직이게 한 원인이 아니었을까.

가사이 통상의 직원 기숙사에서 나와 캐슬맨션 긴시초로 이사했을 때, 세키네 쇼코는 가구와 전자제품을 새로 샀을 것이다. 인테리어 소품들에도 욕심이 났을 게 틀림없다.

그녀를 움직여서 기숙사에서 나오게 만든 '뭔가'는, 그후 그녀를 빚의 지옥으로 몰아넣은 '뭔가'와 같은 것이라는 생각이 들었다.

그것은 무엇이었는가.

단순히 사치하고 싶었기 때문만은 아니다. 단순히 경제관념이 모자랐기 때문만은 아니다.

그녀로 변신한 가짜 쇼코는 그녀의 내면에 그 '뭔가'가 깃들어 있다는 사실을 알았을까. 세키네 쇼코의 어떤 점에 이끌려서 그녀를 표적으로 삼은 걸까.

오늘 아침에도 혼마는 신문을 펼쳐놓기만 하고 이런저런 생각에 빠져 있느라 실제로는 아무것도 읽지 않았다. 그러다 신문지 귀퉁이가 커피 잔 속에 빠지고 말았다.

이크, 하며 머리를 때리자, 사토루가 "머리 아파?"라고 물었다. 두통을 달고 살던 지즈코가 이따금 그렇게 관자놀이를 때리던 모습을 또렷하게 기억하고 있는 것이다.

그런 일은 그 밖에도 많았다. 사토루에게는 지즈코의 사사로운 버릇들이 그대로 남아 있다.

추위가 심한 요즘 같은 계절이면 그녀는 잠옷으로 갈아입을 때 속옷과 블라우스와 스웨터를 겹쳐서 한꺼번에 훌렁 벗어버리고 다음 날 아침 고스란히 다시 입는 곡예를 보여주었다. 어이가 없을 정도로 능숙했지만 그다지 보기 좋은 모습도 아니고 무엇보다 게을러 보였다. 그런 말로 몇 번 주의를 주었지만 소용이 없었다.

"추운 걸 어떡해"라며 웃어넘길 뿐 고치려 들지 않았다.

"당신도 한번 해봐. 따뜻해."

그러나 혼마는 아무리 해도 흉내 낼 수 없었다. 셔츠든 속옷이든 꼭 소매 하나가 이상한 방향으로 꼬여버렸다. 용케 제대로 입고 나서도 왠지 께름칙한 기분이 들어서 결국은 벗고 처음부터 다시 입곤 했다.

"알았다. 당신은 몸이 뻣뻣한 거야."

지즈코가 그런 말을 하며 재미있어하던 기억이 떠올랐다. 비판할 만한 일도 아니었지만, 늘 볼썽사납다고 생각했다.

그런데 작년 가을 무렵이었나, 사토루가 생전의 그녀와 똑같은 짓을 하는 모습을 발견했다. 신기한 일이었다. 엄마가 살아 있을 때는 (혼마가 쌍심지를 켜고 지켜본 탓도 있겠지만) 옷을 하나씩 입고 벗었는데, 그녀가 세상을 떠난 지 몇 년도 안 돼 갑자기 같은 행동을 했으니까. 게

다가 사토루 자신은 그것을 의식하지도 못했다. 혼마가 지적하고 나서야 "어?" 하며 눈을 휘둥그레 떴다.

이렇듯 죽은 자는 살아 있는 자에게 흔적을 남긴다.

인간은 흔적을 남기지 않고 살아갈 수 없다. 벗어던진 웃옷에 체온이 남듯이. 빗살 사이에 머리카락이 끼어 있듯이. 어딘가에 무언가가 남는다.

세키네 쇼코에게도 분명 그런 것이 있을 터이다. 그래서 그녀도 이용했을지 모르는 도호쿠 신칸센의 진동에 몸을 맡기며 이렇게 우쓰노미야로 향하는 것이다. 그녀의 이름을 가로챈 여자 역시 똑같은 목적을 품고 진짜 세키네 쇼코가 되기 위해, 그녀에 관해 보다 많은 정보를 모으기 위해 그녀의 고향으로 가고자 이 신칸센을 타고서 도망치듯 스쳐지나는 마을들을 바라보았을지도 모른다. 혼마는 그런 생각이 들었다.

그리고……

'쇼코 어머니가 돌아가셨을 때, 한 젊은 여자가 사고 현장을 맨 먼저 발견하고 구급차를 불러줬었대요.'

지레짐작은 좋지 않다고 스스로를 진정시키면서도, 우쓰노미야로 향하는 전철 속에서 혼마는 '쇼코'가 세키네 쇼코의 신분을 확실하게 자기 것으로 만들기 위해 그녀의 어머니를 살해할 계획을 세우지 않았을까 하는 생각을 떨쳐낼 수 없었다.

15

지은 지 얼마 안 된 역 빌딩. 우쓰노미야는 그럴듯한 시가지였다.

출구는 동서로 나 있었다. 한번 살펴볼 요량으로 양쪽 출구로 이어지는 통로를 왕복하고, 역 빌딩 내부도 잠깐 들여다보았다. 신주쿠나 긴자의 백화점과 완전히 똑같은 분위기다. 진열해둔 의류의 색감이나 감각도, 적어도 혼마의 눈에는 도쿄 도심의 대규모 매장과 전혀 다르지 않아 보였다.

그렇게 돌아보는 중에 부티크 한 곳과 찻집, 레스토랑에서 붙여둔 구인광고지를 발견했다. 노동력 부족도 도심과 마찬가지다.

신칸센 출퇴근 승객들의 베드타운. 이곳은 이미 완전히 대도시의 테두리에 포함된 도시였다.

십 년 전 세키네 쇼코가 열여덟 살일 때에는 아직 이런 광경을 볼 수 없었을 것이다. 그래도 큰 지방도시였던 것은 틀림없다. 그녀가 왜 도쿄로 가고 싶어했을까 하는 생각이 들었다.

진학이 목적이라면 이해가 간다. 그러나 그녀는 구 년 전에는 아직 도쿄 도내에서도 '변두리'였던 에도가와 구에 자리한 회사에 취직했다.

활기 넘치는 청결한 역이고 오가는 사람들도 많았다. 외국인이 눈에 띄지 않는 것이 도쿄와의 유일한 차이점이라고 할까. 이른바 '돈벌이'를 목적으로 타국으로 찾아온 외국인 노동자는 도쿄나 오사카 같은 대도시가 아니면 아예 아주 먼 온천 같은 관광지로 가버린다. 여성의 경우는 특히 그렇다. 그들에게 우쓰노미야는 지나치게 가깝고 또한 지나치게 먼 곳이다.

두 개찰구 중에서 큰 쪽을 통과해 밖으로 나왔을 때 가장 먼저 눈에 들어온 것은 커다란 구름다리였다. 구름다리라기보다 입체 통로라고 해야 할까. 도호쿠·조에쓰 신칸센 정차역에는 이런 식으로 만들어놓은 구조물이 많다.

콘크리트 난간에서 내려다보니 아래는 버스터미널이었다. 승차장과 목적지가 적힌 안내판이 세워져 있었지만, 수가 너무 많고 복잡해서 이초자카초에 가려면 어떤 버스를 타야 하는지 짐작도 할 수 없었다. 결국 택시 신세를 지기로 했다.

번지수를 밝히고, 타지방 사람이라 지리를 잘 모르니 주소를 보고 가달라고 말하자, 몸집이 작은 운전기사는 고개를 살짝 갸웃거리며 "주말이라 경마가 있어서 조금 막힐 겁니다"라고 말했다.

역 앞 큰길을 오른쪽으로 돌아 오 분쯤 달리다가 좌회전하더니 또다시 큰길로 진입했다. 차는 시내 서쪽을 향해 달렸다. 방금 전 역 매점에서 산 휴대용 시내지도를 펼쳐보니 이 방향에는 우쓰노미야 중앙경찰서, 현청, 그리고 현경 본부가 있었다.

지역 경찰서를 방문해서 세키네 쇼코 어머니의 사망에 관한 정보를 알아볼 생각이 전혀 없었던 것은 아니다. 사고사였으니 틀림없이 무슨 기록이 남아 있을 것이다. 이카리가 이 얘길 들었다면 자기가 연락해둘 테니 꼭 그렇게 하라고 말했을 것이다. 그쪽이 쉽고 빠른 방법이다.

그런데 굳이 그렇게 하지 않은 이유는 백지 상태에서 관찰해보고 싶었기 때문이다. 요시코가 사망한 지 이 년 이 개월. 아직까지 그녀의 죽음과 관련해 의혹이 제기된 기미는 없다. 딸 쇼코는 순순히 간이보험금을 탔다. 그것은 경찰도 요시코의 죽음을 수상쩍게 여기지 않고 파일을 덮었다는 뜻이다. 그렇다면 서두를 필요는 없다. 일단 먼저 직접 현장을 둘러보고, 이웃사람들 이야기도 들어보고, 설령 경찰서에 가게 되더라도 그건 맨 마지막으로 미루고 싶었다.

이십 분쯤 지났을까. 이 근처예요, 라며 운전기사가 차를 세운 곳은 이초자카초 2010번지라는 주소가 붙어 있는 전봇대 옆이었다. 그 전봇대는 좁은 T자형 골목 초입에 세워져 있었고, 골목 입구에는 일방통행 표지가 붙어 있었다.

"2005번지는 저 안쪽입니다."

택시는 곧 사라졌다. 혼마는 주위를 둘러보았다.

택시를 탔을 때부터, 아니 사실은 역에 내렸을 때부터 느꼈지만, 우쓰노미야 시는 실로 평평한 도시였다. 간토 평야의 한가운데 위치해 있으니 생각해보면 당연한 일이지만, '이초자카초銀杏坂町'라는 이름 때문인지 혼마는 막연하게나마 언덕길이 있는, 이를테면 시부야 같은 곳일 거라 상상했던 것이다.

과연 이 평평한 도시 어디에 술에 취해 굴러떨어져 죽을 만한 '계단'이 있단 말인가? 세키네 요시코는 자기 집 건물에서 죽은 걸까?

이초자카초 일대는 미즈모토 주변과 비슷한 분위기의 조용한 주택가였다. 빌라나 맨션은 거의 없는 듯했고, 대부분이 단독주택인 가운데에서도 상당히 오래된 집들이 많았다. 신축 건물처럼 판박이 같은 느낌이 없고, 본래부터 이 땅에 깊은 뿌리를 내리고 살아온 사람들의 집이라는 인상이 풍겼다.

T자형 골목을 천천히 걸어가다 맞은편에서 손을 잡고 걸어오는 남녀 한 쌍과 마주쳤다. 여자 쪽이 혼마의 걸음걸이를 살짝 훔쳐보더니 재빨리 고개를 돌렸다. 남자는 무슨 얘기를 열심히 떠들어대고 있었다. '로레알 살롱'이라는 간판을 내건 미용실 하나. 그 맞은편은 주산학원. 그 옆에는 1층이 토목건축 사무실이고 창문마다 빨래를 폭포처럼 널어둔 좁고 긴 3층짜리 건물이 있었다. 그리고 그 옆으로 자동차 한 대 크기쯤 안쪽으로 들어간 곳에 모르타르를 바른 2층짜리 건물이 서 있었다. 미닫이문 방식의 알루미늄 새시 입구에는 먹으로 '아카네 장'이라고 쓴 고풍스러운 간판이 걸려 있었다.

그곳이 2005번지였다.

두 손을 외투 주머니에 넣고, 어디서부터 시작할지 생각에 잠겨 있는데, 미닫이문이 열리며 초등학생으로 보이는 아이 둘이 나왔다. 여자아이와 남자아이, 여자아이가 나이가 많다. 남매겠지.

알루미늄 새시가 무거운지 여자아이가 영차 하고 힘을 주었다. 자칫 손이 미끄러지면 오히려 머리가 부딪칠 것 같아 위험해 보일 정도였다.

여자아이는 가까스로 문을 닫더니 옆에서 기다리는 남동생의 손을 잡고 혼마 쪽을 향해 걸어왔다. 다른 인기척은 없었다.

"안녕?" 혼마가 말을 건넸다.

아이들이 걸음을 멈췄다. 둘 다 만화영화 캐릭터가 그려진 운동화를 신고 있다. 여자아이는 큼직한 펜던트 같은 것을 목에 걸고 있었다.

"안녕하세요?" 여자아이가 대답했다. 혼마가 몸을 앞으로 구부리고 양손을 무릎에 짚은 채, 두 아이의 조그만 얼굴에 미소를 건넸다.

"우리 공주님 왕자님은 이 집에 사니?"

여자아이가 고개를 끄덕였다. 남동생은 누나를 올려다보았다. 이 사람 누구야? 라고 묻듯이. 누나는 뭐든 다 안다고 믿는 모양이다.

"음, 아저씨는 도쿄에서 왔단다. 예전에 여기 살던 사람에 대해서 할 얘기가 있어서 말이야. 이 집 주인이 어디 있는지 아니?"

여자아이가 곧바로 대답했다. "몰라요."

"이 근처에 안 사니?"

"몰라요. 만나본 적도 없는걸요."

"그렇구나." 하긴 무리도 아니다.

언뜻 보니 여자아이는 남동생의 손을 잡지 않은 쪽 손으로 목에 건 펜던트를 만지작거리고 있었다.

비위를 맞추는 말투로 넌지시 물어보았다.

"그건 뭐니?"

"방범 벨."

흠칫했다는 말은 바로 이런 상황을 뜻하는 것이리라.

"이 근처에 치한이 나타나요." 여자아이가 말했다. "하지만 이걸 누르면 도망쳐요. 그래서 우리 엄마가 사줬어요. 어떤 소리가 나는지 아저씨도 들어볼래요?"

들고 싶을 리 없다. 여기서 그런 소리를 내서 중앙경찰서에라도 끌려간다면 곤란하다.

"아니, 됐다. 그보다 너희 엄마는 지금 집에 계시니?"

"없어요." 또다시 여자아이가 대답했다. 아이가 다리를 바꿔 딛자 손을 꼭 붙잡고 있던 남동생도 따라했다. 오토바이에 바짝 따라붙은 사이드카처럼.

"그렇지만 근처에 있어요. 저기." 여자아이가 혼마의 등뒤를 가리켰다.

급히 돌아보니 한 여자가 날카로운 눈매로 침입자를 수상쩍게 노려보고 서 있⋯⋯지는 않았다. 여자아이는 '로레알 살롱'의 간판을 가리켰던 것이다.

"우리 엄마도 방범 벨 있어요." 여자아이가 말했다.

요즘 같은 세상에 경계심이 가장 강한 인종은 아마도 어린애가 있는 젊은 엄마들일 것이다. 아이들을 노린 추악한 사건이 잇달아 일어나니까.

그들 남매의 엄마, '로레알 살롱'에서 일하는 미야다 가나에라는 여자도 예외는 아니었다. 미용사이니만큼 기본적인 서비스 정신을 갖췄을 터인데도, 혼마는 '로레알 살롱'의 경쾌한 벨소리를 울리며 문 안으로 들어선 지 삼십 분 가까이 흐른 뒤에야 가까스로 용건을 전달할 수 있었다.

조카 가즈야의 약혼자였던 세키네 쇼코 씨에 관해 묻고 싶은 게 있다며 신중하게 이야기를 꺼냈다.

"이상한 일에 엮이긴 싫어요."

"그런 일이 아닙니다. 저는 가즈야의 친척이에요. 그런데 쇼코 씨한테는 이런 일을 물어볼 만한 친척이 없잖습니까. 저로서도 조금 불안한 부분이 있어서 말입니다."

이야기를 하다가 혼마는 분명 자기 얼굴이 상대에게 불쾌감을 주나 보다고 생각했다.

가나에가 고개를 끄덕였다. "그렇긴 하죠…… 세키네 아주머니가 안타깝게 세상을 떠나셨으니까."

가나에는 세키네 요시코를 '세키네 아주머니'라고 불렀다. 쇼코는 '따님'이라고 불렀다. 그녀와는 요시코의 장례식 때 인사를 주고받은 정도라 친하지는 않다고 했다.

그래도 그녀 덕에 마침내 '계단'의 수수께끼가 풀렸다.

세키네 요시코가 실족사한 곳은, 여기서 북쪽으로 몇 킬로미터 떨어진 곳에 자리한 하치만야마 공원 옆에 있는 낡은 건물의 계단이라고 했다.

"3층짜리 건물인데 1, 2층은 은행이고 3층에는 작은 가게들이 들어와 있어요. 세키네 아주머니는 거기 있는 '다가와'라는 술집의 단골이었죠. 일주일에 한 번은 갔던 것 같아요. 그 빌딩 바깥쪽에 콘크리트 비상계단이 있는데, 그게 흔히 보는 것처럼 지그재그로 꺾어지는 모양이 아니라 지면에서 3층 높이까지 곧장 올라가는, 섬뜩할 정도로 가파른 계단이에요. 2층 높이쯤에 조그만 층계참이 있긴 하지만."

요시코는 그곳에서 굴러떨어졌다고 했다.

"3층 높이잖아요. 잠깐 멈춰 설 곳도 없다니까요. 목뼈가 부러졌대요. 아무리 오래된 건물이라도 그 계단은 명백히 건축법 위반이라 신문에도 기사가 났어요. 작게나마."

좁은 미용실은 그다지 붐비지 않았다. 미용사는 가나에 말고 한 사람, 그곳 경영자인 '원장 선생님'이 있는 듯한데, 지금은 장을 보러 나갔다고 했다. 손님이라곤 다홍색 인조가죽 의자에 앉아 가나에가 머리를 파마 롯드로 말아주는 동안 꾸벅꾸벅 조는 노부인 한 사람뿐이었다.

기다리는 손님을 위한 의자는 딱딱하고 불편했다. 혼마는 어차피 빈자리니 괜찮겠지 하고, 이른바 '솥단지(머리에 쓰고 뜨거운 바람을 쐐거나 머리칼을 말리는 기계다)' 자리에 가나에의 양해도 구하지 않고 앉았다. 가나에도 딱히 뭐라 하지 않았다. 그녀는 전체적으로 나른한 분위기였다. 아이들을 키우느라 지쳐 있을지도 모른다.

"큰 소동이 났겠군요."

"당연히 난리였죠. 계단이 워낙에 그 모양이잖아요. 전부터 위험하다고 숱하게 얘기했는데, 결국 그런 끔찍한 일이 벌어진 거예요."

"경찰에서는 조사하러 나왔습니까?"

"그런 모양이에요. 그렇지만 뭐, 사고였으니까."

가나에의 말투에서 요시코의 죽음에 의혹을 품은 분위기는 전혀 느껴지지 않았다.

진짜 세키네 쇼코는 '라하이나'에서 어머니의 죽음에 관해 간략하게나마 사실대로 말했다. 그렇다면 가짜 쇼코는 어땠을까.

가즈야는 '쇼코' 어머니의 죽음에 관해 사고사였다고만 했다. 그것은 분명 '쇼코'가 그 정도밖에 얘기하지 않아서일 것이다. 가즈야로서도 그녀의 아픈 기억을 집요하게 들춰낼 생각은 없었던 걸까.

술에 취해 비틀거리는 사람을 계단에서 떠밀고, 사고사로 위장한다?

어떻게 처리하느냐에 따라 가장 간단하고 안전한 살인방법일 수도 있다. 의심만 받지 않는다면.

"그때 주변에 사람은 없었습니까?"

가나에가 고개를 갸웃거렸다. "글쎄요. 저는 잘 몰라요."

혼마는 질문의 방향을 바꾸기로 했다.

"당신 가족은 세키네 씨와 가깝게 지냈나요?"

"뭐, 그런대로요." 가나에가 대답했다. 그녀가 남편과 두 아이와 함께 사는 집은 아카네 장 2층 201호고, 요시코는 그 바로 아래층인 101호에 살았다고 한다.

"세키네 아주머니는 그 집에서 십 년 가까이 살았어요."

"계약 갱신 때마다 집세가 올랐을 텐데 용케 이사를 안 하셨군요."

그렇게 말하자 그녀는 웃었다.

"손님, 도쿄에서 오셨죠?"

"네."

"그럼 잘 모르실 수도 있겠네요. 도쿄에서는 옛날 고리대금업자처럼 무자비하게 집세를 받아내는 모양이니까. 하지만 여기는 달라요. 물론 역 근처 맨션은 비싸지만, 아카네 장 같은 목조건물은 그렇게 많이 오르지 않아요."

"십 년이나 같은 집에 살면서 질리지 않았을까요?"

셋집이니 이사하는 건 그리 어렵지 않다.

"이사하는 게 귀찮잖아요. 남자들이야 아내한테 맡겨버리면 끝이겠지만. 우리 남편도 손도 까딱 안 한다니까요."

가나에는 갑자기 억울한 기분이 들었는지 부루퉁해졌다. 표정이나 시선 방향이 바뀌어도 그녀의 손끝은 전혀 다른 의지로 조정되는 양 정확하고 막힘없이 움직였다. 손끝을 제대로 보는 것 같지도 않은데.

"당신은 언제 아카네 장으로 이사 오셨습니까?"

"흐음, 올해로 오 년째던가?"

"세키네 씨와는 여기 와서 바로 알게 됐습니까?"

가나에가 고개를 끄덕였다. "네. 아이들이 있으니까. 의자 위에서 뛰어내리거나 하면 아무래도 아래층에 시끄럽잖아요? 그래서 미리 인사하러 갔어요. 바로 아랫집 사람이니, 불평을 들은 후에야 사과하는 것보다 선수를 치는 게 나으니까."

"그 무렵에 쇼코 씨도 집에 다녀가곤 했나요?"

"따님은 두 번 정도 만난 적 있어요. 여름휴가나 설날에는 꼬박꼬박 왔었고."

여전히 졸고 있는 노부인의 머리에 롯드를 다 말았는지, 가나에는 거울을 들여다보며 좌우 균형을 슬쩍 확인했다. 그리고 일단 자리를 벗어나 마른 수건 한 장을 들고 돌아왔다.

"세키네 아주머니 따님은 예쁜 편이죠?"

"네. 미인이죠."

사실 대충 넘겨짚은 것이었다. 혼마는 아직 진짜 세키네 쇼코의 얼굴을 볼 기회가 없었기 때문이다.

"그래도 살짝 물장사 냄새가 풍기지 않던가요?"

가나에의 표정을 살폈다. 노부인 머리에 수건을 감아주는 데만 전념하는 듯했지만 시선이 힐끗 움직였다.

아무래도 이쪽 눈치를 살피는 것 같았다.

"술집에서 일한 모양이라서요"라고 혼마가 말했다.

"그것 말고도……" 가나에가 노부인 머리에 수건을 감고 고무줄로 고정시켰다. "이런 말을 해도 되는지 모르겠지만, 그 아가씨 신용대출 빚을 져서 꽤 고생했던 적이 있어요. 알고 계세요?"

가나에의 가족이 아카네 장으로 이사 온 것은 오 년 전. 때마침 세키네 쇼코가 개인파산을 신청했을 무렵이다. 이른바 빚 지옥의 절정기였다. 그래서 가나에도 그 소동을 어느 정도 알고 있는 것이다.

"압니다."

그러자 가나에의 얼굴에 혀를 차기 일보 직전이라 할 만한 아쉬운 표정이 스쳤다. '쳇, 벌써 알고 있네'라는 뜻일 것이다.

"굉장히 심각했어요. 세키네 아주머니 집에까지 빚쟁이들이 들이닥쳤다니까요. 경찰차까지 오고 난리도 아니었어요."

"그게 언제쯤이죠?"

가나에가 파마약이 든 용기를 손에 든 채 생각에 잠겼다.

"가만있자, 아직 쇼와 시대였던 것 같은데."

그 말은 틀림없다.

"저, 그런데 그 빚 말인데요. 부모가 자식이 진 빚을 갚을 의무는 없다면서요?"

꽤나 의외라는 투로 가나에가 물었다.

"그렇죠. 그 반대의 경우도 갚을 의무가 없습니다. 연대보증을 서지 않은 한은요. 둘이 같이 쓴 돈이 아니면 부부 사이라도 마찬가지입니다."

"어머나, 그럼 우리 남편이 경륜으로 빚을 져도 내가 갚을 필요는 없나요?"

"물론이죠."

가나에가 머리에 파마약을 뿌리자 차가운 느낌이 들었는지 부인은 그제야 잠에서 깨어났다.

"뭐? 당신 남편 아직도 경륜해?"라고 불쑥 물었다. 가나에가 웃으면서 말을 받았다.

"그거 해서 집을 지어주겠대요."

"어리석긴."

노부인은 가나에가 비닐 캡을 펼치는 사이 고개를 돌려서 혼마를 쳐다보았다. 혼마가 인사를 하자 가나에에게 "원장 선생님 남편이야?" 하고 물었다.

"아니에요. 도쿄에서 오신 손님이에요."

"아하, 그래. 난 또 헤어진 남편이 돌아온 줄 알았지."

듣자하니 이곳 원장 선생은 이혼 경험이 있는 듯했다.

"그런데 도쿄에서 뭔 일로 오셨을까?" 노부인은 이번에도 혼마가 아니라 가나에에게 물었다. 가나에는 부인의 머리를 앞을 보도록 휙 돌리고 비닐 캡을 씌웠다.

"절 만나러 온 거예요. ……뜨거우면 말씀하세요."

뒷말은 머리 위에 설치된, '솥뚜껑'과는 또 다른 미용기구를 부인의 머리에 씌워주며 한 것이었다. 스위치를 켜자 붉은 조명이 켜지며 위잉하는 소리가 들려왔다.

가나에는 옆에 있던 카트 위의 타이머를 맞추더니, 홀가분하다는 듯 그곳에서 벗어나 혼마 쪽으로 다가왔다. 손님용 의자에 앉아서 앞치마 주머니에서 캐스터마일드를 꺼내 일회용라이터로 불을 붙였다.

연기를 길게 뿜었다. 이 맛에 일하는 거예요, 라는 듯한 표정이었다.

"따님의 행실 조사라면," 가나에가 목소리를 살짝 낮추며 입을 열었다. "나 같은 이웃사람보다 학교에 가서 물어보는 게 낫지 않을까요?"

"학교?"

"네. 세키네 아주머니는 이 근처 초등학교 급식실에서 일했어요. 따님도 그 학교에 다녔었고."

"그렇지만 초등학교 때 일을 물어봐야 아무 소용 없잖습니까."

"그런가? 하지만 아주머니가 직장 동료한테 따님에 대한 푸념을 늘어놨을지도 모르잖아요?"

조금 전 빚 얘기를 할 때 순간적으로 떠올랐던 심술궂은 눈빛이 가나에의 눈에 다시 스며들었다. 자기와 아무 상관 없는 혼담일지라도 마음에 들지 않는 건 마찬가지다. 가능한 한 흠집을 찾아내서 일러주겠다는 뜻일까.

게다가 술집에서 일하고 신용대출로 빚을 얻어서 어머니를 울리기까지 한 딸이다.

"그리고 또."

혼마는 안중에도 없이 가나에가 다시 말을 이었다.

"세키네 아주머니 딸은 나보다 훨씬 어리니까 직접 알지는 못하지만, 중학교나 고등학교 동급생들이 아직 이 근처에 많이 살 거예요. 그런 사람들을 찾아가서 물어보면 어때요? 반창회 같은 것도 할 텐데."

"쇼코 씨가 유달리 친하게 지낸 친구가 누군지 아십니까?"

글쎄요…… 하듯이 가나에가 고개를 갸웃거렸다.

"이 근처에 사는 쇼코 씨 어릴 적 친구가 여기로 파마를 하러 오는 일은 없나요?"

가나에가 뜨거운 바람을 쐬고 있는 노부인에게 큰 소리로 물었다.

"저기요, 사모님! 우리 아랫집에 살던 세키네 아주머니 기억나요?"

머리가 고정된 노부인은 앞을 바라본 채 큰 소리로 대답했다. "계단에서 떨어져 죽은 사람 말이지?"

"맞아요. 그 아주머니한테 딸이 있었잖아요. 스물대여섯쯤 됐을까?"

"올해 스물여덟입니다."

혼마가 정정하자 가나에는 놀란 듯했다. "어머나, 벌써 그렇게 됐나? 스물여덟이래요, 사모님. 그 정도 나이 동급생이 누가 있을까요?"

노부인이 하품을 했다. 눈물이 어리는 것이 무척이나 졸려 보인다. 따뜻해서 기분이 좋기 때문일 것이다. 이래서야 별 도움이 안 되겠다고 혼마는 생각했다.

그때 노부인이 말했다. "장례식에 혼다 댁 다모쓰 씨가 왔던 것 같은데."

"다모쓰? 아하, 그 청년이 동창이었나?"

"그럼. 벌써 잊어버렸어? 혼다 부인이 장례식에 참석할 때 당신이 머리를 해줬잖아."

가나에가 웃음을 터뜨렸다. "아아, 맞네요."

혼다 다모쓰. 그 이름과 그의 본가에서 한다는 자동차 정비공장 '혼다 모터스'의 위치를 듣고 나서 혼마는 자리에서 일어섰다.

"마지막으로 부탁이 하나 있는데요."

"뭔데요?"

가짜 쇼코의 사진을 주머니에서 꺼냈다.

"이런 여자를 본 적 있습니까? 세키네 요시코 씨를 찾아온 적이 있다거나, 쇼코 씨랑 집에 같이 왔었다거나."

가나에가 사진을 받아들어 노부인에게도 보여주었다.

"본 적 없는데."

"이 아가씨가 왜요?"

"사정을 말씀드리긴 어렵습니다. 별일 아니지만."

그 말에 오히려 호기심이 발동했는지, 가나에가 다시 한번 사진을 내려다보았다. "저, 이 사진 제가 좀 빌릴 수 있을까요?"

부자연스럽게 정중한 말투까지 쓰며 물었다.

"마음에 짚이는 사람들한테 보여주고 싶어서요. 꼭 돌려드릴게요. 뭔가 알아내면 전화 드리고요."

집 주소가 찍힌 명함은 이미 가게에 들어왔을 때 가나에에게 건넸었다. '쇼코'의 사진은 이럴 때를 대비해서 사진관에서 더 뽑아두었다.

"네, 좋습니다. 부탁드립니다."

외투를 들고 출입구로 향하는 혼마를 가나에가 불러 세웠다.

"저, 세키네 아주머니 따님이 결혼하는 게 어떤 사람인가요?"

"제 얼간이 조카 녀석입니다."

"그게 아니라, 직업이요."

혼마는 잠깐 망설이다 대답했다. "은행에서 일합니다."

가나에와 노부인이 거울 속에서 시선을 주고받으며 고개를 끄덕였다.

가나에가 말했다. "안 하는 게 나을 텐데."

아이에게 방범 벨을 쥐여주는 엄마와 경륜을 좋아하는 남편과의 생활에 지친 아내가 가나에의 내면에 동거하고 있다. 그리고 그 양쪽 모두, 고향을 떠나 도쿄에서 유흥업에 발을 들이고 빚을 져 쫓겨다닌 세키네 쇼코에게 차가운 시선을 던지고 있다.

"잘 생각해보라고 얘기하겠습니다."

여러 가지 얘기를 해준 데 대한 감사인사를 건넬 셈으로 혼마가 말했다. 가나에는 만족스러운 미소를 머금었다.

로레알 살롱의 문은 이번에는 경쾌한 소리를 내지 않았다. 밖으로 나온 혼마는 그제야 안도의 한숨을 내쉬었다.

"다모, 손님 오셨어!"

기계기름으로 얼룩진 작업복을 입은 중년 정비공이 작업장 안쪽을 향해 소리쳤다.

함석으로 둘러싸인 작업장 벽 쪽에서, 50cc 오토바이를 옆에 두고 고등학생쯤 되어 보이는 소년 둘과 머리를 맞대듯 웅크리고 있던 청년이 일어섰다. 덩치는 작지만 탄탄한 어깨와 완고해 보이는 턱이 인상적이었다. 머리는 짧게 깎아올렸고, 가까이 다가가자 관자놀이에 맺힌 땀방울이 보였다.

가나에의 로레알 살롱에서 걸어서 십 분 정도 거리였다. 역으로 향하는 큰길가에 간판이 걸려 있었다. 한 차례 쓱 훑어보기만 했는데도 스무 대가 넘는 자동차와 오토바이 여러 대, 가장자리에 경트럭 한 대가 보였다. 가슴에 '혼다 모터스'라고 수놓은 하얀 작업복을 입은 정비공들도 가까이에 눈에 띄는 사람만 다섯 명이었다.

"혼다 다모쓰 씨입니까?"

말을 건네자 상대는 가볍게 고개를 끄덕였다. 수상쩍은 눈치인지 혼마에게서 시선을 떼지 않았다.

"갑작스럽게 찾아와서 죄송합니다."

미야다 가나에에게 설명했던 것처럼 사정 얘기를 들려주자, 다모쓰의 눈이 갈수록 휘둥그레졌다.

"그럼 쇼코는 도쿄에서 잘 지내고 있는 건가요? 지금 어디 있습니까?"

"어디라뇨……?"

"가와구치의 그 맨션에서 나간 후로 어디로 이사했는지 알 수가 없어서 얼마나 걱정했는지 모릅니다."

그 말을 듣자 어두운 터널을 빠져나온 듯한 기분이 들었다.

"당신은 그녀가 살던 가와구치 집을 방문한 적이 있나요?"

"있죠. 그랬더니 이젠 안 산다고……"

"주인을 만났습니까?"

"네. 화를 내더군요. 바로 지난주에 세키네 씨가 말 한마디 없이 나가버렸다고."

"그럼 당신이 그곳을 찾은 것은 작년 3월 말이었겠군요. 아닙니까?"

다모쓰는 기름으로 얼룩진 손을 작업복 허벅지 부분에 문지르며 잠시 생각에 잠겼다.

"아마 그랬던 것 같아요."

"그녀와 친했군요?"

"그런데요……"

이윽고 다모쓰의 눈에 의심의 빛이 짙게 감돌았다.

"왠지 이상하군요. 쇼코의 뒷조사를 하는 거라면 전 협조할 수 없습니다."

친구를 감싸듯 어깨를 살짝 뒤로 빼면서 말했다. 뒤에서는 고등학생들이 소형 오토바이 옆에서 기다리고 있었다. 어깨 너머로 슬쩍 그 모습을 살펴보자 다모쓰가 말했다.

"다른 데 물어보시죠. 난 이런 건 질색이니까."

"그게 아니에요. 실은 행실 조사 같은 게 아니라."

간신히 찾아낸 돌파구 같은 인물이다. 이대로 놔줄 수는 없다.

"복잡한 사정이 얽혀 있어서 얘기가 좀 길어요. 잠깐 시간 좀 내줄 수 없을까요? 불편하면 나중에 다시 찾아올 수도 있고. 실은 나도 쇼코 씨의 행방을 알 수 없어 찾는 중입니다."

혼다 모터스 응접실에서 삼십 분가량 기다렸다. 그러는 중에 몇 번이고 전화벨이 울렸지만, 어딘가 다른 곳에서 전화를 받는 모양인지 매번 두 번도 채 울리기 전에 조용해졌다. 직원 교육이 철저한 것 같았다.

소형 오토바이를 갖고 온 고등학생을 돌려보낸 후, 혼다 다모쓰가 커피가 든 종이컵 둘을 쟁반에 받치고 응접실로 들어왔다.

어쩌면 예전에 교통사고 같은 걸 당한 건지도 모르겠다. 밝은 곳에서 찬찬히 보니 다모쓰의 턱 상처 자국 하나가 비스듬히 나 있었다. 그것만 빼면 이목구비가 반듯한, 잘생긴 축에 들 만한 청년이었다. 왼쪽 눈이 살짝 사시인 듯하지만 그것 역시 친근한 인상을 자아냈다.

얘기가 복잡하다보니 다모쓰는 이따금 질문을 던졌다. 그 밖에는 다른 참견 없이 조용히 이야기를 들었다. 또다시 전화벨이 울리자 다모쓰가 전화기로 손을 뻗어 벨이 울리지 않도록 스위치를 눌렀다.

"지금은 내가 경찰관이라는 증거를 보일 수 없어. 휴직중이라 신분증이 경찰서에 있으니까. 수상쩍은 사람이 아니고, 거짓말을 하는 것도 아니라고 믿어주길 바랄 뿐이지."

다모쓰는 응접실 탁자 위로 시선을 떨어뜨리고 그 말을 음미하는 듯 생각에 잠겼다.

"그건…… 됐습니다"라고 천천히 말했다. "확인하는 건 간단해요. 사카이 씨에게 말하면 알아봐줄 테니까."

"사카이 씨?"

"네. 우쓰노미야 경찰서의 형사님이에요. 쇼코 어머님이 돌아가셨을 때 여러모로 신경을 써주신 분인데, 저랑 잘 알거든요."

"그 사람을 만나볼 수 있을까?"

"부탁해보죠. 틀림없이 시간을 내주실 겁니다."

다모쓰는 다른 의미에서 수상쩍다는 듯 얼굴을 일그러뜨렸다. "그런데 일이 이 정도까지 됐으면 차라리 공식적인 수사를 하는 게 낫지 않나요? 하루빨리 시짱을 찾아내고 그애 이름을 사칭한 여자도 밝혀내야죠."

혼마가 살짝 손을 펼쳤다. "막상 찾아냈는데 둘 다 멀쩡하게 살아 있고, 호적을 매매하거나 빌려준 것도 서로 합의하에 한 일이라면? 사실 그게 가장 이상적이긴 하지만, 그럴 가능성이 있는 한 경찰은 웬만해선 움직이질 않아."

다모쓰는 입술을 핥으며 말하기 곤란한 듯 잠시 우물거린 후에야 겨우 입을 열었다.

"혹시…… 시짱이 살해당했더라도 시체가 안 나오면 소용없다는 뜻입니까?"

"사건으로 다루려면 그게 가장 빠른 길이지."

다모쓰가 한숨을 내쉬었다.

"자네는 쇼코 씨를 '시짱'이라고 부르나?"

"네."

고개를 끄덕이는 청년의 매끈한 이마를 바라보며 혼마는 생각에 잠겼다. 아무래도 드디어 세키네 쇼코의 진짜 친구를 찾아낸 모양이다.

시짱이라는 호칭에서는 소꿉친구의 울림이 묻어났다. 이카리가 지즈코를 '지짱'이라고 부를 때의, 그답지 않은 부드러운 말투와도 비슷했다.

"그런데 저는……" 다모쓰가 느릿느릿 말을 이었다. "시짱 어머님이 돌아가시고, 그후에 가와구치로 찾아가 그녀가 사라졌다는 사실을 알았을 때, 터무니없는 상상을 했습니다."

그는 용서를 구하는 듯한 시선으로 혼마를 바라보았다.

"아, 역시 시짱이 어머니를 죽였구나, 그래서 도망쳤구나, 라고요."

구슬이 전혀 예상치 못한 방향으로 튕겨나간 느낌이었다. 풍경화라 생각하며 바라보고 있는 그림을 옆에서 누가 가리키며 "이거 인물화죠?"라고 말한 듯한 느낌이기도 했다.

"그건…… 쇼코 씨가 한때 신용대출 때문에 쫓겼다는 걸 알고 있기 때문이겠지? 그래서 보험금을 노리고 저지른 짓일지도 모른다고."

다모쓰는 고개를 끄덕였다. 몹시 괴로워 보였다.

"그리고 이쿠미한테 들은 말도 있어서요. 시짱 어머니가 계단에서 떨어졌을 때, 구경꾼 중에 왠지 수상쩍어 보이는 여자 하나가 있었다고 했습니다. 선글라스로 얼굴을 감추고 있었대요. 그게 혹시 시짱이 아니었을까 하고."

혼마가 몸을 앞으로 내밀었다. "잠깐만, 이쿠미 씨는……"

"제 아내입니다."

"그녀도 쇼코 씨 친구였나?"

다모쓰는 고개를 저었다. "아니에요. 이쿠미는 시짱 어머니를 발견하고 구급차를 불렀어요. 지나가던 길에. 그 인연으로 장례식에도 왔고, 우리는 그 일을 계기로 알게 돼서 결혼했죠."

16

당연한 얘기지만 정비소 문을 닫기 전에는 나올 수 없다고 해서, 혼마는 혼다 다모쓰와 저녁 아홉시가 지나 다시 한번 차분하게 만나기로 약속했다. 혼다는 단골집이라며 역 앞에 있는 작은 선술집을 알려주고는 전화해서 객실을 잡아두겠다고 했다.

"그 집은 따뜻하니까요"라는 말도 덧붙였다.

그 말뜻을 이해한 것은 아홉시 십분이 지나, 얼굴에 닿으면 아플 것 같은 억센 밧줄 포렴을 밀치며 그가 모습을 드러냈을 때였다.

다모쓰는 젊은 여자 한 사람을 데리고 나타났다. 여자는 터틀넥 스웨터에 넉넉한 울 점퍼스커트를 입었지만 체형을 감출 수는 없었다. 임신 육 개월쯤 되었을까.

"집사람 이쿠미입니다."

한 차례 인사를 건네고 자리에 앉으면서 다모쓰가 말했다. 얇은 방석 두 개를 겹쳐서 그녀가 앉을 자리에 놓아주었다. 등을 기대고 앉을 수 있는 히터 옆자리였다.

"처음 뵙겠습니다." 이쿠미가 천천히 무릎을 굽히고 앉았다. 동작에 신경을 쓴 것도 있지만 어딘지 모르게 차분한 분위기가 감돌았다.

"첫아이인가요?"

혼마가 묻자 애교 있는 큰 눈 옆에 주름을 잡고 웃으며 고개를 저었다.

"둘째예요. 그런데도 이 사람은 이렇게 유난을 떤다니까요."

"다로 낳을 때 조산할 뻔했잖아."

멋쩍은 모양인지 다모쓰가 무뚝뚝하게 말했다.

"첫아이가 다로군요. 몇 살입니까?"

"이제 갓 첫돌이 지났어요. 그래서 정신이 없죠."

얼굴 가득 땀이 밴 종업원이 와서 다모쓰와 허물없는 농담을 주고받으며 주문을 받더니, "담배 연기는 해로울 거야"라며 칸막이 문을 닫아주었다. 어차피 금방 주문한 음식이 나올 테니 잠시 세상 사는 이야기를 나누기로 했다.

"혼마 씨는 우쓰노미야에 처음 오셨나요?" 다모쓰가 물었다.

"응. 업무로 올 기회가 없었으니까."

"관광하러 올 만한 곳도 아니죠. 도쿄에서는." 이쿠미가 미소를 지었다.

"대도시라 놀랐어요."

"신칸센 덕분이에요."

"그렇지만 지금도 가끔 쓰리텐조 성*에 어떻게 가냐고 물어보는 사람이 있어요. 그건 그냥 지어낸 얘기인데."

다모쓰는 고등학교 졸업 후 곧바로 아버지 밑에서 일하기 시작했다

---

* 공중에 매달아두었다가 아래로 떨어뜨려서 방 안에 있는 사람이 깔려 죽도록 장치한 천장을 쓰리텐조라 한다. 여기서는 우쓰노미야 성을 뜻하나 실제로 그런 장치가 존재하지는 않았다고 한다.

고 한다.

"원래부터 자동차 만지는 걸 좋아했어요."

세키네 쇼코와는 유치원, 초등학교, 중학교 내내 같은 곳을 다녔다. 고등학교가 달랐던 것은 그가 공업고등학교를 선택했기 때문이고, 쇼코처럼 보통 고등학교로 진학했다면 역시 같은 학교에 갔을 거라고 했다.

반은 같을 때도 있고 다를 때도 있었다. 그러나 그런 것과 상관없이 집이 가깝고 학원도 같이 다녀서 '여자애들 중에서 가장 친한 친구'였다고 했다. 다모쓰는 그 말을 하면서 슬쩍 아내의 표정을 살폈다.

이쿠미의 결혼 전 성은 오스기고, 역시 우쓰노미야 시내에서 태어났지만 학교는 다모쓰와도 쇼코와도 겹치지 않았다. 도쿄의 단기대학을 졸업한 후 오 년간 마루노우치에서 직장생활을 했다. 고향으로 돌아온 이유는 부모님과 같이 살던 오빠가 요코하마로 전근을 가자 외로워진 부모님이 이쿠미를 불러들였기 때문이라고 했다.

"저도 슬슬 혼자 사는 데 질리기 시작했었고, 도쿄는 물가도 비싸서요."

"스물다섯이나 되면 회사에서 버티기도 힘들었을 테고 말이야?"

다모쓰가 놀리듯 건넨 말에, 이쿠미는 뜻밖에 진지한 표정을 지으며 고개를 끄덕거렸다.

"맞아, 정말이야. 진짜 싫었어."

만약 지금도 여전히 도쿄에서 혼자 살며 회사를 다니고 있었다면, 오스기 이쿠미는 절대 그런 말에 진지한 표정으로 대답하지 않았을 것이다. "짓궂긴" 하며 상대를 툭 치고 웃으며 대답했을 것이다. "그래, 맞아, 외로워 죽겠다"라며, 전혀 외롭지 않은 표정으로 대답했을 것이다.

"위치는 마루노우치라 해도 제가 근무한 곳은 대기업하고 거리가 멀어서 월급도 보너스도 쥐꼬리만했어요. 호화로운 연수여행도 없고, 월급이 오를 전망도 없고, 야근을 해봤자 세금만 더 나갔죠. 역시 대기업이 아니면 안 되는구나 하고 새삼 실감했어요. 게다가 나이가 들면 주위 분위기가 싸늘해지잖아요. 견디기 힘들었어요."

흔히 듣는 이야기였다. 혼마가 말했다. "월급은 그렇다 치더라도 어느 정도 나이가 든 일반직 여성이 버티기 힘든 건 대기업이나 중소기업이나 마찬가지예요. 어지간히 직장 복이 없는 한."

"그럴까요."

그러나 스물다섯부터 벌써 그랬다는 건 좀 의외다. 혼마가 그 말을 하자 이쿠미는 웃었다.

"경찰이나 선생님, 기술직 같은 특수한 전문직은 다르겠지만, 단순 사무직 여직원은 한 살이라도 어린 편을 선호해요. 그 한계가 스물다섯 살이죠. 요즘은 옛날이랑 다르게 여자는 서른까지 꽃이라느니 어쩌느니 텔레비전 같은 데서 얘기하지만, 그런 건 다 거짓말이에요. 스물한 살 아가씨도 밑에 스무 살짜리 후배가 들어오면 바로 오래된 취급을 받는다니까요."

"근무 자체는 즐거웠습니까?"

이쿠미가 잠시 생각에 잠겼다가 큼지막한 찻잔에 담긴 우롱차를 마시고 나서 천천히 대답했다.

"즐거웠죠. 지금 여기서 떠올려보면."

남편이 있고, 아이가 있고, 집이 있는 지금 이곳에서 돌아본다면.

"재미있는 얘기 하나 해드릴까요." 이쿠미가 말했다. "반년 전쯤이었나. 마루노우치에서 일할 때 별로 친하지는 않았지만 같은 부서에 있었던 여직원한테서 난데없이 전화가 걸려왔어요. 그것도 친정집으로. 저는 그때 우연히, 정말 우연히 다로를 데리고 친정에 놀러 가 있었을 때라 바로 전화를 받았죠."

처음 듣는 얘기인지 다모쓰도 흥미진진한 표정을 지었다.

"내가 전화를 받으니까 엄청 밝은 목소리로 '잘 지내?'라고 묻더라고요. 저는 '뜬금없이 웬일인가' 싶었지만 '응, 잘 지내'라고 대답했죠. 그러고는 내가 그만둔 후 회사 상황에 대해 이런저런 얘기를 해줬어요. 그애는 아직 근무하고 있었으니까. 정말이지 일방적으로 혼자서 떠들어대더라고요. 홍콩에 다녀왔다느니, 올해 사내여행은 이카호로 간다느니…… 그러다 가까스로 얘기가 일단락돼서, '넌 요즘 어떻게 지내니?'라고 물어서 '아이 키우느라 정신없지, 뭐'라고 대답했죠. 그랬더니……"

"그랬더니?"

이쿠미가 혀를 살짝 내밀었다. "살짝 말문이 막힌 것 같더라고요. '너 결혼했니?'라면서. 제가 '그래, 미혼모 되긴 싫으니까'라고 대답하니까 입을 다물어버렸어요. 그후로는 얘기가 자꾸만 끊어지더니, 마지막에는 갑작스럽다 싶게 그냥 끊어버렸어요."

잠시 동안 침묵이 흘렀다. 이쿠미는 옆에 있던 토속주 병의 표면을 손가락으로 어루만졌다.

"그애는 아마 자기보다 못한 친구를 찾고 있었을 거예요."

"자기보다 못한 친구?"

"네. 보나마나 외로웠겠죠. 외톨이가 된 느낌이 들고, 밑바닥까지 내려간 기분이었나봐요. 물론 자세한 건 잘 모르지만…… 그런데 결혼하는 것도 유학 가는 것도 아니면서 회사를 그만두고 시골로 내려가버린 나라면, 적어도 도쿄에서 화려하게 사는 것처럼 보이는 자기보다는 우울한 심정으로 살고 있을 거라 짐작하고 전화를 건 거죠."

다모쓰는 정체 모를 요리를 입안에 넣어버린 것 같은 표정을 지었다. "난 도통 무슨 말인지 모르겠는데."

"당신은 모르겠지."

"남자는 이해할 수 없다는 뜻인가요?" 혼마가 묻자 이쿠미는 고개를 저었다.

"아뇨, 꼭 그렇진 않을 거예요. 남자도 남자대로 출세니 연봉이니 하는 여러 문제들을 갖고 있을 테니까. 그렇지만 다모짱은 알 수 없어요."

다모쓰가 발끈한 듯이 물었다. "내가 왜 몰라?"

이쿠미가 빙그레 웃더니 달래듯이 그의 팔에 손을 얹었다. "화내지 마. 다모짱이 바보라거나 단순하다는 뜻이 아니니까."

"그게 그거지." 입을 비죽 내밀면서도 다모쓰는 작게 웃음을 터뜨렸다.

"그게 아니야. 다모짱은 행복하잖아."

혼마가 물었다. "행복?"

이쿠미가 고개를 끄덕였다. "네. 어릴 때부터 자동차를 좋아했고, 너무 좋아한 나머지 학교까지 그쪽으로 갔고, 게다가 아버지 공장에서 수리공이 됐는데 실력까지 좋잖아요."

"처음부터 좋았던 건 아니야." 그렇게 말하면서도 다모쓰는 은근히 흐뭇해하는 눈치였다.

"물론 그렇지. 엄청나게 노력했잖아. 그렇지만 노력해서 좋아졌다는 건 역시 재능이 있다는 뜻이야. 안 되는 사람은 제아무리 좋아해도 안 돼. 다모짱은 어릴 때부터 좋아하는 게 있었고, 좋아하는 일에 재능이 있었고, 게다가 그 길로 나아가는 데 방해도 없었잖아. 그게 가장 큰 행복 아닐까?"

표현은 서투르지만 이쿠미의 말은 진실을 꿰뚫고 있다는 생각이 들었다.

"나도 실은 좀더 큰 회사의 기술자가 되고 싶었어. 그런 꿈이 있었다고."

"마쓰다에 들어가서 르망24시 대회에라도 나가려고?" 이쿠미가 웃었다.

"그래. 그렇지만 공장이 있잖아. 내가 뒤를 이어야 하는. 그래서 꿈이 있는데도 포기한 거야."

이쿠미는 아무 말 하지 않고 그냥 웃었다.

다모쓰의 말에는 오해가 있다. 근본적인 오해가. 그러나 굳이 토를 달지 않는 이쿠미의 현명함에 혼마는 호감을 느꼈다. 평범하고, 딱히 미인형도 아니고, 특별히 학업 성적이 좋았던 것 같지도 않지만, 혼다 이쿠미는 현명한 여자다. 눈을 똑바로 뜨고 살아가는 사람이다.

"세키네 쇼코 씨는 왜 도쿄로 나갔을까요?"

혼마가 그렇게 묻자, 한순간이긴 하지만 다모쓰와 이쿠미가 서로 눈을 마주쳤다. 그러더니 이쿠미가 '자, 이제 당신 차례야'라고 말하듯 눈을 내리깔며 젓가락을 집어들었다.

"식기 전에 먹을까요. 아, 배고프다."

"저녁 먹었잖아."

"그건 배 속의 아기 몫이지."

이쿠미는 시치미 뗀 얼굴로 찜 요리가 담긴 그릇에 손을 뻗었다. 혼마는 다모쓰의 얼굴을 바라보았다.

"그녀의 고등학교 졸업이나 취직에 관해서는 잘 모르나?"

다모쓰는 거칠거칠한 아랫입술을 깨물고 나서 입을 열었다.

"그런 일과 시짱 신상에 일어난 일이 무슨 관계라도 있나요?"

"있다고 봐. 난 쇼코 씨가 어떤 사람이었고 어떤 생각을 가진 사람인지 가능한 한 자세히 알았으면 해. 그 지점부터 시작하면 이후에 일어난 일들의 실마리도 잡힐 것 같으니까."

"어떤 여자가 시짱 행세를 했는지도 밝혀낼 수 있다?" 다모쓰가 곁눈으로 이쿠미를 바라보았다.

"이 사람한테도 아까 혼마 씨한테 들은 얘기를 해줬습니다. 나보다 머리가 좋거든요."

이쿠미가 입술로만 살짝 웃었다. 다모쓰는 아내가 들고 온 조그만 가방으로 손을 뻗더니 "이걸 가져왔어요. 고등학교 시절 것뿐이지만. 우리집 근처에서 아버지가 찍어준 겁니다"라고 말했다.

가방에서 꺼낸 것은 사진이었다. 혼마가 처음으로 접하는 세키네 쇼코의 사진이었다.

세일러 교복 차림에 한 손에는 검은 종이통을 들고 고지식한 얼굴로 카메라를 보고 있다. 눈초리가 긴 눈에 조그맣고 균형 잡힌 코. 늘어뜨린 머리가 가슴 언저리까지 내려왔다. 늘씬한 체형이지만 치마 밑으로 드러난 무릎 아랫부분을 보니 바깥쪽으로 휜 X자 다리였다.

이목구비가 반듯한 얼굴이다. 그러나 화장하면 미인이겠다 싶은 정도였다. 옛날 사진이니 단언할 수는 없겠지만, 가짜 쇼코처럼 한눈에 알아볼 수 있는 미인형은 아니다.

"그애가 상경한 후로는 고향에 내려왔을 때 동네에서 두세 번 만난 게 다예요. 그리고 장례식 때 봤죠. 머리 길이는 늘 비슷했어요. 파마 머리였고, 장례식 때는 붉게 염색한 상태였죠. 다시 검게 할 시간이 없었다더군요. 화려해지고 목소리도 커져서 어쩐지 진짜 시짱은 내면에 갇혀버린 느낌이 들었습니다. 겉으로 드러나는 건 간판뿐인 느낌이었죠."

다모쓰의 말을 듣고, 혼마는 그 사진에 수정을 가해보았다. 간판뿐인 느낌.

"쇼코 씨가 한때 신용대출에 쫓겨서 고생했던 건 알지?"

두 사람은 고개를 끄덕였다. "저는 다모짱과 사귄 뒤에야 들은 얘기지만요."

"저는 오래전부터 알고 있었어요. 저희 어머니가 시짱 어머니랑 같은 미용실에 다녔는데, 거기서 이런저런 얘기를 들었거든요. 경찰까지 부를 정도로 꽤 험한 꼴을 당한 것 같길래, 빚쟁이가 또 찾아오거든 저를 부르라고 아주머니에게 말한 적도 있어요."

"아주머니라면 세키네 요시코 씨 말인가?"

"네. 저는 아주머니하고도 잘 알았으니까."

"쇼코 씨는 상경해서 취직한 후에도 여름휴가나 새해 연휴 때 꼬박꼬박 내려왔던 모양이지?"

다모쓰는 잠시 기억을 더듬듯 뜸을 두었다. "글쎄요…… 안 올 때도 있었던 것 같은데."

"자네들 반창회 같은 건 하나?"

"합니다. 중학교 3학년 반창회요. 그런데 그때는 시짱하고 같은 반이 아니었어요."

"그렇군……"

"그래도 동창생들이 모이면 소문이 들어오니까요. 시짱이 도쿄에서 호스티스를 한다는 얘기도 거기서 들었습니다."

다모쓰가 입술을 적시며 괴로운 듯이 말했다.

"동창생 중 하나가 도쿄에서 일하는데, 한번은 시부야에서 싸구려 카바레에 들어갔더니 시짱이 망사 스타킹을 신고 나왔다더라고요."

"시부야? 그럼 거짓말이야. 그녀는 시부야에서 일한 적이 없어."

"그럼 어디 있었나요?"

"신주쿠 3가의 골드라는 가게랑 신바시의 라하이나라는 가게야. 골드는 아직 안 가봤지만 라하이나에는 다녀왔어. 그렇게 싸구려 가게도 아니고, 아가씨들한테 망사 스타킹을 신기지도 않아."

"주목 받으려고 꾸며낸 거네." 이쿠미가 말했다.

"자네 친구나 동창생들도 쇼코 씨가 빚 때문에 고생했다는 걸 알고 있었나?"

"물론이죠. 그런 소문은 빨리 퍼지니까."

"그럼 그 빚 문제가 어떻게 해결됐는지도 아나?"

다모쓰가 고개를 저었다. "몰랐어요. 개…… 개, 뭐였죠?"

"개인파산."

"아, 네. 그런 걸 한 줄은 몰랐습니다. 저도 아까 혼마 씨 얘기를 듣기 전까지는 전혀 몰랐어요. 아주머니가 친척들한테 돈을 빌려서 그걸로 신용대출 쪽을 깨끗이 정리했다고 하기에 의심 없이 그렇게 믿었죠."

과연…… 혼마는 생각했다. 역시나 '파산'의 이미지는 어두운 것이다. 쇼코의 어머니조차 딸의 개인파산 사실을 숨겼다.

"그럼 고향의 지인들은 지금도 그렇게 믿고 있겠군?"

다모쓰가 고개를 끄덕였다. "달리 생각할 수가 없으니까요. 그렇지만 이상하다는 소문이 돌긴 했죠. 그 집안에는 돈을 빌려줄 만한 친척이 없었으니까요. 적어도 시내에는요."

"그래서 의아스러웠던 모양이에요. 빚쟁이들이 발길을 뚝 끊었을 때." 이쿠미가 덧붙였다.

"그런 생각이 머릿속에 있었기 때문에……" 혼마가 천천히 말을 이었다. "세키네 요시코 씨가 그렇게 죽었을 때, 자네도 쇼코 씨를 의심했던 거로군."

다모쓰는 마치 자기 생각이 거기 적혀 있기라도 한 양 이쿠미의 얼굴을 바라보았다. 그러고는 말했다. "네, 그렇습니다."

"쇼코 씨가 여전히 돈이 궁해서 어머니 보험금을 노린 게 아닐까 하고?"

다모쓰가 고개를 숙여버렸다. 이쿠미가 대답했다. "맞아요. 그도 그럴 게, 보험금이 이천만 엔이나 된다는 소문이 떠돌았다고 하니까요."

혼마가 씁쓸하게 웃었다. "사실은 이백만 엔입니다."

"어머? 정말요?"

"그래요. 간이보험이니까."

"어떻게 열 배나 부풀려졌지?"

"소문이 다 그렇지."

"다모짱, 그 금액 누구한테 들었어?"

다모쓰가 고개를 갸웃거렸다. "기억이 안 나는데."

"장례식 때 쇼코 씨 본인에게 빚 문제가 어떻게 됐냐고 물어는 봤나?"

"그런 말은 묻기 어렵죠."

"그야 그럴 테지."

"아무튼 그때 시짱은 어머니의 죽음에 심한 충격을 받은 것 같아서, 돈 얘기 같은 건 도저히……"

"그런데도 머릿속 한구석으로는 그녀가 어머니를 죽였을지도 모른다고 생각했다?"

심술궂은 질문이었지만 다모쓰는 화내지 않았다. 진심으로 부끄러워하는 것 같았다.

"……그렇습니다."

"사카이 씨라고 했던가? 담당 형사한테 그녀의 알리바이 같은 걸 물어보지는 않았나?"

"경찰에서도 일단 조사는 했는데, 확실하진 않았던 모양입니다."

과연 그럴까. 혼마는 그 점은 일단 유보해두기로 했다. 어쩌면 경찰은 거기까지는 조사하지 않았을지도 모른다.

"자네가 장례식 후에 그녀를 찾아 가와구치로 간 건 그런 의혹 때문이었나?"

이쿠미는 얘기를 다 들어서 알고 있는지, 침묵을 지키는 다모쓰를 대신해서 "맞아요. 그래서 일부러 찾아갔던 거예요"라고 대답했다.

"그런데 그녀는 행방불명이었다, 그래서 도망쳤다고 생각했다?"

"그렇습니다."

"그런데 이런 일이 벌어지다니, 정말 믿기지가 않아요."

"나도 아직 믿기지 않으니 무리는 아니죠."

혼마는 가짜 '쇼코'의 사진을 꺼내 이쿠미에게 보여주었다.

"이 여자를 본 기억이 있나요?"

이쿠미가 사진을 집어들었다.

"당신은 세키네 요시코 씨가 계단에서 떨어졌을 때, 우연히 현장을 지나다가 현장을 목격하고 구급차를 불렀죠. 그리고 구경꾼들 중에 선글라스를 낀 수상한 여자가 있다는 걸 눈치챘고. 그렇죠?"

이쿠미는 사진에 시선을 고정한 채 고개를 끄덕였다. "네, 맞아요."

"그 여자랑 이 사진 속 여자를 비교해보세요. 닮지는 않았나요?"

이쿠미는 꽤 오랫동안 뚫어져라 사진을 노려보았다. 좁은 방이 침묵에 휩싸였다. 미닫이문 너머에서 주문을 전달하는 힘찬 목소리가 들려왔다.

그녀는 이윽고 눈썹을 찡그린 채로 고개를 저었다. "이 사람은 모르겠어요. 만나본 적 없어요. 그리고 그날 밤에 봤던 여자가 어땠는지도 잘 모르겠어요. 뭐라고 단정할 수가 없네요. 벌써 이 년이나 지난 일이고, 언뜻 본 것뿐이라."

"느낌이 어땠는데?" 다모쓰가 몸을 앞으로 내밀며 물었다.

"모르겠어. 아무렇게나 대충 말할 수도 없잖아."

혼마가 고개를 끄덕였다. "그렇죠. 고마워요."

그리 쉽게 풀릴 리가 없다. 이쿠미는 분위기에 휩쓸리는 타입이 아니라는 생각에 혼마는 다시 한번 감탄했다.

"세키네 요시코 씨가 계단에서 굴러떨어졌을 때의 일은 또렷하게 기억납니까?"

이쿠미가 소름이 끼친다는 듯 양쪽 팔꿈치를 감싸안았다.

"기억나요. 그날 밤 전 아르바이트를 마치고 돌아오는 길이었어요. 역 빌딩에 있는 찻집에서 일해서 이따금 팔다 남은 케이크를 받아왔는데, 그때도 그걸 들고 있었죠. 그 소동을 치르고 난 뒤 집에 돌아와 상자를 열어보니 엉망으로 찌그러져 있었어요. 놀라서 소리를 지르다가 내동댕이쳤거나 휘둘렀던 모양이에요."

"안 좋은 기억을 떠올리게 해서 미안한데, 요시코 씨는 계단에서 떨어질 때 비명을 질렀나요?"

이쿠미는 말없이 고개를 저었다. "경찰도 그렇게 물었는데, 전 비명은 못 들었어요. 난데없이 눈앞으로 데굴데굴 굴러떨어졌죠."

혼마가 턱을 어루만지며 생각에 잠기자 다모쓰가 말했다.

"그래서 한동안은 경찰에서 자살일지도 모른다고 했죠. 지금도 의견이 반반인 것 같아요. 사카이 씨…… 아까 얘기했던 담당 형사님은 자살 쪽이었죠. 죽을 생각이 아니라면 취한 상태에서 계단으로 내려올 리가 없다고요. 엘리베이터가 있었으니까."

"일리 있는 얘기군."

"그런데 다가와 사람들 얘기로는 아주머니는 평소부터 엘리베이터를 싫어했고, 특히 술이 취했을 때는 속이 울렁거린다면서 늘 계단으로 다녔대요."

"아하……"

"그런데도 사카이 씨는 자살이라고 했어요. 사고였거나 누가 떠민 거라면 틀림없이 소리를 질렀을 거라면서."

꼭 그렇게 단정할 수는 없다고 혼마는 생각했다. 불시에 떠밀렸거나, 혹은 다른 데 정신이 팔려 있었다면······

"경우에 따라서는 딸꾹질 정도의 소리밖에 안 나올 수도 있지. 현장은 조용한 곳이었나?"

다모쓰가 웃었다. "다가와에는 노래방 기계가 있고, 그 옆 술집에는 댄스홀이 있어서 늘 댄스곡을 틀어놔요. 우리도 가본 적 있는데, 바로 옆에 있는 사람이랑 얘기하기도 힘들어요."

이쿠미가 맞장구를 쳤다. "맞아요. 그때도 내 비명 소리를 듣고 뛰어나온 건 주변 건물의 가게 사람들뿐이었어요. 다가와에 있던 사람들은 소동이 커질 때까지 알아채지도 못했던 것 같아요."

"세키네 요시코 씨는 다가와에 자주 다녔나?"

"가끔 다닌 것 같아요."

"정기적으로?"

"그렇죠. 이 얘기는 시짱한테 들었는데, 시짱하고 같이 살던 무렵부터 선술집에서 한잔하는 게 아주머니의 유일한 낙이었대요."

"날짜가 정해져 있었나?"

"토요일 밤에 갔대요. 아주머니는 학교 급식실에서 일했으니까, 토요일 일요일이 휴일이었죠."

매주 토요일 밤. 그에 더해 장소만 알아내면 남은 건 근처에서 기다리는 것뿐이다. 그리고 술 취한 요시코가 '다가와'에서 나오는 것을 확인하고 단숨에 등을 떠밀어버린다.

언뜻 간단해 보인다. 그러나 세키네 요시코를 죽이려는 사람 입장에서 생각하면, 계획을 완성하기 위해서는 먼저 한동안 그녀의 생활을 관찰하고 행동 패턴을 알아둘 필요가 있었을 것이다. 그러는 사이에 요시코가 다가와에 드나드는 습관이 있다는 사실을 알아내야 한다.

시간과 노력이 꽤 필요한 일이다.

이것이 살인이고 범인이 여자, 즉 가짜 '쇼코'였다면 좀더 간단한 방법이 있지 않았을까? 외판원을 가장해서 집을 방문할 수도 있었을 것이다. 여자는 별로 경계받지도 않는다.

그게 아니라면 '쇼코'는 다른 경로를 통해 요시코가 다가와의 단골인 것을 알아냈고, 처음부터 그 사실을 이용할 작정으로 우쓰노미야를 찾아온 것일까. 그렇다면 위험한 계단을 이용했을 가능성이 있다.

그렇다고 한다면 그 정보는 어떻게 알아냈을까?

"여기서 이러쿵저러쿵 떠드는 것보다 직접 다가와에 가보는 게 훨씬 빠를 것 같은데요." 다모쓰가 말했다.

"안내해줄 수 있나?"

"물론이죠."

"나도 갈래." 이쿠미가 말했다.

"추워서 안 돼."

"괜찮아. 두껍게 입고 나왔어."

이쿠미가 새침하게 턱을 치켜들며 말했다. 그 말이 혼마는 모르는 무슨 신호였는지, 다모쓰가 잔을 내려놓고 자세를 고쳐 앉았다.

"혼마 씨, 저는 당신을 돕고 싶습니다."

"뭐?"

"돕고 싶습니다. 시짱 찾는 일을 저도 돕게 해주세요. 부탁드립니다."

이런 경우에는 본인보다도 임신중인 아내의 의향을 존중해야 할 것이다. 혼마는 이쿠미의 얼굴을 쳐다보았다. 그녀는 야무지게 입을 꽉 다물더니 고개를 한 번 끄덕이고 나서 말했다.

"이 사람을 써주세요."

"정비소 일은 어쩌고?"

"쉬겠습니다. 그 정도 자유는 있어요."

"하지만······"

"괜찮습니다. 결정된 거죠? 이쿠미도 승낙했어요."

다모쓰가 조급하게 말하더니 도망치듯 자리에서 일어섰다. "제가 더 추위를 타네요. 잠깐 화장실 좀 다녀오겠습니다."

"그런 말은 일일이 안 해도 돼."

이쿠미가 웃으면서 스쳐 지나가는 다모쓰의 뒷무릎을 때렸다.

두 사람만 남자, 이쿠미가 무릎을 모으고 큰 의미 없이 혼마에게 미소를 지어 보였다.

"다모짱, 좋은 사람이죠?"

"으음." 혼마가 고개를 끄덕였다. "이상한 일에 끌어들여서 미안합니다. 방금 한 얘기는······"

말이 채 끝나기도 전에 이쿠미가 고개를 저었다. "아니에요, 괜찮아요."

"괜찮을 리가 있나요."

"괜찮다니까요."

이쿠미가 무릎 위에 놓여 있던 손수건을 접었다. "도쿄의 형사님이라면서요."

"휴직중이지만."

"그 말도 들었어요. 다모짱이 겉보기는 저래도 그렇게 어수룩한 사람이 아니에요. 오후에 혼마 씨가 공장에 다녀간 후에 사카이 씨한테 바로 전화를 걸어서, 경시청에 혼마라는 사람이 있는지 확인했어요."

"······그렇군요."

"그래서 저렇게 의욕이 생긴 거예요. 진짜 형사님과 함께 실종자 수색이라니. 멋지잖아요."

"정말로 허락하신 겁니까? 남편이 정비소 일을 쉬어야 하고…… 경우에 따라서는 집을 비우게 될지도 모르는데."

"진심이에요. 다모짱을 써주세요."

두 번 숨 쉴 만한 뜸을 들이다가 혼마가 말했다.

"그건 안 됩니다."

이쿠미가 고개를 획 쳐들었다. "왜요?"

"부인께서 진심으로 승낙한 것 같지도 않고, 당신들한테까지 풍파를 일으킬 순 없어요. 내가 상황을 보고할 테니까 다모짱한테는 집에서 가만있으라고 설득하세요."

"그건 안 돼요. 써주세요."

"싫지 않아요?"

이쿠미가 목소리를 높이며 말했다. "싫어요. 너무 싫어요!"

말없이 얼굴을 바라보니 이쿠미의 통통한 볼살이 떨리는 걸 알 수 있었다.

"싫지만, 집에서 있으면서 쇼코 씨 생각을 하는 건 더 싫어요."

"그럴 리가 있나. 지나친 생각이에요."

"어떻게 그렇게 단언할 수 있죠? 형사님이 다모짱을 알아요?"

이쿠미의 기세에 살짝 기가 꺾였다.

"그렇지만 아무리 소꿉친구라 해도 지금 그에게는 쇼코 씨보다 당신과 다로가 훨씬 중요할 게 틀림없어요. 나도 그 정도는 압니다."

"맞아요. 중요해요. 많이 아껴줘요. 그렇지만 달라요. 의미가 달라요."

"어떻게 다르죠?"

이쿠미의 목소리에서 힘이 빠졌다. "혼마 씨, 소꿉친구 있어요?"

"있지만 지금은 별로 친하게 지내지 않죠."

"그럼 알 수 없겠네요."

"다모쓰 씨와 쇼코 씨도 어른이 되어서까지 친하게 지낸 건 아닐 텐데요."

"그래도 늘 마음에 두고 있었어요. 다모짱은 줄곧 마음에 담아뒀어요, 쇼코 씨를요. 도쿄로 가서 신용대출에 손을 대는 바람에 빚을 지고 호스티스가 된…… 그런 사람을 줄곧 마음에 담아뒀다고요. 좋아했단 말이에요."

"한마디만 하겠는데, 그런 '좋아하는' 감정은 당신을 향한 마음과는 달라요."

"다르죠. 물론 달라요. 그러니까 괜찮다는 거예요. 다모짱이 그 사람을 위해 최선을 다해도 이해할 수 있어요. 이번뿐이라면. 이걸로 깨끗하게 끝난다면. 그렇지만 앞으로도 계속 질질 끄는 건 싫어요."

이쿠미가 고개를 숙였다. 무릎 위에 올린 손등으로 눈물 한 방울이 툭 떨어졌다.

"……흥분하면 태교에 안 좋은데."

최대한 가볍게 말했다고 생각했지만 이쿠미는 웃지 않았다. 이 화제에서 벗어날 생각도 없어 보였다. 양쪽 어깨에는 여전히 잔뜩 힘이 들어가 있었다.

"다모짱은 내 이름도 친근하게 부르기는 하지만, 쇼코 씨는 꼭 '시짱'이라고 불러요."

이쿠미가 중얼거리듯 말했다.

"계속 마음속에 있는 거예요. 아직도 좋아하는 거라고요. 어린 시절 추억을 같이 나눴잖아요. 난 도저히 당해낼 수 없어요."

혼마는 이쿠미를 바라보면서 불현듯 이카리의 얼굴을 떠올렸다. 지즈코의 불단을 향해 '지짱'이라고 부르던 그의 목소리를 떠올렸다.

"그렇게 좋아했으면 다모쓰 씨가 쇼코 씨랑 결혼했을 거 아닙니까."

이쿠미가 살며시 웃었다. "쇼코 씨는 다모짱을 상대도 안 해줬어요. 그리고 그러지 않았더라도, 너무 가까워서 안 됐을 거예요."

너무 가까워서 안 된다…… 그것 역시 이카리가 한 말과 비슷했다.

"어릴 적 소꿉친구는 연애나 결혼 같은 것과는 별개예요. 분명히 그럴 거예요. 게다가……"

"게다가?"

이쿠미가 어린애처럼 손등으로 얼굴을 마구 문지르며 눈물을 닦아냈다.

"저 사람은 자기가 쇼코 씨한테 나쁜 생각을 품었던 것에 심한 양심의 가책을 느끼고 있어요. 아까도 얘기했듯이 그녀가 어머니를 죽였을지도 모른다고 의심했잖아요? 그래서……"

"그걸 속죄하려고?"

"맞아요. 속죄라고 할 만큼 거창한 건 아니겠지만, 미안한 마음을 행동으로 표현하고 싶은 거예요."

꾸밈없어 보이는 다모쓰의 얼굴과 이쿠미의 목소리가 혼마의 머릿속에서 어지러이 뒤엉켰다.

"그리고 저랑 다모짱은 세키네 요시코 씨가 그렇게 세상을 떠난 것을 계기로 알게 됐잖아요. 다시 말해 이건 우리 부부의 뿌리와 관계되는 일이에요. 집착하는 게 당연해요. 그러니 다모짱의 마음을 풀어주세요. 휴가는 충분히 낼 수 있어요. 우리는 신혼여행도 안 갔으니까. 결혼식 때 이미 임신 육 개월이었거든요."

이쿠미가 코에 깊은 주름을 잡으며 웃더니 말했다.

"오늘도 정비소 일은 여섯시에 끝났어요. 다모짱은 그후로 장장 세

시간 동안 이 일로 저와 심하게 입씨름을 했어요. 저 사람은 혼마 씨가 다녀간 순간부터 이미 돕기로 결정한 것 같아요. 마음이 따뜻하고 성실한 사람이에요. 부탁이에요, 저 사람의 마음을 풀어주세요."

이제 눈물은 흐르지 않았지만, 이쿠미의 눈은 여전히 울고 있었다. 실은 이루 말할 수 없이 분할 게 틀림없다. 그러나 이 현명한 여성은 다모쓰가 그런 마음을 먹은 이상, 추억과 싸워봐야 아무런 승산도 없다는 사실을 잘 알고 있는 것이다.

강한 사람이라는 생각이 들었다. 이런 강인함은 분명 그녀의 천성이리라.

혼마는 숨을 한 번 내쉬고 말했다. "이번 일이 마무리되면, 남편한테 아주 비싼 선물을 사달라고 하세요."

이쿠미가 웃었다. "우리집을 지어달라고 할 거예요. 땅은 있어요. 1, 2층이 훤히 트인 천장 높은 집에 살고 싶어요."

"그거 좋겠군요."

이윽고 미닫이문이 열리고 다모쓰가 들어왔다. 아니, 분명 한참 전부터 문밖에 있었을 것이다. 고개를 숙이고 있었다.

"자, 그만 갈까, 다모짱."

이쿠미가 재촉하며 일어섰다. 엉거주춤하게 일어선 자세로 혼마를 돌아보았다.

"맞다. 다모짱이 이번 일에 도움을 드리면 경찰에서 감사장 같은 걸 받을 수 있나요?"

다모쓰가 당황했다. "바보 같은 소리 하지 마."

"뭐 어때. 못 받나? 시아버님이 표창장을 벽에 장식하는 걸 굉장히 좋아하거든요. 그런데 다모짱은 아직 표창을 받은 적이 없어요. 초등학교 2학년 때 받은 개근상뿐이죠."

혼마는 오랜만에 훈훈한 마음으로 웃었다. "받을 수 있도록 노력해보죠."

17

빌딩 앞까지 택시를 타고 갔다. "혼마 씨 다리 상태로는 올라가기 힘들어요"라는 다모쓰 말에 문제의 계단은 밑에서 올려다보기만 하고 지나쳤다. 그래도 분위기는 충분히 알 수 있었다.

콘크리트 계단은 눈사태처럼 무너져내릴 듯한 착각이 들 정도로 급경사였고, 조명까지 흐려서 발밑이 어두웠다. 난간이 있기는 하지만 워낙에 경사가 급하고 계단 폭이 좁아서, 꼭 술에 취하지 않았더라도 자칫 균형을 잃으면 멈출 새도 없이 바닥까지 굴러떨어질 것처럼 보였다.

"존재 자체가 흉기 같은 계단이죠?" 이쿠미가 몸서리치듯이 목을 움츠리며 중얼거렸다. "그런 일이 생기기 전부터, 저는 이 계단 밑을 지나갈 때마다 〈엑소시스트〉 같다는 생각이 들었어요."

"엑소…… 뭐라고요?"

이쿠미가 어이없다는 표정을 지었다. "영화를 잘 안 보시는군요."

빌딩 한구석에 초라하게 숨어 있는 엘리베이터에 올라탔다. 1, 2층의 은행은 이 엘리베이터를 이용하지 않는 모양이다. 엘리베이터 바닥에는 싸구려 다홍색 카펫이 깔려 있고, 벽 여기저기에 지저분한 낙서들이 보였다.

엘리베이터는 끼익끼익 신음소리를 내며 3층으로 올라갔다. 다리만 온전하면 걸어가는 게 빠르겠다 싶을 정도였다.

다가와에서는 먼저 온 손님 하나가 기다리고 있었다. 나이가 지긋한 남자가 다모쓰의 얼굴을 보고 창가 칸막이 자리에서 일어섰다. 그 사람이 바로 우쓰노미야 경찰서의 사카이라는 형사였다. 다모쓰도 나름 행동력이 좋았다.

공무수행으로 지방에 출장을 가면, 무의식적으로 이쪽이 경시청 사람이라는 걸 의식해서 비굴한 태도를 보이거나 반대로 고집스럽게 거부감을 드러내는 지방 형사를 마주치곤 한다. 다행히 사카이 형사는 그런 타입이 아니었다. 그러나 그것은 인품이라기보다 "앞으로 두 달 후면 정년퇴직입니다"라는 본인의 말과 같은 입장에서 비롯된 여유(어쩌면 '체념'인지도 모르지만)인 듯했다.

"혼다 씨에게 대략 얘기는 전해들었습니다. 어떤가요? 일이 꽤 복잡하게 꼬인 것 같던데."

형사에는 두 종류가 있다. 술집 같은 곳에서는 절대로 자기 신분을 밝히지 않는 타입과, 어느 정도 장소를 가려도 대부분 적극적으로 밝히는 타입이다. 사카이 형사는 후자처럼 보였고, 다가와는 그의 '담당구역'에 속하는 듯했다. 따끈하게 데운 토속주를 앞에 놓고 편안히 앉아 있었다. 목소리에서도 딱히 조심스러워하는 느낌이 풍기지 않았다.

"일단은 세키네 요시코 씨의 사망사고와 관련해서 수상쩍은 점이 있느냐 없느냐…… 그게 궁금한 건가요?"

"그렇습니다. 타살 가능성은 없습니까?"

사카이 형사는 얼굴을 온통 찌그러뜨리며 웃었다. 그렇게 웃는 얼굴을 무기로, 절대 위협하지 않고 어깨를 탁탁 두드리며 용의자를 굴복시키는 타입일 것이다.

"그럴 가능성은 없습니다. 단언할 수 있어요."

"그렇지만……"

무릎을 앞으로 내미는 다모쓰에게 사카이 형사가 타이르는 듯한 투로 말했다. "글쎄, 내가 몇 번이나 말했잖아. 누가 그 위에서 요시코 씨를 밀어서 떨어뜨렸을 리는 없다고. 그건 불가능하다니까."

"불가능?" 혼마가 물었다. "그런 일이 있을 수 없다는 뜻인가요? 비명이 안 들렸기 때문이 아니고?"

"네, 그렇습니다. 잠깐 같이 나가보시겠습니까. 그러는 게 얘기가 빠르겠군요."

위험하고 춥다는 이유로 이쿠미는 자리에 남겨두고, 셋은 같이 빌딩 복도로 나왔다.

폭이 일 미터가량 되는, 콘크리트 바닥을 그대로 드러낸 복도였다. 게다가 밖으로 훤히 노출된 구조였다. 머리 위로 튀어나온 콘크리트 차양은 빌딩 옥상 부분이었다.

다가와 출입문을 등지고 오른쪽에는 엘리베이터, 왼쪽에는 문제의 계단이 있다. 다가와는 3층에 자리 잡은 세 가게 중 한가운데에 위치해 있었다. 다시 말해 오른쪽에 또다른 선술집 입구가 있고, 왼쪽에는 조금 전 다모쓰가 말했던 시끌벅적한 댄스곡을 트는 술집 문이 보였다.

그 밖에 다른 문은 보이지 않았다. 창고도, 화장실도, 그 무엇도.

"아시겠습니까?"

사카이 형사가 천천히 계단 쪽으로 걸음을 내디디며 살짝 우쭐거리는 표정으로 말했다.

"도망치거나 숨을 만한 장소가 없단 말입니다. 혹시 누가 세키네 요시코 씨를 밀어서 떨어뜨렸다면 범인이 범행 후에 택할 수 있는 길은 두 가지뿐이에요. 첫번째는 계단으로 내려가거나 엘리베이터를 타고 도망치는 거겠죠. 두번째는 아무 일도 없었던 척 어디 가까운 가게 안으로 뛰어들어가는 방법입니다."

"어느 쪽이든 상당한 다릿심과 연기력이 필요하겠군요."

혼마가 중얼거리자 사카이 형사가 활짝 웃었다.

"그렇죠. 평범한 사람한테는 무리예요."

세 사람은 계단 맨 위에 올라섰다. 사카이 형사가 맨 앞에 서고 다모쓰가 맨 뒤에 섰다.

2층 층계참은 다다미 절반도 안 되는 넓이였다. 쉴 만한 곳은 거기 하나뿐이고, 줄줄이 이어진 좁은 콘크리트 계단 끝에는 단단한 회색 포장도로가 기다리고 있었다. 계단을 가만히 내려다보고 있자니 뭔가를 떨어뜨려보고 싶은 충동이 일었다. 속임수 그림 속에 빠져버린 것 같기도 하고, 몸을 조금만 앞으로 기울이면 머릿속에서 영혼이 빠져나가버릴 것 같은 느낌이 들었다.

"요시코 씨가 떨어진 후에 계단을 내려간 사람은 없었습니다. 다모짱, 당신 아내가 그렇게 증언했잖아? 계단 위에는 아무도 없었다고."

'다모짱'이라고 허물없이 부르며 사카이 형사가 말했다.

"다만 2층 층계참까지 내려가서 문 닫은 은행 내부를 통과해 도망쳤을 가능성도 있긴 하죠. 발이 놀랍도록 빨라야 하겠지만. 그 점에 관해서도 조사해봤는데, 2층은 어쨌거나 은행 아닙니까. 관계자 이외의 사람이 쉽게 드나들 수 있는 구조가 아니에요."

다모쓰는 말없이 목덜미를 긁고 있었다.

"엘리베이터는 어떨까요?"

혼마는 그렇게 물으면서도 입가에 쓴웃음이 번지는 것을 억누를 수 없었다. 사카이 형사의 얼굴을 보니 그도 빙긋 웃고 있었다.

"저 엘리베이터가 얼마나 낡아빠졌는지 보셨을 텐데요."

"그렇더군요……"

"요시코 씨가 굴러떨어지고, 이쿠미 씨가 그걸 발견하고 비명을 지르고, 사람들이 모여든다…… 그보다 먼저 엘리베이터로 아래까지 내려가서 누구의 눈에도 띄지 않고 감쪽같이 도망치는 건 곡예에 가까운 일입니다. 지나가던 다른 사람들도 있었으니까."

"그럼 어느 가게로 뛰어들어서 손님으로 가장했겠죠." 기세는 확 줄었지만, 다모쓰가 다시 반박했다.

사카이 형사는 천천히 고개를 저었다. "글쎄, 그것도 말이 안 된다니까. 다가와에서도, 엘리베이터 가까이 있는 술집에서도, 이 계단하고 가장 가까운 가게에서도……"

사카이 형사가 시끌벅적한 술집 문을 가볍게 두드리며 말을 이었다. "요시코 씨가 추락한 무렵에 밖에 나갔다 오거나 새로 들어온 손님은 없었다고 해. 이 세 가게 다 내부에 개별 화장실과 전화기가 있어. 손님은 처음 올 때랑 돌아갈 때만 출입문을 통과한단 말이지."

만듦새는 조잡하지만 꽤 무거워 보이는 술집 문 쪽을 가리키며 다모쓰가 손을 휘둘렀다.

"저렇게 시끄러운데 손님이 드나드는 걸 제대로 알기나 하겠습니까? 경찰 탐문수사에 대충 적당히 대답한 거 아닐까요?"

다모쓰가 세세한 부분까지 파고들었다. 그러나 사카이 형사는 어린애를 달래는 듯한 표정을 지을 뿐이었다.

"그렇긴 하지. 하지만 다모짱, 혹시 요시코 씨를 밀어뜨린 범인이 이 가게에 있었다고 해보자고. 그 사람은 요시코 씨가 다가와에서 나가는 걸 어떻게 알아냈을까? 복도에서 계속 기다리는 게 제일 확실하겠지만 출입하는 다른 손님들한테 수상쩍게 보일 테고, 지나가다 목격한 사람도 있었겠지. 그게 아니라 술집 안에 있었다면, 요시코 씨가 큰 소리로 노래를 부르면서 복도를 지나간다 해도 알 수가 없어. 안에선 들리지 않을 테니까."

이쯤 되자 다모쓰도 난처해진 모양이었다. 갑자기 추워하는 표정을 지었다. 두 손은 주머니에 감추고 있다.

"딸인 세키네 쇼코의 알리바이는 어떻습니까?" 혼마가 물었다.

"일단 확인은 했습니다. 요시코 씨가 사망한 시각은 밤 열한시 무렵인데, 그때 따님은 평소처럼 술집에서 일하고 있었습니다. 동료가 증언했어요. 그날은 토요일이었는데, 가게는 쉬는 날이 아니었답니다."

"그렇지만 알리바이쯤은 얼마든지 꾸며낼 수 있잖아요?"

지푸라기를 잡는 듯한 다모쓰의 말에 혼마는 무심코 사카이와 얼굴을 마주 보고 말았다. 소리는 내지 않았지만, 두 사람 다 웃고 있다는 것을 다모쓰도 알아차렸을 게 틀림없다.

"다모짱, 이건 서스펜스 드라마가 아니야." 사카이가 말했다.

언뜻 반대로 여겨질지 모르지만, 현실적으로 알리바이를 더 중요시하는 것은 일반인이 아니라 형사 쪽이다. 제아무리 수상쩍어도 확고한 알리바이가 있다면 수사하는 측에서는 용의선상에서 제외시킬 수밖에 없다. 다른 곳에서 진범을 찾아낼 궁리를 해야 한다. 그러나 일반인은 의외로 고집이 세서, 한번 '이 녀석이 수상하다'고 믿어버리면 "알리바이가 있어도 보나마나 날조했을 거다"는 말을 서슴없이 내뱉는다. 무고한 죄를 뒤집어쓴 사람이 재수사나 재심에서 무죄가 입증되어도 지역주민이나 친척들한테는 여전히 범인 취급을 받고 백안시당하는 까닭도 이런 심리 때문일 것이다. 과학수사에서도 마찬가지다. 형사는 혈액형의 미세한 차이에도 영향을 받아 수사 대상을 바꾸지만, 일반인은 '그런 걸 어떻게 믿느냐'며 일축해버리곤 한다.

다모쓰도 '시짱이 한 짓이 아닐까'라고 생각한 순간부터 그 깊은 수렁에 빠져들어 주위가 보이지 않게 된 것이다. 알리바이라는 애매모호한 요소보다는 시짱이 빚으로 곤란을 겪었다는 사실 쪽이 그에게 더욱무겁게 다가왔기 때문이다. 그래서 온갖 상상을 하며 고민하다 결국은 가와구치의 그녀 집에까지 찾아간 것이다. 그리고 지금까지 줄곧 의심하고 괴로워했다.

"취객이 이쿠미 씨를 귀찮게 할지도 모르니 자네 먼저 들어가."

사카이의 재촉에 다모쓰는 다가와로 돌아갔다. 높은 곳까지 불어오는 밤바람에 귀의 감각이 둔해지는 것을 느끼며 혼마가 말했다.

"왜 타살 의혹이 없는지는 잘 알았습니다."

애당초 혼마는 세키네 쇼코가 어머니를 살해했을 가능성은 생각조차 해본 적 없었다. 문제는 어디까지나 '쇼코'다.

"그런데도 여전히 유보하시는 것 같군요."

사카이에게 속마음을 들킨 것 같았다.

"네. 나름대로 생각하고 있는 게 있어서요. 불쾌하게 받아들이지 않으셨으면 합니다."

"상관없어요. 나도 내 생각을 말했을 뿐이니까."

"다모쓰 씨에게서 들었습니다만, 사카이 씨는 세키네 요시코가 자살한 것으로 보신다면서요?"

사카이가 턱이 목에 부딪칠 기세로 힘차게 고개를 끄덕거렸다. 차가운 바람을 맞아 눈에 눈물이 어려 있었다.

"직장 동료 아주머니들과, 요시코 씨를 잘 아는 다가와 단골손님들을 탐문해봤어요."

사카이가 가파르게 하강하는 회색 계단을 바라보며 말했다.

"요시코 씨는 전에도 한 번 여기서 떨어질 뻔한 일이 있었다고 합니다. 죽기 얼마 전이었죠, 한 달 전쯤이라니까. 그때는 엉덩이부터 떨어져서 너덧 계단만 미끄러지고 넘어간 모양이지만."

"누구 본 사람이 있었나요?"

"네. 그때는 요시코 씨도 놀랐는지 소리를 질렀다더군요. 그래서 우연히 그녀를 스쳐 지나 다가와로 들어가던 손님이 그 소리를 듣고 뛰어 나왔답니다."

계단에서 시선을 거두고 혼마의 얼굴을 빤히 바라보며 사카이가 말했다.

"그때 자길 일으켜준 손님에게 요시코 씨가 이런 말을 했다더군요. '여기서 떨어지면 죽을 수도 있겠다'라고."

또 한 차례 바람이 다문 입술 틈새까지 파고들어 이를 얼릴 듯 매섭게 불어닥쳤다.

"그때도 꽤 많이 취해 있어서 도와준 사람도 진심으로 받아들이진 않은 모양이에요. 그런데 직장 동료 아주머니들 얘기를 들어보니 요시코 씨는 평소에도 사정이 좋지 않아서, 이따금 더 살아봐야 좋은 일도 없으니 차라리 죽고 싶다느니 어쩌느니 하는 흉흉한 말을 했었나봅니다."

"……희망이 없었던 걸까요?"

"불안했던 거 아닐까요. 딸은 빚 소동이나 일으키는데다 이제 곧 서른 살인데 시집갈 기미도 없고, 변변찮은 술집에서 일하는 떠돌이 생활을 하잖습니까. 자기 자신도 언제까지고 건강하란 법이 없고……"

"사망했을 때 세키네 요시코 씨는……"

"쉰아홉 살이었습니다. 나이만 보면 아직 젊죠. 그래도 몸 여기저기에 이상이 생겼을 거예요. 난 충분히 이해가 갑니다."

무의식중에 한 행동이겠지만, 사카이는 오른손을 등뒤로 돌려 허리 언저리를 눌렀다.

"이대로 나이를 먹으면 어떻게 될까…… 모아둔 돈도 없는데, 일도 못하게 되면 어떻게 하나…… 그런 걱정으로 끙끙거렸나봅니다. 그게 심해져서 순간적으로 죽을 마음을 먹은 게 아닐까 한 거죠."

"그런데 유서는 없었다."

사실 유서 없는 자살은 의외로 많다. 그것을 알면서도 혼마는 말해보 았다.

사카이는 남에게 들릴 것을 경계하듯 목소리를 낮추었다. "그게 말이 죠, 사실 자살에도 여러 가지가 있지 않습니까. 각오를 다지고 농약을 먹거나 빌딩에서 뛰어내리는 것만이 자살은 아니죠. 뭐랄까, 그냥 이대 로 죽어도 괜찮겠다 싶을 수도 있잖아요."

사카이는 그 말과 함께 계단 쪽으로 가볍게 걸음을 내디뎠다. 혼마는 엉겁결에 그 소매를 잡으려고 손을 뻗다가, 형사의 오른손이 난간을 꽉 붙잡고 있는 모습을 보고 멈췄다.

사카이는 계단을 한 칸 내려섰다. 마치 사고 당시 세키네 요시코의 심리 상태의 구렁 속을 향해 그 계단 한 칸의 높이만큼 내려선 것처럼 보였다.

그 상태로 회색 포장도로를 응시했다.

"요시코 씨는 매번 다가와에 올 때마다 잔뜩 취했고, 아무리 위험하 다고 말려도 이 계단으로 내려갔답니다. 그렇게 몇 번씩 내려가다보면 어쩌다 발이 미끄러지고 균형을 잃어서 아래까지 굴러떨어져 순식간에 죽을 수 있지 않을까, 그러면 좋겠다…… 그런 생각을 하지 않았을까 싶어요."

"그 정도로……" 입을 열자 냉기가 목 안으로 스며들었다.

"그 정도로 고독했을까요?"

"그렇죠. 난 그렇게 봅니다."

사카이는 말을 마치고 이쪽으로 등을 돌린 채 뒷걸음으로 3층 복도에 올라섰다.

"한번 생각해보세요, 요시코 씨는 죽기 전까지 수도 없이 이리로 내 려갔어요. 그녀가 아무리 취해도 이 계단을 이용한다는 건 다가와의 손님 모두가 알고 있었습니다. 그런데 말이죠, 그런 손님들 중 술이 취해 가게를 나서는 요시코 씨를 엘리베이터 앞까지 바래다준 사람은 없었어요. 그냥 두면 요시코 씨가 또 계단으로 내려갈 테니까 내가 잠깐 나가서 엘리베이터 태워주고 올게, 라며 술자리에서 일어선 손님이 단 한 사람도 없었단 말입니다. 말로는 '위험하니까 엘리베이터를 타요'라고 하면서 말입니다. 말로는."

흰 털이 섞인 사카이의 눈썹이 아래로 처졌다. 입으로는 웃고 있었지만 눈은 아니었다.

"남 얘기 할 처지가 아니죠. 나 역시 그렇게 말로만 친절했던 단골 중 한 사람이었으니까. 몇 번인가 다가와 카운터 자리에서 요시코 씨를 본 적이 있어요."

어느 쪽이 먼저랄 것도 없이 둘은 발걸음을 돌려 다가와 출입문 쪽으로 걸어갔다. 뒤를 돌아보면 계단 옆에 누군가가 있을 듯해서, 술에 취해 벽에 기대선 쉰아홉 살 고독한 어머니의 그림자가 드리워져 있을 것 같아서 차마 뒤를 돌아볼 수 없었다.

저녁 무렵 미리 역 빌딩 근처의 호텔에 방을 잡아두었다. 프런트에 가니 혼마 앞으로 온 연락이 있다고 했다.

사토루한테서였다. 저녁 일곱시 이십오분에 걸려온 전화라고 쓰여 있었다.

여섯시 무렵이었나, 체크인할 때 호텔 방에서 집으로 전화를 걸어 연락처를 알려두었다. 도중에 이사카가 전화를 받더니 오늘밤 사토루를 자기 집에서 재워도 되겠냐고 물어서 한결 가벼운 마음으로 감사인사를 했다.

이사카의 집으로 전화를 걸자 곧바로 사토루가 받았다.

"아빠? 왜 이렇게 늦었어, 얼마나 기다렸는데."

지금 몇시나 됐지. 침대 헤드보드에 달린 시계를 들여다보니 이제 곧 자정이 될 무렵이었다.

"미안, 얘기가 좀 길어졌어. 무슨 일이니?"

"으음, 마치코 선상님한테 전화 왔었어."

"누구한테?"

"아이 참, 마치코 선상님 말이야."

재활치료사 얘기다. 그녀의 이름은 기타무라 마치코였다. 사토루도 처음에는 그녀를 '마치코 선생님'이라고 불렀는데, 오사카 출신인 그녀가 오사카 사투리를 고수하는 자기에게 협력하라며 '선상님'이라고 부르게 시킨 것이다. '선생님'이라고 부르면 안 된다.

"아빠가 재활치료를 안 나가서?"

"응."

"너 고작 그 얘기 하려고 이 시간까지 안 자고 기다렸어?"

사토루는 조바심이 난 것 같았다. "장거리 전화로 야단치지 마. 돈 아깝잖아. 그리고 이건 이사카 아저씨네 전화야."

"바보 녀석. 괜찮아, 아빠가 걸었으니까."

멀리서 무슨 소리가 들리더니 "자자, 아줌마가 교통정리 좀 해줄게" 하며 히사에가 전화를 받았다.

"여보세요?"

"혼마 씨? 잠깐 제 말 좀 들어보세요. 발단은 그 괴상한 사진에 찍힌 괴상한 야구장의 괴상한 조명이었어요."

"야구장 밖을 보고 있는 조명 말이죠?"

"맞아요, 그거요. 하도 신기해서 우리도 계속 고민해봤죠. 기회 있을 때마다 남들에게 물어보기도 하고. 그 정도는 말해도 괜찮을 것 같았거든요. 정보는 가능한 한 넓은 범위에서 끌어모으는 게 합리적이니까."

"아, 네. 그래서……?"

"서두르지 마세요. 그런데 사토루가 워낙 착한 아이다보니 그 생각이 머릿속에서 떠나질 않은 거예요. 덕분에 숙제까지 잊어버릴 정도로 온통 그 괴상한 조명등 생각뿐이었죠."

아줌마 쓸데없는 소리 하지 마, 라고 사토루가 투덜거렸다.

"숙제는 됐습니다. 그래서요?"

"그렇다보니, 오늘 마치코 선상님이 전화해서 너희 아버지는 적의 코앞에서 내뺀 도망자다, 사흘 안에 출두하지 않으면 헌병이 체포하러 가겠다고 위협했을 때도 사토루는 그 생각만 하고 있다가 결국 못 참고 물어본 거예요. 상대는 스포츠클럽 선생님이잖아요? 혹시 알고 있을지도 모른다고 생각한 거죠."

혼마가 수화기를 다시 움켜쥐었다. "그래서요? 그 사람이 알고 있었습니까?"

"'고것을 왜 진작 나한테 안 물어봤다냐'라고 했대요. 이게 정확한 오사카 사투리인지는 잘 모르겠지만."

"그럼, 알고 있었군요?"

"알고 있었어요!" 그 옛날 프라이팬을 휘두르던 기세로 히사에가 단호하게 말했다.

"잘 들으세요, 혼마 씨. 그 조명등은 전혀 괴상한 게 아니었어요. 우리 멋대로 괴상하게 생각했을 뿐이죠."

"네?"

"말이죠. 그 조명등은 평범한 조명등이에요. 전국 어느 야구장에나 다 있는 아주 흔한 조명이라고요. 빛의 방향이 다른 것도 아니고, 고민할 일도 아니었던 거죠."

"그렇지만 그 사진에서는……"

재미있다는 듯 히사에가 말을 가로막았다. "아, 그러니까 전제조건이 틀렸던 거죠. 당신은 그 사진을 봤을 때 '이 집은 야구장 근처에 있다. 조명등이 보이니까'라고 말했죠?"

"네, 그랬죠. 사실 그대로니까."

"그래요. 그렇지만 그 뒤가 잘못됐던 거예요. '그런데 조명이 이 집을 향하고 있으니, 이 조명등은 야구장 바깥쪽을 비추고 있는 셈이다. 야구장 안에 집이 있을 리는 없으니까'라고 했죠?"

"그랬죠. 그야……"

"글쎄, 그게 잘못됐다니까."

사토루의 목소리가 돌아왔다. 한껏 들떠 있었다. 히사에에게 지지 않을 만큼 큰 목소리로, 한 마디 한 마디 끊어서 강조하며 말했다.

"있잖아, 마치코 선상님이 가르쳐줬는데, 지금 야구장 안에 집을 지을 수 있는 곳이 전국에 딱 한 군데 있대. 아빠, 무슨 말인지 알겠어? 조명등 방향은 맞았어. 야구장 안을 비추고 있으니까. 그런데 거기에 집이 있었던 거야. 야구장 안에."

너무 생뚱맞은 소리라 한동안 아무 말도 할 수 없었다. 그렇다고 웃을 수도 없었다. 사토루의 기세를 보아하니 농담도 아니다.

"그런 희한한 장소를 마치코 선상님이 알고 있었다고?"

"응. 선상님은 오사카의 스포츠우먼이고 열광적인 야구팬이기도 하니까."

"그렇다면…… 오사카에 있다는 소린가?"

"응." 사토루가 말했다. "있대. 안 쓰는 야구장. 아빠는 몰라? 1988년 9월에 난카이 호크스가 다이에에 매수돼서 후쿠오카로 옮겼잖아? 그래서 오사카 구장이 비어버린 거야. 그런데 헐지 않고 놔둬서 지금도 그대로 있대. 이벤트 회장으로도 쓰고, 중고차 판매 전시장으로도 쓰면서 말이야. 그리고 그런 행사들 중에 '리빙 페스타'라는 게 있댔어."

"리빙……"

"요새도 또 하고 있나봐. 그러니까 아빠, 주택 전시장 말이야. 원래는 오사카 야구장이었던 곳을 주택 전시장으로 만든 거라고. 그러니까 거기가 일본에서 딱 한 군데 야구장 안에 집이 있는 장소인 거지. 내 말 듣고 있어? 그 폴라로이드 사진에 찍힌 건 그 안에 있는 모델하우스야!"

18

도카이도 신칸센을 타고 신오사카 역으로 향했다. 역에서 오 분쯤 걸어서 미도스지 선으로 갈아타고, 오사카 시 중심부를 남북으로 횡단하는 이 지하철로 이십 분가량 이동한 후에 난바 역에 도착했다. 쇼핑을 좋아하는 여자라도 빠짐없이 둘러보려면 꼬박 이틀은 걸릴 것 같은 드넓은 지하상가를 빠져나와 지상으로 올라가자 잡탕같이 어수선한 번화가가 나왔다. 갓 지은 듯 세련되고 깔끔한 지하도와 이 지상의 거리는, 마치 부잣집으로 시집가는 가난한 집의 아리따운 처녀와 그녀의 생가 같이 보였다.

이곳이 난바 거리고, 옛 오사카 구장은 지하철 출구에서 엎어지면 코 닿을 곳에 있었다. 마치 주변의 공동빌딩들과 이마를 맞댄 듯한 모양새로 존재하는 것이다.

통일감이 완전히 결여된 잡다한 광고와 간판에 파묻힌 외벽은 야구장 본연의 이미지와 180도 달랐다. 어디서나 흔히 볼 수 있는 낡은 빌딩의 외벽처럼 보였다. 한때 그 안에서 프로 선수가 홈런을 쳤다는 게 도무지 믿기지 않을 정도였다. 세이부 구장, 도쿄 돔, 고베 그린스타디움 등, 최신 설비를 갖춘 드넓은 구장을 프랜차이즈로 둔 구단이 늘어가는 와중에, 과연 이 구장으로는 난카이 호크스가 존속할 수 없었을 것이다. 그건 프로야구에 별 흥미가 없는 혼마도 추측할 수 있었다.

높이 제한 이 미터인 차량 입구 옆에 주변 공동빌딩의 출입구와 별반 다를 바 없는 알루미늄 새시 미닫이문이 있었다. 그 위에 '오사카 구장 주택박람회 인포메이션'이라는 글씨가 적힌 샛노란 휘장이 쳐져 있었다.

확실히 이곳은 내부에 집이 있는 일본 유일의 야구장이었다.

입구를 통과하자 안은 통로 겸 사무실처럼 꾸며져 있었다. 하얀 벽에 다양한 주택 모델 패널이 걸려 있고, 그 아래 각 타입의 번호가 붙어 있었다. 아침부터 날이 화창해서 눈이 햇빛에 익숙해진 탓인지 묘하게 어둡게 느껴졌다.

통로 겸 사무실 끝에도 역시 똑같은 알루미늄 새시 문이 있고 그 문을 통해 야구장 안으로 들어가도록 되어 있었다. 미닫이문 바로 앞에는 긴 책상을 L자형으로 늘어놓은 접수대가 있고, 심플한 정장을 입은 삼십대 여자 하나가 이쪽을 보고 앉아 있었다.

접수대 앞에서 알루미늄 새시 너머로 올려다보니 빛바랜 빨간색과 파란색 벤치가 늘어선 스탠드를 배경으로 모델하우스 몇 채가 서 있었다. 견학 온 사람들이 여기저기 한가로이 거닐고 있었다. 일요일 오후라 그런지 꽤 북적거렸다.

다행히 접수대 근처에 다른 손님은 보이지 않았다. 또한 접수대의 여자도 나름 고객 응대에 익숙한 모양인지, 혼마가 폴라로이드 사진을 꺼내 보이며 "이런 모델하우스가 여기 전시된 게 언제쯤인지 알고 싶습니다"라고 말을 건넸을 때도 딱히 수상쩍어하는 기색을 드러내지 않았다.

천만다행이었다.

그녀는 먼저 "어머나" 하고 놀랐다. "이건…… 지금 전시하는 집이 아니네요. 이 집을 찾으시나요?"

마치코 선상님 같은 사투리는 아니지만 억양은 영락없이 간사이 사람이다. 아름다운 목소리였다.

"네, 그렇습니다. 이 사진에 찍힌…… 여기, 이 조명등 말인데요. 이게 집 방향, 다시 말해 야구장 안쪽을 향하고 있는 걸 보고 장소가 이 주택 전시장이라는 걸 알았습니다. 그런데 언제쯤인지를 알 수 없어서요."

여자가 눈을 치켜뜨며 혼마를 올려다보았다.

"이런 타입의 서양식 건축으로는 새로운 모델이 나와 있어요."

"미안합니다. 꼭 이 모델을 찾고 싶습니다."

"으음, 아쉽군요." 여자는 새끼손가락으로 입가를 긁었다. 새끼손톱만 일 센티미터 정도 길었다.

"여기서 전시한 집이 맞긴 한가요?"

"장소는 이곳인 것 같은데요."

상대는 잠시 생각에 잠겼다. 사진과 햇볕이 가득 내리쬐는 야구장을 번갈아 쳐다보았다.

"장소는…… 그러게요, 여기가 맞네요. 조명등도 보이고. 그렇지만 아무튼 지금은 이런 타입의 모델하우스가 전시되어 있지 않아요."

"이곳은 언제부터 주택 전시장이 되었습니까?"

"이번 주택박람회는 작년 가을부터 열렸어요. 9월이었죠."

"그동안 계속 같은 모델하우스가 전시됐습니까?"

"네, 그렇죠."

"그런데 그중에 이런 집은 없다? 혹시 도중에 변경되거나 하는 일은?"

"없어요. 팸플릿에도 안 실려 있고, 들어가서 보시면 금방 아실 거예요."

그래, 저거다. 접수대 탁자 옆에 쌓인 '오사카 구장 주택박람회'라는 제목의 팸플릿을 곁눈으로 쳐다보며 혼마가 물었다.

"예전에 리빙 페스타라는 게 열렸죠?"

"네, 열렸어요."

"언제쯤인가요?"

"글쎄요……"

잠깐만요, 하고는 여자가 가까이 있던 대형 일정표 같은 것을 뒤적거리기 시작했다. 혼마는 접수대 탁자 위에 두 손을 얹고 기다렸다.

"……리빙 페스타는 1989년 7월부터 10월까지 넉 달간 열렸네요."

상대가 고개를 들고 대답했다. 작은 글씨로 적혀 있는 것을 훑어보았다.

"그때는 참가한 주택건축회사 수가 이번 주택박람회보다 적었어요. 절반 정도 될까."

"그때 참가한 회사는 이번에도 모두 참가했습니까?"

"네."

혼마가 주택박람회 팸플릿을 하나 빼들고 펼쳐서 여자에게 건넸다.

"수고스럽겠지만 리빙 페스타에 참가했던 회사와 그 회사가 지금 전시하는 모델에 표시를 좀 해주실 수 있을까요? 전부 돌아볼 생각입니다. 모델하우스 안에 각 회사에서 나온 영업사원이 있겠죠?"

"네, 물론 있죠."

접수대 여자가 자기가 가지고 있는 기록과 팸플릿을 번갈아 확인하며 재빨리 표시해주었다. 다섯 회사였다.

야구장 안으로 발을 들여놓고 주위를 둘러보니 그곳이 프로야구 공식

경기에 사용된 장소라는 게 더더욱 믿기지 않았다. 좁다. 정말로 좁다.

지난주에 내린 폭설은 무슨 착오였다는 양 봄날처럼 햇살이 따스한 날이었다. 내 집을 마련하기 위해 방문한 가족 단위 손님들, 나중에 진짜 집을 살 때 다시 오고 싶다는 얘기를 나누며 스쳐 지나는 젊은 연인, 살 생각도 없으면서 무턱대고 '불편하겠다' '청소하기 힘들겠다'며 연신 험담을 쏟아놓는 중년 부인 단체객 속에 섞여 있자니 평화로운 착각이 들 지경이었다. 한술 더 떠서 각 회사의 영업사원에게 문의할 때마다 "이런 타입을 찾으신다면 저희 회사에 훨씬 멋진 최신 모델이 있습니다. 마룻바닥에 난방장치도 다 되어 있고요" 하는 설명까지 듣자 더더욱 그랬다.

각 회사의 영업사원들에게 "이 모델하우스가 댁의 회사 겁니까?"라고 질문하고 "여기 찍힌 유니폼을 본 적 있습니까?"라고도 물어보았다. 그리고 하나 더, 가짜 쇼코의 사진을 꺼내서 "이 여자를 본 적이 있나요?"라는 질문도 함께.

왜 그런 질문을 하는지 설명하기 번거로워서 '가출해서 행방이 묘연한 딸을 찾고 있다'는 핑계를 댔다. 예상 밖으로 효과적이었는지 모두 성실하게 응답해주었다. 나도 어느덧 양자이긴 하지만 열 살짜리 아들을 둔 아버지보다는 어엿한 성인이 된 아가씨의 아버지가 더 어울리는 나이가 되었구나 싶어 조금 복잡한 심경이었다.

상대가 "걱정이 많으시겠어요"라며 안쓰러워할 때는 살짝 양심의 가책도 느껴졌다.

그러나 이렇다 할 성과는 없었다. '모른다'는 대답만 이어졌다.

한 회사, 두 회사, 세 회사…… 순서대로 찾아가는 사이, 어차피 여기서 이 집이 어느 회사 모델인지 알아낸다 한들 그것이 '쇼코'의 신원과 직결될 리 없다는 생각이 들었다. 뜻밖의 경로로 조명등의 수수께끼가 갑자기 풀리는 바람에 그 여세를 몰아 오사카까지 오기는 했지만, 달랑 사진 한 장에 너무 과한 기대를 걸지 않는 게 좋다는 사실에는 변함이 없다.

설령 이 모델하우스를 전시했던 회사를 알아낸다 해도 가짜 '쇼코'가 여기를 잠깐 방문한 고객일 뿐이고 우연히 그 집이 마음에 들어 사진을 찍은 게 다라면, 사진으로 그녀의 신원을 찾아내는 일은 거의 불가능하다.

"이 집은 저희 회사 모델입니다."

그 대답을 들은 것은 마지막으로 방문한 다섯번째 회사의 여자 영업사원을 만났을 때였다. '뉴시티 주택'이라는 회사에서 내놓은 근사한 일본 전통가옥 모델하우스, 혼마 집의 부엌 크기만한 현관에서였다. 그녀는 회색 조끼 정장 가슴에 '야마구치'라는 이름표를 단 아담한 미인으로, 오 센티미터 하이힐을 신고 등을 곧게 펴고 서 있었다.

"정말입니까?"

"네, 틀림없습니다. 리빙 페스타 때 전시했던 '샬레 1990' 타입II네요."

교과서 같은 올바른 말씨에 억양에서는 오사카 사투리가 묻어났다. 매우 듣기 좋았다.

"샬레라면……"

"스위스의 산골 오두막을 뜻하는 말인데, 희망하시면 옵션으로 진짜 벽난로도 설치해드릴 수 있어요. 그런데 이 타입은 지금 팸플릿이 있을지 잘……" 하며 고개를 갸웃거렸다. "본사 쪽에 바로 문의해보겠습니다. 잠깐만 기다려주시겠어요?"

오른쪽에 있는 임시 사무실로 걸음을 돌리는 그녀를 혼마가 서둘러 불러 세웠다.

"아니, 됐습니다. 이 집이 여기 나왔던 모델하우스라는 것만 알면 됩니다."

"네?"

"그런데 두세 가지만 더 여쭙고 싶습니다. 죄송하지만."

잇달아 밀려드는 견학 손님들에게서 조금 떨어져 디스플레이용 가구를 배치해둔 거실 창가로 가서 나머지 두 질문을 했다. '쇼코'의 사진을 보여주었다.

그녀는 모른다고 했다.

"죄송합니다."

"아닙니다, 천만에요. 시간을 빼앗아서 오히려 제가 죄송하죠."

역시나 틀렸구나 싶어 단념하고 발길을 돌리려는 순간, 이번에는 야마구치가 혼마를 불러 세웠다.

"저어…… 급하지 않으시면 잠깐, 잠깐만 기다려주시겠어요?"

"네?"

그녀는 검지로 뺨을 가볍게 찌르며 이가 아플 때처럼 눈썹을 찡그렸다.

"그 사진에 찍힌 유니폼 말인데요. 어디서 본 것 같아요."

"확실합니까?"

"네…… 아마도요. 기억이 또렷하진 않은데, 리빙 페스타 때 여기 있었던 다른 동료를 불러올게요. 그 사진 잠깐만 빌려도 될까요?"

"네, 물론이죠."

"그럼 여기서 기다려주세요."

그녀는 잰걸음으로 임시 사무실 쪽으로 물러났다. 거실을 드나드는 고객들이 혼자 남은 혼마에게 호기심 어린 시선을 보냈다. 담당 여직원과 얘기를 나눴으니 이 집을 사려나보다고, 아니면 적어도 그에 관한 상담을 했을 거라고 오해했을지도 모른다.

야마구치는 자기보다 키가 조금 크고 어려 보이는 여자를 데리고 돌아왔다. 똑같은 유니폼을 입었고 가슴에는 '고마치'라는 이름표가 달려 있다. 혼마의 얼굴을 보고 가볍게 고개를 숙였다. 폴라로이드 사진은 그녀의 손에 있었다.

"미토모 에이전시의 여직원 유니폼 같아요." 그렇게 불쑥 입을 열었다.

"에이전시라면……"

"여행대리점이에요."

혼마에게 사진을 건네며 말했다.

"저랑 같이 신입사원 정기연수를 받아서 기억해요. 틀림없어요."

"연수가 뭐냐면요," 야마구치가 설명을 시작했다. "원래 우리 뉴시티 주택은 모회사인 미토모 건설 산하에 있는 계열사 중 하나예요. 마찬가지로 다른 계열사 중에 미토모 에이전시라는 회사가 있는 거고요."

"말하자면 형제 회사 같은 거군요."

"네, 맞아요. 그래서 자회사 직원들을 미토모 건설 본사가 있는 오사카로 불러모아서, 해마다 한두 번 업종간 교류 모임이나 합동 사원연수를 하거든요."

"제가 참가한 것도 그런 연수였는데, 입사 일이 년차 여직원을 대상으로 한 거였어요." 고마치가 말을 받았다. "산하의 여러 회사 여직원들이 모이죠. 연수도 업무의 연장이라 모두 각자 회사 유니폼을 입고 참가해요."

"연수라는 게 구체적으로 어떤 내용입니까?"

"접객 텍스트와 매뉴얼을 받아서, 그것을 바탕으로 강습을 받거나 리포트를 쓰거나 해요. 현장 연수도 있고요. 그때 마침 리빙 페스타가 개

최중이라 전시장에 와서 견학 온 고객들 안내하는 법을 배웠던 거예요."

"그래서 여행대리점 여직원이 주택 전시장에 온 거군요."

"네, 그렇죠. 대부분 사무나 창구 업무를 담당하는 아가씨들이었어요." 고마치가 말했다. "이따금 그렇게 타계열사 여직원들을 모아서 각 직종에서의 접객 매너를 경험하게 하고, 공부시키고, 나아가 경쟁하게 만드는 데 의미가 있다고 윗사람들이 생각하는 거죠. 전화 응대를 어디가 더 잘하는지 경쟁하는 대회까지 여는걸요. 우승하면 은으로 만든 엄청나게 요란한 잔을 받아요."

중간부터 장난스러운 말투로 변했다. 두 여자가 시선을 마주치며 살짝 웃었다. 그러고 나서 야마구치가 말했다.

"이 사진에 찍힌 미토모 에이전시 아가씨가 카메라를 든 사람한테 손을 흔들고 있잖아요? 그러니까 아마 사진을 찍은 사람도 연수회에 참석한 여직원이었을 것 같은데."

"제 생각도 그래요." 고마치가 고개를 크게 끄덕거렸다.

"그걸 조사해볼 방법이 있을까요? 참가자 명단 같은 게 있다면."

"그런 건 없지만, 연수 센터에 가보시면 될 거예요."

"연수 센터?"

"네. 미토모 건설 본사 근처에 연수 센터라는 게 있어요. 그곳에 연수 참가자의 기록이 다 남아 있을 테니까, 사정을 말씀하시면 협력해줄 수도 있을 거예요. 우메다 역 바로 옆이에요."

지상 7층, 지하 2층, 전용주차장을 확보하고 있는 '미토모 종합 연수 센터' 1층 안내데스크에 앉아 있는 여자는 야마구치나 고마치처럼 친절하지 않았다. 이쪽의 설명이 끝나자마자 받아쳤다.

"저희 회사 직원의 신원이나 고용 상황에 대한 문의에는 답해드릴 수 없습니다."

더 말해봐야 소용없을 것 같았다. 로마 목욕탕으로 착각할 만큼 멋진 대리석으로 치장한 로비 벽에 탁 소리 나게 내동댕이쳐지고 말았다. 경쾌한 오사카 사투리 억양에 익숙해진 귀에, 그녀의 완벽한 표준어 말씨는 실로 가차 없고 엄격하게 들렸다.

그러나 당연한 반응이었다. 각오한 바다.

공무가 아니니 강제할 수도 없는 노릇이다. 상대방도 대답할 의무가 없다. 오히려 외부의 문의에 생각 없이 정보를 흘린다면 기업으로서 실격일 것이다.

"뻔뻔한 부탁이라는 건 충분히 압니다만, 어떻게 좀 알아봐주실 수 없을까요. 사진을 보시고, 이 사람이 1989년부터 7월부터 10월 사이에 이쪽에서 연수를 받았는지의 여부만이라도 알려주시면 감사하겠습니다."

"안 됩니다."

"실종자 수색에 관련된 일입니다. 부디 이해해주십시오."

"그 사람이 저희 회사에 근무했다는 증거는 있나요?"

"글쎄, 이 사진이……"

다시 한번 폴라로이드 사진을 건네고는 설명했다. 상대는 눈썹을 찡그리며 얘기를 들었다. 미인이지만 입가에 신경질적으로 보이는 주름이 잡혀 있었다.

"안 되겠어요"라며 고개를 저었다.

"당신 혼자의 판단으로 결정할 수 있는 일인가요?"

"결정할 수 있습니다."

"정말입니까?"

"당연하죠."

"정말로 협력해주실 수 없겠습니까?"

"그런 문의에는 여기서 답해드릴 수 없습니다. 적절한 형식에 맞춰서 문서로 요청해주세요."

"오호, 문서라면 문제없습니까? 반드시 답해주시나요?"

그러자 상대는 자신감을 잃은 듯했다. 살짝 시선을 이리저리 옮기더니 눈을 깜박거린 후 "잠시만 기다려주세요" 하고는 안내데스크를 떠났다. 널찍한 로비를 가로질러 안쪽 문을 열고 모습을 감췄다.

혼마는 카운터에 기대어 한숨을 내쉬었다. 스스로가 한심하게 느껴졌다. 새삼스레 경찰 신분증의 위력을 실감했다. 일개 개인으로 돌아오자 더없이 무력한 존재였다.

썰렁하고 인기척 없는, 넓기만 한 조용한 로비에 자기의 한숨 소리가 묘하게 크게 울려퍼지는 것 같았다.

벽을 빙 둘러싼 대리석은 어쩌면 모조품일지도 모르지만 혼마 눈에는 진짜처럼 보였다. 미토모 건설은 재정이 넉넉한 모양이다. 사토루가 여기 있었다면 벽이며 바닥을 찬찬히 관찰하며 화석을 찾아다녔을 것이다. 회색과 베이지색이 뒤섞인 흐릿한 무늬 속에 암모나이트가 숨겨져 있을지도 모른다고.

카운터에 양쪽 팔꿈치를 올리고 기댔다. 가능한 한 다리에 부담을 주고 싶지 않아서다. 선생님이 자리를 비운 동안 자세를 풀고 편하게 쉬는 학생 같았다. 그 여자가 돌아오면 다시 등을 곧게 펴기 위해 애를 써야 한다.

그 순간, 카운터 안쪽에 진열해둔 가지각색의 팸플릿이 눈에 들어왔다.

입구 쪽에 걸어놓은 금빛 글자 안내판을 보니 이 연수 센터 안에는 객석이 100석이나 되는 작은 이벤트 홀과 미토모 건설이 출자해서 만든 문화센터도 들어 있었다. 임대 회의실도 있었다. 팸플릿도 아마 그런 시설들에 관련된 내용이리라.

그중에서도 가장 크고 두툼한 팸플릿이 이쪽으로 표지를 보이고 꽂혀 있었다. '도약하는 미토모 그룹'이라는 큼지막한 글자 밑에 계열사이름들이 죽 늘어서 있었다. 작은 글씨였다. 게다가 아랫부분은 다른 팸플릿에 가려져 보이지 않았다.

왜 거기에 시선이 멎었는지 스스로도 알 수 없었다. 그저 멍하니 늘어선 문자들을 바라보았다.

회사 이름들이 작은 글자로 늘어서 있다. 미토모 건설 이름 아래 사열 횡대로. 같은 산하의 계열사라도 업종이 다채롭고 여러 분야로 나뉘어 있는 듯했다. 건설업과 관계없는 회사도 많았다.

미토모 인터내셔널, 미토모 물류, 미토모 스포츠센터, 테라 바이오닉스, 미토모 엔지니어링, 미토모 시스템센터, 그런가든 미나미……

줄줄이 이어진 회사 이름들을 두 번씩 왕복하며 훑어보아도 여전히 알 수 없었다. 대체 왜 이리로 시선이 갔을까? 낯익은 회사 이름이라도 있었나……

그 순간, 알아챘다.

심장을 걷어차인 느낌이었다. 기억이 떠올랐다. 한 번 본 적이 있다. 그래서 시선이 간 것이다. 그 회사 이름으로.

자기도 모르는 새에 카운터로 상반신을 내밀고 있었던 모양이다. 발소리를 듣고 화들짝 정신이 들어 몸을 바로 세우자, 조금 전의 여자가 험악한 표정으로 황급히 돌아오는 중이었다.

"상사에게 확인했는데요."

카운터 안으로 미끄러지듯 들어온 그녀가 빠르게 말했다.

"역시 원하시는 바에 따를 수 없습니다."

"그렇습니까?"

"그리고 여기는 연수 센터이기 때문에, 연수에 참가한 직원의 이름은 기록해도 사진까지 남기지는 않습니다. 적어도 서류로 보관하지는 않죠. 그러니 이름도 모르고 사진만 가져오시면 그런 직원이 있는지 없는지 알려드릴 수 없습니다."

"그렇군요."

"따라서 죄송하지만 문서로 문의하셔도 반드시 답을 얻을 수 있다고 장담할 수는……"

혼마는 짧게 말했다. "아니, 됐습니다."

"네?"

"잘 알았습니다. 옳으신 말씀입니다. 실례했습니다."

맥이 풀린 건지 되레 기분이 상한 건지 상대는 뚫어져라 혼마의 얼굴을 쳐다보았다. 혼마는 손을 뻗어 방금 본 커다란 팸플릿을 가리키며 말했다.

"마지막으로 한 가지만 더 부탁드리겠습니다. 저 팸플릿을 받아갈 수 있을까요?"

안내데스크 여자는 입가의 험악한 주름을 풀지 않은 채 기계적인 동작으로 팸플릿 한 부를 꺼내 카운터 위로 미끄러뜨렸다.

"고맙습니다."

혼마는 겉표지에 늘어선 회사 이름 중 하나를 손가락으로 가리켰다.

"이 회사도 미토모 건설 그룹 산하의 회사죠?"

"네, 맞아요."

"그렇다면 이곳 사원들도 여기서 연수를 받겠군요?"

"그렇겠죠."

"이 회사의 소재지도 오사카입니까?"

여자는 수상쩍다는 표정으로 가까이 있는 팸플릿을 펼쳐 확인했다.

"네. 미토모 건설 본사 빌딩 안에 수주受注 센터가 있습니다."

"다른 곳에 지사는?"

"없습니다. 창고와 배송 센터는 고베 쪽에도 있습니다만."

팸플릿 내용 중 그 회사에 관한 부분을 펼쳤다.

"여기 상세한 업무 내용이 실려 있으니……"

페이지 첫머리에 회사 이름이 실려 있었다. 커다란 글자다. 그 아래에 장미꽃 모양을 딴 핑크색 로고가 있었다.

'멋진 수입 이너웨어를 부담 없는 가격으로.'

광고 문구를 읽어볼 것도 없이 기억이 떠올랐다. 코포 가와구치를 방문했을 때, 곤노 노부코가 이 로고와 회사 이름이 들어간 종이상자를 꺼내어 보여주었을 때의 일이.

'그럼 이 상자도 그 방에 있었습니까?'

'그렇죠.'

속옷 통신판매 회사라고 노부코는 말했다. 세키네 쇼코의 방에 있던 종이상자. 그녀가 물건을 구입했을 게 틀림없는 회사.

통신판매라.

회사의 이름은 '로즈 라인'이었다.

19

미토모 건설 본사 빌딩은 상업도시 오사카의 심장부라 부를 만한 우메다의 고층빌딩 거리에 자리해 있었다. 새것 같은 인상이 강한 연수 센터와 비교하면 낡았지만, 그만큼 품격이 느껴지는 회색 빌딩이었다.

로비의 안내판을 보니 '주식회사 로즈 라인'은 4층에 있었다. 같은 층에 '그린가든 미나미'도 있는 걸 보니 두 회사는 미토모 그룹 안에서는 규모가 작은 편인 듯했다.

'주식회사 로즈 라인'은 안내데스크 아가씨의 유니폼까지 옅은 핑크색으로 통일되어 있었다. 사무실로 통하는 유리문 위에 장미 로고가 붙어 있었다. 바닥에 깔린 카펫은 옅은 와인색인데, 빛의 각도에 따라 칠흑같이 보이기도 했다.

혼마는 상냥하게 미소 짓는 안내데스크 아가씨에게 이 회사의 인사 담당자를 만나보고 싶다고 말을 꺼냈다.

"약속하셨나요?"

"아뇨, 약속은 안 했습니다. 워낙 급한 일이라서."

최대한 심각한 표정을 지으며 '세키네 쇼코'의 사진을 내밀었다.

"이 여자분이 이 년 전쯤 여기서 근무하지 않았나요? 소식이 끊겨서 찾아다니는 중입니다."

안내데스크 아가씨는 눈썹을 찡그리며 사진을 내려다보았다. 그리고는 혼마의 무서운 얼굴에 겁을 먹었는지 이름도 묻지 않고, 사진을 손가락 끝으로 집어들고서 "잠깐만 기다려주세요"라는 말을 남기고 안쪽 사무실로 들어갔다. 걸음이 빨랐다.

기다리는 동안 가능한 한 안내데스크에서 멀리 떨어져 있었다. 그러다 엘리베이터 옆에 있는 장식장에 로즈 라인의 아기자기한 카탈로그가 진열되어 있는 걸 알아차렸다.

카탈로그를 손에 들고 차례를 찾아보았다. 이런 카탈로그를 보는 건 처음이어서 원하는 페이지를 펼치기까지 꽤나 시간이 걸렸다.

'신청 절차에 관하여.'

이 페이지에만 유일하게 도발적인 속옷 차림의 모델 사진이 없었다. 항목별로 나누어 쓴 정중한 설명문에 이어서 엽서가 붙어 있고, 잘라내는 부분을 점선으로 표시해두었다.

'처음 주문하시는 고객은 성함, 주소, 근무처 등을 빠짐없이 기록해주십시오.'

'주문은 전용 엽서나 전화로 부탁드립니다. 전화는 수신자 부담입니다. FAX는 24시간 가능합니다.'

'결제방법으로는 신용카드나 우체국 송금이 있습니다. 배송일 지정, 선물 포장도 가능합니다.'

'아직 로즈 라인을 이용하지 않은 친구분이 계시다면 꼭 소개해주세요! 신규회원 한 분당 5퍼센트 특별할인권을 드리며, 추첨을 통해 멋진 선물도 나눠드립니다.'

글을 따라가던 혼마의 시선이 그다음 '앙케트에 협조해주십시오'라는 페이지에 멈췄다.

'로즈 라인을 이용하신 소감이 어떠신가요? 이너웨어 패션 이외에 로즈 라인에서 취급하기를 바라는 다른 상품은 없으십니까? 저희 로즈 라인은 아름다운 몸과 마음으로 보다 충실한 인생을 추구하는 여성들을 위해 탄생했습니다. 나아가 앞으로도 21세기를 살아가는 현대 여성들을 위해 크리에이티브한 토털 라이프 기업으로 성장해나갈 것입니다. 현대 여성들은 지금 무엇을 원하는가? 회원 여러분의 의견을 들려주십시오. 앙케트를 작성한 후 응모기간 안에 저희 회사로 보내주십시오. 답변해주신 모든 분들께는 로즈 라인에서 특별제작한 여행용 화장품과 파우치 세트를 보내드립니다.'

이거다.

이 앙케트만으로도 여기까지 온 보람이 충분했다. 바로 이거다.

'가족 구성' '거주지는 자가인가 임대인가' '근속 연수' '연간 수입'. 뭐 이 정도야 평범한 질문일 것이다. 그런데 훨씬 상세한 항목도 있었다.

'이직 경험이 있습니까?'

'자격증이 있습니까?' 그 밑에 워드프로세서, 운전면허, 주산, 기타 등의 보기가 있다.

'저축액'

'가입한 보험'

'신용카드가 있습니까? 있는 분은 그 종류를 적어주십시오'

미혼 고객만 답하라는 조건으로 다음과 같은 질문이 적혀 있었다.

'결혼식은 어디서 하고 싶습니까? 호텔, 예식장, 신사나 절, 기타'

'신혼여행은 어디로 가고 싶습니까?'

'해외여행 경험이 있습니까?' 있는 분은 맨 처음 떠난 때가 언제인지 기입하라고도 되어 있었다.

혼자 사는 분만 기입할 것, 이라는 글귀 아래에는 이렇게 쓰여 있었다.

'장래에 내 집을 마련할 예정이 있습니까?'

시선을 들어 벽을 바라보았다. 카탈로그의 현란한 빛깔에 영향을 받았는지 벽지까지 핑크색이 감도는 것처럼 느껴졌다. 그러나 머릿속은 그런 밝은 빛깔과 거리가 먼 시커먼 인식으로 덧칠해지고 있었다.

수입 속옷 통신판매 회사다. 양심적인 가격으로 세련된 옷을 파는 회사일 뿐이다. 그러나 회원이 이 앙케트에 대답하면 그것은 곧 데이터베이스가 된다. 따라서 여기에서 일하며 이런 중요한 정보를 접할 수 있는 사람은……

개인정보를 손에 넣을 수 있다.

"오래 기다리셨습니다."

문이 열리고 안내데스크 아가씨가 얼굴을 내밀었다. "이쪽으로 오세요" 하고 고개를 끄덕이며 불렀다.

가까이 다가가자 그녀 바로 뒤에 연두색 정장을 멋스럽게 차려입은 삼십대 중반쯤 된 여자가 서 있었다.

"죄송합니다만, 저희는 고객님이 말씀하신 용건을 들어드릴 수 없습니다."

혼마가 입을 열기도 전에 연두색 정장의 여자가 그렇게 말했다. 단호하다고 해야 할까. 여하튼 아예 처음부터 내치려는 심산일 것이다.

혼마는 애써 부드럽게 말했다. "제 설명이 부족했으니 수상쩍게 여기시는 게 당연합니다. 오 분이면 되니까 좀더 자세한 사정을 들어주시겠습니까."

안내데스크 아가씨가 듣는 데서 할 얘기는 아니라고 은연중에 강조할 생각이었지만, 상대는 조금도 흔들리는 기색이 없었다.

"죄송하지만 그럴 수 없습니다. 사전 약속 없이는 사내 직원을 호출할 수 없는 게 규칙이라서요. 그만 돌아가주시죠."

철벽 그 자체인데다 붙임성이라곤 털끝만큼도 찾아볼 수 없다. 하필 우연히도 이런 상대를 맞닥뜨린 걸까. 그게 아니라면 무슨 사정이 있는 걸까…… 그런 생각을 하며 다음 말을 찾고 있는데 안내데스크 아가씨와 연두색 정장 여자가 가로막고 선, 사무실로 연결되는 짧은 통로 끝에서 젊은 남자 하나가 문 뒤에 숨어 이쪽 상황을 살피고 있는 것이 보였다. 아주 잠깐이었지만 혼마의 주의가 그쪽으로 쏠린 것을 느꼈는지 남자의 머리가 뒤로 휙 물러났다.

"알겠습니다. 나중에 다시 찾아뵙겠습니다."

혼마는 미련 없이 물러섰다. 연두색 정장 여자는 전혀 웃지 않았다.

"그런데, 아까 안내데스크에서 건넨 사진을 돌려받을 수 있을까요?"

연두색 정장 여자가 나무라는 시선으로 안내데스크 아가씨를 바라보았다. 그녀가 목을 움츠리며 말했다.

"지금 바로 가지고 오겠습니다."

또다시 잰걸음으로 안쪽으로 향했다. 그 모습을 지켜보는 체하며 안쪽 통로 쪽으로 시선을 돌리자, 젊은 남자의 모습은 사라지고 없었다.

연두색 정장 여자는 마치 보초를 서는 경비병인 양 꼿꼿한 자세로, 이쪽으로는 시선조차 주지 않고 카펫 위에 하이힐 신은 발을 디디고 서 있었다. 안내데스크 아가씨가 사진을 들고 돌아오자 연두색 정장 여자는 이제 성가신 손님을 격퇴할 수 있겠다고 안도했겠지만, 혼마 역시 그녀의 뻣뻣한 표정에서 벗어날 수 있는 것에 마음이 놓였다.

엘리베이터 쪽으로 돌아가서 내려가는 버튼을 눌렀다. 빨간 램프가 켜졌다. 그것을 확인한 후 슬쩍 주위를 살피며 재빨리 왼쪽 옆에 있는 계단으로 이동했다. 층계참 바닥에 크게 적힌 '4F'라는 글씨를 밟고서 계단을 두 칸 내려선 후, 벽 뒤에 몸을 숨기고 엘리베이터 쪽을 지켜보았다. 잠시 후 엘리베이터가 4층으로 올라왔고, 문이 열렸다가 아무도 타지 않은 채 다시 닫히는 소리가 들려왔다.

착각이었나…… 그렇게 생각한 순간 발소리가 가까이 다가왔다. 살며시 내다보니 젊은 남자 하나가 카펫 위로 미끄러지듯 달려와서 엘리베이터 버튼을 눌렀다. 조금 전 문 뒤에 숨어 있던 남자였다. 조급하게 버튼을 몇 번씩이나 두드리듯 눌러댔다. 엘리베이터가 가까운 층에 없었는지, 그는 머리 위의 층수 표시를 힐끔 올려다보더니 나지막이 혀를 차고 계단 쪽으로 향했다. 혼마는 서로 부딪치지 않을 타이밍을 노리다 그의 눈앞에 불쑥 얼굴을 드러냈다.

"저한테 무슨 볼일이 있습니까?"

젊은 남자는 가타세 히데키라고 했다. 로즈 라인의 관리과 차장이었다.

"아까 보신 정장 입은 여자분은 저의 상사인데, 영업부 쪽이라 업무상으로는 직접적인 관련이 없습니다. 제 업무는 사내 인사관리나 고충처리…… 뭐, 심부름센터 같은 역할이죠."

나이는 서른너덧 살쯤 되었을까. 이목구비가 번듯하고 잘생긴 얼굴이었다. 조금만 지나쳤으면 자칫 바람둥이로 보일 수도 있는데 아슬아슬한 수준에서 억제된 듯한 느낌을 풍기는 얼굴에, 피부에는 골고루 인공 선탠을 했다. 겉옷을 벗고 와이셔츠와 양복바지만 입었지만 발에는 단정하게 구두를 신고 있었다. 윙팁 디자인이다. 그런 외모와 복장의 남자 입에서, 오사카에 와서 처음으로 접하는 일상적인 간사이 사투리가 불쑥 튀어나왔다. 한동안 언밸런스하다는 느낌을 떨쳐낼 수 없었다.

"첨부터 제가 따라올 줄 알았던가요?"

같이 계단을 내려가면서 그가 말문을 열었다.

"확신은 없었지만"이라고 대답하며 미소를 지었다.

"다만 뭔가 사정이 있어 보인다 싶었습니다."

가타세는 2층 층계참에서 걸음을 멈췄다. 계단은 고요했고, 위에서 아래쪽으로 피부에 희미하게 와 닿는 미풍이 불어왔다.

"가타세 씨, 당신은 내가 들고 온 여자 사진을 보셨죠? 그리고 그게 누구인지도 알고요. 아닙니까?"

한 계단 더 내려간 후 혼마가 물었다. 다시 한번 '세키네 쇼코'의 사진을 꺼내 그의 코앞에 들이밀었다. "잘 보세요. 이 여자입니다."

가타세는 두 손바닥을 바지 주머니 언저리에 비벼대며 쉴새없이 땀을 닦았다. 쫓아오기까지 했으면서 정작 결정적인 순간에 머뭇거리고 있다.

이윽고 작은 목소리로 "네"라고 대답했다.

"이 사람은 로즈 라인에서 일했습니까?"

가타세는 이번에는 말없이 고개를 끄덕였다.

끄덕였다.

지극히 간단한 동작이었다. 그것이 대답이자 결승점이라고 하기에는 부족해 보일 정도로 단번에. 그는 고개를 끄덕였다. '쇼코'를 알고 있다고 말했다.

가타세는 그제야 엉덩이에 땀을 닦던 손을 멈추고 고개를 들었다.

"그녀를 왜 찾죠?"

"얘기하자면 깁니다."

"간단히 설명할 수 없는 얘기인가요?"

다그치는 그 말투에서는 뭔가 좋지 않은 보고를 예견한 듯한 분위기가 감돌았다. 어쩌면 그는 형식적인 동료 사이를 넘어 좀더 깊게 '세키네 쇼코'와 알고 지낸 사람일지도 모른다. 혼마는 큰맘 먹고 말했다.

"실은 이 사진 속 사람은 전혀 다른 이름과 신분으로 위장하고 살았습니다. 게다가 그 다른 사람은 로즈 라인을 이용했던 고객일 가능성이 있습니다. 세키네 쇼코라는 여자입니다만."

세키네 쇼코, 가타세가 입속으로 중얼거리듯 반복했다.

"그렇습니다. 전 이 두 가지를 조사하기 위해 찾아온 겁니다."

가타세가 갑자기 고개를 번쩍 쳐들더니 조급하게 말했다.

"이 빌딩에서 나가 오른쪽으로 꺾어서 신호등 네 개를 지날 때까지 똑바로 걸어가세요. 거기서 오른쪽 대각선 방향을 올려다보면 '한적'이라는 찻집이 있을 겁니다. 그곳에서 좀 기다려주시겠습니까? 저도 곧 갈 테니까."

그가 지시해준 곳으로 찾아가서 한 시간 넘게 기다렸다. 길게 느껴지지는 않았다. 다만 그동안 어깨가 심하게 뭉쳤다. 뚜껑 덮인 압력솥 안에 들어가 있는 느낌이었다. 난생처음 혼자 힘으로 용의자의 자백을 받아냈을 때가 떠올랐다. 그 무렵으로 돌아간 기분이었다.

이윽고 찻집에 나타난 가타세는 아까와 달리 제대로 양복 웃옷을 걸치고 있었다. 위아래를 갖춰 입은 모습을 보니 실루엣이 넉넉한 고급 양복임을 알 수 있었다. 발음하려면 혀가 꼬일 것 같은 브랜드의 제품일 듯했다.

오래 기다리셨습니다, 하며 맞은편 의자에 털썩 걸터앉았다. 옆구리에 끼고 있던 회사 이름이 새겨진 큰 봉투를 옆 의자 위에 내려놓았다.

"회사에는 적당히 둘러대고 나왔으니 시간 걱정을 하실 필요는 없습니다. 처음부터 설명해주시죠."

혼마가 설명하는 동안 가타세는 한 마디도 끼어들지 않았다. 중간에 나온 커피에도 손도 대지 않았고, 다만 이따금 손을 뻗어 옆에 내려둔 봉투를 만지작거렸다.

이야기가 끝나자 가타세는 큰 한숨을 내쉬었다. 아까부터 혼마가 탁자 위에 올려둔 '세키네 쇼코'의 사진을 바라보고 있었다.

"그게 전부입니까?"

"그렇습니다." 혼마는 자기 목소리가 살짝 갈라진 것을 느끼며 고개를 끄덕였다.

"그럼……" 가타세가 들고 온 봉투를 집어들었다.

"이걸 먼저 보시는 게 빠르겠군요. 복사해왔습니다."

B4 복사지를 빼들었다. 봉투 안에는 다른 종이 뭉치도 들어 있었지만, 그것은 일단 옆에 내려놓았다.

"퇴직자 파일입니다. 이력서나 급여 관계 서류는 곧바로 버리진 않으니까요."

혼마 쪽으로 내밀었다.

"봐주십시오. 틀림없을 겁니다."

복사지는 세 장이었고, 한쪽 귀퉁이가 스테이플러로 찍혀 있었다. 혼마는 그것을 탁자 위에 내려놓았다.

맨 첫 장은 이력서 복사본이었다. 그렇다, 이력서.

벌써 닷새 전 일인가. 이마이 사무기기에서 처음으로 '세키네 쇼코'의 이력서를 보았다. 그때의 증명사진. 그 얼굴.

똑같은 사람이 거기에 있었다.

이력서 왼쪽 위에 자리 잡은 조그만 증명사진 테두리 안에서 미소 짓고 있다. 혼마가 가지고 있는 사진과 머리 모양이 다르지만 얼굴은 똑같다. 동일 인물이다.

신조 교코.

성명 칸에는 이마이 사무기기에서 본 '세키네 쇼코'의 이력서와 똑같은 글씨체로 그렇게 적혀 있었다.

"신조, 교코."

혼마가 중얼거리자 가타세가 고개를 끄덕이며 말했다. "신조 씨예요. 확실하게 기억납니다. 우리 회사에 다닐 무렵에는 웨이브진 머리였지만."

1966년, 쇼와 41년 5월 10일생. 올해로 스물여섯 살이다. 세키네 쇼코보다 실제로는 두 살 아래였던 것이다.

본적지는 후쿠시마 현이었다. 고리야마 시에서 중학교를 졸업했다. 고등학교도 그곳에서 다니고 졸업했다.

"우리 회사에 들어온 건 1988년 4월입니다." 가타세가 말했다. "두번째 장이 고용기록 복사본입니다. 재직 기간이 기록되어 있어요. 확인해

보시죠."

그가 말한 대로였다. '1988. 4. 20 채용, 1989. 12. 31 퇴직'이라고 기재되어 있다.

1988년 4월이라면 신조 교코가 스물두 살이었을 무렵이다. 고등학교를 졸업한 지 사 년째. 그런데 이력 사항에는 다른 기록이 없다. 공백이었다.

"이 회사에 취직하기 전에는 뭘 했는지 아십니까?"

가타세가 검지로 코밑을 문질렀다. 골똘히 생각에 잠긴 표정이었다.

"무슨 곤란한 일이라도?"

"아니…… 곤란한 건 아니고요." 고개를 들더니 말했다.

"결혼했었다고 들었습니다."

"결혼?"

"네. 너무 어려서 잘 안 풀렸다, 그래서 헤어졌다고 하더군요."

"결혼을 꽤 빨리 했군요……"

"고등학교를 졸업하고 한동안 일을 했다고는 들었습니다. 그렇지만 귀찮게 그런 것까진 이력서에 쓰진 않았다고 했죠. 우리 회사에서도 깊이 파고들 일이 아니니 문제가 없었고."

과연 그렇다. 그렇다면 이 이력서에도, 적어도 직장경력이나 다른 이력 부분에는 거짓이 섞여 있을지도 모른다. 그렇게 생각해두는 편이 좋다.

경력사항 칸 밑에 '상벌 없음'이라고 적혀 있었다. 다음 장으로 넘기자 자격증 칸에 '주산 2급'이라고 쓰여 있었다. 오호, 주산을 하는군. 혼마는 속으로 생각했다. 그와 나란히 '보통운전면허'라고 쓰여 있었다. 흐음, 운전도 하고.

하지만 세키네 쇼코도 면허가 있었다. 그러니 당신은 쇼코의 신분을 빌려 사는 한 절대로, 절대로 남들 앞에서 그 얘기를 할 수 없었다. 왜냐하면 당신은 쇼코의 신분으로 면허를 갱신할 수는 없을 테니까. 쇼코의 면허증을 들고 다닐 수는 없을 테니까. 쇼코의 면허증을 처분하고, 면허 따위는 없고 앞으로도 딸 생각 없는 척하며 살아갈 수밖에 없었다. 그렇지? 내 말이 맞지?

그 아래 가족 칸에는 아무것도 적혀 있지 않았다. 경력사항 칸과 마찬가지로 완전한 공백이었다.

"가족은 없었습니까?"

"부모님 두 분 다 일찍 돌아가셨다고 했습니다."

"그럼 혼자 살았겠군요?"

"네. 센리추오 역 근처 맨션에 살았습니다. 룸메이트랑 같이 살았을 겁니다. 혼자 살기에는 집세가 비싸서 그랬다고 하더군요."

룸메이트라. 됐다.

"그 사람 이름은 모릅니까?"

"지금 당장은……"

"알아볼 수는 있나요?"

"해보겠습니다. 찾을 수 있을 겁니다."

혼마는 고개를 끄덕이고 다시 이력서로 시선을 되돌렸다. 그리고 슬쩍 가타세의 표정을 살폈다.

그는 눈을 내리깔고 있었다. 시선 끝은 혼마가 탁자 위에 올려둔 사진을 향하고 있다. 디즈니랜드의 신데렐라 성을 배경으로, '세키네 쇼코'로 웃고 있는 신조 교코의 사진으로.

"둘이 잘 아는 사이였죠?"

그렇게 묻자 가타세는 또다시 찬물을 뒤집어쓴 것처럼 눈을 조급하게 깜박거리며 혼마를 쳐다보았다.

"신조 씨와 당신 말입니다."

다시 한번 반복하자 가타세는 그제야 고개를 끄덕였다. "네…… 잘 알죠. 부하직원이고 채용 면접 때도 참가했으니까."

아니, 그것만이 아니다. 혼마는 생각했다. 단순한 부하직원을 이렇게까지 걱정할 리 없다.

"실례를 무릅쓰고 묻겠습니다만, 개인적으로는 어땠습니까?"

한쪽 뺨을 치켜올리듯 억지로 웃으며 가타세가 말했다.

"직장 안에서는 친한 편이었어요. 같이 점심을 먹으러 간 적도 있고. 그래서 그녀가 갑자기 회사를 그만두겠다고 했을 때는 펄쩍 뛸 정도로 놀랐죠."

"그 이유는 설명하던가요?"

가타세는 고개를 저었다. "물어봐도 대답을 안 했습니다."

"캐물어보지 않았나요?"

"저한테는 그럴 권리가 없으니까요."

"권리?"

가타세가 웃었다. 쓴웃음이긴 했지만, 이번에는 진짜 웃음이었다. "네. 저는 그녀가 하는 일에 일일이 주문을 달거나 불평할 권리가 없었습니다."

"그건 신조 씨가 한 말입니까? 당신한테는 그럴 권리가 없다고?"

가타세는 대답하지 않았다. 말쑥한 미남이 가엾을 정도로 의기소침해졌다.

혼마는 말없이 복사지를 넘겼다. 그리고 생각했다. 신조 교코는 미인이다. 매력적인 아가씨였을 것이다. 그녀에게 반한 남자도 꽤 많았겠지. 여기에도 살아 있는 증거가 한 사람 있지 않은가.

다시 한번 시선을 던졌지만 가타세의 뺨에서 웃음기는 사라지고 없었다. 그의 시선은 여전히 신조 교코의 사진 위에 멎어 있었다.

"신조 씨는 1989년 7월부터 10월 사이에 미토모 그룹 연수에 참가해서, 당시 오사카 구장에서 열린 리빙 페스타를 방문했을 텐데요."

혼마가 묻자 반응이 느린 컴퓨터처럼 한순간 공백을 두고서 가타세가 고개를 들었다.

"네?"

혼마는 질문을 되풀이했다. 가타세는 조금 전 공백을 메우기라도 하듯 황급히 고개를 끄덕였다.

"복사지 세번째 장을 봐주십시오."

시키는 대로 하자 '취업기록'이라는 페이지가 나왔다. 가타세가 거기기록된 글의 마지막 행을 손가락으로 가리켰다.

'1989. 9. 9~10 여직원 연수'라고 적혀 있었다. 그 밑에 연수를 실시한 장소로 '센터' '뉴시티 주택 출전 전시장' '테라스 미토모'가 씌어 있었다.

"테라스 미토모는 가벼운 식사를 할 수 있는 레스토랑입니다." 가타세가 설명했다. "그 연수는 접수나 창구 업무, 일반 사무를 담당하는 여직원을 대상으로 접객 일반 매너와 노하우를 교육하는 것이었습니다."

"연수 내용은 딱딱합니까?"

"꼭 그렇진 않습니다. 특히 여기엔 여성들만 모이니까요. 남자 직원 대상의 집중 강의와는 분위기부터 다르죠."

"그럼 관광하는 기분으로 사진을 찍을 수도 있나요?"

가타세는 잠시 생각했다. "그렇죠…… 사가나 고베 부근에서 온 직원들 중에는 카메라를 들고 다니는 사람도 있습니다. 기념사진용으로요. 물론 풍경을 찍는 건 아닙니다. 새 친구들을 사귄 기념이죠. 젊은 아가씨들은 뭐든 즐겁고 재밌게 하길 좋아하니까."

신조 교코도 누군가가 들고 온 폴라로이드 카메라를 빌려서 초콜릿색 모델하우스 사진을 찍은 걸까.

이번에는 안주머니에서 그 집 사진을 꺼내, 교코의 파일 옆에 나란히 내려놓고 찬찬히 살펴보았다.

"아까도 말씀드렸듯이 로즈 라인을 알아낸 계기는 이 사진이었습니다. 신조 씨는 왜 이 집을 찍었을까요?"

그뿐만이 아니다. 그후로도 이 사진을 소중히 간직했다. 본명을 버리고 세키네 쇼코로 살아가면서도.

가타세는 대답하지 않고 입을 다물었다.

"아니면 누군가가 찍어준 사진을 받은 걸까요? 그럴 가능성도 있긴 하죠. 어느 쪽이든 간에 어떤 목적이 있었을 게 분명합니다. 당신은 그에 대해 모르십니까?"

혼마의 말에 가타세가 희미하게 웃었다.

"본인에게 물어보는 수밖에 없겠죠. 저는 짐작도 못 하겠군요. 이런 사진은 보여준 적도 없으니까."

"그럼 다른 사진은 본 적이 있나보군요?" 말꼬리를 잡고 늘어지는 것 같아서 혼마는 살며시 미소를 지은 후 다시 물었다. "요컨대 당신은 신조 씨와 그 정도로 친밀하게 교제했던 것 아닙니까?"

가타세가 시선을 피하며 커피 잔으로 손을 뻗었다.

태도가 묘하다. 이렇게 혼마를 쫓아와서 협조해줄 만큼 신조 교코를 걱정하면서도, 개인적인 교제는 없었다고 주장한다. 무엇이 두려워서, 혹은 무엇이 성가셔서 사실을 밝히지 않는 걸까.

일단 화제를 바꿨다. "신조 씨를 채용할 때 사전 조사를 했습니까?"

가타세가 고개를 들고 대답했다. "딱히 없었습니다. 그녀는 계약직이었으니까."

"계약직이라면 아르바이트였나요?"

"아르바이트는 아니지만, 정규직도 아닌 입장입니다. 알기 쉽게 설명하자면 상여금이나 복리후생 면에서 차이가 있습니다."

가타세에게 허락을 받은 후 이력서 내용을 수첩에 옮겨 적었다. '신조 교코'라는 이름을 수첩에 적어넣자, 고조되었던 감정이 그제야 겨우 가라앉았다.

가타세는 멍하니 앉아 있었다. 또 사진 쪽을 바라보고 있다. 신조 교코를 떠올리고 있을지도 모른다.

역시 그와 교코 사이에는 그가 말하는 것 이상의 관계가 있었던 것 같았다. 그냥 단순한 상사와 부하직원 정도가 아니라……

그러나 지금 이 자리에서 억지로 캐물어도 선뜻 그렇다고 인정할 리는 없다. 또한 혼마의 예감이 맞는다면 가타세는 당연히 지금 몹시 동요하고 있을 것이다. 예전에 연인 관계였던 여자가 자기 앞에서 모습을 감춘 후 전혀 다른 이름을 사칭하며 살았고, 그로 인해 수상한 일이 일어났다는 얘기를 들은 셈이기 때문이다.

"가타세 씨."

이름을 부르자 그가 겨우 고개를 들었다.

"신조 씨는 회사에서 어떤 일을 했습니까?"

어려운 질문이 아닌데도 가타세는 곧바로 대답하지 않았다. 잠시 후 입을 열었다.

"로즈 라인은 통신판매 회사입니다."

가타세가 갑자기 이야기의 방향을 트는 바람에 혼마는 살짝 당황했다. "그렇죠."

"혼마 씨, 당신은 신조 씨가 여기서 일할 때 세키네 쇼코라는 사람의 개인정보를 훔쳐냈고, 그걸로 그 사람 행세를 했다고 생각하는 거 아닌가요?"

그 말은 더더욱 놀라웠다. 거기까지 앞서 가준다면 이야기가 빠르겠지만.

혼마는 고개를 힘주어 끄덕거렸다. "그것 말고는 달리 생각할 여지가 없죠."

가타세가 재빨리 말을 받아쳤다. "그건 불가능합니다. 말도 안 되는 소리예요."

"왜죠? 고객정보는 컴퓨터 키만 누르면 바로 나옵니다. 간단히 손에 넣을 수 있잖습니까."

세키네 쇼코 행세를 한 여자는 그녀의 신분을 가로채도 좋다는 판단을 내릴 만한 수준의 개인정보를 확보했다. 그렇지만 그녀가 개인파산한 적이 있다는 사실까지는 밝혀내지 못했다. 이것이 커다란 의문점이었다. 그런 관계에 있는 동성 친구가 존재할 수 있을까? 게다가 라하이나에서나 골드에서나, 쇼코 주변에서는 훗날 그녀로 둔갑한 여자의 모습을 찾아볼 수 없었다. 대상에게 접근하지도 않고 어떻게 본적지며 가족 구성원을 알아낼 수 있었을까?

그런데 그 답은 여기에 있었다. 통신판매다. 고객은 신청서에 기입한다. 주소도, 전화번호도. 게다가……

"로즈 라인에서는 앙케트를 실시하잖습니까? 거기 답변하면 여러 가지 개인정보를 밝히게 되는데요."

아니, 실제로는 그렇게까지 많은 사항을 알 필요도 없다. 혼마는 생각했다. 자기 자신을 버리고 새로운 이름과 신분을 필요로 했던 신조 교코라는 여자의 입장에 서보았다.

신조 교코는 일단 자기와 나이차가 별로 나지 않는 여자를 찾았을 것이다. 또한 그 여자가 가족과 같이 살고 있으면 곤란하다. 혼자 사는 게 절대조건이다.

훗날 신분을 가로챈 후를 생각한다면 여권이 있는 여자는 아무래도 자유롭지 못하다. 운전면허도 마찬가지지만, 이건 다른 조건들이 맞으면 단념할 수도 있다.

연수입이나 저축액도 이왕이면 많은 편이 좋다. 다른 절대조건들이 충족된다면, 많으면 많을수록 좋다.

그리고 마지막 한 가지. 현재 신조 교코라는 여자가 존재하는 오사카에서 되도록 멀리 떨어진 도시에 사는 여자여야 한다. 이것은 중요하다. 매우 중요하다.

세키네 쇼코는 그런 조건을 충족시키지 않았을까.

"하지만 여기서 실시한 앙케트로는 세키네 쇼코가 개인파산한 사실까지는 밝혀낼 수 없어요. 알 수 없습니다. 그래서 신조 교코도 그 사실만은 몰랐다. 나는 그렇게 생각합니다."

가타세가 고개를 끄덕이더니 조금 전 옆에 내려두었던 다른 종이들을 집었다.

"이걸 봐주십시오. 같이 뽑아왔습니다."

혼마는 그것을 받아들었다. 맨 위에 찍힌 '세키네 쇼코'라는 글자가 눈에 파고들었다.

그녀는 분명히 로즈 라인의 고객이었다.

"있었군요."

"있었습니다. 세키네 쇼코 씨라는 고객은 분명히 있었습니다."

가타세는 그렇게 말하고, 손가락을 뻗어 인쇄지를 가리켰다.

"맨 첫 장은 그 고객의 기초정보입니다. 맨 아래 '205'라고 찍혀 있죠? 그것이 기초정보 조회 코드고요."

그의 말대로 205라는 숫자가 보였다.

"보시는 바와 같이 개인정보가 빠짐없이 실려 있습니다. 이것만 보면 일목요연하죠."

"그렇겠군요." 혼마가 말했다.

세키네 쇼코도 여기에 있었다. 그녀의 정보는 역시 여기에 있었다. 두 여자의 접점이 그 빌딩의 컴퓨터 안에 잠들어 있었던 것이다.

"두번째 장부터는 세키네 씨가 우리 회사에서 어떤 상품을 주문했고, 그 주문이 언제 들어왔고 배송되었나 하는 기록입니다. 코드는 '201'. 마지막 장의 표가 결제 상황입니다. 금액 뒤의 날짜는 입금일이죠. 'Y'라는 표시는 '우체국 송금'이라는 의미입니다."

혼마가 고개를 끄덕였다. "그녀는 신용카드를 사용하지 않았으니까요."

"그렇죠. 하지만 결제는 확실하게 했습니다. 결제 기한을 넘긴 적은 단 한 번도 없어요. 금액은 얼마 안 되지만, 우리에게는 좋은 고객이죠."

결제 금액에는 5120엔이니 4800엔이니 하는 얼마 되지 않는 액수가 늘어서 있었다. 아무리 많아도 일만 엔 이내였다.

가타세가 인쇄지를 들척였다. "기초정보 쪽을 본 바로 신용카드가 있느냐는 항목에는 기입하지 않았습니다. 그렇지만 그걸로 과거에 개인 파산한 적이 있다고 추측하기는 거의 불가능하겠죠. 심한 억측을 하지 않는 한은요. 그러니 그런 측면에서 보자면 혼마 씨의 가설이 맞을 수도 있겠지만……"

"있겠지만, 뭡니까?"

"신조 씨를 감싸려는 건 아닙니다." 가타세가 완고하게 말했다. "다만, 우리 회사 시스템은 엄중하기 때문에 고객정보가 밖으로 새나가는 일은 절대 없다는 겁니다."

혼마가 반론하려 들자 가타세가 손으로 저지하며 말을 이었다.

"뭣하면 나중에 회사를 안내해드릴 테니 직접 눈으로 확인해보시죠. 저녁때…… 일곱시가 지나면 당직을 제외한 사무직 사원이 모두 퇴근할 테니 문제없을 겁니다."

"그렇게 해주시면 고맙죠."

"아무튼 저희 회사의 데이터 관리는 철저합니다. 정보는 시스템 안에서 차단되기 때문에 밖으로 새나갈 수가 없어요. 클로즈드 시스템이란 말입니다. 물류 센터와 창고 말고는 외부와 통신할 필요가 없으니까요."

"하지만 통신판매 회사에는 반드시 전화 접수 여직원이 있잖습니까?"

"네, 있죠. 텔레마케터요."

"그런 사람들이라면 정보를 접할 수도 있죠. 나도 통신판매를 이용해봐서 그 정도는 압니다. 전화하면 그 자리에서 바로 컴퓨터로 재고를 확인해주기도 합니다. 그런 식으로 지금 당신이 말한 검색 코드를 쓰면 손쉽게 고객정보를 빼낼 수 있잖습니까."

혼마가 말을 마칠 때까지 가만히 기다렸다가 가타세는 느긋한 표정을 지으며 반론했다.

"안 된다니까요. 그게 안 된다는 얘깁니다."

"왜죠?"

"텔레마케터들은 전화 주문을 받을 때 그야말로 숨 돌릴 틈조차 없을 정도로 바쁩니다. 전화 응대를 게을리하고 다른 검색을 했다간 곧바로 주의를 받죠. 프린터로 업무와 상관없는 내용을 인쇄하는 것도 불가능합니다. 그 사람들은 그저 주문을 받아서 입력하는 기계 같은 존재일 뿐입니다."

가타세가 몸을 앞으로 내밀었다.

"아까도 말했지만, 당신은 신조 씨가 여기서 일할 때 신분을 가로챌 만한 대상을 찾아냈다고 믿는 거죠?"

"네, 그렇습니다. 애초에 그럴 목적으로 취직했는지, 아니면 취직하고 나서 정보를 자유롭게 검색할 수 있다는 걸 깨달았는지, 그것까지는 판단할 수 없지만."

"그렇다면 신조 씨는 백지 상태에서 검색을 시작했다는 말이군요. 그녀가 마음속으로 적합하게 생각하는 조건이 몇 가지 있고, 무수한 고객 중에서 그 조건에 맞는 여자를 골라냈다. 그런 뜻이죠?"

"그렇죠."

대답은 했지만 혼마는 살짝 기세가 꺾이고 말았다. 교코는 분명 가타세가 말한 수순을 밟아서 세키네 쇼코를 찾아냈을 것이다. 그 반대는 있을 수 없다. 처음부터 세키네 쇼코를 표적으로 삼았을 리는 없다.

따라서 정보 검색, 자기가 신분을 가로채기에 적당한 조건을 갖춘 여자를 추려내는 작업에는 상당한 시간과 노력이 들었을 것이다. 대량의 정보를 모으는 것만 해도 만만치 않다.

텔레마케터가 가타세가 말한 것처럼 시간에 쫓기는 존재라면, 근무 중에 느긋하게 검색이나 하고 있을 여유는 없다.

가타세가 쓸쓸하게 웃었다. "과연 그럴까요. 제 생각에는 도저히 불가능해 보입니다. 텔레마케터들은 그럴 만한 시간이 없으니까."

"전혀 없다고 장담할 순 없을 텐데요." 혼마가 애써 반론을 제기했다.

"좋습니다. 백 보 양보해서 그게 가능하다 쳐도……" 가타세가 고개를 흔들었다. "아니, 역시 불가능해요. 신조 씨는 저희 회사에서 세키네 쇼코라는 사람의 정보를 빼낸 게 아닙니다."

"그걸 어떻게 알죠?"

가타세가 다시 복사지를 집어들더니 신조 교코의 고용기록을 손가락으로 가리켰다.

"여기에 그녀의 직종이 기재되어 있습니다."

혼마는 그것으로 시선을 던졌다. '일반 사무직'이라고 적혀 있었다.

"텔레마케터가……"

"아닙니다. 그녀는 계약직 사무원이었습니다. 이른바 잡무 담당이죠. 조금 전 연수 얘기를 했을 때 교육 내용이 '접객 일반 매너에 관한 것'이었다고 했잖아요? 그러니 텔레마케터만 참가했던 건 아니죠. 일반 사무직 여성들도 같이 참가했어요. 제 기억으로 그녀는 총무과에 근무했고, 급료 관련 계산을 도왔습니다. 거기에서도 컴퓨터를 쓰지만 물론 고객 관리와 전혀 다른 별개의 시스템이죠. 코드도 다르고, 애당초 로즈 라인 내부의 사무 처리 워크스테이션에서는 고객 업무 쪽에 접속하는 것 자체가 불가능합니다."

가타세는 딱하다는 듯한 표정을 짓지는 않았다. 살짝 의기양양해하는 것처럼 보이기까지 했다. '자기 회사'의 시스템 수준을 자랑스러워하는 것인지, 신조 교코 개인을 생각하는 마음에서 비롯된 것인지는 알 수 없지만.

"신조 씨가 세키네 씨라는 여자의 이름을 사칭한 것은 사실이겠죠. 그렇지만 신조 씨 힘으로는 그런 일을 할 수가 없습니다. 그것만은 확실하게 말씀드릴 수 있습니다."

혼마는 한동안 가타세를 쏘아본 후 천천히 물었다.

"당신이 그녀를 도와줄 수도 있지 않았을까요?"

가타세의 표정은 변하지 않았다. 다만 왼쪽 눈썹이 순간 꿈틀했다.

"당신이 그녀의 부탁을 받고, 목적이 무엇이었든, 그녀를 위해 데이터를 빼냈다. 그게 아니라면 방법을 가르쳐줄 수도 있잖습니까?"

정면으로 치고 들어갈 작정이긴 했으나, 어쩌면 질문이 조금 성급했는지도 모른다. 아주 잠깐 머뭇거리는 빛을 보이긴 했지만 가타세는 분명하게 잘라 말했다.

"제가 왜 그런 짓을 하겠습니까? 그런 적 없습니다. 절대로."

그의 긴 손가락 아래에서 신조 교코의 증명사진이 미소 짓고 있었다.

20

"그래서 결국 어떻게 됐어? 회사 안은 둘러봤겠지?"

"물론 봤지." 혼마가 고개를 끄덕였다.

한밤중에 오사카에서 돌아와 아픈 왼쪽 무릎을 감싸쥐고 밤새 신음한 다음 날 아침 이카리에게 연락했다. 이렇게까지 된 이상 이제 적당한 시기라 판단하고 그동안의 사정을 모두 털어놓고 설명했다. 그러자 점심때가 지나 그가 혼마를 만나러 미즈모토에까지 찾아와준 것이다. 그는 거실의 낮은 탁자 앞에 떡하니 자리를 잡고 앉아서 이사카가 깨끗하게 닦아둔 유리 재떨이에 잇달아 담배꽁초를 집어던지며, "정말 어처구니가 없군" 하고 탄식을 흘렸다.

"보안 체제는 그가 말한 대로 완벽했나?"

"로즈 라인에는 현재 상근 텔레마케터가 서른 명 있어. 그 서른 명이 오전 열시부터 밤 여덟시까지 교대로 전화를 받는다더군. 책상 위에 전화기가 죽 늘어선 사무실에서 말이지."

그 광경을 직접 목격한 순간 혼마는 영락없이 텔레비전 광고 같다는 생각이 들었다. 이십대에서 삼십대 중반쯤의 젊은 여성들이 똑같은 유니폼을 갖춰 입고 나란히 앉아 있는 것이다. 하나같이 미인으로 보이는 까닭은 보는 사람의 기분 탓인지도 모른다. 젊은 여성들이 이렇게 많이 늘어서 있으면 일종의 착시 효과가 생기게 마련이다.

"전화라고 하지만 상담원들이 쓰는 장치는 옛날 PBX(사설 구내 교환기) 교환대를 작게 줄인 것 같은 물건이었어. 버튼 조작 방식이고, 헤드폰식 수화기에 입 쪽에는 작은 마이크가 달려 있었지. 왜, 키보드 치면서 노래하는 가수들이 쓰는 마이크 같은 것 있잖아. 한 사람당 한 대씩 단말기가 있어서 고객의 주문이 들어올 때마다 '고객 번호'를 쳐서 조회하는 시스템이야."

"코드 번호를 찍어서?"

"그래. 응대 시간을 단축시키기엔 썩 괜찮은 시스템이지. 1988년 1월 1일부로 도입했다고 하더군."

그전에는 각 부서별로 좀더 단순한 시스템을 사용했었고, 부서 간 연락은 전화나 우편 같은 통신수단에 의지했다고 한다. 고객관리나 상품 주문, 발송 수배 등은 예전처럼 장부에 직접 기입하는 방법을 병행했다. 지금처럼 통합된 하나의 시스템으로 개편하는 데는 억 단위 돈이 들어갔다고 가타세는 설명했다.

"1988년 1월." 이카리가 굵은 목을 긁적였다. "신조 교코는 그해 4월에 취직했다고 했지?"

"그렇지. 기록에는 1988. 4. 20이라고 적혀 있어. 그녀의 취직에 앞서 새로운 시스템이 도입된 거지. 그러니 일을 시작했을 무렵은 현재의 시스템이 기능한 지 얼마 안 되었을 때야."

"세키네 쇼코가 로즈 라인의 고객으로 등록된 건 언제지?"

곤노 노부코의 집에서 발견했던, 로즈 라인의 대표 전화번호가 메모된 병원 청구서의 날짜는 1988년 7월 7일이었다. 가타세가 보여준 로즈 라인 쪽의 기록에 따르면 그후 그녀가 그 전화번호로 카탈로그를 신청한 것은 같은 해 7월 10일, 앙케트를 반송하고 처음으로 상품을 주문해서 '고객 번호'가 생긴 것은 25일이었다.

"파고들 여지가 없군." 이카리가 탐탁지 않다는 듯 탄식했다.

"안타깝지만 없었어. 그래서 가타세는 교코가 세키네 쇼코의 정보를 훔쳐냈을 리 없다고 단언했지. 열변을 토하면서."

신조 교코가 무수한 고객정보 중에서 어떻게 세키네 쇼코를 골라냈는가…… 그 문제는 자신에게도 중요한 일이었던 듯 가타세는 열기를 띠고 설명했었다.

"어쨌든 로즈 라인 내부의 사무 처리, 즉 신조 교코가 담당했던 급료 계산 쪽 시스템과 고객관리와 상품 시스템은 계통이 전혀 다르다는 거야. 한쪽에서 다른 한쪽으로 자유자재로 드나들 수는 없고, 그럴 수 있는 건 소위 말하는 시스템 매니저급 사람들뿐이라고 하더군. 지식과 기술을 고루 갖춘 사람들이지."

"기술?"

"능력이라고 할 수도 있겠지. 하드웨어와 소프트웨어를 능숙하게 다루는 기술이라니까."

"당최 뭔 소린지 모르겠네." 이카리가 얼굴을 찡그렸다. "여하튼 그 기술이라는 게 있는 사람은 얼마든지 컴퓨터에서 정보를 빼낼 수 있다는 거잖아? 그럼 신조 교코도 그런 능력을 갖고 있었을지 모르고."

혼마가 웃으며 고개를 저었다. "그렇다면 얘기가 빠르겠지. 그런데 그렇지 않아. 가타세 얘기에 따르면 그녀는 컴퓨터를 전혀 몰랐던 모양이야. 게임 정도밖에 해본 적 없는 것 같았다니까."

"그 말이 사실일까?"

"가타세는 그녀와 개인적으로 교제했어. 본인은 그리 깊은 관계가 아니라고 했지만 내 생각은 달라. 뭐, 머지않아 그에 대해서도 진상을 캐물을 예정이지만."

"가타세를 또 만나게?"

"응. 로즈 라인에 근무할 당시의 신조 교코에 관한 정보를 얻으려면 그를 창구로 삼는 게 가장 빠를 테니까. 그쪽 업계도 의외로 직원 회전이 빨라서, 그 당시 교코랑 같이 일하면서 친하게 지냈던 직원은 몇 명 안 남아 있는 것 같더군. 그 사람들 얘기를 들어볼 수 있게 해달라고 그에게 부탁해뒀어."

"괜찮을까?" 이카리가 말했다. "그 친구 이상하게 열성적이잖아. 무슨 꿍꿍이가 있는 건 아니고?"

잠시 생각한 후 혼마가 말했다.

"그가 자기가 말한 것보다는 많은 걸 알고 있다는 건 분명할 거야. 그런데 그게 아무래도 애매모호하단 말이지. 무엇보다 그가 신조 교코의 확실한 '공범자'라면, 구태여 내 뒤를 쫓아와서 자료까지 보여줄 리 없잖아?"

이카리가 신음했다.

"내 생각인데, 그는 신조 교코와 가까운 사이였고, 정보를 빼내는 일에도 다소 연관돼 있을 거야. 다만 당시에는 신조 교코가 그걸 어디에 이용할지 자세한 내막을 몰랐던 거 아닐까. 그러니 지금 상황에서는 불안할 수밖에."

"과연 그럴까." 이카리는 불만스러워 보였다. "난 가타세가 공범이라는 설을 지지해. 게다가 살해 쪽에 맞물려 있을 가능성도 있다고 봐."

"살해라면, 세키네 쇼코?"

"아니면 그녀의 어머니."

"글쎄 그건 어떨지…… 적어도 그가 신조 교코의 사진을 보고 놀라던 모습은 진짜였어."

"그야 알 수 없지."

"뭐, 그건 그렇지. 그러나 상식적으로 생각해봐도 인사 담당자인 그의 위치에서 이번 건을 그냥 내버려둘 순 없겠지. 안 그래? 기분 나쁜 얘기잖아. 한 여자가 실종되었고, 그 여자의 신분을 가로챈 여자가 버 젓이 나다닌다…… 어린애라도 범죄의 냄새를 맡겠지. 그런데 그 문제 의 여자가 같은 회사의 옛 직원이라고. 그것도 불과 이삼 년 전에 그만 둔."

이카리가 "흥" 하고 콧소리를 냈다.

"게다가 고객관리가 이러니저러니 하는 문제까지 얽혀들지. 통신판 매 회사로서는 당혹스러운 일일 거야. 모회사인 미토모 건설에서도 탐 탁하게 여길 리 없고. 그러니 가타세 입장에선 심각할 수밖에. 내가 멋 대로 돌아다니게 내버려뒀다가 사내에 묘한 소문이라도 퍼지면 곤란할 테니까."

실제로 혼마가 로즈 라인을 나올 때 직원 전용 출입구까지 배웅해준 가타세의 얼굴은, 수없이 빨아서 닳아빠진 시트처럼 희읍스름해 보였다.

"얘기를 컴퓨터로 되돌리면, 설령 텔레마케터가 키보드 앞에 앉는다 하더라도 거기서 많은 정보를 빼내서 누구에게도 들키지 않고 외부로 빼돌리려면 그만한 전문지식이 필요하다는 거지. 예를 들어 플로피디 스크를 가지고 들어가서 그 안에 정보를 몰래 복사하려 해도 매뉴얼에 없는 부분을 건드리면 옆이나 뒤에 앉은 동료들이 눈치챌 게 틀림없으 니까."

이카리는 언짢은 표정을 지었다. 원래 아직까지 워드프로세서도 능 숙하게 다루지 못하는 이카리 앞에서 컴퓨터 얘기는 금물이다.

"하물며 그 부서에서는 직접 고객정보를 접할 수도 없었으니 정보를 빼내는 건 거의 불가능한 일이라고 해. 우선 이른바 해킹이나 시스템 파괴 같은 요란한 방법으로 억지로 들어가려 해도, 컴퓨터를 통한 외부 와의 통신, 그러니까 창고나 물류 센터와의 연락 같은 건 전용회선을

314

쓰는 듯하고, 그 전화번호는 공개되지 않아. 신조 교코는 사내 사람이니 어쩌면 번호 정도는 알아낼 수도 있었겠지만 그것만으로는 소용없어. 가타세는 비밀번호를 알아도 현금카드가 없으면 돈을 찾을 수 없는 것과 마찬가지라고 하더군. 이것도 적절한 비유는 아닌 것 같지만."

코가 근질거리기라도 하듯 이카리가 얼굴을 찡그렸다. "그렇다면 이 건은 잠시 보류란 뜻인가?"

"그래야겠지. '신조 교코가 모종의 수단을 이용해서 로즈 라인의 정보를 빼냈다'는 가설이 전부야."

"그녀의 룸메이트였던 여자는? 만나봤어?"

혼마가 고개를 저었다. "공교롭게도 휴가중이더군. 이치키 가오리라는 아가씨인데, 마찬가지로 사무직이었다고 해. 현재 이 주일 예정으로 호주 여행을 떠나 있어. 연락처만 받아왔지."

"그건 가타세가 말해준 건가? 거짓말한 건 아니고?"

"아니, 정말이야. 가타세가 직접 단말기로 사원 명단에서 그녀의 주소와 근무표를 보고 확인했으니까."

"근무표까지 컴퓨터로 만든다고?" 쓸쓸한 표정을 짓던 이카리가 갑자기 벌떡 일어섰다. "이봐, 신조 교코의……"

"알리바이 말이지?" 혼마가 웃었다. 그러나 곧바로 진지한 표정으로 바뀌었다. "확인하고 왔어. 1989년 11월 25일 밤 열한시 무렵, 우쓰노미야에서 세키네 쇼코의 어머니 요시코가 죽었을 때 교코는 어디에 있었는가?"

물론 교코의 그날 동정이 왜 필요한지까지는 밝히지 않았기 때문에 가타세는 의아해하는 표정을 지었지만, 그래도 당시 근무표를 불러내어 알아봐주었다.

"프린트까지 해주더군."

이카리의 눈앞으로 종이를 미끄러뜨리며 혼마가 말했다. 이카리는 그것을 낚아채듯 받아들고 들여다보았다.

"1989년 11월 18일부터 26일까지 구 일간, 신조 교코는 휴가를 냈어. 휴가 명목은 '병가'였지만."

이카리가 날카로운 휘파람 소리를 냈다.

혼마가 말을 이었다. "그리고 '당신은 그녀와 가까운 사이였던 것 같으니 만약을 위해서'라는 핑계를 대고, 당시 가타세 히데키의 근무표도 확인했지."

"어땠어?"

"11월 25일은 토요일인데도 그는 출근했더군. 밤 아홉시까지 회사에 있었어."

"관계가 없다는 건가?" 이카리는 아쉬워하는 듯했다. "난 아무래도 그 가타세라는 남자한테서도 냄새가 나는 것 같은데 말이야."

"뭐, 잠시 놔두고 살펴보자고."

마침내 종잡을 수 없었던 '사건'이 모습을 드러내기 시작했다. 쫓아가서 붙잡을 수 있는 가느다란 실마리가 손끝에 스쳤다. 여기서 조바심을 낼 필요는 없다.

"가타세를 저녁에 다시 만나 로즈 라인에 들어가기 전까지 여기저기 산책을 하면서 시간을 보냈는데 말이야."

"다리는 괜찮았고?" 이카리가 형사답지 않게 따뜻한 질문을 던졌다.

"아장아장 걸어다녀서 괜찮아"라고 말하며 혼마는 웃었다.

"오사카라는 도시는 참 재미있더군. 도쿄와 전혀 차원이 다른 도시 같았어. 실로 낭비가 없고."

"낭비가 없다?"

"응. 도쿄는 니혼바시 주변만 해도 인텔리전트 냄새를 풀풀 풍기는 기업 건물들을 등지고 2층짜리 여염집이 꽤 남아 있잖아? 그런데 오사카에는 그런 게 없더라고. 이곳은 상업지구다 하면 철저하게 상업지구야. 그러면서 그런 중심지에서 도로 하나만 건너면 심상찮은 환락가가 나오기도 해. 불과 며칠 전에도 야쿠자 총격사건이 있었을 듯한 분위기로 말이지."

"난 오코노미야키도 우동도 한신 타이거스도 싫어해서 오사카에서는 못 살아." 이카리가 냉담하게 말했다.

밤기운이 몸속으로 파고들어도 가타세와 만나기로 약속한 시간까지 꽤 많이 걸어다녔다. 도중에 삼각공원인가 하는 곳에서 돌 벤치에 앉아 삼십 분쯤 시간을 보냈다. 주위는 아베크족투성이였다. 시간이 더 지나면 잔뜩 취한 주정뱅이와 부랑자들의 잠자리가 될 성싶은, 빈말로라도 좋은 환경이라고 하기 힘든 장소에 위치한 딱히 아름답지도 않은 공원인데도. 사랑을 속삭이는 데는 에너지만 있으면 그만이라는 뜻일까.

벤치에 앉아 혼마가 생각한 것은 신조 교코도 누군가와 함께 이곳을 찾았을까 하는 것이었다. 이렇게 가만히 앉아 지나가는 젊은이들을 바라보았을까. 먼지 낀 밤거리를 한가로이 거닐며 네온사인을 올려다보고, 정체된 자동차 행렬을 가로질러 도로를 건너고, 쇼윈도 안을 기웃거리고……

그녀도 그런 행동을 했을까. 그렇게 삶을 즐겼을까. 줄곧 그런 생각을 하며 차디찬 벤치에 앉아 있었다.

그러나 풍경이란 그것을 바라보는 사람의 눈 속에만 있다. 아무리 오랜 시간을 앉아 있어도 혼마는 신조 교코가 본 오사카 거리를 볼 수 없었다. 그것이 몹시 안타까웠다.

"그건 그렇고, 또 부탁을 해도 될까?" 혼마가 이카리에게 얼굴을 돌리며 물었다.

이카리는 그제야 웃었다. "이번에는 신조 교코의 호적등본인가?"

"정답이야."

"로즈 라인 이력서에 쓴 주소로 역추적하면 되겠지. 식은 죽 먹기야."

"단……"

"아직 윗사람들한테는 알리지 말아달라? 그 정도야 알지." 이카리가 다부진 턱을 꽉 다물며 고개를 끄덕였다. "실제 문제로 다루긴 어려운 사건이잖아. 현 단계에서 공표하면 이 이상 조사하는 걸 막을지도 모르지. 아, 물론 사건으로 다루지 않는다는 의미는 아니지만……"

이번에는 혼마가 앞질러 갔다. "이런 것 말고도 훨씬 다급한 초미의 사건이 있다?"

"바로 그거지, 빌어먹을."

"그래서 개인적으로 좀더 조사해보고 싶어." 혼마는 그렇게 말하며 탁자 위로 시선을 떨어뜨렸다. "어쨌든 시체가 없는 상황이니까. 세키네 쇼코가 죽었다고 단정 지을 수는 없는 거 아니냐 하면 할 말이 없지."

"그녀가 살아 있을 것 같나?"

"그럴 리가."

"그래. 나도 살해당했다고 봐."

"그럼, 너 같으면 시체를 어떻게 처리했겠어?"

이카리가 등받이 의자에서 일어섰다. "글쎄, 그것도 신조 교코와 가까운 사이의 협력자가 있었느냐에 따라 달라지겠지. 협력자가 남자라면 힘을 쓰는 일도 어렵지 않을 테니까. 세키네 쇼코는 몸집이 작지 않다고 했지?"

"굳이 따지자면 키가 큰 편이지."

"그럼 여자 혼자 처분하긴 벅차겠군. 굉장히 힘들 거야."

혼마는 고개를 끄덕이고 중얼거렸다. "그렇지만 난 처음부터 끝까지 신조 교코 혼자 행동했다고 봐. 이렇다 할 근거는 없지만. 그런 예감이 들어."

강한 의지가 엿보이는 신조 교코의 눈빛. 구리사카 가즈야 곁에서, 또는 로즈 라인의 가타세 앞에서 사라졌을 때의 그 비정함. 민첩함. 그 것은 그녀가 모든 의미에서 고독했다는 인상을 자아냈다.

또한 혼마는 한편으로 이런 생각도 들었다. 신조 교코는 고독했기 때 문에, 외톨이였기 때문에 다른 사람의 신분을 사칭하고 가로챌 수 있지 않았을까. 쫓기고 도망치는 그녀의 처지를 이해하고 구원의 손길을 뻗 어주려는 남자가 단 한 사람이라도 곁에 있었다면 그녀는 '신조 교코' 라는 자기 이름을 버리려 하지 않았을 것이다. 협력자의 힘을 빌려 온 전히 신조 교코인 채로 도망치는 길을 고민했을 것이다. 이름이란 타인 에게 불리고 인정받음으로써 비로소 존재하는 것이다. 신조 교코를 이 해하고, 사랑하고, 그녀와 떨어질 수 없는 인간이 주위에 존재했다면, 그녀는 결코 펑크 난 타이어를 버리듯 간단하게 '신조 교코'라는 이름 을 내동댕이치지는 않았을 것이다.

그 이름에는 사랑이 깃들어 있기 때문이다.

"공범자는 없단 말이지?"

"응."

"그렇다면……"

이카리는 혼마의 시선이 향한 곳을 알아차린 듯했다. 부엌 구석에 단 단히 고정된, 덮개가 달린 부엌칼 꽂이였다. 채소칼과 식칼, 용도에 따 라 각각 크기가 다른 부엌칼 다섯 개가 가지런히 수납되어 있다. 이사 카가 들고 온 것이다. 요리도 수준급인 그는 주방기구에 나름 집착이 강했다.

이카리가 말없이 혼마 쪽으로 시선을 돌렸다. 혼마는 말했다.

"그쪽은 내가 조사해볼게. 도서관에서 신문을 찾아보거나, 아는 잡지 기자에게 부탁해볼 생각이야. 경시청 담당 범위로 한정할 순 없을 테니까."

"하긴 발각 나기 쉬운 사건이겠지. 끔찍하니까." 이카리는 그러고는 탐탁지 않다는 듯이 턱을 어루만졌다.

"미해결 토막사체 유기사건이라."

혼다 다모쓰가 혼마의 집을 방문한 것은 다음 날 오후 무렵이었다.

적당히 해진 청바지를 입고, 하얀 면 티셔츠 위에 손으로 짠 스웨터를 입고 있었다. 그가 벗은 울 재킷을 받아 옷걸이에 걸면서 혼마는 새 옷 안감에 붙어 있는 예비 단추가 없다는 것을 알아챘다. 이쿠미는 꼼꼼한 성격인가보다.

지즈코도 그랬다. 새 옷의 예비 단추를 그대로 두면 옷감이 상한다며 늘 바로 떼어 바느질 상자 안에 넣어두었다. 그래서 혼마의 옷은 지즈코 생전에 산 것과 그후에 산 것을 금방 구분할 수 있다. 그녀가 세상을 뜬 후에 산 옷에는 예비 단추가 그대로 붙어 있기 때문이다. 그것을 자기 손으로 떼어내는 건 아무래도 조금 쓸쓸하게 느껴졌다. 이사카의 도움을 받기 전까지 식사 준비나 청소, 장보기를 직접 하면서도 그다지 고생스럽지 않았지만, 예비 단추를 떼어내는 일만은 왠지 가슴이 아파서 할 수 없었다.

다모쓰는 남의 집을 방문하는 게 익숙지 않은 듯했다. 혼마가 몇 번씩이나 권한 후에야 겨우 자리를 잡고 앉았다. 머뭇머뭇 타이밍을 살피다가 간신히 손에 든 종이가방을 탁자 위에 올려놓고 작은 목소리로 말했다.

"저어, 이건 아드님에게."

혼마는 감사인사를 하고 받아들었다. 이것도 이쿠미가 챙겨줬을 게 분명하다. 유명한 제과전문점 상표가 그려진 종이가방이었다.

때마침 이사카가 점심식사를 마치고 돌아올 시간이었다. 혼마와 다모쓰가 제대로 이야기를 시작하기도 전에 현관에서 그의 목소리가 들렸다. 마침 잘됐다 싶어 혼마는 두 사람을 서로에게 소개해주었다.

"남자 가사도우미시라고요?" 놀라는 다모쓰에게 이사카가 살짝 으스대는 표정으로 말했다.

"의외로 남자한테 잘 맞는 직업이에요. 전기기구 수리도 어렵지 않고, 가구를 가뿐하게 들어서 뒤쪽 먼지까지 청소할 수 있으니까. 클라이언트도 좋아하죠."

"클라이언트?"

"계약한 집 말입니다. 그렇게 부르면 왠지 멋져 보이잖아요."

"우와…… 우리 아내가 들으면 감격하겠는데요." 다모쓰는 진심으로 감탄했다.

놀란 표정을 짓는 이사카에게 혼마가 웃으며 설명해주었다. "다모쓰는 이제 곧 둘째아이의 아빠가 됩니다."

"저도 벌써 스물여덟인걸요."

"그래요, 젊은 아빠로군요."

눈을 가늘게 뜨고 지그시 다모쓰를 바라보던 이사카의 표정이 갑자기 굳었다.

"세키네 쇼코 씨도 스물여덟 살이었죠. 너무나 다른 인생이군요."

이사카는 벌써부터 쇼코를 과거형으로 표현했다. 다모쓰가 고개를 떨어뜨렸다.

"언제 올라왔나?"

"어제 왔습니다."

우쓰노미야를 떠날 때 혼마는 다모쓰와 간단한 약속을 해두었다. 일단 그곳에서 실종 이전의 쇼코에 관한 정보를 최대한 많이 모아달라고 부탁한 것이다. 그후의 일은 다시 상의해서 결정하기로 했다.

"수확이 꽤 있었습니다."

다모쓰가 종이가방과 같이 들고 온 남성용 보조가방을 열면서 말했다. 커피를 내온 이사카가 그 옆에 의자를 끌어당겨 앉았다.

다모쓰가 조그만 공책을 펼쳤다.

"메모해 왔어요. 이쿠미가 시켜서."

"응, 잘했군."

살짝 기침을 하고 나서 말했다.

"고향 사람들에게는 시짱이 행방불명되어서 연락이 끊겼다고 말하고 협조를 부탁했습니다. 처음에는 다들 깜짝 놀랐지만 금세 납득한 표정을 짓더군요."

무리도 아니다. 빚과 물장사 딱지가 붙어 있는 여자다.

"제 여자 동창생 중 하나가 이삼 년 전 역에서 우연히 시짱을 만나 잠깐 얘기를 나눴다고 했습니다. 그런데 어찌된 영문인가 싶을 만큼 화려한 차림이었다고 하더군요."

"라하이나에서 일하던 무렵인가?"

"그게 좀 애매합니다. 이삼 년 전이라는 것 말고 확실한 날짜는 기억나지 않는대요. 다만 그때 자기가 수박을 들고 있었다고 했어요. 그러니 여름이었던 것 같다고."

보통 사람들의 기억이란 대체로 그 정도다.

"시짱은 비교적 건강해 보였고, 표정도 밝았다고 해요. 화장이 짙어서 깜짝 놀랐답니다. 그 친구도 시짱 소문을 이것저것 들었던지라 '힘들었다며?'라고 속을 떠봤는데, '뭐 그렇지'라며 웃기만 했답니다."

"그럴 수밖에 없었겠지." 이사카가 말했다. "인생행로에 차질이 생겼을 때 학교 동창생을 마주치는 것만큼 싫은 일도 없으니까."

말에 뼈가 들어 있었다. 이사카도 여러 기억을 떠올리고 있는지도 모른다.

다모쓰가 말을 이었다. "아무래도 요시코 아주머니가 돌아가셨을 때를 돌이켜보는 게 제일 낫겠다 생각해서 장례식에 참석한 사람들을 만나봤습니다. 꽤 번거로울 것 같아도 꼭 그렇지만은 않았어요. 중요한 얘기를 해줄 만한 사람은 한정되어 있으니까. 대체로 아주머니 직장 동료들이죠."

다모쓰는 그 사람들에게 당시 쇼코가 어땠는지 물어보고, 문제의 사진을 보여주면서 이런 젊은 여자를 본 적이 없느냐고 확인하고 다녔다.

"장례식은 아카네 장에서 못 했습니다. 주인집에서 싫어했기 때문이죠. 그래서 아카네 장에서 차로 오 분쯤 떨어진 곳에 있는 주민회관을 빌렸어요. 상주인 시짱 혼자서 그런 준비를 하는 건 힘에 부칠 거라며 마을회 사람들이 대신 맡아주었습니다."

다모쓰는 커피를 한 모금 마시고 메모지를 넘겼다.

"제가 느꼈던 것과 마찬가지로, 시짱은 무척 충격에 빠져서 넋을 놓고 있었다는 얘기가 많았습니다. 그건 그거고 대체 그 빨간 머리는 뭐냐며 투덜거리는 아주머니들도 있었지만."

"관혼상제는 보수적인 것을 최고로 치니까." 이사카가 말을 받았다.

"그런가 봅니다. 그런데 장례식에서 사진의 그 여자, 시짱 행세를 한 여자를 봤다는 얘기는 없었습니다. 그렇게 낯선 사람이 있었다면 금방 눈에 띄었을 테고, 마을회 사람들이 접수를 맡았으니 만약 동네 사람이 아닌 젊은 여자가 조의금을 들고 왔다면 어디 사는 누구고 요시코 씨와 어떤 관계냐고 물었을 게 분명합니다. 그건 틀림없습니다."

혼마는 고개를 끄덕였다. 그건 믿어도 좋을 것이다. 이사카식으로 표현하자면, 관혼상제 때는 모든 참석자의 눈빛이 날카로워지기 때문이다.

"그런데," 다모쓰가 코밑을 문질렀다. "시짱 행세를 했던 여자를 봤다는 사람이 있었습니다."

혼마와 이사카가 동시에 몸을 앞으로 내밀었다.

"정말인가?"

"네." 다모쓰는 어린애처럼 뒷목을 북북 긁으며 웃었다. "그런데 정말 어이없게도, 그게 우리 어머니였지 뭡니까."

혼마가 눈을 휘둥그레 떴다. "자네 어머님이?"

"그렇습니다. 그것도 제가 알아낸 게 아니라 어머니 쪽에서 먼저 말했어요. 누가 시짱 일로 뭘 조사하러 왔다는 얘기를 미장원에서 들었다면서."

아하, 혼마는 알아챘다. 미야다 가나에다. 로레알 살롱에 신조 교코의(그때는 아직 '가짜 쇼코'였지만) 사진을 맡겨두고 왔었다. 가나에가 그 사진을 가지고 여기저기 물어보겠다고 해서.

"로레알 살롱 말인가?"

"어, 알고 계셨어요?" 다모쓰가 아쉬워하는 표정을 지었다. "우리 어머니가 거기서 파마를 하거든요. 그곳의 미야다 씨라는 미용사가 사진을 보여줬다고 했어요."

다모쓰 어머니의 기억은 확실하다고 했다.

"우리 어머니는 평소에는 기억력이 별로 안 좋은 편이에요. 그렇지만 뭐랄까, 좀 이상하다 싶은 것은 아주 잘 기억하죠. 우리 할아버지가 돌아가셨을 때 불경을 읽어준 스님이 이상해 보일 정도로 안절부절못하고, 목에 큰 점이 있다는 것까지 기억했어요. 그랬는데 나중에 그 스님이 시줏돈을 가로채서 여자랑 도망친 사건이 일어나서…… 아, 죄송합니다. 쓸데없는 소리를 꺼냈군요."

"아냐, 괜찮아. 무슨 말인지는 알았어. 어머님이 착각하거나 기억이 잘못된 건 아니라는 뜻이겠지."

다모쓰가 턱을 힘차게 끄덕거렸다. "맞습니다. 그리고 문제의 여자를 발견한 것은 그 로레알 살롱에서 막 나왔을 때라고 했어요."

"시기는? 언제쯤이지?"

"매우 확실합니다." 다모쓰는 엄숙하다고 해도 좋을 듯한 표정을 지었다. "요시코 아주머니 사십구재 날이었대요. 처음에는 날짜가 확실하지 않았지만, 가계부를 찾아보니 1990년 1월 14일, 일요일이었습니다."

"그게 무슨 소린지……"

"놀라셨죠? 그렇지만 제 얘기를 들으시면 납득이 갈 겁니다. 시짱 집에는 친척이 거의 없잖아요. 사십구재가 너무 쓸쓸하면 고인에게 죄송하다며 이웃사람들이 같이 분향을 올리러 간 거예요. 저는 급한 볼일 때문에 도저히 시간을 낼 수 없어서 못 갔지만, 어머니는 참석했어요. 그런데 우리 어머니는 그런 면에서는 확실하게 예의를 갖추는 편이라 제사에 참석하기 전에 머리를 하러 갔던 거죠."

혼마는 무릎을 내려치고 싶은 심정이었다. 과연, 그렇다면 납득이 간다.

"그래서 머리를 하고 로레알 살롱에서 막 나왔을 때, 아카네 장 앞 전봇대에 몸을 숨기듯이 외따로 서 있는 젊은 여자를 발견한 겁니다."

다모쓰의 어머니가 다가가서 어느 집을 찾아왔느냐고 묻자, 그 젊은 여자는 조금 놀란 듯이 뭐라고 중얼거리더니 황급히 자리를 떠버렸다고 한다.

"어머니는 꽤나 신경이 쓰였나봅니다. 원래 기가 센 편이라 쫓아가면서 '잠깐 기다려, 당신 누구야?'라고 물었답니다. 그랬더니 그 여자가 어쩔 줄 몰라 하며 정신없이 도망쳤대요. 얼굴도 또렷이 기억난다고 했습니다. 미인이었다, 여배우 같았다고 했어요."

혼마는 다모쓰의 얘기를 머릿속으로 정리하면서 눈썹을 찡그렸다.

사십구재가 열린 날은 1990년 1월 14일. 세키네 요시코가 죽은 것은 1989년 11월 25일이므로 정확히 사십구 일째는 아니지만, 번잡한 연말을 피해 정월 보름이 지난 일요일로 날짜를 선택한 것이리라. 그리고 그후 열흘쯤 지나 세키네 쇼코는 미조구치 변호사를 찾아가 보험금을 받아도 괜찮냐고 물었다. 요시코에게도 얼마간 모아놓은 돈이 있었을 테니 장례식이나 사십구재는 그 돈으로 치를 수 있었을 것이다. 그래서 남은 보험금이 신경 쓰인 거라면 그 마음은 충분히 이해가 갔다.

그리고 그 시점에 신조 교코가 쇼코 주위에 나타난 것이다.

교코는 1989년 12월 31일부로 로즈 라인을 퇴직했다. 쇼코로 변신할 준비를 착실하게 진행시키고 있었던 걸까. 그래서 한번 상황을 살피러 왔다……

"사십구재는 어디서 했죠?" 이사카가 물었다.

"요시코 아주머니의 유골을 모신 절에서 했습니다."

"유골을 절에 맡겼다고요?"

"네, 그렇습니다. 으음, 그 부분은 사정이 좀 복잡한데."

다모쓰는 말하기 곤란해하는 눈치였다.

"시짱의 어머니인 요시코 아주머니는 남편을 일찍 여의고 많이 고생했습니다. 친척이 아무도 도와주질 않아서 어린 시짱을 데리고 다니며 일할 수밖에 없었죠. 그래서 그 무렵부터 친척들과 연을 끊었던 모양입니다."

이사카가 눈썹을 문지르며 말했다. "아무리 그래도 죽어서 남편과 같은 묘지에 못 묻힐 이유는 없잖습니까."

"그럼요, 그럼요."

잠시 생각하고 나서 혼마가 말했다. "그렇군, 남편 묘지도 없었던 모양이지? 돈이 없어서 묘지를 마련하지 못한 거야."

다모쓰가 고개를 끄덕였다. "네, 바로 그겁니다. 세키네 아주머니 남편은 대가족의 셋째아들이라 원래 자기 묘를 알아서 마련해야 하는 상황이었는데, 시짱이 아직 갓난아기일 때 돌아가셔서 그럴 만한 여유가 없었던 겁니다. 그런데……"

"아하." 이사카가 고개를 끄덕였다. "남편의 묘지를 마련하려고 요시코 씨가 친척들에게 도움을 요청했다. 특히 장남이 있는 시댁에 부탁했겠죠. 그런데 냉정하게 거절당했다. 그런 거 아닙니까?"

"맞습니다. 그래서 하는 수 없이 쇼코 아버지의 유골을 계속 절에 맡겨둬야 했습니다. 십 년인가 오 년에 한 번씩 공양료를 지불하면서요."

묘지가 부족해 가격이 무섭게 뛰어오르는 요즘 같은 세상에서는 그리 희한한 일도 아니다.

"그렇군, 그래서 요시코 씨 유골도 남편과 같은 절에 맡기게 된 거군."

"네. 시짱도 그것을 굉장히 가슴 아파 해서, 하루빨리 두 사람을 안장할 수 있는 묘지를 마련해드리고 싶다고 했나봅니다. 그런데 그 말에 주변에서 '그렇다고 또 빚은 지지 마라'며 사정없이 몰아붙여서 울었다더군요."

그 자리에 자기가 있었다면 한마디쯤 받아쳤을 거라며, 다모쓰가 억울하다는 듯이 말했다.

"그러게 말이야, 굳이 그런 식으로 말할 필요는 없었을 텐데." 이사카가 동조했다.

"그 밖에는? 자네 어머님 말고 그 여자를 본 사람은 없었나?"

다모쓰는 고개를 저었다. "아쉽게도요. 미야다 씨라는 미용사 아주머니도 안타까워하시더군요."

아니다, 이것은 행운이다. 혼마는 생각했다. 살인이나 강도 등, 벼락처럼 과격하고 생생하게 흔적이 남는 사건을 당했을 때조차 목격자의 기억이란 애매하기 이를 데 없다. 그런데 이번 경우는 아무 일도 일어나지 않은 평상시에, 약간 미인형인 것만 빼면 지극히 평범한 젊은 여자를 봤느냐고 묻는 수준이다. 또렷한 목격 증언을 기대하는 쪽이 오히려 더 이상하다. 그런데도 그 정도 기억을 파헤쳐냈으니, 로레알 살롱 덕분에 큰 수확을 얻었다고 할 만했다.

세키네 쇼코와 신조 교코. 로즈 라인 고객정보라는 연관밖에 없었던 두 사람이 또 한 번 다른 장소에서 이어졌다. 쇼코의 고향에서. 그녀 어머니의 사십구재 날.

"실은 우리가 찾고 있는 사람의 신원을 알아냈어."

다모쓰의 보고로 새롭게 떠오른 사실들을 음미하면서 혼마가 천천히 말했다.

다모쓰는 한순간 숨을 멈췄다.

그 순간 그는 몹시 험악한 표정을 지었다. 지금까지 생각했던 것이 사실이 되고, 쇼코 행세를 한 여자가 환영이 아니라 살아 있는 실체였음을 알게 되는 것을, 다모쓰는 마음속 어딘가에서 두려워하고 있었을지도 모른다.

"어떤 여자입니까?"

이름을 묻기도 전에 그런 질문부터 던졌다.

"어떤 여자입니까? 시짱의 친구였나요? 시짱과 가깝게 지낸 여자였나요?"

원치 않는 쪽을 먼저 입 밖에 내는 것이다. 혹시라도 그 여자가 쇼코의 친구고 쇼코가 의지했던 존재라면 다모쓰는 얼마나 견디기 어려울까. 분노를 억제하기 힘들 것이다. 그래서 나쁜 가설을 먼저 꺼내본 것이다.

"아니, 그건 아니야. 전혀 모르는 타인이야."

다모쓰는 진지한 표정으로 혼마의 설명을 들었다. 이따금 입술을 깨물며 눈을 내리깔았다. 그렇게 애써 마음을 억누르는 것 같았다.

혼마가 이야기를 마치자 한동안 침묵이 흘렀다. 이사카가 커피 잔을 치우기 시작했다. 뭐든 해주고 싶은 마음일 것이다.

"이런 어처구니없는 얘기는 들어본 적이 없어요."

마침내 다모쓰가 불쑥 입을 열었다.

"시짱은 검소하게 살았겠죠?"

"응."

"그러면서 조금 기분전환을 하고 싶은 마음에 예쁜 속옷을 산 거겠죠. 전 그 심정 이해합니다. 아이한테 돈이 많이 들다보니 이쿠미도 좀처럼 새 옷을 사지 않아요. 그렇지만 적어도 속옷은 예쁘고 귀여운 걸 입고 싶다고 했으니까."

"쇼코 씨는 로즈 라인 결제 기한도 꼬박꼬박 지켰더군. 우체국 송금으로. 우수고객이었던 모양이야."

"우수고객"이라고 중얼거리고 다모쓰는 입을 다물었다. 탁자 밑에서 그의 주먹이, 관절에 기계기름의 검은 얼룩이 밴 거칠고 억센 주먹이 뭔가를 으스러뜨리듯 불끈 쥐어져 있다.

다모쓰는 그 주먹을 휘두를 상대를 찾아내려는 것이다. 그제야 혼마는 떠올렸다.

그렇다면 나는 왜 신조 교코를 찾는 걸까?

단순한 습관일까. 어차피 시작한 일이지만, 가즈야에 대한 동정 때문일까. 호기심일까.

그렇다…… 굳이 따지자면 마지막 이유일지도 모른다. 호기심이다. 만나보고 싶은 것이다. 신조 교코라는 인간을. 그리고 들어보고 싶은 것이다. 그녀의 목소리를.

대체 왜 이런 일을 했는지 물었을 때, 그녀의 대답을.

비즈니스호텔에서 묵겠다는 다모쓰를 설득해서 그날 밤부터 혼마의 집에서 지내게 했다. 그가 짐을 가지러 잠깐 호텔로 돌아간 후 혼마는 조사와 관련된 메모와 자료들을 정리했다.

이카리에게 얘기한 미해결 토막사체 유기사건을 조사하기 위해 아침 일찍부터 오전 내내 도서관에 붙어 있었지만 신문 축소판을 뒤지는 것은 한계가 있었다. 그래서 이 건은 전문가에게 기대기로 하고, 전에 약간 도움을 준 적이 있는 잡지기자에게 연락해서 부탁해보았다.

"혼마 씨 근처에서 얼쩡거리다보면 이따금 특종이 걸리니까요"라면서 그는 왜 그런 정보가 필요한지 끈질기게 알고 싶어했다. 혼마가 적당히 얼버무리자, "뭐, 아무튼 알겠습니다"라며 웃었다.

"조사해보죠. 하루 이틀 정도면 데이터베이스에서 찾아낼 수 있을 겁니다. 간토 지역에서 알아보면 되는 거죠?"

응, 이라고 대답하고 나서 "아니, 잠깐만, 고신에쓰 지역도 부탁해"라고 덧붙였다. 특별한 이유는 없었지만, 매사에 신중을 기하는 신조 교코와 관련된 일이다. 시체를 처분하는 목적만 가지고서 멀리까지 이동했을 가능성도 있다.

그후 사망 날짜를 기준으로 세키네 요시코의 추락사를 보도한 기사도 찾아보았다. 의외로 쉽게 찾아낼 수 있었다. 대형 전국지 셋 중 두 군데에서 다뤘다. 기사는 작았지만 사실을 빠짐없이 전달했다. 혼마는 그 기사를 복사해서 도서관에서 나왔다.

그리고 현재까지 판명된 사실에 바탕해서 신조 교코의 행동을 추측해보았다.

그녀는 어떤 이유 때문에, 아마도 뭔가에 쫓겨서, 그로부터 도망치기 위해 새로운 신분을 필요로 했을 것이다.

그녀가 그 목적을 달성하기 위해 로즈 라인에 취직한 건지, 아니면 취직하고 나서 이 직장을 이용하면 다른 사람의 신분을 쉽게 가로챌 수 있다는 사실을 알아차렸는지는 확실치 않다(그러나 전자일 가능성이 높다). 또한 고객정보 관리가 엄중한 로즈 라인 시스템에서 정보를 어떻게 훔쳐냈는지조차 아직 모른다.

그러나 그녀가 가타세를 이용했을 가능성은 있다. 그래서 그가 혼마에게 유난히 예민한 반응을 보였다고 추측할 수도 있기 때문이다.

어쨌거나 교코는 다수의 고객정보를 손에 넣었고, 그중에서 조건에 맞는 인물로 세키네 쇼코를 골라냈다. 그녀의 호적등본이나 주민표 같은 것은 고객정보를 바탕으로 담당 관청 창구에 찾아가 '본인'을 사칭하고 손에 넣었을 것으로 추정된다.

그후 제일 먼저 세키네 쇼코의 유일한 가족인 세키네 요시코를 살해한다.

그 살해방법에 관해서도 의문점이 많다. 사카이 형사가 말했듯이 요시코의 사망 정황을 봐서는 사고사나 자살일 가능성이 짙어 보인다. 그러나……

혼마는 추측해보았다. 신조 교코는 그날 밤, 11월 25일 밤, 어떤 핑계를 대고 요시코를 유인해낸 게 아닐까.

유인해냈다고 하면 과장스럽겠지만, 다시 말하면 '만날 약속을 했다'는 뜻이다. 장소는 다가와 근처였을 것이다. 그러고서 약속시간을 정해두면 요시코가 다가와에서 나오는 대략적인 시간을 예상할 수 있다.

그렇게 해놓고, 나머지는 현장을 방문한 날 사카이 형사가 부정했던 것과 같은 방법을 쓴 것이다.

'그렇게 시끄러운 술집 안에서 요시코 씨가 나오기를 기다렸다면, 요시코 씨가 큰 소리로 노래를 부르면서 복도를 지나간다 해도 알 수가 없어.'

그러나 시간 약속을 해두면 그럴 수 있다.

교코는 다가와 옆의 술집에 있었다. 요시코가 다가와에서 나올 무렵에 복도로 나와 그녀를 기다리고, 기회를 틈타 계단에서 추락시킨 후 다시 술집으로 뛰어들어간다. 댄스플로어가 있는 시끌벅적한 술집에서는 손님의 출입 같은 것을 정확히 파악하지 못했을 것이다.

요시코를 불러내는 구실은 지극히 사소한 용건이었을 것이다. 상대를 만나려면 오늘밤 다가와에 가지 말고 집에 있어야겠다고 생각할 만큼 요시코를 긴장시키는 용건이면 곤란하다. 나는 도쿄에서 쇼코와 알고 지내는 사람인데, 쇼코가 어머니에게 전해달라고 부탁한 물건이 있다. 우쓰노미야에 밤늦게야 도착하고 동행이 있어서 오래 지체할 수 없으니 잠깐 오 분 정도만 만날 수 있겠냐는 정도면 충분하다.

그렇게 해서 교코는 요시코를 제거한다.

그러나 아무리 세키네 쇼코가 혼자 사는 고독한 몸이었다고 해도 친구관계나 애인, 연인의 존재를 생각하지 않을 순 없다. 게다가 이 가설을 선택하려면 우쓰노미야에서 혼자 사는 어머니인 요시코가 다가와의 단골이라는 것도, 그 가게에 위험한 계단이 있다는 것도 사전에 알고 있었어야 한다.

당연히 로즈 라인의 고객정보로는 그런 상세한 사항까지 알아낼 수 없다. 따라서 신조 교코는 최소한 그런 정보를 얻을 수 있을 만큼은 쇼코와 접촉할 수밖에 없으며, 실제로도 그랬을 게 틀림없다.

그러므로 혼마가 다음으로 찾아내야 할 것은 그 접촉의 흔적이다.

쇼코를 죽인 교코는 시체를 처분하고 그녀로 둔갑한 후, 코포 가와 구치를 떠나고 라하이나도 말 한마디 없이 그만두고 소식을 끊어버렸다. 그리고 도쿄에서 이마이 사무기기에 취직했다. 호난초에 집을 마련하고, 호적 분가를 하고, 주민등록지도 이전했다. 건강보험이나 국민연금, 민간보험 등도 마땅한 조치를 취했지만, 고용보험만은 쇼코의 고용보험 피보험증을 손에 넣지 못했기 때문에 창구에다 첫 취업이라고 신고한 것이다.

그리고 구리사카 가즈야와 사귀고, 약혼했다.

한 가지 의문점은 쇼코로 변신한 교코가 자신과의 결혼을 코앞에 둔 가즈야가 권할 때까지 신용카드를 한 장도 만들지 않았다는 사실이다. 혹시 한 장이라도 만들었다면, 그때까지 몰랐던 쇼코의 개인파산 사실을 알아챘을 텐데.

신조 교코는 신용카드를 싫어했던 걸까.

드물기는 하지만 그런 사람도 있다. 쓸데없는 데 낭비할 것 같아 걱정스럽다거나, 왠지 불건전한 느낌이 든다거나. 기껏해야 그 정도 이유였으리라. 희한하긴 하지만 부자연스러운 일도 아니다.

그러나 또 한 가지, 교코의 신원을 추적해내는 데 유일한 실마리가 된 그 폴라로이드 사진도 문제다. 그녀는 대체 무슨 목적으로 그 사진을 찍었을까. 그리고 왜 줄곧 소중하게 보관했을까. 무슨 애틋한 옛 추억이라도 얽혀 있는 걸까.

그렇다면 그것은 신조 교코의 추억일 게 틀림없다. 그녀가 내동댕이치고 벗어나려 했던 신조 교코의 추억.

알 수 없다. 그 의문에 관해서는 가설조차 떠오르지 않았다. 혼마는 메모를 덮었다.

네시가 넘어 집으로 돌아온 사토루가 "갓짱이랑 약속 있어"라며 다시 밖으로 나갔다. 이사카가 저녁 준비를 하기 시작해 부엌에서 김이 솟아올랐다. 다모쓰가 한 손에 조그만 보스턴가방을 들고 돌아왔다. 그때 전화벨이 울렸다.

"혼마 씨 댁입니까?"

이마이 사무기기의 사장이었다.

회사에서 걸었다고 했다. 그후의 경과가 궁금한데 세키네 씨는 찾았느냐고 물었다.

아직은 모든 진상을 밝힐 기분이 아니다. 도저히 무리다.

"그게, 아직 해결이 안 났습니다"라고 대답하자 수화기 너머에서 사장이 한숨을 내쉬었다.

"미짱도 걱정이 이만저만이 아니에요. 참, 한 가지 마음에 걸리는 게 있다던데…… 잠깐 전화를 바꾸겠습니다."

여보세요? 하는 새된 목소리가 들려왔다.

"혼마 씨, 저기 그거요, 아내의 사촌오빠의 아들을 뭐라고 부르냐는 거."

"알아냈습니까?"

"모르겠어요."

진심으로 안타까워하는 말투였다.

"그렇군요. 어려울 줄 알았어요. 혹시 계속 찾아봤나요?"

"전 그런 데 서툴러서요."

"그런 건 누가 조사해도 모를 겁니다."

미짱이 말투를 살짝 바꿨다.

"세키네 씨, 아직 안 돌아왔어요?"

"돌아오기 거북한지도 모르죠."

"구리사카 씨가 실망이 클 텐데."

"그 녀석한테도 좋은 약이 될 겁니다."

"저기, 실은 한 가지 생각난 게 있어요. 그 두 사람 다툰 적이 있었거든요."

"다퉜다고요?"

"네. 결혼반지 때문에요. 세키네 씨는 탄생석 같은 건 상관없으니 자기가 좋아하는 반지를 사주길 원했는데, 구리사카 씨가 반대했거든요. 탄생석을 사든가, 아니면 다이아몬드를 사라고. 그러지 않으면 정식 결혼반지가 아니라면서요."

융통성 없는 가즈야가 할 법한 말이다 싶어서 씁쓸한 웃음을 흘리다가 혼마는 순간 화들짝 놀랐다.

"잠깐, 미짱, 그러니까 세키네 씨가 자기 탄생석이 아니라 다른 보석이 좋으니 그걸 사달라고 했단 말이죠?"

"네. 맞아요. 그래서 다퉜어요."

혼마는 수화기를 손바닥으로 누르고, 부엌에 있는 이사카를 돌아보았다.

"이사카 씨, 탄생석에 관해서 잘 아세요?"

이사카가 달걀을 한 손에 들고 눈을 깜박거렸다.

"아…… 뭐, 상식 수준은요."

혼마는 한 가지 질문을 던졌다. 이사카의 대답을 듣고 나서 혼마는 다시 미짱을 불렀다.

"미짱, 세키네 씨 탄생석은 사파이어였죠? 그리고 그 반지를 받았고."

"맞아요. 9월 탄생석이죠."

"세키네 씨가 가즈야랑 다투면서까지 갖고 싶어했던 보석이 뭐였는지 내가 알아맞혀볼까요?"

"어, 그걸 아세요?"

"알지."

혼마는 평소답지 않게 가슴이 살짝 내려앉는 느낌을 받으며 말했다.

"에메랄드죠?"

미짱이 감탄의 소리를 냈다. "대단해요. 그걸 어떻게 아셨어요? 세키네 씨는 초록빛이 아름답고 희소가치도 높다면서 에메랄드를 굉장히 갖고 싶어했어요."

혼마는 웃으면서 뒷말을 적당히 얼버무렸다. 그리고 남몰래 속으로 생각했다.

에메랄드는 5월의 탄생석이니까. 그리고 신조 교코는 5월에 태어났으니까.

교코는 자신의 진짜 탄생석으로 만든 반지를 받길 원했던 것이다. 결혼반지로.

미짱의 목소리가 들렸다. "혼마 씨, 세키네 씨가 돌아오면 사장님과 제가 많이 걱정한다고 전해주세요. 정말 보고 싶어한다고요."

약속하죠, 라고 대답하며 전화를 끊는 순간, 혼마는 아주 짧은 순간이지만 처음으로 신조 교코를 용서할 수 없다는 생각이 들었다.

정말 보고 싶어한다고.

그러나 현관에서 들려온 요란한 소리 때문에 그런 감상은 순식간에 깨졌다. 현관문이 무시무시한 기세로 열렸다 닫히는 소리였다.

혼마도, 옆 의자에 앉아 있던 다모쓰도 깜짝 놀라서 복도 쪽으로 황급히 고개를 돌렸다.

사토루였다. 현관 수납장의 맨 위 칸을 열어젖히더니 금속 야구방망이를 꺼내들었다. 수납장에서 굴러떨어진 공과 쏟아진 신문지들을 짓밟고 발로 걷어차며, 사토루는 방망이를 움켜쥔 채 현관문으로 다시 돌아섰다.

"사토루! 너 뭐하는 짓이야? 그걸로 어쩌려고?"

큰 소리로 야단쳤지만 사토루는 들은 척도 않고 뛰쳐나갔다.

"제가 말리겠습니다!"

심상치 않은 상황을 알아챘는지, 기민하게 움직일 수 없는 혼마를 대신해 다모쓰가 튀어나갔다. 이사카도 앞치마 자락을 움켜쥐고 따라 나갔다.

복도 끝에서 다모쓰에게 붙들린 사토루는 여전히 발버둥쳐대고 있었다. 얼굴은 눈물과 진흙 범벅이었다. 뒤따라간 이사카와 혼마가 얼굴을 마주 보았다. 사토루의 팔꿈치와 무릎에는 찰과상 흔적이 무수히 나 있고, 양말이 흘러내려간 정강이에는 막 생긴 듯 점점 짙어져가는 타박상 흔적이 보였다.

"야! 그만해. 이런 건 함부로 휘두르는 게 아니야. 얼른, 이리 내!"

다모쓰가 사토루의 손에서 방망이를 빼앗자, 사토루는 떼를 쓰는 어린아이처럼 그 자리에 털썩 주저앉아버렸다.

"싸웠니?"

사토루 옆에 웅크려 앉으며 혼마가 물었다.

"싸웠는데 방망이를 들고 나가는 건 비겁한 행동이야. 왜 저런 걸 들고 나가려고 했니?"

사토루는 사정없이 울어젖혔다. 심하게 흐느끼면서도 자기주장을 하기 위해 힘겹게 말을 쥐어짜냈다.

"……머, 멍청이."

"멍청이?"

사토루의 말을 되뇌듯 이사카와 혼마가 동시에 물었다.

"멍청이?" 다모쓰도 물었다.

"개 이름이야." 혼마가 대답했다.

"멍청이가 왜? 찾았니?"

사토루가 이를 악물었다. "죽었단 말이야."

"죽어?"

"우리 학교 다니는…… 다사키라는 놈이, 멍청이를…… 주, 죽여서…… 버렸대……"

"뭐야?" 이사카의 목소리가 갈라졌다. "사토루, 그게 정말이니?"

"정말이야…… 이, 이제 겨우…… 알아냈어."

"그래서 싸웠니?"

"네."

머리 위에서 다른 목소리가 대답했다. 셋이 고개를 들자 갓짱이 서 있었다. 통통하고 덩치가 큰 소년인데, 사토루 못지않게 눈물과 진흙이 엉망으로 얼룩진 뺨에 무언가에 베인 듯한 커다란 자국이 나 있었다.

"다사키 자식이 멍청이를 죽여서 버렸대요. 우리는 이카리 아저씨가 시키는 대로 조, 조, 조직적으로 조사했는데…… 그놈이 금세 들통이 날 것 같으니까……"

"그게 아니야." 사토루가 울면서 항변했다. "그 자식은 가만 놔뒀어도 자기 입으로 떠벌렸을 거야. 우쭐대기까지 했잖아."

"멍청이를 왜 죽였대?"

그렇게 묻는 이사카는 여전히 앞치마 자락을 움켜쥐고 있었다. 뺨은 분노로 경직되어 있다.

"우리 단지에서는 애완동물을 키우면 안 되니까, 법칙 위반이래요."

"그렇다고 죽일 것까진 없잖아."

"그, 그, 그런데……" 흐느끼느라 더듬거리며 사토루가 말했다. "위반했으니까 죽여도 된대. 본보기를 보여준 거래."

"나 참, 기가 막혀서." 다모쓰가 말했다. "그래서 싸웠니? 좋아, 그럼 이 형님이 본때를 보여주지."

그러나 사토루도 갓짱도 이미 전투 의욕을 잃어버린 듯했다. 갓짱이 털썩 주저앉으며 복도 콘크리트에 대고 말했다.

"억울하면 너도 부모님한테 단독주택을 사달라고 하래요."

"단독주택?"

"그놈 집은 단독주택이에요."

"그러니까 개도 키울 수 있대. 못사는 단지 주민 주제에 개를 키우는 건 시건방진 행동이래."

내뱉듯이 단숨에 말을 쏟아놓더니 사토루와 갓짱이 엉엉 소리 내어 울기 시작했다.

두 아이의 머리 위에서 혼마와 이사카는 다시 한번 얼굴을 마주 보았다. 말이 나오지 않았다.

"뭐 그런 놈이 다 있어." 다모쓰가 중얼거렸다. 그의 발치에서 금속 방망이가 맥없이 흔들렸다.

21

다음 날.

눈앞에 앉아 있는 사람은 세키네 쇼코가 미조구치 사무소를 찾아가 파산 신청 수속을 의뢰한 뒤, 집세 체납 때문에 캐슬맨션 긴시초에서 더는 살 수 없게 되었을 때 더부살이를 시켜준 여자였다.

이름은 미야기 후미에라고 했다. 사와키에게서 "골드에서 같이 일했대요"라는 말을 들었지만, 실제로 만나보니 역시나 길게 기른 손톱과 화려한 샌들, 맨얼굴에 핀으로 아무렇게나 묶어올린 머리, 어디선가 풍기는 향수 냄새 등 어디를 보나 밤일을 하는 여자다웠다.

서른대여섯 살이나 되었을까. 점심 무렵에 전화로 목소리를 들었을 때는 마흔이 훌쩍 넘은 줄 알았다. 허스키한 목소리와 듣기에 따라서는 살림에 찌든 것처럼 느껴지는 퉁명스러운 말투 때문이었다.

"이런 시간에 밝은 창가 자리는 좀 부담스러운데 안쪽 자리라 다행이네요."

세 사람은 후미에가 사는 시부야 구 맨션 근처에 있는 새로 생긴 커피숍에 있었다. 점심시간이 지난 지 오래라 가게 안은 한산했다.

"쇼코 일은 저도 궁금해하던 차였어요. 연락이 갑자기 뚝 끊겼으니까. 좋은 사람이라도 생겼나 해서 굳이 찾진 않았어요."

후미에는 세븐스타 연기를 내뿜으며 헐렁한 스웨터에 감싸인 어깨를 실룩 움츠렸다. 점잖지 못한 상상이겠지만, 혼마는 그녀가 스웨터 속으로 손을 넣어 호크를 풀고 한쪽 팔을 살짝 뺀 후 다른 한쪽 소매로 브래지어를 끄집어내는 모습이 눈앞에 아른거리는 기분이 들었다.

"정말로 행방을 몰라요? 쇼코가 아무한테도 말 한마디 않고 사라졌다고요?"

"네, 그렇습니다. 당신이 마지막으로 만난 건 언제쯤입니까?"

후미에가 고개를 저었다. "나도 전화 받고 나서 줄곧 생각해봤는데, 재작년…… 1월 무렵이었던 것 같아요. 그렇지만 확실하진 않아요."

그러고 나서 후미에는 혼마가 건넨 신조 교코의 사진을 한동안 찬찬히 들여다보았다. 그러는 사이에 담배 한 개비가 거의 재로 변했다. 그녀는 재떨이는 보지도 않고 꽁초를 비벼 껐다.

이윽고 천천히 입을 열었다. "모르겠는데요. 본 적 없어요."

"가게에서도?"

"네. 이런 예쁜 아가씨가 일했으면 기억 못 했을 리 없죠. 골드는 아가씨가 다섯 명뿐이에요. 바치고는 많은 편이겠지만 카바레보다 조금 나은 정도죠. 가게는 꽤 큰 편이지만요."

"손님으로 온 적이 있지는 않나요?"

후미에가 새 담배에 불을 붙이더니 연기와 함께 웃음을 터뜨렸다.

"아가씨 혼자 올 만한 가게는 아니죠. 여럿이 올 수 있는 곳도 물론 아니고. 〈Hanako〉 같은 잡지에 실리지도 않으니까."

다모쓰가 허둥지둥 시선을 피했다. 후미에는 그의 이마 언저리를 흥미진진한 눈길로 바라보았다.

"쇼코 씨가 일하는 모습은 어땠습니까?"

후미에는 곧바로 대답했다. "필사적이었죠."

"돈 때문에?"

"물론이죠. 빚쟁이들이 가게까지 쳐들어왔어요. 다행히 조직폭력단이 얽혀 있는 금융회사에는 손을 안 댄 모양이지만, 혹시라도 퇴폐업소에 팔아넘길까봐 한때는 진지하게 도망치라고 설득했을 정도예요."

"카드회사와 신용대출에서 돈을 빌려서 부채가 천만 엔이 넘었다고 합니다. 알고 계셨습니까?"

후미에가 턱을 잡아당기듯 끄덕거렸다. "바보 같은 짓이죠. 그따위 플라스틱 카드를 믿은 게 잘못이에요."

다모쓰가 고개를 들었다. "그렇지만 절대 어수룩한 사람은 아니었습니다. 그건 제가 잘 알아요."

후미에가 고개를 갸웃거리며 다모쓰를 바라보았다. "소꿉친구라고 했죠? 쇼코는 고향에서 살기 싫어서 도쿄로 나왔다고 했어요. 그건 알아요?"

혼마는 다모쓰에게 시선을 던졌다. 목이 굳은 양 가만히 있었다. 후미에가 혼마를 쳐다보았다.

"아버지를 일찍 여의어서 생활이 어려웠고, 좋은 일이라곤 하나도 없었다고 했어요. 게다가 어머니까지 집주인 첩살이를 했다고."

"집주인? 아카네 장 말인가요?"

"건물 이름까지는 모르죠. 기억 안 나요. 그렇지만 어머니가 돌아가실 때까지 산 곳이라고 했어요."

그렇다면 아카네 장이다.

그 얘기를 들으니 비로소 납득이 갔다. 세키네 요시코가 왜 그 집에서 십 년씩이나 뿌리를 내리고 살았는지.

다모쓰가 우물거리듯 입을 열었다. "저도 알고는 있었지만, 시짱한테 직접 들은 적도 없고, 소문만 무성해서……"

"그런 일에 진실이나 증거가 있을 리 있나요. 소문이면 충분하지." 후미에가 코웃음을 치며 말했다.

"그래서," 혼마는 다모쓰를 바라보았다. "주인집 사모님이 요시코 씨 장례를 아카네 장에서 치르는 걸 꺼려한 건가?"

"……맞습니다."

후미에는 커피를 마시고 조심성 없이 소리를 내며 받침접시에 잔을 내려놓았다.

"쇼코와도 얘기한 적 있는데, 말하자면 그애는 고향이 아닌 곳에서 자유를 찾고 전혀 다른 인생을 살고 싶었던 거예요. 그렇지만 현실적으로 그런 일이 가능할 리 없죠. 인생이란 그리 쉽게 변하지 않으니까."

"좋은 쪽으로는." 혼마가 끼어들었다.

"맞아요. 좋은 쪽으로는." 후미에가 살짝 웃었다.

"쇼코는 첫 직장에서 화려한 직장 여성의 삶은 머나먼 꿈이라는 걸 실감했대요. 월급도 적고, 기숙사는 숨 막히고."

"가사이 통상 말이죠?" 혼마가 말했다. "실은 오전에 그곳에 들렀습니다."

골드의 동료였던 후미에가 여전히 그 일을 계속하고 있다면 당연히 낮 동안은 잘 거라 예상했기 때문이다. 그러나 완전히 헛걸음이었다. 인사 담당자는 불친절했다. 직원들의 회전이 워낙 빨라서 고용기록이 남아 있을지 어떨지도 모르고, 남아 있어도 바로 알아볼 수 있을지 전혀 알 수 없다며 건성으로 대꾸할 뿐이었다.

물론 신조 교코의 사진도 제대로 보려 하지 않았다. 혼마도 교코가 쇼코를 점찍은 것은 로즈 라인에 들어간 뒤, 즉 1988년 7월 이후라고 생각했기 때문에 가사이 통상은 어디까지나 만에 하나라는 심정으로 들른 것이었지만, 그래도 그다지 유쾌한 전개는 아니었다.

후미에가 말을 이었다. "회사 이름은 못 들었지만, 맞아요, 무슨 물류 일을 하는 곳 같았어요. 그런데 막상 그 기숙사에서 뛰쳐나오고 나니 점점 더 궁금해지기만 했대요. 생활이 어려웠던 모양이에요. 무리도 아니죠. 긴시초의 맨션들은 집세가 말도 안 되게 비싸니까."

"그걸 계기로 빚 생활이 시작된 것 같기도 합니다."

후미에는 담뱃갑을 들여다보며 몇 개비 남지 않은 담배를 헤아렸다. 한 개비를 꺼냈지만 불은 붙이지 않았다. 그러면서 이을 말을 찾은 것이리라.

"그애가 신용카드 삼매경에 빠진 까닭은, 그렇게 하면 착각에 빠져서 살 수 있었기 때문이에요."

"착각?"

"네, 그렇죠." 후미에가 두 손을 활짝 펼쳐 보이며 말했다.

"돈도 없지. 학력도 없지. 딱히 이렇다 하게 내세울 능력도 없어요. 얼굴 하나로 먹고살 만큼 예쁜 것도 아니고. 머리가 좋은 것도 아니고.

삼류 이하 회사에서 묵묵히 사무나 봐야 하죠. 그런 인간이 마음속으로 텔레비전이나 소설이나 잡지에서 보고 듣는 풍요로운 생활을 그려보는 거예요. 옛날에는 그나마 꿈을 꾸는 선에서 끝났어요. 그게 아니면 어떻게든 그 꿈을 실현하려고 열심히 노력했죠. 그래서 실제로 출세한 사람도 있을 테고, 나쁜 길로 빠져 쇠고랑을 찬 사람도 있었겠죠. 그래도 옛날에는 얘기가 간단했어요. 방법이야 어떻든 자기 힘으로 그 꿈을 이루거나 현재 상태에 만족하고 포기하거나 둘 중 하나. 안 그래요?"

다모쓰는 말이 없었다. 혼마는 고개를 끄덕이며 다음 말을 재촉했다.

"그런데 지금은 달라요. 꿈을 이룰 수는 없다. 그렇지만 포기하긴 억울하다. 그러니 꿈을 이룬 것 같은 기분이라도 느껴보자. 그런 기분에 젖어보자. 안 그래요? 지금은 방법이 많으니까요. 쇼코의 경우는 어쩌다 그게 쇼핑이나 여행처럼 돈을 쓰는 방향으로 나갔을 뿐이에요. 그런 상황에서, 분별없이 쉽게 돈을 빌려주는 신용카드나 신용대출이 나타난 것뿐이죠."

"그럼 다른 방법은 뭐가 있을까요?"

후미에는 웃었다. "음, 내가 아는 건…… 맞다, 친구 중에 성형 중독인 애가 있어요. 벌써 열 번 가까이 얼굴에 손을 댔을 거예요. 철가면 같은 완벽한 미인이 되면 인생은 100퍼센트 장밋빛, 행복해질 수 있다고 굳게 믿는 거죠. 그렇지만 아무리 성형을 해도 그것만으로는 그녀가 원하는 '행복'이 찾아오지 않아요. 고학력 고수입에 발군의 외모를 갖춘 남자가 나타나서 자기를 공주처럼 떠받들어줄 리 없죠. 그러니 몇 번이고 성형을 할 수밖에요. 이래도 안 돼? 이래도? 하면서. 같은 이유로 다이어트에 미쳐 있는 여자도 많아요."

다모쓰가 눈을 휘둥그레 떴다. 혼마는 '다모짱은 행복하잖아. 그러니 알 수가 없지'라는 이쿠미의 말을 떠올렸다.

후미에는 말을 이었다. "남자들 중에도 그런 부류가 있어요. 오히려 여자보다 더 많을지도 모르죠. 죽어라 공부해서 좋은 대학에 들어가고, 좋은 회사에 들어가려 애쓰는 것도 그런 거 아닌가요? 다 착각이에요. 다이어트에 미친 여자를 비웃을 순 없어요. 다들 착각에 빠져 사니까."

혼마는 불현듯 떠올렸다. 쇼와 50년대 후반의 신용대출 대란의 근저에는 내 집 마련 소망과 그것에서 비롯한 무리한 주택자금대출이 있었다는 사와키의 말을.

그것 역시 착각 아니었을까. '내 집만 마련하면 행복해질 수 있다. 풍요로운 삶이 보장된다'라는 착각……

"옛날에는 자기 착각대로 살아볼 만한 군자금이 아무한테나 없었잖아요? 그런 군자금을 투입할 대상도, 착각을 불러일으키는 요인도 적었고요. 예를 들자면 미용도, 성형도, 강력한 입시학원도, 명품들을 늘어놓은 카탈로그 잡지도 없었으니까."

후미에는 담뱃불을 붙이는 것을 어느새 잊어버렸다.

"그렇지만 지금은 별것 아니에요. 꿈을 꾸기로 마음먹으면 간단하죠. 하지만 그러려면 군자금이 필요하고, 돈이 있는 사람이야 자기 돈을 쓸 테죠. 그러니까 자기 돈 없이 '빚'이라는 형태로 군자금을 만드는 사람은 쇼코처럼 되는 거예요. 그애한테 이런 얘기를 한 적이 있어요. 넌 설령 자전거조업으로 돈을 빌리더라도 맘껏 쇼핑하고, 사치하고, 비싼 물건에 둘러싸이면 네가 꿈꾸던 고급스러운 인생을 실현한 것 같은 기분이 들어서 행복했던 거지? 라고."

"그녀가 뭐라고 대답하던가요?"

"그렇대요. 내 말이 맞대요."

"저도…… 왠지……"

다모쓰가 이마를 훔쳐냈다.

"잘은 모르겠지만…… 저에게도 그런 면이 있는 것 같은 기분이 드네요."

후미에가 미소를 머금었다. "당연하지. 나도 그런걸요, 뭐. 다만 그 한도를 아느냐 모르느냐의 차이지."

"실례지만, 당신은 골드에서 일한 지 오래됐습니까?"

후미에는 "칠팔 년쯤 됐을까요"라고 대답했다. 말투가 다시 정중해졌다.

"난 가게를 하다 한 번 말아먹었어요. 남편이랑 같이 했는데, 가게 사정이 어려워지자 남편도 도망쳐버렸죠. 그래도 쇼코랑 달리 파산은 안 했어요. 임의정리니 뭐니 하는 딱딱한 형식은 아니지만, 돈을 빌려준 쪽하고 합의를 봤거든요. 그래서 지금도 빚을 갚아나가는 중이죠."

또다시 담배연기와 함께 자조적인 웃음을 흘렸다.

"언젠가 남편이 이런 말을 하더군요. 제법 그럴듯한 소리를 하는구나 생각했죠. 저기, 뱀이 탈피하는 이유가 뭔지 알아요?"

"탈피?"

"뱀은 허물을 벗잖아요? 그거 실은 목숨 걸고 하는 거래요. 그러니 에너지가 엄청나게 필요하겠죠. 그런데도 허물을 벗어요. 왜 그런지 아세요?"

혼마보다 앞서 다모쓰가 대답했다. "성장하기 위해서 아닌가요?"

후미에가 웃었다. "아니에요. 목숨 걸고 몇 번이고 죽어라 허물을 벗다보면 언젠가 다리가 나올 거라 믿기 때문이래요. 이번에는 꼭 나오겠지, 이번에는, 하면서."

다리 따위 없어도 상관없잖아요. 뱀은 뱀이니까. 그냥 뱀이니까. 후미에가 중얼거렸다.

"그런데도 뱀은 생각해요. 다리가 있는 게 좋다, 다리가 있는 게 행복하다고. 거기까지가 우리 남편의 학설. 그리고 여기부터는 내 학설인데, 이 세상에는 다리를 원하지만 허물벗기에 지쳐버렸거나 게으름뱅이거나 벗는 방법을 모르는 뱀이 수없이 많다는 거죠. 그래서 그런 뱀들에게 다리가 있는 것처럼 비춰주는 거울을 파는 뱀도 있다는 말씀. 그리고 뱀들은 빚을 내서라도 그 거울을 사고 싶어하는 거예요."

난 그저 행복해지고 싶었을 뿐인데. 세키네 쇼코는 미조구치 변호사에게 그렇게 말했다.

혼마는 기억을 떠올렸다. 예의 선로 전환기의 이미지를. 사람들은 대체 거기서 무엇을 보고 정보를 좇아가는 걸까라는 의문을.

이번에는, 이번에는 꼭.

다모쓰는 비어버린 커피 잔을 만지작거렸다. 이쿠미가 그 자리에 있었다면 "다모짱은 자기가 뱀이라는 것과 뱀한테는 애당초 다리 따윈 없다는 걸 처음부터 알고 있을 사람이에요"라고 말했을지도 모른다.

"나한테도 비슷한 경험이 있었으니까, 쇼코가 갈 곳이 없어 고민할 때 우리집에 오라고 했던 거예요." 후미에가 말을 이었다.

"그애가 파산하고, 가게도 다른 데로 옮기고…… 거기 이름이 뭐였더라."

"라하이나죠."

"그래요? 그랬나? 아무튼 그곳으로 옮기고 가와구치로 이사한 후로도 이따금 전화 통화를 하고 점심을 같이 먹곤 했어요. 그게 재작년 봄 무렵이었던가, 그보다 전이었던가. 어머니가 돌아가셔서 좀 침울해했거든요. 어느 정도 진정되면 같이 온천이나 가자고 위로했는데……"

"그뒤로 소식이 끊겼나요?"

"네, 소식이 없어요." 후미에가 낙심한 듯 시무룩한 표정을 지었다. "난 상대가 연락을 안 하면 교제를 끊는 편이라서, 쇼코와도 그길로 끊어진 셈이죠. 그러니 그애를 찾는 일에 별 도움이 안 될 것 같은데요."

"쇼코 씨가 가와구치에 살았을 무렵에, 그러니까 어머니가 돌아가시기 전후로 무슨 일은 없었습니까?"

"무슨 일이라뇨?"

"새 친구를 사귀었다거나, 다니던 미장원을 바꿨다거나. 뭐든 상관없습니다."

후미에는 손을 올려 머리를 어루만졌다. "실은 오늘 전화 받고 나서 쇼코에 관해 이런저런 생각을 떠올려봤어요. 그런데 전혀 모르겠어요. 전화로 한 얘기는 수화기를 내려놓는 순간 잊어버리는 편이라서."

후미에는 두 손을 모아 콧등에 대고 잠시 생각에 잠겼다. 기도하는 듯한 자세였다. 다모쓰와 혼마는 말없이 기다렸다. 다모쓰가 다리를 떠는 바람에 탁자 위의 물잔 표면이 미세하게 흔들렸다.

"생각이 안 나요."

후미에가 한숨을 몰아쉬며 말했다.

"작정하고 생각하면 오히려 더 기억이 안 난다니까. 한동안 이상한 전화 때문에 쇼코가 불안해한 적은 있지만, 그런 건 흔히 있는 얘기고요."

"이상한 전화라…… 아하, 장난전화 말이군요."

"네. 경찰에서는 그런 거 단속 안 하나요?"

그 순간 후미에의 눈빛이 밝아졌다.

"맞다, 맞다. 생각났어요. 쇼코가 그런 전화 때문에 한창 신경이 날카로워져서, 누가 자기 우편물을 뜯어봤다고 말한 적이 있어요."

"우편물을? 코포 가와구치에서요?"

"맨션 이름까지는 기억 안 나지만, 가와구치에 살 때 맞아요. 겉봉투가 뜯겨 있었다고 했죠. 우편함은 쉽게 열 수 있으니까 장난이 끊이지 않는다는 얘기를 들은 적 있지만, 그냥 기분 탓일 거라고 말해줬어요.

어머니의 보험금으로 파산 후 오랜만에 목돈이 들어와서 그런지 쇼코가 다른 때보다 훨씬 예민해져 있었거든요. 그 돈으로 묘지를 사고 싶다고 하기에 코웃음을 쳐줬죠. 요즘 세상에 일이백만 엔으로 어떻게 묘지를 사겠냐고."

다모쓰까지 놀라서 그에게로 시선을 돌릴 정도로 혼마는 동요했다. 곤노 노부코의 사무실에서 묘지 팸플릿을 본 기억이 났다. 분명……'미도리 공원묘지'였던가.

"쇼코 씨는 정말로 묘지를 사려 했습니다."

후미에가 웃었다. "글쎄, 그렇다니까요. 어딘지는 잘 모르겠지만 견학도 다녀온 모양이니까. 업자가 버스까지 전세 내서 데려갔어요. 공원묘지에 다녀왔다길래, 너처럼 젊은 아가씨가 온 걸 보고 다들 신기해하지 않더냐고 물어봤죠. 그랬더니 꼭 그렇지만도 않았대요. 자기보다 젊은 여자가 한 명 더 있었고, 그 나이에 묘지를 사려는 걸 보니 역시나 불행한 일을 겪은 듯해서, 둘이서 따로 조용히 속마음을 털어놓기도 했다면서……"

곤노 노부코에게 연락해서 팸플릿에 실린 회사 이름을 확인한 후 그곳으로 전화를 걸어보았다. 혼마의 기억대로 '미도리 공원묘지'였다.

본사는 도쿄 묘가다니에 있었다. 아담한 빌딩의 1층, 벽에는 판매중인 묘소와 공원묘지 사진이 붙어 있었다. 손님용 로비에는 대대적으로 개발중이라고 선전하는, 군마 현의 산에 있는 공원묘지 완성 모형이 전시되어 있었다.

응대하러 나온 중년 남자 직원은 장례업체 종사자답게 태도가 정중하고 말씨도 부드러웠다. 세키네 쇼코가 가지고 있던 팸플릿 내용을 참고해 물어보자, 이마이치 시 교외에서 분양했던 공원묘지 견학 투어

같다고 했다.

"유산상속 때문에 분쟁이 좀 생겨서요. 그 견학 투어에 참가한 아가씨가 우리 가족인지 아닌지 확인하고 싶은데, 좀 알아봐주실 수 있을까요? 사진이 남아 있으면 가장 확실하겠는데."

그러자 남자 직원은 맥이 빠질 정도로 시원스럽게 대답했다.

"공원묘지 견학 투어에 참가한 고객분들에게는 기념으로 단체사진을 보내드립니다. 저희 쪽에도 기록이 남아 있으니 보여드리죠."

구석구석 말끔하게 청소한 로비를 다모쓰와 서성거리며 기다리자니 얼마 후 그가 돌아왔다. 커다란 앨범을 들고 있었다.

"1990년 1월부터 4월까지의 사진이라면 이쯤에 있을 겁니다."

앨범 페이지를 펼쳐서 팸플릿이 널려 있는 카운터 위에 올려놓고 그는 자리를 떴다. 다모쓰와 혼마는 앨범으로 달려들었다.

1월 18일…… 29일…… 2월 4일…… 2월 12일……

"찾았다."

다모쓰가 떨리는 손가락으로 사진을 가리켰다.

1990년 2월 18일 일요일.

'미도리 공원묘지 견학 투어 13조 고객 일행.'

초록색 깃발을 삼각기처럼 펼치고, 가이드처럼 보이는 남녀 직원이 가장자리에 웅크려 앉아 있다. 일고여덟 명으로 이루어진 단체의 앞줄 중앙에 세키네 쇼코가 있었다. 젊은 아가씨가 온 게 안쓰러워서 한가운데 자리를 내줬을 것이다.

단체사진치고는 꽤 가까이 찍었다. 얼굴을 또렷하게 알아볼 수 있었다. 다모쓰가 보여준 고등학생 시절의 모습 그대로에 머리 모양만 바뀌었다. 웨이브가 강한 긴 머리를 갈색으로 물들였다. 하지만 염색물이 조금 빠져 있었고, 새로 자란 머리 뿌리 언저리에 검은색이 두드러져 보였

다. 천연염색을 한 듯한 재킷에 청바지를 입고 있었다. 햇빛에 눈이 부신
듯 눈을 가늘게 뜨고 있지만 공원묘지 견학에 어울리지 않을 정도로 해
맑은 표정이었다. 웃고 있었다. 이가 보였다. 입을 활짝 벌려서 덧니도
알아볼 수 있었다.

그리고 그 옆에, 쇼코와는 대조적으로 가지런한 하얀 이를 드러내고
웃는 신조 교코의 얼굴이 나란히 찍혀 있었다.

젊은 나이에 묘지 사는 것을 고민해야 할 만큼 가족 복이 없는 아가
씨끼리, 서로를 동정하며 어깨를 맞대고 팔짱을 끼고 있었다.

"시짱." 다모쓰가 불렀다.

22

미에 현 이세 시.

나고야에서 긴데쓰 특급으로 약 한 시간 반. 이세 신궁과 '아카후쿠赤福'
라는 전통 떡으로 유명한 이 지방도시에 일찍이 신조 교코와 결혼했던
남성이 살고 있다. 혼마는 이카리가 떼어다준 교코의 호적과 제적등본,
부표 등에 기재된 주소지를 바탕으로 그가 사는 곳을 밝혀냈다.

구라타 고지, 서른 살. 도서관에서 이세 시 전화번호부를 뒤적여보니
구라타라는 이름이 붙은 회사가 엄청나게 많다는 것을 알 수 있었다.
그중에서도 가장 큰 것은 이세 역 근처에서 영업하는 부동산 회사였다.
회사 이름과 광고 문구 아래 부동산 감정사, 주택건물 취급면허 소지자
의 이름이 몇 개 늘어서 있고, 사장인 구라타 소지로 다음으로 구라타
고지의 이름이 적혀 있었다.

교코와 이혼한 지 사 년. 현재 그는 다른 여자와 재혼해서 두 살 하고

도 사 개월 된 딸아이의 아빠가 되어 있었다.

도쿄에서 그의 본가, 즉 현재의 아내와 결혼하기 전까지 본적지였던 집으로 연락했을 때 전화를 받은 사람은 그의 어머니였다. 혼마가 신조 교코라는 이름을 꺼내자 어머니는 말문이 막히고 말았다.

족히 열은 헤아릴 만큼 긴 침묵이 흘렀다. 그 사이 혼마는 굳이 먼저 말을 꺼내지 않았다. 이대로 전화를 끊어버릴지도 모르지만 그러면 다시 걸면 그만이다. 교코의 이름이 현재, 그리고 과거의 구라타 집안에 얼마만큼의 무게를 가지는지 그 침묵의 길이가 증명해주는 듯했다.

이윽고 어머니가 메마른 목소리로 물었다.

"교코 씨와 관련해서 우리 아들에게 무슨 궁금한 게 있으신가요?"

혼마는 구리사카 가즈야와 그녀의 관계를 간단히 설명하고 나서 덧붙였다.

"매우 급하게 그녀의 현재 행방을 확인해야 합니다. 아무리 사소한 것이라도 좋으니 실마리를 얻고 싶습니다. 아드님이 교코 씨의 친구관계에 관해 알고 계실지 모르니, 꼭 아드님 말씀을 들어보고 싶습니다."

유쾌하지 않은 부탁이라는 점은 충분히 알고 있습니다. 혼마가 그렇게 덧붙이자, 어머니는 뜻밖에 조용한 어조로 말했다.

"유쾌하지 않을 일은 이제 없습니다."

잠시 머뭇거리듯 뜸을 두고 나서 말했다.

"교코는 가엾은 며느리였어요."

혼잣말처럼 그렇게 중얼거렸다.

"아드님에게 연락을 해주실 수 있을까요?"

또다시 한동안 침묵이 흘렀다. 어머니가 말했다.

"우리도 교코에게 미안한 마음을 갖고 있습니다. 그건 정말 진심입니다. 그렇지만 묻고자 하시는 게 지금의 교코 소식에 관해서라면 우리는 아무런 도움이 안 됩니다. 아는 게 전혀 없으니까요. 그러니 부디 우리 아들을 찾아가는 일만은 삼가주십시오. 괜스레 옛 상처만 들춰낼 뿐이니까."

그녀는 이쪽이 끼어들 여지를 주지 않겠다는 기세로 단숨에 말을 마쳤다. "여보세요?"라고 불렀을 때는 이미 전화가 끊긴 후였다.

구라타 집안과 신조 교코 사이에 즐거운 추억이 있을 리 없다. 찾아가면 선뜻 만나주고 질문에 대답해줄 거라는 예상은 처음부터 하지 않았다. 그렇게 순조롭게 풀릴 거란 기대는 없다. 그러나 이렇게 예의 바르게 부탁하듯 거절하면 오히려 밀어붙이기가 힘들다. 찾아가더라도 "할 말이 없습니다"라고 입을 꽉 다물어버리면 도리가 없다. 이런 경우에는 차라리 상대가 화를 내며 "말 같지도 않은 소리 집어치워. 그런 기분 나쁜 여자 얘기는 꺼내지도 마"라고 고함을 지르는 편이 훨씬 대처하기 쉽다. 분노는 사람이 웅변을 쏟아놓게 만들기 때문이다.

'일단 가서 부딪쳐보는 수밖에 없다.'

도쿄를 출발할 때, 마침 장보러 나가는 길이라며 역까지 배웅해준 사토루와 이사카에게 이번에는 이삼 일은 걸릴지도 모른다고 얘기해두었다. 사토루는 포기한 듯한 표정으로 "살아 있는지 확인하게 전화라도 해줘"라고 말했다.

신칸센이 플랫폼에서 떠날 때, 뭐라고 얘기를 나누며 일반철도 승차장 방향으로 나란히 걸어가는 사토루와 이사카의 모습이 언뜻 보였다. 눈 깜짝할 사이에 뒤로 처져버린 그 광경이 묘하게 머릿속에 남았다.

그 두 사람이 훨씬 더 부자지간다워 보였다.

나고야에서 갈아탄 가시코지마행 특급 안에서는, 넉넉한 의자에 기대 앉아 예의 잡지기자가 데이터베이스에서 뽑아준 미해결 토막사체 유기사건에 관한 자료를 읽느라 여념이 없었다. 아직 관광객이 많지 않을 때라 차 안은 텅 비어 있었다. 신칸센과 달리 무릎을 여유롭게 펼 수 있어서 다행이었다.

잡지기자는 매우 깔끔하게 자료를 정리해주었다. 시체 발견 장소, 발견된 부위, 피해자의 추정 연령, 성별, 그리고 함께 발견된 유품 순서로 표를 만들고, 비고란에 꼼꼼하게 그후의 진척 상황을 첨부해두었다. 덕분에 혼마는 짧은 시간 안에 확인을 마칠 수 있었다. 이거다 싶은 여성 토막사체 유기사건은 한 건으로 좁혀졌다.

1990년 5월 5일. 황금연휴 마지막인 어린이날에, 야마나시 현 니라사키 시내의 묘지 언저리에서 젊은 여자로 추측되는 왼팔과 몸통, 양쪽 무릎 아래 부분이 발견되었다. 부패가 진행되어 부분적으로 뼈가 노출되어 있었지만 왼쪽 손톱의 빨간 매니큐어는 육안으로 확인할 수 있었다고 적혀 있다. 유품은 오른쪽 발목에 채워진 발찌 하나.

직감적으로 이거다 싶었다.

시기도 딱 들어맞는다. 세키네 쇼코가 코포 가와구치에서 실종된 것은 1990년 3월 17일이다. 그후 적어도 일주일 이내에 살해되었다고 가정한다면, 5월 5일 시점에서 시체의 상황은 이 정도일 것이라 예상할 수 있다.

팔과 몸통과 무릎 아래는 각각 다른 비닐봉지에 싸여서 묘지 한 귀퉁이 쓰레기장에 방치되어 있었다. 까마귀나 들개가 냄새를 맡고 들춰냈는지 쓰레기더미 속에서 왼팔이 노출되었고, 그것을 묘지를 청소하러 온 참배객이 발견하면서 소동이 벌어진 것이다.

시체를 싼 비닐봉지는 간토 인근을 중심으로 운영되는 포장 초밥 체인점 봉지로, 항간에 나도는 매수가 너무 많아 거의 실마리가 되지 못했던 모양이다. 발찌도 놋쇠에 금도금, 유리 재질의 큐빅을 끼운 싸구려로 고작해야 시가 이삼천 엔 정도일 거라고 했다. 그것 역시 수사의 실마리가 될 만한 증거물은 아니었다.

야마나시 현경에서는 토막사체가 발견됨과 동시에 머리와 오른팔, 대퇴부 부위를 찾아 대대적인 수색을 벌였지만 수확이 없었다. 주변 탐문수사에서도 이렇다 할 수상쩍은 인물이나 차량을 알아낼 수 없었고, 결국 미궁에 빠진 상태로 오늘에 이르렀다. 문제의 묘지는 작기는 해도 어느 정도 관광지로 알려진 니라사키의 관음상에서 충분히 걸어서 갈 수 있는 거리였고, 근처에 역사자료관도 있었다. 휴일 같은 때는 외부 지역에서도 관광객들이 찾아오는 장소다. 니라사키는 고후나 이사와 온천과도 그다지 멀지 않으며, 한때 사극 붐과 지방도시 개발 물결을 타서 외부인들의 출입이 극히 자연스러운 동네가 되었다. 그것이 오히려 사건 해결을 불리하게 만들었다 해도 좋을 것이다.

야마나시 현 니라사키 시의 묘지라. 혼마는 생각에 잠겼다. 신조 교코의 행동반경에 이 지역이 들어 있었을까? 이것도 구라타 고지에게 물어볼 필요가 있을 듯하다.

그건 그렇고, 시체의 나머지 부분은 어디에 있을까.

특히 머리 부분은.

도착적인 취미가 있는 경우를 제외하면, 시체를 토막 내는 목적은 대개 두 가지이다. 하나는 시체의 신원을 판명하기 어렵게 만들기 위해서고, 다른 하나는 처분을 용이하게 하기 위해서다. 후자의 이유 때문에 토막 살인범 중에는 의외로 여성이 많다. 예를 들어 예전에 아라카와 방수로에서 경찰관의 토막사체가 발견되어 큰 소동이 벌어졌는데, 그 사건의 범인은 피해자의 아내와 그 어머니였다. 본래 시체 해체 작업은 매우 힘들지만, 살인이라는 범상치 않은 상황에서는 '불이 났을 때 발휘하는 초인적인 힘' 같은 일종의 에너지가 생겨난다는 점과, 자택 욕실 같은 밀실에 틀어박히면 시간이 얼마나 걸리든 별로 신경 쓰지 않고 작업에 몰두할 수 있다는 점에서 보면 꼭 여자라고 힘에 벅차지만은 않을 것이다.

신조 교코도 그렇게 해서 세키네 쇼코의 시체를 토막 냈을 것이다. 그리고 그 일부를 니라사키 시내의 묘지에 버렸다. 그렇다면 나머지 부분은 어디에 버렸을까.

교코가 시체를 버렸을 거라고 단정하는 것이 시기상조라는 생각은 이미 사라졌다. 오히려 여기까지 그녀의 행동을 정확하게 추적해냈다는 암울한 확신이 생겨났다.

창밖으로 눈을 돌리자, 나고야를 출발할 때 머리 위를 덮고 있던 잿빛 구름이 손을 뻗으면 닿을 것 같은 높이에 자욱하게 끼어 있었다.

제아무리 전국을 휘젓고 다녀도 경찰관의 여행은 여행이 아니며 하물며 출장도 아니다. 그것은 점과 점을 이으며 새하얀 지도를 사실로 메워나가는, 끈기를 요하는 확인 작업일 뿐이다.

그러니 날씨 같은 게 새삼 신경 쓰일 것도 없지만, 이제 곧 이세 역에 도착한다는 안내방송이 들리자마자 기다렸다는 듯 차창에 떨어지는 빗방울을 보니 마음이 약간 무거워졌다. 그 음울한 비가 신조 교코가 이 땅에서 한 남자의 아내로 가정을 꾸리고 조용히 살아갔던 세월을, 추측건대 너무나도 짧고 불행했을 생활의 끝을 상징하는 기분이 들었기 때문이다.

개찰구를 빠져나오자 비는 안개비로 변해 있었다. 고개를 쳐들자 눈을 똑바로 뜰 수 없을 만큼 차가운 빗줄기가 끊임없이 떨어졌다.

그녀의 머리 위에도 늘 비가 내렸을까 하는 생각이 들었다.

주소를 확인하며, 구라타 부동산을 지나지 않는 길을 선택해 역 건물에서 두 블록쯤 걸어갔다. 그곳에서 다다미 한 장 정도 크기의 유리창에 물건 광고를 다닥다닥 붙여둔 조그만 부동산 사무소를 발견했다. 알루미늄 새시 미닫이문을 열고 안으로 들어서자, 한 평 넓이밖에 되지 않는 가게를 절반 이상 점령한 커다란 안락의자에서 뚱뚱한 노인이 몸을 일으키며 난데없이 말했다.

"잠깐 기다리쇼."

의자 옆에 놓인 휴대용 텔레비전에서는 재방송인 듯한 추리 드라마의 하이라이트 장면이 나오고 있었다. 범인 역할 여배우가 아름답게 차려입고, 영락없이 관광명소로 보이는 낭떠러지와 등대를 배경으로 서서 면면히 고백을 쏟아놓고 있다. 아마도 그 장면이 일단락될 때까지 기다리라는 뜻인 듯했다.

분부에 따라 조용히 기다리고 있으려니, 뚱뚱한 주인은 고개 숙인 여자 범인이 땅딸막한 중년 형사에게 연행되어가는 장면이 지나간 후에야 혼마 쪽으로 고개를 돌렸다.

"그래, 무슨 일로 오셨소?"

손님을 상대로 장사하는 사람치고는 무례한 말투였지만 불쾌하지는 않았다. 재미있다.

"이 지역에서 단기간…… 길어봐야 반년일 텐데, 그동안 혼자 살 만한 빌라를 찾고 있습니다. 매물이 있습니까?"

주인은 떨떠름한 표정으로 뒷목을 북북 긁었다.

"빌라라."

애써 하품을 참아가며 말했다.

"당신 혼자요?"

"네. 회사 발령 때문에 혼자 오게 됐습니다."

"회사에서 숙소를 마련해주지 않나?"

"그렇게 큰 회사가 아니라서요. 집세는 지원해주지만."

주인은 잠시 생각에 잠긴 후 물었다. "무슨 회사지? 이 근처 회사는 대강 아는데."

"죄송합니다만, 그건 좀."

"오프 더 레코드인가?"

"그렇게 이해해주시면 고맙겠습니다."

이상한 얘기로군, 하고 중얼거린 주인은 이번에는 거리낌 없이 하품을 했다.

"우리랑 거래하는 집들은 반년 정도만 임대하길 꺼려하네. 단기간으로 회전시켜서 보증금을 챙기는 치사한 짓은 안 하니까. 좀더 안정적인 임차인이 아니면 힘들지. 게다가 지금 여기엔 그런 단기간 매물이 없으니까 다른 데 가서 알아보는 게 좋을 거야."

"전화번호부도 찾아봤습니다만 광고만 많아서요. 어디서 알아봐야 좋을지 잘 모르겠습니다. 이 근처에 괜찮은 곳이 있을까요?"

주인이 귀찮다는 듯 바깥쪽으로 손을 흔들었다. "조금만 더 가면, 구라타라는 큰 부동산 사무소 간판이 나와. 이 지역에서는 거기가 제일 크지."

"그렇게 큰 데서 저 같은 자잘한 손님도 상대해줄까요?"

"그곳이면 해주겠지. 돈 많고, 여유도 있고."

쫓겨나듯 비좁은 가게에서 나온 후, 혼마는 다음으로 구라타 부동산 쪽으로 걸음을 옮겼다. 부잣집이란 말이지.

그런 것치고 구라타 부동산의 건물 자체는 별로 크지 않았다. 옅은 회색 타일이 붙은 좁고 긴 4층짜리 건물로, 1층에 가게, 2층 위로는 사무실이 있었다.

자동문 밖 출입구 주변의 타일이 줄기차게 내리는 안개비에 젖어 번들거렸다. 지나가는 사람들에게 방해되지 않게 옆으로 살짝 비켜서서 상황을 살펴보고 있는데, 바로 뒤에서 샛노란 비옷에 달린 모자를 덮어 써서 조그만 오징어처럼 보이는 아이가 큼지막한 장화로 철벅철벅 소리를 내며 뛰어왔다. 그러더니 자동문 앞에서 쿵 하고 발을 굴렀다. 문이 활짝 열렸다.

"어머, 애 좀 봐!"

뒤따라온 엄마가 아이의 엉덩이를 때리며 매몰차게 손을 잡아끌었다. 아이는 엄마에게 끌려가면서도 '에이! 덤이다' 하듯이 또다시 뒤로 발길질을 했다. 센서가 그것을 감지했는지 닫히던 문이 또다시 열렸다.

혼마는 자기도 모르게 미소를 머금었다. 얼굴은 보이지 않았지만 분명 사내아이일 것이다. 이번에는 하나 건너 옆에 있는 가게 앞을 공격해서 '열쇠 복사'라고 적힌 회전식 간판을 요란하게 때렸다. 엄마가 황급히 아이의 목덜미를 잡아끌었다. 사토루는 저렇게까지 장난이 심하지는 않았지만, 그래도 이따금 지즈코에게 따끔하게 매를 맞곤 했다.

미소를 머금고 다시 닫혀가는 자동문 쪽으로 고개를 돌리자, 밝은 가게 안 카운터 너머에서 막 일어서는 청년과 눈이 마주쳤다.

거리상으로는 오륙 미터, 그 중간쯤에 자동문이 있다. 막 닫히는 순간이었다. 투명한 문이지만, 닫히면서 시야가 점점 부옇게 흐려졌다.

청년은 시선을 피하지 않았다. 혼마가 먼저 시선을 피하기를 기다리는 듯한 표정으로 물끄러미 이쪽을 바라보았다. 다른 직원과 한창 얘기를 나누는 손님 맞은편에 우뚝 선 채로.

저 사람이 구라타 고지다. 혼마는 생각했다.

아마도 어머니에게 무슨 얘기를 전해들었으리라. 어쩌면 누가 찾아올지 모른다고 예상했을 수도 있다. 그래서 저렇게 이쪽을 뚫어져라 바라보는 것이다.

한 걸음 앞으로 내디디며 자동문 앞에 서려는 순간, 동료로 보이는 남자가 청년의 어깨를 두드렸다. 전화가 왔다고 하는 것 같았다. 청년은 그쪽으로 힐끔 시선을 던지고는, 자기 앞으로 걸어오는 혼마에게 주의를 절반쯤 빼앗긴 채 전화를 받았다.

가게 안에는 나지막이 음악이 흐르고 있었다. 클래식 음악이다. 손님서너 명이 각각 카운터 앞에 앉아 직원과 얘기를 나누고 있다. 실내 왼쪽 진열대 선반에서 리조트 맨션 팸플릿을 정리하던 여자가 혼마에게 다가왔다.

"어서 오세요. 어떤 일로 오셨나요?"

구라타 고지 씨를 만나고 싶다고 말하자, 그녀는 살짝 놀란 표정을 지었다.

"구라타 씨요? 약속하셨나요?"

"네. 전화는 했습니다."

당사자인 구라타는 이쪽으로 등을 돌린 채 전화를 받고 있다가 그 순간 뒤를 돌아보았다. 혼마의 목소리를 들었을지도 모른다.

"가토 씨, 됐어요. 내 손님이니까."

수화기를 손으로 막고 큰 소리로 그렇게 말했다. 여직원은 순식간에 무뚝뚝한 표정을 짓고선 물러갔다.

구라타가 전화를 끊고 카운터를 돌아 이쪽으로 나올 때까지 말없이 기다렸다. 불현듯 신조 교코도 이곳에 온 적 있을까 생각했다. 시아버지가 사장이고, 남편이 일하는 회사다. 가끔씩 얼굴을 비쳤을지도 모른다. 남편 밑에서 일하는 여직원들과 얘기를 나누었을지도 모른다.

잰걸음으로 가까이 다가온 구라타는 혼마를 재촉하며 작은 목소리로 말했다.

"밖으로 나가 계세요. 바로 이 근처라도 괜찮습니다."

다시 자동문을 지나 빗속으로 나왔다. 구라타가 우산을 펴고 따라 나왔다. 가게 안의 직원들에게 보이지 않는 장소까지 오더니 조급하게 물었다.

"전화하셨던 분이죠?"

"그렇습니다. 어머님에게 들으셨습니까?"

구라타는 신경질적으로 입술을 핥으며 고개를 끄덕였다.

"할 말이 전혀 없다고 어머니가 말했을 텐데요?"

"당신도 없나요?"

"이제 와서 교코 소식이라니……"

말끝을 우물거리며 눈을 빠르게 깜박이더니 말했다.

"교코는 죽었을지도 몰라요."

의표를 찌르는 말이었다.

"왜 교코 씨가 죽었을 거라고 생각하죠?"

살짝 더듬거리는 투로 구라타가 웃음소리를 흘렸다. "그거야 모르죠."

"근거는 없다?"

웃음기가 사라졌다.

"모릅니다…… 설명할 순 없어요."

전화로 구라타의 어머니에게 했던 것과 똑같은 설명을 빗속의 우산 아래에서 다시 반복했다. 구라타는 그런 혼마를 외면하고 우산 가장자리로 떨어지는 빗방울을 헤아리는 듯했다.

"저와는 이제 관계없는 일입니다."

"그건 당신이 판단할 게 아닙니다. 아무리 하찮은 것이라도 좋으니 교코 씨의 생활에 관한 얘기를 듣고 싶습니다."

구라타가 날카롭게 고개를 들었다. "이유가 뭡니까? 교코는 당신 조카를 버리고 도망쳤다면서요? 그럼 끝난 일이잖아요. 왜 찾으려는 거죠?"

"신경이 쓰이니까요."

"신경이 쓰여요?"

"그렇습니다. 교코 씨가 왜 우리 조카를 버리고 도망쳤는지 신경이 쓰입니다. 그녀가 혼자 힘으로 처리할 수 없는 문제를 갖고 있진 않을까 걱정스러우니까요."

"난 이제 관계없어요."

구라타가 내뱉듯이 말하고 고개를 돌렸다.

혼마는 깊은 숨을 한 번 내쉬었다. "그렇게까지 말씀하시니 포기하죠."

구라타가 고개를 들고 혼마를 쳐다보았다.

"아쉽지만 이만 가보겠습니다. 교코 씨는 당신에게 어지간히 기분 나쁜 여자였나보군요."

인사를 하고 막 자리를 뜨려는 순간이었다. 뒤에서 밧줄을 던져 낚아채듯 구라타가 혼마를 불렀다.

"이세 신궁에 가본 적 있습니까?"

혼마가 걸음을 멈췄다. "아뇨, 아직 한 번도."

구라타는 또다시 잠시 머뭇거렸다. 망설이는 모습이 훤히 보였다. 방금 자기가 던진 '교코 씨는 어지간히 기분 나쁜 여자였나보군요'라는 말 때문이라는 것을 혼마는 알아챘다.

그 말이 구라타의 마음에 걸린 것이다. 애정은 이미 사라졌지만 적어도 그런 말에 반응할 만한 감정을, 양심의 가책을 교코라는 여자에게 품고 있는 듯했다.

좋지 않은 기억을 떠올리게 해서 미안한 마음은 있었다. 그러나 지금은 어쩔 수 없다.

우산을 고쳐 들며 빗방울을 털어낸 구라타는 그와 함께 망설임까지 떨쳐냈는지 입을 열었다. "역 앞에서 택시를 타고 '아카후쿠' 본점에 가 달라고 하세요. 금방 데려다줄 겁니다. 그곳 찻집에서 잠시 기다려주실 수 있나요?"

"저야 물론 괜찮습니다만, 관광객들이 시끌벅적하게 드나드는 장소에서 얘기를 나눠도 되겠습니까?"

"아직 비수기라 그리 심하게 붐비지 않아요. 평일이기도 하고. 그리고 당신이 관광객처럼 행세하는 게 오히려 더 편합니다."

구라타가 목소리를 낮추고 말했다.

"그리고 저는 도쿄에서 출장 온 길에 이세 신궁을 참배하려는 지인을 안내하는 것처럼 행동할 겁니다. 그래야 쓸데없는 이상한 소문이 안 날 테니까요. 우리 아버지는 이 지역에서 유지에 속하는 사람이고, 저 또한 업무 관계상 발이 넓은 편입니다. 남몰래 사람을 만나려면 나고야까지는 나가야 해요."

"교코 씨 일로 누군가 찾아왔다는 소문이 나면 곤란한가요?"

"……곤란하죠."

사 년 전 그들의 이혼이 그렇게까지 추문을 일으켰다는 의미일까.

"게다가 가즈미도 꽤나 신경 쓸 겁니다. 지금의 아내요."

지당한 말이었다. 오후 네시로 약속시간을 정하고, 혼마는 일단 그와 헤어졌다. 등뒤에서 자동문 닫히는 소리가 들렸다.

사극에 나오는 오래된 여관 세트장을 떠올리게 하는 목조건물 안쪽에 신발을 벗고 올라갈 수 있는 널찍한 객실이 마련되어 있었다. 매점 쪽은 북적거리지만 차를 마시는 손님은 적었다. 혼마가 앉은 입구 쪽 반대편에 전통의상을 차려입은 여자 손님 너덧이 모여 담소를 즐기고 있을 뿐이었다.

객실 여기저기에 띄엄띄엄 화로가 놓여 있었다. 숯불까지 들어 있어서 그 위로 손을 올리자 따뜻한 온기가 전해졌다. 젖은 외투를 벗어 옆에 내려놓고 한쪽 신발만 벗고 온기를 쬐고 있자니, 역시나 사극에 나올 법한 차림새의 젊은 아가씨가 찻주전자와 찻잔, 그리고 접시에 수북이 담은 아카후쿠를 내왔다.

세트 메뉴라고 해서 주문했지만, 혼마는 단 음식을 별로 좋아하지 않았다. 사토루나 이사카가 있으면 좋아했을 텐데 하고 생각하며 호지차만 마셨다. 입구 근처에서 전통 방식으로 장작을 지펴 솥에 물을 끓이는 모습을 봐서 그런지 몰라도 집에서 마시는 차 맛과 다르게 느껴졌다. 언뜻 시선을 들자 매점과 찻집 경계 부근에 구라타가 서 있었다.

그는 혼마 옆으로 와 앉으며 작은 목소리로 물었다. "금방 찾으셨나요?"

"네, 별 어려움 없이."

조금 전 아가씨가 새 세트 메뉴를 내왔다. 구라타가 미소 띤 얼굴로 "고마워요"라며 쟁반을 받아들어 옆에 내려놓았다.

그 짧은 시간 동안 구라타는 갑자기 기운을 잃은 듯 보였다. 넥타이도 느슨하게 풀어헤쳤다. 화로만 멍하니 바라보며 말없이 있더니 불쑥 뚱딴지같은 소리를 했다.

"여기는 유명하니까요."

그러니 금방 찾을 수 있다는 뜻일 것이다.

"혹시 눈치채셨나요? 이 근처에는 새로 지은 목조건물이 많아요."

구라타가 말한 대로였다. 혼마도 아까 택시 안에서 묘한 건축 호황이라 생각하며 거리를 올려다보았다.

"그렇더군요."

"이세 시의 상가나 가게, 지역 회사 같은 곳들은 요즘 들어 큰 이유 없이 철근건물을 허물고 목조건물을 다시 세우고 있습니다. 이세 신궁의 고장에 걸맞은 전통 내지 옛 풍정을 지키자는 의미죠. 내년이 천궁*이라 거리가 더 활기차요."

돌연 진지한 표정으로 바뀌더니 작은 목소리로 말했다.

"제 아버지도 지역 사업가의 한 사람으로 그런 프로젝트에 참가했습니다. 이래저래 신경 쓰는 이유도 그 때문이고요."

"옛 추문을 파헤쳐서 이러쿵저러쿵 떠들어댈 생각은 없습니다. 구라타 씨의 심정은 이해합니다."

"저희로서는 지금 하신 말씀을 신용할 수밖에 없죠. 당신을 그냥 쫓아낼 수도 있겠지만, 그게 나쁜 결과를 만들어내면 오히려 성가셔질 테니까."

구라타가 거칠게 쟁반 위의 찻잔을 들더니 혼마의 얼굴을 보며 말을 이었다.

"미리 말해두겠는데, 당신이 실은 매스컴 쪽 사람인데 거짓 평계를 대고 우리집 사정을 염탐하려는 거라면, 나중에 반드시 후회하게 될 겁니다."

최후의 저항처럼 느껴졌다. 혼마는 입가에 미소를 머금었다. "그런 염려는 하실 필요 없습니다."

부잣집 상속자도 나름 힘들겠구나 싶었다. 그렇다고 해서 조금 전까지 구라타가 내비치던 동정심이 사라진 건 아니었다. 어쨌든 구라타가 이렇게 시간을 할애해주는 까닭은, 교코와 채 청산하지 못한 무언가가 남아 있기 때문인 것이다.

---

*遷宮, 신전을 고쳐 지을 때 신령을 옮기는 의식.

신조 교코에게 살인 의혹이 있다는 점은 덮어두고, 그녀와 그녀가 신분을 사칭한 세키네 쇼코 둘 다 행방불명이라고 밝힌 후 나머지 사정들을 설명했다. 살인 얘기를 꺼내면 구라타가 지레 겁을 먹고 입을 닫아버릴지도 모르기 때문이다.

구라타가 처음으로 반응을 보인 것은, 세키네 쇼코로 위장해 구리사카 가즈야와 약혼했던 교코가 쇼코의 개인파산 사실을 알고 난 뒤 실종되었다는 부분이었다.

너무 경악한 탓인지 구라타는 엉덩이가 반쯤 들린 엉거주춤한 자세가 되었다. 아담하게 자리 잡은 그의 눈과 코와 입이 얼굴 밖으로 튀어나올 듯 넓게 퍼졌다.

"말도 안 됩니다! 그런 어처구니없는 일이……"

"어처구니없는 일이라뇨?"

"교코가 개인파산한 여자의 신분을 사칭할 리가 절대 없다는 뜻입니다."

"교코 씨는 세키네 쇼코의 과거를 몰랐습니다."

"모르는데 신분을 사칭했다고요?"

"그건 또다른 사정이 있습니다."

혼마는 불현듯 의문이 떠올라서 물었다.

"당신이 그런 말을 하는 까닭은, 교코 씨가 평소 신용카드나 대출 같은 걸 싫어했기 때문인가요?"

구라타는 단호하게 고개를 끄덕였다. "맞습니다. 말씀하시는 대로입니다. 몹시 싫어했어요. 절대 가까이하려 하지 않았다고요."

혼마는 이제야 납득이 갔다. 신조 교코가 세키네 쇼코 행세를 한 후로 왜 결혼을 코앞에 둔 가즈야가 권할 때까지 신용카드를 단 한 장도 만들지 않았는가 하는 수수께끼가, 그 말로 다 풀렸기 때문이다.

"그깟 플라스틱 카드를 어떻게 믿을 수 있냐는 사람도 많으니까요."

혼마가 그렇게 말하자, 구라타는 여전히 눈을 휘둥그레 뜬 채로 받아쳤다.

"그런 뜻이 아니에요!"

"그럼 무슨 뜻이죠?"

"그렇게 간단한 문제가 아니란 말입니다. 싫어서 안 만든 게 아니라고요."

회사 퇴직자들 모임으로 보이는 나이 지긋한 남자 무리가 아까 본 중년 여자 단체 손님 옆에 진을 치고 앉아 종업원을 불러서 시끌벅적하게 주문을 하고 있었다. 혼마는 그런 소란한 모습에서 고개를 돌리고, 굳어버린 구라타의 얼굴을 마주 보았다.

"무슨 소리죠?"

"교코의 가족은 옛날에 빚을 져서 온 식구가 뿔뿔이 헤어졌습니다."

구라타가 말했다. 미세하게나마 목소리 톤이 기묘해졌다. 마치 그 이야기를 하려면 일상적으로 쓰지 않는, 전혀 조율되지 않은 건반을 끄집어내야 한다는 것처럼.

"주택대출을 못 갚아서 일가족이 함께 고향 고리야마에서 야반도주했어요. 교코가 저랑 이혼한 이유도 그것 때문입니다."

무릎 위에서 주먹을 움켜쥐며 말을 이었다.

"그녀가 결혼해서 혼인신고를 하면, 태어난 고향 관청 호적에 그 사실이 기록되잖습니까? 후쿠시마에 지독하게 집요한 빚쟁이가 있었던 모양인데, 그쪽에서 정기적으로 호적을 점검하다 교코의 현주소를 알아내고 우리가 사는 곳에까지 들이닥친 겁니다. 교코의 가족이 야반도주를 한 것은 쇼와…… 58년 봄이라고 하니까, 그때 이미 사 년이나 지난 일이었습니다. 그 사이에도 꼬박꼬박 이자가 붙어서 빚은 이제 손

쓸 도리가 없는 금액으로 불어나 있었죠. 그 돈을 갚으라며 온갖 수단을 동원해 난리를 쳤습니다. 그래서 우리는 서로의 안전을 위해 헤어질 수밖에 없었던 겁니다."

23

당신들 두 사람은 같은 부류였다.

혼마의 뇌리에 스친 말은 그것이었다. 세키네 쇼코와 신조 교코. 당신들 둘은 같은 고통을 짊어진 인간이었다. 같은 족쇄에 묶여 있었다. 같은 것에 쫓기고 있었다.

이 얼마나 잔인한 일인가. 당신들은 서로를 잡아먹은 것이나 다름없다.

난데없이 뺨을 얻어맞은 기분이라 한동안 입을 열 수 없었다. 손을 들어 얼굴을 어루만지자 버석버석하게 말라 있던 손가락에 땀이 스며들었다. 더운 게 아니다. 식은땀이었다.

"그런…… 뜻이었습니까?"

혼마는 가까스로 그 말을 하고 구라타의 눈을 바라보았다. 그의 눈에는 경악한 혼마의 얼굴이 고스란히 비치고 있었다.

"모르셨습니까?"

"몰랐습니다. 금시초문이에요."

그러나 그렇다면 이해가 간다. 신조 교코가 왜 새로운 신분을 필요로 했는지. 왜 그토록 주도면밀하게 다른 인간이 되려 했는지.

구라타가 말한 대로다. 채권추심업자들은 보통 쉽게 열람할 수 없는 호적등본이나 주민표를 독자적인 수단으로 손에 넣고 변동 사항이 생기는 즉시 채무자를 추적해간다. 채무자 대부분이 취학 연령의 아이들을 가입학시키고, 변변한 직업도 구하지 못하고, 각지를 전전할 수밖에 없는 것도 전적으로 그런 이유 때문이다.

신조 교코는 그것을 잘 알고 있었을 것이다. 부모와 함께 도피생활을 해왔으니까. 그러나……

"쇼와 58년 봄이면 그녀가 열일곱 살 때입니다. 고등학생이었겠군요."

"네. 그래서 학교도 중퇴했다고 들었습니다. 너무 안타까웠다고, 정말 졸업하고 싶었다고 했어요."

조금 전에 구라타도 말했지만, 그들이 결혼한 것은 그로부터 사 년 후다. 사 년이라는 세월이 흘렀다. 빚쟁이도 이 정도면 포기했을 거라고 교코는 생각한 걸까.

결혼하면 새 호적이 편성된다. 그 사실은 새 호적을 만드는 동시에 자동으로 제적되는 옛 호적, 즉 부모의 호적에 기재된다. 새 주소지와 함께 '……에 새 호적이 편성되어 제적'이라는 글 한 줄이 올라간다.

빚쟁이들이 그것을 실마리 삼아 그동안 덧붙은 이자가 적힌 장부를 겨드랑이에 끼고 들이닥칠 줄은, 그녀는 꿈에도 상상하지 못했을 것이다.

도망, 가정 붕괴. 쇼와 58년이라…… 사와키 사무원이 들려준 이야기가 떠올랐다.

"야반도주의 원인은 주택대출이었나요?"

구라타는 고개를 끄덕였다. "교코의 아버님은 지방 기업의 직원이었습니다. 월급도 적은데 주택 경기를 타려고 무리했다고 그녀가 말한 적 있었어요."

신조 집안의 빚이 불어나간 악순환의 궤적은 구라타의 설명을 들을 필요도 없이 충분히 상상이 갔다. 얼마 되지 않는 계약금. 고액 대출. 생활고 때문에 급한 대로 신용대출에서 소액을 끌어다 쓴다. 그러나 그것은 위험한 비탈길의 맨 꼭대기나 다를 바 없다. 한번 굴러떨어지기 시작하면 눈덩이처럼 불어나는 빚에 발목이 잡혀, 두 번 다시 멈출 수 없게 된다……

"마지막에는 조직폭력단이 얽혀 있는 악질적인 도이치* 금융에 걸려들어서, 빚이 몽땅 그쪽으로 집중된 모양입니다."

핀볼 게임에서 최악의 구멍에 박혀버린 셈이다.

"한밤중에도 현관문이며 창문을 두드리며 위협했고, 아버지 회사로도 들이닥쳤고, 친척 집까지 찾아가서 돈을 갚으라고 위협했답니다. 어머니가 노이로제에 걸려서 가족이 동반자살할 뻔한 적도 있었다고 합니다. 교코도 이루 말할 수 없이 끔찍한 경험을 한 거죠."

구라타는 울음을 터뜨리기 직전의 어린아이처럼 입술 끝을 실룩거렸다.

"가족이 함께 야반도주를 하기로 결정한 것도, 실은 교코를 지키기 위해서였답니다."

혼마는 자기도 모르게 눈썹을 찡그렸다. 당시 그녀는 열일곱 살 여고생이었다. 그 무렵부터 눈에 띄는 외모였을 것이다.

"빚을 담보로 교코 씨를 유흥업소에 보내겠다는 식으로 위협한 거군요?"

구라타가 말을 우물거렸다. "교코도 구체적으로 얘기하진 않았습니다. 다만 그대로 있다가는 딸이 팔려갈지도 모른다 싶어서, 결국 부모님이 결심을 굳혔다고 하더군요."

고향을 떠난 신조 일가는 한동안 도쿄에 있는 먼 친척 집에 의지했다. 그러나 아무리 먼 친척이라도 계속 그 집에서 지내면 언젠가 들통

---

*十一. 열흘에 이자 10퍼센트가 붙는 고리대금.

날 게 뻔하고, 그러면 그들에게까지 피해를 끼치게 된다.

"그래서 거기서 둘로 갈라져서 아버지는 다른 데로 가고…… 그 얘기도 확실히 해주지는 않았지만, 도쿄라고 했으니 아마도 산야였겠죠…… 그곳에 노무자로 숨어들었고, 교코와 어머니는 나고야로 왔다고 합니다. 싸구려 여관에 묵으면서 어머니는 술집 같은 데에서 일했고, 교코는 서빙 아르바이트를 했다고 들었습니다."

일 년쯤 그런 생활을 했다. 아버지와는 편지나 전화로 연락을 주고받았는데, 그러던 중 아버지가 가벼운 교통사고를 당해서 교코의 어머니가 한 번 도쿄로 올라왔다.

"일 년 동안 무사했으니 이제 괜찮겠다 싶어 긴장이 풀렸겠죠. 처음에 신세졌던 친척 집으로 두 분이 함께 인사를 갔던 모양입니다. 아버지의 교통사고는 가벼운 추돌 정도라 부상이 심각하진 않았고, 모아둔 돈도 조금 생겨서 나고야에서 셋이 모여 살 계획을 세웠다고 해요."

그러나 그 무방비한 방문 때문에 발목이 잡히고 말았다. 고리야마의 빚쟁이는 역시나 도쿄에 사는 친척들한테까지 탐색의 손길을 뻗쳤던 것이다.

"친척 집에서 나온 순간 둘 다 차 안으로 떠밀려서 대출 사무실 같은 곳으로 끌려갔다고 합니다. 지도 교코가 친척한테 들은 얘기를 전해들은 것뿐이라 자세한 사정은 잘 모르지만……"

끌려간 곳에서 아버지는 금리가 덧붙은 새 대차계약서에 강제로 도장을 찍고 빚쟁이의 감시하에 일하게 되었다. 어머니는 다시 후쿠시마로 끌려가 역시나 조직폭력단이 배후에 있는 행사 도우미 파견회사에서(실상은 매춘조직이었던 모양이다) 약 일 년간 일해야 했다. 감시가 소홀한 틈을 타 달랑 몸뚱이 하나로 도망칠 때까지, 감금이나 다름없는 상황에서.

"빚쟁이 일당은 교코가 어디 있는지 실토하라고 부모님을 심하게 다그쳤던 모양입니다. 그러나 둘 다 끝까지 모른다고 잡아뗐다고 하더군요."

어머니가 돌아오지 않자 교코는 이변이 생겼음을 알아챘다. 그녀는 곧바로 나고야의 거처와 아르바이트 등을 정리하고, 이럴 때를 대비해 어머니와 미리 약속해둔 연락방법으로 상황을 살폈다. 도쿄의 어느 우체국에 유치우편으로 편지를 보낸 것이다.

"그렇게 기다리다 도망쳐나온 어머니와 연락이 닿아서, 두 사람은 나고야 시내에서 재회했습니다."

어머니가 완전히 다른 사람이 되어 있었다고, 교코는 구라타에게 말했다.

"빈 껍데기만 남고 속은 구정물로 가득 차버린 것 같았다고 했습니다. 잔혹한 표현 같지만 그래도 사실이라고. 그렇게 말했어요. 어머니 스스로도 그렇게 말했다고요."

어머니는 그로부터 얼마 지나지 않아 유행성 감기에 걸린 것이 폐렴으로 번지는 바람에 세상을 떠났다. 야반도주한 지 삼 년 반이 지난 1986년 가을이었다고 한다. 신조 교코는 스무 살이었다.

"아버지와는 도무지 연락이 닿지 않아서…… 어디 있는지도 몰라서, 장례식은 그녀 혼자 치렀다고 합니다."

어머니의 유골은 놀라울 정도로 가벼웠다고 교코는 말했다. 장례용 젓가락으로 유골을 집어올리려 해도 가장자리부터 재처럼 흐슬부슬 부서져버렸다고.

혼마는 그게 무엇을 뜻하는지 알고 있었다. 교코의 어머니는 강제로 매춘조직에서 일하는 동안 각성제에 중독되었던 것이다.

"어머니의 유골을 품에 안은 교코가 나고야를 떠나기로 결심한 것은 그로부터 얼마 지나지 않아서였습니다."

구인광고를 보고, 숙식을 제공해주는 이세 시내 여관의 여종업원 일자리를 찾아냈다.

"아버지는 그저 살아 있기만 바랐다고 했어요. 그러면서 유치우편 방식으로 편지를 계속 보냈다고 했습니다."

그 보람이 있었는지 이세로 옮긴 지 반년 정도 후에 아버지한테서 전화 연락이 왔다. 혼자 힘으로 도망쳤는지 아니면 몸이 망가져서 버림받았는지, 어쨌거나 일단 빚쟁이들 수중에서는 풀려났지만, 생기 없는 쉰 목소리로 묻는 말에만 나지막이 대답했다고 한다. 이세로 오라는 딸의 권유도 듣지 않았다.

"아버지는 이미 모든 힘이 다했겠죠. 딸과 둘이 새로운 생활을 꾸려나갈 기력조차 남아 있지 않았을 겁니다. 저는 그렇게 생각합니다. 남자는 의외로 나약한 존재니까. 여자보다 훨씬 나약하죠."

구라타가 진지한 얼굴로 그렇게 중얼거리니, 잘 알지도 못하는 어른스러운 소리를 늘어놓는 중학생처럼 보였다.

"마지막 통화는 그쪽에서 걸었던 모양인데, 장거리라 돈이 많이 나온다며 금방 끊겠다고 했대요."

구라타가 결혼반지를 낀 왼손을 들어 입가를 훔쳐냈다.

"그때 교코가 지금 어디쯤에 사느냐고 물었더니 아버지가 뭐라고 대답했는데…… 뭐라더라. 아무튼 교코는 그 얘기를 듣고 너무나 슬펐다고 했습니다."

구라타는 입을 다물더니 손도 대지 않은 떡 접시를 옆으로 밀어내고, 주머니를 뒤적여 담배를 꺼냈다.

"피워도 되겠습니까?"

혼마는 말없이 고개를 끄덕였다. 라이터를 쥔 구라타의 손이 불을 붙이러고 입술에 문 마일드세븐 끝으로 움직였다. 그걸 보고서야 그의 손이 떨리고 있다는 걸 알아챘다.

"당신에게도 가슴 아픈 경험이었겠군요."

구라타는 간신히 불을 붙인 담배를 손가락에 끼워 만지작거리며 고개를 끄덕였다.

"저는 교코가 일했던 여관집 아들과 아는 사이라 그에게 소개받아 알게 됐습니다. 미인에다 마음씨 착하고 일도 열심히 한다고 했어요. 만나보니 정말로 그런 아가씨였죠."

지역 유지 집안의 아들과 남의집살이를 하는 여종업원의 관계다. 구라타도 처음에는 잠시 즐길 생각이었을 것이다. 완곡하게 에둘러 물어보자 그는 처음으로 쑥스러운 듯 웃었다.

"그 말이 맞습니다. 처음에는 같이 재미있게 놀려는 생각이었죠."

그러나 사귀어보니 마음이 변했다고 했다.

"교코를 독점하고 싶어졌습니다."

한동안 적절한 말을 찾다가 그렇게 표현했다.

"교코 씨는 미인이고, 머리도 좋은 모양이니까요."

"네…… 그렇죠. 하지만 그게 전부는 아닙니다. 미인은 그 사람 말고도 얼마든지 있으니까요. 그렇지만 교코랑 함께 있으면 저는…… 뭐랄까, 제가 어엿하게 한 사람의 어른이 된 듯한 기분이 들었습니다. 자신감이 생겼죠. 누가 날 의지하는 느낌이 들었고, 그런 교코를 지켜준다는 실감이 들었습니다. 이건 정말입니다."

혼마는 구리사카 가즈야의 얼굴과 그가 했던 말을 떠올렸다. 그 청년 역시 교코에게 똑같은 인상을 품지 않았을까.

두 사람이 교제하는 동안 주도권은 늘 가즈야의 손에 있었다. 부모의 반대를 뿌리치고 약혼한 것도 가즈야의 의지에서 비롯한 결과였다. 개인파산 사실을 알고 당황했을 때도 가즈야는 그 정보를 교코에게 곧바로 알리지 않고, 그녀 대신 '잘못된 정보'의 출처를 추적해내려 했다. 흡사 전권대사全權大使나 다를 바 없다.

신조 교코에게는 주위 남자들의 보호본능을 자극하는 면이 있었을지도 모른다. 풀이 죽어 있으면 위로해주고 어려운 일에 빠져 있으면 힘을 빌려주고 싶어지는, 가련하고도 애처로운 매력을 가지고 있었을지도 모른다.

생각해보면 구리사카 가즈야와 구라타 고지는 비슷한 점이 많다. 유복한 가정에서 자랐고, 학교에서는 우등생이었고, 부모의 뜻을 저버리지 않고 사회적인 체면을 번듯하게 지켜냈다. 외모도 괜찮고 능력도 평균 이상이다. 그러나 그렇게 온실의 화초처럼 자란 청년들도 마음속 깊은 곳에는 부모에 대한 반항심을 숨기고 있을 게 틀림없다. 비행 청소년처럼 폭력을 통해 표출하는 저돌적인 형태는 아닐 테지만, 강한 부모, 훌륭한 부모, 자기에게 행복한 어린 시절을 제공하고 이상적인 인생의 궤도를 깔아줄 만한 힘이 있는 부모에 대한 반항심. 그것을 누그러뜨리고, 정면으로 대결해봐야 평생 이길 수 없을 부모를 대신해 그들에게 자신감을 심어준 존재가 바로 교코라는 여자였을 것이다.

가즈야도 구라타도 제아무리 발버둥쳐본들 부모를 거역할 수 없다는 사실을 잘 알고 있었다. 알고는 있지만, 성인이 된 그들은 부모가 마련해준 코스를 걸어가면서도 자기만 의지하고 자기의 능력을 확인시켜주는, 감싸고 보호해줄 수 있는 대상이 필요했던 것이다.

교코는 그런 조건에 딱 들어맞았다. 그래서가 아닐까.

그녀는 머리가 좋은 여자다. 그런 심리를 꿰뚫어보고 남자에게 기댔을지도 모른다. 좋은 표현은 아니겠지만, 속임수로 용병을 흥분시킬 수 있다면 굳이 위험을 무릅쓰면서 직접 전장에 나갈 필요는 없다. 남을 대신 싸우게 하고, 돌아왔을 때 충분히 노고를 치하해주면 그만이다.

그러나 가즈야나 구라타가 근본적으로 약삭빠른 남자였다면 교코의 입장이 그다지 바람직하게 풀리지는 않았을 것이다. 소위 말하는 '숨겨진 여자'로 살았을지도 모른다. 본처가 따로 있는 가운데 교코는 아까운 청춘만 소모했을 것이다. 그러나 이 두 청년은 진정 순수한 '도련님'이었다. 나이도 젊었다. 그래서 지극히 정상적인 방식으로 교코를 필요로 한 것이다.

하긴 그렇게 조종한 것 역시 교코였을지도 모를 일이다. 스무 살 안팎의 나이였지만, 그 당시 교코는 이미 온실에서 자란 구라타 같은 사람은 백 년이 지나도 알 수 없는 강인함을 가냘픈 팔 안쪽에 감추고 있었을 것이다.

부모님에게 소개하고 싶으니 집에 같이 가자고 권했을 때, 교코는 거절했다고 한다.

"자기는 출신도 불분명한 여자라면서요."

실제로 구라타의 부모는 심하게 반대했다고 한다. 강한 반대를 예상한 교코가 조금은 악의를 품고 일단 물러서는 태도를 보인 거라고 혼마는 생각했다. 그러는 편이 구라타를 더 애타게 할 수 있다.

"숨길 수 없겠다면서 교코는 자기 가족의 과거를 모두 털어놨습니다. 그게 방금 말씀드린 내용입니다. 저는 그 솔직함에 다시 반했습니다. 그녀가 부끄러워할 일은 하나도 없다고 생각했죠. 제가 선택한 여자입니다. 이 여자는 틀림없다고, 당당히 말할 수 있을 거라 믿었습니다."

이 역시 가즈야가 했던 말과 비슷하다.

구라타의 그런 열의와 애정이 부모를 설득했고, 그 둘은 드디어 1987년 6월에 결혼하게 되었다.

"어머니는 마지막까지 반대했지만 아버지가 설득해주셨습니다. 제 추측이지만 어쩌면 아버지에게도 예전에 그런 소중한 존재가 있었을지 모른다는 생각이 듭니다. 그런데 아버지는 그 여자를 포기한 거죠. 그래서 오래전 추억이라 해도 아직 안타까워하는 마음이 있었을지 모릅니다. 단둘이 얘기할 때, 얼핏 그 비슷한 말을 흘린 적이 있었거든요. 인생은 단 한 번뿐이다, 네 의지를 소중히 하라고 말씀해주셨습니다. 어머니가 없는 자리에서 그런 말을 해준 게 정말로 기뻤죠."

그 당시 구라타 고지는 스물여섯 살이었다. 아직 그런 순진한 감상을 품을 수 있는 나이다.

"교코의 뜻을 따라 결혼식은 화려하게 치르지 않았습니다. 그녀에게는 부모도 친척도 전혀 없었으니까요. 규슈로 3박 4일 신혼여행을 갔고……"

마음속 선반 깊숙이 넣어둔 추억을 끄집어내 사랑스럽게 더듬듯 구라타의 눈이 부드럽게 녹아들었다.

그러나 그 추억 속에는 독충이 자리 잡고 있었다. 그 독충은 그가 선반으로 손을 뻗을 때마다 그의 손을 호되게 찔렀다. 지금도 역시.

구라타가 손으로 얼굴을 문질렀다. 방과 후 교실에 혼자 남아 두 손에 얼굴을 파묻고 우는 여학생처럼, 잠시 동안 양 손바닥으로 얼굴을 감싸고 꼼짝도 하지 않았다.

이윽고 나지막이 입을 열었다. "신혼여행에서 돌아와 혼인신고를 했습니다. 고작해야 서류 한 장이지만, 이제 교코가 정식으로 내 아내가 되었다, 나와 새 가정을 꾸렸다는 실감이 들어서 자랑스러웠습니다."

그러나 그 앞에는 지옥이 기다리고 있었던 것이다.

"한 가지 의문점이 있습니다."

혼마가 입을 열자, 구라타가 담배를 비벼 끄고 고개를 들었다.

"교코 씨 본인에게 빚이 있는 건 아닙니다. 빚을 진 사람은 어디까지나 그녀의 부모고…… 대부분은 아버지 빚이잖아요? 그 빚을 자식인 교코 씨에게 갚으라고 협박할 순 없습니다. 법적으로 확실하게 금지명령을 받아낼 수도 있잖습니까?"

부모 자식, 부부 사이라도 연대보증을 서지 않은 이상 빚을 갚을 의무는 없다.

"그렇죠. 법률상으로는 그렇게 되어 있죠."

구라타가 힘없이 웃었다.

"빚쟁이들도 바보가 아니니까 그런 부분은 확실하게 계산하고서 공격합니다. 교코에게 빚을 갚을 의무가 있다는 말은 한마디도 안 합니다. 그저 넌지시 암시할 뿐이죠."

부모가 진 빚이다, 자식 된 도리로 갚아야 할 도의적인 의무가 있을 텐데…… 하물며 넌 이런 부잣집의 며느리까지 됐잖아.

"그리고 아버지와 연락을 주고받고 있을 테니 지금 어디 있는지 말하라며 달라붙는 겁니다. 모른다, 나랑 관계없다고 쫓아내도 떨어지질 않아요. 우리 거래처까지 찾아다니면서, 젊은 사모님 친정에서 진 빚 덕분에 자기들 고생이 이만저만이 아니라고 떠벌리고 다녔죠. 그 바람에 우리는 거래처 은행 한 곳을 잃었습니다."

구라타가 교코 이야기에 신경질적인 반응을 보인 이유는 그 때문이었다.

"파산이라는 방법도 있잖습니까?" 혼마가 물었다. "물론 교코 씨 말고요. 그녀의 아버지를 찾아서 개인파산을 시키는 거죠. 사 년 동안의 금리까지 포함되었다면 빚 총액은 아마도 수천만 엔 단위까지 올라갔을 거 아닙니까. 그냥 일해서 갚을 만한 액수가 아닙니다. 신청하면 금방 인정받을 수 있었을 텐데요."

아니, 그에 앞서 고리야마에서 야반도주하기 전에 왜 개인파산을 하지 않았을까.

지식이 없었나. 혼마는 생각했다. 이것이 바로 미조구치 변호사가 설명했던 당시의 현실이라는 걸까.

자살하기 전에, 사람을 죽이기 전에, 도망치기 전에, 파산이라는 방법이 있다는 것을 떠올려라.

"하지만 그땐 이미 교코 아버지가 어디 계시는지 전혀 알 수 없었어요."

구라타의 말끝이 힘없이 시들었다.

"찾아보셨나요?"

"찾았죠! 필사적으로 찾았습니다."

"아버지를 대신해서 교코 씨가 파산신청을 할 수는 없었나요?"

뜻밖에도 구라타는 빙그레 미소를 머금었다.

"그런 재주를 부릴 수 있다면 누가 고생하겠습니까. 불가능하니까 교코도 고통을 받았던 거죠."

법률에서 채무는 원칙적으로 채무자 개인의 일이다. 따라서 아내든 딸이든 채무자 본인을 대신해서 파산신청을 할 수 없는 것이다.

"변호사와 상담도 해봤습니다. 그렇지만 이건 어쩔 수가 없다는 겁니다. 법적으로 교코에게 빚을 갚을 의무가 없으니까 교코가 아버지의 빚 때문에 곤란을 겪을 이유가 없다. 따라서 빚쟁이들에게 시달릴 이유도 없다. 그러니 파산신청을 할 수도 없습니다. 교코에게 따라붙지 못하게 금지명령을 받으려 해도, 우리는 장사를 하는 집이니 손님을 가장해서 드나들면 막을 길이 없습니다. 아버지가 빚을 진 건 사실이니까 그 말을 퍼뜨리고 다닌다고 명예훼손으로 고소할 수도 없습니다."

폭력 사태가 일어나지 않는 한 경찰이 나서지 않는 것도 다른 경우와 마찬가지다. 민사 불개입이라는 대원칙 때문이다.

"그들도 증거가 남을 만한 방식으로는 협박하지 않으니까 도저히 대처할 방법이 없어서, 교코나 저나 우리 부모님이나 노이로제에 걸릴 지경이었습니다. 우리 직원들도 몇 명 그만둬버렸고……"

당시 변호사가 권해준 해결 수단이 하나 있었다.

"일단 교코 아버지의 실종선고를 받으라는 겁니다. 그러면 아버지는 호적상 사망한 것으로 간주됩니다. 그후에 교코가 가정법원에 가서 아버지의 재산, 이런 경우에 빚은 마이너스 상속재산이 되는데, 그에 대한 상속포기 수속을 밟으면 된다는 얘기죠."

그러나 여기에는 문제가 있다. 혼마도 뭔지 알고 있었다. 실종선고는 대상 인물의 마지막 모습을 본 후로부터, 또는 소식이 끊긴 후로부터 칠 년이 경과해야 받을 수 있다.

"교코 씨 상황에서는 칠 년씩이나 참을 순 없었겠죠."

구라타는 뭔가에 낚아채인 양 힘차게 고개를 끄덕거렸다.

"변호사는 어쩌면 교코의 아버지가 이미 죽었을 가능성도 있으니 조사해보라고 했습니다. 일용직 노동자 생활을 했다면 이곳저곳 떠돌다 돌아가셨을 수도 있다면서."

아버지의 사망만 확인된다면 당장 상속포기 수속을 밟을 수 있다. 또는 교코가 일단 아버지의 마이너스 유산을 전액 상속하고 나서 그녀가 직접 개인파산 신청을 해도 된다. 효과는 마찬가지다.

"그래서 저는 교코를 데리고 도쿄로 올라가, 옛날에 신세를 졌다는 친척집을 비롯해 이리저리 아버님의 소식을 찾아다녔습니다. 그리고 도서관에도 가봤고요."

"관보를 찾아보셨군요?"

관보에는 신원을 알 수 없는 사망자를 싣는 지면이 있다. 이것을 '무연고자 사망 공고'라 한다. 다시 말해 떠돌이 생활을 하다 죽은 사람들을 실어놓은 것이다. 혼마도 수사 때문에 '본적, 주소, 성명 미상, 60~65세 남성, 키 160센티미터, 마른 체형, 카키색 작업복, 장화……' 하는 식으로 사망자의 특징과 사망 일시 및 장소를 기록한 글귀가 줄줄이 이어져 있는 페이지를 눈을 깜박거리며 뒤져본 적이 있었다. 무기명 묘표가 즐비한 황량한 묘지를 배회하는 듯한 경험이었다.

"저는 지금도 잊을 수가 없습니다."

구라타가 무릎 위에서 주먹을 움켜쥐더니, 출입문 밖에서 줄기차게 쏟아지는 빗줄기 너머를 지그시 바라보며 말했다.

"교코는 도서관 책상에 웅크리고 앉아 눈에 핏발을 세우고 관보 페이지를 뒤적거렸습니다. 아버지와 비슷한 사람이 죽었는지 확인하기 위해…… 아니, 그게 아니죠."

구라타의 목소리에 채찍질을 당한 듯한 고통의 빛이 스며들었다.

"죽어줘, 제발 죽어줘, 아빠. 교코는 그렇게 기도하면서 페이지를 들척였습니다. 자기 부모예요. 그런데 제발 부탁이니 죽어달라고 애원하는 겁니다. 전 더는 견딜 수가 없었습니다. 그때 처음으로 교코의 그런 모습이 비정하게 느껴졌어요. 그리고 제 안의 제방이 무너져내렸습니다."

혼마의 뇌리에 조용한 도서관 열람실 한구석의 풍경이 떠올랐다. 시험 공부를 하는 학생, 친구와 속닥이며 숙제를 하는 여학생들, 웅크리고서 잡지를 들척이는 노인, 작정하고 잠든 지친 영업사원들 사이에 뒤섞여서 죽어라 관보 페이지를 뒤지는 신조 교코의 모습이. 앞으로 푹수그린 그녀의 머리, 가녀린 목덜미, 이따금 메마른 입술을 핥고, 지친 눈을 깜박이고, 지그시 눈꺼풀을 누르는 모습까지 떠오르는 것 같았다. 관보 페이지를 넘기는 소리까지 들리는 것 같았다.

제발 부탁이니 죽어줘.

그녀의 바로 옆자리에서 새로 나온 추리소설을 읽고 있던 젊은 여자는, 백과사전을 펼쳐보던 초등학생은, 잡지의 특종 기사에 눈을 휘둥그레 뜬 노인은 그런 교코의 입장을 이해할 수 있었을까. 상상할 수 있었을까. 팔꿈치가 스칠 만한 거리에, 목소리가 들릴 만한 공간에 그런 삶이 있다는 것을 과연 상상이나 할 수 있었을까.

그리고 페이지를 넘기던 손을 멈추고 문득 고개를 든 순간, 교코는 책상 맞은편에 앉아 있는 갓 결혼한 남편의 눈에서 발견했을 것이다. 비난보다 한층 심한, 길바닥에 떨어진 오물을 바라보는 듯한 혐오의 빛을.

남편이 멀어져간다. 그녀는 깨달았을 것이다. 말보다 훨씬 더 명백하게. 책상 아래로 서로의 발을 스치는 일도, 남편이 자리에서 일어나 옆으로 다가오는 일도 두 번 다시 없을 것이다. 그는 온몸으로 뒷걸음치려 하고 있다.

그녀는 필사적으로, 떠돌이 죽음을 맞은 사람들의 목록에서 아버지의 흔적을 찾아내려 발버둥치고 있었다. 아무리 그녀를 사랑하고 이해한다 믿었더라도 유복하고 따뜻한 가정에서 자란 구라타는 교코의 그런 모습을 똑바로 바라볼 수 없었을 것이다.

그것을 비난하는 건 가혹하다. 혼마는 생각했다.

"자기 얼굴을 한번 거울로 보라고 말해버렸습니다."

구라타가 더듬더듬 말을 이었다.

"마치 악마 같다고요."

비로소 손에 넣었다고 믿었던 안정된 삶이 멀어져간다. 붙잡아보려고 너무 세게 움켜쥐었던 탓에, 그녀의 손안에서 산산이 부서져버렸다.

혼마의 상상은 적중했다. 신조 교코는 고독했다. 가혹할 정도로 외톨이였고, 뼈를 에는 매서운 바람을 혼자 감당해야 했다.

제발 부탁이야. 부탁이니 부디 죽어줘, 아빠.

가까스로 알아들을 수 있는 작은 목소리로 구라타가 말했다. "우리가 정식으로 이혼한 것은 그로부터 보름 후였습니다."

1987년 9월. 혼인신고를 한 지 불과 삼 개월 후였다. 이것이 훗날 신조 교코가 로즈 라인에서 '너무 어려서 실패했다'고 설명한 결혼의 정체였다.

"이혼한 후, 교코는 일단 나고야로 돌아가서 일자리를 찾아보겠다고 했습니다."

그녀의 호적은 원래대로 고리야마의 본적지로 돌아갔다. 그것은 등본에서도 확인할 수 있다. 일단 쫓길 위험은 사라졌지만, 이듬해에 오사카에서 취직한 걸 보면 아무래도 나고야에 머무르기는 무서웠던 걸까.

"그후로 교코가 어떻게 지냈는지는 전혀 모릅니다."

목이 멘 소리로 구라타가 말했다.

"그렇지만 결혼 당시, 이 사람한테만은 꼭 알리고 싶다면서 교코가 특별히 결혼 소식을 알리는 엽서를 보낸 여자 친구가 한 사람 있었습니다. 나고야에서 아르바이트 할 무렵에 신세를 진 선배였다던가. 그 사람 연락처는 압니다. 하긴 이미 이사했을지도 모르지만."

자기 집으로 안내하겠다고 말하며 구라타가 먼저 일어섰다.

"여기서 택시로 십오 분쯤 걸립니다."

이슬비 속에서 따라간 곳은 혼마가 사는 아파트 단지 내의 공원이 충분히 들어갈 정도로 널찍한 정원이 딸린 저택이었다. 구라타가 딱히 권하지 않아서 혼마는 닫힌 대문 밖에 서서 기다리기로 했다.

노송나무 울타리가 빗물에 젖어 반짝거렸다. 기와를 얹은 차양이 느리운 대문을 올려다보니, 신위를 모신 선반에나 칠 법한 금줄이 둘러쳐 있었다.

새해가 시작된 지도 오래인데 싶어 의아했다. 복을 기원하는 뜻일까. '소문笑門'이라고 적힌 종이가 한가운데에 매달려 있다.

오 분쯤 기다리자 구라타가 메모지 한 장을 들고 나왔다. 반대편 손에는 비닐우산이 들려 있었다. 대문이 여닫힐 때 하얀 자갈이 깔린 보도 위에 동그마니 놓여 있는 빨간 세발자전거가 보였다. 그의 어린 딸것 같았다.

"여깁니다."

메모지를 전해주고 나서 우산을 건넸다.

"우산 없으시죠? 괜찮으면 이걸 쓰세요. 도쿄까지 들고 갈 필요가 없다면 그냥 역에 기부하셔도 됩니다."

구라타에게 메모와 우산을 받아들고 감사인사를 한 후, 혼마는 머리 위에 장식된 금줄에 관해 물었다.

"아, 이건 이 지역 풍습입니다." 구라타가 대답했다. "일 년 내내 금줄을 칩니다. 우리 가게 쪽에는 '천객만래千客萬來'라고 써놨어요."

"역시 이세 신과 관계가 있는 겁니까?"

"그렇죠." 고개를 끄덕인 후 구라타는 살짝 얼굴을 찡그렸다. "교코도 이걸 신기해했는데."

성스러워 보여서 좋다고 말했다고 한다.

"그 사람은 의외로 미신을 잘 믿었어요. 벽에 못을 칠 때도 일일이 귀문*이면 죄송하다며 주문을 외우곤 했죠."

구라타의 입에서 처음으로 흘러나온, 짧은 기간이나마 한때 아내였던 여자에 대한 친근한 표현이었다.

"그렇지만 금줄도 빚쟁이들을 막아주진 못했죠."

그 무엇도 막아주지 않았다.

"한 가지 이상한 질문을 드리겠습니다만, 교코 씨는 야마나시 쪽 지

---

* 鬼門. 귀신이 드나든다 하여 점술가들이 매사에 꺼리는 방위로 동북방을 가리킨다.

리를 잘 알았습니까?"

구라타는 한 손을 들어 비를 피하며 잠시 생각에 잠겼다.

"글쎄요…… 여행을 갔다거나, 거기 사는 친구가 있었다거나 했냐는 건가요?"

"네."

"전 들은 기억이 없는데요."

"그렇군요."

"저랑 어딜 간 것은 신혼여행지였던 규슈, 그리고 주말에 가끔 골프를 치러 네무노사토 언저리에 갔던 것 정도예요. 아무튼 결혼생활은 석 달뿐이었으니까."

무리도 아니다. 정말이지 너무나 짧았다.

"교코는 후쿠시마 출신이잖아요." 구라타가 말을 이었다. 추억이 되살아난 듯했다.

"드넓은 태평양밖에 본 기억이 없었죠. 그래서 제가 드라이브 겸 아고 만 쪽으로 데려갔더니 이렇게 파도가 잔잔한 바다도 있냐면서 무척 놀랐습니다. 마치 호수 같다면서요. 이런 곳이 아니면 진주 양식을 못한다고 가르쳐주니까 그렇겠다면서 웃었습니다. 그건 결혼 전이었던 것 같아요. 목걸이를 주문하러 갔는데, 뭘 볼 때마다 감격했어요."

누가 말을 끊을까봐 두려워하듯 빠르게 이야기를 이었다. 조심성 없이 불러내버린 과거를 그렇게 서둘러 쏟아냄으로써 떨쳐버리고 싶었는지도 모른다.

"가시코지마 호텔에 묵었는데, 공교롭게도 하루 종일 날이 흐려서 아고 만에 지는 석양을 전혀 볼 수 없었습니다. 뭐, 기회는 얼마든지 있을 거라며 방에서 쉬었는데…… 새벽 두시경이었을까, 교코가 일어나서 창가에 서 있었어요. 왜 그러냐고 물었더니 달이 아름다워서라고 했죠."

구라타는 그때의 달을 찾듯 안개비 내리는 하늘을 올려다보았다.

"구름이 걷히고 초승달이 떴더군요. 저는 하늘을 올려다봤는데 교코는 아래를 내려다보고 있었어요. 새카만 아고 만에 비친 달을 보고 있었던 겁니다. 달님이 바다에 빠졌어, 저게 녹아서 진주가 되겠지, 라고 했습니다. 어린 소녀 같았어요. 금방이라도 울음을 터뜨릴 것 같은 표정으로…… 지금까지 저는 그때는 감정이 고조되어서 그랬을 거라 생각했는데, 어쩌면 그게 아니었을지도 모르겠군요. 교코는 결혼 후에 일어날 일들을 마음속 한구석에서 예감하고 있었을지도 모르죠."

아니, 그럴 리는 없다고 혼마는 생각했다. 그 무렵 교코는 행복했을 것이다. 미래에 대한 어두운 예감 따위는 조금도 없었을 것이다. 행복했기 때문에 눈물을 머금었던 것이다.

그러나 구라타의 말은 충분히 이해가 갔다. 그래서 그때를 돌이켜보며 별것 아닌 사소한 일에도 깊은 의미를 부여하는 그를, 교코를 끝까지 지켜주지 못했던 자신에 대한 양심의 가책을 어떻게든 완화시키고 싶어하는 그의 마음을 비난하지 않기로 했다.

구라타는 교코가 미래에 대한 불안을 품었다고 믿음으로써 스스로와 타협하려는 것이다. 그것은 운명이었다, 교코와는 헤어질 수밖에 없었다, 자기는 어쩔 도리가 없었다, 라고.

그렇게 생각하면 된다. 애써 불행해질 필요는 없다.

그러나 그와 헤어져 외톨이가 된 신조 교코는, 스스로를 에워싸고 불행하게 만든 것들을 운명으로 받아들이지 않았다.

"저는 진심으로 교코를 사랑했습니다. 그것은 맹세코 사실입니다."

그 말을 끝으로, 구라타는 그제야 성이 찼는지 입을 다물었다. 더 오래 머물 수도 없는 노릇이라 혼마는 그와 짧은 인사를 주고받고 등을 돌렸다.

우산을 펼쳤을 때, 뒤에서 구라타가 "아" 하고 외쳤다.

"왜 그러시죠?"

"조금 전에는 생각이 안 났는데"라며 빗속에서 눈을 깜박였다. "교코의 아버지가 마지막으로 전화를 걸었던 장소요. 지금 기억이 났습니다."

나미다바시*에 있다고 말했다 한다.

나미다바시. 도쿄의 노무자 동네인 산야 지역의 지명이다.

"노무자들이 모이는 곳입니다"라고 말하자, 구라타는 "그렇군요"라고 중얼거렸다.

"서글픈 지명이네요."

"그렇……죠."

"나미다바시라. 교코도 그 말을 듣고 많이 슬펐겠군요."

헤어지며 다시 한번 인사를 건넨 순간, 구라타의 눈이 젖어 있는 것처럼 보였다.

착각이었을지도 모른다. 그러길 바랐기 때문에 그렇게 보인 건지도 몰랐다.

24

구라타가 가르쳐준 이름은 스도 가오루였다. 메모에 따르면 그녀는 나고야 시 모리야마 구 오바타라는 곳에 살고 있었다. 그러나 전화번호로 조사하니 해당하는 집이 없었고, 하는 수 없이 다음 날 현지로 가서

---

* 淚橋. '눈물 다리'라는 뜻. 근처에 있던 사형장에서 죄인이 이 세상과 이별을 고하고 가족이나 친지와 마지막 인사를 나누며 눈물을 흘렸다는 데서 유래된 이름이다.

근처 신문배달 대리점 청년에게 스도 씨는 이 년 전에 이사했다는 말을 들을 때까지 꼬박 하루를 허비하고 말았다.

또다시 이카리의 힘을 빌려 이사 간 곳을 알아내는 것 말고는 다른 수단이 없을 것 같았다. 일단 도쿄로 돌아가 집에 도착한 것은 그날 밤 자정이 넘었을 무렵이었다.

부엌 불이 켜져 있고, 다모쓰 혼자 둥근 탁자 앞에 몸을 웅크리고는 현관을 등진 채 오도카니 앉아 있었다. 현관문이 열리는 소리도 듣지 못하고 뭔가를 열심히 들여다보고 있었다.

"다녀왔어."

말을 건네자 다모쓰는 어지간히 놀랐는지 양쪽 무릎을 휙 치켜들다가 식탁에 부딪치고 말았다.

"앗, 까, 깜짝이야."

"이크, 미안."

그 바람에 한차례 웃었다.

혼마가 이세와 나고야를 돌아다니는 동안 다모쓰는 혼마의 집에 머물면서 세키네 쇼코의 소식을 찾아 가사이 통상과 골드, 라하이나의 동료들을 찾아다녔고, 코포 가와구치와 캐슬맨션 긴시초 부근에서도 탐문수사를 했을 터였다.

보통 멀리 나가면 혼마는 하루에 한 번은 꼭 집으로 연락을 했다. 이번에는 떠나기 전에 사토루가 못을 박듯 말한 것도 있어서 특별히 성실하게 그 습관을 지켰는데, 전화 통화중 이사카가 신이 나서 다모쓰를 칭찬했던 기억이 났다. 성실하고 부지런하고 됨됨이까지 잘 갖춘 청년이라고.

"첫애가 태어났을 때는 기저귀도 직접 빨고 했대요. 밥값을 해야겠다며 설거지 같은 걸 도와줬는데, 얼마나 잘하는지 몰라요."

감동했어요, 라고까지 할 정도로 이사카는 꽤나 기분이 좋았다. '오늘날 청년'의 바람직한 상이 다모쓰 같은 젊은이일 거라는 말까지 했다.

"사토루도 멍청이 일로 충격이 컸는지 내내 방에 틀어박혀 지냈는데, 다모쓰 군이 말상대를 해줘서 기운을 많이 차린 것 같아요."

그 점은 혼마도 고마웠다. 멍청이 사건 이후로 사토루의 목소리에서 어린애다운 밝은 기운이 사라져버린 것이 몹시 마음에 걸렸기 때문이다.

"꽤 열심이던데, 뭘 그렇게 보고 있었나?"

무릎을 어루만지며 웃던 다모쓰의 얼굴이 혼마의 질문에 금세 진지하게 변했다. "이겁니다. 뭔지 아시겠어요?"

식탁 위에 펼쳐진 큼지막한 사진집 같은 것을 슬쩍 보기만 했어도 혼마는 금방 뭔지 알아챌 수 있었다.

"……졸업앨범인가?"

다모쓰가 고개를 끄덕였다. "시짱이랑 저희 때 겁니다. 유치원, 초등학교, 중학교, 고등학교. 전부 다 모아왔어요."

그 말대로 각각 색깔이 다른 커다란 표지의 앨범이 네 권 있었다. 지금 펼쳐놓은 것은 고등학교 앨범인 듯했다.

"자네가 들고 왔나?"

양면 페이지에 실린 학생들의 사진 속에서 세키네 쇼코의 얼굴을 찾으며 혼마가 물었다.

다모쓰가 나지막이 대답했다. "아뇨. 이건 시짱 앨범입니다."

혼마는 고개를 번쩍 쳐들었다. 다모쓰와 시선이 마주쳤다.

"맨 마지막 장에 친구들과 함께 쓴 글이 있습니다. 거기에 시짱의 이름이 확실하게 나와 있어요."

다모쓰의 말대로 그곳에는 그다지 좋은 필체라고는 할 수 없는 글씨로 졸업식 날짜와 '세키네 쇼코'라는 이름이 적혀 있었고, 그것을 둥그렇게 감싸는 모양으로 친구들의 메시지가 적혀 있었다.

"이게 어디 있었지?"

코포 가와구치에는 없었다. 집주인인 곤노 노부코가 적절하게 표현했듯이 졸업앨범은 '설령 야반도주를 해도 들고 갈' 만한 물건이며, 쇼코가 놓고 갔다 해도 그녀를 '실종'시킨 신조 교코 역시 그런 물건을 집에 남겨두는 것이 얼마나 위험한지 충분히 알고 있었을 테니 아마도 가져갔을 거라 추측했다.

그러나 처음 가즈야와 함께 호난초에 있는 신조 교코의 아파트를 수색했을 때는 세키네 쇼코의 졸업앨범을 찾아낼 수 없었다. 어쩌면 호난초로 이사하자마자 그런 물건들을 버렸을지 모른다고 혼마는 생각했었다.

"뜻밖의 장소에서 나왔습니다." 의자에 다시 앉으며 다모쓰가 말했다. "우쓰노미야에 사는 시짱의 옛날 학교 친구가 가지고 있었어요. 우리가 '가즈짱'이라고 불렀던 여자애인데, 왜 제가 여기 오기 전에 동창생들을 찾아다니며 시짱에 관해 묻고 다니지 않았습니까. 그래서 가즈짱이 그 소문을 듣고 시짱이 앨범을 맡겼던 일을 떠올린 모양인지……우리집으로 찾아왔대요. 그래서 저희 어머니가 이걸 우편으로 보내줬고요."

그러고 보니 이곳 주소가 적힌 대형 봉투가 옆에 놓여 있었다.

"쇼코 씨의 학교 친구가 가지고 있었다면, 그녀가 직접 맡겼다는 뜻인가?"

"그게 아니더라고요."

다모쓰가 봉투 속에서 얇은 편지봉투 하나를 끄집어냈다. 오랫동안 꺼내지 않았는지 감촉이 껄끄럽고 먼지가 앉아 지저분했다. 봉투 주둥이는 가위로 잘려 있고, 그 안에 편지지 두 장이 들어 있었다.

워드프로세서로 친 짧은 글이었다.

'가즈에에게

갑작스럽게 소식을 전한다. 미안해. 난데없이 큰 짐을 보내서 많이 놀랐겠네. 그냥 탁 터놓고 부탁할게. 한동안 내 졸업앨범을 좀 맡아줄 수 있을까?

내가 도쿄에서 그다지 잘 지내지 못한다는 건 너도 이미 알고 있을 거야. 난 정말로 행복하지 않아. 왜 불행한지, 그 이유는 나도 잘 알아.

어머니도 돌아가셨고, 이제 내 생활을 다시 시작해서 조금씩이나마 나은 방향으로 바꿔나가고 싶어. 그런데 이런 상황에서 옛날 앨범 같은 걸 보면 너무 괴로워. 집이 좁아서 눈에 안 띄게 벽장 깊숙이 넣어버릴 수도 없네. 그래서 옛 우정에 기대어 너에게 부탁하는 거야.

학창 시절 앨범을 즐거운 마음으로 펼쳐볼 수 있게 되면 당당한 마음으로 꼭 찾으러 갈게. 그러니 그때까지만 부탁해. 꼭 맡아줬으면 해.

건강히 잘 지내길, 쇼코'

서명까지 워드프로세서로 쳤다. 혼마는 편지를 두 번 읽고 나서 쇼코의 고등학교 앨범의 페이지를 넘겨 친구들의 메시지를 읽었다.

'앞으로도 변치 않는 소중한 친구로 지내자! 노무라 가즈에'

둥그런 글씨로 그렇게 쓰여 있었다. 여학생답게 느낌표를 붙인 부분에 학창시절의 마지막 꼬리 같은 소녀적 감상이 깃들어 있었다.

다모쓰가 억누른 목소리로 말했다. "이걸 가즈짱한테 보낸 사람은, 시짱 신분을 사칭한 신조 교코라는 여자입니다."

그렇게 속단하기는 어렵다. 혼마가 물었다. "가즈짱이 이것을 받은 게 언제쯤이라고 하던가?"

편지에서 '어머니도 돌아가셨고'라고 언급한 것을 보면, 적어도 1989년 11월 25일 이후라는 것은 알 수 있다.

다모쓰가 이제 완전히 손에 익은 조그만 수첩을 꺼내더니 대답했다. "운송장을 버려서 소인을 확인할 순 없지만, 아마도 시짱 어머니가 돌아가신 이듬해 봄 무렵일 거라고 했습니다."

즉 1990년 봄이다. 그러나 그 '봄'이라는 것이 문제다. 세키네 쇼코가 코포 가와구치에서 실종된 것은 3월 17일이므로, 그전에 받았다면 쇼코 본인이 보냈을 가능성이, 그후라면 신조 교코가 보냈을 가능성이 짙어진다. 미묘한 문제였다.

"가즈짱 얘기로는 봄철 옷가지를 꺼낼 무렵 옷장을 정리하면서 안쪽에 넣어두었다는 모양입니다. 그렇다면 그때 이미 앨범을 받았다는 얘기잖아요? 그러니 이걸 보낸 사람은 시짱이 아닙니다."

"그렇지만 봄철 옷가지를 꺼낼 무렵을 언제라고 단정하긴 어렵잖아. 3월이라고 봐야 할지, 4월이라고 봐야 할지."

"우쓰노미야는 도쿄보다 기온이 낮아요. 3월에 봄철 옷가지를 꺼내는 일은 없습니다. 절대로."

다모쓰가 하려는 말은 이해가 갔고, 개연성도 높다. 그러나 개인의 상황이나 가정의 습관에 따라 차이가 나는 종류의 일에 '절대'란 있을 수 없다.

"그것 말고 시기를 알 수 있을 만한 다른 말은 안 했나?"

다모쓰가 큼지막한 손으로 메모를 들척이더니 아랫입술을 깨물며 생각에 잠겼다.

"이 앨범을 찾으러 갔을 때, 주소를 증명할 것을 깜박 잊고 안 들고 가서 창구에서 내주지 않았다는 말을 했어요."

"어? 잠깐만. 그렇다면 처음 배달 왔을 때는 가즈짱이나 가족이 집에 없어서 못 받고, 나중에 가즈짱이 우체국에까지 찾으러 갔다는 뜻인가?"

다모쓰는 아까보다 횡설수설했다. "아, 맞다. 그렇지. 제 설명이 좀 서툴렀군요. 소포가 왔다는 걸 알고는 대체 뭐가 왔나 싶어 다음 날 서둘러 찾아와 풀어봤더니 다름아닌 시짱이 보낸 앨범이라, 약간 김이 샜던 모양입니다."

"가즈짱 집은 평소에도 비어 있을 때가 많나?"

"아뇨, 장삿집이라 평소에는 늘 누군가가 지키고 있죠. 그런데 그날은 우연히 모두 나가고 없었다고 했어요."

"무슨 일로 나갔을까?"

"음, 내가 그걸 물어봤던가?"

다모쓰가 불안한 표정을 지으며 수첩을 뒤져보았다. 그리고 곧바로 "에이, 틀렸네. 안 물어봤어요"라며 머리를 긁적였다.

잠시 생각한 후 혼마가 물었다. "그 비밀병기를 잠깐 볼 수 있을까?"

다모쓰의 수첩을 가리키는 말이었다. 그는 무척이나 쑥스러워했다. "물론이죠. 글씨는 지저분하지만."

그의 말대로 읽기 쉽다고는 할 수 없는 기록이었다. 페이지 첫머리에 날짜가 적혀 있고, '가즈짱의 이야기'라는 제목이 붙어 있다. 질의응답 첫부분은 성실하게 조목조목 써놨지만, 이야기가 진행됨에 따라 기록이 이리저리 오락가락하며 갈피를 못 잡고 글씨도 흐트러졌다. 그래도 내용은 나름대로 꽤 꼼꼼했다.

얘기했던 대로 가즈짱이 '발끈했다'고 적혀 있었다. 혼마는 그 위에서 재미있는 단어를 발견했다. '단술'이었다.

"이건 뭐지?"

손가락으로 가리키며 묻자 다모쓰가 웃었다. "우체국에서 돌아오는 길에 근처 절에서 단술을 나눠줘서 마셨다는 얘기였어요. 가즈짱은 뚱뚱한 편인데도 단 음식만 보면 정신을 못 차려서, 그애랑 대화하다보면 이런 화제가 자주 나오죠. 오늘은 이걸 먹었다느니 저걸 먹었다느니…… 그런데 이게 뭐 이상한가요?"

"확실한 단서가 있었군." 혼마가 웃으면서 말했다. "시짱이 보낸 소포를 찾으러 우체국에 갔다 돌아오는 길에 절에서 나눠주는 단술을 마셨다…… 그런 얘기지?"

"네."

"절에서 사람들에게 단술을 나눠주는 날은 일 년에 단 하루뿐이야. 강탄회降誕會지."

"강탄회?"

"그래. 석가탄신일. 4월 8일이야."

다모쓰가 입을 딱 벌렸다. "그렇다면……"

"소포는 그 전날 배달됐다고 했잖아. 4월 7일이지. 그러니 보낸 사람은 시짱이 아니라는 뜻이고."

다모쓰는 "아하" 하는 감탄사를 흘렸다. "그럼 제가 한건 올린 거죠?"

앨범 뒤에 붙어 있는 색인과 학생 명단을 조사해보니, 세키네 쇼코와 노무라 가즈에는 3학년 B반으로 같은 반 학생이 맞았다.

신조 교코는 친구들이 쓴 낙서와 학생 명단을 바탕으로 노무라 가즈에를 선택해 그 앨범을 보냈을 것이다.

편지의 문맥으로 추측하건대 교코는 세키네 쇼코의 도쿄 생활이 원만하지 않았던 것, 그리고 그것이 고향 사람들에게도 이미 주지의 사실이었다는 것을 알고 있었다. 같이 묘지 견학을 갔을 때 어쩌면 쇼코의 입으로 직접 그런 이야기를 들었을지도 모른다.

택시 운전기사나 술집에서 우연히 옆자리에 앉은 낯선 이에게, 가까운 사람에게는 절대 털어놓을 수 없는 은밀한 속내를 털어놓는 건 흔히 있는 일이다. 타인이 오히려 편한 때가 있기 때문이다. 하물며 쇼코와 교코가 동행한 자리는 묘지 견학이었다. 감상적인 기분에 젖어 신상 정보에 가까운 부분까지 털어놓았을지도 모른다. 어떤 목적을 가지고 쇼코에게 접근한 교코는 적극적으로 그런 이야기들을 끌어내려 애썼을 테고.

다만, 그렇게 털어놓은 이야기도 쇼코의 개인파산 사실에까지는 미치지 못했다. 어쩌면 쇼코도 자신의 그런 어두운 과거까지는 쉽게 입 밖에 낼 수 없었을 것이다.

아이러니하다는 생각이 들었다. 그때 개인파산 사실만 밝혔더라면 쇼코는 지금도 건강하게 라하이나에서 일하며 코포 가와구치에 살고 있을지도 모르는데……

"이걸 보냈을 때, 발신인 주소와 이름이 어땠는지는 물어봤나?"

다모쓰가 안타깝다는 듯 고개를 저었다. "물어보긴 했는데 확실하게 기억 못 하더라고요. 사이타마 쪽 같았다는 정도였죠."

그렇다면 코포 가와구치 주소였을지도 모른다.

"가즈짱은 난데없이 이런 걸 받고 어떤 기분이 들었다고 하던가? 일부러 우체국까지 찾으러 갔다가 김이 샜다는 것 말고."

"아무래도 놀랐다더군요."

다모쓰는 여러 학생들이 쓴 문장 위에 손가락을 얹었다.

"앞으로도 변치 않는 소중한 친구로 지내자…… 이런 말은 사실 거짓말이잖아요."

"친한 친구가 아니었나?"

"전혀 안 친했던 건 아니지만, 소중한 친구라고 할 정도는……" 다모쓰가 씁쓸하게 웃었다. "졸업식이라 감격한 것도 있을 테고, 여자애들이잖아요. 살짝 오버해서 쓴 거죠. 그래서 가즈짱도 이 편지를 읽었을 때 '애도 참 민폐네'라고 생각했답니다."

그렇게 말하고 다모쓰는 잠시 생각에 잠긴 듯 시선을 내리깔았다.

"그리고 저는, 이 앨범을 받은 날짜 같은 건 생각할 것도 없이 금방 감이 왔습니다. 시쨩이 가즈짱에게 이걸 보냈을 리가 없다고."

조용한 목소리였지만, 말투는 단호했다.

"워드프로세서로 쓴 편지를 읽었을 때도 그런 생각이 들었습니다. 아니다, 이건 시쨩이 쓴 게 아니다."

"왜지?"

"내가 아는 시쨩은 옛일을 그리워하는 성격이 아니에요. 앨범을 보면 지금의 자기 생활과 비교하게 돼서 슬퍼진다니…… 그런 사고방식을 가진 애가 아니었다니까요. 시쨩은 학창시절에 즐거운 추억이 하나도 없다고 말했을 정도니까."

그랬을지도 모른다. 혼마는 생각했다. 세키네 쇼코는 어린 시절부터 행복을 실감한 적이 없었을지도 모른다. 그래서 옛날의 자신도 지금의 자신도 아닌 '다른 누군가'가 되기 위해 늘 조바심을 냈던 것이다.

그것은 쇼코가 우연히 편모 가정 출신이었다거나 학교 성적이 좋지 않았다거나 하는 개별적인 요인에서 비롯한 조바심은 아니었을 거라고 혼마는 생각했다. 그것은 누구나가 마음속 깊이 숨기고 있는 소원이자 살아가는 원동력이며, 한 사람의 '개인'으로 존재한다는 명백한 증거이다.

세키네 쇼코는 그 소원을 이루기 위해 그다지 현명하지 못한 방법을 선택했다. '자기 본연의 모습'을 찾는 대신, 그런 모습을 찾아낸 듯한 착각을 일으켜주는 거울을 사버린 것이다.

그것도 플라스틱으로 지은 사상누각 위에 살면서……

"시쨩은 죽었어요, 이미 이 세상에 존재하지 않아요. 저는 이제야 비로소 그런 확신을 갖게 됐습니다."

다모쓰가 나지막한 목소리로 말했다.

"시짱이 이런 짓을 할 리가 없습니다. 그래서 이 앨범을 본 순간, 아, 시짱은 이미 죽어버렸구나 하는 실감이 들었어요."

다모쓰는 턱을 들고, 식탁 위에서 억센 손을 내려 무릎 위에 얹었다. 주먹을 불끈 쥐고 있었다. 분노와 슬픔을 견디기 위해서라기보다 뭔가를 움켜쥐고 있는 것처럼 보였다.

추억을 움켜쥐고 있는 것이다. 혼마는 생각했다. 그러지 않으면 현실에서 쇼코의 신상에 일어난 일을 냉정하게 바라볼 수 없는 것이다.

쇼코를 죽였을 것으로 추측되는 신조 교코가 어떤 사람이었는지 혼마는 천천히 이야기해주었다. 다모쓰는 고개를 숙인 채 얘기를 들었다. 줄곧 말이 없었다. 이야기가 끝나고 부엌에 침묵이 내려앉자, 힘없는 목소리로 중얼거렸다.

"신조 교코는 참 이상한 여자로군요."

"이상해?"

"네. 이상하잖아요? 자기 자신을 위해 시짱을…… 물건처럼 다루고, 신분을 갈취했어요. 그랬으면서 이런 앨범은 굳이 고향 친구에게 보내다니…… 아무래도 이상합니다. 왜 그냥 버리지 않았을까요. 그러는 게 훨씬 간단하잖아요. 그냥 버려버리면 그만인데. 왜 굳이 그런 식으로, 마치 시짱에게 죄책감을 느끼는 듯한 양심적인 행동을 했을까요."

다모쓰가 갑자기 의자를 뒤로 빼더니 꾸물꾸물 일어섰다. 그리고 곧바로 총총걸음으로 실내를 가로질러 휑한 베란다 밖으로 나갔다.

어둠 속 빨래건조대 밑으로, 하얀 스웨터에 감싸인 다모쓰의 등이 보였다. 혼마는 의자를 돌려서 유령이라기엔 지나치게 튼실한 그 뒷모습을 등지고 앉았다.

한동안 다모쓰를 혼자 두는 게 좋을 것 같았다.

스도 가오루의 현주소는 좀처럼 밝혀내기 어려웠다. 이카리를 통해 지방 경찰서에 조회를 부탁했지만 그쪽도 한가하진 않을 테고 중개 역할을 맡은 이카리 역시 눈코 뜰 새 없이 바쁜 사람이다. 그에게 진 빚이 점점 늘어나서 혼마는 살짝 민망했지만, 정작 당사자인 이카리는 기분이 꽤 좋았다. 전에 얘기를 꺼냈던 사업가 강도살인사건이 해결되었기 때문이다.

사건의 진상은 거의 혼마의 추측대로였다. 체포된 사람은 살해된 사업가의 아내의 옛 직장 동료였다. 사건을 저지른 동기 역시 재산과 사업이 목적이었음이 밝혀졌다.

"네 추측이 적중했어. 고맙다."

이카리가 쾌활한 목소리로 말했다. 전화 통화인데도 기쁨으로 가득한 그의 얼굴이 눈앞에 어른거리는 듯했다.

"결정적인 증거는 뭐였어?"

"끈기가 필요했지. 계속 감시했어. 일부러 상대가 알아채도록 말이야. 그랬더니 미망인이 정신적으로 궁지에 몰렸던 모양이야. 참고인으로 출두해달라고 슬쩍 떠봤더니 금세 무너지더군. 엉엉 울었어. 그렇지만 신경전은 역시 진이 빠져."

한동안 또 범행을 증명하는 수사를 해야 할 테고, 라며 탄식했다.

"그렇지만 나도 이번에 인간심리라는 것에 관해 깊이 생각하게 되더군."

"그건 매번 하는 소리잖아."

"이번에는 진짜야, 진짜라니까." 이카리가 말했다. "어이, 한번 맞혀봐. 그 젊은 아내가 친구에게 남편을 살해하자는 이야기를 꺼낸 장소가 어디였을 거 같나?"

알아맞히면 화를 낼 거라 예상하면서도 의외의 장소를 떠올려보았다. 그런데 대답하기도 전에 이카리가 먼저 입을 열었다.

"장례식장이야."

"누구 장례식?"

"두 사람의 옛 상사. 계장이었다는데, 여자더라고. 서른여덟 살 젊은 나이에 암이었대. 그 장례식에 참석해서 머리 위에선 스님의 불경 소리가 오락가락하는 와중에, 남편을 살해하고 같이 사업을 시작하자는 말을 했다는 거야."

"인생이 짧다는 걸 절절히 실감했던 모양이지."

그렇다고 살인을 결심하는 것은 극단적인 예일 테지만, '죽음'과 연관된 행사에 참석하면 누구나 조금은 감정적으로 변해서 가당치도 않은 맹세를 하거나 줄곧 비밀로 간직했던 추억을 털어놓기도 한다.

"그건 그렇고 넌 어때? 그후로 진척된 게 있어?"

혼마가 그동안의 상황을 간단히 설명하자, 이카리가 흐음 하고 신음 소리를 흘렸다.

"신조 교코라는 여자를 찾아내는 것도 중요하지만, 역시 시체 쪽이 더 급하겠지."

"……그래."

"야마나시 현경 쪽에는 그 토막사체 건에 관해 얘기해봤나?"

"아직 못 했어. 거의 틀림없다고 확신하지만, 개연성만으로는 부족해. 게다가 난 지금 개인적으로 움직이는 상태고."

지문 조회 같은 대대적인 신원 확인 작업을 하려면 그것이 범죄 관련이라는 좀더 확실한 증거가 필요하다. A라는 여자가 실종되었다. 아마도 그녀의 이름을 사칭한 B라는 여자가 살해한 것 같은데, 현재 감쪽같이 행방불명된 상태다…… 하는 정도로는 다른 지역에까지 가서 소동을 일으키기 어렵다.

"신원을 밝힐 만한 근거라도 나오면 좋을 텐데. 세키네 쇼코는 덧니가 있다고 했지? 그건 특징적인 사항이니까."

이카리도 시체의 머리 부분에 관한 이야기를 하는 것이다.

"그렇지만 그거야말로 뜬구름 잡는 얘기겠군. 도저히 찾아낼 방법이 없네."

"아니, 꼭 그렇진 않을 것 같다는 예감도 들어."

"뭐라고? 왜?"

다모쓰의 말을 인용하면서 혼마는 설명했다.

"신조 교코라는 인간은 묘하게…… 뭐라고 해야 할까, 의리가 있다는 말은 좀 이상하고, 나름 정이 있는 것 같아. 앨범만 해도 다모쓰 말대로 그냥 버리면 그만이잖아? 그런데 군이 동창생한테 보냈지. 시간과 수고를 들여서. 게다가 어쩌면 그 일로 꼬리가 잡혀서 쇼코의 신분을 가로챈 사실이 들통 날지도 모르는데."

"흐음……"

"이성적으로만 움직이는 게 아니야. 그런 행동에는 나름의 어떤 독특한 감상이랄까 집착이 얽혀 있는 것 같단 말이지. 다른 면에서는 실로 치밀하고 주도면밀하게 움직였는데, 앨범에 관해서만 유독 인간적이었으니까."

구라타가 교코에 관해 '그 사람은 의외로 미신을 잘 믿었어요'라고 말했던 것도 줄곧 마음에 걸렸다.

"그렇다면 처분이 힘들어서 시체를 토막 내긴 했지만 머리 부분은 성의껏 매장했다, 그렇게 추측할 수 있다는 뜻인가?"

"구체적으로 얘기하면 그렇지."

"흐음……"

짧은 침묵이 흐른 후 이카리가 기세 좋게 말했다.

"그런 쪽으로 생각한다면, 나 같으면 맨 먼저 세키네 쇼코의 부모 묘지가 어딘지 알아볼 것 같은데."

혼마가 쓸쓸하게 웃었다. "그야 그렇지. 그런데 그 중요한 부모의 묘지가 없단 말이야."

"쳇, 글렀군. 결국 막연하게 수색을 계속하는 수밖에 없다는 거잖아."

이카리가 아쉬운 듯 혀를 차고 전화를 끊었다.

이사카가 '스도 가오루 기다리기'라고 이름 붙인 기간 동안 혼마는 오랜만에 자기 방 이불에서 잘 수 있었다. 사토루의 얘기도 들어주고, 마치코 선생님에게서 호된 재활치료를 받고 오기로 했다. 그러는 동안에도 다모쓰는 매일 아침 밖으로 나가 저녁이 되면 이런저런 수확을 들고 돌아왔다.

그러나 그의 탐문은 신조 교코의 현재 위치를 밝혀내는 밑거름이 되진 못했고, 오직 세키네 쇼코가 도쿄에서 보낸 삶을 더듬어가기 위한 것이었다. 그 과정에서 아주 미미한 것이라도 쇼코와 교코를 연결짓는 증거가 나온다면 또 모르겠지만 그렇지 않다면 이 단계까지 진행된 지금 별 도움이 되지 않는다.

다모쓰는 그것을 알면서도 꼬박꼬박 밖으로 나갔다. 이쪽은 자기한테 맡겨달라고 큰소리를 치며 꽤 야무지게 일처리를 해나갔다.

"한 가지 부탁이 있습니다."

"뭔가?"

다모쓰는 진지했다. "신조 교코를 찾아내실 거죠?"

"그럴 생각이야."

"우리 힘으로 찾아낼 거죠? 경찰에서 수배할 건 아니죠?"

"가능하면 그렇게 하고 싶지."

"그럼 그때…… 신조 교코를 만나러 갈 때, 맨 먼저 제가 그녀에게 말을 걸게 해주세요. 전 누구보다 먼저 그녀의 목소리를 듣고 싶어요. 부탁입니다. 제가 그 이름을 부르게 해주세요."

이세에서 돌아온 지 사흘쯤 지나 로즈 라인의 가타세에게 전화가 왔다. 신조 교코의 옛 동료들을 만나봤지만 딱히 보고할 만한 얘기는 건지지 못했다고 했다.

기특하게도 혼마와의 약속을 잊지 않은 듯했다. 그러나 한편으로 이제 드디어 냄새가 나는군, 하는 생각도 들었다. 역시 교코는 가타세를 통해 로즈 라인의 정보를 손에 넣은 게 아닐까.

"이치키 씨한테는 연락해보셨습니까?"

조심스러운 말투로 가타세가 물었다.

이치키 가오리가 해외여행에서 돌아오는 날은 달력에 잘 표시해두었다. 그에 따르면 그녀의 귀국 예정일은 내일이다.

"아뇨. 아직 시드니나 캔버라에 있는 거 아닌가요?"

아 참, 그렇죠, 가타세가 말했다. 말이 빨라졌다.

혼마가 이치키 가오리와 대화하는 것을 어지간히 꺼리는 듯했다. 그렇다고 노골적으로 방해공작을 하는 기미는 보이지 않고 악의도 느껴지지 않았다. 묘한 남자다.

"내일쯤 전화해서 차분히 얘기를 들어보죠. 아무튼 보고해줘서 고맙습니다. 당신에게도 몇 가지 더 묻고 싶은 게 있으니 나중에 또 연락드리죠."

그 말이 위협적으로 들렸는지, 가타세는 얌전하게 "네"라고 대답하고 도망치듯 전화를 끊어버렸다.

가타세가 이치키 가오리와 미리 말을 맞춰놓기 전에 연락하는 게 좋을 듯하니 이른 아침에 전화를 해야겠다는 생각도 잠깐 했었다. 그러나 현재 가타세의 분위기로 추측하건대, 그가 엄청난 악당이거나 연기력이 매우 탁월하지 않은 한 이치키 가오리에게 그다지 악영향을 끼칠 것 같지는 않다. 그래서 회사에 다니는 그녀가 퇴근해서 집에 돌아올 시간을 가늠해서 전화를 걸어보았다. 첫번째는 부재중 전화로 연결됐지만, 두번째는 본인이 직접 받았다.

처음에는 경계하는 말투였는데, 로즈 라인의 가타세라는 이름을 꺼내자 조금 누그러졌다.

"가타세 씨에게 얘기 들었어요."

그러더니 퍽 재미있다는 듯 웃으며 덧붙였다.

"가타세 씨는 신조 씨한테 어지간히 미련이 많은 모양이에요."

오호, 드디어 걸렸다.

"역시 그랬군요."

"네. 그 사람은 제가 신조 씨와 같이 살 때 몇 번 집까지 바래다주러 온 적이 있어요. 신조 씨는 가타세 씨를 애인이라고 하지 않았지만, 그 사람은 그렇게 생각했던 것 같아요."

그래서 지금도 나름 열심히 협조해주는 것이다. 교코의 행방이 걱정되기도 할 테고, 교코를 찾아다니는 혼마의 행동과 자기의 입장에도 신경이 쓰일 것이다.

"남남끼리 집을 나눠 쓰는 거니까, 신조 씨와 저는 가능한 한 서로의 사생활에 참견하지 않기로 사전에 약속했었어요. 그래서 저는 신조 씨에 관해 잘 몰라요. 그 사람이나 저나 휴일에는 집을 거의 비웠고."

혼마가 눈썹을 찡그렸다.

"신조 씨도 휴일에 항상 외출했다는 뜻입니까?"

"네. 어디 가는지는 몰라도 꽤 멀리까지 다녀오는 것 같았어요."

"그녀는 운전면허가……"

"있었어요. 차는 렌트했지만."

"외출할 때 누구랑 함께 갔습니까?"

"글쎄요…… 대개 혼자였던 거 같은데."

새로운 신분을 손에 넣을 계획을 실행하기 위해 사전 준비 내지 조사를 한 것이리라.

"당신은 로즈 라인에 근무하시죠?"

"네. 저는 컴퓨터실에 근무해요. 로즈 라인의 정보도 관리하죠." 이치키 가오리가 대답했다.

그 대답에 혼마가 어지간히 놀라는 반응을 보였던 모양이다. "여보세요?" 하고 걱정스러운 목소리로 가오리가 불렀다.

"아, 실례했습니다. 그렇군요, 컴퓨터실에 계시는군요."

이것은 가타세의 소극적인 거짓말이었다. 그는 이치키 가오리가 사무직이라고 말했다. 하긴 본인과 얘기해보면 금방 탄로 날, 악의 없는 거짓말이지만.

"네. 로즈 라인과 그린가든 미나미, 그외에도 두세 군데의 정보를 처리해요."

"장소는 어디입니까?"

"본사 빌딩에 있어요. 그래서 정보지에서 신조 씨를 알게 됐죠."

"정보지?"

"룸메이트 모집 광고를 사내 정보지에 냈거든요. 제 월급만으로는 그런 맨션에서 살기 어려우니까."

그때 교코가 나타난 것이다.

"저는 그나마 전문직이라 급료가 비교적 괜찮은 편이지만, 신조 씨는 계약직인데 괜찮을까 싶었어요. 그런데도 굉장히 열심히 부탁하기에 오케이했죠."

"이치키 씨, 매우 실례되는 질문을 하나 드리겠습니다."

"뭔데요?"

"혹시 신조 씨가, 컴퓨터로 로즈 라인의 고객정보를 빼내달라는 부탁을 한 적은 없습니까?"

한동안 어안이 벙벙한 듯 침묵을 지킨 후 이치키 가오리가 웃음을 터뜨렸다.

"제가 왜 그런 부탁을 받아야 하죠?"

"혹시라도 그랬다면, 가능하긴 합니까?"

"가능하죠." 그녀는 여전히 웃고 있었다. "그렇지만 들키면 바로 잘려요. 게다가 그후로는 절대 컴퓨터 오퍼레이터로 취직 못 하고요."

혼마도 그 신중한 교코가 이렇게 중요한 일을 같이 사는 여자에게 부탁해서 무거운 빚을 질 리 없다는 생각이 들었다. 그러나……

"그럼 하나 더 여쭙겠습니다. 가타세 씨 말인데요, 그는 신조 씨가 그런 부탁을 하면 들어줄 것처럼 보였습니까?"

이치키 가오리는 서슴없이 대답했다. "물론이죠."

역시 그렇군. 그러나 가오리는 곧바로 이렇게 말을 이었다.

"그렇지만 불가능해요."

"왜죠? 그 사람도 컴퓨터를 잘 다루잖습니까?"

가오리가 깔깔 웃었다. "고객 앞에서 그런 척하는 것뿐이에요. 그 사람은 컴퓨터실에 자유롭게 드나들 수도 없어요. ID카드가 없으니까."

제가 보기에 가타세 씨는 완전 컴맹이에요, 라며 또다시 웃었다.

"이치키 씨, 집요하게 캐물어서 죄송합니다. 그럼 신조 씨 본인은 어땠습니까? 그녀는 컴퓨터를 잘 다뤘나요? 예를 들어 로즈 라인 시스템에 들어가서 고객정보를 빼낼 수도 있었을까요?"

"그런 일이 있었나요?"

"아뇨, 그냥 가정입니다. 당신과 집을 같이 쓸 당시에 신조 씨가 그럴 수 있었을지 해서요."

가오리는 한동안 생각하고 나서 대답했다.

"신조 씨는 랩톱컴퓨터의 랩이랑 MC해머의 랩도 구별하지 못했을 걸요."

"MC해머요?"

"어머, 모르세요?"

가오리가 또다시 웃음을 터뜨리며 말했다.

"혹시 그 무렵에 신조 씨가 혼자 힘으로 우리 회사 컴퓨터에서 정보를 몰래 빼냈다면, 나중에 제 결혼식 피로연 때 이브닝드레스 대신 북 치는 인형 분장을 하고 나갈게요."

그럴 필요까진 없습니다, 라며 혼마도 웃었다.

그러나 웃고 있을 상황이 아니다. 교코는 대체 어떤 방법으로 로즈라인의 컴퓨터에서 세키네 쇼코의 정보를 빼냈을까?

이치키 가오리의 말이 사실이라면, 아무리 교코가 애원해도 가타세는 그녀가 원하는 데이터를 뽑아줄 수도, 그녀 스스로 뽑아낼 수 있게 도와줄 수도 없었던 셈이다. 그의 태도가 묘한 건 예전에 푹 빠져 있었던 신조 교코라는 여자가 현재 행방불명이고, 게다가 이상한 일에 휘말려 있다—혹은 직접 꾸몄다는 것을 알고 당황해서일 뿐이고, 그 이상 다른 이유는 없다는 뜻이다.

"룸메이트로 그녀는 어떤 사람이었습니까?"

잠시 머리를 식힐 생각으로 물어봤지만, 너무 막연한 질문이라 이치키 가오리도 대답하기 곤란한 듯했다.

"어떤 사람이라뇨?"

"꼼꼼하고 깔끔한 편 아니었나요? 청소도 열심히 하고."

가오리의 말투가 밝아졌다. "아, 맞아요. 그런 면에서는 정말 좋았어요. 요리도 잘했고요. 이따금 찬밥이랑 냉장고에 남은 재료들을 가지고 '알뜰 볶음밥'을 만들어줬어요. 정말 맛있었어요. 생생하게 기억나요."

혼마는 말끔하게 정리된 호난초 빌라와 반짝거리던 환풍기 날개를 떠올렸다. 그래서 물어보았다.

"환풍기 날개 먼지를 닦아낼 때 가솔린을 쓰지 않았던가요?"

그러자 가오리가 깜짝 놀란 듯이 목소리를 높였다.

"그걸 어떻게 아세요?"

"교코 씨를 아는 사람한테 들은 적이 있어서요."

"와…… 그래도 놀랍네요. 맞아요, 그랬어요. 그런데 전 그게 싫었어요. 냄새도 나고, 집 안에 가솔린을 놔두는 게 왠지 꺼림칙해서요. 제가 싫다고 해서 나중에는 세제를 썼죠. 물론 가솔린도 작은 병에 담아서 베란다 구석에 숨겨뒀으니 위험하진 않았겠지만, 만약이라는 게 있잖아요. 베란다에는 폐신문지도 쌓아두니까……"

그쯤에서 가오리가 "아, 참" 하며 소리를 높였다. "그러고 보니 신조 씨는 도쿄 지역 신문을 챙겨 봤어요."

"도쿄 신문?"

"네. 아사히였나, 요미우리였나."

조그만 목소리로 중얼거렸다.

"맞다, 요미우리다." 다시 목소리가 커졌다. "오사카 신문이 훨씬 재미있는데 왜 굳이 도쿄 신문을 보냐고 물어본 적이 있었죠."

"뭐라고 대답하던가요?"

"글쎄요…… 죄송해요. 잊어버렸어요. 뭐라고 했더라?"

교코가 신분을 가로채려 했던 세키네 쇼코는 도쿄에 살고 있었다. 그러니 도쿄 상황을 알아두는 게 좋다고 생각했을까.

어쩌면 좀더 심리적인 이유였을지도 모른다. 매일 도쿄의 신문을 읽으면서, 계획이 성취되면 이곳에 살게 된다, 전혀 다른 새로운 인생을 시작할 수 있다고 스스로를 격려했던 건지도 모른다.

"언제부터 도쿄 신문을 봤나요?"

잠시 생각하고 나서 가오리가 대답했다. "같이 살게 되고 나서 바로였던 것 같아요. 이따금 신문을 오려서 스크랩하기도 했고요."

스크랩? 곧바로 물었다. "어떤 기사를 오렸는지 기억납니까?"

가오리가 살짝 웃었다. "몰라요. 전 기억력이 나쁜 편이라. '오늘의 요리' 같은 게 아니었을까 싶은데요."

하긴 기억나지 않는 편이 자연스러울 것이다. 또 생각나는 게 있으면 수신자 부담으로 전화해달라고 부탁하고 수화기를 내려놓았다.

결국 수수께끼는 여전히 남았다. 이치키 가오리는 교코의 일상생활을 잘 알 수 있는 상황이었다. 그야말로 일거수일투족까지. 그러나 신조 교코는 같이 사는 룸메이트에게도 경솔하게 자기 속내를 드러내지 않았다.

로즈 라인에 취직하고, 컴퓨터실에서 일하는 이치키 가오리의 룸메이트가 되고, 가타세와 가깝게 지내면서도 교코는 오로지 가로챌 만한 새로운 신분을 찾아 헤매며, 어떻게 그 정보를 손에 넣을 수 있을지만 모색했던 것이다.

구라타와 이혼하고, 이대로라면 평화롭고 행복한 청춘은 꿈도 꿀 수 없음을 뼈에 사무치게 깨달은 순간부터 그녀는 결심을 굳혔을 것이다. 무슨 수를 써서라도 새로운 인생을 손에 넣어야 한다고. 누구에게도 그 속내를 털어놓지 않았고, 도움을 요청하지 않았고, 물론 방해를 허락하지도 않았다. 그토록 굳은 결심과 주도면밀한 계획 아래 실행한 일이라면 고작 보름 정도로 진상을 밝혀내긴 어려울 것이다.

그나저나 그녀는 과연 어떤 방법으로 정보를 손에 넣었을까? 가타세 쪽은 전혀 아닌가?

"깝깝하구면."

무심코 그렇게 중얼거리자, 바로 뒤 탁자에서 숙제를 하던 사토루가 깜짝 놀라며 "어, 뭐가?" 하고 물었다.

"아빠도 오사카 형사가 돼버렸당가?"

진지한 표정으로 서툴게 사투리를 흉내 내더니 까르르 웃음을 터뜨렸다.

"어색해."

"오사카 사투리는 어려운걸."

사토루는 오랜만에 누가 간지럼을 태운 것처럼 자지러지게 웃어댔다.

"좀 좋아졌니?"

멍청이의 죽음을 알고 한바탕 소동이 있은 후로는 어찌나 우는지 어떻게 손쓸 방법이 없을 정도였다. 옆에서 보기만 해도 너무 안쓰러워 화를 낼 수도 없었다. 위로하러 달려와준 히사에 덕에 사토루가 간신히 눈물을 그치고 나서야, 옆에 우두커니 서 있던 남자들은 가슴을 쓸어내리며 안도했다.

"……응."

"이제 눈물 안 나?"

"가끔 나. 그래도 꾹 참아."

"그렇구나."

"히사에 아줌마가, 너무 많이 울면 중이염 걸리니까 참으라고 했어."

남자는 울면 안 된다고 강요하지 않은 점이 역시 히사에다웠다.

"갓짱이랑 의논해서 멍청이 무덤을 만들어주기로 했어."

혼마는 살짝 당황했다. 사방팔방으로 수색해봤지만 멍청이의 사체를 찾지 못했다는 얘기를 이사카에게 들었기 때문이다.

사토루가 아빠의 표정을 읽었는지 서둘러 뒷말을 이었다.

"목줄을 묻어줄 거야."

"목줄?"

"응. 멍청이는 목줄이 두 개 있었어. 사라졌을 때 끼고 있었던 건 벼룩 잡는 가루약이 묻은 거였대. 그래서 이름이 새겨진 멋진 가죽 목줄은 그대로 있거든."

"그랬구나. 어디에 묻을 거니?"

"아직 모르겠어. 갓짱이랑 찾아볼 거야." 사토루는 생각하는 표정을 지었다. "미즈모토 공원에 몰래 묻으면 관리인 아저씨한테 혼날까?"

"흐음, 그건 좀 곤란할 것 같은데."

"그렇겠지." 사토루가 턱을 괴었다. "다모짱 형아가 무덤을 표시할 만한 걸 만들어준댔어."

사토루는 이제 다모쓰를 아주 잘 따라서 그를 혀짤배기소리로 '다모짱 형아'라고 불렀다.

"이사카 아저씨가, 앞으로는 우리 엄마가 멍청이를 보살펴줄 거라고 했어."

"흐음."

"저세상은 넓으니까 멍청이를 풀어놓고 키울 수도 있대."

사토루가 불단의 사진을 바라보았다.

"아빠."

"응?"

"다사키 녀석은, 왜 멍청이를 죽이고 그랬을까?"

"넌 왜 그랬을 것 같니? 다사키의 마음을 한번 상상해봐."

사토루는 다리를 살랑살랑 흔들며 꽤 오랫동안 생각에 잠겼다.

"심심했나?"라고 불쑥 말했다.

"심심했다고?"

"응. 그애 집에서는 개를 못 키운대."

"키우는 거 아니었어?"

아파트 단지에서 개를 키우는 건 건방지다, 억울하면 단독주택을 사라는 말까지 했다지 않았나?

"아냐, 안 키워. 음, 사실 멍청이 일은 학교에서도 좀 문제가 됐었어. 소문이 돌았거든. 그래서 이사카 아저씨도 이웃사람들한테 얘길 들었는데, 다사키네는 개를 못 키운대. 대출을 엄청 많이 받고 지은 집이라 더러워지면 안 된다고, 걔네 엄마가 애완동물을 못 키우게 했나봐."

순진한 사토루의 얼굴을 바라보며 혼마가 말했다.

"그럼, 속으로는 멍청이를 죽이고 싶지 않았겠구나."

"그럴까……?"

"죽이는 대신 키우고 싶었겠지. 그런데 자기 집에서는 못 키우니까, 갓짱 집에서 키우는 게 못 견디게 부러웠겠지. 왜 자기만 이래야 하는지 억울했을지도 모르고."

"그래서 죽였다고?"

"그렇지."

"그럼 그럴 게 아니라, 갓짱 집에 와서 멍청이랑 놀게 해달라고 부탁하면 되잖아. 안 그래?"

"그런 생각을 못 했겠지. 개를 못 키우는 게 너무 억울하다는 생각만 머릿속에 가득했을 거야, 틀림없이."

자기에게 닥친 상황을 그런 형태로밖에 '해소'하지 못하는 인간이 있단다. 사토루에게 그렇게 말해봐야 아직은 이해하지 못할 것이다. 그러나 이삼 년 후에는 확실하게 가르쳐줘야 한다. 앞으로 너희가 맞닥뜨리며 살아가야 할 사회에는 '내가 원하는 모습이 될 수 없다' '원하는 것을 가질 수 없다'는 울분을 폭발적으로, 난폭하게 해소해서 범죄까지 저지르는 인간이 넘쳐날 거라고.

그 속에서 어떻게 살아가야 할지, 그 해답을 찾으려는 시도는 이제 겨우 실마리만 잡은 상황이라고도.

연필을 빙글빙글 돌리며 사토루가 말했다. "이사카 아저씨한테 물어봤어."

"다사키가 멍청이를 죽인 이유?"

"응. 아저씨는 어떻게 생각하느냐고."

"이사카 씨가 뭐라고 하던?"

사토루는 생각에 잠겼다. 아직 풍부하지 못한 어휘로 이사카의 얘기를 가능한 한 정확하게 전달하려고 머리를 굴리는 것이다. 설령 어느 날 밤 느닷없이 창으로 화성인이 뛰어들어와서, 사토루 학년에서는 아직 배우지도 않은 연립방정식 풀이를 오 분 이내에 설명하지 못하면 잡아다가 동물원에 가둬버리겠다고 협박한다 해도, 이렇게까지 심각하게 고개를 갸웃거리지는 않을 것이다.

"이사카 아저씨는……" 이윽고 이야기를 시작했다.

"아빠, 듣고 있어?"

"그럼."

"이 세상에는 남이 하는 일이라면 뭐든 마음에 안 들어하는 사람이 있대."

"그렇구나."

"그래서 그런 사람들은 자기 맘에 안 드는 게 보이면, 일단 무작정 때

려부수고 나서 왜 그랬는지 둘러댄다는 거야. 그러니까 다사키가 왜 멍청이를 죽였는지 뭐라뭐라 핑계를 늘어놔도 들을 필요 없댔어. 음, 그리고 가장 중요한 건 어떤 생각을 했느냐가 아니라 어떤 행동을 했느냐래."

조금은 뜻밖의 견해였다. 평소의 이사카답지도 않다. 사토루의 마음의 상처를 달래주려고 일부러 엄격하게 말했는지는 모르지만……

그러나 한편으로는 전혀 이해가 가지 않는 것도 아니었다. 겉보기와 달리 이사카는 엄격한 사람일지도 모른다. 히사에와 둘이 즐겁고 마음 편히 사는 것처럼 보이지만, 그의 삶을 지탱하는 척추는 뜻밖에도 단단한 철로 만들어져 있을지도 모른다.

"이사카 아저씨는 가사도우미 일을 하잖아? 게다가 사실은 부자지만 이사 가기가 번거로워서 아줌마랑 계속 이 단지에 사는 건데, 그런 것 갖고도 이상한 소문을 퍼뜨리는 사람들이 있대. 그래도 이사카 아저씨는 그런 사람들을 가만 놔둔댔어. 그렇지만 그 사람들이 단지 마음에 안 든다는 이유만으로 아저씨를 방해하려고 하거나 못된 짓을 하려 들면, 절대 물러서지 않고 맞서 싸울 거라고 했어."

단숨에 말을 쏟아놓더니 사토루는 다시 잠깐 생각에 잠겼다.

"남한테 못된 짓을 하는 사람은 자기가 왜 그러는지 제대로 생각해본 적이 없대. 다사키도 그렇대. 그래서 못된 짓을 할 수 있다는 거야. 그렇게 말했어."

"그럼, 다사키를 절대 용서하지 말라고 했니?"

사토루는 고개를 저었다. "아니. 그 녀석이 자기가 한 짓을 곰곰이 반성하고 사과하러 오면 용서해주랬어."

그 말을 들으니 안심이 되었다. "그래. 아빠 생각도 마찬가지야."

사토루도 마음이 놓인 표정을 지었다. 다시 숙제를 하려는 듯 연필을 쥐기에 혼마도 옆에 있던 신문을 펼쳐들었다.

그 순간, 사토루가 또다시 말을 걸었다.

"아빠."

"왜?"

신문 너머로 얼굴을 내밀자 사토루는 연필을 손에 쥔 채 이쪽을 바라보고 있었다.

"아빠가 찾는다는 여자, 아직 못 찾았지?"

"응. 노력하는 중인데 말이다."

"그 사람이 다른 사람을 죽였어?"

"아직 몰라."

"찾으면 경찰서로 데려갈 거야?"

"이것저것 물어봐야 하니까."

"왜 이것저것 물어보는데? 그게 일이라서?"

지금까지 사토루가 혼마의 일을 이렇게까지 파고들며 질문한 적은 없었다. 우리 아빠는 형사라서 나쁜 짓을 한 사람을 잡으러 다닙니다. 그걸로 끝이었다. 확인하듯 질문을 던진 적은 단 한 번도 없었다. 이번이 처음이다.

"그렇지. 일이니까."

그런데 이번에는 아무래도 그것만이 아닌 것 같구나…… 그 말은 목안으로 삼켜버렸다. 솔직히 말하면 아빠가 왜 이렇게 열을 내는지 아빠도 잘 모르겠단다.

어쩌면 신조 교코를 동정하는 것인지도 모른다. 아니, 하지만 그렇다면 조용히 모른 척하면 그만이다. 그편이 훨씬 친절하다. 그러나 그럴 수 없는 것은…… 이 아빠가 경찰관이기 때문이겠지.

"단, 아빠가 찾는 여자는 마음에 안 든다는 이유만으로 남에게 못된 짓을 한 건 아니야. 그것만은 확실해."

사토루가 잠시 입을 다물었다가 "흐응" 하고 중얼거렸다.

"그럼 지금은 어디선가 연락이 오길 기다리는 거야?"

"그렇지."

"연락이 오면 이번에는 어디로 가는데?"

"아마도 나고야나 오사카 쪽일 거야."

"그렇구나, 그럼……"

그 말과 동시에 갑자기 혼마의 팔꿈치 옆에 있던 전화벨이 울렸다.

조그맣게 한숨을 내쉬고 나서 사토루가 말했다.

"선물로 화과자 사다줘."

25

"교코는 이미 이 년 가까이 소식불통이에요. 어떻게 지내는지 전혀 몰라요."

스도 가오루는 작년에 결혼해서 성이 바뀌었고, 현재 나고야 시 교외에 살고 있었다. 서른두세 살쯤 되었을까, 키가 크고 얼굴이 작아서 꼭 모델 같은 타입의 여자였다.

시부모님과 같이 살고 있으니 집으로 찾아오는 건 곤란하다, 그렇지만 아직 일을 하고 있어서 외출하는 건 어렵지 않으니 밖에서 만난다면 상관없다고 말했다.

혼마는 그녀에게 예전에 신조 교코와 가깝게 지냈을 무렵 살던 오바타 쪽에서 만날 수 있느냐고 물었다. 스도 가오루는 흔쾌히 승낙했다.

"그 무렵에 살던 집 바로 옆에 점심식사가 맛있는 찻집이 있어요. 교코는 오사카에서 일하게 된 후로도 이따금 놀러 와서 자고 가곤 했는데, 그때 둘이 자주 다녔던 가게예요."

'코티'라는 이름의 그 찻집은 동네 단골만 상대로 장사하는 듯한 가게였다. 가오루는 그녀의 얼굴을 기억하는 주인과 한참 동안 반갑게 이야기를 나눈 후에야 간신히 자리에 앉았다.

"이카리 씨라는 분과 잠깐 통화했는데, 교코가 지금 행방불명이라면서요?"

여느 때나 다름없이 그녀에게 살인 의혹이 있다는 사실은 덮어두고 사정을 설명했다. 스도 가오루는 얘기가 끝나자 잔을 들고 천천히 커피를 마셨다. 표정은 온화했지만, 아름다운 곡선을 그리는 두 눈썹 사이에 아주 살짝 주름이 잡혔다.

"대체 어떻게 된 영문일까요?" 중얼거리듯 그렇게 말하고 잔을 내려놓았다.

교코를 알게 된 것은 그녀가 열일곱 살 때 어머니와 함께 나고야로 도망와서 아르바이트를 시작했을 무렵부터라고 했다.

"교코 일가가 야반도주를 했다는 것과 빚 때문에 곤란을 겪는다는 건 알고 있었어요. 그애가 다 얘기해줬으니까."

스도 가오루의 이야기는 구라타 고지가 해주었던 이야기를 뒷받침하고 보충하는 내용이었다.

그러나 완전히 새로운 사실도 나왔다.

"구라타 씨랑 헤어지고 난 후에, 교코가 한동안 빚쟁이에게 붙잡혀 있었던 적이 있어요."

혼마는 눈을 휘둥그레 떴다. 그러나 이세에서 살던 곳이 이미 밝혀진 상황이었으니 충분히 있을 법한 일이다.

"그래서 교코가 이혼한 후에 처음 만난 건……"

고개를 살짝 갸웃거리고 나서 말을 이었다.

"이듬해 2월쯤이었던 것 같아요. 이혼한 이듬해요. 눈이 내리던 날이었어요."

이혼은 9월에 했으니, 반년 가까이 소식을 몰랐다는 말이다.

"그 당시 일을 자세히 기억하십니까?"

스도 가오루는 고개를 크게 끄덕거렸다. "물론이죠. 교코가 우리집으로 도망쳐왔거든요."

한밤중에 택시를 타고 집 앞까지 왔는데 수중에 천 엔도 없어서 스도 가오루가 대신 요금을 내줬다고 한다.

"레인코트 안에 달랑 슬립 한 장 입고 있었어요. 얼굴색은 완전히 납빛이고, 입술도 다 부르트고. 순간적으로 어떤 일을 당한 건지 느낌이 왔죠."

어디 있었느냐고 물어도 교코는 좀처럼 대답하려 들지 않았다고 한다. 그저 이야기하는 눈치를 보고 대략 추측했던 모양이다.

"오사카나 도쿄, 나고야 같은 대도시는 아닌 것 같았어요. 지방 온천 마을이었을지도 모르죠."

빚진 대가로 그 사람들이 강제로 일을 시켰었냐고 묻자, "아니야, 팔려갔었어"라고 대답했다고 한다.

그날부터 한 달 정도 교코는 스도 가오루의 집에서 지냈다.

"돈을 좀 빌려줄 수 있겠냐고 해서 오십만 엔 정도 마련해줬어요. 나고야에 정착해버리면 이번에는 저한테 피해를 끼칠지도 모른다고 했죠. 그래서 오사카로 가서 일을 찾아볼 생각이었던 듯해요."

실제로 교코는 그해 4월 로즈 라인에 취직했다.

"처음에는 집세 싼 빌라에 살았는데, 얼마 안 지나서 회사 직원하고 함께 맨션을 빌려서 안정을 찾았다는 연락이 왔죠."

"센리추오에 있는 맨션입니다."

"그렇군요. 그것까지는 기억이 안 나는데……"

가오루가 가느다란 손가락으로 관자놀이를 짚었다.

"그 소식을 들으니 저도 마음이 놓였어요. 로즈 라인은 급료도 비교적 좋았나봐요. 그때부터였어요. 교코가 이따금 혼자서 차를 몰고 나고야에 있는 저한테 놀러 오게 된 게."

"늘 자동차로 왔습니까? 전철이 아니라?"

가오루가 고개를 끄덕였다. "네. 전철 타는 게 무섭다고 했어요. 전철뿐 아니라 불특정 다수가 모이는 곳은 최대한 피하고 싶다고 했어요. 누구와 마주칠지 모르잖아요?"

그 말이 의미하는 바는 충분히 이해가 간다.

"하지만 직접 운전을 하고 다니면 설령 길거리에서 낯익은 빚쟁이를 갑자기 맞닥뜨려도 곧바로 도망칠 수 있다고 했죠. 물론 늘 렌터카였어요. 면허는 이세에서 일하던 무렵에 구라타 씨 권유로 따뒀다고 하더군요. 미리 따두길 잘했다고 했어요."

교코가 얼마나 두려움에 떨며 살았는지 이 한 가지 사실만으로도 충분히 짐작이 갔다. 넓디넓은 오사카나 나고야의 거리에서 무서운 빚쟁이를 만날 확률은 거의 제로에 가까울 텐데도 그렇게 두려워했다니. 거의 추적망상에 가까운 심리 상태다.

그러나 거꾸로 되짚어서 이세를 떠난 후 나고야에 있는 스도 가오루의 집에 모습을 드러낼 때까지 그녀가 어떤 생활을 했을지 추측해보니, 위장 언저리가 서서히 조여드는 기분이 들었다.

"그 무렵에 실제로 또다시 빚쟁이에게 쫓긴 적 있었습니까?"

스도 가오루는 고개를 힘차게 가로저었다. "없었어요. 그래서 전 이제 안심해도 되지 않겠냐고 했지만, 교코는 고개를 끄덕이지 않았죠.

이대로는 평생 쫓겨다닐 테니 무슨 수를 써야 한다고 했어요."

소식이 끊겼던 동안의 일은 스도 가오루가 아무리 캐물어도 자세히 얘기하지 않았지만, 아마도 빚 독촉을 의뢰받은 폭력조직원의 눈에 드는 바람에 그런 면에서도 집요하게 쫓겼던 것 같았다고 했다.

"그 남자에 대해서는 인간의 탈을 쓴 악마라는 말만 했어요."

이목구비가 반듯한 스도 가오루의 얼굴이 고약한 냄새를 맡은 양 살짝 일그러졌다.

"무슨 일이 있었을지 대강 상상은 가요. 다만 한 가지 이상했던 것은 교코가 날것을 전혀 못 먹게 되었다는 건데…… 예를 들면 생선회 같은 거요. 비린내가 나서 못 먹겠다는 거예요. 전에는 안 그랬는데. 어두운 기억이 얽혀 있어서 그럴지도 모르지만."

어떻게든 수를 내야 하는 상황이었던 건가.

신조 교코라는 이름을 버리지 않는 한 평온한 삶은 꿈꿀 수 없다…… 그녀는 그렇게 생각했을지도 모른다.

"빚은 사오 년만 더 지나면 시효가 끝날 테고, 빚쟁이도 그쯤 되면 포기할 테니 이젠 괜찮을 거라고 제가 몇 번이나 얘기했어요. 그래도 교코는 너무 두려워했어요."

가오루가 팔짱을 끼며 몸을 움츠렸다.

"구라타 씨랑 결혼할 때도 그렇게 믿었대요. 이젠 괜찮을 거라고. 그런데 괜찮지 않았죠. 두 번 다시 똑같은 일을 반복하고 싶지 않다. 그렇게 말했어요. 뭔가에 홀린 듯한 눈빛으로. 그러면 저도 더 할 말이 없었죠. 그렇잖아요. 구라타 씨 때와 같은 일이 두 번 다시 일어나지 않는다고 누가 보장하겠어요?"

어떻게든 해야 한다. 아까운 청춘을 헛되이 날려버리지 않으려면, 더는 도망다니지 않으려면.

"어떻게든 해야 한다. 교코 씨가 그에 대해 구체적인 방법을 말한 적이 있습니까?"

스도 가오루는 고개를 저었다. "아뇨."

남들 같은 삶을 살고 싶다. 쫓겨다니는 불안에서 해방되고 싶다. 평범하고 행복한 결혼을 하고 싶다.

원하는 것은 단지 그것뿐이다. 교코는 그렇게 생각했을 것이다. 그리고 자기를 지키려면 스스로의 힘으로 싸우는 수밖에 없다는 사실도 깨달았을 것이다.

아버지도 어머니도 그녀를 지켜주지 못했다. 법도 지켜주지 않았다. 버팀목이 될 거라고, 자신을 보호해줄 거라고 믿었던 구라타 고지도, 그 집안의 재력도, 막상 일이 벌어지자 그녀를 헌신짝처럼 내동댕이쳤다.

손가락 사이로 새어나가는 모래 알갱이다. 이 사회에서 그녀의 존재는 그 정도였다. 아무도 도와주지 않는다. 이 고난을 극복해내지 못하면 살아남을 길은 없는 것이다.

이제 누구에게도 기댈 수 없다. 남자에게 의지해도 결국에는 허무할 뿐이다. 자신의 두 다리로 서서 자신의 두 팔로 싸워나가야 한다. 아무리 비겁한 수단이라도 기꺼이 활용하자─교코는 그렇게 결심한 것이다.

"스도 씨, 혹시 신조 씨가 집 사진을 보여준 적이 있나요?"

"집 사진요?"

"네, 이겁니다."

초콜릿색 모델하우스가 찍힌 폴라로이드 사진을 꺼내 탁자 위에 올려놓았다. 스도 가오루는 그것을 집어들었다.

"아, 이거요……"

"본 적이 있습니까?"

스도 가오루가 살며시 미소를 지으며 고개를 끄덕였다. "네, 있어요.

교코가 연수 가서 찍은 사진이죠?"

막혀 있던 게 뻥 뚫리는 기분이 들어서 엉겁결에 한숨이 흘러나왔다. "그렇군요. 역시 신조 씨가 찍은 거였군요."

"폴라로이드 카메라를 가져온 친구한테서 빌렸다고 했어요. 교코는 모델하우스를 구경하고 다니는 걸 좋아했거든요. 별난 취미라고 제가 놀리기도 했죠."

모델하우스를 구경하고 다니는 걸 좋아했다.

"주택대출 때문에 가족이 뿔뿔이 흩어졌는데도?"

가오루는 사진을 도로 내려놓고 잠시 생각에 잠겼다가 입을 열었다. "그러게요, 그렇게 생각하면 이상한 취미겠지만, 전 반대로 생각해요. 교코가 말했거든요. 언젠가 이런 집에서 살겠다고. 가정을 꾸리고 이런 집에서 행복하게 살겠다고. 지금껏 불행한 일들을 겪었기 때문에 더더욱 그런 꿈을 품은 게 아닐까요. 전 그런 생각이 들어요."

그래서 이 사진을 그토록 소중히 간직한 걸까. 꿈이었기 때문에.

"이 집이 지금까지 본 것 중 제일 마음에 든다고 했어요. 우리집에 놀러 왔을 때 보여줬죠. '가오루 언니, 난 인생을 다시 시작해서 언젠가 꼭 이런 집에서 살고 말 거야'라면서."

스도 가오루는 그 이야기를 하던 교코의 미소를 재현하듯 해맑게 말했다.

"이런 집에서 살고 말겠다. 놀러 오라든가 그런 말은 안 하던가요?"

혼마가 묻자 스도 가오루는 순간 턱을 당겼다. 놀란 눈치였다.

"그러고 보니…… 그런 말은 안 했어요."

물론 그럴 테지. 그 무렵 신조 교코는 장래에 어떤 집을 짓든, 어떤 행복한 삶을 움켜쥐든 스도 가오루를 초대해 그 모습을 보여줄 수는 없다는 것을 이미 알고 있었을 것이다. 행복해지기 위해서는 신조 교코라는 이름을 버리고 다른 사람이 되어야 하니까. 그리고 이미 그 준비를 착실히 해나가고 있었으니까.

혼마는 사진에서 시선을 떼고 물었다. "최근에 신조 씨한테서 정말로 연락이 없었습니까?"

스도 가오루는 조금 언짢았는지 자세를 바꾸며 다리를 꼬더니 입술에 살짝 힘을 넣었다.

"교코와는 소식불통이에요. 제가 그런 일로 거짓말할 까닭이 없잖아요."

"아무 말 없이 끊어버리는 전화가 오진 않았나요?"

"글쎄요…… 적어도 제가 아는 한에선 없었어요."

세키네 쇼코로 위장하는 데 실패한 신조 교코의 심리 상태는 현재 매우 불안정할 게 틀림없다. 그런데도 옛 친구인 스도 가오루에게, 한때 가슴 깊이 간직한 꿈을 들려줄 만큼 속내를 터놓았던 스도 가오루에게 기대지 않았다.

그것이 의미하는 바는 무엇일까. 지금 교코는 무슨 생각을 하며 어떻게 살아가고 있을까.

"교코와 친하게 지냈던 당시도 저는 지금의 남편과 사귀고 있었고, 일이 년 후에 결혼하기로 약속한 상태였어요. 그래서 교코는 내가 이미 결혼했을 테니 이제는 찾아와도 옛날처럼 허물없이 대할 순 없겠다 생각해서 피하는 게 아닐까요."

그럴 수도 있겠다는 생각이 들었다. 이제 스도 가오루에게 의지할 수 없다고 생각하는 걸까. 계속 혼자서 도망치는 길밖에 없다고.

"그 당시 스도 씨가 살았던 집이 어디죠?"

스도 가오루의 얼굴이 풀어졌다.

"바로 옆이에요. 저기요."

창 너머로 그녀가 가리킨 곳은 대각선 방향에 있는 맨션 2층의 맨 왼쪽 창이었다. 창가에는 밝은 빛깔의 꽃을 피운 화분이 늘어서 있고, 에어컨 실외기 위에 걸린 조그만 건조대에서 빨간 양말이 대롱거렸다.

혼마는 문득 생각했다. 신조 교코도 스도 가오루의 집에 놀러올 때마다 저 창으로 얼굴을 내밀고 바깥 풍경을 내다봤을까. 가오루의 빨래를 도와주며 저기에 양말을 널기도 했을까.

그때까지 살아온 장소─나고야의 싸구려 숙소와 아파트에서, 숙식을 해결하며 일했던 이세 시의 여관과 구라타 집안 저택에서, 그후 한동안 끔찍한 경험을 했던 낯선 마을에서, 오사카 센리추오의 맨션에서, 그리고 나무블록처럼 아기자기하게 생긴 도쿄 호난초의 빌라에서, 교코는 청소를 하고, 빨래를 하고, 장을 보고, 요리를 하고(알뜰 볶음밥을 만들어줬다고 이치키 가오리는 말했다), 비 오는 날이면 우산을 펼치고서 현관문 밖으로 나가고, 밤에 잠들기 전에 커튼을 치면서 달을 올려다보고, 구두를 닦고, 꽃에 물을 주고, 신문을 읽고, 참새에게 빵을 던져주며 살아왔을 것이다. 그런 생활은 때로는 두렵고, 때로는 슬프고 가난하고, 또한 때로는 행복한 것이기도 했다.

그러나 시종일관 변하지 않은 것은 그녀가 도망자였다는 사실이다.

빚쟁이에게 붙잡혀 지옥 같은 삶을 강요당했을 때조차 그녀는 여전히 도망자였다. 불공평한 운명에서 도망치려 했다. 늘 도망치려 발버둥쳤다.

혹시 그녀가 그쯤에서 삶을 포기해버렸다면, 그후의 사건들은 결코 일어나지 않았을 것이다. 그러나 포기하지 않았다. 계속해서 도망자로 남았다.

그리고 세키네 쇼코의 신분을 가로채 이제 더는 도망칠 필요가 없다고 안도한 것도 한순간, 그녀는 지금 또다시 도망치고 있다. 어떻게든 길을 찾아보자고 굳게 결심하고 행동으로 옮겼건만 상황은 조금도 변하지 않은 것이다.

이제 그만하지.

혼마는 마음속으로 나지막이 말을 건넸다. 당신도 지쳤잖아. 나도 지쳤어. 기진맥진이라고. 이제 숨바꼭질은 그만두자. 누구든 영원히 도망칠 순 없어.

"교코가 마지막으로 절 만나러 온 건 로즈 라인을 그만둔 후였어요."

스도 가오루의 말에 혼마는 메모지를 꺼내 내용을 확인하며 고개를 끄덕였다.

"1989년 12월 말에 그만뒀군요."

"맞아요. 저를 찾아온 것은 이듬해 새해였어요. 1월…… 말쯤이었던 것 같은데. 밖에서 저녁을 사준 기억이 있는 걸 보니 월급날이 얼마 안 지나서였던 것 같아요."

그렇다면 세키네 쇼코로 변신하기 위한 준비를 착실히 진행하고 있었을 무렵이다.

"오사카의 맨션에서는 나와버렸다고 했어요. 앞으로 어떻게 할 거냐고 물었더니 고베 쪽으로 가볼까 한다더군요."

"호오……"

"그런데 아무래도 좀 이상했어요. 얘기 중에 자꾸 게이힌토호쿠 선이 어쩌고저쩌고 하는 거예요. 게이힌토호쿠 선이면 간토 지역이잖아요?"

'어머, 너 지금 도쿄에 있니?'라고 스도 가오루는 물었다고 한다.

"왠지 겸연쩍어하는 표정을 짓더군요. 저도 은근히 신경이 쓰여서 캐물었더니 사정이 좀 있어서 지금은 가와구치 시에 있다고 했어요. 그것도 아파트가 아니라 위클리맨션인가 뭔가 하는 곳이랬는데. 연락처는 안 가르쳐줬고요."

지금 떠올려도 뭔가 석연치 않은 데가 있는지 스도 가오루가 얼굴을 찡그렸다. 그녀를 바라보던 혼마는 머릿속에서 조그만 톱니바퀴가 맞물리는 듯한 소리를 들었다.

1990년 1월 무렵. 신조 교코는 가와구치에 있었다.

골드의 동료였다는 미야기 후미에의 목소리가 되살아났다.

'쇼코가 신경이 날카로워져서 누가 자기 우편물을 뜯어봤다고 말한 적이 있어요.'

세키네 쇼코의 우편물을 조사했던 걸까. 묘지 견학도 그렇게 알아낸 정보였을까. 당시 세키네 쇼코는 한낮에 일어나서 밤에 일하고, 한밤중에야 집에 돌아오는 생활을 했다. 우편함에 자물쇠가 없었으니 우편물을 몰래 꺼내 그럴듯한 게 있는지 살펴보고 제자리에 돌려놓는 것쯤은 일도 아니었을 것이다.

희미하게 아물거리던 선이 방금 그은 센터라인처럼 선명해졌다. 세키네 쇼코와 신조 교코. 두 사람을 잇는 가설은 거의 틀림이 없다.

"스도 씨."

혼마가 자세를 바로잡으며 물었다.

"기억을 좀 떠올려주십시오. 신조 씨가 당신을 찾아오거나 혹은 전화를 했을 때, 몹시 허둥거리거나 평소와 분위기가 달라 보였던 기억은 없습니까? 과거 삼사 년 사이에요."

멍한 표정으로 눈을 휘둥그레 뜬 스도 가오루가 혼마의 말을 반복했다. "분위기가 달라 보인 적이요?"

"네, 그렇습니다. 조바심을 내며 안절부절못했다거나, 울었다거나."

막연한 질문이었지만, 혼마가 가장 알고 싶은 것은 1989년 11월 25일의 일이었다. 세키네 쇼코의 어머니, 세키네 요시코가 추락사한 날이다.

그것이 신조 교코가 저지른 살인이라는 혼마의 추론이 맞는다면, 그날 교코는 틀림없이 우쓰노미야에 있었을 것이다. 그날을 전후로 구 일간, 즉 18일부터 26일까지 로즈 라인을 쉬었다는 사실은 이미 가타세에게서 확인한 바 있다.

그러나 지금 이 자리에서 알고 싶은 것은 25일 당일, 구체적으로는 아마도 그날 밤 교코가 스도 가오루에게 연락을 했느냐는 것이었다.

교코는 빚쟁이의 손아귀에서 도망쳤을 때 맨 먼저 가오루를 찾아와 그녀에게 의지했다. 그 정도로 신뢰하고 마음을 연 친구였던 것이다. 곤경에 처했을 때, 혼자 힘으로는 어찌할 방법이 없을 때 그녀는 가오루를 찾았다.

그렇다면 처음으로 타인에게 악의 손길을 뻗쳤을 때, 어떤 형태로든 가오루에게 도움을 요청하지 않았을까?

물론 솔직하게 고백했을 리는 없다. 그러나 전화를 걸어 잠깐 얘기만이라도 나누기를, 목소리만이라도 듣기를 바라지 않았을까.

가볍게 쥔 주먹을 입가에 대고 생각에 잠긴 가오루를 바라보며 혼마는 이건 그저 도박 같은 질문이라는 생각이 들었다. 교코가 살인의 충격을 오롯이 혼자 견뎌냈을지도 모르기 때문이다. 실제로 이듬해 3월에 세키네 쇼코를 죽였을 (그렇다, 그녀가 죽였다) 때는 확실히 가오루에게 연락하지 않았다. 가오루는 그녀를 마지막으로 만난 게 1월 말이었다고 했으니까.

그러나 무슨 일이 있었을 법도 하다. 아니면 살인 전이라도 좋다. 훨씬 뒤라도 상관없다. 교코가 흉행의 일말을 암시하는 어떤 말을 흘리지는 않았는가.

"이상했던 걸로 치면 재작년 1월 말, 그러니까 마지막으로 만났을 때도 그랬어요."

천천히 단어를 골라가면서 스도 가오루가 말했다.

"교코는 우리집에 놀러 왔다 돌아갈 때 늘 '그럼 다음에 봐'라고 인사했어요. 손을 흔들면서, 또 오겠다고요. 그런데 그때는 그러지 않았어요. 그냥 안녕이라고 했죠. 구태여 고개까지 숙이면서 안녕이라고 말하고 돌아갔어요."

혼마는 말없이 고개를 끄덕였다.

교코는 그것이 스도 가오루와의 영원한 이별이라고 생각했을 것이다. 신조 교코는 이제 사라져버린다. 세키네 쇼코가 되어버리면 가오루와는 이제 두 번 다시 얼굴을 마주할 수 없다. 그래서 안녕이라고 말한 것이다.

"아, 맞다…… 그러고 보니 그날따라 돌아가신 어머니 얘기를 꺼냈어요." 가오루가 말을 이었다. "유난히 죽음에 관한 얘기가 많이 나왔던 것 같아요. 저더러 죽으면 어디에 묻히고 싶으냐고 물었던 기억이 나요. 교코는 절대로 고리야마로 돌아가고 싶지 않다, 죽은 뒤에도 고향에는 묻히기 싫다고 했죠."

화제가 너무 어두워서 몸이라도 안 좋냐고 물었더니 말없이 웃었다고 한다.

"이상하다 싶었어요. 왠지 가슴이 술렁거리는 느낌이었죠. 게다가 안녕이라는 말까지 했잖아요. 나중에 연락이 안 닿고 소식도 끊겨버렸을 때, 아, 역시 하는 생각이 들더군요. 이제 와서 이런 소리를 해봐야 이미 늦었겠지만."

그녀는 다시 고개를 숙였다. 굳이 '이미 늦었다'는 표현을 쓴 것에서 마음속 불안이 드러났다. 혼마는 문득 구라타 고지가 처음 만난 자신에게 난데없이 '교코는 죽었을지도 모른다'고 했던 것을 떠올렸다.

아무리 감추려 애써도 신조 교코 주위에는 불온한 공기가 떠다녔던 것이다. 적어도 스도 가오루는 그것을 감지했다.

"다른 일은 없었습니까?"

스도 가오루가 지친 듯 어깨를 늘어뜨리고 한숨을 내쉬며 말했다.

"자잘한 일들은 금방 떠오르진 않네요."

"그럼 날짜를 지정해보면 어떨까요. 1989년 11월 25일. 무슨 기억에 남는 일 없습니까?"

"굉장히 구체적으로 지정하시네요."

의아스러운 듯이 스도 가오루가 눈을 가늘게 떴다.

"그날 무슨 일이 있었나요?"

혼마는 미소를 지어 보였다. "아닙니다. 그냥 로즈 라인의 근무일지를 조사해봤더니 신조 씨가 그날 전후로 구 일간 휴가를 내서요. 혹시 당신을 찾아오지 않았나요?"

스도 가오루가 기억을 더듬듯 허공을 바라보며, 잔을 가볍게 집어들어 입가로 가져갔다. 그러더니 마음을 바꾼 듯 잔을 다시 내려놓고는 물었다.

"교코가 로즈 라인에 다니면서 그때 말고 긴 휴가를 낸 적이 또 있나요?"

혼마는 메모를 살펴보았다. 가타세가 조사해준 내용이었다.

"없군요." 금방 알 수 있었다. "사흘 이내의 휴가는 있지만, 구 일간 낸 건 그때뿐입니다. 11월 18일부터 26일까지."

스도 가오루의 표정이 부드럽게 풀어졌다. 살짝 의기양양해 보이기도 했다.

"아, 그거라면 알아요. 저는 기억력이 좋은 편이 아니지만, 교코가 그때 말고 긴 휴가를 낸 적이 없다면 틀림없어요."

혼마가 몸을 앞으로 내밀었다. "그 무렵 교코 씨한테서 무슨 연락이라도?"

"있었죠. 우리집에 왔었어요. 휴가 둘째 날이었으니까, 19일 밤이겠네요. 그런데 상태가 굉장히 안 좋았어요. 다쳤더라고요."

다쳤다?

"어딜 어떻게 다쳤습니까?"

"화상이었어요. 다행히 그리 심하진 않았지만." 가오루가 말했다. "그런데 결국 입원까지 했죠. 열이 너무 높아서."

순간 잘못 알아들은 줄 알았다. 입원까지 했다?

"지금 뭐라고 하셨죠?"

"병원에 갔어요, 구급차로." 스도 가오루가 천진난만하게 눈을 크게 뜨고 설명했다. "이 근처에 있는 큰 종합병원이요. 26일 오전에 퇴원할 때까지 계속 입원해 있었어요. 구 일간 휴가를 낸 건 그것 때문이에요. 틀림없어요. 제가 병원에 데려갔고, 줄곧 옆에 붙어 있었으니까."

폭탄이었다.

신조 교코는 세키네 쇼코의 어머니 요시코가 죽었을 때, 나고야 시내의 병원에 입원해 있었다.

"폐렴이었어요."

말문이 막혀버린 혼마가 이상해 보였는지 살짝 주춤거리면서도 스도 가오루는 설명을 계속했다.

"18일에 1박 예정으로 친구랑 드라이브 여행을 갔는데, 돌아오는 길에 사고를 당했다고 했어요. 그리고 우리집에 온 게 19일 한밤중이 지나서였죠."

"누구랑 여행을 갔었냐고 물어도 끝까지 말을 안 했어요. 오른손에 화상을 입었는데 가볍긴 해도 부위가 꽤 넓었고, 게다가 그 계절에 블라우스 한 장에 외투를 걸치고 있었어요. 자동차 사고가 났을 때 엔진에 불이 붙어서 스웨터가 타버렸다고 했어요. 그런 차림으로 신칸센을 타고 왔으니…… 부들부들 떨더니 아니나 다를까 금세 열이 났어요."

처음에는 스도 가오루의 방에 재워놓고 상황을 지켜봤다고 한다.

"그런데 저 혼자선 도저히 감당할 수가 없었어요. 신음소리가 심했고, 화장실에 갔나 싶더니 욕실 벽에다 머리를 쾅쾅 부딪치고…… 꼭 정신이 이상해진 것처럼요. 너무 흥분해서 제가 곁에 있다는 것조차 모를 정도였어요. 그래서 결국 구급차를 불렀죠."

"바로 입원했어요. 화상도 거기서 치료했고."

"로즈 라인에는 사정을 솔직하게 밝힐 수 없어서…… 감기로 드러누워서 친척집에서 요양중이라고 말했어요. 딱히 문제가 되진 않았죠."

"일주일간 병원에서 지냈어요. 기운을 차리고 나서도 누구 차에 탔다가 사고를 당했는지 끝까지 말하지 않았죠. 꼭 비밀로 해야 할 사람이었나봐요."

"저는 일기는 안 쓰지만, 가계부는 꼼꼼하게 기록해요. 아마 그때 제가 입원 보증금을 마련했을 테니까 옛날 가계부를 찾아보면 더 정확하게 알 수 있을 거예요. 찾아볼까요?"

그렇게 해달라고 대답하고 스도 가오루와 헤어졌다. 그리고 그날 밤, 혼마가 묵고 있는 호텔 방으로 그녀가 전화를 걸어왔다. 입원 날짜는 틀림없다, 아까 얘기한 대로다. 숙소에 팩시밀리가 있으면 병원 계산서를 복사해서 보내주겠다고 했다. 그렇게 해달라고 부탁했다.

혼마가 조급하게 팩시밀리 용지를 낚아채는 바람에 프런트 직원이 깜짝 놀란 표정을 지었다.

오바타 종합병원. 1989년 11월 18일부터 26일까지 신조 교코는 그곳에서 입원치료를 받았다. 사회보험증 제시. 6인실. 보증금 칠만 엔.

신조 교코는 1989년 11월 25일에 세키네 쇼코의 어머니를 죽이지 않았다.

26

"그렇지만 그걸로 상황이 송두리째 뒤집힌 건 아니잖아?"

말하는 내용과 반대로 이카리는 어두운 표정을 지으며 다시마차를 마셨다.

혼마 집의 부엌이었다. 사토루에게 선물을 사다주기로 약속한 것도 잊어버릴 정도로 충격적인 정보를 갖고 돌아온 지 이틀이 지났다.

"공범이 있었을지도 모르죠."

조심스럽게 끼어든 사람은 이사카였다. 사토루가 먹고 싶다고 했다며 저녁으로 커다란 냄비에 어묵탕을 끓이고 있다. 재료비를 절반 부담하고 자기 집 몫도 같이 만드는 중이었다. 평화로운 온기와 냄새로 가득한 이 부엌에 어울리지 않는 굳은 표정이었지만 어쩔 수 없었다.

"공범설은 처음부터 고려하지 않았습니다. 혹시 그런 사람이 있었다면 여기까지 조사해오는 동안 어디서든 드러났을 게 분명해요."

"가타세라는 남자는? 난 아무래도 그자가 수상해."

"그는 오사카에 있었어. 세키네 요시코가 죽은 날 밤 아홉시까지 로즈 라인에 근무했지. 날개가 없는 한 같은 날 열한시경에 우쓰노미야에 있을 순 없어."

"그럼 우연인가."

스스로도 믿기지 않는 표정으로 이카리가 중얼거렸다.

"세상에는 경악스러울 정도로 절묘한 우연도 있는 법이니까."

달리 어찌해야 좋을지 몰라서 혼마는 그냥 웃었다.

"신조 교코가 노리던 세키네 쇼코의 어머니가 실로 적절한 시기에 때마침 사고로 죽어줬다? 말도 안 돼."

"그거야 모르지. 사실은 소설보다 기이하다잖아."

"동행인……" 이사카는 끝까지 우겼다. "11월 18일에 여행지에서 자동차 사고를 당했다는 동행인 말인데요, 그가 운전도 했을 텐데, 그 인물을 공범으로 볼 순 없을까요?"

혼마는 입을 다물고 생각에 잠겼다. '네'라고도 '아니요'라고도 대답할 수 없었다. 이제는 무슨 일이 가능하고 무슨 일이 불가능한지조차 구별할 수 없었다.

이카리가 힘 빠진 목소리로 중얼거렸다. "그 동행인이 구리사카 가즈야였다?"

"추리소설을 너무 많이 읽었군."

"뭐, 그렇지."

"그러고 보니 그후로 그 사람은 어떻게 지내고 있을까요? 전화 한 통 없는데."

걱정스러운 표정으로 이사카가 말했다.

"발단을 따지자면 구리사카 씨가 꺼낸 얘기잖아요. 걱정하고 있지 않을까요?"

"그렇게 기특한 인간 같았으면 처음부터 남에게 기대지도 않았겠죠." 이카리가 내뱉듯 차갑게 말했다. 가즈야가 마룻바닥에 삼만 엔을 집어던졌다는 얘기를 들은 후로 이카리는 그에게 화가 많이 나 있었다.

이사카가 자리에서 일어나 가스레인지 옆으로 가서 냄비 뚜껑을 열었다. 수증기가 피어올랐다. 흐트러진 자세로 식탁 위에 턱을 얹고 있던 이카리가 "아, 냄새 좋다"라며 감탄사를 흘렸다.

"저녁 먹고 가."

432

"초상집 같은 분위기로 어묵탕이나 먹자고?"

에헤헤 하는 이상한 소리를 내며 웃다가 이카리는 불쑥 내뱉었다.

"말이야, 밥은 먹고 다닐까?"

"누가?"

"누구긴 누구야, 신조 교코지."

혼마는 이카리의 얼굴을 바라보았다. "그야 그럴 테지."

"그렇겠지. 밥도 먹고, 목욕도 하고, 화장도 하고, 어떤 놈이랑 시시덕거릴지도 모르지. 어딘가에 살아 있을 테니까, 쌩쌩하게."

기분이 묘하군, 하며 이카리는 또다시 얼빠진 목소리로 웃었다.

"우리가 이렇게 머리를 쥐어뜯고 있을 때, 정작 그 여자는 시세이도 매장에서 올봄 신상품 립스틱을 발라보곤 할 거란 말이지."

"호, 꽤나 구체적인 예를 드시는군요. 무슨 근거라도 있습니까?"

이사카가 한 손에 젓가락을 들고 감탄하는 투로 물었다. 혼마는 이카리의 얼굴을 슬쩍 쳐다보고 해설을 덧붙였다.

"얼마 전에 이 녀석이 맞선을 봤거든요. 그 상대가 시세이도 미용부서 직원이었나보죠."

이카리는 쑥스러워했다. "정답이야. 너란 놈은 진짜 마음에 안 들어."

신조 교코는 지금 어디서 무엇을 하고 있을까.

그에 관해서는 구체적으로 생각해본 적이 별로 없었다. 그동안은 실마리가 없으니 당연히 억측밖에 할 수 없었고, 어림짐작으로 상상해봐야 시간 낭비일 뿐이라고 생각했기 때문이다.

출발 지점으로 돌아가서, 아직 '세키네 쇼코'의 정체가 다른 사람이었음이 밝혀지기 전 미조구치 변호사가 말했듯이 신문에 광고라도 내봐야 할지도 모른다.

'교코, 사정은 알았다. 바로 연락 바란다.'

그런데 누구 이름으로 내지? 가즈야?

어처구니없는 상상이다.

혹시나 그 광고를 보고 교코가 나타난다면 훨씬 더 어처구니없는 사태가 벌어질 것이다. 저는 세키네 쇼코 씨에게 호적을 샀는데…… 쇼코 씨요? 지금 하카타에서 일하고 있어요. 바로 얼마전에도 통화했어요. 정말 죄송해요, 이런 일을 벌여서……

그녀의 해명을 듣고 감격한 가즈야는 교코와 화해하고 경사스러운 결혼식을 올린다. 그렇게 되면 난 아마 위궤양으로 입원하겠지. 아니, 고혈압으로 쓰러질지도 모른다.

아니, 절대 그럴 리 없다. 가당치도 않은 일이다.

신조 교코는 지금 어딘가에서 숨죽이고 있을 게 틀림없다. 되도록 도쿄에서 멀리 떨어진 곳에서, 실패한 계획에 낙담하며……

혼마가 느닷없이 의자에서 벌떡 일어서는 바람에 이카리가 깜짝 놀랐다.

"왜 이래?"

"아." 다른 곳을 바라본 채 혼마가 말했다. "신조 교코는 지금 무슨 생각을 하고 있을까 싶어서."

"하염없이 울고 있을지도 모르지." 이카리가 코웃음을 치며 말했다. "아니면 가네보 직원이랑 수다를 떨고 있을지도 모르고."

"어쨌든 일은 하겠죠." 그렇게 말한 사람은 이사카였다. "놀고먹을 정도로 부자는 아닐 테니까요. 새롭게 정착할 장소도 필요할 테고."

"예전처럼 스도 가오루에게 의지하지도 않은 것 같고 말이야." 이카리가 말했다.

혼마는 눈을 가늘게 떴다. "다시 한번 같은 짓을 하려 들지는 않을까?"

"무슨 소리야?"

"또다른 여자의 이름과 신분을 갈취하는 거지."

그것도 최대한 신속하게 말이다.

"신조 교코는 현재, 예전에 그토록 의지했던 스도 가오루에게조차 연락하지 않은 상태야. 접촉하지 않았지. 그건 아마 두려워서일 거야."

"두려워해?"

"응. 들어봐. 그녀는 자기가 진짜 세키네 쇼코가 아니라는 사실이 밝혀질 위험에 처하자 도망쳤어. 어처구니없는 데서 허점이 드러났으니 본인도 매우 놀랐겠지. 그리고 혼자가 된 후에 차분히 생각해봤을 거야. 내가 사라진 후 가즈야는 어쩌고 있을까. 내 행방을 찾아다니지 않을까. 어쩌면 지금쯤 가즈야가 개인파산 건을 실마리로 자기가 실은 신조 교코라는 여자란 사실을 밝혀냈을지도 모른다고 추측했을 수도 있지."

"설마. 그렇게까지 생각할까?"

"확신까지는 없을지도 모르지. 그렇지만 두려움은 느끼지 않을까? 그래서 그녀는 신조 교코라는 존재와 연결되는 옛 지인들한테도 연락하지 않는 거야. 모두 떼어내려는 거지. 세키네 쇼코로 위장하는 데 실패했으니 심리적으로 훨씬 더 궁지에 몰렸을 거야. 그렇다면 일단은 어쩔 수 없이 다시 신조 교코로 돌아갔다 해도, 곧바로 다음 대상을 찾지 않을까?"

이카리와 이사카는 얼굴을 마주 보았다. 이카리가 말했다. "그러려면 먼저 또다시 통신판매 회사에 들어가야 하잖아."

"처음부터 다시 시작해야 할 테니까요." 이사카가 고개를 끄덕였다.

그런가…… 혼마는 나지막이 한숨을 내쉬었다. 뭔가가 머릿속 한구석을 스쳐 지나간 것 같았는데, 이야기를 하는 사이 어딘가로 사라져버렸다. 물고기 떼가 보인 것 같아 고개를 돌렸는데 보이는 건 파도뿐이었다.

"어이쿠, 슬슬 가봐야겠군요."

부엌 시계를 보며 이사카가 말했다. 세시 오 분 전이었다. 사토루와 갓짱이 오후 세시부터 멍청이 장례식을 할 테니 와서 봐달라고 부탁했었다.

집 근처 길가나 공원을 파헤칠 수는 없어서, 멍청이의 무덤은 결국 이사카 부부가 사는 1층 집 앞뜰에 만들기로 결정했다. 분양받았긴 해도 공단 주택이니 엄밀히 따지면 앞뜰 소유권은 없다. 그래도 자기 집 베란다 바로 앞이니 상관없지 않겠느냐는 쪽으로 결론을 내린 것이다.

다모쓰가 묘비를 대신해서 나뭇가지를 깎아 조그만 십자가 모형을 만들어주었다. 그는 손재주가 남다를 뿐만 아니라 필요할 때 경건해지는 일면도 갖추고 있는 듯했다.

지금은 다모쓰에게도 미안한 상황이었다. 세키네 요시코의 죽음에 신조 교코가 얽혀 있을 가능성이 사라졌다고 설명하자, 그는 옆에서 봐도 실망한 기색이 역력했다.

"나도 참석할까." 이카리가 일어섰다. "어쩐지 〈금지된 장난〉이 떠오르는군."

이사카 히사에가 조그만 화환을 만들어주었다.

"마음뿐이지만"이라며 분향 준비도 해두었다.

조그만 삽으로 뜰에 얕은 구멍을 파고 목줄을 묻었다. 사토루와 갓짱은 이 이상 불가능할 정도로 엄숙한 표정을 지은 채 의식을 집행해나갔다. 멍청이의 목줄은 튼튼한 새것이었고, 묻기 전 사토루가 보여준 안쪽에는 또렷하게 이니셜이 새겨져 있었다.

십자가는 다모쓰가 세웠다. 히사에가 거기에 화환을 걸고, 돌아가며

향을 올린 후, 연기 때문에 눈을 깜박거리며 두 손을 모았다.

"이제 괜찮겠지?"

사토루가 옆으로 다가와서 물었다.

"편히 쉴 수 있을까?"

"물론이지."

"너희의 진심이 깃들어 있잖아." 이카리가 사토루의 어깨를 팡팡 두드렸다.

"여름이 오면 여기에 막대기를 세워서……" 베란다 난간을 가리키며 사토루가 말했다. "나팔꽃을 심을 거야. 그럼 여름 내내 아름다울 테니까."

"제가 씨를 받아뒀어요." 갓짱이 말했다. "엄청 큰 나팔꽃이에요."

"이 꽃 저 꽃 돌아가면서 많이 심자. 일 년 내내 피어 있게."

히사에가 아이들에게 미소 띤 얼굴로 말했다. "자, 그럼 삽 정리하고 손들 씻어. 아줌마가 케이크 준비해뒀어. 다함께 쇼진오토시* 먹어야지."

"그게 뭔데요?" 갓짱이 물었다.

"몰라도 되니까 따라오기나 해." 히사에가 웃으며 아이들을 떠밀고는 어른들을 돌아보았다. "고생하셨어요. 이카리 씨도 오셨네요."

"워낙 한가한 사람 아닙니까."

"그럼 이왕 오신 김에 차라도 한잔하세요. 여보, 좀 도와줘요."

삼삼오오 자리를 뜨려는 순간, 혼마는 다모쓰의 분위기가 조금 이상한 것을 알아챘다. 아까부터 줄곧 말이 없다. '장례식'을 치르는 동안에는 아이들 기분에 맞춰주려고 그러는 줄 알았는데 아무래도 아닌 듯했

---

* 精進落し, 원래는 고인의 사십구재까지 고기나 생선 등을 금하는 것을 의미하나, 최근에는 장례식을 마치고 신세진 사람들에게 대접하는 식사라는 뜻으로 쓰인다.

다. 스스로도 확실히 알 수 없는 몸 안쪽 어딘가가 아픈 것처럼 고개를 숙이고, 이따금 머리를 갸우뚱거리기도 했다.

"왜 그래?"

혼마가 말을 건네자 다모쓰는 시선을 들고 주위를 돌아보았다. 앞서 간 이사카 부부와 이카리는 건물 모퉁이를 막 돌아서는 참이었다.

"왠지 자꾸 걸리는 게 있어서……"

바지 무릎에 묻은 흙을 털어내며 말했다.

"삽으로 구멍을 파고 십자가를 세우다가, 왠지 아주 먼 옛날에도 이런 일을 했던 것 같은 기분이 들었어요."

"어릴 때 키우던 동물이 죽어서 묘지를 만들어준 거 아닌가?"

다모쓰가 고개를 저었다. "아니에요. 우리집은 아버지가 동물을 싫어해서 아무리 울면서 매달려도 절대 못 키우게 했거든요."

거 참, 희한하네…… 끊임없이 나지막이 중얼거렸다.

"이쿠미한테 물어봐야 하나. 그 사람은 나보다 내 인생을 훨씬 잘 아니까요."

"좋은 아내군."

"대신에 나쁜 짓은 전혀 못 합니다. 정말 못 당해요."

그날 밤 혼마는 별생각 없이 다모쓰가 집으로 전화를 걸어 이쿠미와 통화하는 내용을 듣고 있었다. 탁자 위에는 지금까지 모은 자료와 탐문 수사 중에 적어둔 메모가 펼쳐져 있었다. 딱히 다른 방법이 없으니 손에 쥔 패를 다시 한번 들춰보는 수밖에 없다.

어린 아들과 임신중인 아내만 남겨두고 집을 나왔으니, 눈치 보지 말고 매일 연락해서 별일 없는지 살피라고 말해두었다. 그래서 다모쓰는 이곳에서 지내는 동안 매일 밤 꼬박꼬박 이쿠미의 목소리를 들었지만, 늘 맨 먼저 "다로는 건강해? 배 속의 아기는 어떻고?"라고 묻는 바람에 아쿠미는 급기야 토라져버린 듯했다.

"여보세요? 난데." 다모쓰가 그렇게 말을 꺼내고는 조급한 목소리로 다시 말했다.

"왜 이래? 나라니까, 나라고."

추측건대 "나라는 사람은 모르는데요"라는 말이라도 한 모양이다.

무심코 미소를 지으면서도 슬슬 다모쓰를 이쿠미 곁으로 보내줘야겠다고 생각했다. 그도 이제 마음이 풀렸겠지. 아니, 풀리지 않았더라도 언제까지고 잡아둘 수 없는 노릇이다. 다모쓰에게는 다모쓰의 인생이 있다. 그리고 그것은 이쿠미가 있는 우쓰노미야의 집에 있다. 그곳에서 그가 돌아오기를 기다리는 것이다.

"어린애처럼 왜 이래."

다모쓰는 손짓발짓을 해가며 이쿠미를 달래느라 여념이 없었다.

"그야 당연하지. 당신 걱정도 많이 했어…… 참 나, 그렇다니까…… 뭐? 내가 언제 그랬다고."

자리를 피해주려고 일어서자 다모쓰가 허둥지둥 손으로 제지했다.

"바보, 이제 그만해." 이쿠미를 나무라고 나서 말했다. "저기, 나 실은 당신한테 묻고 싶은 게 있어. 그래서 전화한 거야. 지금 앉아 있어?"

이쿠미는 토라지는 수준을 조절할 줄 알았다. 그뒤로는 대화가 순조롭게 진행되었다. 다모쓰가 오늘 있었던 일을 설명했다.

"그런데 왠지 나도 아주 오래전에 삽으로 구멍을 파고 애완동물 무덤을 만들어줬던 기분이 들더라고. 그런데 우리 부모님, 당신도 잘 알다시피 개나 고양이를 키운 적이 없잖아? 혹시 뭐 짚이는 거 없어?"

한동안 이쿠미의 얘기를 열심히 듣고 있던 다모쓰가 괴상한 소리를 질렀다.

"뭐? 학교? 학교였구나. 으음, 내가 그런 걸 했던가?"

이쿠미가 또다시 뭐라고 했다.

"당신 어떻게 그런 걸 다 기억해? 아하, 그래, 얘기했었구나…… 그래, 초등학교 5학년 때까지 이불에 지도를 그렸지. 내가 당신한테 그런 소리까지 했나?"

아마도 궁금증이 해결된 듯했다. 혼마는 다시 신조 교코와 세키네 쇼코의 인생을 표로 정리하는 작업을 시작했다.

그 순간 또 다모쓰가 고함을 질렀다. 이번에는 혼마까지 놀랐다.

"맞다, 그거야!" 다모쓰가 전화 받침대를 내리쳤다. "드디어 생각났어. 시짱도 같이 있었어!"

쇼코의 이름이 나와서 혼마는 다모쓰의 얼굴을 바라보았다. 다모쓰가 뒤를 돌아보며 이쪽을 향해 고개를 크게 끄덕거렸다.

"맞아, 그랬지…… 내가 그때……"

이쿠미가 얘기하자 다모쓰는 흥분해서 맞장구를 쳤다. 그녀의 보충 설명을 듣고 옛 기억이 되살아난 듯했다.

"이쿠미, 당신은 정말 머리가 좋아. 진짜 대단한 여자야."

다모쓰는 큰 소리로 그렇게 말하고 전화를 끊었다.

"시짱이랑 저는 새를 보살피는 당번이었어요."

부리나케 탁자 옆으로 다가오더니 숨을 헐떡이며 설명을 시작했다.

"초등학교 4학년 때였을 겁니다. 길 잃은 십자매를 교실에서 키웠는데, 저랑 시짱이 책임을 지고 보살펴줬죠."

그런데 그 십자매가 죽어서 교정 한구석에 묻어줬다는 것이다.

"이제 속이 시원하겠군." 혼마는 그렇게 말하며 웃었다. "뭐가 생각이 날 듯 말 듯 하면 영 답답하잖아."

"네, 그렇죠."

다모쓰가 고개를 끄덕이다가 심하게 콜록거렸다.

"혼마 씨." 탁자 위로 몸을 내밀며 말했다. "이쿠미랑 얘기하다 생각났는데요."

혼마는 그 기세에 살짝 당황했다. "응, 그런데?"

"시짱은 그 십자매를 아주 소중하게 여겼어요."

그녀의 집은 애완동물을 키울 만한 여유가 없었기 때문에 더더욱 그랬을지도 모른다.

"그래서 죽었을 때 몹시 슬퍼했고, 제가 무덤을 파서 묻어줄 때도 계속 울었죠. 사토루처럼 울었어요. 십자매가 가엾다면서. 이런 데 있으면 쓸쓸할 거라면서."

이야기를 풀어놓는 다모쓰의 뺨이 희미하게 붉어졌다. 혼마는 그의 얼굴을 물끄러미 바라보다, 문득 그가 하고자 하는 말이 무엇인지 알아차렸다.

"설마……"

다모쓰가 고개를 위아래로 힘차게 끄덕였다.

"맞습니다. 시짱은 어른이 되어서도 그때 일을 잊지 않았어요. 이쿠미도 시짱이 어머니 장례식을 치르고 돌아왔을 때 그 얘기를 하는 걸 들었대요. 그걸 기억하고 있었답니다, 제 아내가."

다모쓰가 쾅 소리가 나게 탁자를 두드리며 말했다.

"어린애다운 발상이지만, 그때는 진심이었어요. 시짱은 초등학생 때 저에게 말했어요. '다모짱, 내가 죽거든 삐삐랑 같이 여기에 묻어줘'라고. 삐삐는 그 십자매 이름입니다."

십자매를 묻은 교정 한구석에.

"아시겠어요, 그게 무슨 뜻인지?" 다모쓰가 침을 튀기며 말을 계속했다. "이쿠미가 장례식 때 시짱한테 들은 얘기는, 어머니 묘를 못 마련해 드려서 죄송스럽다는 말과, 그리고……"

'난 너무 불효녀라 죽어서도 아버지 어머니 곁에 머물 수 없어. 그냥 삐삐랑 같이 묻어달라고 할래.'

"그렇게 말했답니다. 이쿠미가 분명히 들었대요. 시짱 입으로 직접 말했답니다. 그건 무슨 뜻일까요?"

"너무 흥분하지 마." 머리를 굴리면서 혼마는 말했다. "그것만으로는 아직⋯⋯"

다모쓰는 혼마의 말을 듣지 않았다. "그럴까요? 저는 그렇게 생각하지 않습니다. 보세요, 신조 교코는 시짱에게 접근하려고 묘지 견학까지 따라갔잖아요? 묘지를 사려고 간 거란 말입니다. 그런 때는 왠지 감상적이 되게 마련이니까, 자기가 죽으면 어디에 묻히고 싶다는 얘기를 할 수도 있지 않을까요? 그러다가 시짱이 십자매 삐삐 얘기를 했다면요? 게다가 학교예요. 장소까진 모르더라도 우쓰노미야의 무슨 초등학교인지만 알아내면, 얼마든지 찾을 수 있잖습니까!"

묘지 견학에서 신조 교코는 세키네 쇼코에게 그런 이야기를 들었다⋯⋯

그렇다. 언젠가 이카리와도 비슷한 얘기를 나눈 적이 있다. 죽음의 의식, 죽음과 연관되는 자리에 참석하면, 인간은 평소 가슴속 깊이 묻어둔 이야기를 불쑥 입 밖에 꺼내기도 한다고. 남편을 살해한 그 젊은 아내처럼.

자연스럽게 나온 이야기일까, 아니면 교코가 의도적으로 끌어냈을까. 그런데 그런 얘기를 캐낸다고 뭐가 달라지나? 그런 게 왜 필요한가. 시체는 그냥 버려버리면 그만이다.

그렇다, 버려버리면⋯⋯

혼마는 다시금 숨이 막혔다. 그렇다, 버려버리면 그만이다. 그러나 신조 교코는 세키네 쇼코의 앨범조차 버리지 못했다. 앨범에 '소중한 친구'라고 써주었던 노무라 가즈에를 골라 그 앞으로 보냈다. 보관해달라고 부탁했다. 왜 그랬을까?

차마 버릴 수 없었던 걸까. 죄책감 때문이었을까.

고작 졸업앨범으로 그럴 정도면 쇼코의 시체에는 훨씬 더 신경을 썼을 가능성이 높다. 나 자신도 그런 생각을 하지 않았던가. 어쩔 수 없이 시체를 토막 내긴 했지만, 가장 중요한 머리 부분은 니라사키 묘지에 같이 버릴 수 없었을 거라고.

어디든 쇼코가 원했던 장소에 정성껏 묻어줄 생각이었으니까.

다모쓰의 흥분이 옮아온 것 같아서 혼마는 애써 머리를 식히며 말했다. "그런 일이 있었을지도 모르지. 그러나 없었을 수도 있어. 상상만으로는 아무 소용이 없어."

다모쓰가 폭발할 듯한 기세로 말했다. "물론이죠. 그러니 파보면 알 거 아닙니까. 저 혼자만의 기억이면 의심쩍겠지만, 우쓰노미야에 가면 동창생들이 많아요. 그애들 지혜를 빌리고 도움을 받아서 학교 운동장을 파헤쳐보겠습니다!"

연락하겠다는 말을 남기고 다모쓰는 다음 날 아침 신칸센 첫차에 올라탔다. 2월 11일. 추위가 매서운 공휴일이었다.

휴일이면 예외 없이 늦잠을 자는 사토루도 그날 아침만은 일찍 일어나서 기운차게 떠나는 다모쓰를 배웅했다. 그리고 다모쓰와는 대조적으로 심한 복통이라도 난 것 같은 아빠의 얼굴을 올려다보며, 감정적으로 누구 편을 들어줘야 할지 고민하는 듯했다.

"다모짱 형아가 잘할 수 있을까?"

아침을 먹다가 머뭇머뭇 말을 꺼냈다.

"무슨 말인지는 잘 모르겠지만."

다모쓰는 사토루에게는 시체 수색을 위해 교정을 파헤친다는 경솔한 말을 하지 않았으니, 사토루로서는 도통 영문을 알 수 없을 것이다.

"뭐, 기다려봐야지."

그렇게 말하는 수밖에 없었다.

다모쓰와 함께 새벽녘까지 깨어 있어서 (잠이 오지 않았다) 머리가 멍했다. 그러면서 한편으로는 묘한 초조함도 느꼈다.

어제 이쿠미의 도움으로 옛 추억을 떠올렸을 때 다모쓰는 무척 개운한 기색이었다. 속이 후련해진 듯했다. 금방 떠오를 듯하면서 좀처럼 떠오르지 않던 기억을 또렷하게 밝혀냈기 때문이다.

그러나 그와 정반대로 혼마는 여전히 답답했다. 어제 부엌 식탁에서 이카리와 이사카와 대화를 나눌 때 뇌리에 언뜻 떠오른, 말로 변하기 일보 직전에 사라져버린 생각이 그후로 영 떠오르지 않았기 때문이다. 반쯤 잠든 상태에서 누군가 귓가에 뭐라고 속삭이거나 간지럼을 태우는 기분이라 도무지 차분해질 수가 없었다.

초조한 만큼 현실적인 문제에도 신경이 쓰였고, 그래서 더더욱 신경이 날카롭게 곤두섰다. 결국 아침을 먹고 뒷정리를 하다 깜빡 실수해서 접시 하나를 깨는 바람에 사토루가 페널티를 부과했다.

"아빠 좀 이상해." 사토루가 말했다. "반쯤은 정신이 딴 데 가 있는 거 아니야?"

"그런 것 같다."

설거지를 마친 그릇을 행주로 닦던 사토루가 태연한 척 입을 열었다. "무릎도 많이 좋아졌으니, 이제 다시 경찰서에 나가야겠다고 생각하는 거지?"

완전히 틀린 말은 아니었다. 정확하게는 나라고 계속 이 일에만 얽매여 있을 수는 없다고 생각했지만.

"마치코 선상님은 뭐라고 할까?"

사토루가 웃으며 말했다. "재활치료를 하도 빼먹어서 아직은 안 된다고 할걸."

"그래도 이젠 제법 잘 걸어다녀."

"아빠 혼자 생각 아니야? 옆에서 보면 애써 안 아픈 척하는 게 다 보이는데, 뭐."

"그랬나."

수도꼭지를 꽉 잠그며 말했다.

이 건이 공중에 떠버리거나 사라져버리면 네 발로 기어서라도 복직해야겠다는 생각이 들었다. 설령 지팡이를 짚고 다니는 한이 있더라도 더는 집에 있을 수 없다.

사토루가 놀러 나가고 집에 혼자 남자 혼마는 결국 다시 신조 교코와 세키네 쇼코에 대한 생각으로 돌아갔다. 탁자 위에 자료를 펼쳤다. 밖은 날씨도 화창하고 집 없는 가엾은 개의 콧등도 따스하게 데워줄 햇살이 쏟아지는데, 오로지 집 안에서 머리만 쥐어뜯고 있다.

지금까지 쌓아온 가설을 바탕으로 의문점을 추려보았다.

신조 교코는 어떤 방법으로 로즈 라인에서 고객정보를 빼냈는가. 가타세는 그 일에 연루되어 있는가.

신조 교코는 어떤 방법으로 세키네 쇼코의 어머니 요시코를 죽였는가.

'아니면 죽이지 않았을까.'

지난 삼 주 가까이 해온 일들은 어쩌면 카드로 집을 짓는 것이나 마찬가지였을지도 모른다. 바람이 한 번 몰아치면 흔적도 없이 무너져버린다.

이 두 가지 미해결 문제는 어느 쪽이든 치명적이다. 자료들을 물끄러미 바라보고 있자니, 또다시 '교코, 얼른 돌아와, 같이 의논해보자'라는 신문 광고를 보고 나타난 신조 교코가 눈물을 흘리며 구리사카 가즈야의 품에 안기는 광경이 눈앞에 떠올랐다.

"정말 모르겠군." 무심코 신음소리를 흘렸다.

부질없이 앉았다 일어섰다만 반복하는 사이 어느새 점심때가 지났다. 한시가 넘었을 무렵 잠시 집으로 돌아온 사토루가 점심은 어떻게 할 거냐고 물었다.

평소 같으면 이사카가 쉬는 날에는 혼마가 부엌에서 정체 모를 음식을 만들곤 했지만, 오늘은 도무지 그럴 맘이 들지 않았다.

"밖에 나가서 먹을까"라고 말하자 사토루는 당연히 기뻐했다.

둘이서 단지 옆에 있는 패밀리레스토랑까지 걸어갔다. 바깥바람을 쐬니 생각했던 것보다 기분이 많이 풀려서, 식사를 마치고 나서도 곧바로 집으로 들어가고 싶지 않았다.

"오후에 누구랑 약속 있니?"

식당에서 나와 한가로이 걸으며 사토루에게 물었다.

"세시에 갓짱 집에 갈 거야. 지금 신주쿠로 새 게임 사러 갔어."

"이번에는 또 무슨 게임이야?"

사토루가 설명해주었다. 한 번으로는 이해가 안 가서 다시 한번 설명을 들었다. 그래도 여전히 이해가 안 갔다.

"어쨌든 새로 나온 거지?"

"응, 최신이야."

사토루는 새침했다. 옛날 버전인 아빠 두뇌회로에서는 우리를 위해 만들어진 새 게임이 돌아가지 않아, 라는 뜻일까.

"아, 기분 좋다." 사토루가 기지개를 활짝 펴며 말했다.

"날씨가 좋구나."

"아빠, 이제 잘 걷네."

"그렇지? 오늘 아침에도 말했잖아."

"완전히 좋아지면 마치코 선상님이 서운해할지도 모르는데."

묘한 소리를 했다.

"오랜만에 산책이라도 할까?"

"지금 하고 있잖아." 그렇게 말했지만 사토루도 신이 난 것 같았다. "공원 갈까?"

미즈모토 공원으로 발길을 돌려서 차가운 바깥바람에 귓불이 얼얼해지는 것을 느끼며 한 시간 남짓 어슬렁어슬렁 산책을 했다. 공원이라는 말에서 연상되는 이미지와 달리 드넓은 장소다. 어지간히 걸어서는 다 돌아보기 힘들다.

성질 급한 달력상의 날짜로는 이미 봄이겠지만 적어도 공원 안의 초목들은 아직 그런 소식을 못 들은 것 같았다. 하늘을 향해 메마른 가지를 무수히 뻗은 포플러 가로수는 '봐, 아직 차디찬 겨울바람이 불잖아'라고 알려주듯 꼭대기 언저리를 희미하게 흔들었다. 붉게 마른 느티나무 숲속에서 손을 뻗으면 닿을 듯 낮게 나는 까마귀를 만났지만, 그것역시 봄의 전령일 리는 없다. 옷을 너무 두툼하게 입었다.

창포 밭도 지금은 그저 진흙탕이었다. 수련 연못 주변에서 이젤을 세워놓고 붓을 움직여 캔버스 위에 쓸쓸한 겨울 풍경을 그리는 무리를 맞닥뜨렸는데, 그리는 이의 소망이 깃든 탓인지 그림 속 공원은 실제보다 초록이 훨씬 많아 보였다.

그러는 와중에 또다시 불현듯 신조 교코가 떠올랐다. 이 화창한 날에 그녀도 어딘가로 외출했을까. 이불을 말리고, 눈을 가늘게 뜨며 해를 올려다볼까. 그녀가 밟고 있을 쓸쓸한 겨울 길은 어느 곳의 어느 거리일까.

의욕으로 가득한 다모쓰의 얼굴도 떠올랐다. 정말로 운동장을 파헤칠 생각일까. 말린다고 그만두지는 않겠지만, 그래도 말리는 게 나았을 지도 모른다.

모든 것은 혼마의 계산 착오에서 비롯된 일인지도 모른다. 카드로 지은 집은 무너져버렸다. 차곡차곡 정리해서 상자 속에 넣고, 원래의 일터로 돌아가야 할 때가 온 건지도 모른다.

"굉장히 오랜만이네."

두세 걸음 앞에서 깡충거리듯 걸어가며 사토루가 말했다.

"아빠가 나아서 다행이야."

"네 덕분이야."

공원 안 수로에 낚싯줄을 드리운 사람들을 구경하고 다음에는 우리도 와서 해보자는 얘기를 주고받으며 공원에서 나왔다. 사토루가 잇달아 두 번이나 재채기를 해서 슬슬 들어가야 할 것 같았다.

공원 출구에서 손목시계를 보니 세시 십오 분 전이었다.

"갓짱이랑 마주칠지도 모르겠다."

단지 입구까지 오자 사토루가 주위를 두리번거리며 말했다.

"새 게임이 품절돼서 빈손으로 올지도 모르지."

놀리듯 말하자 사토루도 혀를 날름 내밀며 받아쳤다.

"미리 예약하고 갔거든."

요즘 아이들은 용의주도하다. 당할 재간이 없다고 생각하며 9동이 보이는 곳까지 왔을 때, 혼마는 눈을 가늘게 떴다.

사토루도 멈춰 섰다. "이게 뭐지?"

오른쪽에서 탄내 섞인 연기가 흘러오는 것이다. 그쪽에는 쓰레기 소각장이 있다.

"잠깐 살펴봐야겠다."

"나도 갈래."

달음박질을 치며 사토루가 쫓아왔다.

가까이 가서 보니 혼마의 어깨 높이 소각로 앞에 작업복을 입은 남자 하나가 연기를 손으로 휘저으며 쓰레기를 분류하고 있었다. 혼마를 올려다보더니 단지 주민이라는 걸 알았는지 가볍게 고개를 숙이며 말했다.

"죄송합니다. 종이 쓰레기만 태웠는데도 습기가 차서 연기가 많이 나네요."

묵직해 보이는 금속성 문틈에서도 연기가 새어나왔다. 아하, 그런 건가.

사토루가 연기를 마시고 기침을 했다.

"수고 많으십니다. 실례했습니다."

그렇게 말하고 사토루를 데리고 돌아가려는 순간, 문득 발밑으로 시선이 갔다.

작업부 발밑에 무언가가 수북이 쌓여 있었다. 오래된 장부 묶음이었다. 검은 끈으로 묶여 있다.

"그것도 태웁니까?"

혼마가 묻자 작업부는 목장갑을 낀 손으로 땀을 훔쳐내며 대답했다.

"네, 지난주 일요일에 이사 간 분이 회계사여서요. 십 년도 넘어서 이미 보존기간이 지난 장부를 버리고 갔더군요."

"저런, 힘드시겠습니다."

작업부가 이마의 땀을 훔쳐냈다. "누가 아니랍니까. 이런 걸 그냥 태우기도 좀 그렇지만, 뭐 하는 수 없죠. 그냥 그저 그런 기록일 테죠. 요즘에는 이런 고풍스러운 장부는 안 쓰니까요. 컴퓨터가 있잖습니까. 거기에 입력하고 나면 종이는 필요 없죠."

입력하면 종이는 필요 없다. 그 말이 마음속에 턱 걸렸다.

"꼭 그런 건 아니래요." 사토루가 말했다. "호오, 그러냐?"라며 작업부가 미소를 지었다.

"응. 우리 담임선생님이 전자수첩이라는 걸 샀는데, 설명서를 읽어봤더니 건전지가 닳으면 전부 지워지니까 중요한 정보는 다른 데 메모해두라고 쓰여 있었대요."

작업부가 하하하 소리를 내며 웃었다.

"그거 싸구려 아니냐?"

"아니에요. 다 그렇대요. 그래서 결국 종이 수첩에도 적어둔댔어요."

얘기를 하면서 사토루도 웃었다.

컴퓨터만이 아니라 서류로도 기록해둔다. 혼마는 그 말을 머릿속으로 곱씹었다. 서류로도.

이렇게 간단하고 단순한 문제였단 말인가.

"그럼 품이 배로 들겠구나." 작업부가 말했다.

"그렇대요. 오히려 더 자원 낭비 아닌가?"

작업부는 연기가 피어오르는 소각로 뚜껑을 열고 새 종이다발을 집어던졌다. 사토루가 말없이 우뚝 서 있는 혼마를 의아한 듯 올려다보았다.

"아빠, 왜 그래?"

그 조그만 머리 위에 손을 얹으며 혼마가 말했다.

"네 덕분에 살았다."

"어?"

미소를 지으며 사토루의 머리를 마구 헝클어뜨렸다.

"그런데 미안해서 어쩌지. 아빠가 내일 또 오사카에 다녀와야 할 것 같은데."

27

"네? 사본? 우리 회사 거요?"

로즈 라인 응접실에서 가타세가 얼굴을 찡그리며 되물었다. 이른 아침 신칸센을 타고 곧장 이곳으로 달려와 가타세를 불러냈다. 이번에는 안내데스크는 무사 통과했지만, 대신 사무직 여성들의 눈을 피하기 위해 문을 닫아두어야 했다.

"겨우 그 얘기를 물어보려고 여기까지 저를 만나러 오셨나요?"

"맞습니다. 공교롭게도 '겨우 그 얘기' 정도로 끝날 문제는 아니지만."

몸을 앞으로 내밀며 목소리를 살짝 높였다.

"앙케트나 주문서 말인데요. 컴퓨터에 입력한 후에는 어떻게 합니까? 곧바로 폐기처분합니까?"

"물론이죠. 둬봐야 자리만 차지하니까. 한 달 간격으로 처분합니다."

"정말입니까?"

"참말입니다. 유출되는 건 없어요."

가타세의 목소리는 자신감으로 가득한 듯 들렸다. 그것도 필요 이상으로.

"참말이라고요? 하하하." 일부러 그러는 것처럼 되풀이한 후 곧바로 다시 물었다.

"그걸 처분하는 일은 누구 담당이죠?"

그 질문에 가타세는 살짝 움츠러들었다. 잠시 침묵이 흘렀다.

다시 한번 물었다. "누가 처분합니까?"

가타세는 손을 들어 콧등을 감추듯 내리눌렀다. 고개를 숙이며 시선을 피하려 했다.

"대답 못 할 질문은 아니잖습니까? 아니면 혹시 대답하기 곤란한 이유라도 있습니까?"

"……총무, 서무부에서 합니다."

그제야 나지막이 대답했다. 그리고 허둥지둥 부정했다. "그렇지만 신조 씨는 서무부가 아니었어요."

"어떻게 처분하죠?"

"한 달에 한 번, 전문 처리업자에게 맡깁니다."

"그때까지는?"

"지하 창고에 보관합니다."

"그 지하 창고에는 누구나 들어갈 수 있나요?"

이번에는 조금 전보다 더 긴 침묵이 흘렀다.

"가타세 씨?"

"네."

출석을 부르는 교사의 호명에 대답하는 학생 같았다.

"지하 창고에는 누구나 드나들 수 있습니까?"

가타세가 기침을 했다. "사무직 여성이라면 누구나 들어갈 수 있습니다."

혼마는 무릎을 내려치고 싶은 심정이었다. 서류였다. 입력되기 이전의 1차 정보. 그것은 교코의 손이 닿는 곳에 있었다.

구태여 컴퓨터 시스템이 어쩌니 저쩌니 따질 필요 없이, 그녀는 목적을 달성할 수 있었던 것이다.

그런데 과연 그 증거가 남아 있을까.

"처리업자에게는 엄중한 보안유지를 요구하겠죠?"

"물론입니다. 앙케트나 주문서는 우리 회사의 소중한 자료니까."

"그렇다면 처분하려고 내놓을 때도, 예를 들면 그 자료를 담아둔 상자의 개수를 센다거나 정확히 기록해두는 등의 확인 작업을 당연히 하겠죠?"

"총무부 쪽에서 할 겁니다."

"조사해줄 수 있나요. 과거에…… 그렇죠, 신조 교코 씨가 여기서 일한 1988년 4월부터 1989년 12월까지 내보낸 자료 중에서, 상자 수가 안 맞았다거나 서류가 부족했던 사고가 혹시 없었는지."

가타세가 눈을 치켜뜨며 혼마를 바라보았다.

"그걸 저더러 조사하라고요?"

"부탁드립니다."

"그렇지만 저도 그리 한가한 몸이 아니고……"

"그럼 당신 상사와 교섭하는 수밖에 없겠군요. 저도 방법은 많습니다."

사실은 가타세에게 거절당하면 일이 번거로워진다. 그러나 여기서 그가 고개를 끄덕이게 하기 위해서라면 거짓말쯤이야 얼마든지 할 수 있다.

"그건 곤란합니다. 자제해주세요."

가타세의 목소리가 절박해졌다.

"이번 일이 정말로 묘한 사건과 연관되어 있다면, 우리 회사로서는 매우 심각한 일입니다. 부탁입니다, 제발 비공식적으로……"

우스꽝스러울 정도로 일그러진 그의 얼굴을 보며 퍼뜩 깨달았다. 구태여 조사를 부탁할 필요도 없다. 그는 이미 알고 있는 것이다.

"가타세 씨. 당신이 신조 씨 부탁을 받고, 입력을 마치고 처리되길 기다리는 서류를 그녀에게 보여주거나 복사해준 일이 있는 건 아닙니까?"

그렇기 때문에 저렇게 떠는 것이다. 그래서 신조 교코와 로즈 라인 정보의 연관성을 물어봤을 때 그렇게까지 당황했던 것이다.

"내 말이 맞죠?"

씨름판 가장자리에서 무릎이 휙 꺾여버린 것처럼, 가타세가 힘없이 고개를 숙였다.

"부탁을 받고 서류를 보여줬습니다. 아니, 그럴 수 있게 도왔다고 해야 하나, 가르쳐줬다고 해야 하나."

혼마는 자기도 모르게 큰 한숨을 내쉬었다.

"언제쯤이었는지 날짜는 정확하게 기억나지 않지만……"

"전혀 안 납니까? 어림짐작도 안 간다고요?"

가타세가 고개를 끄덕였다.

"그럼 그렇다 치고, 구체적으로 어떤 방법을 썼나요?"

"내보낼 상자에서 서류를 몰래 빼내면 그만입니다. 간단해요. 업자가 가지러 오는 건 한 달에 한 번뿐이니까."

"당신이 서류를 빼낸 상자에는 뭐가 들어 있었나요?"

"앙케트입니다."

"앙케트라. 언제적 앙케트죠?"

가타세가 어깨를 움츠렸다. "조금 전에도 말했잖아요. 기억이 안 난다니까요. 참말입니다."

말없이 그의 얼굴을 물끄러미 바라보고 있자니, '참말입니다'가 전혀 '참말'이 아니라는 것을 알아챌 수 있었다. 가타세의 눈은 불안하게 허공을 헤매고 있었다.

"'혼마'는 내 성이지, 당신이 할 말은 아닌 것 같군요*."

가타세는 심약하게 입가를 풀며 웃었지만, 혼마가 조금도 웃기지 않다는 표정을 짓자 맥없이 웃음을 거둬들였다.

---

* '참말'을 오사카 사투리로 발음하면 '혼마'가 된다.

454

"기억이 안 나요……"

"하나도? 전혀?"

알면서도 기억이 안 나는 척하는 걸까?

이윽고 가타세가 기어들어가는 목소리로 말했다. "맨 처음은 5월이 었습니다."

맨 처음?

"그럼, 여러 번 빼냈단 말입니까?"

가타세가 고개를 끄덕였다. 역시, 몸이 움츠러드는 것도 당연하다.

"5월이라면 몇년도 5월이죠?"

"그녀가 우리 회사에서 일하게 된 해의……"

그렇다면 1988년이다.

"몇 번이나 빼냈습니까?"

"……네 번입니다."

"그럼 8월까지?"

"네."

작은 목소리로 가타세가 말을 이었다.

"전부 간토·고신에쓰 지역 고객을 대상으로 한 앙케트였어요. 별 희 한한 걸 보고 싶어하는구나 했죠…… 그래서 기억이 납니다."

"교코 씨가 왜 그런 게 보고 싶은지 이유를 밝히던가요?"

"일단은……"

"어떤 이유였죠?"

가타세가 머뭇거리며 대답했다. "컴퓨터로 프로그램 짜는 공부를 하 는데, 자료로 쓸 데이터가 필요하다고 했습니다."

"신빙성이 있는 이유였나요?"

가타세는 입을 다물었다.

"당신은 그 말을 믿지 않았죠?"

고개를 떨어뜨리며 겸연쩍은 듯 웃었다. "업자에게 정보를 팔기라도 하려는 건가 싶었습니다."

그런데도 상대가 교코라 모르는 척 넘어가준 것이다.

"가타세 씨."

"네."

"그 정보 중에 세키네 쇼코 씨의 앙케트가 포함되어 있는지 어떤지 알아낼 방법은 없습니까?"

"여기서는 알 수 없습니다. 이건 참말입니다. 하지만 시간을 주시면 알아볼 수는 있어요."

가타세의 설명이 점점 빨라졌다.

"앙케트로 얻은 정보는 언제적 데이터인지 확실하게 구분해서 나중에 식별할 수 있게 해놓고 입력합니다. 즉 나중에 특정 프로그램을 이용해 검색하면, 특정 기간에 입력된 정보만 모을 수 있는 거죠."

그것을 이용해서 데이터를 모아보면, 교코가 손에 넣은 앙케트 정보가 어떤 것이었는지 금방 알아낼 수 있다고 했다.

"가타세 씨, 그 정보를 모두 인쇄해서 저에게 줄 수 있겠습니까? 네 달 치 전부요. 시간이 걸려도 상관없습니다. 기다릴 테니까."

그런 말이 나올 줄 알았다는 듯이 가타세가 한숨을 몰아쉬었다.

"꼭 해야 하나요?"

"안 된다면 당신 상사에게……"

"알았어요, 알았어. 정말 미치겠군."

가타세가 두 손으로 머리를 벅벅 긁었다.

"아무튼 이번 일은 비밀로 해주세요."

안달하고 있다. 큰일로 번지지 않게, 작은 불씨일 때 어떻게든 끄고

456

싶은 것이다.

"약속하죠. 노력해보겠습니다."

혹시 추측이 맞는다면 이 약속은 절대 지킬 수 없겠다고 내심 생각했다.

가타세가 두 시간쯤 기다려달라고 해서 혼마는 또다시 '한적'이라는 찻집으로 갔다. 기다리는 동안 그 어느 때보다 초조해서 줄기차게 담배를 피워댔다.

약속시간보다 십오 분쯤 일찍 나타난 가타세는 두께 오 센티미터 정도 되는 인쇄지를 손에 들고 있었다.

"총 160건이었습니다."

그는 종이 뭉치를 탁자 위에 털썩 내려놓으며 말했다.

묵직하다. 들어보지 않아도 그 무게를 짐작할 수 있었다.

신조 교코는 이런 방법으로 로즈 라인에서 간토·고신에쓰 지역에 사는 고객들의 개인정보를 손에 넣었다. 그리고 신분을 가로채도 될 만한 조건을 갖춘 젊은 여성을 찾았다. 그리고 세키네 쇼코를 발견했다. 그렇다. 그 가설은 틀림없다.

혼마는 줄줄이 이어진 용지를 들춰보며 가타세에게 물었다. "세키네 쇼코 씨는?"

"있었습니다." 가타세가 용지 두께의 삼분의 이 정도 되는 지점을 가리켰다. "7월중에 모은 정보예요."

그곳을 들춰보면서 혼마는 '그래, 세키네 쇼코가 로즈 라인 고객정보에 등록된 시기는 7월 25일이었지'라고 기억을 떠올렸다.

교코는 어떤 순서로 '표적'을 찾아냈을까. 끊임없이 이어지는 이름, 나이, 주소, 직업, 여권 소유 여부……

일단은 나이다. 차이가 너무 나는 사람은 곤란하다. 직장도 너무 탄탄하면 곤란하다. 무직이거나 아르바이트라서 갑자기 그만둬도 별로 의심받지 않을 여성이어야 한다. 또 한 가지 허술히 다룰 수 없는 것은, 가족이 없거나 적어야 한다는 중대 조건이다.

손에 넣은 정보를 그런 식으로 점검해나갔을 것이다. 5월분. 6월분. 7월분. 그리고 마지막으로 8월분. 그 시점에서 가능성이 보이는 여성을, 예를 들어 다섯 명으로 정해뒀으면 다섯 명을 뽑아놓고 정보를 빼내는 일은 중단한다. 그리고 1차 후보들 중에서 다시 좁혀나간다.

"있다."

눈앞에 세키네 쇼코의 데이터를 입력한 페이지가 나타났다. 손이 떨리지는 않았지만 기세 좋게 고쳐 앉는 바람에 탁자에 놓인 잔의 물이 흔들렸다.

"그렇다니까요."

이제는 속이 후련하냐는 듯이 가타세가 중얼거렸다.

"저는 그만 가봐야 합니다. 일이 있어서……"

"잠깐 기다려요. 오 분만."

쇼코의 데이터를 읽고 고개를 든 순간……

지금까지 애써온 노력의 한 자락을 누군가가, 그렇다, 어쩌면 시간의 신일지도 모르지만, 어떤 지배적인 존재가 안쓰럽게 여겨준 것이리라. 혼마의 머릿속에서 무언가가 섬광처럼 번뜩였다.

순식간에 몸속의 땀이 알코올로 바뀌어 증발해버리는 느낌이었다.

"왜 그러세요?" 가타세가 물었다.

신조 교코에게 세키네 쇼코는 몇번째 후보였을까?

그렇다. 처음부터 그녀가 첫번째 후보였을 리는 없다. 실제로 쇼코의 데이터는 7월 정보인데, 교코는 가타세에게 8월 것까지 빼내달라고 부탁했다.

후보는 세키네 쇼코를 포함해 여러 명이었다.

그중에서 가장 조건이 좋은 표적을 노려 교코는 당초 행동을 시작했을 것이다.

이론상으로는 지금까지 수도 없이 생각했다. 교코가 로즈 라인에서 정보를 빼내고, 그중에서 눈에 띄는 '표적'을 찾아냈을 거라고.

그러나 그것은 그저 생각일 뿐이다. 좀더 일찍 이렇게 직접 160명의 정보를 눈으로 보고, 출력된 종이의 무게를 느꼈어야 했다. 그랬다면 훨씬 전에 깨달았을 것이다.

신조 교코에게 세키네 쇼코가 두번째 이하의 후보였다면?

그녀가 '이거다' 하고 목표로 삼은, 훨씬 더 적합한 다른 여자가 존재했다면?

다른 넘버원이 존재했다면? 그 표적을 '없애기' 위해 착실하게 준비했었다면?

그런데 그러던 와중에, 너무나 우연히도 세키네 쇼코의 어머니가 사망했다는 사실을 알았다면?

신조 교코는 도쿄 지방 신문을 받아 보았다고 했다. 건축법 위반이 원인이 된 세키네 요시코의 죽음은 작게나마 도쿄의 신문에 보도되었다.

교코가 그것을 보고 쇼코의 어머니가 사망했다는 사실을, 적어도 호적상으로는 쇼코가 천애고아의 몸이 되었다는 사실을 알았을 가능성은 충분하다.

그렇다. 세키네 요시코의 죽음은 역시 사고사였다. 자살일 가능성도 있지만, 여하튼 남의 손에 살해당한 것은 아니다.

그것은 우발적인 일이었다. 그리고 신조 교코는 세키네 요시코의 죽음을 계기로 다른 표적에서 방향을 바꾸어 쇼코를 노리게 된 것이다.

쇼코가 요시코의 죽음으로 인해, 계획을 실행하는 데 손을 더럽힐 필요가 적고 그만큼 위험성이 낮은 표적이 되었다고 판단했기 때문에.

그렇다면 모든 것이 앞뒤가 맞는다.

"영문을 잘 모르겠는데, 이게 그렇게 의미 있는 건가요?"

가타세가 막연한 두려움을 느꼈는지 어안이 벙벙한 얼굴로 물었다.

"당신이 생각하는 것보다는 훨씬."

"그렇지만…… 난 그저……"

"가타세 씨, 기억을 떠올려보십시오. 신조 교코 씨가 야마나시 현에 간 적이 있었나요?"

가타세가 앵무새처럼 되물었다. "야마나시 현?"

"그렇습니다. 야마나시 현 니라사키 시. 주오 선의 고후 근처입니다. 커다란 관음상이 있어요. 어떻습니까?"

가타세가 더듬더듬 말했다. "있었을 겁니다."

"왜죠?"

"같이…… 놀러 간 적이 있었으니까."

"당신과?"

"네. 드라이브 여행이었습니다. 같이 여행을 간 건 그때가 두번째였는데……" 침을 꿀꺽 삼키고 나서 가타세가 말을 이었다. "시집간 누나가 고후에 살아서 여행 겸 소개해주려고 데려갔습니다. 니라사키 쪽에도 갔었죠. 정통식 수제비를 먹으러."

이마에 손을 얹고 방금 들은 말이 머릿속으로 들어가는 것을 확인한 후 혼마가 물었다. "당신과 함께 드라이브 여행이요?"

"네."

"가타세 씨, 당신은 신조 교코 씨에게 반했었군요."

"……그렇습니다."

"그럼 당시 그녀에게 다른 남자가 있었다면 알아챌 수 있었겠군요?

그런 기미는 없었습니까?"

가타세가 살짝 화가 난 표정으로 고개를 저었다. "없었습니다."

"자신 있습니까?"

"자신 있습니다. 우리는…… 우리는…… 음, 그러니까……"

"육체관계까지 맺었었다는 뜻인가요?"

고개를 끄덕인 가타세는 겉모습과 어울리지 않을 만큼 수줍어하며 시선을 내리깔았다. "그렇습니다."

신조 교코는 이 남자를 완전히 손아귀에 넣고 조종한 셈이다. 그렇다면 교코가 스도 가오루에게 얘기한, 같이 여행을 갔다가 사고를 당한 남자는 누구였을까? 스도 가오루에게조차 끝내 그 이름을 밝히지 않았던 남자…… 그런 남자는 어디 있었나?

'화상이었어요.'

스도 가오루의 말을 떠올려보았다.

'부들부들 떨었죠.'

'신음소리가 심했고.'

'욕실 벽에다 머리를 쾅쾅 부딪쳤어요.'

"교코와 저는 진지하게 교제했습니다."

가타세가 불쑥 중얼거렸다.

"교코도 그런 마음이었을 거라 생각합니다. 다른 남자가 있었다니, 그건 말도 안 됩니다."

다른 남자가 있었을 리 없다.

혼마는 고개를 들고, 가타세를 똑바로 쳐다보며 말했다.

"그래요, 당신 말고 다른 남자는 없었겠죠."

그렇다. 그 말이 맞다. 신조 교코가 1989년 11월 19일에 스도 가오루에게 한 교통사고 얘기는 날조된 것이었다. 아무런 근거 없는 거짓말이었다. 그녀는 사실을 밝히고 싶지 않았기 때문에 거짓말을 한 것이다.

남자의 이름을 밝히지 않은 게 아니다. 말할 수 없었던 것이다. 왜냐하면 그런 남자는 애당초 존재하지도 않았으니까. 드라이브 여행도 교통사고도 없었으니까.

혼마는 섬뜩한 느낌에 등을 곧게 펴면서 다시 종이 다발을 내려다보았다.

그날, 1989년 11월 19일, 신조 교코는 도쿄나 요코하마나 가와사키 주변에 있었고, 이 인쇄지 속에 숨겨진 여성 중 한 사람, 교코가 첫번째 '표적'으로 정한 최적의 후보자를, 혹은 그 여성의 신분을 가로챌 때 방해될 측근을 처리하려 했던 게 아닐까?

'가볍긴 해도 꽤 넓게 화상을 입었어요.'

'스웨터가 타버렸다고 했어요.'

호난초 빌라에서 본 조그만 가솔린 병. 그것을 손에 들었을 때 풍기던 자극적인 냄새. 반짝거리던 환풍기 날개.

가솔린.

방화다.

도쿄로 돌아온 뒤로는 오로지 전화기에 달라붙어 있는 게 일이었다. 이것 때문에 하루 휴가까지 내고 온 이카리와 이사카 부부와 인쇄지를 나누어 살펴보고 이십대 여성을 찾아내어 빠짐없이 전화를 걸었다.

"경찰이라고 해도 괜찮습니다." 이카리가 이사카 부부에게 선언했다. "여기 등록된 사람들에게 전화해서 무슨 수를 써서든 이 년 전쯤 가족이 화재로 다친 일이 없는지 알아내주세요."

이미 이사한 사람, 부재중 전화로 연결되는 사람. 첫번째 전화로 본인의 목소리를 바로 들을 수 있는 경우가 더 적었다. 결국 인내심 싸움이었다.

밤이 되자 혼마는 이사카 부부에게 이만 쉬라고 하고 이카리와 교대해 전화를 걸었다. 목소리가 갈라졌다.

열한시가 넘어 오늘밤은 슬슬 접어야겠다고 생각했을 무렵, 심술궂기 이를 데 없는 수색의 신은 이제야 이쪽을 향해 미소를 지어주었다.

"찾았다!"

이카리가 소리치며 창가에서 기지개를 펴고 있던 혼마를 불렀다.

"지금 바로 담당자를 바꿔드리겠습니다."

그렇게 말하며 혼마에게 수화기를 내밀었다.

기무라 고즈에라는 스물두 살의 여자였다. 인쇄지의 직업란에는 '프리 아르바이터'라고 적혀 있었다. 들려오는 목소리는 가늘고 애교스러웠다. 말투가 살짝 어린애 같기도 했다. 혼마의 설명을 들으면서도 이따금 "그게 정말이에요? 혹시 몰래카메라 같은 거 아니에요?"라며 말을 가로막았다.

"선뜻 믿을 수 없는 게 당연합니다. 그렇지만 거짓말도 농담도 아닙니다. 제 얘기 잘 들으세요, 우리는 로즈 라인 고객정보를 통해 당신을 알았습니다."

어쨌든 이야기를 끝까지 들어달라고 강조했다.

"기무라 씨, 실례를 무릅쓰고 묻겠습니다. 당신은 가족이 별로 없죠? 지금은 혼자 살 테고요. 혹시 부모님은 이미 안 계시지 않습니까? 내 말이 맞죠?"

고즈에의 목소리에 흔들리는 기색이 역력했다. "그걸 어떻게 아시죠?"

됐어, 라고 이카리에게 고개를 끄덕여 보이고 나서 다음 얘기를 계속했다.

"조금 전 전화를 건 사람이 최근 이 년 사이 가족 중에 사고를 당한 분이 있느냐고 물었죠? 그리고 있다고 대답하셨고요."

고즈에는 잠시 머뭇거리며 뜸을 들인 후에야 대답했다. "네, 제 언니예요."

"언니요."

"네."

"언니가 무슨 사고를 당했습니까?"

고즈에의 목소리가 당혹스러운 빛을 띠었다. "저, 이만 끊을게요. 장난전화죠? 형사도 아니죠? 이런 짓 그만하세요."

이카리가 혼마의 손에서 수화기를 낚아채더니 수사과 직통 번호를 가르쳐주었다.

"됐습니까? 메모했죠? 그럼 그쪽으로 전화해서 우리 이름을 말하고, 그런 형사가 있는지 없는지 확인해보세요. 그리고 전화 받은 사람한테 아주 급한 일로 혼마라는 형사와 연락하고 싶으니 아가씨 집으로 전화 부탁한다고 전해달라고 하세요. 알겠습니까? 단, 아가씨 이름과 전화번호는 엉뚱한 걸로 꾸며대서 가르쳐주세요. 진짜 이름이나 전화번호를 말씀하시면 안 됩니다. 그렇게 하면 전화 받은 사람이 지금 당신과 통화하고 있는 이 전화번호로 긴급 연락을 할 겁니다. 우리가 그 연락을 받고 당신에게 다시 연락하겠습니다. 그리고 당신이 경찰에 전화했을 때 담당자에게 말한 거짓 이름과 번호를 그대로 맞혀보겠습니다. 어때요? 그러면 우리 얘기가 거짓말이 아니라는 증거가 되겠죠? 한번 해봅시다."

고즈에는 그 제안을 이해한 것 같았다. 전화를 끊은 이카리가 혼마에게 말했다. "급할수록 돌아가라잖아."

혼마가 얼굴의 땀을 훔쳐냈다. "그렇지. 미안해."

"괜찮아. 나도 애가 타긴 마찬가지야."

이카리가 조급하게 담배로 손을 뻗더니 불을 붙이고는 물었다.

"이봐, 이 고즈에라는 사람의 존재를 확인하고 나면 그다음에는 어쩔 작정이야?"

혼마가 고개를 저었다. "확증은 없어. 그렇지만 자신은 있어."

"그건 또 뭔 소리야?"

"언젠가 신조 교코는 지금 뭘 하고 있을까 하는 얘기를 나눴을 때, 머릿속에 뭔가가 휙 떠올랐다 사라졌어. 이 두툼한 인쇄지를 본 순간 그게 뭐였는지 확실해지더군."

지금은 확실하게 파악했다.

"세키네 쇼코가 되려다 실패한 신조 교코는 다시 다른 표적을 노릴 거야. 그것도 매우 급하게. 그녀는 지금 몹시 초조할 테니까."

"그래. 있을 법한 일이지."

"내 말이 무슨 뜻인지 알겠어? 이제는 굳이 처음부터 다시 시작할 필요가 없다는 거야. 전에 뽑아둔 데이터를 다시 이용하면 그만이지. 그녀는 그 정보를 보관해뒀을 게 틀림없어. 주도면밀한 여자니까. 만약을 대비해서."

이카리가 신음소리를 흘렸다. "흐음, 과연……"

"그리고 그럴 경우 맨 먼저 탐색할 대상은, 세키네 쇼코로 방향을 전환한 탓에 도중에 버린 첫번째 후보자일 가능성이 높지. 그러니 무슨 수를 써서든 그녀를 만나려 할 거야."

"그럼, 기무라 고즈에 주변에 신조 교코가 나타날지도 모른다?"

그 순간 전화벨이 울렸다. 부리나케 수화기를 집어들자 당직하는 동료의 목소리가 들렸다.

"사토 아키코라는 여자한테서 전화가 왔는데, 아주 급한 일이라면서 지금 당장 연락해달라더군. 자네는 지금 휴가중이라고 했는데도 막무가내야."

평소 가명을 쓸 일은 거의 없을 것이다. 상대가 긴장할 만한 가명은 절대 아니지만.

"전화번호는?"

"그게 말이지, 5555의 4444라는 거야. 혹시 장난전화인가?"

"됐어. 고마워."

전화를 끊고 기무라 고즈에에게 다시 전화를 걸었다. 이카리가 옆에서 "상상력이 별로 없는 아가씨로군"이라고 주석을 달았다.

고즈에는 곧바로 전화를 받았다. 혼마는 최대한 부드럽게 말했다.

"여보세요? 기무라 씨입니까? 사토 아키코 씨고, 전화번호는 5555의 4444죠. 맞습니까?"

기무라 고즈에의 목소리는 금방이라도 울음을 터뜨릴 듯했다.

"정말이었네요……"

"삼 년 전, 그러니까 1989년 11월 중순 무렵이었어요. 일요일이었으니까…… 19일이었나? 언니가 크게 다쳤어요."

침착함을 되찾은 고즈에가 설명했다.

1989년 11월 19일.

틀림없다. 신조 교코가 한밤중에 오른손에 화상을 입고 스도 가오루를 찾아온 날이다.

"크게 다쳤다……"

"네. 화상도 입었고, 산소 결핍으로 뇌에 손상이 갔어요. 줄곧 식물인간 상태로 있다가 작년 여름에 세상을 떠났어요."

가슴 밑바닥에 막혀 있던 것이 자취를 감췄다. 시야가 훤히 트였다.

찾았다. 제대로 찾았다.

그렇다. 신조 교코는 실패했던 것이다. '표적'으로 노렸던 첫번째 후보자의 가족이…… 없애야 할 가족이 죽지 않고 식물인간이 되어버렸으니까.

강제로 표적을 '실종'시키고 병자를 그대로 내버려두면 나중에 쫓기게 될지도 모른다. 어디에서 진상이 노출될지 모른다. 너무도 위험해서 더이상 계획을 진행시킬 수 없었던 것이다.

그래서 그녀는 세키네 쇼코로 갈아탔다. 어머니를 잃은 지 얼마 안되는 세키네 쇼코로.

세키네 요시코의 사고사 기사를 신문에서 발견했을 때 교코는 무슨 생각이 들었을까. 기뻐했을까. 수고를 덜었다고 뛸 듯이 기뻐하며 표적을 바꿨을까.

확인해야 할 것은 아직 남아 있다. 혼마가 목소리에 힘을 주며 말을 이었다.

"기무라 씨, 언니는 화재를 당했죠?"

고즈에가 곧바로 대답했다. "네, 맞아요. 원인을 쉽게 밝혀내진 못했지만, 소방서와 경찰에서 조사하고는 방화인 것 같다는 결론을 냈어요. 당시 저희가 살던 지역 일대에 무차별 방화사건이 자주 일어났거든요. 한동안 매스컴에서도 많이 다뤘는데, 재미를 붙였는지 수법이 점점 대담해져서 한창 두려움에 떨었었어요."

혼마는 눈을 감았다. 신조 교코는 도쿄 신문을 챙겨 보았다. 그러니 무차별 방화사건에 관해 알고 있었을 테고, 그것을 이용한 것이다.

"저는 그날 무슨 강습을 듣는 날이라 늦게 들어와서 살아남았지만, 언니는 잠들어서 미처 도망치지 못했나봐요."

아니다. 그게 아니다. 그 방화는 바로 당신의 언니를 노렸던 것이다.

"기무라 씨."

혼마는 마른침을 삼키는 이카리의 얼굴을 흘끔 쳐다보고 나서 물었다.

"그 당시, 방화사건이 일어나기 직전에 당신이나 언니와 가까워진 새로운 친구는 없었습니까?"

"여자요?"

"그래요. 없었습니까?"

고즈에는 잠깐 동안 입을 다물었다.

"글쎄요…… 그 무렵에는 저도 충격 때문에 정신이 없어서……"

"그랬겠죠, 당연합니다."

혼마는 그렇게 말하고, 숨을 한 번 내쉬었다.

"그럼 최근에 당신이 새로 알게 된 사람은 없습니까?"

"새로 알게 된 사람이요?"

"네. 음…… 예를 들면 언니의 옛날 친구라거나 혹은 집 근처에서 길을 물었다거나."

"아, 그런 일이라면 있어요." 고즈에가 대답했다.

"있어요?" 목이 꽉 죄어드는 느낌이었다.

"어떤 사람입니까? 그 사람 이름이 뭐죠?"

간발의 틈도 없이, 너무도 허망하게 고즈에는 대답했다.

"신조 씨예요, 신조 교코 씨."

신조, 교코 씨.

혼마의 입에서 그 이름이 나오는 것을 듣고, 이카리가 이마를 탁 치고 두 주먹을 불끈 쥐며 승리 포즈를 취했다.

"그 사람이 누구죠?"

"언니 친구예요. 연락받은 건 며칠 전이지만."

순간 숨이 멎었다.

"뭐라고요?"

고즈에는 혼마의 힐문에 놀랐는지 입을 다물어버렸다.

"며칠 전에 연락을 받았다?"

"아자!"

고즈에의 "네"라는 대답과 동시에 이카리가 고함을 질렀다. 춤까지 춘다. 발을 들어 그의 정강이를 걷어차 입을 다물게 한 후 고즈에에게 말했다.

"미안합니다. 방금 들린 이상한 소리는 신경 쓰지 마세요."

고즈에는 깜짝 놀란 듯했지만, 곧 작게 웃었다.

"신조 교코 씨라고 했죠. 그녀가 연락을 했다고요?"

"네. 줄곧 소식이 없다가 오랜만에 전화가 왔어요. 언니가 죽은 걸 몰랐다며 굉장히 미안해했어요. 묘지에 참배하고 싶은데 안내해줄 수 있냐고…… 그래서 이번 주 토요일 오후에 긴자에서 만나기로 했어요."

28

기무라 고즈에와 의논해서 협력해줄 것을 약속받고, 토요일에 어떻게 할지 결정한 후 혼마는 다시 우쓰노미야로 향했다. 다모쓰를 말리기 위해서였다.

도쿄를 떠난 후로 다모쓰는 연락이 없었다. 기세 좋게 돌아가긴 했지만 모교 운동장을 샅샅이 파헤치는 것은 사실상 불가능에 가깝다. 신조 교코를 무사히 붙잡는다면 시체 수색은 나중으로 미뤄도 늦지 않다.

신칸센에 몸을 맡기고 있는 동안 몇 번이나 생각했다. 어느 쪽이든 상관없다고.

마음속 한구석에서는 다모쓰가 세키네 쇼코의 머리 부분을 찾아주기를 아주 약간 기대하기도 했다. 그러나 한편 그에게 그런 일을 맡기는 것은 너무 가혹하다는 생각도 들었다.

자기 손으로 직접 '시짱'의 뼈를 파내면 다모쓰는 정말로 마음이 풀릴까. 본인은 그럴 거라 생각하는 모양이지만 어쩌면 단순한 착각일지도 모른다. 평생 그 충격을 짊어지고 살아가게 될지도 모른다.

출발 전에 미리 전화를 해뒀기 때문에 다모쓰는 개찰구 밖에서 기다리고 있었다. 전화 목소리에서도 어딘지 모르게 흥분을 억누른 설렌 분위기가 느껴졌지만, 실제로 만나보니 건강한 얼굴과 다부진 어깨에 힘찬 기운이 가득했다. 멀리서 혼마를 발견하고는 큰 소리로 불렀다.

간토 지방의 매서운 찬바람이 휘몰아쳐서 잠깐만 밖에 서 있어도 귀와 코와 머리가 얼얼해질 정도로 추웠다. 문에 '혼다 모터스'라고 새겨진 밴의 조수석에 자리를 잡자 겨우 살 만해졌다. 이제 괜찮다며 허세를 부리던 것은 까맣게 잊고 한동안 욱신거리는 무릎을 어루만지며 달래줘야 했다.

"보고할 게 있습니다."

매서운 추위에 코끝이 빨개진 다모쓰의 말을 가로막으며 혼마가 입을 열었다.

"나도 할 얘기가 있어."

"그래서 굳이 여기까지 오셨군요. 전화로는 못 하는 중요한 얘긴가요?"

"응."

신조 교코 본인을 만날 수 있을 것 같다는 이야기를 시작으로 그간의 경과를 알려주었다. 다모쓰는 놀라움에 눈을 깜박거리며 이따금 감탄의 소리를 냈다. 그러면서 혼마가 두 번이나 주의를 줄 정도로 속도를 높여 달렸다.

"대단해요. 드디어 해내셨군요."

말끝이 떨렸다. 더는 감당하기 힘든지 차를 일단 갓길에 세우고 시동을 껐다.

죄송합니다, 하며 한동안 몸을 떨었다. 다시 차를 출발시킬 때까지 족히 십 분은 걸렸다.

"저는, 글쎄…… 뭐라고 말해야 좋을지 모르겠습니다."

"많은 사람이 도와준 덕분이야. 가장 이상적인 형태로 해결됐어."

"토요일이라고 하셨죠? 내일모레군요. 저도 가겠습니다. 가도 되죠?"

"물론이지."

"맨 먼저 말을 걸게 해준다는 약속도 잊지 않으셨죠?"

"잊지 않았어."

다모쓰는 막 빨간 신호로 바뀐 교차로를 무리하게 통과하고 나서야 속도를 낮췄다.

"저희 집으로 가기 전에 학교에 먼저 들러주세요."

다모쓰가 핸들을 꽉 움켜쥐고 앞을 바라본 채 말했다.

"문제의 그 초등학교 말인가?"

"맞습니다. 오바타야마 공원 근처에 있어요."

지난번 이곳을 찾았을 때 봤던 낯익은 거리를 지나쳐, 다모쓰는 멀리 푸르른 언덕이 바라다보이는 곳에 차를 세웠다.

대도시이긴 하지만 이곳은 도쿄와 달리 여유로운 곳이다. 다모쓰와 세키네 쇼코가 다녔던 초등학교 운동장은 럭비와 야구를 동시에 할 수 있을 정도로 드넓었다. 물론 조잡하게 포장해놓지도 않았다. 흙이 깔린 운동장이다.

철근으로 지은 4층짜리 회색 건물이 무척 멀게 보였다. 학교 건물 양쪽 끝부터 운동장을 빙 돌며 벚나무가 심겨 있다. 지금은 잎이 다 떨어져 앙상하지만, 이른 봄이 되면 넋을 잃을 정도로 아름다운 광경이 펼쳐질 것이다.

"이렇게 넓으면 다 파헤칠 수도 없겠군."

연지색 체육복을 맞춰 입은 아이들이 운동장 한가운데서 줄넘기를 하고 있다. 서른 명이나 될까. 고학년처럼 보인다. 선생님이 이따금 날카롭게 호루라기를 불었다.

"친구들한테 물어서 제가 여기 다녔을 무렵의 건물과 운동장 위치를 열심히 복원해봤는데요."

"복원이라니?"

"학교를 다시 새로 지었거든요. 오 년 전에."

아아, 혼마는 속으로 끄덕였다.

"충분히 있을 법한 일이군."

다모쓰가 머리를 긁적였다. "그렇죠. 건물 위치까지 완전히 바뀌어버려서, 십자매 무덤이 어디쯤이었는지 전혀 짐작이 안 가요."

다모쓰가 소리 내어 웃었다. 혼마는 그를 올려다보았다. 그의 얼굴에 낙담의 빛이 떠오르지 않는 것은 왜일까.

"마침 전화를 드리려던 참이었습니다." 다모쓰가 말했다. "제가 알아낸 게 아예 없는 건 아니에요. 그래도 좀더 자세히 알아보고 나서 보고드릴 생각이었죠."

이 년 전─1990년 봄 벚꽃이 만발했을 무렵, 이 운동장에서 신조 교코로 추정되는 젊은 여자를 봤다는 사람을 찾아냈다고 했다.

"정말인가?"

두 손을 울타리에 얹고 몸을 앞뒤로 살며시 흔들며 다모쓰가 천천히 고개를 끄덕였다.

"확실합니다. 제가 여기 다닐 때부터 근무한 베테랑 중의 베테랑 교직원이니까요. 여성입니다. 이미 쉰 살이 넘었지만 기억력은 아주 좋더라고요."

다모쓰가 신조 교코의 사진을 보여주자 이 여자가 틀림없다고 단언했다고 한다.

"미인이라 확실하게 기억한다고 했어요."

"신조 교코는 뭐하러 여길 찾아왔지? 교직원은 왜 만났고?"

"토요일 오후에 홀연히 운동장으로 들어와서, 바로 저쪽 주변을……"

다모쓰가 탄탄한 팔을 뻗어 벚나무 가로수를 가리켰다.

"느긋하게 산책하며 주위를 살피는 것 같더랍니다. 관광객이 학교 벚나무를 구경하러 오는 일이 드물진 않아서 처음에는 그냥 내버려뒀는데, 젊은 아가씨가 너무 오랫동안 꼼짝 안 하고 서 있으니 조금 걱정이 돼서 말을 건넸던 모양입니다."

그 젊은 여자의 옷차림은 단정하면서도 매우 수수했다.

"검은색 정장에 하얀 블라우스를 입었고, 입술 색깔도 옅었대요. 초상집이나 장례식에 왔다가 돌아가는 것처럼 보였다 합니다."

다모쓰가 뒤로 돌아서며 다짐을 두듯 혼마의 얼굴을 바라보았다.

"초상집이나 장례식이라고 했다니까요?"

"응……"

교직원이 말을 건네자, 그 젊은 여자는 벚꽃이 너무 아름다워서 자기도 모르게 빠져들었다고 대답했다.

"여기 벚꽃은 동네에서도 유명하다고 자랑하니까, 정말 아름답다며 눈을 가늘게 뜨고 웃더랍니다."

그런데 그녀는 어딘지 모르게 침울해 보였다고 한다. 그래서 교직원이 물어보았다. 여기로 여행을 왔느냐고. 그러자 그녀는 대답했다.

"네, 여행 왔어요. 그리고 혼마 씨, 이렇게 말했대요. 친구 대신 왔다, 라고요."

혼마는 고개를 돌려 메마른 나뭇가지가 늘어선 벚나무 가로수로 시선을 던졌다. 친구 대신 왔다.

"그 친구가 이곳 사람이냐고 물어봤나봅니다. 그랬더니 여자가 고개를 끄덕이고, 이렇게 말했대요."

가빠지는 호흡을 가다듬은 후 다모쓰가 말을 이었다.

"그 친구는 예전에 이 학교에 다녔다. 그리고 학교에서 키우던 십자매가 죽었을 때, 운동장 한구석에 무덤을 만들어주었었다고. 장소가 어디쯤인지는 잊어버렸지만."

이 드넓은 운동장 어딘가. 자기가 죽으면 여기에 묻히고 싶다고, 세키네 쇼코가 절반은 꿈처럼 어린 시절의 감상을 떠올리며 불쑥 속내를 내비치며 말했던 그 장소다.

"여자는 교직원에게 요새도 학교에서 키우던 동물이 죽으면 묻어주는 장소가 있느냐고 물었답니다. 없다고 대답하자 '그렇겠죠'라면서 웃었다고 했어요."

친구 대신 옛 추억이 깃든 장소를 찾아왔다. 신조 교코가 그런 말을 했단 말인가.

"교직원은 그 여자의 분위기가 심상치 않은 게 아무래도 신경이 쓰여서 이런저런 질문을 더 했던 모양이에요. 오늘 그 친구가 같이 못 온 이유는 뭐냐, 친구는 지금 어디에 있느냐고 물었더니……"

젊은 여자는 한동안 가만히 입을 다물고 있다가 이윽고 나지막이 말했다고 한다.

"그 친구는 죽고 없어요."

다모쓰와 나란히 서서 드넓은 운동장에 뿔뿔이 흩어진 체육복 차림의 아이들을 바라보며, 운동장을 휘젓고 흙먼지를 일으키며 몸속으로 파고드는 북풍을 느끼면서 혼마는 생각했다.

신조 교코는 이곳에 왔었다. 세키네 쇼코 대신. 그녀를 대신해서 그녀가 '죽으면 묻히고 싶다'고 했던 곳으로.

"저는 열심히 노력하고 있습니다."

울타리를 휙 밀쳐내며 몸을 일으킨 다모쓰가 말했다.

"교장 선생님과 사친회 분들을 설득해서 어떻게든 이 운동장을 파헤쳐도 좋다는 허가를 받아낼 생각입니다. 해볼 가치는 분명히 있어요. 안 그래요? 신조 교코가 여기에 왔었단 말입니다. 보나마나 시짱을 여기에 묻기 위해서였을 겁니다. 찾아보면 반드시 시짱을 발견할 수 있어요."

발밑의 지면은 잡초까지 말라붙어 단단하게 다져져 있다. 혼마는 흙먼지로 부예진 손가락을 울타리 기둥의 콘크리트 블록에 얹고, 다모쓰와 똑같이 다리를 벋디디며 말했다.

"신조 교코는 여기 왔었다."

"그렇습니다."

"하지만 난 아무래도 시짱은 여기 없을 것 같아."

다모쓰가 찬바람에 얼굴을 찡그리며 혼마를 뚫어져라 바라보았다. "왜죠? 일부러 여기까지 찾아오셨으면서."

"여기 묻을 순 없어. 아니, 어쩌면 묻을 생각은 했을지도 모르지. 그렇지만 여기는 학교 운동장이야. 안 돼. 너무 위험해. 언제 어떻게 발각될지 몰라. 여기 와보고 나서 불가능하다는 사실을 더욱 확실하게 깨달았겠지."

"그렇지만……"

혼마는 다모쓰의 말을 가로막으며 최대한 부드럽게 말했다.

"신조 교코는 시쨩의 시체를 자기가 생각해낼 수 있는 가장 안전한 곳에 묻으려 했겠지. 당연해. 신원이 판명되면 엄청난 소동이 벌어질 테니까. 바다에 버렸을까. 아니면 산속에 파묻었을까. 니라사키에 버린 일부분이 발견된 것도 그녀 입장에서는 계산 착오였겠지. 쓰레기랑 같이 소리 소문 없이 처분되길 기대했을 테니까."

다모쓰는 꼼짝도 않고 서 있었다. 운동장에서 호루라기 소리가 울려 퍼지자 뿔뿔이 흩어졌던 학생들이 달음박질을 치며 모여들었다.

"시체는 발견될 우려가 없는 곳에 버렸을 거야. 그렇지만 신조 교코는 그런 행동을 보상하려는 마음에서 따로 이곳을 찾은 거지. 시쨩을 대신해서 그녀가 '묻히고 싶다'고 말했던 장소를 보러 온 거라고. 내 생각은 그래."

사토루와 갓쨩이 멍청이의 유해 대신 목줄을 묻어준 것으로 만족했 듯이.

봄날, 흐드러지게 핀 벚나무 아래에서 바람에 흩날리는 꽃잎을 머리에 맞으며, 그녀는 오래도록 이곳을 서성거렸다.

그때 그녀는 무슨 생각을 했을까. 세키네 쇼코에게 죄책감을 느꼈을까. 아니면 완벽하게 그녀로 변신해 살아가기 위해서, 그녀가 어른이 된 후에도 잊지 못한 추억의 장소를 한 번쯤 봐둬야겠다고 생각했을까.

그 친구는 죽고 없어요.

"그럼, 시쨩은 어디 묻혔죠? 어디 버린 거예요?"

다모쓰의 목소리가 갈라졌다.

그것을 아는 인간은 단 한 사람이다.

호루라기 소리가 또 한 번 높게 울려퍼졌다. 얼음처럼 단단하고 투명한 겨울 공기 속으로. 이 세상에 모습을 드러내지 않는, 인간에게 결코 모습을 보여주지 않는 불가사의한 새의 울음소리처럼.

"도쿄로 가자."

다모쓰의 어깨에 손을 얹으며 혼마가 말했다.

"그녀를 만나러 가야지."

29

약속한 날, 약속한 장소.

기무라 고즈에가 신조 교코와 만나기로 한 이탈리안 레스토랑은 긴자 변두리에 있었고, 그래서인지 내부가 널찍하고 여유로웠다. 복층 구조에 천장까지 훤하게 뚫려 있고 반 층 정도 지하로 내려간 곳에 원형 플로어가 있었다.

약속시간은 오후 한시였다. 지금은 십 분 전이다.

혹시라도 내키지 않는다면 당신은 꼭 여기 있을 필요 없다고 기무라 고즈에에게 설명했다. 신조 교코가 오면 우리가 알아볼 수 있으니까.

그러나 고즈에는 고개를 저었다.

"무섭긴 하지만…… 어쩌면 언니를 죽였을지도 모를 사람이잖아요?"

"네, 그렇죠."

"그럼 저도 만날래요. 만나서 어떤 사람인지 똑똑히 보고 싶어요."

최대한 자연스럽게 행동해달라는 다짐만 해두었다. 그녀는 지금 원형 플로어 한가운데 자리에 앉아 살짝 긴장한 표정으로 이따금 스웨터 위로 가슴을 지그시 누르며 기다리고 있다. 탁자 위에 있는 카푸치노에는 손을 댈 기색도 보이지 않았다.

혼마와 다모쓰는 1층 가장자리, 즉 원형 플로어를 내려다볼 수 있는 계단 옆자리에 앉아 있었다. 두 사람 역시 주문한 커피에는 손도 대지 않았고, 다모쓰는 연신 물만 들이켰다.

"제가 먼저 말을 걸어도 괜찮죠?"

목소리가 살짝 떨렸다.

"물론이지." 혼마가 고개를 끄덕였다. "뭐라고 할 건데?"

다모쓰가 눈을 내리깔았다. "모르겠어요."

1층 반대편에는 밝은 이탈리안 레스토랑과 어울리지 않는 칙칙한 양복 차림의 이카리가 신문을 활짝 펼치고 앉아 있다. 그는 벌써 커피를 두 잔째 주문했다.

가게 출입구는 두 군데다. 신조 교코가 어디로 들어오든 놓칠 리 없고, 또한 퇴로도 막을 수 있다.

어제는 밤새도록 거의 못 자고 이카리와 이 건에 관해 의논했다.

물증이 없다. 시체도 없다. 행방불명된 여자 하나와 그녀의 신분을 사칭한 여자 하나가 전부다. 살해 동기는 추측이 되지만, 흉기는 물론 수단에 관해서도 전혀 아는 바가 없다. 추정하는 데도 한계가 있다.

다발로 묶어 팔아도 될 정도로 긁어모은 정황증거들. 기댈 수 있는 것은 그것뿐이다.

"검사들이 싫어하겠군." 이카리가 말했다. "이것만으로는 입건할 수 없을 테니까."

"글쎄. 아직은 모르지."

"안 그래? 지문도 없는데다 목격자 증언도 얼마나 기대할 수 있을지 모르고……"

"그래, 맞다. 네 말이 다 맞아."

이카리가 갑자기 쓸쓸한 미소를 흘리더니 말했다. "흠, 넌 솔직히 이젠 어떻게 되든 상관없는 거 아냐? 신조 교코를 찾아낸 것만으로도 속이 후련한 표정인데."

마룻바닥에 비스듬히 내리비치는 햇빛을 바라보며, 혼마는 새삼 '정말 그럴까' 하고 생각했다. 교코만 만나면, 그녀만 찾아내면 만족한다고 나는 생각했을까.

　머릿속에 떠오르는 것은 질문뿐이었다. 분노는 느껴지지 않았다. 지금까지 수사를 해오면서 이런 적은 한 번도 없었다. 단 한 번도.

　다모쓰에게도 물었지만, 혼마 자신도 신조 교코를 만나면 맨 처음 무슨 말을 해야 할지 알 수 없었다.

　당신은 똑같은 짓을 되풀이하려는 거냐고 물어야 할까? 세키네 쇼코는 실패했으니 다시 처음으로 돌아가서 언니를 잃은 기무라 고즈에의 신분을 가로채려는 거냐고. 그리고 또다시 도망치겠지. 구리사카 가즈야를 맞닥뜨릴 우려가 있는 도쿄를 떠나서 이번에는 또 어디로 떠날 생각인가?

　그게 아니면, 세키네 쇼코의 머리 부분을 어디에 버렸느냐고 물어봐야 할까?

　구리사카 가즈야가 세키네 쇼코의 개인파산 사실을 밝혔을 때, 어떤 느낌이었냐고 물어야 할까?

　이마이 사무기기의 미짱이 몹시 보고 싶다고 전해달라고 했다. 사장님도 걱정하고 있다고 말해줘야 할까?

　가즈야가 당신을 찾아달라고 부탁했을 때, 그가 이까지 부딪치며 떨었다는 얘기를 해줘야 할까?

　그게 아니면, 당신은 또 헛수고를 하려는 거다, 어딜 가더라도 당신은 도망자일 뿐이라고 말해줘야 할까?

　당신은 부정할까? 우리가 추리해낸 사건의 개요를. 카드로 지은 집을. 그러나 당신이 원하든 원하지 않든 우리 앞에는 기나긴 전쟁이 기다리고 있다. 조사라는 이름의 전쟁이. 혹은 심문이라는 이름의 전쟁이. 최후에는 법정에 가게 될까? 아니면 거기까지 가지 않고 끝이 날까.

어느 쪽이든 도망치거나 싸우거나 둘 중 하나다. 그리고 유일하게 확실한 사실은, 당신에게는 이제 두 번 다시 다른 사람의 이름이나 신분을 가로챌 기회가 없다는 것이다.

당신은 신조 교코이지 다른 누구도 아니다. 세키네 쇼코가 세키네 쇼코일 뿐, 제아무리 발버둥을 쳐도 다른 존재가 될 수 없었던 것처럼.

부드러운 관현악이 흐르고 나뭇결무늬와 흰색과 녹은 버터 같은 황금빛이 가득한 가게에서, 자신과 이카리, 다모쓰는 필시 겉도는 존재일 거라는 생각이 들었다. 이따금 스쳐 지나가는 웨이터나 주변에 앉아 있는 젊은 손님들의 시선에서 그것을 느낄 수 있었다.

당신도 느낄 수 있을까. 신조 교코의 얼굴을 떠올리며 혼마는 생각했다. 가게 안으로 한 발짝 들여놓은 순간 위화감을 느낄까? 우리를 발견하고, 상황을 알아채고, 곧바로 등을 돌려 도망칠까?

혹시 당신이 차라리 도망친다면 마음이 편하겠다고 생각했다. 이제 더는 당신을 쫓고 싶지 않다. 도망치는 모습을 보임으로써 당신이 이 모든 사실을 인정한다면, 얼마나 마음이 편해질까.

그 순간 불현듯 뺨 언저리로 신선한 바람이 스치는 느낌이 들었다.

"왔다."

등을 곧게 펴면서 다모쓰가 말했다.

고개를 들자, 멀리 떨어진 자리에서 이카리가 얼굴을 가리고 있던 신문을 천천히 내리는 모습이 보였다. 그가 앉아 있는 의자 바로 옆으로, 파우더블루 빛깔의 모자 달린 외투를 입은 신조 교코가 지금 막 스쳐 지나갔다.

틀림없다. 그녀였다.

머리 모양이 조금 변했다. 파마를 한 걸까. 귀 바로 아래까지 오는 머리카락 사이로 반짝이는 귀고리가 얼핏 보인다. 늘씬하게 뻗은 다리를 우아하게 움직여 탁자와 탁자 사이를 빠져나간다. 웨이터들의 시선에도 주눅 들지 않고, 자세도 아름답다.

걸음을 멈추고 잠시 주위를 둘러보았다. 꽤 멀리서도 곧게 뻗은 콧대와 새침한 분위기가 감도는 입술, 살짝 붉은빛이 도는 하얀 볼을 확연하게 알아볼 수 있었다.

그 얼굴에서는 고뇌의 빛도 고독의 그림자도 엿볼 수 없었다. 그녀는 아름다웠다.

그녀가 기무라 고즈에를 발견했다. 가볍게 목례를 한다.

그렇다, 저들은 첫 만남이다. 교코는 고즈에를 알고 있겠지만, 고즈에는 그녀를 모른다.

혼마는 새삼스레 그 사실을 떠올리고는 긴장하며 고즈에의 반응을 지켜보았다. 그러나 고즈에도 흐트러짐이 없었다. 이쪽으로도, 이카리 쪽으로도 시선을 던지지 않았다. 자리에서 가볍게 일어서며 인사를 건넸다.

신조 교코가 그녀의 자리로 다가갔다. 계단을 내려가 반지하 플로어로, 가장자리의 둥근 탁자를 돌아, 오늘의 하늘 빛깔 같은 외투 자락을 가볍게 팔랑거리며.

두 사람은 탁자에 자리를 잡았다. 서로 인사를 주고받고, 고즈에가 상대를 올려다보며…… 올려다보며……

가까스로 웃었다.

"안녕하세요?"

교코의 목소리일까. 아니면 고즈에의 목소리일까. 가게 안의 활기찬 소음을 뚫고 그런 인사말이 들려온 듯한 기분이 들었다.

교코는 다시 일어나 외투를 벗고, 그것을 비어 있는 옆 의자 등받이에 걸치고 핸드백을 내려놓았다. 고즈에의 대각선 맞은편 자리에 앉았다.

하얀 스웨터를 입고 있었다. 목 언저리에 폭신폭신해 보이는 장식이 달려 있다. 그녀가 의자를 끌며 고쳐 앉자 장식이 우아하게 흔들렸다.

교코는 혼마와 다모쓰에게 등을 돌리고 앉았다. 그녀가 손을 움직일 때 어느 쪽 손에도 반지를 끼지 않았다는 것을 알 수 있었다. 가즈야에게 받은 사파이어는 지금 어디에 있을까. 그는 이미 끝나버린 과거일까. 구라타처럼. 가타세처럼. 결국은 당신을 지켜주지 못했던, 당신에게는 이제 의미가 없는 과거의 연인일까.

이카리가 고개를 들어 이쪽을 바라보았다.

웨이터가 주문을 받으러 메뉴판을 들고 가까이 다가갔다. 교코가 그것을 받아들었다. 고즈에와 같이 메뉴판을 펼쳤다.

마음이 맞은 듯 둘이 동시에 웃었다. 재미있어서 웃는 게 아니라, 화려하고 여유로운 이 공간에 걸맞은 밝은 표정의 하나로 지어 보이는 웃음이었다. 고즈에의 웃음은 다소 굳어 있었다. 그러나 교코는 딱히 신경 쓰는 기색이 없다.

"먼저 말을 걸겠다며?"

혼마가 재촉하자 다모쓰는 교코가 앉은 의자 등받이를 바라보며 일어섰다.

그리고 누가 끈으로 잡아끌기라도 한 것처럼 곧장 걸어가더니 말없이 계단을 내려갔다. 영 어색한 걸음걸이였다. 주위 손님들이 포크를 입으로 가져가던 것을 멈추고, 혹은 잔을 들어올리려던 것을 멈추고, 혹은 일행과 나누던 대화를 뚝 끊고 다모쓰의 넓은 등을 올려다보았다.

혼마도 탁자 옆으로 일어섰다.

반대편 플로어에서 이카리도 몸을 일으키고, 자리에서 벗어나 천천히 계단을 향해 걷기 시작했다.

그러나 혼마는 그 자리에서 움직일 수가 없었다. 고즈에를 향해 고개를 끄덕이며 쉴새없이 뭐라고 얘기하는 신조 교코의 뒷모습을 멍하니 바라보았다.

　얼마나 작고 가냘픈 사람인가.

　마침내 찾아냈다. 그런 생각이 들었다. 마침내 끝에 이르렀다.

　계단을 내려간 다모쓰가 고즈에와 교코의 자리로 다가갔다. 고즈에는 미리 약속한 대로 현명하게 인내하며 이쪽을, 다모쓰 쪽을 전혀 쳐다보지 않았다. 교코의 귀고리가 반짝거리고, 가냘픈 어깨가 즐거운 듯 흔들렸다.

　너무 커서 눈에 들어오지 않았던 표식을 막 발견한 것 같은 신선한 경이로움을 느끼며, 혼마는 생각했다.

　이쪽에서 뭐라고 묻느냐가 문제가 아니다. 나는 당신을 만나 당신의 이야기를 듣고 싶었던 것이다.

　지금까지 그 누구도 들어주지 않았던 이야기를. 당신 혼자 짊어져온 이야기를. 이리저리 도망쳐온 세월에. 숨죽여 살아온 세월에. 당신이 남몰래 쌓아온 이야기를.

　시간은 충분하다.

　신조 교코……

　다모쓰가 지금 막 그 어깨에 손을 얹었다.

후기

이 작품은 픽션이며 등장인물과 단체 명칭 모두 가상의 설정입니다. 다만 작품에 등장하는, 신용카드나 신용대출로 인한 다중채무자를 위해 구제활동을 벌이는 단체는 실제로 존재합니다. 그리고 변호사협회나 소비자단체, 일부 지방자치단체 등에서도 상담창구를 열어놓고 있습니다.

참고문헌은 다음과 같습니다.
『카드 파산과 채무 정리법』 변호사 우쓰노미야 겐지 지음, 지유코쿠민샤
『론·크레디트 법률 분쟁』 가이 미치타로 외 지음, 유히카쿠
『카드 트러블 핸드북』 전국 신용카드·신용대출 문제 대책협의회 발행
『제11회 전국 신용카드·신용대출 피해자 교류집회』 전국 신용카드·신용대출 문제 피해자 교류집회 실행위원회 발행

『상속』 감수 변호사 요시다 스기아키, 지유코쿠민샤

그리고 작품 첫머리의 '화차'에 대한 해설은 『고지엔』 제3판에서 인용했습니다.

이 책을 완성하는 과정에서 여느 때보다 많은 분들의 도움을 받았습니다. 특히 숨 돌릴 틈 없이 바쁜 일정 속에서 귀중한 시간을 할애해 취재에 응해주시고, 신용카드·신용대출 문제의 현상과 관련해 유익한 이야기를 들려주신 변호사 우쓰노미야 겐지 선생님께 이 자리를 빌려 깊은 감사의 인사를 올립니다. 고맙습니다.

지리에 어두운 저자의 오사카 취재에 동행해주신 다카무라 가오루 씨, 오사카 사투리에 관해 상세하게 조언해주신 히가시노 게이고 씨, 컴퓨터에 관한 초보적인 질문에 답해주신 이노우에 유메히토 씨를 비롯해, 연재 기간 동안 몇 번씩이나 막다른 길목에 부닥친 저자를 격려해주신 여러분, 그리고 『소설추리』 편집부, 후타바샤 편집부 여러분께도 말미에서나마 감사의 인사를 올립니다.

1992년 7월 길일
미야베 미유키

옮긴이 **이영미**
아주대학교 국문과를 졸업하고 일본 와세다대학 대학원 문학연구과 석사과정을 수료했다. 2009년 요시다 슈이치의 『악인』과 『캐러멜 팝콘』으로 일본국제교류기금이 주관하는 보라나비 저작·번역상의 첫 번역상을 수상했다. 옮긴 책으로 『단테 신곡 강의』 『태양의 탑』 『공중그네』 『기적의 사과』 『지도남』 『약속된 장소에서』 『얼굴 없는 나체들』 『솔로몬의 위증』 『결괴』 『불타버린 지도』 『던』 『음의 방정식』 『라오스에 대체 뭐가 있는데요?』 등이 있다.

문학동네 블랙펜 클럽
화차

1판 1쇄 2012년 2월 20일 | 1판 29쇄 2024년 7월 29일

지은이 미야베 미유키 | 옮긴이 이영미
책임편집 양수현 | 편집 박아름 | 독자 모니터 박미진
디자인 엄혜리 유현아 | 저작권 박지영 형소진 최은진 오서영
마케팅 정민호 서지화 한민아 이민경 안남영 왕지경 정경주 김수인 김혜원 김하연 김예진
브랜딩 함유지 함근아 박민재 김희숙 이송이 박다솔 조다현 정승민 배진성
제작 강신은 김동욱 이순호 | 제작처 영신사

펴낸곳 (주)문학동네 | 펴낸이 김소영
출판등록 1993년 10월 22일 제2003-000045호
주소 10881 경기도 파주시 회동길 210
전자우편 editor@munhak.com | 대표전화 031) 955-8888 | 팩스 031) 955-8855
문의전화 031) 955-1927(마케팅) 031) 955-1917(편집)
문학동네카페 http://cafe.naver.com/mhdn
인스타그램 @munhakdongne | 트위터 @munhakdongne
북클럽문학동네 http://bookclubmunhak.com

ISBN 978-89-546-1743-7 03830

잘못된 책은 구입하신 서점에서 교환해드립니다.
기타 교환 문의 031) 955-2661, 3580

www.munhak.com